陈思和 王德威 主编

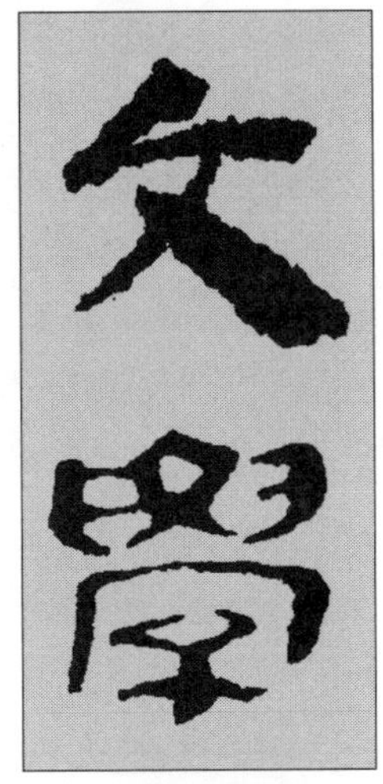

2013

秋冬卷

上海文艺出版社
Shanghai Literature & Art Publishing House

目录

著述

书评

本卷作者、译者简介

声音

“70后”：“低谷”中的崛起

传媒新变和“70 后”作家的成长
廖一梅论
路内论
冯唐论
阿乙论
李娟论

【编者按】谈起“70后”作家，我们自然会想起1990年代中后期，伴随着“美女作家”、“身体写作”等标签而崛起的创作者，现在，这些人中有的已经中止创作，或者正经历着艰难的创作转型。其实“瞻前顾后”打量一番，这代作家确实处于某种“天然”劣势：比如此前从1980年代成长起来、今天已进入中年的作家们，牢固占据着三十年来中国文坛中流砥柱的地位；而此后的“80后”一出场就成为市场的宠儿。以致有研究者曾以“低谷的一代”来命名“70后”作家。

不过，正如本卷“声音”执笔者之一何平先生的观察：“70后”迄今处于一个“未完成”的状态。我们这里要讨论的是新世纪崛起的一批新“70后”。他们的崛起和新媒体传播结合得更紧密，与纯文学期刊、作协体制的培育有所不同，借用阿乙的话来说，他们“都是杂生的，自生自养的能力不错”。阿乙就是从一个警察的职业身份半路出家，“斜刺里杀入”文坛。廖一梅则带着她在戏剧界积攒下的强盛人气，进入文学市场。冯唐的微博粉丝高达588万，在其粉丝心目中，冯唐不仅是文学偶像，也是“意见领袖”。路内的长篇获得各方叫好：“豆瓣读书”显示其拥有超高人气，在当当网上被评价为“中国白领、文艺青年人手一册的工厂回忆录”。而李娟在大地上的劳作与书写，完全不同于书斋中的精英趣味……考察这些写作者的书写样式，考察他们如何，以及与何种当下时代中的力量相结合，考察这种“结合”如何在他们的文学书写中呈现新样貌，也许会成为我们讨论“低谷”中崛起的契机。

传媒新变和“70 后”作家的成长①

■文/何　平

一

首先，我是怀疑有“70 后”作家这样一个一次完成的文学共同体存在的。从我观察的这十余年传媒新变和“70 后”作家的成长关系而言，“70 后”迄今都是处在一个未完成的状态。文学和新传媒的关系，是中国现代文学发生学的一个重要话题。一定程度上，正是有了晚清新传媒崛起才有了未来现代文学的诸种可能。传媒和“70 后”作家之间缔结密切和深刻的关系也不是始自今日，而是由来已久。“70 后”的登场差不多是在 1998 年的韩东、朱文发起的“断裂”事件前后。1998 年的“断裂”事件可以看作一群作家试图通过清算文学传统和自我撇清来确立自己的新形象。“断裂”及其“断裂”以后的新世纪其实是一个比“断裂”更为复杂、暧昧的“离散”的“个”文学时代。“断裂”后的文学时代是一个单数的“个”不在复数的“代”写作的文学时代。因此，可以认为，《断裂：一份问卷和五十六份答案》保存了一份世纪之交中国年轻作家的出“代”成“个”的精神档案。“我们

---

① 本文部分来自笔者旧文《衰退期的网络诗歌》(《当代作家评论》2009 年第 2 期)、《“私媒体”时代的网络“诗生活”》(《当代作家评论》2009 年第 5 期)、《个文学时代的再个人化问题》(《南方文坛》2010 年第 1 期)、《从“三家村”到“连城诀”》(《美文》2011 年第 11 期)、《媒体新变和短篇小说的可能》(《当代作家评论》2012 年第 1 期)、《当人民有了读书的自由之后》(《名作欣赏》2012 年第 4 期)等，特此说明。

的行为并非是要重建秩序，以一种所谓优越的秩序取代我们所批判的秩序。我们的行为在于重申文学的理想目标，重申真实、创造、自由和艺术在文学实践中的绝对地位”。[①] 复数的“我们”与“他们”的“断裂”是一种想象，单数的“个”与“个”的“离散”则是一种现实。而对于中国当代文学而言，正是单数意义上“个”与“个”的“离散”使我们相信一个前所未有的文学新世纪的开始。值得指出的是，与“断裂”事件几乎同时的是网络文学的发萌，进而随着博客、个人网站、微博、微信等的蜂起，中央集权制度下的大众传媒必然碎片成一个一个的“私媒体”。“个”与“个”的离散和区别将会变得更为尖锐。“断裂”之后，传统按照生理年龄的新陈代谢来想象文学的进化差不多失去了阐释能力。1990 年代中国文学曾经在体制化的“宏大叙事”之外确立了“个人化”写作的意义和合法性。不可否认，体制在新的世纪仍然试图重新整合资源建构新的文学秩序。大众传媒、资本运作所主导的文学“新专制”也日趋深入。单数的“个”在获得写作自由的同时，也必然承担个体意义上的压抑和反抗。还不仅仅如此，“个”文学时代存不存在文学的尺度和标准？如何确立文学尺度和标准？因此，所谓的再个人化将是“个”在“个”与“个”、在审美惯例和审美创造之间如何确立文学意义上的写作自觉和自律的自我成长过程。在我理解中，“再个人化”应该是单数的“个”如何成为一个自我约束且富有创造力的文学个体。当下文学的自我复制和创造力、想象力匮乏恰恰暴露了“个”的文学时代还是一个有待丰盈的文学时代。“个”文学时代如何重新做一个作家并且再个人化，这将是当下中国文学面临的最大问题。

事实上，在我们这个专辑里讨论的廖一梅、冯唐和阿乙背后都能够看到大众传媒和资本运作的“看不见的手”。因此，讨论他们的创作是离不开对他们和新传媒之间复杂暧昧的关系的思考的。

二

从上个世纪末卫慧、棉棉、周洁茹、朱文颖等的成名，到 2008 年前后阿乙的出道，中间差不多正好是十年的时间。他们的差异不仅仅是阿乙的小镇和卫慧等的都市和小城市空间错置，而且是上个世纪末和当下作家写作境遇的完全不可同日而语。我们只要看同样是“70 后”作家，看他们是如何被体制内刊物《人民文

① 韩东：《备忘：有关“断裂”行为的问题回答》，《北京文学》1998 年第 10 期。

学》接纳的。李敬泽在1998年谈《人民文学》“本期小说新人”时说：“每期一个新人，每期一种新的声音”[①]，这是1980年代末《人民文学》先锋受挫[②]之后，重新恢复锐意进取的时代，李敬泽对《人民文学》的这个时代功不可没，而“70后”正好遭逢了这个好时代。1998年第1期《人民文学》发表周洁茹的《我们干点什么吧》、《抒情时代》，刊物的推荐语是：“周洁茹的小说中，真正值得注意的是那个说话的声音。那声音很敏感，你可以从语调的波动感到都市生活中时时刻刻飘荡着的很轻，有时又很尖锐的欣快和伤痛。这是一种很‘快’的生活，以至于七十年代就已看出沧桑。人们猜测在什么地方埋伏着一批生于七十年代的小说家，用虚拟的语气想象他们的面貌。仅就现有的例证——比如丁天，比如周洁茹——来说，你会发现他们的小说是适合于诵读的，把《我们干点什么吧》读出声来，我们才能真正欣赏它。语言的质地直接表达着经验的质地，这使他们的小说清新、干净。这确是一种新的声音，这也正是我们设立《本期小说新人》这个栏目的用意所在——每期一个新人，每期一种新的声音。”1998年第3期发表戴来《要么进来，要么出去》、《你躺在那儿干什么》，推荐语是：“她的叙事姿态冷酷、辛辣，她的小说不可避免地要落到一句尖锐的、摧枯拉朽的断喝和疑问上，这暗示了年轻一代作家对通行的现代性主题的反思和瓦解……叙述和表达过于平滑，过于平滑其实也是小说一病啊。”1999年《人民文学》发表了陈家桥、戴来的中短篇小说，在第2、6、7期的“本期小说新人”则分别是朱文颖、金瓯和刘玉栋。朱文颖的

① 《人民文学》1998年第1期。

② 1983年8月，王蒙出任《人民文学》主编；1987年1月至1990年3月止，刘心武接替王蒙主编《人民文学》。王蒙和刘心武主编《人民文学》的七年，是《人民文学》创刊以来“更自由地扇动文学的翅膀”的时代，虽然刘心武因为1987年第1、2合刊发表马建的小说《亮出你的舌头或空空荡荡》而被短暂停职检查，在1987年第10期复职后收敛了先锋的姿态，但在1989年第3期仍然集中发表了苏童、格非、余华等的小说和数篇关于先锋小说的笔谈。1990年第7、8合刊开始，《人民文学》的主编由刘白羽和程树榛担任，该期发表题为《九十年代的召唤》的“编辑的话”对1980年代王蒙、刘心武主编《人民文学》的时代持激烈的批判态度：“本刊在四十年漫长历程中，曾经发表过很多优秀的作品，培养了大批卓越的作家，为社会主义文学事业的建设作出的贡献，这是永远无可磨灭的；但我们也必须正视：近一段时期以来，在资产阶级自由化错误导向下，脱离人民，脱离现实，发表了一些政治上有严重错误，艺术上又十分低劣的作品，在广大读者中造成很坏的影响，玷污了人民这一光荣、崇高的称号，这是十分令人痛心的！在这一个新的大时代到来之际，我们必须以改革精神，开辟新的途径。我们诚挚地恳求人民的支援、人民的监督；我们一定坚持社会主义文学方向，不使这一人民的文学阵地，为少数‘精神贵族’所垄断。”

《重瞳》、《十五中》是："'古典'的，具有古典的气质、古典的情调与古典的美学趣味……两篇小说，弥漫的都是作者那针尖般尖锐而准确的感觉"；金瓯的《前面的路》是："金瓯在宁夏，今年二十七岁。作为年轻的写作者，金瓯有一种血气方刚的强悍和猛烈……这是一种狂放的，甚至是残酷的喜剧精神"；而刘玉栋的《我们分到了土地》则是："二十年前的旧事在他的笔下新鲜饱满、充满生命的汁液，宏大的历史事件化为个人的经验和命运，化为欢乐、伤痛、迷惘和梦想，但同时，历史并未消散，它在个人生活的诗篇中幽微沉静地运行……"2000年第1期《人民文学》推出李浩的《闪亮的瓦片》认为："李浩的小说是另一种'七十年代人'的写作。他有精确的技术——这并不罕见，但是他还有狠忍阴鸷的力量，他专注地迫近问题的核心：罪与罚、生的艰难和死的艰难。因此，他的小说是有力量的，但重量压在身上时，人其实无法飞翔，李浩的写作是在克服虚拟的、醉态般的轻，克服失重，让脚踏在地上。"第3期推出冯晓颖《心惊肉跳》和《扁少女》，"在今年第一期，我们介绍了李浩，现在我们介绍冯晓颖，他们都是'七十年代人'。""70后"成为文学期刊的时代新声。

其实不只是《人民文学》，《收获》对"70后"的推介可能则更早，我粗略地翻了一下杂志，计有：丁天《梦行人》（1994年第3期）、《流》（1995年第4期），赵波《何先生的今生今世》（1996年第5期）、金仁顺《五月六日》（1997年第6期）、朱文颖《俞芝和萧梁的平安夜》（1998年第6期）、朱文颖《浮生》（1999年第3期）、周洁茹《不活了》（1998年第6期）、《跳楼》（1999年第4期）、赵波《晓梦蝴蝶》（1999年第6期）、棉棉《糖》（2000年第1期）等等。不只《收获》和《人民文学》，1995年《作家》、《山花》、《大家》、《钟山》、《作家报》联手举办的意在推举文学新人的"联网四重奏"栏目，1996年《小说界》推出"七十年代以后"栏目，1998年第7期《作家》推出"七十年代出生的女作家专号"，而其2002年第1期的"美国七十年代出生作家展示"、2002年第3期的"台湾七十年代出生作家展示"和2004年第1期的"韩国七十年代出生作家专辑"则显示出更为开阔的视野，1999年萧元接编《芙蓉》首期"实验工厂"即推出朱文、陈卫、魏微三个作家的小说，其中陈卫和魏微皆为"70后"作家。

新世纪前后对"70后"作家的集中推介是传统文学期刊影响力的最后光焰。而十年之后的阿乙，虽然最后终于也被《人民文学》接纳，但如果我们还自认为《人民文学》是中国文学的重镇，那么这种接纳终归有些迟到的"追认"，有些被读者裹挟的被动的漫不经心，完全没有了十年前的主动和进取精神，在阿乙的描述中真有一种"屌丝逆袭"的味道：

从2008年后，我的运气开始好起来。2008年我在饭局上遇见罗永浩，因为邻座不得不说些话，就说我也想去你们牛博开博。我并不知道牛博网是有准入门槛的网站。几天后他看过我的文章，咬定我是写小说的那个人。同年他帮助我运作出版第一本小说集《灰故事》。2009年，我的小说仍然只能在论坛张贴，仍然没有发表机会。我将小说贴在今天论坛，当时《今天》杂志正好缺稿，北岛向版主寻求推荐，版主推荐了我。那年春节，我在乡村拜年，接到北岛四十分钟的电话。我很难相信这件事会发生在我身上。后来《今天》杂志总共三次发表我的作品小辑。2010年，在磨铁图书工作的王凌米女士拿到我的书稿试图出版，但是遭到否决——没有多少民营出版商会愿意出版短篇小说集。她跟主管领导和最高领导吵了一遍，我的第二本小说集《鸟，看见我了》才得以出版。正是这本书给我带来很多读者。同年，我在内地期刊第一次发表小说，阵地是《人民文学》，我很感激来自责任编辑曹雪萍和主编李敬泽的激赏。①

可以这样肯定地说，"70后"在上个世纪末的集体出场，是和传统文学期刊改造同时发生的。

以一代人的出生年份命名这代人的写作，"七十年代以后"的提法本来是可以质疑的。尤其是七十年代出生的中国写作者，与几代作家以政治生活为主的单一的成长背景相比，经济改革之后五彩斑斓的社会生活使得他们的写作无论是关心的话题、关涉的生活和写作方式，还是面对写作的心态和写作追求乃至价值取向，都难以找到一个较为集中的共同点。或许正是这个"寻求共同点"的艰难，以这代人的出生年份命名这代人的写作才成了无可命名的命名。经由几家杂志两三年来不遗余力地分别以"七十年代以后"、"七十年代女作家专号"等栏目刊发大量的作品，以及媒体的热心炒作，现在，"七十年代以后"已至少成为一个语言事实。②

① 阿乙:《华语传媒文学奖获奖感言》，http://epaper.oeeee.com/A/html/2012-04/14/content_1610393.htm。

② 李安:《重塑"七十年代以后"》，《芙蓉》1999年第4期。

改造的目标就是使传统文学期刊成为富有活力的新传媒。文学期刊变革的动力应该部分来自网络新传媒。“网络的出现，说明了人们的叙说方式和阅读方式在悄悄地发生变化，它对文学刊物的启示是多方面的。”[①]“文学刊物是文字书写时代的产物。这一时代并没有结束，而数字图文时代又已来临。人们的运用方式和接受方式，面临着新的冲击。传统意义上的文学和文学刊物，也必然要面对这一形势。既不丧失文学刊物的合理内核，同时文学刊物的表述方式（包括作家的写作方式）又必须作出有效的调整。这是编辑方针的改变，更是经营策略的调整。”[②]在很多的描述中，我们只看到新世纪前后文学刊物的危机，而事实上，发生在上个世纪末的文学期刊变革是一场自觉的“文学革命”，以《青年文学》为例子——

> 八十年代，文学刊物在小说、诗歌、散文、报告文学四大栏目版块中运行，对号入座，其乐融融。九十年代，人们的文学热情受到了非文学非文字的强烈冲击，文学刊物以不断创新的旗号、林林总总的招牌来应对，尽管文学大殿堂不可避免地沦陷为文学小卖部，但这种局部的努力，表明刊物不仅仅是一种编辑行为，而更是一种运作和操作（甚至炒作）。到了九十年代，文学刊物在酝酿整体性的变革，不再停留于某一说法、某一栏目的更新改造，而更着眼于办刊整体思路上的创新。
>
> 从八十年代的计划性编辑、到九十年代的主动性操作，再到世纪之交整体思想的形成，文学刊物主体性不断增强。今天，我们似乎可以说，文学活动的主体部分在于文学刊物，文学刊物本身就是一种主体行为。它不仅仅是文学作品的汇编，也不仅仅是发表多少部好的作品，关键在于它是一个综合性文本，是一种文化传媒。它应该更有力地介入创作与批评，介入文学现状，介入文学活动的全过程，并能有力地导引这种现状和过程。这样，文学刊物才能真正拥有自己不可替代的个性和特色，而形成自己的品牌优势。
>
> ——只有充分认识到文学刊物作为文化传媒的价值和效用，作为文学活动的主体性存在，我们才能在文化市场上巩固自己的地位，发展自己的优势。[③]

① 唐小朗:《网络与刊物》,《青年文学》2000 年第 6 期。

② 晓麦:《文学刊物的处境》,《青年文学》2000 年第 2 期。

③ 晓麦:《文学刊物就是主体行为》,《青年文学》2000 年第 1 期。

“文学刊物作为文化传媒”，《青年文学》是通过强化“写实”来实现的：

> 写实是与虚构相对应的。在本刊的板块操作中，我们把虚构的部分划归为“小说”，而把真实性的描述放在“写实”之中。这样做，目的是为了突出纪实、散文类作品的真实性，强调这一类文体本身应具备的真情实感。正是在这样的设定中，我们安排了诸如“经历”、“感遇”、“行走”、“心情”一类的栏目。一方面，我们希望在写实的说法下，更多地展现真实性的丰富内涵，给读者以明确的导引；另一方面，我们也力图接纳更多的能够艺术地表达作者真情实感的作品，给这些作品一个广阔的展示空间。
>
> 在写实板块的显著位置上，近来我们又新添了“新写实”一栏。这是专发新近散文作者作品小辑的一个栏目。但我们注意到作者的才情和潜力，当作者陆陆续续寄来的作品形成了一定的规模，并且大体比较齐整时，我们就推出相应的小辑，以期引起大家的注意。这些作者大都很年轻，有很好的文字感觉，他们流露出来的心情意绪，有很深厚的蕴涵，有鲜活的感动，而且不伪饰不做作，收放自如，取舍有度。我们操作的写实板块，也是希望出现更多这样的作者和作品。
>
> 在文字、感受、情调、境界上到位，这是读者对“写实”的要求，也是我们对“写实”者的要求。①

“新写实”，重建的是文学和我们日常生活之间的关系，这和新近《人民文学》的“非虚构”有着一脉相承的精神气质；《作家》“七十年代出生的女作家专号”与文字镶嵌在一起的则是女作家的“写真”影像志，比如“在‘阴阳’吧里。夜晚的艳妆生活就要开始，只是那次来不及把头发染蓝”的艺术照相和卫慧小说构成了一种互文关系，这是作家向娱乐人物、文学期刊向时尚杂志在靠近；而《芙蓉》“改刊不是向知识分子靠拢，而是注重介绍其他门类的艺术进展”。在这场传统文学期刊的变革潮中，“70后”成为“对衰老的文坛而言是一个重要的提示”（韩东）②。应该看到，虽然“70后”作家从一开始就是被文学刊物的变革所征用，但一些“70后”在此过程中却对文学的传媒化保持着足够的警惕。这里面《芙蓉》的努力尤其值得重视，在绝大多数文学刊物包装、炒作“70后”作家的时候，《芙

---

① 《写实的含义》，《青年文学》2000年第7期。

② 《芙蓉》1999年第3期。

蓉》所做的工作却是“重塑70后”，反抗被塑造。认识到这一点，我们才能够发现新世纪“70后”作家和文学新传媒关系的复杂向度：不只是迎合和妥协，而且有反制和抗争。因此，在讨论“70后”和传媒关系时，应该充分评估“《芙蓉》系”“70后”作家的意义和价值。在《芙蓉》的视野里：

> 文坛推出的“七十年代以后”使得这一命名有以下两大特点：一、女作家的数量远远大于男性作家，女作家的作品数量多得惊人，对作家性别的责难本身是可笑的，然而我们的责难正是由于我们文坛对呈现“七十年代以后”进行了刻意炒作的发现；二、以一些女作家为主的“时尚女性文学”严重遮蔽了“七十年代以后”创造、真实、艺术和美的文学的创作。由此，目前“七十年代以后”的命名实质上完全被“时尚女性文学”的现实所替代。
>
> “时尚女性文学”的重要标志，是这些女作者在其写作活动的内外利用各种方式以达到令读者乃至公众更为关注她们本人的目的……如果“时尚女性文学”是已呈现的“七十年代以后”写作全貌的一部分，我认为这还属正常，但倘若因此而有意无意遮蔽那些更有意义的艺术的文学创作，而使“时尚女性文学”成为“七十年代以后”的代名词，这就使“七十年代以后”的呈现失实了，因为从事创造、艺术、真实、自由、思想和美的文学创作的“七十年代以后”的写作者不在少数，“七十年代以后”的写作现实远非如此时尚而单调，如果他们的写作就这样被我们的文坛所遮蔽，那不仅是对当下的中国文学的不忠实，也是对将来的中国的不负责。为此，我们郑重呼唤：“七十年代以后”！①

为了标举反抗被塑造，《芙蓉》甚至有针对地推出了包括阿美、刘瑜、尹丽川、童月等的“北京女作家专辑”，在其“编者后记”里说：

> 传媒和评论界对“70后”写作的关注越来越趋于狭隘和偏激，不仅只有一种性别——女性（作家），甚至也只集中于南方的某大都市——上海（地域）。针对这一情形，我们于本期《芙蓉》推出了“北京女作家专辑”，其目的在于呈现北京“70后”女作家群的存在。这些女作家的作品虽不具有被棉棉、卫慧等标明的“70后”写作的流行特征，但在文学层面上却是优异不凡

① 李安:《重塑“七十年代以后”》,《芙蓉》1999年第4期。

的……丰富“70后”写作的整体景观，特别是对个别女作家独享殊荣的狭隘局面将起到必要的平衡和修正作用。

事实上，“70后”的复杂性从一开始部分地就是由文学传媒的复杂性带来的。之所以不用文学刊物，而是用文学传媒，就是因为“70后”出场之时，传统文学期刊虽然起到了推波助澜的作用，但传统文学期刊（包括报纸副刊）几乎作为单一文学传媒的时代正在一去不复返。但我们不能据此就认为传统文学期刊就此完全退出文学现场。事实就像2002年第3期《作家》杂志“台湾七十年代出生作家展示”配发的评论所指出的：“网络虽然也是这批人（大多有自己的个人网站）发声的重要管道，但他们对平面副刊、杂志依然保有相当的依赖感，也愿意忍受这类媒体‘低时效性’的老问题。”[①] 这种状况应该说在当下中国内地文学中更明显，事实上，那些在市场和网络中赢得读者的作家最后还是要得到传统文学期刊的确认。这是他们作品可能被经典化或者被现行文学体制肯定的至关重要一步。这就不难理解，为什么阿乙要把《人民文学》的接纳作为他写作生涯的一个重要标尺，即便此前他的小说已经在图书市场和网络赢得很好的读者口碑。而事实上，在中国现在的文学体制下，对于更多的不像阿乙这样有市场的作家，对传统文学刊物的依赖性会更强。可以预见的是，短时间里，中国更年轻的作家还会在传统文学期刊中一茬一茬地成长起来，但也应该看到市场和网络将会为作家的“逆袭”提供更多的可能。

三

在话语权就是生产力的时代，冯唐、阿乙、李海鹏、廖一梅、苗炜这些“70后”作家出小说，以他们在坊间经年攒下的影响力和号召力，是容易产生“围观注意力经济”的。除了像《城市画报》这样以“文艺青年”为目标读者对象的时尚刊物会对作家持续关注，普通大众传媒也会遴选一些有故事的作家成为招徕读者的“卖点”，至少在目前阶段“作家”的身份还是快意满足普通读者的窥视欲。应该看到大众传媒和作家发生关系，更关心的不是作家的艺术审美价值，而是如何成为一个作家的“故事”。这就不难理解为什么阿乙和冯唐会频繁成为各种流行杂志的封面主题，因为他们“小镇警察”和妇科肿瘤专业博士麦肯锡公司就职的

① 杨宗翰：《新浪袭岸：台湾文学七字头人物》，《作家》2002年第3期。

前史，使得他们先天就有成为一个作家的“传奇性”。和传统书斋里的作家不同，当下走红的“70后”作家往往是乐于成为“公众人物”的，他们也会自觉地维护自己和大众传媒的良好默契，培养作为潜在读者市场的粉丝群体。在新浪微博，阿乙的粉丝14万，冯唐的粉丝更是高达588万。2013年9月15日9时在新浪微博检索“廖一梅”找到1045911条结果，检索“冯唐”找到1754908条结果。所以，近年像冯唐、阿乙、李海鹏、苗炜的小说和随笔，廖一梅的剧本、语录书和小说在图书市场的不俗表现和他们在大众传媒的人脉以及各自的粉丝拥趸不能说没有关系。

研究当下“70后”作家和传媒的关系，不能不注意到一些“70后”正在成为我们社会的“意见领袖”。和“70后”作家一起成长起来的，是“70后”的青年知识分子，像刘瑜、熊培云、周濂、张铁志、许知远、梁鸿等的成长，这里面像刘瑜甚至就有过“文学青年”的前史。大众传媒也会有意识的培育作家，或者写作者型的知识分子，比如一年一度《南方人物周刊》的“青年领袖”都会有作家的面孔，其中阿乙和梁鸿都是“70后”作家，再比如在读书界很有影响的“凤凰网读书会”就做过和“70后”作家阿乙、冯唐、阿丁、柴春芽、梁鸿、张发财等相关的专题。还应该看到，当下“70后”小说作家中几个有公众影响力的，都以其“栏文”、“博文”被普通读者所熟知。廖一梅虽然很少“栏文”、“博文”，但她话剧的“语录”流传甚广，查阅新浪微博，廖一梅的“语录”甚至被“广东学联”、“南风窗”、“世界杂志”、“浙江在线”、“驻马店板桥分局”等直接贴上微博以传达自己的“意义”和“心情”。因此，客观上，“70后”作家因为和传媒的密切程度已经分野成“声音很大”、“有声音”和“籍籍无声”的作家个体。而声音的大与小，一个方面源于在大众传媒的曝光率；另一方面，“栏文”、“博文”的影响力也不容忽视。

因此，我们研究“70后”作家不能囿于“小说”的文体偏见。“栏文”和“博文”应该成为我们考察今天“70后”作家的一个重要组成部分。资讯时代，有报刊就有专栏作家，或者传媒写手，或者干脆称之为“栏文家”，以区别于传统的作家散文家。如果以公众认知度看，现在肯定是“栏文”风行的时代。沈宏非、连岳、王小波、刘原、庄秋水、李海鹏、苗炜、冯唐、黄佟佟、潘采夫、东东枪、巫昂、胡赳赳、王小山、黄集伟、毛尖、张发财、马家辉、韩松落……都是“栏文”江湖行走有年的角色，而这中间“70后”是其中坚力量。“栏文家”成气候也就是这十数年的事。起码到上个世纪九十年代末，沈宏非（“写食主义”）、连岳（“连城诀”）、王小波（“晚生闲谈”）等在《南方周末》、《三联生活周刊》开辟各自的专栏之前，大陆传媒界，对这种报屁股刊尾巴梢的事业耐心去经营的人好像并不多。差不多也是这个时候，余秋雨在《收获》杂志开写他的“文化苦旅”，而再往前一点点就是《美文》提出它的“大散文”概念，民国闲适一路的小品文被从历史的泥潭里打捞出来。近些年，想获得“新散文”首名权的人很多。而就我看，上述诸端才是散文之新气象的发萌。

近代以来，散文和报刊，尤其是“报”，从来是种双生双栖的关系。像杂文、知识小品之类的繁荣先天靠的就是报纸和大众的亲密接触。在俗世打滚，好专栏往往会给一张报纸加分很多。善待“栏文家”差不多是现代报人的传统。当然这个传统又是民国旧社会的老传统。印象中台港的报界倒是把这个接力棒一直抓在手上，对报纸“专栏”属意多用力勤。每个有名堂点的报纸差不多都有几个学问、识见不俗的主笔坐成自己的台柱子。像大陆读者熟悉的董桥、龙应台、李敖都是混迹报端多年已修炼成精。我们常常谈当代大陆和港台散文“文风”殊异，这里面如果往深处想其实是两岸三地不同的“文路”使然。1949 年之后，大陆和台港散文有着不同的行进路线图。研究散文的人不能只把眼睛放在文本，不去关注传媒风向。1949 年之后，乃至新时期以来，大陆“文学”是“文学类刊物”的专营专宠，带一点行业垄断的味道。“杂志”不“杂”几乎是刊物的通例。这期间，报纸也一直都有所谓的“副刊”，既然是“副刊”也就从不悬想一天“扶正”。因此，上个世纪末之前，全国那么多报纸副刊，除了《文汇报》、《羊城晚报》、《光明日报》、《新民晚报》、《北京晚报》等可数的几家对“散文”这个文类有所贡献。其余的差不多就是业余作者露几下小脸的地方。也就这十几年，大陆政经类、都市类、生活类的周刊早报晚报蜂起。他们都开始花着心力去浇灌些边边角角点缀的专栏。

“栏文”繁荣的同时，还有网络“博文”的大炽。和“博文”相比，“栏文”对个人创作自由的尊重只是个“小巫”而已。就像苗炜说的：“博客写作改变了原来互联网论坛帖子那种议论公共话题的状态，进入完全个人化的叙述，每个人都有一块地方可以展现自己的理想、才华、趣味”。即便网络审查客观存在，和纸媒相比，“博文”是属于自己的自由王国，不是报和刊圈出来的“飞地”。因此，“栏文”的自由还是圈养的自由。拆“栏”撒开蹄子在网络飞奔那种感觉更“博”更“自由”。事实也是这样，至少我手头随手翻翻的刘瑜《送你一颗子弹》、阿乙《寡人》这些“博文”的结集又是一番新气象。至少“伟大的空话”少说了许多。说到这里，《燕山夜话》就有一篇说“伟大的空话”的，顺手录过来：“任何语言，包括诗的语言在内，都应该力求用最经济的方式，表达最丰富的内容。到了有话非说不可的时候，说出的话才能动人。否则内容空虚，即便用了最伟大的字眼和词汇，也将无济于事，甚至越说得多，反而越糟糕。因此，我想奉劝爱说伟大的空话的朋友，还是多读，多想，少说一些，遇到要说话的时候，就去休息，不要浪费你自己和别人的时间和精力吧！”（吴晗:《伟大的空话》）因为写得多写得勤，“栏文”很容易滋生“伟大的空话”。如果这些“空话”再假幽默之名嬉皮笑脸地不正经地说来说去，则又堕落到肉麻当有趣的“无聊的空话”。

“言之有物”、“开门见山”，本色的“栏文”应该有自己的智慧和情怀。“虽然不是巨火熊焰，却有着智慧的闪光，能帮助读者开阔眼界，增长知识，提高识别事物的能力。一句话，使人变得聪明而已。”（林默涵:《三家村札记·序》）我们有理由冀望“栏文家”首先是“专家”，而不只是“码字手”。“栏文”喜跳脱，忌拘泥。它的敌人是冬烘和八股。因此，“专家”不只是学位、职称意义上的，而是阅人历事甚通透，且有超迈情怀，是某一行当的“懂”者，当然不只是日常侍弄文学与文学耳鬓厮磨者才能写出好“栏文”。刘瑜虽然有个文学青年的前身，但她现在的本业却是政治学，她的《民主的细节》、《送你一颗子弹》却是“栏文”“博文”的上品。世界本质上是相通的。明乎此，我们就会知道为什么台港“栏文家”有散文大师在焉出焉，而我们的“栏文家”则成为报刊生产线的操作手。“栏文”多属短制，李海鹏将这样的写作比作“用一根针挖井”。他对自己这些小文章的要求是“它们有一种声音，发出声音的家伙还算机灵，幼稚又天真，有着执拗的主心骨，察觉了生活的荒诞，养成了滑稽和嘲讽的态度。”亦写亦编的苗炜说过:“人们愿意看到某一类短小的文章，文字讲究，带有鲜明的个人色彩，谈论日常生活中肤浅的乐趣，也谈论严肃的观念，它不以逗人发笑为目的，但总能让人笑一笑。”曾经写过很好“栏文”的李海鹏却选择了急流勇退。他说:“我不想写专栏，觉得它不重要，与自我期许不符”。写得好，但情非所愿，就此了断，但“栏文家”如李海鹏这样看透者又有几个呢?

说到“栏文”和“博文”，我们不能忽视同一个作者的不同文类写作之间的复杂渗透关系。这在“70后”新作家中尤其明显，比如冯唐的《如何成为一个怪物》、阿乙的《寡人》、李海鹏的《佛祖在一号线》、苗炜的《让我去那花花世界》与他们小说之间的彼此说明。可以举李海鹏做例子。李海鹏的《晚来寂静》“这部小说写的是从1976年毛泽东逝世到2008年北京奥运会之间，一些人的欢笑、泪水、梦幻与孤独”，却没有从1976年开写，而是从四川西部河山村落漫游起笔。这离开那个圆石城的1976年很远很远。《晚来寂静》是关于一个“不良少年”的成长史。在一个良莠不分的时代和国度，请允许我把夏冲夏冰兄妹之流称为“不良”。关于这个小说，以我个人的经历是把它作为自己的历史来读。因为，我和书中少年们曾经一样的“不良”过。事实上，无论是从我们处身的现实，还是小说技术的考虑，所有类似的故事都是属于“不良少年”的。当然这样的故事并不好写。因为，写这样故事的时候，此一时彼一时。当我们可说能说这些青春“往”事的时候，已然是曾经沧海难为水，很难不粉饰不自恋不神话不雕琢。但《晚来寂静》做到了“不”。当“寂静”来临之时，从容地重返青春的旧址，“说”并且反思。其实，我看李海鹏对这段历史的纠结不是一部小说可以了断的。2010 年他把他的“栏文”做成一本叫《佛祖在一号线》的小书。我是把它和《晚来寂静》一左一右对着读。甚至，我认为《佛祖在一号线》可以作为《晚来寂静》的辞典工具书来用。读《晚来寂静》再读《佛祖在一号线》，或者反之。原来《佛祖在一号线》这些语录是靠谱的。看看字数不少了，抄上几句，聊作《晚来寂静》的注释。“非政治意义上的真谛不在于叛逆，而在于‘不在乎’。”（《伟大事业中的自由民》）“我也不懂什么叫美丽青春。如果你的青春美丽得像只乌龟，那么神龟虽寿，犹有竟时。”（《伟大事业中的自由民》）“在过去，当年轻一代感到迷惘时，崔健唱道：‘我要从南走到北，我还要从白走到黑。’可是如今一看，我们只是从村头走到村尾。”（《万里波将金村游历》）“我若但丁所说，‘已至人生的中途’，有时却仍是个迷惘的人。”（《罡风吹散了热爱》）“如此斑斓的景象，足以制造层出不穷的时代戏剧，却未必制造出美好的未来。”（《不能免于恐惧》）“那些年轻人只是一些知更鸟。他们很幼稚，很多时候不聪明，而且像任何人群一样，他们当中也有怯懦者和自私自利者，可是作为一个全体，他们只是用心唱歌给他们的国家听。那么年轻的脸孔，那么不甘于陈腐生活的灵魂，那么多的锐气和那么多的活力，此后的岁月中再没有过。”（《杀死知更鸟是一种罪过》）“有时我感到自己对这激荡时代并无真正的兴趣，就像坐在过山车上睡着了。”“我只是非常、非常好奇，往日岁月对于我们这一代人来说意味着什么？真的是诗，是美好辰光，或者一点儿伤害，无限宽宥？”（《果园》）“年轻时我想活得灿烂……到了三十岁，我想身后评价可以雅静一点……”（《怀抱》）“我对中国的远景充满信心，相信现代文明时代终将来临，因此早已做好了跟这帮无耻之徒共度一生的打算。”（《诗歌轶事》）“我不知道该怎么告诉这个人：我们不能永远年轻，永远热泪盈眶，却依然对一个更美好的世界怀有乡愁。”（《对一个更美好的世界怀有乡愁》）“当我们还是理想主义时，因为那时光不停地消逝，我们会感觉自己是庞大牢房中的囚徒。”（《在细碎的历史中飞行》）“我永远接受不了，为什么十几岁的少年，不驯服于体制就没有活路。”（《考大学记》）

在大众传媒中有声音，然后让我们意识到他们作为作家的意义，几乎是当下新进“70后”的成长模式，阿乙是，廖一梅是，冯唐是，李海鹏、苗炜等都是这样的。而且，他们的“栏文”和“博文”是不是本身就应该是我们时代文学的一个重要组成部分呢？

四

考察“70后”作家成长和传媒之间的关系，不能忽视今天网络生态中“新批评”的崛起。当然纯粹的“70后”网络作家应该作为文学和传媒关系的专门话题来展开。许多人，包括诗人其实有意无意是把博客、个人网站作为集文字、影像、声音，多媒体、跨文体的“新媒体”在经营。以“70后”作家为例，比如冯唐的个人网站“冯唐文字”就包括小说、随笔、博客、媒体报道、批判冯唐等等；比如朵渔的博客就包括随笔集、札记、文学、人物、诗歌、读书、时政、历史、幻想家手记、诗集等；乌青的“志”，有电影、记录、诗歌、转载、小说、乱写等。在这样复杂的媒介和文体中间，和传统文学相比，文学必然发生新的革命性变化，比如它会更生活化，近乎纪录片和流水账。

网络带来的更大的变化应该不只是写作方式，还有阅读和批评方式。“人民有没有读书的自由？”早在三十年前就有人追问过了：“这个原则问题就是：人民有没有读书的自由？”（李洪林：《读书无禁区》）在这篇大家都熟悉的名文里，作者将人民有没有读书的自由作为衡量一个社会是专制，还是开放的一把重要的标尺。而现在，在我们今天的出版背景下，我们姑妄假定前一个问题已经部分地解决，我们是不是可以进一步追问：当人民有了读书的自由之后，人民有没有把自己读书的思考说出来的自由？

进而，我们是不是可以将这个问题视作公民阅读活动中的“民主”问题呢？阅读作为一个民族公民重要的精神活动，其重要性应该不亚于公民对政治、经济活动的参与。这些年，我们议论政治领域的民主多，而谈论公民阅读活动中的民主似乎却很少。仅仅以文学阅读和批评为例子，阅读和言说当然不只是以少数学术刊物为核心，由少数专业读者参与的批评和研究，而即便在这已经是“寡头式”的精英阅读活动中依然能够区分出资历和等级。言说者和言说对象的社会地位决定了言说的自由度。极端地说，我们的批评和研究从来不是知无不言言无不尽的。我们可以自由地读，却不能自由地开展正常的文学批评活动。所以，今天有谁敢肯定地说，我们能自由地对活着的和死去的作家评头论足的呢？这不是简单的

"骂杀"还是"捧杀"的问题。而是建立在自由思想、独立判断的基本立场之上的"骂"与"捧"是否都能得以获得表达的自由。不是在"小骂帮大忙"的技术处理之下，将"骂"与"捧"堕落为一种批评策略。

事实上就是这样，公民阅读活动中个人自由表达也是一种"民主"，它合乎"民主"的特征和规律。"从民主的发展历程看，在人类历史的绝大部分时间，真正的民主一直被有产阶级和知识精英看做一种'坏东西'，他们曾对人民当家做主的前景怕得要死，也曾拼命地抵制这种民主。而最终被他们看成'好东西'的民主恰恰是被阉割、经过无害化处理的'民主'，是不会对有产阶级和知识精英的利益造成威胁的'民主'。这种'民主'，一言以蔽之，就是'选主'。"①是的，"选主"式的阅读之后，言说和表达正在主宰着我们今天的公民阅读活动。也正是在这种背景下，我们不妨仿照《读书无禁区》的造句："这个原则问题就是：人民有了读书自由之后，有没有表达和言说的自由？"王绍光在谈到人们在四种不同意义上使用"民主"一词，其中的第三种即"大众参与"，他认为"民主不仅仅是法律条文上是否允许人们参与政治，而是实际上人们在多大程度上参与了政治"，在这个意义上"'民主'与民主的真实含义更接近一点"。②当然在阅读活动中挪用"民主"的概念，必须考虑到公民的阅读和言说能力。但我们至少可以说，阅读民主可以发生在有阅读和言说能力的普通读者中间，而在有充满阅读能力的"寡头"式的精英读者中更应该自觉地意识到阅读民主。进而，我们需要指出的是阅读民主虽然应该是天赋的基本人权，但如果不靠积极主动的争取和夺取，这样的事情即使在现代民主国家也从来没有发生过。阅读民主应该是靠斗争获得的。"德赛都（Michel de Certeau,1984）将这种积极的阅读形容为'盗猎'，对文学禁猎区的僭越性袭击，仅仅掠走那些对读者有用或使其愉悦的东西：'读者远不是作者……读者是旅行家；他们在属于别人的领地上漫游，像游牧民族，在不是自己书写的领域一路盗取，将埃及的财富夺来自己享用'。德赛都的'盗猎'比喻将读者和作者的关系概括为一种争夺文本所有权和意义控制的持续斗争。"③

今天，这场"争夺文本所有权和意义控制的持续斗争"在新媒体时代背景下正在获得转机。"媒介消费的模式因一系列新媒介技术而遭到了深刻的转变。这些

---

① 王绍光：《民主四讲》，三联书店（北京），2008年，第242—243页。

② 同上，第73页。

③ 亨利·詹姆斯：《"干点正事吧！"——粉丝、盗猎者、游牧民》，陶东风：《粉丝文化读本》，北京大学出版社，2009年，第41页。

技术使普通公民也能参与媒介内容的存档、评论、挪用、转换和再传播。参与性文化指的就是在这种环境中浮现出的消费主义的新样式。"[①]"这些新技术不仅改变了媒介生产和消费的方式，还帮助打破了进入媒介市场的壁垒。网络（Net）为媒介内容的公共讨论开辟了新的空间，互联网（Web）也成为草根文化的重要展示性窗口。"[②]我们暂且不考虑新媒介对阅读民主的伤害，对这个问题的深入思考是另外一个话题。一个不能忽视的基本事实是，至少在今天的网络环境下，以博客、微博、论坛为代表的网络平台正在部分地实现公民自由读书之后表达自己观点的自由。仅就我对天涯、豆瓣、当当、百度贴吧等的观察，一个人民当家做主自由发表读书思考的时代已经曙光初现。即使往小处说，我们也应该意识到这是一种新批评模式的诞生。显然，人民正在凭借新技术，在"寡头""精英"垄断言说的世袭领地之外开辟出自由言说和表达的天地。阿乙、冯唐、廖一梅、李海鹏、苗炜这些"70后"新作家在网络空间都有着相当的影响力。在"豆瓣读书"廖一梅的《像我这样笨拙地生活》有10809个评价、《悲观主义的花朵》有17916个评价、《琥珀》和《恋爱的犀牛》有10957个评价。应该看到，除了将其他地方发表的文字挪移、张贴过来，很少有专业批评家主动、直接地介入到"豆瓣读书"的实时、互动的评论。但我们是不是因为专业评论家的缺失，就据此认为"豆瓣读书"的文学批评是无意义的？需要追问的是不是确实已经"批评在民间"了？我们可以举对廖一梅《像我这样笨拙地生活》的批评做例子，给了《像我这样笨拙地生活》"中差评"的来自"正义伙伴张熊"的评论《你到底在害怕些什么？》，这样写道：

> 首先要说明，我很喜欢廖一梅的小说和剧本，因为它给过我勇气改变过我的命运。年轻的时候读书有个坏毛病，喜欢把书中人物的命运套用在自己身上，老觉得"哎呀这谁谁怎么和我这么像呀"、"天哪原来我最终会落得这样一个下场啊"，彼时的谁谁，正是《悲观主义的花朵》里的陶然，她二十六岁，我十六岁，都在一个错的时间，爱上一个错的人。听她说"只有肤浅的感情才能够表达"，听她描述血液里流动着爱情的感觉，我获得了勇气，不再垂眉奄眼地徘徊在道德和理智边缘，甚至恨不得立马披甲上阵，投入到这支轰轰烈烈为爱而战的队伍里，在尚未涨潮的滩涂上杀出一条血路。后来我

---

① 亨利·詹姆斯：《昆汀·塔伦蒂诺的星球大战——数码电影、媒介融合和参与性文学》，陶东风：《粉丝文化读本》，北京大学出版社，2009年，第107页。

② 同上，第108页。

知道，这是很傻的行为，陶然只是一个人，她不是一支队伍，再加上我一个人，顶多是两个人，我们这两只小虾米，最终只能搁浅在沙滩上，蹦跶两下，连眼泪都流不出来。

我认为，人探索自我的道路是有限的，当到达某一个极点之后，再多的用力，都不过是徒劳重复和原地转圈，不是因为能力的欠缺，而是因为我们作为一个人所能触及的范围，一定是有局限性的，阅读和思考，是深度的增加而非广度。王尔德说女人不是用来理解而是用来爱的，世界也一样，我们没有办法理解这个世界，于是我们就还相信它。现在廖一梅踩在这条界线上了。

《像我这样笨拙地生活》是一本零碎的书，廖一梅把旧的自己拆开了往书上一摊，就想让读者自己去拼凑新的东西，这样的努力显然是失败的，我看到的还是曾经的那个她，对世俗的幸福和柴米油盐的快乐如此的抗拒和怯懦，企图通过内心的疯狂，来划清她和生活的界限。

数数全书一共有多少个“真相”和“缺憾”，就知道她内心有多少的恐惧。她说要发现真相接受缺憾，但这样的一种宣誓式的重复，只能说明她还没有发现更别说接受了。真相，什么时候大家都在说这个词了呢，类似的还有本质，内核，核心。什么是真相？其实我们正像《黑客帝国》里描绘的那样，一出生就沉睡在母体的温床之中，在寻找真相的，其实是那个虚幻世界里的虚幻自我，这样的自我，他说他找到了真相，你信吗？你又如何来确定它的真实性和正确性呢？

接受缺憾，并不是如文中所说的是一种积极的主动的与生命和解的方式，缺憾它在那儿，你不得不接受它，精神病人和抑郁症患者，他们试图抗拒它，试图将外界的不完美转化成内部问题自行解决，但最后他们都死了。

书的前半部分是廖一梅的谈话录，而后半部分又是她作品里的经典台词，不得不怀疑它有凑篇幅的嫌疑，因为这两部分看上去是如此的相似，基本上都是廖一梅在给你灌输一些拒绝平庸等待奇迹的观念，她不像她小说和剧本里的那些个活生生的人，反倒像一尊自由女神像，宣扬着理想信念等等的观点，实际上等于什么都没说。

至于前面的谈话录，我本身就很不喜欢谈话录这样一个表现形式，总觉得它带有浓重的表演气氛，颇有些为了说而说的意味。谈话录带有严重的个人崇拜情结，甚至有点传道的感觉，我对任何的崇拜都充满了反感，世上不存在任何一样东西，完满到值得我们花费如此巨大的精力和热情来热爱它，我们爱自己还不够呢，又怎么能真正的做到爱“它”？宗教是这样，某个人的言论也是这样，说得太多，反而渐渐言不由衷。

廖一梅的所有观点，似乎都根植于她的激情和狂热而不是来源于生活，于是带有了一种虚无缥缈的不真实感，如果是几年前，我或许还很享受那种云里雾里的晕乎劲儿，但现在，我只想对她说，嘿，别兜圈了，来点猛料好吗？

我总觉得她是有些恐惧生活的，尤其是有了孩子以后，好像生活一定就带给人平庸就一定磨损人的光芒一样，一切的智慧一切的经验，不都来源于生活吗？我们不可能一辈子都做一个局外人，就好像书中写的那样，我们每个人生来就带着一种“乡愁”，而生活就是我们最终要回归的故乡。

文人是没有逻辑的，他们只有对于生命的感知，而这种感知又总是自相矛盾的，于是他们成立，推翻，又成立，再推翻。心中常常有两个小人在打架，这才是正常的状态，对于任何一种观点的完全肯定和否定，最终都会沦为一种偏执的妄念，就好像悲观主义的花朵，我们可以说它是在石缝中绽放出的奇迹，也可以说它是落入石缝中的悲剧，就好像这本书，你可以说它是一本闪耀着炫目的个人光芒的灵感和激情的结晶，也可以说它是一本东拼西凑充斥着武断言论和夸张自我的冒牌货。

最后我还是想要问一句，廖一梅，你到底在害怕些什么？

“正义伙伴张熊”的评论引发了126条回应，有赞同的，比如“Season”的回应：“今天看了，说实话，很多语段重复，确实有在拼凑的感觉。之前我没看过她的书，感觉是有一两点的闪光点，但总体看来，觉得比较一般。觉得作者书中表述的观点本身就存在冲突，想特立独行，但终究又逃离不了平常的生活，譬如她生孩子的事，生了孩子后的那种恐惧感……也许每个人都是矛盾体，理想与现实的矛盾无处不在。”也有不同意的，比如“城市森林”的回应：

“廖一梅的所有观点，似乎都根植于她的激情和狂热而不是来源于生活，于是带有了一种虚无缥缈的不真实感”，其实我觉得现实生活也并不是真实，所谓的幻想也并不就是虚空，而是恰恰相反，现在看萨特的《文字生涯》，萨特说存在先于本质，也就是说没有意志思维和幻想那么人和物体是没区别的，萨特小时候开始就认为幻想就是真实的，而世俗生活反而虚幻了，所以现实生活的吃喝拉撒仅仅是吃喝拉撒，没什么特别意义，也不值得劳心费神地过，唯有意志，激情这些才是有意义的，因为是它们赋予一切意义。

楼主说“她的观念来自于她的偏见”，这我也不赞同，一个人的中庸也有可能被另一个人视为偏激，没有人能提供一把标尺，就像廖一梅说的大众审美就是臭狗屎，我如果说大众审美连臭狗屎都不如，那你觉得她说的是不是温和多了呢？

疯狂远比怯懦值得坚守。

不但会针对评论对象和首发评论（楼主评论）争辩，而且在回应的过程中又会衍生出很多评论和争辩，比如针对“妖娆棉花”的回应：

呃。不得不说，你中后部分很有点误读她。我从未了解这个女人，之前也从来没听说过，也压根不知道她是写话剧的，更不知道她有多出名，我看她的第一本书，就是这本《像我这样笨拙地生活》，而且毫不掩饰地告诉你，我觉得她写得很真实，有血有肉，并不像你以为的那样“等于什么都没说”。

带有严重的个人崇拜情结——这个对我压根就不存在，我刚说过了，我根本就不知道她是谁，何来崇拜？

带有了一种虚无缥缈的不真实感——这点正好相反，我就看了她的序，就能感受到相当深刻的真实，我很清楚这是一个在追问生命这条路上用过大力气的女人，她的赤诚和执著完全能够触摸到，绝非你以为的那样花拳绣腿，我是第一次看她的文字呢，因为这篇序，所以我将整本书都看完了，还不辞辛劳地将所有我觉得有意思的句子都整理出来发博客了，但凡有一丁点虚无捏造，我都没这么好心情花了两天来做这么费力的事情。

至于恐惧。呵，我感觉不到。我觉得是人生达到一定境界后的恬淡从容，生命就在那里，她就那样看着它，如此而已。如果真的要说恐惧，也许可以说出来一个，那就是她分明预知到的，会被如你这样的人们误读，“被误读是创造者必然的命运。就像博尔赫斯在八十岁的时候说的，我不相信任何语言表达。我觉得这是作家的宿命。”看见了吗？你在这里说的这一堆误读，她其实早就知道。

还有关于真相，但凡认真思考过生命本身的人，认真追问过内心的人，是能够触及她字里行间的血肉的，你感受不到，那只能说明，你还在很遥远的路上，就像没吃过糖的人一样，压根不知道甜是什么滋味。

在给你灌输一些拒绝平庸等待奇迹的观念——她在叙述她的心路历程，

她灌输给你这样那样的观念有什么好处？为了名利？哈哈。再有，假如你追问你自己的内心到一定程度，你自己也同样会产生这些相似的心路历程，哪里又需要她来灌输？

还有宗教，越说越离谱了。我不知道你是小伙子还是姑娘，我只能说，也许你太年轻了，体会不到是正常的，不过因为体会不到、理解不了，就拿着一堆帽子乱扣，这好像不是讨论问题的态度。

就像爬楼梯，你只有亲自爬过三十楼了，才有资格去揣测爬四十楼是怎样的景观，而不是刚爬过不到十楼，就迫不及待地去对爬五十楼的指手画脚。那是贻笑大方而不自知的一件事。明白吗？

"黄小美的下午茶"认为：

楼主是因为看过她早期的作品，才会觉得这本书有拼凑的感觉。我读过她所有作品，在这本书中，我看到无数熟悉的句子，因为她以前书的内容，很多我深记在脑中。

妖娆棉花，正因为你没有看过她之前的书和新闻，所以单从一个读者角度来读这本《像我这样笨拙地生活》，我同意你的看法。

在目前中国的网络环境下，我们断言当人民有了读书的自由之后，人民已经可以绕开、抛弃"精英""寡头"的世袭领地，而在网络上筑造自由言说的王国还为时过早。而即便在网络虚拟空间获得充分的阅读民主，也不是像我们前面说的专业文学批评成为阅读活动中专制堡垒的理由。我们有理由期望专业文学批评从"豆瓣读书"中获得启发，而且自由阅读之后"多重声音"的言说和表达的理想也是对真正民主的期许："真正的民主是个好东西。所谓'真正的民主'是人民当家做主的民主，而不是被阉割、经过无害化处理的民主。"[①] 事实上，类似的阅读和批评在博客、开放的论坛和个人网站每时每刻都在发生。在纸媒的文学批评日趋学院化、精细化的大背景下如何评价这种网络"私媒体"的阅读和批评机制，暂时也许难下决断，但至少有一点可以肯定这样的阅读和批评孕育着一种新型的对话性新批评范式。

十余年快速发展的传媒形势，直接催生了"70后"作家同一"代"却完全不

---

① 王绍光：《民主四讲》，三联书店（北京），2008年，第242页。

同成长和评价的模式，以及他们完全不同的写作趣味，如果我们再把网络文学、类型文学放置在其中考察，如果我们再注意到小说之外的其他文类，其复杂性将远远超出我们本文所描述的。既然如此，那么我们今天的批评界依然固守着传统文学期刊的成长模式，观察这一已经“离散”的文学世代所得出的关于“70后”的那些共同想象还成立吗?

我希望本文只是一个提问，而不是一个结论。

廖一梅论

■文/张　莉

廖一梅是一位常被批评者遗忘的剧作家。按通常的代际分类，她是“70后”作家，但与诸多“70后”作家的文学追求、文学审美迥异。讨论先锋戏剧时，人们常常讨论孟京辉的贡献而忽略廖一梅。这不公平。廖一梅的剧作敏感、尖锐、独异，不惜冒犯大众审美习惯。她所有写作的目的都在于表达她对世界的理解和认知。她的困惑痛苦，她的愤怒和喜欢都全部幻化在她的人物之口，而非依附在一个完整的人物命运或人物故事中。她的剧作带给观众不掺杂质却又难以捉摸的感觉。

她的话剧常常是众声与独语交汇。严肃的与滑稽的，喧哗的与低语的，夸张的与日常的，全部糅杂在一起。艺术生活与日常生活之间的边界似乎模糊了。对喧哗之声的渲染，其中含有一种内在的讽刺性。愈贴近愈疏离，愈表现愈讽刺。其中透露出一种审视，一种观望，以及一种隐隐的态度。廖一梅的语言表达是文学性的，诗性的，这与当下流行的那种小剧场话剧——搞笑的、杂耍的、轻浮的、缺乏深刻思想的剧作演出保持了严格的距离。

自我认知，自我反省，对所见的现实进行陌生化处理，廖一梅在戏剧创作中促使观众重新认识现实。她的剧作创作核心是自我，自我反思。戏剧在廖一梅这里，不是故事，不是对现实的照搬，而是剧作家内心世界的完全表达；是演员、观众和创作者一起对问题的探讨；对于时事、对流行文化、对婚姻、对爱情、对性、对做爱、对性倒错，她常常纠结于一个事情，一个意念，一个问题，毫无保留地挖掘，思辨、陈述、反诘，驳难。不过，庆幸的是她的戏剧绝不因这种深刻的思辨性而乏味，恰恰相反，她的戏剧有趣，鲜活，好看，百演不衰。她的人物毫无疑问都是现代的，“现在时”的，具体情境的，但有从具体情境飞离出来的空间。她都有她的独特理解。

迄今，廖一梅有十多部剧作及小说问世。戏剧作品：《恋爱的犀牛》（1999）、《琥珀》（2005）、《柔软》（2010）、《艳遇》（2007）、《魔山》（2006）。电影作品：《像鸡毛一样飞》（2002）、《生死劫》（2004）、《一曲柔情》（2001）。此外，她还有一部长篇小说《悲观主义的花朵》（2003）以及一本语录集《像我这样笨拙地生活》（2011）。

坦率地说，廖一梅剧作质量参差不齐。她的话剧作品数量并不大，但是，别具锋芒。无论之于她本人还是同时代的创作，她的话剧作品都可称作出类拔萃。她的艺术探索远比其他大多数剧作家更有个性、实验性和探索精神，这正是本文主要以《恋爱的犀牛》、《琥珀》、《柔软》为讨论中心的原因。三部话剧并称为“悲观主义三部曲”，一部比一部更为尖利和显露锋芒，这是一位总渴望把自己从现实泥沼中脱离出来的写作者。她的每一部作品都试图给人一种新突破。也许她的新剧推出总是会得罪或惊吓不少她的铁杆剧迷们，但同时，也会赢得另外的读者与观众。

她的系列剧作具有整体性，三部戏剧独立成章，并无实质联系，但又高度一致。它们都关心爱情，关心灵魂和肉体、爱情与性，以及爱情与生殖、与性别的关系。是对一个问题不同面向的探索和追问，像三块美妙而花纹复杂的暗色玻璃，相互映衬，互相折射，互为关系，最终形成这位剧作家长期的艺术追求。——在庸常的现实生活之外，建立一种自由的诗意生活；在恶俗的大众审美之外，实现一种文学的、先锋精神的追求。这样的艺术实践使人刮目相看。

在爱欲的无尽深渊里

廖一梅是爱的探索者。她所有剧作都是对爱欲关系的认识，“通过爱情，人们去寻找自己和世界的关系，找到去表达自己欲望和激情的方式”。[①] 当廖一梅如此表达她理解的爱情时，也意味着她找到了探索个人与世界关系的助力。爱欲是廖一梅认识世界的方式。《恋爱的犀牛》是她的第一次尝试，被视为“恋爱的圣经”。但这样的说法令人怀疑。那些把剧作当作爱情指导来观看的观众未免会失望，这

① 廖一梅：《像我这样笨拙地生活》，中信出版社，2011 年，第 25 页。

部剧作与其说是关于恋爱的指导，不如说是对何为爱情的深入思考。

主人公马路是爱情至上者。如何爱明明，如何使明明意识到自己爱她是个难题。他发现，当他真的爱一个人时，常常束手无策。这种束手无策也出现在明明那里。她爱上了不爱她的男人。她无法获取他的爱。爱成为两个人的难题和难局。这恐怕也是处于爱情状态里的所有人都会面对的难题。对于这两个青年来说，他们受困于爱，他们为自己的爱画地为牢。他们不能像周围的人那样轻松爱。关于爱的表达，那些唱歌，礼物，金钱，在他们的情感中全部都不适宜。

廖一梅有一种本领，她能把一个具体的通俗意义上的日常爱情故事写得深入深刻，使读者很快进入话剧的肌理。她有穿透力。这令人赞赏。《恋爱的犀牛》中，明明对于爱的理解抽象又精微，具有某种普泛性："我是说'爱'！那感觉是从哪来的？从心脏、肝脾、血管，哪一处内脏里来的？也许那一天月亮靠近了地球，太阳直射北回归线，季风送来海洋的湿气使你皮肤滑润，月经周期带来的骚动，他房间里刚换的灯泡，他刚吃过的橙子留在手指上的清香，他忘了刮胡子刺痛了你的脸……这一切作用下神经末梢酥酥的感觉，就是所说的爱情……"[①]

对于这部话剧而言，具体环境并不是剧作家所关注的，马路和明明能否走到一起也并不是她所着意表达的。没有开头结尾和起承转合，她只想阐释对爱的疑问，追问，理解。因为，"人对于爱的态度，代表了他对这个世界的态度，爱情是一把锐利的刀子，能试出你生命中的种种，无论是最高尚还是最卑微的部分。"[②]

《恋爱的犀牛》只是廖一梅探索"何为爱"的开始。关于爱，有许多疑问困扰着她。"人们总是说'我心爱的'，真的是'心'在爱吗？""如果你的灵魂住到了另一个身体我还爱不爱你？如果你的眉毛变了，眼睛变了，气息变了，声音变了，爱情还是否还存在？"[③]——如果你爱人的心换到了另外一个人那里，你会爱另一个人吗？你爱，你爱的是以前的他还是现在的他？《琥珀》与《恋爱的犀牛》的不同在于，《琥珀》是一种更为深入的对何为爱的思辨。

"审视自己的情感，我常会有这样的疑惑：是什么在影响我们的爱憎？激发我们的欲望？左右我们的视线？引发我们的爱情？这种力量源于什么？什么样的人，什么样的气息，什么样的笑意，什么样的温度湿度，什么样的误会巧合，什么样的肉体灵魂，什么样的月亮潮汐？你以为自己喜欢的，却无聊乏味，你认为自己

---

① 廖一梅：《恋爱的犀牛》，《柔软：廖一梅剧作集》，中信出版社，2012年，第195页。

② 廖一梅：《像我这样笨拙地生活》，第25页。

③ 廖一梅：《柔软：廖一梅剧作集》，第145页。

厌恶的，却深具魅力。这个问题，像人生所有的基本问题一样，永远没有答案，却产生了无穷的表述和无数动人的表达。”①

在“爱是什么”的整体疑问里，《琥珀》的进一步问题是，爱与身体，爱与欲望的关系。因车祸消失的人，如果他的心移植到另一个人的身体里时，“心爱”二字何解？对于小优而言，她意识到爱时，她爱的是现在这个男人，还是他身体里潜藏的那个爱人的心。对于高辕而言，他爱小优，是作为高辕的爱，还是为那颗心的驱使而爱？

每一个问题都是切肤的，有着最为真实的疼痛。思考和追问都需要勇气。爱真的是不可转移的吗？当形而上的爱前所未有遇到一种肉体分离时，爱是什么？不断地追问是《琥珀》的深度。廖一梅把她的人物完全推到了悬崖，一种绝境。她的问题折磨着剧中人物，也折磨着她的观众。——他们从来没有意识到，爱如此复杂，关于爱的问题会以如此凛冽的方式被推到前台，这使人不得不思考，不面对。

《柔软》则是三部曲中最为惊世骇俗的，也最受争议。这部作品关于了解。婚姻，爱，男人，女人，性，同性恋，异性恋，异装癖，以及人的勇气。那种渴望探求身体可能性的勇气。一个人如何认同她的性别属性？如果一个人的性别属性与她本人分离时，她如何认知？诸多复杂缠绕的问题全部呈现在这部剧作中。变性医院里，一个青年男子渴望变成女性，在变性前，他以男性身份与他的女医生发生性行为，并且获得快感。这是她最为暧昧的作品，你很难用清晰的语言表达和阐释。它是无解的。但缠绕本身就是一种冲击。廖一梅解释说，“我想通过进入禁忌来试图探讨真相，试图找到真相。”②

《柔软》中，对于那位要做变性手术的年轻人而言，身体与他的欲望和个人认同之间产生了巨大的距离。他向他不能认同的性别挑战，不惜一切做变性手术，完成另一个他认同的我。这位年轻人是勇敢和果决的。对于普通人来说，最困难的恐怕是肉体和灵魂的相悖，剧作中的女医生，有和剧作家本人一样的悲观情绪：“我该对我的灵魂动手术，她们困在我的体内，她们对我来说要得到改善，这比割掉你的阴茎再造一个更难。”③由爱、相爱、做爱、肉体，廖一梅一步步逼进她的深渊。不过，整体而言，廖一梅是信任爱的人，因为信任，所以才执迷于何为爱。

---

① 廖一梅:《像我这样笨拙地生活》，第 31 页。

② 同上，第 139 页。

③ 廖一梅:《柔软》，《柔软：廖一梅剧作集》，第 58 页。

在她那里，爱不只是爱，也是人和人之间的交往。“爱还是存在的，如果你细细分辨，那可能是人最本质的善意和友爱。它既不是欲望，也不是需要，是人和人之间的一种默契，是人类能够存在的最本质的东西，它超越任何身份、禁忌，甚至性别。”[①]

想来，这位执迷于爱的作家，也许在创作的最初并没有想过写“悲观主义三部曲”，下一部顺理成章。每一部剧作既是一个问题思考的结束，也是深入挖掘另一个问题的开始。爱与肉体，与婚姻，与灵魂，与生殖关系。她的主人公缠绕在这样的问题里不能自拔，他们以一种不能自拔的状态使我们重新理解那被传说过一千万次的爱。一个人，如何通过对爱的理解去理解世界、理解人本身？剧本没有清晰的答案，也许读者在这样的问题和困惑里找到了同道，也许剧作会把懂得爱的人弄糊涂，无论怎样，三部曲像巨大的深不可测的镜子一样，使读者照见了自己的困扰和烦恼。这种困扰和烦恼与什么时代，什么样的物质条件无关，而只与灵魂、孤独、精神疑难有关。

众声杂糅

廖一梅剧作里总是众声喧哗。其中有多种语言的大胆杂糅，各种语言元素相互矛盾，构成一种拼贴叙事，不加雕琢，某种意义上，是带有讽刺性质的现实叙事。她展示当年最流行最红火的观点并加以漫画化，这与我们通常的戏剧理论格格不入，但最终又能达到一种和谐效果。这种杂糅在孟京辉的舞台上得到了一种彻底的贯彻。由此，他们二人也正在形成一种戏剧的新范式：将各种文化元素进行选择和堆砌的拼盘，将内心的忧郁、抒情的独白与最流行的口头俚语、街头段子结合；在不同叙述风格和表达形式之间迅速切换，进而完成对一种问题的深刻探索。

那种喧哗是廖一梅式的。《恋爱的犀牛》第一场，每一位上场的演员都在读一本书，大声读其中的一段话，关于科学，关于知识分子，关于上帝，结婚，高跟鞋，眼睛……最终，这些人来到一口世纪大钟面前许愿，愿望都与金钱或爱情有关。第五场，关于“恋爱训练课”中，教授教青年人恋爱，每一个人都渴望获得爱情，在恋爱成功学里，包括倾诉，情境，以及表演。同一个空间里，先是由不同的人物说起他们遇到的不同的情感困惑，之后是他们的声音共同交织而起。最

---

① 廖一梅：《像我这样笨拙地生活》，第 27 页。

为极致和富有意味的喧哗在另一部话剧《琥珀》中，高辕讲演：

> ……如何赢得你的人生？投资极小，成本极低，回报极丰，利润极厚！这个美丽的新世界还剩下什么可以赚钱？面条加工设备，卤味烧腊名店，干洗店加香，骨汤粉面馆，防盗手机套，牛仔服外带休闲，睫毛生长液，自卫防身手电，微型永久脱毛器，疯狂增高营养片，活性再生因子疤痕灵，儿童健脑跳毯，处女膜修补，德克萨斯肉饼店……[①]

这个段落里充斥的全是名词，与金钱、盈利有关的名词。剧作家是名词爱好者，她喜欢将各种毫不相关的名词堆积在一起。这些名词身上打着浓烈的时代烙印，是谋利者为获得金钱而制造出来的物品，对观众和读者构成了一种轰炸力，一种意味。

用名词、用声音、用场景表达人的多样，世界的多样，时代的光怪陆离是剧作家希望达到的效果。但是，这真的是多样性？《琥珀》中，有一个场景是高辕的声音和众人的声音一起：

> 高辕：我是出色的。
> 众人：我们是出色的。
> 高辕：我绝对是出色的。
> 众人：我们绝对是出色的。
> 高辕：我的精神是放松的。
> 众人：我们的精神是放松的。
> 高辕：我的思维是清晰的。
> 众人：我们的思维是清晰的。
> 高辕：我能应付生活中遇到的任何问题。
> 众人：我们能应付生活中遇到的任何问题。
> ……
> 高辕：我将成功。
> 众人：我们将成功。
> 高辕：我应该得到更多的钱。

---

① 廖一梅：《琥珀》，《柔软：廖一梅剧作集》，第95页。

众人：我们应该得到更多的钱。

高辕：我要坚持自己的意见并且为自己感到骄傲。

众人：我们要坚持自己的意见并且为自己感到骄傲。[①]

声音高亢有力，但又单一重复，时代的某种乏味和无聊被深刻勾画出来。《恋爱的犀牛》中，剧作家则使用的是众人合唱。一个人引领，万众附和：

这是一个物质过剩的时代，
这是一个情感过剩的时代，
这是一个知识过剩的时代，
……
我们有太多的事情要做，
我们有太多的东西要学，
……
爱情是鲜花，新鲜动人，
过了五月就枯萎，
爱情是彩虹，多么缤纷绚丽，
那是瞬间的骗局，太阳一晒就蒸发，
爱情多么美好，但是不堪一击，
爱情多么美好，但是不堪一击。[②]

这是对时代的直接表现。正如一位批评家所意识到的，"《恋爱的犀牛》中的合唱所言说的并非古老而庄重的命运之音，它带有现代社会无赖的嘴脸，不以为然又略带嘲弄。这种合唱带着媚俗之气弥漫在整个舞台。"[③]一个狂乱的、实用主义的、无聊的世纪末图景被表现出来。这一场景在其他两部剧作中也反复出现。《琥珀》中，写手们联合写作，美女作家横空出世，骗取销量及金钱。《柔软》的喧哗则在整容室里：女明星整容，腮帮子里眼眶子上打肉毒杆菌，头发里埋根拉皮的线，乳房旁边有小小切口。《柔软》的语言是突破禁忌的，其中有大量的与性

① 廖一梅：《琥珀》，《柔软：廖一梅剧作集》，第133—134页。

② 廖一梅：《恋爱的犀牛》，《柔软：廖一梅剧作集》，第250—251页。

③ 张永宏：《论〈恋爱的犀牛〉中的感伤色彩和批判意识》，《群文天地》，2011年10期。

有关的字眼，也包括对性、性倒错、变性及做爱的理解。

俚语，俗语，段子，笑声，同构了有关时尚、时代的众声。这些声音和表达都是用严肃的方式呈现的，激昂、铿锵，像我们身在的现实。这似乎是这个时代的底子。另一方面，她似乎也喜欢使用科学性的语言。科学类语言以一种冷冰冰的方式出现。比如剧作中对图拉的介绍，《琥珀》中对人心脏的分析，对变性手术的介绍等等。所有的语言都煞有介事。把不同风格的语言，不同的生活态度，不同的生活场景全部糅杂在一个空间里，成为一种人生境况的隐喻性描写。

《恋爱的犀牛》中，讨论到如果得到一大笔钱该做什么时，各种声音泛起，"用于还债"、"出国"、"买房"、"全部买成伟哥"……而果然中得大奖的马路，却想的是"给图拉买个母犀牛"做伴，给他爱的明明以幸福。在这样的喧嚣里，马路的声音出现：

> 你们欢呼什么？你们在为什么欢呼？我的心欢呼得快要炸开了，可我敢说我们欢呼的不是同一种东西！相信我，上天会厚待那些勇敢的，坚强的，多情的人，如果你们爱什么东西，渴望什么东西，相信我，你就去爱吧，去渴望吧，只要你有足够强大的愿望，你就是不可战胜的！①

与此相类，《琥珀》中，当《床的叫喊》畅销，当美女作家的情爱作品畅销时，一个声音开始在舞台出现：

> 如果你的灵魂住到了另一个身体里我还爱不爱你？如果你的眉毛变了，眼睛变了，气息变了，声音变了，爱情还是否还存在？他说过，只要他的心在，他便会永远爱我。可是，我能够只爱一个人的心吗？②

与大众的、科学的语言相对应的，是来自人的低语，一个人的独白。是独语者的诉说。它们不是高亢的，响亮的，它们是由人心深处发出的。这种低弱的、发自肺腑的声音与高声的喧哗，构成一种强烈的比照关系，互相映衬。并不是声音高亢的就是重要的。对比之下，个人的声音更具力量，来自独语者的表达是文雅的，是抒情的，以及，诗意的。

---

① 廖一梅：《恋爱的犀牛》，《柔软：廖一梅剧作集》，第 255 页。

② 廖一梅：《琥珀》，《柔软：廖一梅剧作集》，第 153 页。

文学性或反大众

独语者具有魅力。在廖一梅剧作里，在时代的功利、市侩语境中，独语之人的执著坚持被放大、被深描、被注目。将相互矛盾的声音元素并置在一起，并不意味着简单的呈现。剧作家的态度蕴含其中。只有在杂糅风格中，廖一梅剧作的另一特征，抒情性特征才会凸显。这种抒情性特质在《恋爱的犀牛》中表现得很充分，这也是廖一梅最为酣畅淋漓丰满复杂的剧作。主人公马路有大量的内心独白，成为剧场观众久不能忘记的段落：

> 我爱你，我真心爱你，我疯狂地爱你，我向你献媚，我向你许诺，我海誓山盟，我能怎么办就怎么办。我怎样才能让你明白我如何爱你？我默默忍受，饮泣而眠？我高声喊叫，声嘶力竭？我对着镜子痛骂自己？我冲进你的办公室把你推倒在地？我上大学，我读博士，当一个作家？我为你自暴自弃，从此被人怜悯？我走入精神病院，我爱你爱崩溃？爱疯了？还是我在你窗下自杀？明明，告诉我该怎么办？你是聪明的，灵巧的，伶牙俐齿的，愚不可及的，我心爱的，我的明明……①

> 忘掉她，忘掉她就可以不必再忍受，忘掉她就可以不必再痛苦。忘掉她，忘掉你没有的东西，忘掉别人有的东西，忘掉你失去和以后不能得到的东西，忘掉仇恨，忘掉屈辱，忘掉爱情，像犀牛忘掉草原，像水鸟忘掉湖泊，像地狱里的人忘掉天堂，像截肢的人忘掉自己曾快步如飞，像落叶忘掉风，像图拉忘掉母犀牛。忘掉是一般人能做的唯一的事，但是我决定不忘掉她。②

这些表达是文学性的，它们与所有杂声相悖。事实上，她的剧作中常常出现诗句。比如《恋爱的犀牛》中，一直有一首诗响起。“一切白的东西和你相比都成了黑墨水而自惭形秽，/一切无知的鸟兽因为不能说出你的名字而绝望万分。”在这样的场景中，那些主人公的内心独白，具有一种罕见的抒情色彩。③

① 廖一梅:《恋爱的犀牛》,《柔软：廖一梅剧作集》，第 180 页。
② 同上，第 228 页。
③ 同上，第 263 页。

诗句和抒情性独白表明，这位剧作家有着深厚的文学气质。这种强烈的文学性特征，也表现在她的剧作结构上。严格意义上，她的结构不是线性的，而是非故事性的，虽然她有她的核心观点和问题。《恋爱的犀牛》中，恋爱培训班、世纪庆典和马路的爱情交织在一起；《琥珀》中高辕和伙伴们一起炮制畅销书、美女作家与高辕和小优的爱情缠绕；《柔软》中，男青年的变性手术，女医生的巨大困惑和碧浪达的多面人生互相映衬。她的剧本结构类似于散文体。场景之间并没有必然的和必要的联系，但却“形散神不散”地结构在一起。

她的话剧有内在的文学情怀。《恋爱的犀牛》中饱含有世纪末知识分子的不安和迷狂，延续了知识分子的危机意识。困惑，恐慌，孤独，忧伤。她专注于个人的想法和理念。她剧作中的很多人物都可以文思如泉涌，才思敏捷，妙语连珠。她常常引用他人的话，提到一些文学作品，用诗句来表达。她的人物，她们讨论的话题，绝不可能是琐屑的，鸡零狗碎的。她的话题关于爱情，关于身体，关于性和变性，关于精神本质。她将文学特质的东西恰如其分地融入她的创作中，如索尔仁尼琴的《癌症房》，德国人托马斯·曼虚构的《魔山》，法国人加缪的《鼠疫》……这些作品多次出现在她的人物之口。

文学性的表达是一种风格，一种方式，更是一种态度。在独自的、忧伤的个人声音之后，是一个人对时代、对大众、对流行的拒绝和对抗。一如陈晓明对先锋小说的分析：“在那些似是而非的抒情背后，可能隐藏着颇为复杂的历史意蕴……特别是在讲述生活陷入无法挽救的破败境地的故事时，那些优美的抒情总是应运而生，这使得抒情不再是一种修辞手段或者语言风格特征，它表明了处理生活的一种态度和方式……”[①]

这也意味着，对于马路来说，“爱明明与否”已经不再关乎爱情，它变成了一种生活态度：“我曾经一事无成这并不重要，但是这一次我认了输，我低头奋脑地顺从了，我就将永远对生活妥协下去，做个你们眼中的正常人，从生活中攫取一点简单易得的东西，在阴影下苟且作乐，这些对我毫无意义，我宁愿什么也不要。”[②]那也是一种较量，不是两个青年男女之间的较量，是一个人和外在的所有一切的较量。

具有文学气质的独语者是属于廖一梅的个人标识。但这位剧作家还有她另外的个人锋芒。即她对大众审美的认识。她不将大众当成一个整体，借高辕之口，

---

① 陈晓明：《无边的挑战》，广西师范大学出版社，2004年，第127页。

② 廖一梅：《恋爱的犀牛》，《柔软：廖一梅剧作集》，第259页。

她争辩大众的多样："海洋不只是简单的海洋，而是由各种河流汇成；森林不只是简单的森林，而是由各种树木组成。人民和大众也不只是简单的人民和大众，他们当中有建筑师，心理医生，洗盘子的伙计，种棉花的农民，律师，小业主，诗人，锻工，牧羊人……"[①]

她更不会把大众审美当成天大的事情加以膜拜。事实上，廖一梅借她的人物高辕之口表达过她对大众、公众和时尚的理解："公众从来没有自己的想法，公众都是人云亦云的。事实证明你只要说得有煽动性，再搬出几个专家来，一切都妥了。"[②]"记得尼采说过，疯狂就个人而言是少见的，但就集团、组织、民众和时代而言，却屡见不鲜。"[③]她甚至曾激愤地说过，"大众审美是臭狗屎"，"因为产生原始的、质朴有力的大众审美的社会结构已经消失了。所有的传媒电视报纸网络时尚杂志推销的审美全部都来源于商业利益和政治利益，无一例外，所以在这个意义上，这种审美肯定是一个怪胎，肯定是狗屎。"[④]与文学气质并构的，是她的独特的先锋精神。这是少有的既能保证戏剧的商业性特征又毫不掩饰地对大众审美进行激烈批判的新锐剧作家。

个人性与普遍性

写作、剧作对于这位作家而言是对内心自我的深入探寻。在她那里，自我并不是像我们想象的那么浅表，它是深井，有无数关于"我"的宝藏和秘密。对自我的探索是艰难的，需要经年累月的劳动，需要作者沉思、冥想，向更深更暗的无人至访处探进。"有一些东西可能不构成外在的冲突，但实际上却是让你撕心裂肺的！它可能是你内心的两种品性或两种喜好，甚至是你不知道是什么的东西在你内心作战，却比任何有形的冲突更令你痛苦，更加激烈。"[⑤]

她感受她的痛苦并表达。痛苦在她这里，是有重量的，有质量的，是对生命的滋养。廖一梅和她剧作里的每一位主人公一样痛苦，备受熬煎："大部分的时间，我都在干一件事儿，垂下脑袋深深地埋进自己的胸腔，将五脏六腑翻腾个遍，对

---

① 廖一梅:《琥珀》,《柔软：廖一梅剧作集》，第 142 页。
② 同上，第 142 页。
③ 同上，第 142 页。
④ 廖一梅:《像我这样笨拙地生活》，第 80 页。
⑤ 同上，第 69 页。

自己没完没了地剖析较劲儿。”[①] 在她看来，迎着痛苦是一位艺术家的本能：“不回避痛苦，我基本上是迎着刀尖儿上的人。如果你一路躲闪，一直生活在舒适、愉悦、顺利的环境里，你会变得肤浅。人类就是以痛苦的方式成长的，生命中能帮助你成长的，大都是痛苦的事情。我珍视生命中的这些痛苦。”[②]

对痛苦的迎面而立使廖一梅的人物在每一个决定面前都不会模棱两可，相反，他们坚定果决。她的人物对个人有清晰认知，她的每一个人都偏执，有自己的极致追求，她喜欢把她的人物推向绝境，像用鞭子抽着他们一样去认识自我，倾听内心的声音。这使廖一梅的戏剧具有了强烈的个人特征。这里说的个人特征不仅仅指的是创作者的主观性及个性，也包括她作为叙述者的强大主体性。无论她的戏剧中有多少人物出场，有多少互不相干的议论，她都能始终把控她的节奏，实现她始终的艺术理念：“我”绝不向大众妥协。“我”要以最为极端的方式坚持“我”自己。她戏剧主人公的共性在于坚持自我，马路，明明，小优，男青年，以及碧浪达，他们从不听从他人劝告，他们听从自我内心的声音。

追求一种极端的个人化倾向，但并不追求那种独一无二的情感表达，她看重的是人类精神疑难的普遍性。《恋爱的犀牛》中有两段关于爱情的独语。一段是男主人公马路的：

> 也有很多次我想放弃了，但是它在我身体的某个地方留下了疼痛的感觉，一想到它会永远在那儿隐隐作痛，一想到以后我看待一切的目光都会因为那一点疼痛而变得了无生气，我就怕了，爱她，是我做过的最好的事情。[③]

在同一场景同一空间里，明明接下来也有此内心独白：

> 也有很多次我想放弃了，但是它在我身体的某个地方留下了疼痛的感觉，一想到它会永远在那儿隐隐作痛，一想到以后我看待一切的目光都会因为那一点疼痛而变得了无生气，我就怕了，爱他，是我做过的最好的事情。[④]

---

① 廖一梅：《自序：生活之上》，《柔软：廖一梅剧作集》。
② 廖一梅：《像我这样笨拙地生活》，第 56 页。
③ 廖一梅：《恋爱的犀牛》，《柔软：廖一梅剧作集》，第 258 页。
④ 同上，第 259 页。

同样的独白出现在两个人的内心世界里，由他们共同表达。这一场景意味深长。“这种叙述明显拒绝了个人化的差异，拒绝进入任何历史场域的习俗、观念和境遇，可是却形成一种更强大的力量、激情和连绵不断的回声。”[①] 人类的共同困惑是她关注的焦点。在这位剧作家看来，没有什么比人的东西更重要的。某种程度上，人与宇宙同构。“人与宇宙是同构的，你如果发现了一个细胞的秘密，就发现了宇宙的秘密。人类在每个历史时期都会有特定的重大问题需要解决，这个问题解决了，又会有一个新的世界格局出现。某一地的制度问题，争端，福利，教育等等社会问题，我觉得都是可以解决的。但是从人类出现，有关人的基本困惑却从来没有得到过改善。”[②] 因而，吸引这位剧作家的最重要的问题是：“人怎么能更自由，更有尊严，更幸福，这是本质的问题，是每个人都关心的问题。”[③]

这样的认识也决定了她只对真相，只对本质的东西感兴趣。思考，写作，透过那些浮泛的东西抵达更深入的内核。通过发现爱的真相而发现人的真相。“如果每天都关注当天或者当月发生的热闹事儿，那自己的精神永远都被之牵引了。那些东西大多是过眼云烟，再过一个月后，可能再没人提到或想起，我不愿意把生命浪费在那上面。现在是信息太多，而不是太少。对于人来说，随波逐流是容易的，谈论同样的话题会有安全感，拒绝反而是很难得的。”[④] 发现真相，发现爱的真相，这是廖一梅作品的最重要艺术追求，这也是她的作品为何只关注人的内在面向，人的精神和灵魂的缘由所在。

但是，发现真相何其容易？它需要对自己严厉，严苛，更尖锐地面对内心。她像她的人物一样勇敢，不怕疼痛。“人是可以像‘犀牛’一样那么勇敢的，哪怕很疼也是可以的，看你疼过了是不是还敢疼。大多数人疼一下就缩起来了，像海葵一样，再也不张开了，那最后只有变成一块石头。要是一直张着就会有不断的伤害，不断的疼痛，但你还是像花一样开着。”[⑤]

发现真相，便是要辨析常态和变态，“所谓变态其实就是改变常态，这个常态是什么呢，我觉得这个常态只能以统计学来确定，什么算是正常的，那就是大多数人，大多数人是一个什么样的比例呢？以一个概念确定一件事，这就离真相越

① 张永宏：《论〈恋爱的犀牛〉中的感伤色彩和批判意识》，《群文天地》，2011年10期。
② 廖一梅：《像我这样笨拙地生活》，第45页。
③ 同上，第39页。
④ 同上，第69页。
⑤ 同上，第95页。

来越远了。”[①] 为了真相，必得转换你的思维，你的视角，以及你的理解力。这样的转换接近真相的过程中。“我并没有得出什么结论，也不知道会是什么样的结果，但是我有奔向真相的决心，无论这个真相是什么，哪怕它是刺眼的、露骨的或者对人有强大腐蚀性的，我都不逃避。”[②]

在渴望把脑子写透的人眼里，常态和变态与通常的定义不同。她的人物：马路，明明，高辕，陈天，男青年和女医生，以及碧浪达，在他人眼中都是怪物，都是变态。但在她那里，都是美好的人，多情的人，勇敢的人，敢于面对真相的人。

辨析常态和变态的过程，是剥离教育、习俗和规则给人身上的条条框框。廖一梅试图以一种生动鲜活的方式表现这些人的存在。这具有创造性。她塑造的主人公即是那种打破各种模式横空出世的年轻人。是新鲜人类。他们喜欢“有创造力的、有激情、不囿于成见的自由生活。”“我反对伪善，谎言，媚俗，狭隘，平庸，装腔作势，一团和气，不相信任何制定的生活准则和幸福模式。不管世界给没给你这种机会，我相信人都可以坚持为自己为他人创造自由的生活。”[③] 对于这些主人公，她选择寻找具象的，生动的，贴切的，具有指代性的东西表现，比如犀牛，比如琥珀。这种简约生动的形象使观众便于接受剧作者所要传递的意味。尽管难以深入理解，但却可以深深铭记。

从个人感受出发，廖一梅试图使她的剧作抵达一种普遍性，对人类普遍性精神疑难进行探险。这位剧作家终生渴望的是“揪着自己的头发把自己从泥地上拔起来”[④]。她对那种“厌恶琐碎的、平庸的、蝇营狗苟的生活”不感兴趣。也许这样的愿望与结果之间有某种距离，或者完成得并不那么完美。与她的第一部剧作酣畅淋漓相比，《琥珀》、《柔软》显得不够丰满和灵动，剧情推动显得生硬和别扭。但即使如此，其剧作的异质之美依然值得赞赏。

在剧作中，她如实地写下那些疑问、努力、挣扎、纠缠、迷恋和痛苦，以此确认自我的存在。“在现实生活之外，还存在着一个诗意的世界。我写书或写舞台

---

① 廖一梅:《像我这样笨拙地生活》, 第 57 页。

② 同上, 第 43 页。

③ 廖一梅:《像我这样笨拙的生活 · 序》。

④ 廖一梅:《像我这样笨拙地生活》, 第 38 页。

戏剧，都是对那个诗意世界的想象和寻找”。[1] 那些在舞台上痛苦独语的人物，那大自然里稀缺的“犀牛”，那经历风雨存留至今的“琥珀”，都是廖一梅把自己从泥地里拔起来后建造的诗意世界。当她的主人公开口说话，当这个弱的、偏执的、不屈不挠地坚持自我的人开始表达，你会发现其中包含有她对狂躁现实的抵抗，一种不屈不挠的对平庸生活的超越。作为时代众声中的独语者，廖一梅的剧作中有着这个时代艺术作品稀缺的尖锐和锋芒，她的剧作追求葆有宝贵的个人性、文学性、诗意特质，也葆有了这个时代一位艺术家应有的先锋精神。

① 廖一梅:《像我这样笨拙地生活》，第 70 页。

路内论

■ 文 / 康　凌

首先是时间。

"那是九十年代初的事情"(《少年巴比伦》)、"1991 年，我十八岁"(《追随她的旅程》)、"时至 2001 年"(《云中人》)、"1984 年照相馆开张"(《花街往事》)[①]，翻开路内的小说，我们总是很快就能遭遇这些关于年代的后设符号，和它们不厌其烦的重复。它们标定了故事发生的背景，粗暴地架构起主角的个人故事与其时代之间的(无)关系，提示着读者写作 / 阅读时间与故事时间之间的距离，以及由这一距离所构建的隐秘联系。更重要的是，它们标示出一个身处这一年代之外 / 后的观察 / 叙述者的存在。对于写作本身而言，这些年代符号由此成为一种机制，使得叙述得以在第一人称视角与全知视角之间悄然滑动，这一双重视角的叙述机制创造出一种书写上的自由：故事的主角既为历史所囿，感受到线性故事时间所给予的种种限制与无奈，同时又似乎拥有了跳脱历史，并且反身把握、评论历史的能力——但是，这一第一人称叙述者 - 全知叙述者 - 作者的三重主体，与历史又构成了什么样的关系呢？他依旧处于历史之中吗？他是否在时间之流中构造出了一处空无(void)，以安顿自己的位置？这究竟是一种对历史的超越，还

① 本文所引路内文本均来自如下版本，下文不再重注：《少年巴比伦》，重庆出版集团，2008 年;《追随她的旅程》，中信出版社，2008 年;《云中人》，浙江文艺出版社，2012 年;《花街往事》，《长篇小说月报》，2013 年第 2 期。需要强调的是，本文对路内的分析基本上是围绕前三部长篇展开的，《花街往事》是否，以及在多大程度上能被纳入这一论述，还需要进一步的研究。

是被历史所放逐，抑或历史本身的终结所造成的结果？对于本文而言，揭示这一形式的作用与来源仅仅是第一步，我更为感兴趣的问题在于，这一形式构造是如何可能的？

卢卡奇在讨论小说形式时曾说道："形式上所要求的内在意义恰恰产生于对缺少内在意义的毫无顾忌的彻底揭示。"① 同样的，对于时间符号的不断申述，或许也正是因为时间本身已经失去意义，因为个人在时间中的失落与疏离，因为他/她已经无法与历史发生有意义的关系，构成有意义的整体。也只有在这时，一种新的小说形式才获得可能，它既在尝试化解匮乏，修复整体，同时又是对这种匮乏与破碎的最彻底的揭示。在这个意义上，本文并无意在对路内的小说做出周到的评论，毋宁说，路内的文本提供了一个契机，使我们得以尝试重新打开小说形式与历史经验的关系，并去追问：我们如何表达、书写九十年代②的历史感觉？文本在历史规定与个体自由之间，呈示出了怎样的辩证法？如何看待它的可能与限度？这些问题，将是我们理解路内及其文体形式的关键。

为九十年代赋形

世纪末的华丽转瞬即逝，从今天来看，九十年代的激变非但没有为个人带来更多的可能性，恰恰相反，随着时间的推移，社会结构的日渐固化，反而造就了更严重的板结与沉滞，个体的参与、成长空间愈发狭小、逼仄。这一现实不仅引发了对八十年代，乃至更早的时代的想象的乡愁——人们认为，当时的人们依旧保有历史参与的可能——同时也改变了对九十年代的书写方式。身处历史加速过程中的张皇失措，逐渐演变成了一种被悬置在历史之外的焦虑（如朱文），以及试图消除这种焦虑的尝试。宋明炜在考察了几位"七十年代出生作家"之后发现：

> 无论是那种追求特立独行的表达之下实际揭示出来的自我的脆弱，还是对成长体验的叙述中透出的精神取向上的迷惘感受或世俗化倾向，其实都正表明这一代作家在主体力量方面的匮乏与困厄。与之相关的，是主体在对现实的反应中自主性明显弱化，认同感逐渐增强，两者的关系处于相互整合之

---

① 卢卡奇：《小说理论》，燕宏远、李怀涛译，商务印书馆，2012年，第64页。

② 在这里，我用"九十年代"指称广义的，从1989年之后一直到现在的历史时段，在我看来，支配着这一历史时段的历史动力基本上是相同的。

中，而不是主体自觉疏离出来，形成独立的个体存在。这多少是有些令人吃惊的。因为假如认可这一代作家正处在，特别是成长在一个多元化的社会文化空间里，按道理来说，他们似乎更能相应的确立一种完全的个人立场，他们的生存体验也应更有利于保持一种自觉的主体力量。但从目前的创作实绩来看，事实却好像并非如此。[①]

这一观察非常准确，然而，认定作家们“成长在一个多元化的社会文化空间里”，理应“保持一种自觉的主体力量”，则似乎显得过于乐观与仓促。在我看来，他们的写作恰恰反过来证明，九十年代的历史变动并没有提供真正多元的社会空间，世界非但没有失序，反而被一种更为清晰的秩序所支配与笼罩，从而不断地侵袭、取消有意义的主体行动的空间与可能。曹寇的《挖下去就是美国》[②]叙述了一个“我”买凶杀害妻子的外遇，并将尸体掩埋的简单故事。它的有趣之处在于，整个小说的叙述都笼罩在一种置身事外的戏谑口吻之下，不仅“我”与妻子王丽的恋情无法带来激情（“一切都是循序渐进、按部就班，及至最后般配地站在那个台子上。”），王丽的出轨也没有唤起“我”的愤怒（“这件事情本身与这件事情发生的经过和他们所置身的环境一样，都是自然的。”“真的，我这么说出来，并无嫉妒和愤怒。”），甚至最后的凶杀所导致的情感波动，也迅速消失在“我”对于学校制度的啰嗦的算计里（“上班迟到一分钟扣五毛钱，迟到五分钟扣十块，如果迟到半个小时，则算作旷工半天，扣五十块。”），像是庸常生活中的一件小事一样草草而过。

在这里，推动故事前进的力量不再是“我”在生活中的遭际与情绪，而是一种仿佛笼罩在生活之上的无名的力量，用文中的话说，“那就是这既是社会秩序，也是自然规律，没什么好质疑的。”不论是“我”的婚姻、王丽的外遇，还是“我”的杀意，似乎都是这一“秩序”所派定的，是所有的社会规则与潜规则的“自然”产物。在它的支配下，即使最为激烈的、极端的杀戮行为，也无法真正触动这一秩序：在小说结尾，“我”路过掩埋尸体的地点，此时，“那群老头老太也像平时一样准时出现，他们排列整齐的队列，在民族乐曲的伴奏下，缓缓地打太极拳。”

“秩序”的支配，取消了主体与其行动之间的有意义的关联，也就是说，主体被悬置在生活、历史之外，生活、历史事件无法对主体造成冲击，主体也无法借

① 宋明炜：《终止焦虑与长大成人》，《上海文学》，1999 年第 9 期。

② 曹寇：《挖下去就是美国》，《越来越》，吉林出版集团，2011 年，第 41 页。

由自己的行动为生活、历史赋予意义，因为任何行动的意义都已经被“秩序”所给定，留给主体的，是一种被遗落在历史之外的生命之轻。《云中人》里，挚友齐娜横死，凶手未知，“我”和老星却开始事无巨细地排布每个熟人的作案动机，乃至推演可能的手法，直到“我”突然问道：“老星，难道齐娜死了我们就一点都不难过吗？”①

这一发问所指向的，正是个体与自身所处的现实生活之间的断裂。在这里，我们又一次遭遇到了置身事外，好友之死不再是一种创伤体验，而是成为技术性的分析对象，成为外在于生命体验的中立事件——或者不如说，是主体自身被放逐到了“实人生”之外，失去了获取意义感的通道。《少年巴比伦》中的“我”反复申述这种无处安放的飘浮感，“那些实际的时间与你所经历的时间，像是在两个维度里发生的事情。”②“究竟该去做什么，究竟该洗心革面成为什么样的人，这些都找不到答案。”③“去哪里这种问题是不能想的。”④“这种生活不是我要过的，但我应该有什么样的生活，自己也不知道。”⑤“我也不明白自己为什么活着，如此荒谬地，在这个世界上跑过来跑过去。”⑥

这种失落、疏离、架空、迷茫、游移、荒谬、麻木成为路内、曹寇、阿乙等一批作家的九十年代书写所呈现出的基本历史感受，他们的写作常常选择“城镇”作为故事开展的媒介，借由这一都市与乡村之间的暧昧空间，来铺陈、把握一种新的九十年代经验。有批评家将之命名为“无聊”⑦，这当然是准确的，但需要辨析的是，这种“无聊”绝不能直截了当地被等同于对生活“真相”的发现，而是一种特定主体-历史关系的产物，它不是无所事事，而是事件意义的空洞化。路内的文本，也正由于其为这种九十年代精神状态与历史感觉的赋形所作的努力，而获得了其在当代精神史上的位置。⑧

---

① 路内：《云中人》，第 278 页。
② 路内：《少年巴比伦》，第 2 页。
③ 同上，第 127 页。
④ 同上，第 171 页。
⑤ 同上，第 214 页。
⑥ 同上，第 271 页。
⑦ 陈晓明：《无聊现实主义与曹寇的小说》，《文学港》，2005 年 02 期。
⑧ 李伟长：《作为观念史的路内小说》，《上海文化》，2012 年第 5 期。

新“零余者”：撕裂的主体

《少年巴比伦》里有这样一个段落：路小路去找白蓝，白蓝不在，他决定等她回来，这时路内写道：“我就这么独自坐着，坐了很久。我总觉得自己需要去想一些问题，严格地说，是思考。我现在三十岁，回望自己的前半生，这种需要思考的瞬间，其实也不多，况且也思考不出什么名堂。我的前半生，多数时候都是恍然大悟，好像轮胎扎上了钉子，这种清醒是不需要用思考来到达的。每次我感到自己需要思考，就会找个安静的地方坐下来，并不指望自己能想出什么好办法，有时候糊里糊涂睡着了，有时候抽掉半包烟，拍拍屁股回家。”[①]

这样的段落，几乎是典型的“路内时刻”，在现实事件之后，紧随着一个或是抒情，或是反讽的声音，在这里，主人公突然打断了线性时间进程，进入一种顿悟（epiphany）的状态，意识到在熙熙攘攘的生活进程中，自身的深刻的无力与迷茫。这种无力并非来源于具体的事件，而是疏离出具体的生活内容，对生活整体的反观与感受。在这种顿悟状态下，总是存在着两个主体，两个“我”：一个在具体的线性故事时间中随波逐流，另一个则在时间进程之外，时时反顾、戳穿前者的无力。[②]这一结构我在之后还会进一步讨论，在这里我想强调的是，即使意识到了生活的无力，故事中的人们也无力改变现状，所有试图重新把握、改变、进入生活的行动，最后几乎都遭遇失败乃至嘲弄。糖精车间里的焦头，考出了各种各样的证书，却依旧无法离开原来的岗位，只能眼睁睁看着没有电工证的“我”通过关系调入电工班。管工班的长脚，偷偷复习功课想参加成人高考以改变命运，结果复习资料被一把火烧掉，想要辞职，却不知道要去哪里，“长脚说不出来，我们也说不出来。”[③]六根想跳槽去台资企业，结果被保安一顿暴打，从此“我们都断了去三资企业的念头。无处可去也是一种快乐，还是老老实实拧灯泡吧。”[④]锅仔的创业成为全校的笑话，齐娜和小广东上了床，却依旧没有去成德国公司。生活一开始就给每个人规定了位置，无法改变。《少年巴比伦》里的“我”进工厂，是父亲的安排与疏通，做学徒工，是因为学历不够，调入电工班，又是家里的疏通

---

① 路内：《少年巴比伦》，第 115 页。

② 周鸣之在《云中人》中也观察到了这种二分，见周鸣之：《触及存在的方式》，《上海文化》，2012 年第 4 期。

③ 路内：《少年巴比伦》，第 171 页。

④ 同上，第 175 页。

打点，想做营业员，却因为商场要招美女营业员以提升销量而破灭。生活的当下与未来，都已经被种种力量和秩序所规定、限制，抹掉所有的偶然，仿佛按照既定的剧本扮演自己的人生，“我会和她们一起进入无耻的中年，过过干瘾，死猪不怕开水烫的样子。”①

生活的每一步都埋伏着命定的道路，“眼前的世界是一团糨糊，所有的选择都没有区别。”②通常用来把握外部世界的资料也统统失效，《追随她的旅程》中的老丁，始终试图用自己的知识与经验来为“我”提供指导与帮助，然而，他对文革暴力的讲述并没有阻止暴力的再次发生，“老丁的意思是要我们把命运掌握在自己手中，但是，假如是有人用枪指着你的脑袋，或者是指着你身边人的脑袋，这时，选择逃命也不那么丢人吧。”③他借给“我”读的书，最终也化为灰烬。他几乎成为一个不合时宜的人，成为“史前”生活方式的可笑的标本，与当下周遭的世界格格不入。与之类似的，是《云中人》里夏小凡喋喋不休的犯罪学知识，所有分类、数据、理论的叙说，与其说是为了解决现实中的失踪与凶杀，不如说，是借由对知识的不断重复，来掩饰自身的无能为力。这种无能为力，造就了路内所说的“按键人”：

> 我一直认为，世界上有一种人叫做“按键人”，他不谙控制之法，他只有能力做到表面的掌控，将某种看似正义的东西作为自己的理由，充满形式感却对程序背后的意志力一窍不通。④

尽管在小说中，这样一段描述仅仅是对某种变态心理的归纳，但在我看来，这个意象不啻为一种普遍精神状态的隐喻：时代以脱离人们掌控范围的方式运行，现有的知识与经验早已失效，对生活的掌控不过是一种幻觉，是无能为力之后的自我安慰，而这又恰恰是我们唯一所有的东西，我们只能借助这种幻觉来获取意义，每个人都是“按键人”。

这样一种荒诞感绝非来自于抽象的形而上学思辨，在路内的反讽与戏谑背后，始终隐藏着真实的社会讯息。《少年巴比伦》里，从进厂、做学徒、调岗、到进

---

① 路内:《少年巴比伦》，第 42 页。
② 同上，第 7 页。
③ 路内:《追随她的旅程》，第 326 页。
④ 路内:《云中人》，第 97 页。

车间，路小路的命运自始至终与戴城糖精厂这一国企的转轨过程联系在一起，下岗、转制、减员增效、买断工龄，作为底层工人，他几乎近身目睹了工人阶级被历史所抛弃的整个过程，“上三班是傻子，下岗也是傻子，两者对我而言没什么区别。”[①]《追随她的旅程》中，路小路再次踩上了国企扩建的步点，工业园区在城郊乡镇的兴起、拖欠农民工工资、工人与国企干部的暴力冲突，乃至整个社会阶层的重新分化（“工农兵当然是傻逼，这人人都知道。”[②]），和由此带来的特权与屈辱。《云中人》的主角，则被设定为计算机专业的学生，而“计算机是我们时代唯一的荣光”[③]，整个时代“挟带着教改、转制、地价暴涨以及远在互联网一端的 IT 业兴起，滚滚而来，不可阻挡。二十一世纪劈头盖脸出现在眼前。”[④] 此间的城市改造所带来的大面积工地不仅为学校的犯罪与凶杀阴影提供了具体的原因，其本身的躁动不安，也构成了整个故事的叙述基调。

可以说，路内笔下的人物始终出现在历史剧变的舞台中央，作为泱泱底层的一员（普通工人、技校学生、扩招后的大学生），去领受所有的时代疼痛。小撅嘴掉进八十度的沸水，厂里却只愿意赔她一台旧空调，杨一最终回到戴城卖农药险些丧命，齐娜惨死，夏小凡被遣返。历史以普通人的尊严为代价高歌猛进，这种镀金马桶式的运动撕裂了普通人的历史感觉与存在样态，造就了一种新的“零余者”的出现：他们“在”这个社会中，却又不“属于”这个社会——这里的不属于与其说是主动的逃离，不如说是被动的放逐。历史的运动既以他们为基础而展开，又似乎与他们毫无关系。他们既被卷入时代的浪潮，又无法在其中通过自身的行动来改变自己的命运，获取自身的价值。他们无法逃离被秩序规定的命运，又无法在这一命运中找到意义。他们作为客体成为社会的一部分，无法逃离，又作为主体被驱逐出历史运动之外，难以进入。新“零余者”是一种持续的分裂状态。

新“零余者”的浮出地表，标志着郁达夫在《沉沦》结尾处以国族的富强来拯救个体的零余状态这一方案已经彻底失败。这一方案几乎支配着整个中国的现代性进程，然而，九十年代的经济转轨所带来的巨大的国家财富积累，非但没有使人们从必然王国迈向自由王国，反而重新制造出了新的零余者，新的主体空洞与撕裂。《追随她的旅程》中，前进化工厂的劳资科长李霞向路小路描述未来戴城工

---

① 路内：《少年巴比伦》，第 205 页。

② 路内：《追随她的旅程》，第 7 页。

③ 路内：《云中人》，第 5 页。

④ 同上，第 14 页。

业园区的美好前景，但在后者听来，“这些事情都不关我屁事。”[①] 尽管他们是同属于化工厂的成员，但态度的判然二分却清晰地标定出两者主体位置的不同，后者已经无法从集体事业的承诺中获得意义。《少年巴比伦》中，路小路到工厂报到，从劳资科的窗口俯视工厂：

> 我的视线越过她，朝窗外看去，我发现劳资科简直就是一个炮楼，正前方可以远眺厂门和进厂的大道，左侧是生产区的入口，右侧是食堂和浴室。在这个位置上要是架一挺机枪，就成了奥斯威辛的岗楼，或者是诺曼底的奥马哈海滩。这个位置实在是太好了，是整个工厂的战略要地。很多年以后，我遇到个建筑设计师，他向我说起监狱的设计，最经典的是圆形监狱，岗哨在圆心位置，犯人在圆周上。这种设计方式非常巧妙，没有视觉死角，而且犯人永远搞不清看守是不是在看着他。一说起这个，我就想到了化工厂的劳资科，我虽然没有见过圆形监狱，但我见过劳资科，确实很厉害，没有人能逃过他们的眼睛。[②]

不用援引柄谷行人关于风景的讨论我们也能看出，此处对工厂地景的重构，绝非对现实的客观描摹，相反，它来自于新“零余者”的特定“视点”，指涉着这一视点背后的主体位置与结构。尤其是当我们将其与1949年之后关于“工厂”的文学描述相比较[③]，其颠覆性更是显而易见。从这一视点出发，劳资科本应具有的，与工人生活、与劳动事业息息相关的内容被剥离出去，转而成为工厂的岗哨，成为圆形监狱的中心。这样一幅福柯式的图景，暗示着工人在工厂权力运作中的客体地位，他们不再是工厂、劳动、劳资科的主人，而是工厂所监视、规训的对象。劳动失去尊严，重新变成异化劳动；工厂成为集中营，成为抽象的权力的化身；工人成为单个的犯人，失去了——比如，作为一个阶级——参与、推动历史运动的能力，也失去了由此而来的意义感。历史继续前行，个体却日益飘零。

这样一种历史感觉，正是《云中人》开篇的歌词所指的方向：

---

① 路内:《追随她的旅程》，第184页。

② 路内:《少年巴比伦》，第34页。

③ 对此一时期的工厂描写，以及其中工人的主体位置的分析，可以参考陈思和:《如何当家？怎样做主？——重读鲁煤执笔的话剧〈红旗歌〉》，《中国现代文学研究丛刊》，2011年第4期。

But I'm a creep, I'm a weirdo.
What the hell am I doing here?
I don't belong here.

主体再也无法找到进入现实的路径，无法体验到存在的实感。对自身的现状深致不满却又无力改变，只能面对着懦弱无能的自己发出“I don't belong here”的喟叹。在这里，又一次出现了两个“I”，一个作为creep的自己和一个向着这种状态发问的自己。“I don't belong here”的低吟回环，不断强调着主体与现实的根本撕裂，和造就这种撕裂的九十年代历史。

个人－历史的整体性关联不复存在，这一状况几乎宣告了成长小说的终结。假如说成长小说以个人与历史之间的有意义的互动——与社会事件的遭遇带来了个人的成长，个人的成长又推动了进一步的社会参与[①]——为基本定义，那么，被逐出历史的零余者们，则彻底失去了成长的可能与空间。青春被分裂为一个完成着秩序所派定的任务的肉身，和一个无法在这些任务中找到意义，却又无处可去的灵魂。“这种青春既不残酷也不威风，它完全可以被忽略，完全不需要存在。”[②]

但是，“不需要存在”的青春，依旧需要讲述，即便是讲述它的无意义。如果说成长小说既是一种历史哲学及其小说类型，又是一种小说的形式构造原则，那么，当这一原则被九十年代的历史所废除，当“人类最终一事无成的可能性，不得不作为基本事实被接受下来”[③]，我们要怎样继续讲述青春，讲述个体的遭际，如何重新创造一种小说形式，来表述这一分裂与空洞？

“诗意的世界”：构造法与修辞术

不得不谈到王小波。

路内对王小波的继承是毫无疑问的。作为一代人的小说教父，王小波不仅需要——如许多学者已经做的那样——在“文化现象”的意义上加以把握，在我看

① 路遥的《平凡的世界》，几乎是这一类小说的最后代表。关于其主角孙少平与其历史之间的“同时代性”，参金理：《在时代冲突和困顿深处》，《历史中诞生》，复旦大学出版社，2013年，第96页。

② 路内：《少年巴比伦》，第55页。

③ 卢卡奇：《小说理论》，第55页。

来更为重要的是，他的文本为表达九十年代的经验提供了一种基本形式，这一形式有效地切中了人们的历史感觉，从而被不断地模仿与沿袭。在《万寿寺》中，王小波对这一形式提供了一个经典的表述："一个人只拥有此生此世是不够的，他还应该拥有诗意的世界。"[①]

这句广为流传的格言所呈示的主体结构，恰是我们上文所讨论的分裂的主体：肉身所在的此生此世和灵魂所在的诗意世界。在小说中，它常常被形式化为现代人生与古代故事的并置，并借由王氏特有的修辞方式来回穿梭。由此，他在一个乏善可陈的世俗人生外重新打造出了一个具有审美深度的主体。然而，尽管在上文中我们不断使用"主体"这一概念，但它绝非不言自明的存在，仍须强调的是，这一审美主体是特定历史哲学下的一种"发明"，是现实人生的失败的结果，是个人－历史整体性碎裂之后的产物。对于九十年代的零余者而言，个人的现实历史不再能够提供"故事"（如成长小说所做的），此时，审美主体的发明，为作者提供了一种新的形式，使他们得以重新整合现实经验的碎片，现实历史退到幕后，审美世界颠倒为新的总体，新的构型原则，新的小说形式。

总而言之，现实主体在九十年代的破碎与撕裂，造就了以抒情与反讽为主要特点的审美主体的诞生，后者是前者的历史产物，是前者的颠倒的呈现，同时也是拯救前者、重新打捞意义的一种尝试。王小波是这一形式的发明者，而王小波体的长盛不衰，"王门走狗"的代有其人[②]，则是这一历史感觉的普遍性的证明。

回到路内。

曾有人指出路内在一些段落上与王小波的相似[③]，譬如在《白银时代》中，王小波曾写道学校浴室的使用规定："周一三五女，二四六男，周日检修"，"这个规定有个漏洞，就是在夜里零点左右会出现男女混杂的情形。"正是这个漏洞，导致了"我"和老师的相遇。路内的《云中人》里，也写到了一间"每周一、三、五归男生用，二、四、六归女生用"的学校浴室，同样在非常规时间去洗澡的齐娜，在那里遇上了一个偷溜进来的装修工。

相似本身并不重要，重要的是，为什么这样的细节是值得反复书写的？在我看来，"规定的漏洞"指向了一个日常秩序失效的时刻，而正是这样的时刻，提供了"诗意世界"展开的契机。不论在诗意世界中将要发生的是浪漫还是荒诞，它

---

① 王小波：《万寿寺》，《王小波文集》第二卷，中国青年出版社，1999 年，第 258 页。

② 近期同样以王小波体书写工人生活的，还有房伟的《英雄时代》。

③ http://book.douban.com/subject/10508054/discussion/53967892/

都将是脱离日常秩序之后的产物，是一个审美主体的自我展开。[①]

与王小波不同的是，路内并没有在现实生活之外构造一个古代世界来安放这一审美主体，相反，他将这一审美世界拼合进了线性历史进程之中，本文开头所提到的第一人称－全知双重视角，正是这一拼合的结果。这一叙述方式具有三个基本特点：第一，《少年巴比伦》开头，张小尹便对“我”说：“路小路啊，你说说你从前的故事吧。”[②]《追随她的旅程》开头：“这是一个关于寻找的故事。”[③]《云中人》的结尾：“这是我对咖啡女孩讲的最后一个故事。”[④]可以说，路内始终为小说的主角安排了一个故事中人－故事讲述者的双重角色。这一角色使得叙述者能够自由地打断线性时间进程，以诸现实社会中的事件为契机，展开主观的审美维度。第二，叙述始终保持主观视角（《花街往事》的客观视角仅仅存在于第一章，就迅速换回了主观视角），使得小说的进程不会为客观社会历史本身的逻辑，为故事发展的线性逻辑所左右，从而遵循审美主体自身的逻辑。第三，如果说成长小说的时间进程，是以个人－社会的共同发展为方向，以两者的互动事件为内容，那么，这里的文本则预设了一个“寻找无双”式的目标，它是一个悬置的目标，一个空洞的时间终点，一个有待设定方向的箭头。尽管《少年巴比伦》和《追随她的旅程》被列为“追随三部曲”，尽管《云中人》中，寻找小白是贯穿始终的线索，然而，与其说这些文本围绕着“追随”而展开，不如说，它们是“追随”的一再延宕，是“追随”所延展出的各种散漫枝蔓，前后事件之间不再具有必然的逻辑关系，是对“追随”——这样一个要求明确的目标与步骤的行为——的暧昧与调戏。

结果是，这些以“讲故事”为名的文本，事实上却讲出了生活的“无故事性”，本雅明曾说，“讲故事艺术的一半奥妙在于讲述时避免诠释……使一个故事能深刻嵌入记忆的，莫过于拒斥心理分析的简洁凝练。”[⑤]然而在路内的小说中，“故事”退出，“诠释”登台，现实本身的逻辑被否弃，借由“有关这一点，需要补充的是……”、“回到 ×××× 年……”等典型的王氏修辞，审美主体得以从现实中自由采摘片断，将其串联在“追随”的线索之上，同时不断以自身的抒情或反讽，为这些片断赋予意义，一个“诗意的世界”于焉浮现。

---

① 这种结构在近年的作品中常常可以看见，譬如张楚的《七根孔雀羽毛》中，对与日常生活无关的几根孔雀羽毛的凝视，成为主体的唯一的诗意时刻。《收获》2011 年第 1 期。

② 路内：《少年巴比伦》，第 1 页。

③ 路内：《追随她的旅程》，第 1 页。

④ 路内：《云中人》，第 390 页。

⑤ 本雅明：《启迪》，张旭东、王斑译，北京：三联书店，2008 年，第 101—102 页。

女性是这个审美世界的最为常见的媒介，这样一种历史作用并非路内的发明，从冬妮娅到姓颜色的女大学生再到白蓝于小齐，它具有一个漫长的谱系。在路内的文本中，主角与女性的故事，恰恰扮演了王小波的古代故事的角色。她们被嵌入现实生活中，却又不服从现实逻辑的控制，不论是白蓝还是于小齐，最终都离开了“我”所属的世界。事实上，女性的消失是预定的，“我和她都知道这场爱情最终将会以什么形式来收场。”[①] 假如她们日复一日地存在，便不免会堕入日常生活的轨道。然而，女性必须是“意外”[②]，是诗意，是“日常”的对立物，“诗意对人们来说近乎是一种缺陷”[③]，但女性必须保有这样的缺陷，才能与“人们”拉开距离。《少年巴比伦》中，路小路和白蓝的第一次性爱，被安排在一次地震间隙的危险时刻中，爱情与生命就这样被刻意地纠缠在一起。在这样的时刻中，主角与女性的爱情成为审美主体的极端表现，成为抵抗 / 逃避现实社会的无意义的方式，而当路小路多年以后重新遇到“穿着 Prada 的裙子，挎着个香奈儿小包”的白蓝时，所有的诗意都已经消散在世俗与日常之中，他只有借助回忆，才能重新进入那个世界:“仿佛这个世界上空无一人”。[④]

正是在爱情的层面，“诗意世界”的构造与修辞，呈现出其最为吊诡的一面。路内笔下的男性主角在性上似乎总是被动的，而女性则扮演着引导的角色。如果说在《青春之歌》中，是男性角色们将林道静带入社会历史的纵深，那么现在我们看到的，则是女性角色们将路小路、夏小凡带出了社会历史之外。德勒兹曾问到:“身为男人的羞愧，还有比这更好的写作理由吗？”[⑤] 在这里，正是身为男性、身为无意义的现实所带来的屈辱与空洞，将女性打造成了诗意世界的媒介，而在文本中，却又反过来呈现为女性对男性的拯救，诗意对现实的拯救。现实社会的进程将主体的意义掏空，并驱逐出历史运动之外，成为撕裂的零余者，同时又赋予这一零余者以虚假的主体性，假定它具有反身拯救撕裂状态的能力。问题是，这一拯救在多大程度上可以实现？“诗意世界”的（伪）自由，又能拓展到怎样的限度？

---

① 路内:《少年巴比伦》，第 226 页。
② 同上，第 236 页。
③ 同上，第 267 页。
④ 同上，第 238 页。
⑤ 德勒兹:《批评与临床》，刘云虹、曹丹红译，南京大学出版社，2012 年，第 2 页。

“反讽”的自由及其限度

路小路介绍化肥车间的工作环境：

> 化肥车间里的工人，都是女的，如果找男人来做工人，带着一身奇臭回家，老婆首先会忍不住吵架，变成一个性冷淡，或者红杏出墙，离婚是必然的。如果是女工人，身上臭一点，大概可以用花露水挡住。臭一点就臭一点吧，对男人来说，有一个浑身发臭的老婆，总比没有老婆要强一点。[①]

对恶劣的劳动环境的描写，在三十年代小说中，可能会变成对资本家、对异化劳动的控诉与批判，在六十年代小说中，可能会变成对工人劳动意志的赞美，而到了路内笔下，则迅速化解在一次无可奈何的反讽中。在这里，我们所遭遇的是一个典型的王小波－路内式修辞——“如果……那么……”的修辞术，它遍布路内的文本之中。借由对这一修辞术，叙述者得以迅速地在任何一件具有现实社会历史含量的事件之后，打开一个评论这一事件的空间。它一方面使得这一事件被割裂出线性时间，成为一个孤立的对象，另一方面，这一空间也恰成为上文所说的审美主体浮现、驰骋的舞台。路内的小说给人带来的荒诞感与幽默感，正缘于路内对这一修辞术的熟练操控，叙述者几乎毫不间断地向读者剖析、呈示着线性故事中的主人公所生活的世界所具有的荒诞本质。对人类行为的嘲弄，以及对支配这些行为的社会秩序的反讽，是路内小说的独特魅力的来源之一。也正是这些反讽，最好地说明了“诗意世界”的自由及其限度。

人们常常容易将反讽轻率地斥为犬儒，然而在我看来，它至少反映出对命定现实的不认同，对社会秩序现状的批判可能，对主体的无力状态的自觉与不满。正如罗蒂所说，反讽“协助我们注意到我们本身的残酷根源，以及残酷如何在我们不留意的地方发生。”[②] 在以郭敬明为代表的流行读物中，主体往往具有一种奇怪的幻觉，认为自己能够借由消费行为，来获取自身的意义，其结果便是镀金马桶式的人生，以及对其中的残酷的漠不关心。与之相对，在路内的小说中，至少呈现出一种清醒，一种对主体撕裂的荒诞人生状态的反省，以及在这一撕裂状态

---

① 路内：《少年巴比伦》，第 61 页。

② 罗蒂：《偶然、反讽与团结》，徐文瑞译，商务印书馆，2003 年，第 134 页。

下重新构造主体自由的渴望。

假如说王小波对文革荒诞状态的书写所批判的，是当时的社会秩序对人类自由的禁锢，那么，这一批判方式在路内文本中的不断回响，是否意味着我们依旧处于一种历史力量的摆布与禁锢之下？对这一力量的揭示与反讽，是否（审美）主体捍卫自由的方式？“作为对走到了尽头的主体性的自我扬弃，讽刺是在一个没有上帝的世界所可能有的最高自由。”[①] 或许可以说，路内对九十年代至今的历史的荒诞感的反讽，是在意识到自身的无力状态之后，对自由的持续的追求。

然而，这一“诗意世界”的自由依旧有其限度，拯救意义的努力常常意外地抽空了意义本身。《云中人》里，夏小凡在寻找小白的过程中迎面遭遇暴力拆迁，城市改造背后的经济逻辑，正是主导、造就所谓IT时代的混乱、荒诞的历史进程的核心力量，也正是这种力量导致了主体的撕裂与意义的空洞化。因此，这种遭遇构成一个契机，去揭示荒谬背后的真实逻辑与它对主体的戕害。然而在文本中，这些暴力却被推至幕后，成为环绕着“寻找小白”这一行为的嘈杂的背景，用来烘托一种紧张、零乱与荒诞的感受。而“寻找小白”的那段时间，正是“我”为了躲避进入社会而滞留学校的三个月，是从线性历史中逃遁出来的时段，是审美主体的舞台，社会事件由此被抽空了历史性，重新编织进审美主体的行为之中。

对社会暴力的这种审美化、私人化、精神分析化的处理在《云中人》中在在可见，然而，诉诸于个体的梦境与无意识，忽略其与社会历史力量的关系，这样一种处理方式本身，是否意味着被驱逐的主体放弃了重新介入历史的机会？与历史拉开反讽性的距离，是否同时也意味着放弃了参与世界的可能性？对利比多、对无意识、对个体深度的过度强调，是否正隐喻着对外部世界的彻底的无能？九十年代历史运动将主体驱逐出自身之外，为了拯救意义，主体重新创造了一个审美的空间，以捍卫自己的自由，然而，这一空间同时又阻止了主体重新介入历史运动的可能。正如同摇滚乐对消费主义的批判本身常常反过来成为市场上的消费对象，审美主体的反讽自由，是否同样是秩序自造的叛徒？

这样的发问，并非是对路内的文本的苛责。事实上，路内文本中所构造的诗意世界，不论是对爱情的绝望的质询，还是对生活之荒谬的不屈的嘲讽，都是我在阅读中至为喜爱乃至沉醉的段落。然而也正是这种沉醉，反过来叩问着我自己，在面对文学与历史的纠缠时，文学究竟是将我们从现实中拯救了出来，还是以它所创造的幻觉，使我们继续在现实中沉沦而不自知？“我们强制自己经受些小痛

① 卢卡奇:《小说理论》，第84页。

苦，以便使我们相信生命是可以承受的，甚至是有存在理由的。”[①] 这样的问题或许已经超越了个别文本所能容纳的含量，指向了当代文学与历史的整体性关系，指向了当代个体的文学实践方式所具有的限度，在这个意义上，反讽的限度正是当代历史本身的限度，而路内的小说，则是一种真正的当代小说，它呈现了文学面对当下时的所有可能与困境。

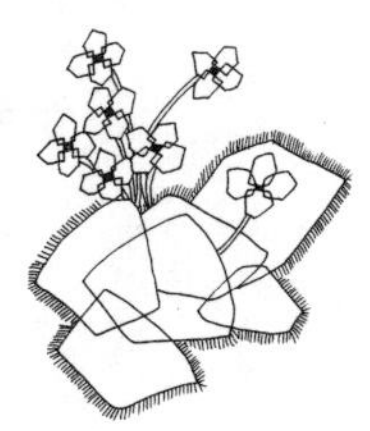

① 德勒兹:《批评与临床》，第 38 页。

冯唐论

■文/木　叶

自恋与自省

初读冯唐，就一个字，屌。

一篇篇一部部看下来，却也生了疑。间或，听人说起他的自恋、臭牛逼。不知是否和这些声音有关，他曾说："我不是自恋，我是爱人类。"

自恋，人的天性之一，原本没什么大不了。何况，傲、自负、嚣张、优越感、臭牛逼，可能已化为冯唐的创作动力与快感。一种勃勃的真实。

对他有了些看法，是在《欢喜》出版后。在作序和接受采访时，冯唐一再强调这是自己十七岁，甚或十六七岁时所写，且"在十七岁的时候寄给一家叫《中学生文学》的杂志，一个月后，杂志倒闭了"。各路媒体，也就跟着这么传来传去。而卷末写的是1989年9月完稿，杂志也是于当年岁末停刊，至于冯唐，1971年5月出生，小说分明是到了十八岁才写好，怎么能十七岁就寄走？后又发现，他把自己十七岁写出《欢喜》，和白居易九岁通音律，曹禺张爱玲二十郎当岁作《雷雨》《倾城之恋》相提并论。我实是有些看不下去了，作为长篇处女作，出手不俗，吆喝几句，亦属正常，往小了说一岁也没多么严重，问题在于有意无意间的那种心态，非要包装成神童、天才方肯罢休么？有几个旷世之才会虚托浮夸、一再自我广而告之？

未经反思的自恋，以及自视过高，会成为一种自我催眠，后果可怕。除了涉及基本的事实，还关乎言语的风度。

同样有傲气和痞气，我还是更欣赏王朔。问，听说你一不留神就能写出《红楼梦》来？答："我那不是对自己高标准严要求吗？"不论是说一不留神就写出杰作，还是说高标准严要求，无不灵动地体现了心态的澄澈、语言的幽默。而冯唐的幽默没有王朔的自然鲜活。王朔还有一种自我消解，很可能，他在骨子里对自己这么说不太当回事，或是有所警醒，而冯唐则是唯恐天下人不相信自己有青山遮不住的牛逼。

王小波也是一个参照。"杜拉斯的《情人》、卡尔维诺的《我们的祖先》，还有许多书都使我深感被冒犯，总觉得这样的好东西该是我写出来的才对。我一直憋着用同样的冒犯去回敬这些人——只可惜卡尔维诺死了。"这话够自信够自负够飞扬够跋扈，而紧接着他又说："如你所见，笔者犯着眼高手低的毛病。"这么写，他的抱负跃然纸上，也没人会否认其才情。

王朔和王小波，都更有弹性。

冯唐的牛气，除了秀自我，还包括好为人师。在这一端，《三十六大》是集大成者，作者的腔调限制了作者的才华。就标题而言，每一篇均冠以"大"，大志、大乘、大喜等还不错，而大录、大老、大偶，透着勉强。就内容而言，写李银河那篇十之八九在向自己致敬，批韩寒那篇也把自己放在了高位。结果，作者比读者还兴奋，还容易为自己的见解所倾倒，《大路》就是一例，本来以金木水火土结构此文就很牵强附会，而没远行过的人会觉得作者唠唠叨叨，真正有经历的人又可能说得更清通简要。

冯唐服膺于亨利·米勒，称他"元气最足"，是"思想家"，是"文学大师"，那么，冯唐是否切实注意过米勒的态度呢？又是否有过自我反省？

米勒说，"我读书，是为了忘记自我，沉醉其中"；米勒还说，"写作的过程中，一个人是在拼命地把未知的那部分自己掏出来"。

那种忘我，何等可贵；那种竭力把未知的自己掏出来的过程，何等可贵。事实上，好的写作都是一种实验，一种对世界和自己的试探与穷尽，而不是站在自拟的制高点上昭告天下：我他妈的真了不起！

节制与专制

过于自恋的情绪，一旦渗入叙事和虚构，会导致不节制，还可能埋下更大的隐患。

“我的小便真雄壮啊，我哼了三遍《我爱北京天安门》和一遍《走进新时代》，尿柱的力道没有丝毫减弱，砸在水泥池子上，嗒嗒作响，溅起大大小小的泡沫，旋转着向四周荡开，逐渐破裂，发出细碎的声音，仿佛啤酒高高地倒进杯子，沫子忽地涌出来。小便池成L形，趁着尿柱强劲，我用尿柱在面对的水泥墙上画了一个猫脸……”《北京，北京》的这段描写，有人喜，有人批，我是由衷赞许，具具体体的，神神叨叨的，又自由又带着刺儿，有一丝炫耀，依旧可爱。

不过，多走一步便可能是谬误。接下来，作者由这幅“画”想到徐悲鸿画马，想到猫有九条命，自己养的猫没被父亲摔死，只是瘸了，又想到把父亲从三楼扔出去会怎样，接着描述小便池里的烟屁，并用尿柱对准它，冲，得意地喊一声“我牛逼”……这就过犹不及了。类似的例子还很是不少，短篇《麻将》里一口气列举了八九十个AV女优的大名，而这堆人名一不推动叙事，二无助于纾解女主角恨嫁的心情，完全是一种臭贫，何必呢，就你会百度？《十八岁给我一个姑娘》里，用近三页纸写男孩和朱裳搭讪，而无不是俗套，如咱们顺路正好一起走，如你父母兴许还认识我爸呢，如我不是流氓我是四中的……借此衬托朱裳的魅力，也真难为作者了。

偶尔来个闲笔，饶有意趣。但是，对不必要的枝节的过分渲染，已属于炫技，也是一种才华和信用的透支。

此外，不节制还有一种表现形式，在长篇《不二》中，争取衣钵之际，神秀的两个粉丝有过高声对话，恕我不厌其烦地引录如下：“神秀和尚是个多么伟大的学者。”“神秀和尚是个多么伟大的专家。”“神秀和尚是个多么伟大的诗人。”“神秀和尚是个多么伟大的领袖。”“神秀和尚集中了我们全部的智慧。”“我们的智慧集中在一起，也不及神秀和尚的万分之一。”“我们不需要澄心用意作诗，神秀和尚一个人作诗就好了。”“神秀和尚的诗一定是最伟大的诗，一定代表了新时代的最高思想。”如此这般铺排，对时代问题有戏仿，有反讽，只惜用意过于浅白，措辞过于现代，和全书的语感太不协调了，甚至可以说是败笔，是以一种文字的霸道去反讽时俗或威权的霸道。

写文章，不少人能够或渴望像苏东坡所说的那样，万斛泉源，滔滔汩汩，一日千里，然而，容易忘记这个伟大的天才还曾强调：常行于所当行，常止于不可不止。

一般人以为马尔克斯挥霍想象力，而在《温暖和百感交集的旅程》一文里，余华敏锐指出，他在天马行空的叙述里，“隐藏着小心翼翼的克制，正是这两者间激烈的对抗，造就了伟大的马尔克斯”。余华认为，《礼拜二午睡时刻》尤其体现了克制的才华，母爱这一主题源远流长，算不上新奇，读来却颇震撼。“虽然作为小偷的儿子被人枪杀的事实会令任何母亲不安，然而这个经过了长途旅行，带着已经枯萎的鲜花和唯一的女儿，来到这陌生之地看望亡儿之坟的母亲却是如此的镇静。马尔克斯的叙述简洁而不动声色……”神甫何以在她面前不安？枯萎的鲜花何以令人战栗？余华感慨于，马尔克斯留下的疑问很清晰，背后的答案同样清晰，“让我们觉得自己已经感受到了，同时又觉得自己的感受还远远不够。”

有必要补一笔的是，即便在《百年孤独》里，也罕见为所欲为的专制性叙事，他只不过是选取了一种与小说的整体氛围相适应的非常语调，和速度。而冯唐的叙事，有时是专制或有专制之嫌的。

作家盛可以自称“景仰”冯唐，但她早就曾委婉地批评《万物生长》，“诸多琐事成段，构成庞大细节，虽妙趣横生，又稍显臃肿，横向扩张的毫不节制通常会使作品力量减弱，哪怕是幼功深厚的冯唐也不能例外。”多年来，不断有论者指出，冯唐讲故事的技巧一般；常有脱离故事的突发奇想；充斥的俚语、段子和各种枝蔓令人遗憾；呈现为一种没有长进的废话体，等等。

近乎专制，还会转化为人物设定和刻画上的任性。如《不二》，小说开篇交代背景，初唐，西元661年，书中有唐高宗李治，五祖弘忍，神秀，慧能（惠能）。此外，作者把玄机写进来（年代也靠后），一方面令人想到日出融化雪峰这一公案中的尼姑玄机，一方面又汇入了道姑鱼玄机（844—868？）的故事，把此玄机和彼玄机结合，还算是一种巧妙。而硬生生把韩愈（768—824）拖进小说，且让玄机和韩愈成婚，后来还亦真亦幻地生下一儿一女，就很没道理，“韩愈”完全成为作者意志的一个工具：借用这个名字，及其“文起八代之衰，而道济天下之溺”等文化指涉（包括他对佛教前后截然的态度），而并未赋予他鲜活独特的魂魄。在作者庞然的布局中，韩愈不过棋子一枚，是用来充实一朝天子、佛门大德、魅惑玄机、和尚不二这一豪华阵容的“文坛泰斗”。同样的问题还有，把柳宗元（773—819）所写千古绝句《江雪》，归在了初唐的不二名下，并用下半身给阐释了一番。可能，作者很是得意于此；无疑，会有人喜欢这种穿越或解构，但在我看来，这是一种偷懒，为了实现一个目的，或是写作时遇了沟沟坎坎，作者不是去爬梳历史，发掘七世纪中与惠能等人有交集且有意味的人物，而是取巧、“飞”了过去。原本借助大唐丰富的史料与自身的想象力，这部小说可以写得既反叛，又扎扎实实，但是作者逢山不开路，遇水不搭桥，有意或无意唱起了花腔。说到底，这是一种贫乏，叙事能力的贫乏。

作者写真正得到衣钵的不是神秀，也不是惠能，而是自己虚构的小和尚“不二”。即便是不喜欢这一构思的人，可能也会承认它的强悍，由此完全可能生长出一部杰作。目前的文本也确乎吸引了颇多目光，大部分内容写得像模像样，神采飞扬，有的地方真可谓才华横溢，但终究功亏一篑，一个关键点就在于，作者吃透禅宗佛理了吗？作者究竟有何洞见？举两个例子，一，五祖弘忍来找玄机帮忙，让她睡一下神秀和惠能，看看谁修为更高，更适合继承衣钵。玄机这么做之前，作者先安排弘忍插了她一千下。事毕，隔了很久，弘忍问：墙上挂的画就是传说中达摩大师的旧物吗？玄机答，是。弘忍说：“原来传说是真的。达摩大师花了十年工夫不是面壁，而是面屄。不对，其实是一个，面对壁上的屄。这个屄画得实在好……”写小说，当然可以合理想象，大胆虚构，无法无天，但是，若你只能以这样的小聪明破局，未免太像文字游戏了。

另一个例子，弘忍对不二说：“你年纪小，你觉得神秀的诗如何？”不二说：“这和年纪有什么关系？你真的是禅宗五祖吗？”几句话后，可爱的作者让弘忍再度被贬抑。弘忍说：“童言无忌，你看不上他们，你自己做首诗吧。”不二说：“这和年纪有什么关系？”看得我要吐血了，如果你想凸显某人及其思想，最好是为他树立一个更高的对手或参照，而聪明的冯唐是通过矮化大师弘忍来写自己创造的人物不二，这就无聊了，亦属叙事上的低能。独断专行的人就是这么自以为得之。

一位朋友还跟我探讨过，在性这个问题上，冯唐把弘忍、神秀和惠能等人放在了一个平面之上，很是不智，好像他们无时无刻想的都是性。唐代盛大，作为高僧，他们怎么看待性爱，他们究竟有什么欲望，有什么人性的弱点，他们各自破除欲望的方式有何不同，发现弱点后又将何为？作者均不闻不问。自铸新辞也好，解构也罢，一个个人物首先要有自身的血肉和思维，然后才是在另一层次上的“不二”。平面化的处理，只能给被塑造者和作者减分，于事无补。

近乎专制的叙事，还会损害字里行间的暧昧之美。冯唐曾称自己在麦肯锡公司学到的金字塔原则，是伟大的。简单而言就是，任何事都能归纳出一个中心论点，并可由三至七个论据支持，这些论据本身也可以是论点，被另一级的三至七个论据支持，如此延伸，状如金字塔。所以，他的杂文常常是这样的，先抛出观点，然后是第一第二第三，第一注意第二注意第三注意……在《三十六大》里尤其泛滥，而且，多路人等享受到了他无远弗届的开导。类似的方法，自会产生佳作，但因太讲究规则，便也少了弹性，少了曼妙。

于作家而言，节制是一种美德，也是一种才能，是对笔下人事的敬畏，也是对自我的彰显。偶尔的失控，未必是坏事，但是屡屡出现的近乎专制性的书写，就颇可留意了。

思想的维度

在《活着活着就老了》的序言里，冯唐评价了自己的“文学努力”：诗第一，小说第二，杂文第三。

“生活简单 / 思想龌龊 / 每天除了干你就是干活”（《简单》）；“冯梦龙改变了我诗歌的趣味和模样 /《高僧传》改变了我人生观的语法和大纲 / 我妈这个妇女改变了我妇女观的细节和主张 / 你这个妇女改变了我鸡鸡的方向和形状”（《改变》）；“葡萄藤肿胀 / 葡萄 / 葡萄肿胀 / 酒 // 肉身肿胀 / 泪水 / 泪水肿胀 / 字句 // 下次 / 带两瓶酒去 / 不说 / 一字一句”（《肿胀》）……这几首写得不错，亦有代表性。读者不难发现，他的思维方式和抒情方式比较简单，不是很复杂。“肿胀”更是几乎成了他的一种主义。

至于创作的母题，文字的调性，也不复杂，渊源亦属清晰。小痞，反叛，混不吝，杀佛杀祖……除了来自禅宗公案、某些经典、街头经验，很多不过是亨利 · 米勒的翻版。米勒的话如鞭子，如猎猎长风，《北回归线》里这样的话不算少：“这是无休止的亵渎，是啐在艺术脸上的一口唾沫，是朝上帝、人类、命运、时间、爱情、美等一切事物的裤裆里踹上的一脚。我将为你歌唱，纵使走调我也要唱。我要在你哀号时歌唱，我要在你肮脏的尸体上跳舞……”熟悉冯唐文本的人，怕是立马就浮现出很多类似的腔调和语句。那么，真正属于冯唐的识见呢？有限。至少没有他所想象和自诩的那么独异、丰沛。甚至比不上他的协和背景、前麦肯锡合伙人、国企总裁等身份来得那么真切，和晃眼。

把性写得和吃饭喝水晒太阳一样简单美好，确实不易。小说《不二》，面对禁忌，汁液淋漓，别开生面。问题是，作者根本性的创见与筑造何在？冯唐说，随着这本书的流传，自己很可能被没参透的佛教徒打死。言下之意是自己参透了，并冒死写了出来。不妨选取小说收官阶段的一部分看看。一个作家，完全可以认为神秀的“身是菩提树，心如明镜台”不行，也可以说惠能的“本来无一物，何处惹尘埃”不好、空执太盛，但是你给出的新说务必令人信服。何况，行文至此，不二给出的这个佛偈，几乎可以说是整部小说的一根定海神针，至少是所有解构之后的一个落脚点。而读者也算真真开了眼，不二说：菩提大鸡巴，心是红莲花。花开鸡巴大，花谢鸡巴塌。

这和前文所说达摩不是面壁而是面屄，可谓“完美”接续。此语一出，弘忍就把衣钵传了他。凭什么呀？真好比大山分娩，轰隆隆，却诞下了一只老鼠。这是自以为是的大境界和釜底抽薪，是典型的专制性叙事。即，为了作者的意志，不惜牺牲佛法，牺牲历史真实，牺牲思想的深度（完全变成了性的单向度存在）。是的，性怎么强调都不为过，人们好奇，感其深浅，得其美好，受其困扰，但是把鸡巴及其所蕴涵的东西推向世界的本一，这就太简单粗暴了。

换个角度，即便将这一点上升为关乎性、快感、繁衍与生存意志的问题，叔本华也早就有过更高明更深刻的论述。山高水远，新大陆那么容易就能发现吗？

因为《不二》未能在解构、重述之后再往前走一步，不免令人想到那个有名也有趣的段子：一个人说，鲁迅有什么呀，他用两个字“吃人”概括中国历史，而我就一个字——“操”！事实上，这简化了历史与现实，也窄化了人。而辱没在此前便已发生了。

金线与实绩

那段关于韩寒与金线的高论，已惹得议论纷纷，注定还将被不断提起。

冯唐谈“金线”，可能跟他学过医有关，正常组织、一般肿瘤与癌症之间，着实有较为明显的界限。这可以理解。我甚至觉得他很坦率，直言不讳，做一只可爱的乌鸦。就文学命题而言，也完全可以仁仁智智。

每个人心里，都可能有一条或明或暗或高或低的线，不存在绝对的客观，一个个人的主观，乃至一代代人的主观感受，汇聚成了相对客观的经典序列。

不过，你说别人没及格，别人也会这么说你，事实上，已不止一个作家这么指摘冯唐了。

真正的大师无语，他们的作品矗立在那里。

而今，太多的作家站在银线、铜线、铁线、塑料线上，晃晃悠悠，晃晃悠悠，好意思奢谈么？

“对于真正的作家来说，小说却是极端复杂的。冯唐的小说虽好看，但忽略了一些不该忽略的东西，他所擅长的叙述风格似乎对他形成了限制，使之难以揭示内心深处的独特感受，也难以触及人性中最为脆弱、晦暗的层面，从而使许多本应严肃的事物流于了滑稽。”作家艾丹，曾被冯唐称为“最好的朋友”，他的这段评析，而今看来仍属敏锐。

我从不否认，冯唐是大才，奇才，还可以说是一个异数。不过，他野心勃勃，境界与实绩并没有预想中那么高。或者说，如若他能更好地管理自己的才华，开掘它，提升它，海阔天空，不可限量。

他尝试或正在尝试多种题材，他以为自己一写权力就是一部权力之书，一写黄书就和《肉蒲团》并列，一写武侠就有了一部武林经典……他的写作，有一种悬浮状态。不是像犁一样深深地探入并掘起、析开。对于内心的撞击，总是浅尝辄止。对于内心的撞击，浅尝辄止。

他的好，是信任感官，尊重事物的现场，注重器物的声色形貌渊源流转，他是一个超群的“形而下”的书写者。尤其在性爱方面，他最为勤力，恣肆，只是他的思想底蕴和步幅有待协调。

他有语言的自觉，幼功好，语感亦好。他迷恋文笔，有时却也把文笔弄小了。他的文字腻，看多了审美疲劳。他说王小波文字寒碜，这话不无道理，但是自己的文字也没江湖传说中的那么超拔，不是十分辽邈丰丽。缺乏言外之意、弦外之音，有些时候失于浅白。“北京三部曲”、中短篇集《天下卵》、散文集《活着活着就老了》和《冯・唐诗百首》，体裁各异，而行文的节奏雷同，变化有限。除了自我的取向、北京人的贫嘴，这还和他好大喜功的态度以及未经反思的意趣颇有干系。

他在长篇小说方面的创新不多。他自信，对于成长这一主题，“北京三部曲”树在那里，够后两百年的同道们攀登一阵子了。这话貌似浩然，实则有些狭隘。我不会掩饰对这三部小说的喜爱，但并不是很满足，尤其是未能看到秋水有长足的成长。后两百年的事谁说得清呢，只是好奇，它们比《在细雨中呼喊》或《动物凶猛》如何？对于青春小说、成长主题，冯唐并未有多少新发现，或给出什么绝妙揭示，他主要是在北京的氛围、医科大的背景、自我的元气，以及文字方面不同凡响。在中短篇叙事上，手段也不够丰富或先锋。

细细想，冯唐或者说冯唐的文字还比较纯情。不知这是好是坏。至少，他并没有直面真正的黑暗与残酷。某种意义上，他还不曾把社会现实的大江大海融入自己的创作。

冯唐说中国作家，怕疼，怕吃苦，他自己是否也有这个毛病呢？或者说，他尚未表现出在这方面有多么脱俗。他可能真的是一个李渔型的作家，心事跌宕，性情炽盛，人间游艺，兴味无穷……

他缺少王朔的讽刺，王小波的自省，韩寒的犀利和担当，也缺少劳伦斯在性、心理、现代性方面的开创性，以及亨利・米勒的浑然天成和精神底蕴……

野心是野心，才华是才华，实绩是实绩。一个作家，一个有了相当成就的作家，也许更不能忘记，你只是一个有限的自己。“一身非法的才情”，如何转化为卓越的作品，不仅仅是一个叙事的问题。如何避免成于有趣也止于有趣，同样不仅仅是一个叙事的问题。

阿乙论

■ 文 / 李　振

阿乙的小说总是与死亡有关，特别是《意外杀人事件》、《鸟，看见我了》等几篇，几乎在炫耀作者语言上的控制力。他对冷兵器质感与效率的痴迷，对杀人过程浪漫化的描写，非但没有令人产生贴近死亡的恐惧和绝望，反而掘出深藏人心的某种暴戾的快感。但是，几年下来，阿乙的小说越来越朴素，炫技的成分少了，之前一些模棱两可的东西却清晰起来。死亡背后，是与作者半生历程休戚相关的出走或者逃亡，它既是阿乙一个难以打开的心结，又是他继续写下去的力量。

一、乡镇

离开乡镇便没有阿乙，尽管他无时无刻不在表达对乡镇的厌恶，却无法阻止所有的小说都由此开始。

红乌镇（《意外杀人事件》）是个被时代遗弃的地方，小说里红乌站就是它命运的缩影。红乌站建成的时候，人们对它寄予厚望，仿佛红乌已与武汉、广州平起平坐，“今晚爬上火车，明早也能看到天安门升旗了”。但是，全国大提速的文件并不在乎这万把红乌人，火车呼啸而过，从此不在红乌停靠。火车里的外地人开始“一遍遍参观笼子里的我们，总会生出一点优越感”，这让红乌人感到羞耻。因着这种羞耻，红乌人报复式地想它出点事，于是 1997 年火车在附近出轨，他们带着胜利者的笑容去捡火车的碎片，这让红乌成了一个不可救药的地方。《鸟，看见我了》同样是红乌的落寞与绝望：“纽约往下，是北京，北京往下是南昌，南昌往下是九江，九江往下是瑞昌，瑞昌往下是赵城，赵城往下是清盆”。民警小张为何“不长记性”被分配到清盆已是不得而知，但在所长看来，那是一个可以“冷静冷静”的去处。阿乙用小张临行前内勤小许“老嫂子”般的笑容说明了这到底是个什么地方——“要不你骑嘉陵吧，踏板车乡下路磕得慌”——这既是同情亦是嘲讽：你小子再也回不来了。小张的警务室在土管所的尽头，没人等他，桌子擦过之后新落的浮灰比陈年的积土还能刺痛人心。这就是清盆，“墨水瓶、笔筒和印泥孤零零地摆着，材料纸一片空白”，“荒芜得连件案子也没有”。

在这样的乡镇，人们泼洒着固执、无聊又恼人的温情。这里没有谁可能成为陌生人，没有人懂得什么是偶遇，当艾国柱坐上一辆红乌镇的人力三轮车，看到谁都要点头，“他们‘小艾’、‘小艾’地叫唤着，像无耻的姨爹”。每个人就这般不可救药地陷入生活琐碎而不能自拔。新出现的民警像是填补了清盆人灵魂的空缺，他们的敬畏被激发出来，如奴仆用嘴吮吸胶管，为小张的摩托车加油；请酒，然后把烂醉的小张抬回，掖好被子；鼓励他走进当地姑娘的房间，“将鸡巴戳进去，戳得整个清盆乡嗷嗷大叫”。当地人的“温情”筑起一个封闭的乡镇，百年如一日地运转而丝毫不会有什么变化。这样的乡镇不相信赵法才的爱情，他只能背上搞破鞋的名声喝着烈酒消耗生命；也不会包容何水清的浪漫征程，它已将其变得不为他处所容，只能灰溜溜地回来，看着爱人死去，然后像看守所的老犯人，“在臭烘烘的地方活下去”。乡镇在阿乙的小说中是如此的坚不可摧，只有真正的陌生人出现，乡镇的秩序才被打破。当李继锡从火车上跳下，作为陌生人的他便会陷在那种与他无关的“姨爹”的温情里无助至崩溃，崩溃至疯狂，最后抄起水果刀戳死六个沉浸在红乌秩序里的当地人。六人的被杀看似无辜而充满悲情，却成为死城一样的红乌镇最有活力、让人意识到生命之所存的事情。

所以，乡镇不仅是阿乙小说叙述的生长点，而且承载着出走的根本诱因。艾国柱不想在这里度过永久无聊的一生。于是，艾国柱也好，民警小张也好，无论出于什么直接的、表层的动机，他们最终要逃离的是乡镇带来的不可改变的宿命感和耻辱感。这种耻辱在阿乙后来的小说《模范青年》里被直白地讲述出来，当走出小镇，混迹城市人群的艾国柱再次遇到之前的恋人，“这个当初爱过、后来恨过、现在又跑来揭示我县城背景的姑娘，让我难堪死了”。在艾国柱们看来，来自乡镇成了他们需要用一生的游荡来掩饰的一个耻辱印记，不仅要摆脱那些“温柔的看护人”、“不要脸的狱卒”，粉碎当地人眼中那些不容被否定的稳妥，更要走出红乌，走出清盆，在郑州、上海、纽约获得一种非乡镇的优越感以回报那些将之视为异类的乡镇眼神。虽然这些预想的优越感也来得毫无根据，但是在阿乙的小说中，从乡镇出发的逃亡不惜成本、不计后果，就像被杀前艾国柱看着另一个将死的人“像蚂蟥一样趴在垃圾桶上，大口喷着口臭”，心想即便成了这个样子，“那个叫上海的地方他还是要去，去了就不回了”。

二、女人

阿乙的小说似乎对女人不抱什么热情，也极少有对女人本身的描写，但他依然对女人念念不忘，更准确地说是小心翼翼地保持着一种冷静考量，因为她们早已成为左右出走的力量。

女人所能引发的危机被《鸟，看见我了》写得清晰而狠毒。阿乙在开始的时候努力让两人的关系素朴而真挚：小张坐在河岸看元凤洗衣，姑娘的一举一动都让他着迷，再加上因旁边洗衣妇们的嬉笑而显露在元凤脸上的幸福眩晕，令这份情感更显生涩和甜蜜。但是，在不可撼动的出走决心下，女人又成了最危险的东西。就在小张“把手缓缓插进那条牛仔裤里”，情不自禁地沉入女人的温柔中时，却又猛然提醒自己：“女人那里就像木板上的蛋糕，如果我不能克服饥饿，跑去吃了，老鼠夹子就把我夹住，我就要在这鸟不拉屎的地方待上一生”。“老鼠夹子”这个比喻耐人寻味。《下面，我该干些什么》中只为逃亡而杀人的凶手在法庭上有这样的陈述：“你们是猫，我是老鼠，老鼠精干、结实，不多不少，没有一丝多余的脂肪，浑身散发着数字的简练之美”。老鼠在阿乙的小说里成为逃亡者的图腾，不管叙述中是否挑明，他们都带上了“精干、结实”的气质。他们的离开，除了为摆脱耻辱，还为了逃离小镇的安逸去追求“紧张忙碌、充满压力的生活”。因此，“老鼠夹子”成了出走路上的死敌，她们的存在带来的不是波动与惊吓，而是致命的危机。为了进一步强调被女人拴住是不容犯下的错误，就在小张看到元凤晾衣服时从领口露出的乳房，看到那些从毛孔溢出的细密的汗珠和叶茎一般埋藏在白嫩皮肤下的静脉，不禁“下身膨胀”、“心绵软软的”时候，阿乙粗暴而充满恐慌地写道：“操一次，负担一生，操一次，负担一生”。

与此同时，女人又成为逃离旧地的捷径。《县城的活法》曾写“我”逃出县城之前，也像“欢喜的驴一样”爱上一个女子，忍不住拉她的手，想法子把关系锁定下来，她的些许暗示都能让“我”振奋一夜，只因她是“一个足可给我家带来无上荣光的女子”。

《两生》名字清晰，故事无奇，却在叙述上拿捏得好。二十六岁的周灵通复读多年也没能走出高中，鬼使神差变成强奸犯，开始了他的亡命生涯。在这一年，周灵通走到了人生的谷底，却因无意间救下一个被殴打的女子而急速反弹。周灵通被女人带进酒店，泡在水里狠狠地洗。他从浴室走出，看到女人正迎着晨光抽一根烟，“长而柔的食指像弹钢琴，把烟灰弹向垃圾桶”，“温暖以气体的形状，从优雅的背部和赤裸的手臂上层层生出”。这里需要注意的是周灵通第一次看到这个女子的情景：女人“是个马脸，眼睛奇小，耳朵和鼻孔巨大，十分吓人”。前后之间何以如此千差万别？《县城的活法》说得清楚，“农家子弟是有爱情，但那爱情是奇异的，它不是说你脸上长了一双桃花般的眼睛，而是你脸上长了前途”；《模范青年》中艾国柱在小镇谈过两次恋爱，“一次爱上的只是一件来自北京的风衣，她不穿它，她便不再神圣”，一次爱上的是在县城条管单位上班的姑娘，“我爱上的不是明亮的眼睛或者性感的嘴唇，而是她脸上长满我的前途”。于是，这个叫张茜娜的北京女子“作为一个不可能的乌托邦，一个不可能的观世音菩萨”，真的带周灵通逃离小镇，洗掉耻辱和案底，“成为他钱财和生命的保护神”。这种改变是周灵通以及小镇青年所不敢想象的，一个“昨天还在垃圾桶里和塑料袋、死老鼠混迹的人”，因为一个陌生的女子，更因为她父亲一句“女婿，给个公司你开开”，如今坐在总经理办公室，“双脚搭在巨大而光亮的红木办公桌上，一闪一闪，一晃一晃”。小说中有个细节也颇值玩味。周灵通洗过澡，跪倒在张茜娜面前，嘴里说的是“我爱你，我爱你，娘”。后来，当“张茜娜情不自禁地舔起那根东西来，像舔一根冰棍，他才全身心放松起来”，嘴里嘟念着“别，娃儿，别这样”。从“娘”到“娃儿”，女人在他眼中的变化意味着一个逃亡者的胜利，这种从卑贱走向傲慢的姿态，总能让我想到民警小张那句“我胜利了，狗日的清盆”。

三、纽约

阿乙小说里没人到过纽约，纽约却无处不在。对清盆来说，赵城就是纽约；对赵城来说，瑞昌就是纽约；九江、郑州、武汉、北京都可能是纽约。失掉了县城条管所的姑娘，一家人的嗟叹因外地哥哥一句“假如有一天你去了九江市，她算得了什么”而平复，因为相比县城女子，九江的姑娘就是纽约。因此，不管纽约是什么，它都是出走最大的诱惑。

纽约产生于无法逃避的差距。虽然《模范青年》里警校同学周琪源最终被困死在洪一，但在刚开始的时候，他的一切为艾国柱的纽约提供了范本。周琪源来自江州造船厂。在瑞昌人眼中，这些三线厂“像是上帝投放来的几座孤岛”，现实存在的围墙时刻提醒着墙内墙外的差距，墙里人好似天潢贵胄，过着当地人想象中的“北京上海的生活”。因为周琪源来自墙内，即便同住瑞昌，但在艾国柱们看来，“我们像是被迫划到一个科目的两种动物，根本不能算是老乡”。而且，周琪源的存在不停地灼伤着当地人的自尊，“我们会从他细嫩的皮肤、倒三角的肩背想到我们很少涉及的牛肉和牛奶”。周琪源是警校中的异类，始终保持着当地并不该有的自我克制，仪容整齐、讲普通话，既不抽烟也不喝酒，从不参加娱乐活动……艾国柱们觉得他是一个无聊的存在，但那些嘲讽和调笑却无时不暴露着他们对墙里人的羡慕，也正是因为羡慕，有时“也会为他们被钉死在此地而幸灾乐祸”。警校毕业的时候，没人知道周琪源的去向，但艾国柱对周琪源的想象又一次刺痛了自己：

> 周琪源一定待在省城警校，晚上定点睡觉，早上准时醒，精神振作地走向放着各类文件夹的办公室，完成各项指派的任务，闲暇时跷二郎腿，喝好茶，看报。他和所有同事说普通话，就是点头也有这种话才有的生分与庄重——他们在没日没夜地说普通话，而我在没日没夜地喝酒。

这些毫无根据的猜想完全来自三线厂围墙制造出的差距，好像来自墙里的周琪源不需理由便可高人一等。即使到了最后，艾国柱为一生未离洪一而死在那里的周琪源返回故乡，途经省府大院看到门口笔直的武警和大字招牌，他依然相信这才是周琪源“理想的终点”，这个终点比他艾国柱的纽约要远，要好，“也许公安部才是”。

艾国柱的离开令他的纽约变得现实而充满世俗意味。他从郑州返回瑞昌，十分享受“衣锦还乡”的快感。当年的工资只有八百，如今月薪两千八，酒席便设在了更贵的宾馆。在这里他不仅可以口若悬河讲述自己出走的征程，听到别人“还是你有勇气”的赞唱，而且还能得意地叹息“说白了我现在只是一个打工的”。更重要的是，他从周琪源眼下的处境获得了快慰，他看到他一直坐在角落，偶尔夹一两粒花生米，那是一种“还不如一刀刺死他”的羞辱。出走路上的纽约零碎又具体。《隐士》里，纽约是“作为外地人的一件大衣、一条裤子、一双皮鞋或者一只皮包”；另一年，他的纽约是“大城市的，研究生，比我小六七岁”的外地女子。而对逃往郑州的艾国柱来说，一个不被打扰的工位，一个气味不至于让姑娘头也不回就走掉的出租屋，便成了他的纽约。

但是，艾国柱们的纽约又常常空洞得让人无法把握，就像小说里的形容，“高架桥车来车往，街道清澈得可以照见人像，飞机的影子像鱼儿游过夕阳照射之下的摩天大楼玻璃墙”，其实等于什么都没说。刚刚抵达郑州的艾国柱，面对鳞次栉比的高楼展开双臂低声吼叫，像是完成蜕变的神圣仪式，却在走向报社的时候两腿发飘，心里虚得很。后来，朋友阿丁召唤艾国柱进京，后者面临的选择一是到北京实习之后再确定是否转正，一是原单位领导许下的主笔位置。结果，衣锦还乡的快慰很快被抛之脑后，一皮箱书和一皮箱碟，火车进京，艾国柱再次躺在了廉价出租屋的水泥地板上。从这时起，纽约才变得遥远起来，它不再是一个可以抓住职位，一个能够留住的女人，或是一份胜利者的快感，它开始成为需要被不断确认的东西，如同艾国柱在水泥地上从一个返回瑞昌开始安逸生活的噩梦中惊醒，需要反复确认自己身在北京才能安静下来。它更是一种身处绝境无路可退的心理需要，而保持逃离与游走是别无选择的选择。这个时候，艾国柱的纽约已经从一个个目的地变成了纯粹的行动，心属霄汉、穿州过府，只为在那条无头路上无尽奔忙。

四、死

如果不离开，结局会怎样？阿乙从最初的创作就开始回答这个问题，直到最近才将之编织完整，至少让人看上去还觉得可靠。

《意外杀人事件》中赵法才等六人的故事本不相干，却因死亡绞织在一起。十点，赵法才从湿石走到超市门口；金琴花哭泣着向超市走来；狼狗穿着运动短裤跑进建设中路；艾国柱为了一包烟走向超市；于学毅无聊地闲逛至此；傻子小瞿转到这里找他的兄弟……不管之前的故事或长或短，反正李继锡意外而又准时地出现，一口气杀死了这六个当地人，让滴溜乱走的时间卡死在这一点。这个结局像是宿命，更像是一个诅咒。那些安于现状驻守城镇的人、失去希望消耗生命的人、动了出走的念头未及行动的人，全都死在李继锡手中。这个从火车上翻滚下来无处可去的外乡人，像是带着惩戒之剑，专来红乌完成这项任务，以死亡这一残酷的结局，打破小镇封闭的安宁。

《意外杀人事件》只是一个开始，虽然在这篇小说中阿乙有意无意地将出走与死亡联系起来，但其中的关联到底暧昧不清，他更多地还是在讲“看你们如何去死”，貌似清醒实则迷离，直到《下面，我该干些什么》以及后来的《模范青年》，阿乙才把目光转向自身，更多的去探究“我如何去死”。

“我睡过去，直到醒来再也睡不着。这时我得找点事情干。”《下面，我该干些什么》的开始简单而直接，行动起来却心思缜密。“我去买了眼镜”，它将“人们的注意力有效地转移过来，默认我为近视眼”，因为“人们总是倾向于相信戴眼镜的人”。“我”又买下尼龙索和弹簧刀，“有一把弹簧刀，事情就会有一种仪式感”。在杀死美丽、优秀、同样身世可怜的女同学之后，“我”才被真正调动起来，开始逃亡。这个“找点事情干”的逃亡者躲在外地的小旅馆努力地擦地，像追寻真理一样把鞋面擦得光亮照人；买来望远镜，坐在楼顶端详着屁股下的小县城；在逃亡的过程中不断打开手机，给警察留下追捕的可能；“想乘船去下一地，又觉得他们不来我为什么跑，因此又住了些时日”。逃亡的过程是“我”与警察间的游戏，“像捉迷藏”，“我去敲门，跑掉，他们冲出，四散寻找，然后恼羞成怒地站在荒野”。直到这码事变得无聊至极，“我”才在小镇的集市中，对进行搜捕却又擦肩而过的警察说，“你们太嫩了”。逃亡在《下面，我该干些什么》中变为一种生命的价值：

> 我跑在时间的最前列。在过去，时间是凝滞的，过去是现在，现在是未来，昨天、今天、明天组成一个混沌的整体，疆界无穷无尽。现在它却像一枚急速前移的箭头，一个射出去的点。它光明、剽悍、无所畏惧，像毒辣的阳光，凶猛地刺进每一个到来的未来，将它烧成矿渣一般黑暗的过去。我决定跑得粉碎。

出走或是逃亡在这里代价沉重，不但消化了女同学的性命，而且“我”也最终跑向生命的完结。虽然阿乙用大量的笔墨完成“我”在法庭的陈述，以展现并说明逃亡之于“我”的意义，但那些法庭陈辞更多地产生着完整故事情节的叙述作用，而真正形成情感冲击的还是凭空消失的两条人命。人命和逃亡在小说中构成了价值的对等，死亡在这里充当着沉甸甸的砝码，阿乙在小说中不断追问的逃亡的分量也由此得以衡定。

阿乙对出走的书写直到《模范青年》才趋于完整，它不但是作者自省式的发问，而且出走与死亡的交锋也前所未有地清晰化、白热化。艾国柱与周琪源一个玩世不恭，一个按部就班，但在最初却有着相同的生命内核。周琪源从进入警校那天起就保持着令人难以理解的自制力，他通过了英语六级，自考拿到法律本科文凭，考上过研究生，发表过八百一十七篇报道，完成了小镇警局从未出现的专业论文，获得两次三等功和多次宣传先进个人称号，“他做这一切，只为出走”。生命距离的拉开，是因为“周琪源终生极少违逆父亲的旨意”。艾国柱能够因为一个河南的电话离开家庭，“走得那么轻松”，“为诱惑粉身碎骨，抛家弃业”，

“从此无君无父，浪荡江湖”，而一切细小的责任与命令却能管住周琪源宏大的理想，“他没有和父亲再说什么，收起考研材料，塞进纸箱，从此不复过问”。一个完整的生命就此被分成两半：

> 一个是艾国柱，自由放荡、随波逐流、无君无父，受尽老天宠爱；
> 一个是周琪源，勤奋克己、卧薪尝胆、与人为善，胸藏血泪十斗。

这篇小说有太多阿乙自己的故事，周琪源也确有此人，但它的出现绝非阿乙作为一个胜利者为自己树碑立传，而是以此为他半生的游荡寻找一个可以令自己信服的理由。抛开那些真实故事，阿乙在小说里竭尽全力地把另一个规矩、懦弱的自己写死，只是因为作为“周琪源”的“我”别无其他出路，非死不可。这是一道单选题，由不得半分含糊。生命也因此变得简单而残酷：要么离开，要么死。

从小镇的封闭乏味到路途上那些难忘或必须遗忘的女人，再到从未抵达却依旧令人痴迷的纽约，最后到离开还是死亡的命运轮盘，阿乙用几个关键词建立起整套的出走逻辑，用一系列创作逐渐完整着他对生活与叙述的想象和实践。他用数年的时间从炫技走向沉思，从“看你们如何去死”走向“看我如何去死”，始终难以割舍的便是成就当今阿乙的“出走”。

李娟论

■文/涂　昕

一、寂寞是大自然的力量

读李娟的散文[①]，扑面而来的第一印象就是她笔下那个世界的广大开阔。置身在这"充满了力量的广阔"中，李娟深刻体验到的，继而在文字中再三表达的是一种"寂寞"感。一说起"寂寞"，很容易被人误解为文人闲愁一类的东西，都市里的风雅之士似乎也爱用这个词；然而对李娟来说，却完全不是这么一回事。好友桑格格说得很好，于李娟而言，"寂寞"这个词"就是大自然的力量"[②]。这里面可能包含了几层意思。一层是，在自然的广阔力量面前，人更加清醒地意识到自身的微弱渺小，寂寞之心由此而生。另一层则是，大自然广阔的力量正是在亘古的寂寞中默默形成的，而人对寂寞的领会，就是与自然的气息相沟通，心灵褪去狂妄骄矜、复归安静谦卑，同样会获得一种力量——这或许很接近沈从文在 1952

---

① 本文所引李娟文字来自以下散文集:《阿勒泰的角落》，万卷出版公司 2010 年 6 月版;《我的阿勒泰》，云南人民出版社 2010 年 7 月版;《走夜路请放声歌唱》，湖南文艺出版社 2011 年 10 月版;《冬牧场》，新星出版社 2012 年 6 月版;《羊道春牧场》《羊道前山夏牧场》《羊道深山夏牧场》，上海文艺出版社 2012 年 8 月版。文中出自以上散文集的引文只标出篇名，不再详细作注。

② 桑格格:《我们有足够的葵花籽》,《读库》2011 年第 5 期。

年2月15日写给家人的信中所说的，“寂寞能生长东西，常常是不可思议的！”[①] 李娟对大自然丰富奇妙的感受和描述，就是在寂寞中生长出来的力量：大自然在安静谦卑的心灵面前才呈现出本相，或者说只有安静谦卑的心灵才能领会天地自然的各种极致之处。

她写那些很“大”的美，蓝天、星空、草场、森林，下笔就是明阔开朗的境界；她也对微小的美充满惊喜和珍惜之心，“对一只蝗虫仔细观察，从寻常中看出越来越多的不可思议时，世界就在身外鲜明了，逼近了”（《蝗灾》）。她事无巨细地记录所有的美，因为“只有美，才能与万物通灵，丝丝缕缕吸吮吐纳。”（《乡村舞会》）。给万物赋予千姿百态的多样性之美，是大自然最令人惊叹不已的地方；大自然之美的核心，就在于“万事万物都没有重样的，一花一草无不特别”（《马的事》）。所以与“万物通灵”的能力，一定包含着对万物最细微处的差异之敏锐感知力，这正是李娟的文字给人的突出感受。

与细辨万物差异恰成对照的是，通“灵”的体验也会把人牵引向万物间相沟通、连接的部分。有时候这种能力流转在具体的事物、景象之间，比如由天空的某种动静，联想起大地上相应的运行：“满天云霞像条条大河，全部涌向落日，仿佛那里是世界漩涡的中心”（《暮色中》）。另一些时候，具体的事物牵引触动的是看不见摸不着的无物之物，抽象的气氛、感觉或情绪，转瞬即逝的幻觉：“云的白不是简单的颜色的白，而是魂魄的白”（《在荒野中睡觉》）；冷不丁看一眼太阳，“心里微微一动，惊奇感转瞬即逝，但记起现实后的那种猛然而至的空洞感却难以愈合”（《过年三记》）。反过来，行迹缥缈的一团抽象，也能唤醒我们对可触可感的具体事物的体验与记忆。风起的时候，一草一木、头发衣衫，都是风的形状；费思量的是怎样描述风走的刹那，天地间被涤荡得爽净警醒的感觉——李娟说那时“空气似乎都刻满了清晰的划痕，这划痕闪闪发光”（《拔草》）。

相信天地有“灵”的人，能在万物中感受到与我们相通的心灵消息。她写浮在寂静夜空中的月亮，“边缘如此光滑锋利，像是触碰到它的事物都将被割出伤口。所以万物都拥紧了身子，眺望它”。不光“猜透”万物的心思，更美妙的是“化身万物”的体验——这与将人的心思向万物移情的“拟人”恰好反过来：与万物一起眺望月亮，只觉得身体“被洞开，通体透彻。鱼在我的身体里游，水草舒展叶片，无论是什么，触到我的身体就会轻轻下沉”（《有林林的日子里》）——对她来说，只有体验过人与万物生命能量的彼此贯通，才算真正“懂

① 《沈从文全集》第19卷，北岳文艺出版社，2002年12月，第317页。

得”某种事物。

对万物之“灵”相互交流灌注的描述中，最能体现李娟感受力和语言特色的，大概要算天地间“静”与“动”的微妙沟通。那些被我们匆匆一瞥、想当然认为是静止的事物，在她眼里却蠢蠢欲动、正是由“静”向“动”趋赴的临界点：天空那凛冽的蓝色，饱和得“似乎即将要滴下来浓重的一大滴蓝似的”（《坐班车到桥头去》）；植物们的绿，“绿得甜滋滋的，绿得酥酥痒痒”（《真正的夏天》）。在大自然的“静”中看到肉眼看不到的“动”，正是“看”到了大自然某种核心和本质的东西——万物无时无刻不在安静寂寞中变化生长，这静中之动包含生命无限的庄严与活泼。这再次印证了我们前面提到的，“寂寞是大自然的力量”、“寂寞能生长东西”吧。

有这样一双不同于凡俗的眼睛和心灵，对大自然常有超逸我们日常经验的感受和体验就不足为奇了，用她形容可可苏湖的一个句子倒是颇能概括其特点：“这一切不仅是凸出视野，更是凸出了现实一般”（《坐班车到桥头去》）。这些“凸出了现实”的感受化为文字，往往带着天真神秘的色彩；与此同时，它们并未在行文中有兀然的“凸出”感，而是与那些“写实”的文字行云流水般浑然无隔。实际上，两者本来就是水乳交融不分你我的，那些看起来属于“写实”的部分，也浸染着奇幻美妙的气息，而看似“超现实”的内容，细想也并无多少玄虚深奥的成分——也许这才是世界的本来面目，只不过我们与自然隔膜已久，丧失了在最深的根柢处交流互通的能力。

李娟在一个访谈中表示，别人都说她很“朴素”，她却觉得自己是“很华丽的写作”，“一点也不朴素”。[①] 李娟敏感于大自然变幻万端的色彩，那些“热烈又纯洁的冲撞配色”令她心仪不已。假如我们认同语言也是有色彩的，相信其色彩的浓淡冷热与这文字的出处——作者所置身的世界本身是同构的，那我们就不难理解李娟为何用“华丽”来形容自己的写作了。她的语言五彩缤纷、炽热浓稠、配色勇敢，如果“朴素”指的是古典意义上的清雅淡远，那的确如她所说，是“一点也不朴素”的。

周作人曾说，“就色彩言，长者以淡泊之色为尚，而在小儿则以刺激过弱，不觉其美。盖小儿如野人然，喜浓厚之正色也”。[②] 我想这不仅限于物理意义上的

---

① 李娟、欧宁对话：《没有最好的地方，也没有最坏的地方》。

② 周作人：《玩具研究》，载《绍兴县教育会月刊》8 号，转引自钱理群：《周作人传》，北京十月文艺出版社，2005 年 1 月，第 142 页。

色彩，也可以用来形容语言文字。之所以儿童和野人会以“浓厚”为正色，大约因天性上对世界的好奇和跟自然的亲近，使得他们能够本能地感受到大自然那种蓬勃饱满的生命能量，而这种能量的呈现之一种，正在于万物斑斓的色彩。李娟文字的浓墨重彩，一方面来源于她天性中童心未泯的赤子情怀，另一方面，作为一个外来的汉族人，面对哈萨克牧区这样一个迥然不同的辽阔世界，心灵的震撼和惊喜，本身也跟儿童第一次睁眼看世界的心情有某种接近吧。我们能从文字中感受到她最大程度地敞开自己的感官，拼命领略和理解自己所置身的世界，由此产生的语言，不是拘束克制、“意在言外”，而是铺张的、热情的、想从各个角度充分描摹的语言，有一种生怕自己的文字不能匹配眼前世界之丰满的惶恐掺杂其中——表达万物之“灵”，也一定要捕捉到相应的语言之“灵”啊——如此这般的呈现，就像微风吹过森林，枝叶相互推涌，一个意向触动另一个意象，层层生长、蓬蓬勃勃，充满野气生生的青春气息。

然而尽管心意和笔意都很充盈饱满，却不能因此忽略李娟另一个非常重要的特质，那就是她反复说的“遥远”、“神秘”，以及自己的犹豫、迟疑和“失败”——这使得她的文字显出更加丰富的层次来。“我是一个最大的消失处，整个世界在我这里消失，无论我看见了什么，它们都永不再现了……我说出的每一句话，到头来都封住了我的本意。”（《河边洗衣服的时光》）我想这是面对“无限”丰富、辽阔、复杂的世界时，人对语言之“有限”的领会，是面对比自己“大”得多的事物时产生的谦卑之心。正因为这种“有限”和“谦卑”的体验，李娟的语言既是活泼丰盛的，又是安静沉潜、留有很多余地的，始终让人感觉她实际看到和领受的远比她写下来的要多得多。所以从这个角度来说——更根本的角度，李娟这种深知自身限度的语言，的的确确是非常“朴素”的。她语言的“华丽”以本质的“朴素”为底，以自身的“有限”指向世界的“无限”，正是这种张力让她的语言获得了辽阔的感觉。

进一步说，李娟领会到的不仅是语言的限度，更是人类对这个世界的认知限度及由此产生的面对世界的方式：朴素的语言来自朴素的世界观，“我在这山野中随意四去，其实始终是侧身而行的。山野是敞开的，坦荡的，其实又是步步阻碍，逼仄不已的”（《深处的那些地方》）。大自然敞开怀抱接纳、滋养万物，然而假如我们企图用一己的力量人为地“缩小”自然，把自然变成某种可以“把握”和“占有”的东西，就会封闭自身与自然进行真正交流的通道；只有承认在自然的无限辽阔和神秘面前，自身认知的“逼仄不已”，才能通向自然的“敞开”和“坦荡”。在自然中“侧身而行”、以遵守天然的限制来代替无穷的探索和攫取，既是客观的制约，也是主观的甘心情愿；只有懂得了这种“侧身而行”所包含的智慧，我们才能理解这片土地上人们的生活。

二、在自然的注视下，人的生活

要谈论李娟笔下人们的生活，首先需要理解那里的人与世界的关系：在那样辽阔的地方，人只是其中很小的一点；与此相应，通观她作品的全景，首先感受到的是天地运行的大气象，所有具体物事都以这样的大气象为背景，所以她写到的人，也是辽阔天地中的人，与辽阔天地的气息相贯通。

对美敏感的她，当然会留意到人的美，尤其是天真无邪的孩子和正当妙龄的女性。按照传统的标准，儿童和女性多“柔美”，然而李娟呈现的却是一种健旺蓬勃的野性之美。比如库尔马罕的儿媳妇，“长年粗重的劳动和寒酸的衣着似乎一点也没有磨损到她的青春的灵气，反倒滋生出一股子说不出的鲜鲜的野气”（《我们的裁缝店》）。还有我特别喜欢的小女孩库兰，满头蓬松浓密的自来卷金发，“眼睛的轮廓狭长，外眼角上翘，睫毛疯长着，零乱而修长，像最泼辣的菊花花瓣”。她想得到一条裙子，就天天对爸爸嚷嚷太热，结果爸爸三下五除二给她剃了个光头。“这下这小孩再也不喊热了，也不指望新裙子了。重新混入肮脏的孩子群中，手持大棒，勇敢地追狗，把这片草场上所有的狗追得从此没有一只敢靠近我们这片帐篷区。”（《孩子们》）

说“这里的人与辽阔天地的气息相贯通”，除了停着老鹰的猎人、逐水草而生的哈萨克少女这些轻盈奇妙的部分，还有更为庄严厚重的内容：我们不能回避大自然极为残酷的一面，以及相应的，人在这片土地上生活的艰难。这里四季不断的旱灾、洪灾、雪灾、火灾、蝗灾已经成为日常生活的一部分，人们早已学会了从容地面对；不光是从容，还要很欢快、很坚强、很能自得其乐，才能很好地生活下去——我们因此更加理解，为什么李娟一下笔就那么明亮、开阔、温暖，为什么她好像有无穷无尽的幽默感，仿佛天底下所有有趣好玩的事情都让她碰上了。有时候出于偏见，人们会觉得明亮欢乐似乎是未经世事的肤浅东西。然而李娟这个姑娘，小小年纪跟着外婆捡垃圾、随妈妈到新疆讨生活，到过很多地方换过很多工作，经受过各种各样严酷条件的磨砺，她当然不是一个没有真正吃过苦、没有体验过人世艰辛的人。或许有的时候，一下笔就是满坑满谷的深刻、复杂、灰暗、虚无的人，反而恰恰是真实的生活体验非常狭窄贫瘠的人；明亮欢乐的文字有时候体现的是一个人的宽广度：一个人收纳在胸的世界有多大，决定了其理解事情的角度和方式，要有足够宽广的视野和心胸，才能拥有欢乐明亮的能力。如果非要谈论肤浅和深刻，我想说，李娟对“明亮欢乐”的理解恰恰体现了她的深刻之处，因为在她看来这样一种明亮欢乐的精神，体现的是人在艰难生活中的尊严。也正基于此，李娟的幽默感有着特别打动人心的力量，它不是文人卖弄优越的炫技，而是来自人在艰难生活中的质朴本能。

对于牧民来说，他们在生活面前迸发出的所有热情中最光彩夺目的部分，应该就是弹琴、歌唱和舞蹈的时刻了吧！乡村舞会上，久久注视一个起舞的美丽女子，“音乐进入了她的身体，从天空无限高远的地方到地底深处的万物都在看着她，以她为中心四下展开世界。当她垫起足尖，微微仰起下巴，整个世界，又以她为中心徐徐收拢……”她说的是舞蹈，也是“这世间舞蹈着的一切”。是啊，在星空下舞蹈，会在某个不可思议的刹那通晓舞蹈之“灵”吧——那是天地间的奇妙信息与你自身的生命能量相互的激发和点燃，你通过舞蹈，把自己和这个世界联系起来，通过舞蹈，将自身之“灵”与万物之“灵”相沟通。我们今天可能已经把舞蹈狭隘地理解为一种在特定场合用于社交的工具，而忘记了它最初产生时的动人之处：站在秋天的荒野，抬头看到“鲜艳的金色落叶从蓝天上旋转着飘落”，“我真想跳着舞回去”。(《乡村舞会》)

如果说这些闪闪发亮的时刻是牧人生活“放”的一面，相应的，天地自然的教育也赋予他们“收”的一面，也就是李娟反复在文中赞美的“节制”的品格。比如节制情感，节制自己在苦难和残酷面前的悲伤、自怜——这是先前所说“越艰难的生活，越要乐观热情地投身其中”的另一表现形式吧。

“节制”还体现在无数归天地所养的美好习俗中，比如他们随季节流转不停搬家，走之前都要认真打扫——不是马上就要走了吗，还扫什么？“这可真是汉人的思维！对我们来说，搬家意味着‘舍弃’，对他们来说，搬家是为了‘保护’。在一个地方生活久了，难免对植被和环境有破坏，为了让大地得到休息和恢复，才不停地搬家。”(《卡西不在的日子》)他们有绝不猎食野生动物和鸟禽的古老礼俗，荒野中的小木屋，“夏天是人的房子，冬天是熊的房子”；还有他们与自家放养的牛羊马驼的亲情关系，李娟说过不止一次的动人情景是，马背上一只红色漆摇篮里卧躺着一个婴儿和一只羊羔，“揭开摇篮上盖着的毯子，两颗小脑袋并排一起探了出来”(《路上的访客》)——哈萨克牧人对自然万物甘心依赖、“平起平坐而不去充当万物主人”的“纯真与满足”(《相机的事》)，一直令李娟叹服、赞美不已。

三、内心的矛盾、困惑，以及慢慢地释然

李娟随哈萨克牧民进入游牧生活，记录一路的所见所感。最初，她对这种生活方式充满赞叹，“但写到后来，态度渐渐复杂了，便放弃了判断和驾驭，只剩对此种生活方式诚实的描述。并通过这场描述，点滴获知，逐渐释怀”（《羊道春牧场·自序》）。到底有些什么让李娟感到复杂、感到判断和驾驭不了呢？最终她获知和释怀的又是些什么呢？

对“复杂”的感受往往是无法条分缕析的一团混沌，我们也只能通过文本辨出模糊的轮廓。从她呈现在文本里有限的一部分中，大致可以感觉出有几层意思。一层意思，是她反复表白自己并不能触及亲历的这种生存景观之核心部分：虽然她似乎完整地体验了一个冬天、一个春夏，但跟别的那些走马观花的外来“体验者”并没有本质上的区别，这中间横亘着永远无法跨越的“语言”、“血肉传承”、“整整一生的全部成长细节”（《我在体验什么》）——实际上，这样的体验和理解，既是一个汉族人面对异族文化的真实感受，也可以通向我们对整个世界的领会，通向前面说过的李娟对天地自然的谦卑敬畏之心。

因为深知自我认知的限度，不愿落入肤浅的“猎奇”陷阱，于是面对自己无法深入了解的部分，她宁愿保持沉默，而不用文字去“制造距离”；她更愿意写“他们与世人相同的那部分。那些相同的欢乐，相同的忧虑与相同的希望”。甚至可以说，李娟写的是很根本的一些东西，是“永恒事物的永恒之处”：写他们依从世上最强大的力量，随“自然的呼吸韵律而起伏自己的胸膛”；写荒野中人与人之间的付出与回报；写劳动的艰辛、欢乐和庄严，写哪怕遭遇了惨重的家庭变故，也不会万劫不复，因为“至少还没有失去劳动的能力和权利”，“根还在呢，再一点点从大地生长出来吧。一切都会缓过来的”（《到哈萨克斯坦去》）……李娟在写作中紧紧抓住的是这样一些东西，这些东西固然通过哈萨克牧民的生活呈现出来，在她看来却是整个人类生存的根基，是任何不可抗拒的伟大“进步”或“改变”来临时都不该也不能丢掉的东西。

然而即便这个在漫长的岁月里甘心沉寂在世界上最遥远角落的人群，也不可避免地受着外面世界的强烈冲击而发生各种各样的变化，古老庄严的秩序正在被打开缺口。“改变”当然不一定是什么不好的、值得过分担忧的事情，令李娟困惑的或许是，这场不可逆转的、必须要到来的进程，是不是注定要把古老秩序中至为美好的部分也牺牲掉、把她视作“根基”的部分也连根拔起？同时产生的问题

是，假如固有的一切真是一种“强大生活的强大根基”，又怎么会轻易地就摇动了呢？这样叙述显得有些抽象，实际上矛盾的心情通常来自生活中一些具体的事情，举例来说，这些牧民由于常年艰辛的劳动，早已被磨损得一身病痛：少女卡西小小年纪，一只耳朵发炎、流脓直至聋掉都没去治疗；更多的人整天把阿司匹林和止痛片当饭吃，当李娟严肃地要求大家正规地治疗，得到的回答是“去治病了，羊咋办？不放羊的话，哪有钱治病？”——每写到这样的内容，就忍不住想，哪怕需要“从世界中抽身而出”、哪怕哈萨克的传统都“完了”，人们要去追求更好更舒适的生活，“又有什么错呢？”（《迅速消失的一切》）

李娟解答不了这些困惑，她只记录下自己所看到、感受到的，也标出自己感受中断的瞬间、那些“不知道再怎样说下去”的时刻……然而既然并没有得到解答，又是如何释怀的呢？我想，李娟在这些困惑之外领受了另外一些东西——不是什么明晰的结论、判断、道理，只是一些说不清道不明的感觉，犹如沉默的夜空劈来一道闪电，或者倏然反射进眼睛的一束阳光，把不住行迹，但刹那光明留在印象中的刻痕却又实实在在且久久不熄。李娟有时候也试着用文字来重新接近那样的时刻——

比如《木耳》一篇，森林中突然出现了能换大价钱的木耳，在不可遏制的粗暴欲望驱使下，人们开始疯狂地掠夺自然；而那些曾经带给人无限安慰的东西，都被抛到了九霄云外。人心日益狭隘焦灼，世界越来越紧张混乱，似乎随时面临崩溃的绝境，李娟描述的文字也开始手足无措起来……然而突然降临的感受一下子把境界打开了：

> 这原本天遥地远、远离世事的山野，突然全部敞开了似的，哑口无言。
>
> 但总会有什么更为强大更为坚决的意志吧，凌驾在人的欲望之上……抬头看，天空仍是蓝汪汪的，似乎手指一触动便会有涟漪荡开。四野悄寂，风和河流的声音如此清晰。

我想这是对人事之外、之上更大的一种东西的领悟，这无限“大”的东西不知道如何命名，它贯穿所有的时间、充溢全部的空间，在天地间生生不息地运行。在一个相对有限的时空中，我们当然需要有所思、有所为；然而当如果以这“生生不息的天地运行”作为参照系，人的规划设计也好、干涉挽留也好，所起的作用只是很小的一部分，无论是把这些人为的机心和算计看得多么了不起，还是为之过分的焦虑担忧，显露的都是人类自身的无知和狂妄吧。

或许正是有了这样的领会，李娟对自己早期一些精心安排、用力过度的文字，感到些微的遗憾，其中甚至包括广受喜爱的《木耳》、《乡村舞会》等等。她说这里头“写作的刻意与苦心让她难受。她不喜欢沈从文某些文章，也是因为觉得他写得‘苦’”。[1] 我们也看到，李娟越后面的文字，越显得随意和放松了，如她自己所说，“越写越打开了，越踏实了，不会去搞那些自己把握不了的，或者把握起来很不对头的东西”。[2] 她不设悬念，没有起伏跌宕的“故事情节”，也从不耽于“思”、不陷入抽象的理念或哲学陷阱中，她写的只是平淡又不平淡的生活。对应到语言上，她的用词、句式与想象也愈发的质朴、舒展，富于弹性。是啊，生活本身已经很动人，实在不需要人捏着嗓子、端着架子来设置条条框框。支撑这种写作态度的，是一种朴素的信心——对自己的信心，更是对生活本身的信心吧。

---

① 柴静:《只是欢喜随意而至》,《读库》2011 年第 5 期。

② 李娟、欧宁对话:《没有最好的地方，也没有最坏的地方》。

心路

艰难的“重返”

艰难的“重返”

■文/梁 鸿

2012年11月中旬，《出梁庄记》终于交稿。持续的压力突然卸去，我以为我会如想象中那样欢欣和畅快。然而，没有。我在租来的小书房呆坐着，不愿看书，也无法思考。这个小书房陪伴我二十个月，让我这个从来没有过书房的人享受了一段难得的安静、独立和完全的自我。因为不断出差，窗台上的那盆文竹经常从碧绿变为枯黄，又顽强地从枯黄变回绿色。每天早晨，来到书房的第一件事，就是往文竹的每一个枝茎上细细洒水，观察那枝茎上的绿色是否又往上攀爬了一些。然而，这一次，那一半却无论如何回不去了。

“我终将离梁庄而去。”好像患了强迫症一样，我在脑海里不断重复这句话。有时候，我惊慌地抬起头，四处看看，我怀疑我已经悄声说了出来。它已经在心里叙说太久，不知道从什么时候开始。也许，从重返梁庄的第一天，从再次看到梁庄淤黑的坑塘、坍塌的老屋、衰老的叔婶，从一次次在城市艰难地寻找、接头，看到堂哥在西安漆黑的厕所，兰子那漆黑眼睛里蓄满的泪水，电镀厂那浓重的雾气时，这句话就像旋律一样反反复复响起，并且音量不断增大，最终，聚合为一个巨大的感叹句出现在“梁庄”的结尾。

我害怕这句话成为现实，也好像是为了反抗这必然的结果，2012年11月下旬，我再次回到穰县。每天早晨，我沿着湍水往下游、上游，或往周边的村庄里走。没有任何目的。只是漫走。丰盛而芜杂的水草蔓延在湍水广阔的湿地之上，层层交结、错综、缠绕，如悬于水上的无边迷宫。踏在上面，如行走于虚空之上，步步心惊。

▲ 黑色的淤流（上图）；老屋前的废墟（下图）

雾气笼罩村庄。深秋的早晨阴冷、潮湿，树干和枝条因潮湿而变得黑枯，夜晚的落叶被清晨的露珠一遍遍浸压，又经过人的踩碾，显得卑微、破碎，有些难以承受。无论是红砖白墙的高屋、青瓦泥墙的矮房，门口堆积的泥沙、踩得发白的小路，还是那缓慢行走、无意盯视的人，都被这灰色的雾气所统摄。仿佛一切都还是原始的、未经文明触摸过的、未经修改过的世界的一部分。

但又不尽然。在清晨的静谧中，看远处小石桥上来来往往的机动车、小三轮、自行车，无声无息地流过。桥头的肉架子上挂着一扇扇新鲜的、粉红的肉，在初阳下微微发光，摊主刀起刀落，又熟练装起，然后，一个人拎着袋子匆匆离去。生活如此古老又新鲜，永恒存在，又永恒流逝。但并不悲伤，甚至有莫名的希望所在。

是的，我不会离开梁庄，虽然在身体上和行为上我即将或已经离开。我清清楚楚地看到我未来的道路，我与梁庄之间将再次被阻隔起来。或者说，我从来都没有真正进入过梁庄。我指的是，它的结构和它的命运。

梁庄和梁庄的生命究竟是什么样子？我与梁庄，梁庄与我，到底是什么样的关系？我为何重返？是否真正到达？在不断“重返”梁庄的过程中，我逐渐意识到，“我”，甚或说，自上个世纪以来，“我们”，在不断逃离梁庄中试图建构梁庄。它的生命、历史、形象，都被盖上种种印戳，并以此成为时代“风景”的基本元素。

我把这篇文章的写作看做一次重返梁庄和反思自己的机会。

一、荒凉而又倔强的生命

因为必然的“归来”、“离去”和另一空间的比照，“重返”故乡，在某种意义上，其实是在回望过去、寻找生命的蛛丝马迹和早已隐于时间深处的血缘亲情，它们和现时的形态交织在一起形成故乡的所谓“现实”。当鲁迅看到，“苍黄的天底下，远近横着几个萧索的荒村”，他看到的并不只是故乡的现实，而是由过去投射而来的“风景”。这一“风景”叠加着童年回忆、家道中落、三味书屋、百草园、祖父、母亲、兄弟一起呈现于他的精神内部，眼前的“村庄”只是让这些内部情景物化了。我们甚或可以说，当“我”在看到“鲁镇”以前，这一苍茫的风景已经存在于作者心中了。这是每一个回到故乡的人都有的“先验”风景。“梁庄”是由回忆、老屋、家庭的经历这些先在的事物推导出来的一个多重的存在物。

如果不曾离开，我不会如此震惊地看到梁庄的变化。我不会看到村庄的连绵废墟，不会看到坑塘的消失和死亡的气息，也不会看到梁庄小学给梁庄带来的精神上的涣散，当然，更不会看到如怪物般盘踞在湍水的挖沙机，因为，对于梁庄人而言，那是日复一日、年复一年的悄然溃败。

▲ 梁庄猪场，教书育人（上图）；怪物盘踞（下图）

那个老屋并不只是荒凉、废弃的房屋，它承载着我所有的成长、情感和生活，看着它，你想着的是那里面曾经有过的欢声笑语和漫长的哭泣争吵，还有黑暗中经年沉默的母亲；那个小厨房，它竟然如此之小如此之低，两个人进去几乎已经转不过身，我还记得我和妹妹、哥哥、三姐围着灶台等待那一锅饭好的时候的喜悦，而最后，不知道谁把煤油洒到锅里了，就这样，我们仍然顽强地在另一边盛起一碗碗的饭。而走过老支书家已经坍塌的院墙时，仍然有莫名的紧张，这个眼大如灯的老支书和他的房屋是我童年和少年时代最直接的压力。

那在墓园后面的河坡上孤独生活的一家人居然还在。只不过，那痴傻妻子已经去世，大女儿也已经出嫁，当年发着高烧、不能动弹、极度营养不良的小女儿，如今已经有着红润的脸庞和羞涩的笑容。而那个沉默的老汉，他是打定主意把自己放逐于尘世之外了，杂乱的白发纠结于头顶，俨然一个孤僻失语的老人。

2012 年 10 月，我和施战军老师在一次会议上碰到，当时他正在进行《梁庄在中国》（刊于《人民文学》12 期，后出版单行本时改名为《出梁庄记》）的终审。自然，我们谈起了它。他对我说，你有没有意识到，书中有太多死亡了？我一愣，在这之前，我从来没有意识到，更没有察觉到，“死亡”竟是“梁庄”如此正常的风景和如此隐蔽的结构。

确实，开篇有“军哥之死”、“光河之死”，第三章有“贤生的葬礼”，第七章“金的千里运尸”，第八章“小柱之死”、“无名死亡”，即使在结尾“梁庄的春节”一章中，也有“老党委之死”和流传在吴镇的神话故事“义士勾国臣之死”。

死亡如此随意而密集，犹如尘埃。生命孱弱地生长，又悄无声息地逝去，

▲ 墓地里的父女

悲伤、痛哭、欢乐和点滴的幸福都被黑洞一样的大地吸收。我想写出大地的感觉——整体性、混沌性和蔓生性，想写出人（不只是农民）在其中的平常。你只是大地的一部分而已。人的生命没有高于一切，至少，它不高贵于自然界的那一棵普通的树木，一座平常的山脉，更高不过那永恒流淌的河水和宽阔的山谷。但，尘归尘，土归土。死亡并非意味着走向虚无，相反，它是一种虽然让人怅惘却又踏踏实实的归宿。是的，和树叶飘落一样，清晨的露珠一滴滴地砸向它，把它砸回到泥泞而又柔软的土地中。"每一片落下的树叶在下坠时都在实现天地间最伟大的法则中的一条。"它时刻都在进行，安静又镇定，梁庄，在每一个清晨醒来，又在黄昏中睡去，时间停滞，又长远行进。

但是，如果只有大地，只有人类生命的普遍性背景，而没有社会、文明、制度，没有家、爱、离去——那塑造种种死亡的实在因素，那么，生命的存在样态，它内部的复杂性、差异性又会被遮蔽。

尘土飞扬，农民大规模地迁徙、流转、离散，哪怕"死在半路上"，也要去寻找那"奶与蜜的流淌之地"，确实有《出埃及记》的意味，只不过，"出梁庄"却成为一种反讽的存在。他们没有找到"奶与蜜"，却在大地的边缘和阴影处挣扎、流浪，被歧视、被遗忘、被驱赶，身陷困顿。对他们而言，律法时代还远未来临。他们仍是被遗弃的子民。

我希望能在"普遍"和"实在"之间寻找一种结合，叙述的和存在观的结合。只强调人类普遍性背景对个体生命的存在是不公平的，它会抽象并忽略掉其中丰富、细微和独我的存在。即使同归死亡，其精神和形态也是各异的。

所以，既站在大地之中，又回到文明和生活的内部，把目光拉回到大地上那移动的小黑点，"人"——如何移动，如何弯腰、躬身，如何思量眼前山一样远的道路，如何困于劳累和幸福——是《出梁庄记》最基本的任务。它也是我一个小小的野心。

回到"梁庄"。梁庄的"死亡"究竟意味着什么？仅仅几天而已，"军哥之死"已经成为"闲话"沉淀于梁庄的言语中，现实变为了历史。军哥，已经成为一个被遗忘了的人。梁庄的道德、良心、情感是混沌的、残酷的，但却又有着奇怪的宽容和包容。就像那即将沦为乞丐的清立。他孤独行走在梁庄的边缘，既被遗弃，又气定神闲。就像已经死去的光河，他躺在备受谴责的"用儿女的命换来的房子里"，拒绝进食，此时，梁庄的人们早已忘记自己曾经鄙夷过光河。如果你是启蒙主义者，你会谴责梁庄的人们；如果你是强调生存法则的自然主义者，你无从解释梁庄这样富于包容性和生长性；如果你是个性主义者，你会说他们如此不平

▲ 沦为乞丐的清立（上图）；梁庄春节里的清立（下图）

等，只看生，不管死。我不敢做出判断。我只能迷惑而犹疑地看着眼前的梁庄，我故乡的亲人们，试图勾勒出其中最细微的逻辑和枝蔓。或者，那也是我们这个生存共同体共有的逻辑和枝蔓。

贤生的葬礼为什么要在梁庄举行？我的二婶，他肥胖的母亲为什么要在那停放儿子棺材的原野上哀哀地哭？她在哭她自己。哭她“没材料”卖了祖屋，以至于让儿子失去了可以“回家”的地方，哭她将来也只能是孤魂野鬼——就像“金”的尸体被千里迢迢运回村庄，哪怕尸体变形、变味，哪怕身体不再是身体。在这里，梁庄不再只是具体的“梁庄”，而是“家”、“归属”和“存在”等等具有本源性词语的象征，它们是人类最基本的精神需求。

与此同时，像小海这样的传销者，他的唯利是图是显而易见的，但他对卖假货那种单纯而又可爱的自然状态又使你意识到，不是因为他是法盲，而是我们这个时代的生活就是一种法盲生活，小海只是最赤裸地把它表现出来。

不只是城与乡的关系，不只是农民与市民的关系，也不只是现代与传统的关系，而是这些关系的总和构筑着梁庄的生活，并最终形成它的精神形态和物质形态。我不想把《中国在梁庄》和《出梁庄记》问题化，也特别希望读者能够体会到其中复杂的层面。它不是一个为民请命的文本，而是一种探索、发掘和寻求，它力求展示现实的复杂性和精神的多维度，而非给予一个确定性的结论。

我试图找到的是“梁庄”的结构，它以何种方式与城市、时代精神和当代生活纠缠？包括，与它自身纠缠？有读者把《出梁庄记》归结到 2013 年的“打工六书”中，这很有意味。但我从来不认为《出梁庄记》仅仅是写“打工者”生活的。我更关注的是梁庄生命的源头，不只是未来，还有历史、过去及这一历史和过去对他们现实生活的影响。我关注梁庄的进城农民与梁庄的关系，他们的身份、尊严和价值感的来源，由此，试图探讨村庄、传统之于农民，也之于我们这样一个生存共同体的意义。我把此看作《出梁庄记》的内结构。如果没有这一内在结构，那么，《出梁庄记》就缺乏了那种回环往复的时空感和历史感。

我看重“梁庄”里面的细枝末节，刹那的羞涩，无知无畏的坦率，瞬间的凶猛，不肯退去的羞耻，不愿释怀的“无身份感”和那眉间遥远的“开阔”。我喜欢这些“闲笔”。它们附着在梁庄荒芜的场景中，就像那夏天暴雨后的植物，以一种荒凉的方式显示出顽强的活力。我想传达出这一世界的内部，它的蔓草丛生、尘土飞扬、忧伤，还有“生活的动力”。没有哪一个生命和场景完全绝望，即使被侵犯的天真而又迟钝的小黑女儿，在经历过那样的黑暗之后，她依然在成长，生命仍然在蓬勃。活下去，就是一种对抗。

二、“被塑造”的梁庄

写《出梁庄记》开头“军哥之死”时，在反复修改的过程中，有那么一刹那，我突然意识到我在刻意模仿鲁迅的语调，那样一种遥远的、略带深情但又有着些微怜悯的，好像在描写一个古老的、固化的魂灵一样的腔调。我心中一阵惊慌，有陷入某种危险的感觉。我突然发现：我在竭力“塑造”一种梁庄。写作《中国在梁庄》就隐约感受到的某种奇怪的惯性再次控制了我。通过修辞、拿捏、删加和渲染，我在塑造一种生活形态，一种风景，不管是“荒凉”还是“倔强”，都是我的词语，而非它本来如此，虽然它是什么样子我们从来不知道。我也隐约看到了我的前辈们对乡村的塑造，在每一句每一词中，都在完成某种形象。

那刹那的危险感和对自己思想来源的犹疑一直困扰着我，它们促使我思考一些最基本的，但之前却从来没有清晰意识到的问题：自现代以来，中国知识分子们在以何种方式建构村庄？他们背后的知识谱系和精神起点是什么？换句话说，他们为什么塑造这样的，而非那样的村庄，这一“村庄”隐藏了作者怎样的历史观、社会观，甚至政治观？而我，又是在什么样的谱系中去塑造梁庄？

我们在如何想象梁庄？正如故乡的先验性一样，在我们还没有写“村庄”之前，关于“村庄”的想象已经在我们的思维之中。从接受角度看，我们在文学史中所体会到的村庄叙事有宿命般的几重模式：一种乌托邦式的，田园诗的描述，过于美好的幻象；一种启蒙式的，带着悲悯和天然的居高临下；一种是原型的、文化化石般的家国模式。后来的作者总是不由自主地掉入其中一种。

古典文学时期，“村庄”并不具备这样独立的、完整的象征性和符号化作用，它在思想史上和文学史的本体性地位与晚清以来知识分子能够以外部视野审视、观照中国生活有基本关系。实际上，“外部视野”中的“中国”在十八十九世纪并不是一个积极的形象，在被迫进入“资本主义世界秩序”的过程中，它基本上是作为一种古老封闭、愚昧怪异的形象出现在世界史上，一个异域的、颓废的又原始落后的有着种种不可思议的神秘制度和生活的地方。这在许多外国传教士、旅游者、商人、思想者的著述里都有体现（著作如《穿蓝色长袍的国度》、《中国乡村生活》等，如黑格尔就认为中国“缺乏属于精神的所有的东西”，“象形汉字是中国社会停滞的象征”，等等。）它们汇集起来为西方塑造了近代中国的形象，在这背后，有鲜明的西方中心主义和欧洲文明优越论的基本支撑。萨义德在其《东方主义》中最著名的论断是“东方是西方想象出来的”，这当然不是指地理意义的东方，而是在相互观照的过程中东方的被客体化和他者化。

但是，如果细究的话，就会发现，不只是西方视野以“东方主义”角度来看东方，在“东方”内部，我们也不自觉地按照西方视野中的“东方”来看自己，也把自己“客体化”和“他者化”，并以此来批判和塑造自身（这与二十世纪初中国的衰败和知识分子总体接受西方知识体系有直接关系）。“村庄”突然被发现，它成为“东方中国”的活的标本，固态的、停滞的、前现代的存在，文学家、人类学家和思想家都参与到对“村庄”的阐释和塑造中，我们在他们的著作背后可以感受到那双异域的、遥远的、审视的眼睛。

鲁迅的先验思想是什么？当他看到“苍黄的天空下，远近几个萧瑟的荒村”，当闰土轻轻喊一声“老爷”时，他之前什么样的知识谱系、思想经历及对“中国”的认知参与进来并最终形成故乡的这一永恒孤独和沉默的“风景”（除却前文所言的感性基础）？追寻鲁迅“中国观”初期的形成过程——尤其是在域外，日本，他看到什么样的事情，接触了哪些与中国有关的叙事（除了最著名的幻灯片事件），阅读了哪些对他思想产生影响的书籍，这些思想具有怎样的倾向（关于中国），而这些事件、符号、思想最终在他脑海中沉淀化合出怎样的“中国”——将是一个很有意思的事情，它可以探讨现代初期中国知识分子“中国观”的形成过程及与西方叙事、域外视野的关系。

对文学而言（不只是文学），最不可避免的就是，在“看到”某个事物之前，作者已经有一整套的概念、核心词语，并且在不自觉中运用这些概念去理解、分析这一事物。鲁迅小说中的“村庄”充满原型性和启蒙性，它形象地勾画出了一种愚昧、落后、浑然的国民性和生活形态，但是，它忽略，或者剥夺了中国乡村普通生活和生命的内在敞开性，它们被封闭在一个历史空间内，一个固化的且已经丧失活力的空间。而这一空间中的人，似乎也很难走出历史框架之外，恰如二十世纪初英国作家托马斯·德·昆西所言，“一个年轻的中国人是一个未出生就已经过时的人”。

在塑造“国民性”这一具有整体性的历史概念时，作为个体存在的每一个农民会失去或被忽略他的主体性，即他主动面对历史与自我承担的能力，这是生活往前推进的基本前提。这并不在谴责鲁迅的叙事具有“东方主义”的特点，而是说，在我们重返故乡或思考村庄之时，我们的前视野非常重要，它必然影响并形成我们所观事物的感觉和判断。它常常表现为一种“道德想象”，即用自己对文化、生活的理解，用自己的认知框架去建构一个“乡村”。维特根斯坦批评弗雷格的《金枝》在阐释原始部落的种种习俗、巫术时有过于明显地把自己的知识框架放置于其上的现象，“弗雷格的灵魂是多么的狭隘！结果是：对他来说，想象一种不同于他那个时代的英国人的生活是多么不可能！”

审视一下中国当代文学史中的乡土小说，就会发现，当代的村庄“风景”和叙事并没有超出鲁迅那一代的内部逻辑。我们不自觉地按照闰土、祥林嫂、阿Q

的形象去理解并继续塑造乡村生命和精神状态，它已经变为一种知识进入到作家的常识之中。就我自己而言，尽管在《中国在梁庄》的前言中，我告诫自己要避免以自己的知识体系凌驾于村庄生命和生活之上，并因此采用了人物自述和方言的方式，以减少自己的干扰，但是，最终也并没有完成。我注意到，我总是不自觉地在模拟一种情感并模仿鲁迅的叙事方式，似乎只有在这样一种叙事中，我才能够自然地去面对村庄。

这里面其实有着双重的困境。假设写《金枝》的弗雷格没有对自身文明结构和知识体系的深刻认同（与殖民意识、欧洲中心主义和帝国主义紧密相连），那么，他该如何理解并结构原始部落的社会组织、思维特征？假设鲁迅舍弃外视角，即批判性的、先验的知识结构及"我"在文本的实际存在，"未庄"是否就因此拥有了自主性和敞开性了吗？我们看到很多以第三人称书写的村庄和那些以相对客观笔调所写的村庄比"未庄"更加遥远，也更加"古老"和"奇观"，这种貌似原生态的叙事隐藏着更加鲜明的"东方化"特点。早在1970年代，人类学研究界开始反省民族志调查中强烈的结构意识及学科背后所蕴藏的与殖民主义、欧洲中心主义视野的关系，在经过一系列的检讨之后（最集中的就是1984年开的名为"民族志文本的打造"的研讨会，最后结集出书《写文化——民族志的诗学和政治学》），一批学者提出调查者应该尝试把调查对象当作主体和行动者来写，以他们的语言和逻辑记录并理解他们的生活，而不是简单给出判断。调查者承认自己的主观性和可能有的文化偏见，而非之前所强调的客观性和真理性。

中国的文学创作和研究，尤其是乡土文学创作和研究，都还缺乏这种反思意识。从现代的《故乡》、《阿Q正传》、《生死场》、《果园城记》，到当代的《陈奂生上城》、《乡场上》，再到《爸爸爸》、《小鲍庄》、《红高粱》、《故乡天下黄花》、《日光流年》，这其中很多作品的写法和叙事方式已经有所变化，但就作者对"乡村"的整体世界观和叙述地位而言，其实还是存在问题。如何使"乡土中国"、村庄、农民、植物具有主体性、敞开性，并拥有自我的性格和逻辑，获得和作者平等的视野甚至对抗性，还是尚未开始探讨的问题。

在一种并不明晰的警醒意识中，我最终选择了以"人物自述"作为《中国在梁庄》和《出梁庄记》的基本叙事方式。克利福德·吉尔兹在《地方性知识》中认为，我们在阐释中不可能重铸别人的精神世界或经历别人的经历，而只能通过他们在构筑其世界和阐释现实时所用的概念和符号去理解他们，的确，在反复听自述录音的过程中，我常常被他们语言的丰富、智慧、幽默所打动，他们有自己认知世界的方式和逻辑，简单的一句话中往往蕴含着祖祖辈辈的经验。我尽可能

▲ 在西安，老乡们在讲述他们的故事

呈现他们说话的原貌，语气、口语、方言，保留那些与主题关系不大但说者又有强烈表达意愿的话，以此达到对梁庄自身历史和生命状态的揭示。

但是，这一自述结构并非完整地契合在整个文本之中，有时候显得突兀、割裂，有时候又因为和“我”的叙述之间的反差而使得这些自述显得冗长、啰嗦，其实，是因为“我”的叙述过于拔高和抽象，反而伤害了人物自述所具有的活生生的美感。

《中国在梁庄》有过于鲜明和抒发的味道，这限定了文本意义的扩张和敞开。在写作《出梁庄记》时，我最终选择以一种克制、谨慎、相对冷静又含带情感的语言方式和叙事方式进入“梁庄”，以避免对人物进行截然的判断，而是试图从人物的行动、语言和故事中寻找他的结构和逻辑，更多体察梁庄生活内部的复杂性和生命的多义性，尤其是有可能超越其历史存在的层面。

譬如贤义。他为什么成为“算命者”？他真的懂得传统知识，理解传统文明在中国生活中的意义和价值吗？他那个支离破碎的、混搭的、荒谬的正屋墙壁，似乎彰显着他内心的混沌和芜杂。这样一个“过时了的”、“可笑的”人，他的神情居然有着某种清明和开阔。这些神情从哪里来？你很难辨认清楚。在梁庄，这样驳杂而又难以界定的生命和精神非常多。它们从来都不是清晰的，从来都不是非此即彼的，而是又此又彼，既左亦右。这也是我在文中细致描述贤义的墙壁和

▲ 算命者贤义的后现代正屋（上图）；贤义的笔记本（下图）

他的精神状态的原因，我希望能够写出他的复杂性。我对他一直念念不忘，他让我看到在早已被我们否定的古老中国生活和中国知识可能的空间和悠远的东西，他的复合性也使我意识到简单的判断往往远离生活本身。

我特别担心“梁庄”只被作为一个“活化石”或原型性的存在，只具有历史的、文化的内涵，或者只是过去的某种形态，我希望梁庄和梁庄的生命内部具有敞开性和现实性。拥有这一现实性和敞开性，也就意味着乡村仍然可以和当代生活对话，乡村的生命仍然具有面向未来的可能性。

站在梁庄的大地上，并非意味着你就能够看到并叙说梁庄，相反，你可能离梁庄更远。在这个意义上，“军哥之死”仍然是一个谜。我对《出梁庄记》的开头，对“军哥”呈现在大家面前的姿态和气息至今并不满意。我和其他梁庄人一样，虽然他的尸骨未寒，但却已经在像谈过去的事物一样谈论他了，他已经被遗忘了。在关于他的生命存在的叙述中，这是一个无法弥补的残缺和黑洞。

“所有的都是译释，而且我们的点点滴滴俱在其中迷失。”我们在何种意义上能够通向梁庄，能够触摸到军哥沉默的生命，这不只是一个情感问题，而是一个基本的文学问题。

三、“真实”的限度

“真实”是个很奇怪的词，许多时候，我把它作为对我的批评，但这又是这两本书获得频率最高的词语，而我确实又企图在文本中塑造一种“真实”感以带入读者。这也促使我思考，面对这样的评价，为什么我会觉得这是一种批评，而不是肯定？为什么我又要冒险进行尝试？

必须承认，这里面有我的虚荣心在作祟。我不希望“梁庄”只局限在“真实”层面，因为我知道，大部分读者所赞美的“真实”只是事实存在的“真实”，指的是事件本身，并不包含文学的“真实”。

但我想谈的并不是我的虚荣，而是梁庄的“真实”到底包含着哪些层面。在通行的文学标准中，“真实”只是最低级的文学形式。韦勒克在《文学理论》中谈到“现实主义”时认为，“现实主义的理论从根本上讲是一种坏的美学，因为一切艺术都是‘创作’，都是一个本身由幻觉和象征形式构成的世界。”“真实”从来都不是艺术的标准，这里所说的“真实”是就其最基本意义而言的。“那儿有一朵玫瑰花”，这是可以达到的物理真实。这不是文学。文学总是要求比这物理真实更多的真实。“那儿是哪儿？庭院、原野、书桌？谁种的，或谁送的？那玫瑰花的颜色、形态、味道是什么样子？”这才进入文学的层面，因为关于这些会是千差万别的叙述。

但我又冒险塑造一种“真实”氛围把读者带入梁庄，我想达到另一种效果，即，让读者感知到“梁庄”是活生生的情境，活生生的人和活生生的现实，它不是与你无关，也不是只在历史深处，而是与你息息相关，在同一时空之中。

这样的结果所面临的第一个发问必然是：你写的是真实吗？这是许多人会问我的话。面对这样的问话，我总是非常为难。但我自己种的苦果我必须吞咽。于是，我总是肯定地回答，我写的是真实。另一方面，我又会补充：这一真实是我所看到的并且叙述的真实，它们必须是同时存在的条件。物理真实是陈述的基础，而叙述的差异性则是必然的结果。所以，我既希望你认为它是真实的、历史的，同时，也希望你意识到其中作者的叙述性，它是经由作者的思想所结构出的梁庄。我不想打着“真实”的旗号塑造一个伪客观的村庄。

我还是希望读者能够意识到梁庄的叙述性。我不敢狂妄地说我写出了梁庄的全部历史性和现实性。我想，没有一个写作者敢说他写出了全部的真实。因为我非常清楚，我父亲的梁庄和我的梁庄肯定不一样，清立的梁庄和我父亲的梁庄也不一样。同回梁庄，同出梁庄，同听故事，你和我，看到的和写出的肯定不一样。也许，你根本看不到梁庄的芝婶也在为留守孙子的事情而苦恼，因为她看起来是如此雍容闲适，与众不同；在青岛，你会看到电镀厂里很多工人，但你或许就看不到我的光亮叔和丽婶，你也看不到那一年也不歇一天的我亲爱的云姐，看不到那几个妇女在冰冷的夜晚唱赞美诗。你写其他人，和我写梁光亮、云姐是一个道理。我们的真实都是经过选择的真实。哪怕是头顶“非虚构”之名，也不能说自己所写的就是全部“真实”。在听到八十几岁的福伯讲“勾国臣告河神”的故事时，你也很难有突然的震惊和通透。只有在对梁庄人和福伯性格有一个基本了解

▲ 云姐的出租屋

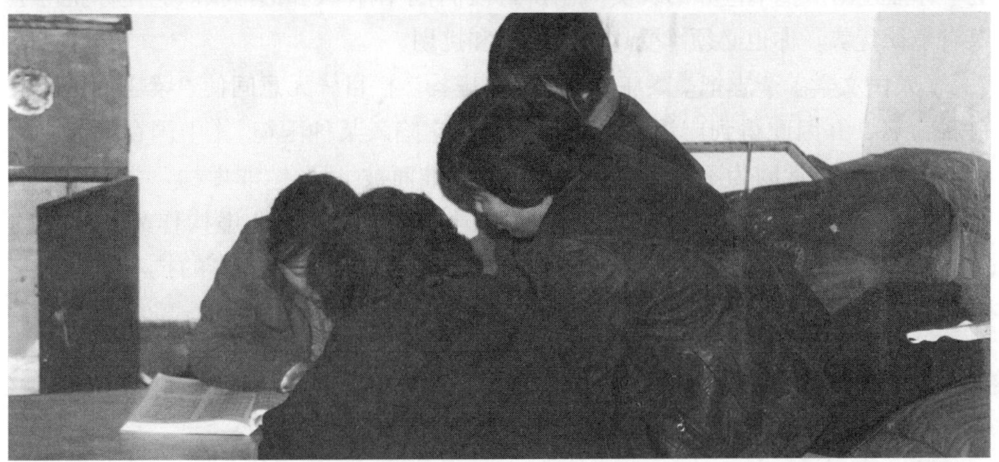

▲ 和光亮叔一家在一起（上图）；夜晚唱赞美诗的妇女（下图）

后，你才会明白，平时木讷的福伯为什么突然眉飞色舞，而我父亲和我的堂兄们又为什么听得那么入神，那么意味无穷，津津有味？因为他们讲的就是自己，就是他们自己的过去和未来。对于梁庄人而言，“勾国臣告河神”并不是一个神话故事，它就是真实。

“真实”需要很多条件。并非你亲身到了某一场地，你就是真实的。那只是一个最无用也最虚伪的假设。“真实”要求你对情境、细节或事件过程的准确描述并具有再现性（这和小说的要求不一样），但另一方面，这些细节肯定不是最核心的要素。因为最终这些事物都必须组成意义，而这一意义是由作者的排列、意图和塑造产生的，它必然会有倾向性。因此，在更多时候，我们所呈现出的或者只是对真实的幻觉，而非真实本身。所以，即使是非虚构写作，也只能说，我在尽最大努力接近“真实”。在这个意义上，“真实”其实是文学的最高要求，不管你是通过小说的虚构、象征或夸张，还是通过非虚构的准确、细节和再现，我们最终想要给世界呈现的都是我们自己认识世界的一个图式。也因此，对自己写作的前逻辑的警醒和考察是一件非常必要的事。

无论是虚构，还是非虚构写作，文学作品中的“真实”并非“是这样”，它更指向“我看到的是这样”。它通过在现实中行走、观察、体验，通过对现实存在的人和场景的描述去达到作者所理解的人、社会和生命，它包含着作者本人的偏见、立场，也包含着由修辞带来的种种误读。

但是，只有在你声称自己是非虚构写作时，你才面临着“是否真实”的质疑和指控。假借“真实”之名，你赢得了读者的基本信任，并且，这一信任被置换为“你描述出了整个世界的真实”，你因此拥有了阐释权和话语权。它使你获得了某种道德优势。你也必须承受这样的质疑和挑剔。

《人民文学》杂志把《梁庄》放在“非虚构”栏目，无意间使“梁庄”获得了一种命名，并因此得到广泛的认可，但也使它陷入某种困境，《中国在梁庄》和《出梁庄记》经常因为不符合“非虚构”的标准而被批评。“非虚构”并不是一个陌生的词语。1950 年代至 1970 年代的美国出现了大量的非虚构作品，学者约翰·霍洛韦尔在《非虚构小说的写作》中定义为“一种依靠故事的技巧和小说家的直觉洞察力去记录当代事件的非虚构文学作品（nonfiction）的形式”，它融合了新闻报道的现实性与细致观察和小说的技巧与道德眼光——倾向于纪实的形式，倾向于个人的坦白，倾向于调查和暴露公共问题，并且能够把现实材料转化为有意义的艺术结构，着力探索现实的社会问题和道德困境。最著名的就是诺曼·梅勒的《刽子手之歌》，但他把这部书的副题定为“一部真实生活的小说”，在其后的小说《夜晚的军队》中，他也加了一个副标题，“如同小说的历史和如同历史的小说”。这些都是对“非虚构”所谓“真实性”的充满矛盾的诠释。“真实”，但并不局限于真实本身，而仍然试图去呈现真实背后更深更远的东西。

有学者认为美国五六十年代社会的剧烈变化是这一文学现象出现的主要原因，“艺术家缺少能力去记录和反映快速变化着的社会。美国的这种现象是与其高速的社会发展有关系的。“这一时期里的日常事件的动人性已走到小说家想象力的前面了”，“小说家经常碰到的困难是给‘社会现实’下定义。每天发生的事情不断混淆着现实与非现实、奇幻与事实之间的区别”。非虚构小说的出现是对社会危机的反应与象征。这很有点像近三十年来中国社会的情形。在近四十年中，我们完成了西方四百年的历史，在这一转变下，中国生活经历了犹如过山车般的眩晕与速变。光怪陆离的现实常让人有匪夷所思之感，比虚幻更为不真实。在全球化和信息化时代，“真实”和“真实感”反而成为一种稀缺的存在和感觉。

或者，非虚构写作的方式能够把虚幻感、混淆感和疏离感锁定于真实感中，让你必须面对它，会因它而疼痛。它集中在两点，一是准确性，对现实的无懈可击的准确描述与理解；二是还应该具备只有在文学中才有的情感作用。在个人的思索和公众的历史、社会现实之间寻找平衡点。

但是，对我来说，我又不愿意被这一命名所束缚，我愿意去探索一些边界，文体的边界，喜欢看到当超越或模糊这些边界所产生的特殊效果。我也从来不认为《中国在梁庄》和《出梁庄记》是社会学的，因为它并不客观，也并不具备科学性。我听到过很多争论。认为它们是社会学的，会批评它们（尤其是《中国在梁庄》）过于情感化，不够客观，问题不够清晰，也没有提出解决方案；而如果被作为文学文本，它们好像还不够“纯”，形式和结构有些混杂。

说实话，面对这样的歧义甚至争论，虽然有点尴尬，但也愿意由此思考一些问题。文学能够溢出文学之外，而引起一些重要的社会思考，我想，这并不是文学的羞耻。相反，这一文学应该具备的素质之一离当代文学越来越远了。同时，文学文体并非有某种固定的模式，一个写作者如果能够用一种新的结构使文学内部被打开，那无疑是一件幸运的事情。但同时，我也意识到，如果多数人仅从社会学方面来理解这两本书，也恰恰说它们可能存在着一些问题。文学的结构没有在文学性和社会性之间形成一种张力，而让一方遮蔽了另一方，这说明文本在某些层面还不够成熟。

但不管怎么样，“梁庄”是文学的。它所以让人谈论，恰是因为文学的溢出。梁庄从来都不是客观的、物理的“真实”。生活的复杂性和敞开性远远超出了作者眼睛所见。梁庄是我的故乡，它一开始就是情感的、个人的、文学的“梁庄”。我也是以梁庄女儿的身份重回并体察梁庄，我的所有调查也因这一亲缘关系而变得更加内化和敞开，“我”本身就是梁庄风景的一部分。这里的时间、空间是双重叠加的，这是我和梁庄特殊的关系所致。

因为奉“真实”之名，一切都变得非常艰难。“非虚构写作”变为了一种悖论式的写作。或者，写作本身就是一种悖论。写作要面对世界，但是，我们面对世界时并非为了改变它，而只是为了叙述它。文学者对叙述世界的兴趣要远远大于面对世界的兴趣，更不用说“行动”。我们着迷于叙事和文字本身，并不真正关心真实的世界。

四、"我"是谁?

《中国在梁庄》和《出梁庄记》中都有"我"。有论者这样认为,"不是梁庄要你写这两本书,也不是梁庄人要你写,而是你要写这个梁庄。因为,你需要它。"是的,"我"需要它,"我"想找到救赎。对于我来说,重返梁庄的第一冲动不是想揭示梁庄的真实,而是为了寻找一种精神的源头,以弥补自己的匮乏和缺失,个体精神的要求要远远大于对集体精神的探索。但"救赎"这个词在这里无疑又是高高在上的。你必须意识到,"救赎"、"忏悔"本身就是一种居高临下的姿态。想通过"梁庄"来完成"我"的精神重建,这是"我"羞耻的根源之一。无论是作为一个知识分子,梁庄的亲人,还是哪怕只是一个观察者,"我"的身份、位置和叙事姿态都是让人质疑的。

▲ 西安的老乡们

我一度想放弃"我",用一种完全客观的方式重写梁庄。《出梁庄记》第一章在部分上显现了我的这一放弃,一种遥远的、与己无关的、仿佛是客观存在千年的生活。但如前所述,我并不满意这种固化的和封闭的"风景"。在开始进入城市后,书写每一具体的打工人和打工生活时,我又放弃了这一"客观"。我反复衡量两种写法。譬如"西安"一章。如果完全舍弃"我",那么,我的大堂哥二堂哥的生活又变为一个"与己无关"的风景,他们与"我",也就是离每一位读者是被观看者和观看者的关系，是分离的，不是互为所属的关系。因为“我”的存在，他们生活的状态、场景变得鲜活，更有同在感和现场感。

但同时，也因为这一“现场”，它似乎离文学的“自性”远了。这是一种代价。在写《出梁庄记》的过程中，我充分衡量了这一代价后，仍然选择人物自述作为主体。一是两本书有某种延续性，另外，就是，我希望能够把“我”和“梁

▲ 和扯秧子在内蒙的恒文一家在一起（上图）
向学的那颗白牙（下左图）；和母亲一起笑的点点（下右图）

庄内部”之间真正弥合，并创造一种新的文体。文学并无定法，关键在于你能否使你的框架具有张力并最终变成一种可供叙说的新文体。

我希望能够在文本中如实呈现并探究“我”的存在，因为，唯有通过“我”的眼睛，才能够更加深入地展示出“梁庄”在我们时代和历史中的存在真相，反过来，通过“梁庄”，“我”也看到了“我”自己的历史形象。

“我”是谁？我特别强调作品中的“我”梁庄亲人的身份。书中的人物都是我的亲属，我也以亲属的名称去称呼他们，他们往往是我的堂叔、堂侄、堂兄弟姐妹，哪怕只是按照辈分排的一个亲属关系，它本身就是一个巨大的网络。每个人在这网络上都有自己清晰的标属。梁庄是一个有机的社会网络，并非只是一栋栋房屋。每一个人和另一个人有关，彼此互为所属。在当代社会，他们也利用这一互为所属的关系以“扯秧子”的方式进入城市，并在城市的边缘建构一个个“小梁庄”。在这一“小梁庄”里，他们仍然打架、吵架，爱恨情仇着，但是，他们都有结构感和身份感，在这里，他们感觉到自己在活着。而一旦离开进入到城市，他们只是城市边缘沉默风景的一部分，没有身份和依托。

在许多时候，我真的觉得我就是梁庄的一份子。当建昆婶拿着告状信给我看，并希望我能想出办法去惩罚那个十八岁的王家少年，我突然的纠结和害怕；当看到梁平那深陷的、明亮的而狡黠的眼睛，我仿佛看到他的叔叔小柱在朝我笑，刹那间，我对眼前这个年轻莽撞的小伙子产生了柔软的感情，我像任何一个家长一样开始对他絮絮叨叨。那一刻，我觉得我是梁庄人。

2011 年 8 月的一个傍晚，我们从南阳贤义家开车回梁庄。突遭暴雨。我小心翼翼地开着车，但却什么也看不见。天地茫茫，我们像被抛弃了。恐惧和不祥的感觉爬升上来。我情不自禁地在心中呼唤着各路神灵，老天爷、耶稣、真主、观音菩萨、土地爷，我在心里一遍又一遍地呼唤他们，向他们祈祷，希望他们保佑我们。我想起了贤义，我羡慕他有神灵的庇佑，羡慕他明亮、平和的双眼。在那一刻，我觉得我就是梁庄人，因为我就是贤义。

但我又始终不是。在梁庄，我时时遇到的是陌生而茫然的目光。即使是在村庄住了几个月，即使是你每年都要回家几次并且每次都尽可能地探访一些人，但是，那眼神投过来的一刹那，你明白，在他们眼里，你已经是异乡人。还有，当你在西安堂哥家的厕所面前徘徊，在小旅馆里如坐针毡，在青岛光亮叔家因霉味而想逃跑时，也都说明了，你不是梁庄人。你已经习惯了明窗净几的、安然的生活，你早已失去了对另一种生活的承受力和真正的理解力。

我不是梁庄人，还因为我时时承担着阐释的功能。许多时候，正是这些阐释，暴露了“我”其实已经不是梁庄人的尴尬事实。《中国在梁庄》在“人物自述”和“我”的议论之间有明显的分裂和不协调。当人物自己讲的时候，他讲的是自己的生活、结构，讲自己对社会的认知和世界观，他所包含的内在层面远远超出了书写者的所能理解的层面。反过来，“我”的叙述一方面构成梁庄内部风景的一部分，而一当我以客观的形象进行公共议论时，所运行的完全是另一套话语。比如在“平地掘三丈”那一章里，最后“我”的议论多余而俗气，和老贵叔自己的精彩叙述非常不协调，并且苍白无力。这也显示了“我”作为一个外部人对村庄内部生命的简单化理解。

我是谁？“我”是我们这个时代的每一个人。逃离、界定、视而不见、廉价的乡愁、沾沾自喜的回归、洋洋得意的时尚、大而无当的现代，等等，我们每个人都是这样风景的塑造者。

现在想来，在《出梁庄记》结尾处，“我”的形象很让人生厌。“我”为什么有如此大的无力感？“我”在代谁哀叹、诉说？“我”把这种无力和下坠之感也附着到了小黑女儿身上，这贬低了小黑女儿和“梁庄”的存在。或者，它只是作为中产阶级的“我”的浅薄和软弱而已，“我”却把这些作为乡村生活和精神的全部。小黑女儿还活着，这就是她的意义和力量，这就是“梁庄”的意义和力量，大地再一次包容并继续抚育她。就像那时而世俗、时而铿锵的穰县大调，唱出的是欢乐、悲愁和力量并在的中国。

《出梁庄记》试图揭示“我”在“梁庄”结构中的暧昧存在（这一点也是在重新阅读后才感觉到的），并在文本结构上形成重要的参差和互文作用，“我”的视野、情感和“梁庄”的时空交织在一起，形成一个更大的时空。“我”也是一个“出梁庄者”，当重又回到“梁庄”之时，“我”没有资格做任何道德审判，更没有资格替“梁庄”做出判断。相反，“我”应该是一个被审问者。在西安，那个只有十八岁的、倔强的年轻人在“我”面前的羞耻感是对“我”最有力的审判。

> 他始终没有正眼看我，好像我是他的创伤，好像一看我，就印证了他的某一种存在。
>
> 羞耻是什么？它是人感受到自身存在的一种非合法性和公开的被羞辱。他们被贴上了标签。
>
> 他为他的职业和劳动而羞耻。他羞耻于父辈们的自嘲与欢乐，他拒绝这样的放松、自轻自贱，因为它意味着他所坚守的某一个地方必须被摧毁，它也意味着他们的现在就必须是他的将来。他不愿意重复他们的路。“农民”、

▲ 不愿回头看我的民中

“三轮车夫”这些称号对年轻人来说，是羞耻的标志。在城市的街道上，他们被追赶、打倒、驱逐，他愤恨他也要成为这样的形象。

直到有一天，这个年轻人，他像他的父辈一样，拼命抱着那即将被交警拖走的三轮车，不顾一切地哭、骂、哀求，或者向着围观的人群如祥林嫂般倾诉。那时，他的人生一课基本完成。他克服了他的羞耻，而成为了“羞耻”本身。他靠这“羞耻”存活。

为什么这个年轻人对自己的职业（“蹬三轮的”），对自己在这城市的形象，对在“我”面前呈现自己是如此羞耻？它的源头来自于哪里？在他那朝“我”一瞥而来的愤怒和羞耻中，似乎有了某些答案。是的，如果不对“我”进行追问，将无法寻找到社会的根本症结。同样，就文学而言，如果不包含着对“我”的探查，也将少了文学最基本的元素和结构，即对人性和人类文明的思考。

在《出梁庄记》的后记中，我把“忧伤”和“哀痛”作为这本书的关键词。这两个词本身是恰当的，但又都是偏内向的、不那么积极的词语，无意中奠定了这本书的基调。但是，选择这两个词并非是想带出无力感，而是想表达一种历史感。

哀痛和忧伤不是为了倾诉和哭泣，而是为了对抗遗忘。在这里，“哀痛”是一个包含着理性成分的词语，它是我们对传统和过去、对民族自我和个体自我的一种态度。是为了对抗那些坚硬的、集约的话语。每个生存共同体、每个民族都有自己的哀痛。这一哀痛与具体的政治、制度有关，但却又超越于这些，成为一个人内在的自我，是时间、记忆和历史的积聚。温柔的、哀伤的，卑微的、高尚的，逝去的、活着的，那棵树、一间屋、某把椅子，它们汇合在一起，形成那样一双黑眼睛，那样一种哀愁的眼神，那样站立的、坐的、行走的姿势。

“忘掉哀痛的语言，就等于失去了原本的自我的一些重要成分。”哀痛不是供否定所用，而是为了重新认识自我，重新回到“人”的层面——不是“革命”、“国家”、“发展”的层面——去发现这个共同体的存在样态。哀痛能让我们避免用那些抽象的、概念的大词语去思考这个时代的诸多问题，会使我们意识到在电视新闻上、报纸上、网络上看到读到的那些事情不是抽象的风景，而是真实的人和人生，会使我们感受到个体生命真实的哀痛和那些哀痛的意义。

但是，如果不能对“自我”提出要求，如果不能把“我”放回到“故乡”及与“故乡”相关的事物中去审视，我们就不可能拥有富于洞察力的哀痛，也就不可能对抗遗忘。这或者是“梁庄”中“我”存在的最大意义。

五、无处抵达的“重返”

“我终将离梁庄而去。”

我想表达什么呢？它是我心中最实在的情感，它几乎快成为一种呼喊，在胸腔一点点胀大。烦躁、悲哀、软弱、逃离，它既是一个已经中产化的知识分子在面对艰难人生时的矫揉造作，也是因为你突然瞥到了你背后那庞大的时代映像和不可告人的动机，那深渊之深让人莫名心惊。“我终将离梁庄而去”，也最终将无家可归。

这里面当然包含着一种更大意义的“离开”，我们都在“逃离”。当我们叙说某种“逃离”时，那只是一种抽象的感觉，并未落实到生活的实在，但是，“重返”却使得这一“逃离”之感变得清晰而必然。

沿河而走。晴空之下，岸边一张不易觉察的网把几只小鸟网住了，那小鸟灰背银腹，非常漂亮。其中一只头还上扬着，羽毛已经凋零，身体枯瘦。不知道已被困了多少天。它还活着。细而坚韧的网线紧紧缠绕在它的躯体上，它越挣扎，那线越紧。每解掉一道线，都有羽毛脱落，露出里面青色的骨皮。另外几只已经死了。据说这样的网是为了逮小鸟以做烧烤。在这一段的河岸边，有许多这样的网。我想找旁边那家人理论，但又不敢，只好在远处怒目而视，看着那进进出出的人。我在心里发誓，当天晚上，月黑风高之时，我一定来把这竹桩拔掉，把网一一烧掉。那天晚上，我并没有去。之后，我也一直没有去。我心里常常想着那张晴空之中的网，我问我自己，我为什么没有去？

写作与生活之间的关系到底是什么？你发现了你生活的限度和写作的限度。具体的、实在的命运在你面前展开它狰狞而又复杂的形态，你投入了进去，描摹、揣测、理解和感受它内部最细微的纹理和走向，你叙述了他们，而后，你安然退出，任其漂流。如果你的思考不能面对任何的生活，那思考的意义又在哪里？难道你不去看那张网，小鸟就不在那里了吗？

但无论如何，随着时间的流逝，我的这种虚无感和负罪感在逐渐远离。就像现在正在发生的这样。我给自己找了一种解释：这是文学。文学的功能是叙事，是发现，而不是实际的行动。但终究只是一种“解释”，自我解脱的托词，它并没有完全说服我。我清清楚楚地感受到自己的虚伪，无法找到合适的理由。

有时候，我又在怀疑我自己，我之所以对梁庄有如此大的负罪感，恰恰是因

▲ 网中的小鸟

为我把它看做是低一层次的生活，是我无处不在的可恶的悲悯在起作用。你凭什么要对他们悲悯？那就是他们的生活，不高尚也不庸俗，不富裕但也不是绝对的贫穷，他们依靠自己的劳动挣钱吃饭，并获得些许的幸福和温暖，何来悲悯？你的悲悯贬低了他们的存在。梁庄和梁庄人并不应该只被悲悯，相反，我们要为他们的勇气、韧性而骄傲，为他们在严酷的生活面前仍然努力保持着人的尊严、家的温暖而自豪。

或者，让我们真正感到负罪的是因为我们看到并清楚这个时代运转的不公及历史的渊源，看到那阻碍小鸟飞行的网，看到他们还值得过更好的生活，但是，我们却什么也没做。我们把这种负罪感转化为一种怜悯并投射到他们的生活中，以减轻自己应该承担的重量，同时，也使自己很好地脱责。这是一种更深的不公，在貌似为梁庄人鼓与呼的悲愤中，梁庄再次失去其存在的主体性和真实性。

梁庄的支离破碎不只是生活本身的表现形态，它与写作者及这个社会内心的支离破碎、虚无任性也是有关的。没有“信”的坚定支撑，你无法看到你所书写事物的更深寓意，它们与世界、宇宙，与人心、社会的更深关系。同时，你也无法有一种真正的勇气去面对和承担。村庄的生命在我们笔下犹疑、彷徨、卑微，你也深陷其中，以为本来如此。但或者其实只是我们自己如此卑微。

知识分子的道德包含着什么？我指的不是人品的好坏，而是指一种对应性。如果你的所说和所做并没有达到一种相对的和谐，甚至是完全悖反的存在，那么，究竟该怎样思考这一反差所产生的距离。譬如：你在作品中充满批判性，而在生活中却是完全的犬儒，我指的不是那种为了使自己更好地写作和发声而不得不的内敛，而是指一种自满并自得地和生活达成一致的精神状态和行为。这并不是说你要放弃中产阶级生活，而是说，你在精神上是自洽的。你作品中的批判性被包裹在你生活和精神的自适性之内，无法挣脱出来。当代的作家和学者有一种对自己专业化的沾沾自喜（并非指文学本身的专业化，而是生活的专业化），这一沾沾自喜导致文本常常是一种自足的意识和结构，即使你书写的是有冲突的现实生活，它会破坏文本的内部结构。你掩藏不住你自己。我常常嗅到这种沾沾自喜的气息。我不喜欢这种气息。而这种气息，隐秘地附着在这个时代的每个角落和人心之中。

我想要表达的是：如果你并没有在精神上处于矛盾或痛苦状态，你能否书写出真正意义的矛盾与痛苦？如果你的内心没有经受烈火的煎熬，而只是把那种煎熬作为一种姿态，如果你只是把梁庄——我在这里指的是广义的梁庄，甚或是人间生活——作为他人的生活，那么，你能否写出真正的梁庄？这些，也是在问我自己。

我们该“重返”到哪里？火热的生活中吗？和你所要写的人生共在并共同承担？我不确定。知识分子究竟被困在了什么地方？真正的生活实感来自于哪里？

在中国当代作家里面，张承志是一个有独特气质和精神的作家。我在家乡清真寺里和普通的穆斯林聊天时，发现他们都知道张承志，知道他的《心灵史》《金牧场》，说起他来，神色端然，极其尊敬。对于一个写作者而言，还有哪一种荣幸能超越这种态度？他在他民族中拥有如此高的庄严地位，他通过自己的写作给民众带来思考，并以此修正自己的心灵和行为。

张承志是有信仰的，他也很安然，因为他就在其中。他知道他说的话谁在听，他知道他写出来的疑问有谁也在追寻，他知道他的问题在哪里，他就是作为这群体中的一分子在做自己的事情，并参与到文明和历史的进程之中。

但我没有这种有信仰的安然。我时时觉得自己处于惶恐和不确定之中。我始终徘徊在门外。我害怕交付自己。多年的灌输使得我们成为一个知识崇拜者和唯物崇拜者，我们执著于眼见之物，而很难去思考那引领我们精神向上的永恒存在。

从 2011 年起，我也陆续参与了一些乡村建设团体的活动，并成为他们的志愿者，做宣传员，给学生上课、座谈，或到一些实践点去考察，和各个行当的人一起开会、探讨。那是一个全新的领域，他们是真正的实践者，在乡村和城市的边缘奔走、呼喊，或默默地做着可能完全失败的种种努力和实验，他们所面临的困顿、挫折和勇敢是坐在书斋里面的知识分子所无法想象的。我敬佩他们。不管他们的观点、行动是什么，彼此之间有多么大的分歧，有这样一群人在，就有逆主流的声音在，他们给这个正在飞速城市化的国度提供了另外一种可能的空间和存在。

但是，就内心而言，必须承认，其实我没有那么大的热情，我好像只是为责任而做，我并不习惯于这样的行动和形象。我害怕参与任何一种团体和富有进取心的活动，害怕行动，害怕被挟裹其中，害怕无休止地面对人群和各种庞大机器。有时候，我能感觉到某种具体的社会力量压迫而来，迫使你去进行二元对立的站位和叙述。我不喜欢这样的感觉。当然，不可避免地，它也包含着，你不愿意为此付出时间和精力。

我终究只能，也更愿做一个旁观者。我更习惯于一个人悄悄在生活中行走，感受着世间万物压过来的痛苦和充实。我喜欢分析、体味这世间万物的复杂、混沌和难以辨解，喜欢走向那杳无人迹的林中小路，它能带我通向幽深之地，虽然那幽深之处可能什么也没有。我始终只能做一个写作者和研究者。

“旁观者”，或“写作者”，是否会有真正的痛苦，是否能够完成你和你写作对象之间的道德建构？当那张网、那只小鸟就在你的视界之内，你是选择做一个旁观者，还是行动者？一个写作者、思考者的“生活实感”能否从“旁观”处得到？如何才能够多穿透这“实”进入更为宽阔的“虚”的层面？这或者是我一直要追寻下去的问题。

追寻当年重返梁庄的原因、意义和写作中的困顿，五年之后，也并没有找到真正的答案。但是，我似乎看到了前面重峦叠嶂的山峰，看到它的轮廓和多样的迷雾。有“物”对应，有真切的怀疑、思考和问题意识，对于任何一个妄图寻找精神存在的人来说，都是一种幸福。虽然仍然是不可避免的虚空，但不是虚无的虚空，而是实在的虚空。我要弄清那“实在”如何产生出虚空，寻找那虚空背后的方向和精神的褶皱。

我似乎获得某种力量，再次返回书斋。

评论

时代，亡灵，“无力”的叙述

——读余华《第七天》的感受

■ 文 / 张新颖

《第七天》[1]一出，质疑和批评的声音旋即又起；情形如同当年的《兄弟》，特别是《兄弟》下部的遭遇。余华已经变化了，读者还苦苦怀念上个世纪九十年代写《活着》和《许三观卖血记》的余华，甚至八十年代的先锋作家余华。这充分说明“经典化”的力量，先锋文学早就被各种理论和文学史叙述“经典化”了，《活着》和《许三观卖血记》更被广大的读者群“经典化”了。读者在“守”余华，不想余华却在“破”自己。“破”不是破坏，毁弃，完全不要以前的自己，而是挣脱束缚，脱去一层，再脱去一层，往前走一步，往更阔大的天地走艰难的一步。

这一步，把文学带进了当代社会乱象丛生的现实中，带进了与这个时代纠缠不清的复杂关系中。

一

说到现实和时代，似乎每个人都觉得很熟悉，都能认识当下的现实和自己的时代。其实，不那么容易。

譬如说，对《第七天》的批评中非常集中的一个方面，是说它串联了许多当下的新闻。这个说法很值得讨论。老实说，余华所写的那些东西，暴力拆迁等等，

---

① 余华:《第七天》，新星出版社，2013 年。该书引文据此版本在文中标出页码。

不是新闻，这些东西就是我们的日常生活。什么是新闻？不经常发生的、意外发生的东西才叫新闻。天天都在发生，就在我们周围，今天发生了明天还发生，这样的东西已经不是新闻了。

我们今天这个时代已经变成这么一个奇怪的时代，在这个时代里发生再奇怪的事情都不是新闻了。或者你一定要把它说成是新闻的话，整个这个时代本身变成了一个巨大的新闻；而处在时代当中的我们每个人，处在这样一个巨大新闻当中的每个人，他身边发生的事情，只不过是这个巨大新闻里面的日常生活。

我很理解为什么还把那些东西当作新闻。虽然在不断地重复发生，可是我们还是不能适应把这样的事情当作正常的东西来接受，正常的理智和情感还是不能不一再地感受到震惊。换句话说，这些东西纵然变成了我们的日常生活的一部分，改变了我们的日常生活，可是我们还是不能接受、不愿接受这样的日常生活。

我讲这些，关心的重点不在于是否新闻的分辨，重要的是，处在这样的一个现实当中的人，怎么来理解今天这个时代。余华把这些东西当成日常生活来写，其实触及了这个时代的一些我们远远没有讲清楚的东西。

我还要说，这些东西不仅仅是我们当下的日常生活，而且还是有一定时间长度的日常生活，或者说，有一定历史的日常生活。拆迁这样的事情，多少年了？贾樟柯早期电影《小武》里面的镜头，墙上大大的“拆”字，画个圆圈——有点时间感的人，记忆都还有这个画面吧？不一定是贾樟柯电影镜头的画面，我们自己在现实中不是曾经常常遭遇这样的画面吗？这其实是当代的历史。把延续到当下生活中的历史当作“新闻”，当作意外，一方面表明我们的意识还没有从持久的震惊中恢复过来；另一方面，其实暴露出的是对这个时代的认识，缺乏整体性的反省。把延续到当下生活中的历史当作“新闻”，这样的“新闻”做法和意识，从不好的一面来说，是抹杀个体的记忆，模糊整体的历史。

还有一种议论说，余华为什么要写这么多，拆迁、爆炸、卖肾、鼠族、死婴、墓地价格疯涨、骨灰盒和坟墓的等级、地质塌陷、食品安全等；仅食品安全，就提及“毒大米、毒奶粉、毒馒头、假鸡蛋、皮革奶、石膏面条、化学火锅、大便臭豆腐、苏丹红、地沟油”（155—156页）——像是串联，像是罗列，而每一项都没有“深入”下去。为什么不抓住一项——比如就写一个拆迁的故事，或者就写一个上访的故事？抓住一项，那就非常容易处理成“特殊事件”。可是，这些东西，都不“特殊”，都是当代日常生活的构成部分，都是普通的事件。余华立意要写时代，就是要把很多人以为是“特殊事件”因而意识上把它和时代整体隔离开的东西，放回到时代里面去，放回到很多这一类事情不断发生的时代里面去。

二

接下来的问题是，处在这样一个时代当中的人，他的感受是什么。不用问别人的感受，我们就问我们自己的感受。这个感受是说，你每天从大街上走过，你穿过各种各样的空间，遇到各种各样的已经不是新闻的新闻，你不断地看到一些事情，不断地听说一些事情，你耳闻目睹种种怪现状——可是你无能为力，你无能为力倒像一个幽灵、一个影子一样。有人说余华的语言没有力量，其实不仅仅是语言没有力量，主人公整个人就没有力量。在今天，一个平常人，持有日常的观念、日常的生活方式的人，基本上都是没有力量的人。我看到一个网友说每个人活得像行尸走肉一样，话很刺耳，也很痛切。余华把一个正常人在当代社会里的那种无力感、那种无可奈何，表达出来了，他把这种感受具象化为一个死人的感受，表达出来的绝望是非常痛切的。一个亡灵，或者一个影子，他在这个现实当中不占有任何具体的实际的空间，他也没有能力去占有这个实际的空间；你在这个现实里面不占有具体的空间，就没有办法对这个社会现实发生有效的作用。这样的一种无力感，不只是这个人的，而是这个时代很多个人普遍的状况。

在现实里不占有具体的空间，用一个词来说，就是“无地”；活着的时候“无地”，那么死了呢？《第七天》写的就是一个死了的人七天的活动，因此而创造出一个特殊的空间，即生死的边界地带。他游荡在生死的边界地带，最后来到了“死无葬身之地”的地方。我们会想到鲁迅的《影的告别》，影子要告别到哪里去呢？“然而我终于彷徨于明暗之间，我不知道是黄昏还是黎明。我姑且举灰黑的手装作喝干一杯酒，我将在不知道时候的时候独自远行。”其实没地方去的，“我不如彷徨于无地”，“我将向黑暗里彷徨于无地”。[①] 我们有时候会把鲁迅的这句话，变化成“无地彷徨”，仔细想来就会意识到，“无地彷徨”不如“彷徨于无地”，“彷徨于无地”是说有这么一个地方叫“无地”。可是“无地”是一个什么样的地方？余华写出了一个“无地”的地方，“死无葬身之地”，有这么一个地方叫“死无葬身之地”，这是一个特殊的空间，在这个空间里面的人是（只剩下）骨骼的人，他们有自己特殊的感受和行为。不同于鲁迅的影子的孤独、骄傲、决绝、自我放逐的知识者的形象，《第七天》里的杨飞，一个普通的名字，一个普通的人，他是被现实“非正常”地轰炸出现实空间的；而这个时代的“非正常”死亡

① 鲁迅:《影的告别》,《鲁迅全集》，人民文学出版社，1981年，第2卷，第165—166页。

者，不是一个，是一群，他们来到了“死无葬身之地”，自我悼念者的聚集之地，他们有的是同伴，他们组成了一个集体——骨骼的人群。

切斯瓦夫·米沃什在《从日出之地到日落之处》中，写下这样的诗句：

尊敬的旅客，您来自哪个永世？

谐谑的永世。所以都忘记了恐惧。
后代只记得滑稽的事例。
死亡，死于创伤、绞刑或者饥饿
都是死，但是荒唐事每年卷土重来。
……
尝试设想另外一片土地，却不能。[①]

《第七天》“设想”了“另外一片土地”：它写的其实是一个亡灵的世界，现实不过是亡灵残留的记忆，他们在彻底告别这个世界之前努力追溯的记忆；现实世界不过是死后世界的倒影，这样的倒影将越来越模糊，终至消失。

三

亡灵的叙述，决定了小说语言的特殊性。我读完以后非常特殊的感受是，这个小说是用诗的语言来写的。诗的语言，不仅仅是说余华在语言上的讲究，更重要的是说，这个小说的语言内部，整体上有巨大的张力，这种巨大的张力是在生与死之间的关系中产生出来的。

比如，从句子层面来说，一个或几个句子，一方面带来巨大的冲击和震撼，同时又把这种冲击和震撼的力量有意“减弱”一下、“分散”一下，甚至“玩味”一下，如此一来，语言的意思就不是只朝着一个方向的，这是一层；还有另一层，这种有意的“减弱”、“分散”、“玩味”，反过来又增强了冲击和震撼。举一个例子：杨飞在爆炸中身亡，但余华没有去写血肉横飞的场景，而只是写了他脸部器官的位移：“奇怪的感觉出现了，我的右眼还在原来的地方，左眼外移到颧骨的位置。接着我感到鼻子旁边好像挂着什么，下巴下面也好像挂着什么，我伸手去摸，

① 切斯瓦夫·米沃什：《从日出之地到日落之处》，杨德友译，《名作欣赏》2013年第5期。

发现鼻子旁边的就是鼻子，下巴下面的就是下巴，他们在我的脸上转移了。”（4页）这样本该是惨不忍睹的恐怖景象，通过一个死人的感受来写，没有鲜血的强烈刺激，没有尖锐到不堪忍受的痛感，有的只是“奇怪的感觉”；倘若这样“奇怪的感觉”和“鼻子旁边的是鼻子”的叙述，引起滑稽的反应，甚至引发笑声，也并非不正当。

——事实上，这样的语言正是在恐怖和笑声之间的语言。恐怖和笑声之间的语言，不是随随便便写下的。这样的语言同时也要求，读者有相应的体会能力。

小说叙述通常忌讳成语，余华似乎忘记了这一条，或者，他故意冒犯了这一条。他的成语是怎么用的呢？我也举一个例子：在第一天，杨飞去殡仪馆，大厅里的一个服务人员招呼他，这时候出现了一个成语：“他的声音里有着源远流长的疲惫”（8页）。作为一个阅读者，一般不会注意这个句子，正像我们也不会注意这个服务人员。等到我们读到第七天，等到我们读完整本小说，等到杨飞知道——我们也才知道——这个服务人员就是他苦苦寻找的父亲，倘若这个时候我们还能回过头来重新看到这个句子，我们才会明白余华一开始就写下的这句话，明白这个人的“疲惫”，明白这个人的“疲惫”为什么是“源远流长”的。倘若明白了这些，就会意识到，用“源远流长”来形容“疲惫”不仅仅是别致的词语搭配和修辞，这句话的意义是结构性的——与整部作品的结构相合。

四

《第七天》这个小说其实包含了余华以前各个阶段作品的因素。在当代作家当中，很少有像余华这样，创作的阶段如此分明，我们通常划分为三个阶段；也很少有人像余华这样，对已经“经典化”了的先锋文学表示极大的不满，特别是考虑到他自己就是先锋文学的重要代表，更显出他此后“破”的勇气和信心。可是，在《第七天》这个作品里面，我们可以看到先锋文学留下来的东西；也可以看到《活着》、《许三观卖血记》那个阶段的东西，比如这个人物和他的养父之间动人的故事；更可以看到《兄弟》里面与现实之间展开的关系。

但这个包含的意思不是重复，在一个东西里面同时包含不同阶段东西的因素，也就决定了这个东西不会与以前任何阶段的东西相同，也就是说，这个作品又和以前所有的作品不一样。就像一个人五十岁包含了二十岁，包含了他的三十岁，四十岁，但是五十岁毕竟是五十岁，不是二十岁，也不是四十岁；还有一层意思是，五十岁同时包含了二十岁，三十岁，四十岁。在这个作品里面，有余华从包含中新发展出来的东西。

我特别想说的一点是，他继续调整了《兄弟》已经展开的文学和现实之间的关系。我们现在的一些人，包括我自己在内，从八十年代成长起来，脑子里的"纯文学"观念太重。我们把文学理解成好像是一个封闭的、纯洁的、不和什么东西发生关系的东西。可是如果这个东西和什么都不发生关系的话，它自己是什么？这个时代是很难叙述的，余华写了当下这么多乱七八糟的东西，我们回过头去看看，从《兄弟》到《第七天》，余华不断试探文学、文学传统、文学艺术与现实、时代、个人之间的纷繁复杂的关系，有得失是自然的；我个人认为，这个不断调整和探索，特别难能可贵。当年我就说《兄弟》下半部好，今天我更想说，它的好还是没有被充分认识。在我们的现实里，李光头是一个有力量的人，《兄弟》写出了现实的"活力"，但这个"活力"是什么样的"活力"，我们并没有很好地分析；杨飞是一个没有力量的人，《第七天》写出了他的无力和时代的"死气"，可是这个"死气"正是在"时代"的"活力"之下出现，并且弥漫开来的。有人在感受、利用、享受着这个时代的"生龙活虎"、"生机勃勃"，可是也有像杨飞那样的人，他们看到"空中没有鸟儿飞翔，水中没有鱼儿游弋，大地没有万物生长。"（108 页）

他们没有力量，因为他们有爱——现实竟能创造出这样的逻辑。他们热爱生机，热爱生活，热爱他们爱着的人，为了抚慰这群有爱的亡灵，《第七天》创造了一个超现实——死亡——的乌托邦，就是在"死无葬身之地"，"我惊讶地看见一个世界——水在流淌，青草遍地，树木茂盛，树枝上结满有核的果子，树叶都是心脏的模样，它们抖动时也是心脏跳动的节奏。"（126 页）

善良而温情的余华翻转了"死无葬身之地"通常的含义，他翻转的力量来自爱：没有力量的爱，或者，因为没有力量才具有伟大力量的爱。

“无力”与“有力”的辩证，黑暗中的光

——致张新颖老师

■文/金　理

张老师：

谢谢您赐稿，一口气读完，很受启发。《第七天》引发的硝烟渐次散去，现在倒是平心静气谈论作品的时机。我还有些感受，和您闲聊，也算编者和作者的一种互动吧。

您提到了鲁迅，我想从这里说起。鲁迅也是在一个绝望、无力的时代里写作，但是他的文学所呈现的并不只是“无力”的感受。或者说，在绝望和希望之间，他对“力”有一种辩证的自觉：舍身到深渊，拒绝任何外在的救济，但是在深渊里又有一股阴极阳复的力量；读鲁迅之所以让人不敢、不甘自弃，总因为有这股力量在，当然这股“力量”未必能实体化。这样一种“力”，我在《第七天》中是能感受到的。尤其是小说结尾——

> 他问：“那是什么地方？”
> 我说：“死无葬身之地。”

一部无力的小说写到这里并不是无力的延宕，或者“此恨绵绵无绝期”式的无奈……我觉得这个收束实在是果决，果决中有拔地而起的力量。在创世神话中，上帝在“第七天”“歇了他一切创造的工，就安息了”，不妨说，神/统治者安息了，接下来，“人”（原先被操控、被压抑）的群体开始获得“自由意志”、开始

行动的时刻来到了。这并不是说杨飞们这一群“被现实‘非正常’地轰炸出现实空间的”人要开始造反，但确实在这个亡灵们组成的“异”的空间里有非比寻常的生机在聚合。比如说张刚和李姓男子，在生前他们是仇恨对立的双方，就好像今天的城管和小贩，所有的媒体渠道都只能给出“一面之词”，这里几乎没有和解的契机。今天现实的情形，就好像余华多年前写过的《黄昏里的男孩》，我们只注目于那个残忍惩罚男孩的孙福，而不会去想到孙福曾经的遭遇；而其实对抗的双方都是弱者。只有在文学、在“异”的世界里，我们才体贴到了对方的内心生活。正如昆德拉所言，在小说的“领地”里，“所有人都有被理解的权利”。能够在“我”的立场之外，保持充分的耐心去倾听他人内心的声音；能够把现实世界中如此坚硬对立的戾气化解掉，让张刚和李姓男子坐在一起下棋，这种力量尽管柔弱，但不应该只是单面的“无力”。这种化解对立、聚集生机的力量（这在人们排着“长长的队列”为鼠妹净身的那段里得到最充分的体现），就好像鲁迅的《故乡》中，“我”希望宏儿和水生不要“隔膜”。所以我特别同意您所谓的“翻转的力量来自爱”、“没有力量才具有伟大力量的爱”。我觉得《第七天》好，一方面是诚实地写出“无力”，另一方面是我从中感受到“翻转的力量”，也许是引而不发的吧。但之所以是“引”，固然并不是说有力量已经整装待发，但总能感受到某种潜在的势能吧——有没有这种“引”的感受、“翻转”的感受，我想是不一样的。还是联系起《故乡》，尽管“希望”是微茫的，“本无所谓有”，但终究是，“地上本没有路，走的人多了，也便成了路”。杨飞的寻父，让我想起目连救母之旅（此外，孝子寻找离散的父亲在明清小说戏曲中也是反复出现的主题）——这又是鲁迅钟爱的题材，这一期《文学》的“查尔斯河畔论鲁讯”中正好有一篇谈鲁迅和绍兴戏（陈琍敏:《生死绍兴：鲁迅与戏剧的复活力量》），我觉得这个研究者谈得很好，目连一路上见证了很多现实中无法出现的事情，“不可见之物现于眼前（即便只是片刻），而参与和感知所具有的变革力量也得以呈现与示范”，这种力量点点滴滴聚合起来，真的是一无所用吗？

德国学者莫宜佳曾有考证，“妖魔鬼怪的故事”在中国“能够自由而又极具艺术水平地发展、成熟”，其形象“远远多于西方文学中同类的叙事作品”（《中国中短篇叙事文学史》）。幽明两界的营造确乎是中国古典叙事的拿手好戏。比如蒲松龄的《促织》，一部分用现实主义的手法，写皇帝和官僚乐于“促织之戏”，村民在县令的刑罚和威胁下不得不进贡，小孩子无意间将一只上好的促织弄死，因害怕惩罚而投井；另一部分则写小孩的灵魂奇迹般变成了一只善斗的促织……这里有两个相反的世界：现实的惨剧，死后的奇迹，奇迹本身成为对现实的抗议，

“比‘真实’的怨愤更加深刻”（《中国中短篇叙事文学史》）。余华显然也延续了营造上述“相反世界”的文学批判传统。在死后的世界里，没有毒大米毒奶粉；没有“只有给他们送钱送礼了，他们才允许你开业”的公安、消防、卫生、工商、税务部门；“仇恨被阻挡在了那个离去的世界里”；这里没有亲疏之分，“那边入殓时要由亲人净身，这里我们都是她的亲人”……尽管火葬场的贵宾区里还有富人和官员，但是余华着力书写的“死无葬身之地”，完全由一群生前被摒弃在利益集团之外，也无力与坚固的社会结构正面抗衡的亡灵所组成，在这里，杨飞“感到自己像是一棵回到森林的树，一滴回到河流的水，一粒回到泥土的尘埃”，这是一个由“被侮辱与被损害者”组成的乌托邦共同体。我们尤其要注意小说中反复出现的“这里四处游荡着没有墓地的身影”。在中国传统民间社会，“人”死后进入阴间的“鬼”，一般分为两类：一类得到子孙祭祀和优厚的供养，同时作为对其供养的回报，保佑阳间子孙的生活平安，其实已具备与“神”相近的品格——这是小说中火葬场贵宾区里“轻描淡写地说着自己寿衣价格”的富人们；另一类则因为没有后嗣——如生前为未婚姑娘或被夫家休弃的女子——而不能获得祭祀，在阴间得不到安定的生活，徘徊游荡于阴阳两界的边缘，即“孤魂野鬼”，他们被种种血缘的、宗法的、父制的力量所排斥、所压迫——也就是小说中今天那群“被侮辱与被损害者”。由此想来，这些“四处游荡”的身影正表现出作家的激越和批判。再进一步，《第七天》不只是安排了“两个相反的世界”，而是“三个世界”——一个现实世界，一个“死无葬身之地”，一个“安息之地”。我们不要忘了杨飞有过一段追问，在这个时刻，先前那个看似无力、软弱的人突然变得执拗起来：

> 我说：“为什么死后要去安息之地？”
> 他似乎笑了，他说：“不知道。”
> 我说：“我不明白为什么要把自己烧成一小盒灰？”
> 他说：“这个是规矩。”
> 我问他：“有墓地的得到安息，没墓地的得到永生，你说哪个更好？”
> ……
> 他……对我点点头后起身，离去时对我说：“小子，别想那么多。”

请允许我再“活学活用”一番，本卷《文学》的“查尔斯河畔论鲁讯”中还有一篇论及“过渡仪式”（应磊：《进化论与佛教的相遇：鲁迅手植（制）的一粒“双生种”》)，“并不是所有的‘过渡仪式’都会按部就班地根据三个步骤来进行。我们有理由相信，鲁迅更可能是个例外，而不属于常规”。在《第七天》里，“死无葬身之地”并不是现实世界与“安息之地”之间的“过渡”，如果一定要把这个特殊空间命名为“过渡”，那么，“‘过渡’未必指向目的；‘过渡’本身就是目的”。请注意这里与杨飞对话的那个“他”，“他”在“死无葬身之地”待得“太久了”，似乎充当着“魔鬼辩护士”的角色，其自斟自饮的孤独身影以及那一身“宽大的黑色的衣服”，也让人想起鲁迅，正是在与他的对话中，杨飞表达了一番类似“有我所不乐意的在天堂里，我不愿去；有我所不乐意的在地狱里，我不愿去”的态度。“死无葬身之地”绝非顺畅地、按部就班地通往“安息之地”的中介，否则，那就“坐稳”了、历史也许真的终结了。这个特殊空间顽固地存在，既批判现实世界的不义；同时，它不被“终点”所化约的意义，也分明表达出某种不认同、不“安息”、不驯服，或者借上引杨飞的话来说，“不守规矩”。在传说中，徘徊于阴阳间的“孤魂野鬼”往往回到人间肆虐复仇，杨飞们不像鲁迅笔下凌厉的女吊，但这种“不守规矩”里多少暗含着还未泯灭的可能性吧。前面我提到小说结尾，那收束真是果决、拔地而起，可能与此有关。

至于许多质疑声说是“新闻串烧”，我想实在也是不值一辩。很早就读过余华的成名作《十八岁出门远行》，后来才发现余华有过自述，原来这个情节也是来自晚报上的新闻。当时我们只注意虚构而荒诞的形式，没在意一个现实的“引子”。其实在当时普遍的道德环境中，一辆货车抛锚，所载水果被哄抢一空，也是十足的“新闻”了。只不过当时不像现在这样媒介发达。因为我们现在每天都经受着段子、微博、新闻轰炸（就好像小说中微讽的，今天还在谈论“火车生下的孩子”，“电视和报纸热闹起来”，没多久热闹就转到警方扫黄的“惊雷行动”上……在这样热点的快速而持续转移中，我们只记得事件，不可能再留下任何感受），一看小说中再出现这么多“现实”（其实在一些读者心目中也不过就是“现实的符号”罢了），就不买账了。我倒是想起您以前文章里写过，当代社会传播媒介日益膨胀，在潮来潮往的信息过剩中，应该保持“必要的无知”。否则，文学的感受力可能会钝化。不过说到底，作家采用什么样的素材其实不是问题，关键是文学是如何呈现的，在这方面，《第七天》其实做得非常好。比如李月珍这一段，医院弃婴当然也有现实的“引子”，但“引子”最多也就是事件或数字的冲击吧，但余华写道：“我看见一片片宽大摇曳的树叶上躺着只剩下骨骼的婴儿，他们在树叶的摇篮里晃晃悠悠，唱着动人魂魄的歌声。我伸出手指，一个个数过去……”还有后面的细节：“有一个婴儿不小心从树叶上滚落下来，他吱吱哭泣着爬到李月珍前，李月珍把他抱到怀里轻轻摇晃了一会儿，再把他放回到宽大的树叶上，这个婴儿立刻快乐地加入到其他婴儿夜莺般的歌唱里去了。”有位专栏作家批评《第七天》的写作如“牛仔裤崩裂”，这位批评者借用了余华自己的说法，显然她也听过余华在讲座中提起的这个说法，但她没有明白余华在什么意义上使用这个说法。余华的意思是：有个人跳楼，新闻记者作报道，在“跳楼”这句之后，又多写了一句话，“巨大的冲力使他的牛仔裤都崩裂了”，这多写的一句话，让新闻变成了文学。这样一段描写把自杀过程中的惨烈表现出来，有这样的描写，这个自杀的场景“在读者心中持续下去”，“现实产生以后，后面又发生了什么，这就是文学要表达的现实”。与新闻不同，文学需要具体的记忆，要不断把人带回原初情境。类似李月珍与弃婴的经历，《第七天》中多有。有了“树叶上躺着只剩下骨骼的婴儿”，有了“一个个数过去”，有了“一个婴儿不小心从树叶上滚落下来”而李月珍把他“抱到怀里轻轻摇晃”再放回去……医院弃婴就不再是冰冷抽象、短期刺激的新闻事件。

这么多年来，我们一直在批评当代文学远离读者大众。可是难得有一个像余华这样赢得读者市场的作家，我们又急急忙忙地“下判决书”，不认真去总结其创作经验，比如他的文学形式和作品情感基调（残酷和温情，忧伤和不绝望）。我想这里面肯定还包括他的语言。《世说新语》中这则故事耳熟能详：大雪天，谢安召集晚辈“讲论文义”，即兴出题：“白雪纷纷何所似？”侄子抢先道：“撒盐空中差可拟。”而谢道韫则回到：“未若柳絮因风起。”一句话使得谢道韫成为名垂千古的才女。与轻柔、优美的“柳絮”相比，“盐”显得粗粝、鄙俗，也许实在不适合作喻体。后来我读到《活着》中一个细节：福贵将儿子埋在小路边，必须要从福贵的眼里对这条路有一个描写。这条小路正是他儿子经常跑步的那条路，可想而知福贵此时的心情……余华最后写道：“月光照在路上，好像洒满了盐。”中国文学史上对月光的表现有着悠久传统，其中积聚了繁复的意象，肯定不乏“柳絮”这般轻柔、优美的比喻；但是余华最终选择了“盐”，他费尽心力地为福贵找一条只属于他的路，一条“洒满了盐”的路，多么准确地贴近了人物此刻的心理现实。《第七天》的语言依然是准确而诗意的，如您所说，很多句子值得停下来“玩味”。比如“我的身体像是一棵安静的树”，我知道您特别喜欢树，不管是实物还是文学中的意象。树根深深扎入土壤之中汲取营养，树干吸取汁液。树的外表静穆，但内里的生命活动是往复不息的。就好像杨飞这个人，外在形态是“无力”的，但内心的感受百转千回（就包括上面提到的那个突然表现出执拗与冒犯的瞬间）。也像这部小说和现实的关系，它不是剑拔弩张的，但“锥处囊中”，你能感觉到那锋刃的锐利与凛凛的寒光；读这部小说似乎被无涯际的“悲凉之雾”所笼罩，如您所说，这种“无力感”是“这个时代很多个人普遍的状况”，但整个阅读的过程并不导向——还是借鲁迅的话说——“总觉得就沉静下去，与实人生离开”。

这是我阅读《第七天》的总体感受，浸没在无边的哀伤中，但哀伤的路途上时不时洒下些许月光，蹦出几点火花，于是也总想着探出头来，不敢松懈。这大概是一种“创造中的信心”，是好的文学的独到贡献，有能力保持对时代黑暗的凝视，也有能力感知黑暗中的光。我很佩服胡兰成“信心的摇曳生姿”这个说法，“创造中的信心”并不是稳如磐石，反倒随时会被外界风雨所摧折，故而经常需要抵抗住黑暗与虚无而自我扶持。但也正是这份颠扑、摇曳中不绝的信心，让读者不松懈、振奋自拔。

高行健与莫言：再论中国文学和世界文学的危机[①]

■ 文/顾　彬（Wolfgang Kubin）
译/陶　磊

【编者按】作家莫言摘得诺奖已经一年有余，不过人们讨论的热情并未消歇。我们在此刊发两篇来自西方学界的文章，其议题都围绕着诺贝尔文学奖和莫言，但立论迥异，我们希望在“驳难”中拓展对莫言创作的认识。

《高行健与莫言：再论中国文学和世界文学的危机》是德国汉学家顾彬先生于2013年5月2日在香港岭南大学举办的中国当代文学六十年学术研讨会上的演讲。在会上，顾彬只作了十分钟的汉语发言，表达了本文内容的一个提要。根据其发言录音整理成的文稿，以“莫言高行健与文学危机”（顾彬演讲、李浩荣记录）为题发表于香港《明报月刊》2013年第8期，引起了高行健本人以及刘再复、万之等先生的抗议和批驳（刘再复的《驳顾彬》一文刊于《当代作家评论》2013年第6期）。2013年10月2日，顾彬应邀来复旦大学演讲。他带来了本文的英文原稿，并对刘再复等先生的批驳作了正面回应。顾彬表示，他的英文讲稿既没有正式发表过也没有译成中文，引起争论的观点仅出自媒体报道，不能全面表达他对高行健和莫言的看法。为了无偏差地呈现顾彬看法的原貌，我们将其英文原稿全文刊出，并约请陶磊先生译成中文，译文也经过顾彬本人审阅。

《浊酒一杯敬莫言》来自于王德威先生的推荐。作者菲利普·福雷斯特为法国著名学者、作家，其权威性可参看译者黄荭教授的“译者题记”。2013年10月18、19日在巴黎举行了以“莫言，地方与普世的交汇”为主题的国际研讨会，该文是福雷斯特先生在会上的发言。

这组文章仅代表作者本人观点。

---

① 本文中的脚注若无特殊说明，均系作者添加。——译注

当今世界文学的主流是长篇小说，其他文类似乎都是次一等的——大概只有中篇小说例外。好像长篇小说就等于文学，文学就等于长篇小说。现代诗在诗坛之外已无足轻重，当代戏剧也很少为了表演而创作①。散文虽然在个别国家（比如中国）会受到些许关注，但也无法和长篇小说抗衡。文学界何以变得如此一边倒？这种局面是什么时候开始形成的？我只能站在中国的角度来回答，因为我对美国和欧洲的情况不了解。在中国，导致这种状况的与其说是发端于1989年的政局变化，还不如说是1992年以来持续繁荣并不断变化的自由市场，这是显而易见的。正是商业利益和对娱乐功能片刻不停的需求，决定了文学的命运。在此方面，读者、作者和出版商都是积极主动的参与者。这对任何一种文类都不是好事，长篇小说作为其中最严肃的一种文类，受到的伤害也最严重。到最后，好的作品会被边缘化，只能藏在抽屉里或私下流传。

我接下来要谈的是获得诺贝尔文学奖的两个中国人——2000年获奖的高行健和2012年获奖的莫言，以此回应岭南大学许子东的要求。他坚持认为，作为这两位作家的“老朋友”，我不应该再隐瞒自己和他们的私交以及我内心不为人知的真实想法。就个人而言，我宁愿谈些不那么容易引起争议的话题；但作为一名学者，我有责任把自己奉献给文学的祭坛，让别人有机会批评我，并颂扬那些被我控诉的东西。简而言之，问题的关键是：在我看来，他们的小说近于低俗（low-brow）而非高雅（high-brow）。②

毫无疑问，我的文学批评脱胎于某个特定的时间和地点，它被我年轻时读过和写过的作品所滋养，当时的我被挑选出来接受所谓“精英教育”。大家应该记得，西德直到1970年代还只有5%的人有机会上大学。当时传授的一切文学标准都远高于工人阶级、普通百姓和一般读者的水平。面向精英的文学和面向大众消费市场的文学之间存在巨大的鸿沟。我必须承认，这道鸿沟至今仍留在我的脑海里。这就是为什么我会严格区分丰富、详赡、精确的语言和散漫的语言——我认为前者是好作品的先决条件，而后者是注定无法产生出好作品的。我发现我的标准很适合中国古典文学和现代文学，但不太适合当代文学。

---

① 例如，在德国被搬上舞台的通常就是改编成戏剧的长篇小说！

② “high-brow”和“low-brow”也译作“高眉”和“低眉”，是西方知识分子由所谓“颅相学”（phrenology）引申出来区分精英文化和通俗文化的词语。——译注

一

在西方，**“流亡”**（exile）这个词对作家而言是一张神奇的餐券，它会带来很多好处：人们的赞赏、作品的销量、媒体的关注、各种奖项和学术荣誉，还有最重要的——钱。但并不是每个自称过着流亡生活的人都真的在流亡。很多作家宣称自己陷入流亡，这样一来黑暗（中国）和光明（“西方”）就会针锋相对，高行健便是其中之一。他早在1989年之前就离开中国去了法国——就像一个男人为了别的女人抛弃了自己的女人。要说没有谁是自愿离开祖国的，这是蠢话，就好像说没有谁是自愿离开自己妻子的一样。在一个人的行为背后，可能还潜伏着性质不那么高尚的动机。

没错，高行健确实在1987年永远地离开了北京。或许很多人会说，他这么做是出于政治原因——很不幸，这并非完全违背事实。但在我看来，他的离去还有艺术上和经济上的原因。

我们第一次见面大概是在1979年的巴黎，当时他在一场新书发布会上担任巴金的翻译。从那以后，我们经常在北京见面。他总是跟我谈论自己的作品，用的是法语或汉语。出于种种原因，我听不太懂。那时候，我的法语和汉语还不太好，而且他提到的东西方戏剧理论我从没研究过。但他给我留下的印象是：他是一个很有名的作家。所以，我认为有必要帮他摆脱困境——他觉得这种困境正是由他的剧作本身的现代性造成的。虽然现在我确信他的剧本或多或少模仿或改编自法国戏剧，但我还是得承认：在表演理论方面，没人能和他相提并论。他的离去对于中国舞台而言，过去是——现在依然是一场灾难。将近二十五年后的今天，无论实践还是理论，都没人能取代他。在戏剧理论领域，他可能是全世界最优秀的人物之一。

1983年秋天，他本人和他的先锋派戏剧陷入了格外糟糕的境地，于是我试图想办法帮他出国，让他摆脱加在自己身上的束缚，以便发挥他的才能。大约就在那时，我开始和柏林（Berlin）的“德意志学术交流中心”（DAAD）[①]合作，开展针对作家和艺术家的赴德交流项目。在我的帮助下，高行健于1984年以作家身份入选，获准在1985年夏天赴德逗留半年。但令我吃惊的是：在抵达之后，他对绘画和卖画赚钱表现出的兴趣远大于实实在在的写作，而这些画在我看来是相当拙

---

① Deutscher Akademischer Austausch Dienst，简称DAAD，是德国高等院校的联合组织，全球最大的教育交流机构之一。——译注

劣的。最后他成功了，他找到了一家画廊展出他的黑白画作——如果我没记错的话，是在弗莱堡（Freiburg）。结果，这次的成功决定了他余下的人生岁月。1987年，当他再度受邀去那里展出自己的作品时，他趁此机会离开弗莱堡去了巴黎，而没有返回北京。

后来，高行健宣称自己陷入流亡，他发现这一声明能帮他"推销"自己。移居巴黎是他自己的选择，没有人强迫他。众所周知，每年有十万名德国人为了追求更好的生活而离开德国，难道他们的选择也能称为流亡？我觉得不能。

高行健抵达柏林之前，我已开始和我的学生一起翻译他的剧作。比如《车站》就是在那里译的，但我费了好大工夫才找到出版社，最后还自己掏了八百马克——1988年的时候，这笔钱对于一个小型出版社来说已是不小的数目，但后来他们还是没有销售这个译本。倒是再版的缩编本和戏剧演出赚了些钱，我才能付给作者和译者。包括我的朋友和学生在内的另一些人继续翻译高行健，使他的作品在德国文学里占据了一席之地。至于他在2000年获得诺贝尔奖，以及其他人动手翻译他的著作并大获成功，那都是很久以后的事了。他的小说《灵山》也有类似遭遇，那是作者到柏林之后开始写的，后来我们共同的朋友赫尔穆特·福斯特·拉奇（Helmut Forster-Latsch）在九十年代中期把它翻译成了德文。当时由于找不到出版社，我让一个学生译了这部小说的一部分，差不多是一边译一边刊登在我办的文学期刊《亚洲文化研究》（*Orientierungen*）（1998年第1期）上。结果也一样：根本没有引起热烈反响。

1992年，高行健的剧本《对话与反诘》上演之后，我对他失去了兴趣。在维也纳，他试图说服我再次翻译他的第一部长篇小说。但是当我看过这出以舞台上的半裸女人为噱头的戏之后，我觉得他毕竟长于理论而弱于创作。尽管我们是朋友，但我必须对自己诚实，所以2000年10月我大胆地说出了心声。当我在公开场合宣称诺贝尔奖评委会的决定是个错误的时候，我的同行们不乐意了，他也不乐意了。我认为我的意见后来得到了汉学界以外的批评家的肯定，他们在评论文章中拿高行健的两部长篇小说开玩笑，就登在德国最有影响力的日报上。跟我的批评相比，他们的论断更加激烈，激烈到让人觉得作者写出这种小说来还不如去死。为什么这些小说如此丢人？主要不是因为形式老套，而是其中展现的女性形象让人忍无可忍。

至少就长篇小说而言，中国当代文学里的女性形象确实有问题，但好像只涉及男性作家，跟女性作家无关——更确切地说，是跟男性作家或男性视角的作家有关，因为根据叙事学理论，我们应该把现实中的作者和小说里的主人公区分开来。高行健和莫言的长篇小说给女性主义读者的印象是：女人的价值只剩下外貌。但我觉得这个话题再怎么讨论都是浪费时间，因为这两位男性作家的观点永远不可能改变。我们还是回过头来谈高行健吧。

若干年后（2010 年？），杜塞尔多夫大剧院（Schauspielhaus Düsseldorf）邀请华语剧作家参与春末的“当代华语戏剧周”，其中就包括高行健。多年以后，当他再次看到我的时候，他问我是否还欢迎他。我当然欢迎，但是当我被安排跟他一起组织公开讨论时，他却拒绝和我在台上坐同一张桌子。那时，他的剧本《八月雪》正在上演，被一份颇具影响力的报纸斥为“木偶戏”（Kasperletheater）。我本来不想说这些的，因为这出戏开场的时候，他就现代戏剧发表了一场十分出色的演讲。可以说，他的离去使中国失去了最优秀的现代戏剧理论家，而且可能在此后几十年里都无法弥补这一损失。到那时，我希望诺奖得主高行健能学会接受和容忍一个永远无法像他那样享誉全球的卑微的德国批评家所提出的无人应和的批评。

二

译者的影响是被普遍低估的。如果不是身为诺贝尔奖评委会成员的马悦然（Göran Malmqvist）把《灵山》翻译成瑞典文，如果不是得到了这位译者的帮助，很难想象高行健会获得诺奖。葛浩文（Howard Goldblatt）之于莫言同样如此。如果不是葛浩文的大量翻译，如果不是他在公开场合对自己钟爱的中国作家大加赞扬，那么在 2012 年 10 月斯德哥尔摩（Stockholm）宣布诺贝尔文学奖得主之后欢呼雀跃的就不可能是这位美国译者。

葛浩文之所以能脱颖而出，是因为他本人和他的出版商都矢志不移地忠于同一个作家及其作品。他们都很清楚一个中国作家出于种种原因求之不得的到底是什么。所以说，作家需要帮助——需要一个联合创作者帮他剪裁、概括、编辑，甚至重新叙述。这样看来，在全世界被广泛阅读并获奖的那些作品是葛浩文和他的团队生产出来的。如果只有懂日语的葛浩文或只有懂德语的葛浩文，莫言就不可能成功，因为这两种语言都不是国际通用的。

葛浩文批评我将过高的欧洲标准用于中国当代小说。[①] 他说得当然没错。

---

① Goldblatt, Howard, “A Mi Manera: Howard Goldblatt at Home: A Self-Interview” Chinese Literature Today, Vol. 2 Number 1, pp. 93-104.

但是，用中国的标准来评价中国文学，这有意义吗？1949年以来，中国几乎一直用马克思主义原理来评价自己，现在还是这样。我认为文学批评不是国有的，只要讲得出道理，任何一种标准都适用。否则，文学批评就变成爱国主义问题了。

莫言的问题正是长篇小说的问题，也是长篇小说的现状，它反映了世界范围内的文学危机。如果我们不考虑《红楼梦》之类完全不属于同一类型的古典小说，那么长篇小说其实是现代性的产物。它是由诸如马塞尔·普鲁斯特（Marcel Proust，1871—1922）、詹姆斯·乔伊斯（James Joyce，1882—1941）、罗伯特·穆齐尔（Robert Musil，1880—1942）和海米托·冯·多德勒尔（Heimito von Doderer，1896—1966）——从某种意义上说也包括钱锺书（1910—1998）之类的小说家创造出来的。这些作家有一个共同点，就是拥有一流的、创新的语言以及深刻的思想和寻找独特形式的能力，所以很难跟他们竞争。但不管是谁，只要能写出500到1000页左右的小说来，总得接受别人拿他跟这些人中的一个作比较。从某种意义上说，这是不公平的；但从另一方面看，也是可以理解的，因为熟悉现代文学大师的读者会对当代小说报以极高的期待。我认为，创作于1945年后的小说没有一部能真正满足我的期待——恰恰相反，我觉得都很无聊，即使是在读君特·格拉斯（Günter Grass）的《铁皮鼓》（*Die Blechtrommel*）时也一样。虽然这是一部德文名著，但无法让我心悦诚服，因为它似乎并没有解释清楚1933年至1945年间欧洲到底发生了什么以及为什么会发生。

莫言的情况也一样。撇开他的啰嗦和其他小毛病[①]不说，他对语言的运用还是相当老练而奏效的。但我发现，比起翻阅我喜爱的那些史学家的著作，他没能让我更充分或更深刻地理解1900年之后、1911年之后或1949年之后的中国。是否真的要让莫言（或余华）这样的小说家来解读历史，这当然见仁见智。他的工作可能只是重现自己那个时代或之前那个时代的画面。但即便只是描绘画面，很多中国当代小说家笔下的画面也是千篇一律，多一个不多，少一个不少——根本无关紧要。他们毫无节制。这就是莫言作品的问题。他跟王安忆一样，一刻不停地写。他俩都是写作成瘾的人，原因很简单——他们都受到过创伤：莫言是因为五十年代的饥荒岁月；至于王安忆，我们只能自己去猜了。

---

① 开列这些毛病的是莫言作品的德文译者 Karin Betz: Ungeheuerlich chinesisch, in: Frankfurter Allgemeine Zeitung December 8, 2012, p. 40。

作家当然可以通过写作来疗伤，但还应该有些别的东西，应该对他（她）自己经历过的所有危机、凶险和暴力加以提炼，让叙述者或隐含的叙述者超越作者在现实中的角色以及他（她）的生活经历。同时，还要把个人的观察转换成普世的真理。比如马塞尔·普鲁斯特就是这么做的，他为自己的皇皇巨著《追忆似水年华》（1913—1927）安排的基本主题就是关于时间和记忆的问题。再比如钱锺书，他把现代婚姻设定为《围城》（1947）的潜在议题。

跟钱锺书作一下对比，我们会注意到莫言小说里的另一个深层缺陷。1949 年之后，幽默几乎在中国文学里彻底绝迹。原因是作家们顺理成章地开始思考关于人类的大问题了。诸如祖国、民族、国家或人类等议题贯穿所有作品，好像连诗人都应该知道其中的道理。而欧洲的严肃作家会避开这些议题，因为它们实在太宏大了，只能用很粗暴的方式去驾驭。我发现，1945 年后的作家但凡试图把握此类宏大议题的细微之处，无不以媚俗和琐碎收场。

莫言的作品里几乎找不到幽默大概就是因为存在着令人窒息的创伤。这种创伤给人留下无法愈合的印象，所以它似乎只允许叙述者和主人公表现仇恨。无论是神对世人的爱（agape）、基督教的爱还是儒家的爱都不见踪影。人们互相残杀，而且叙述者往往只用贬义词来描写人物。德国的文学批评家把这类作品称为“酸型媚俗文学”（sour kitsch）。① 既然如此，我们就有充足的理由再次拿莫言跟 1949 年以前的中国现代文学大师作比较了。以林语堂（1895—1976）为例，他的作品不但有很强的幽默感，而且充满了对中国的爱、对中国人的爱、对在祖国寻找到的所有缺点的爱。他并非没有看到 1949 年之前和之后那些年中国大陆到底出了什么问题，但作为一名曾经的激进分子，林语堂却能克服痛苦，冷静下来做一个宽容的人。对他而言，报复不是解决问题的方法。在这方面，中国至今仍能从他身上学到很多。

最后，我要作一个和解性的结尾。首先，和高行健相比，莫言从来没有因为我批评他的作品而感到被冒犯。有一次我们在北京人民大学参加国际会议时相遇，他甚至鼓励我继续批评他。由此可见他的宽容和虚心。1987 年春天，我们在波恩（Bonn）初次见面，我很欣赏他在我面前表现出的诚实和谦逊。在我眼

① Cf. Walther Killy: Deutscher Kitsch. Göttingen: Vandenhoeck und Rupprecht 1962.（“Kitsch”也译作“刻奇”，用来描述那些为了迎合商业目的或大众需求而创作出来的肤浅、廉价、缺乏美学价值的艺术品，有“sweet kitsch”[甜型媚俗艺术] 和“sour kitsch”[酸型媚俗艺术] 两种，分别满足受众的不同心理需求。——译注）

中，他是一位绅士。在这方面，该向他学习的不只是高行健；第二，高行健和莫言作品里的问题是世界文学的国际性问题。跟现代小说（1945 年或 1949 年以前的）相比，现在被当作长篇小说拿到国际市场上去卖的都是又琐碎又老套的作品。任何一部当代长篇小说我都不想读第二遍——一句都不想读，因为我会无聊死。我要重申一遍，拿现代文学跟当代文学作比较可能不公平，但只有比较才能让我们得以洞察长篇小说中的深层问题。艾利亚斯·卡内蒂（Elias Canetti，1905—1994）有一部 500 页的小说叫《迷惘》（*Auto-da-Fé*），读者会发现其中有一个跟莫言小说里一样的充满仇恨的叙述者，但区别在于：这位 1981 年的诺奖得主通过借鉴中国的哲学和历史，为现代社会中的现代人描绘出了一幅具有普世意义的画卷。他还预见到中国在二十世纪面临的问题——对于毛泽东（1893—1976）和他发动的“文化大革命”（1966—1976）具有决定性意义的权力和大众的问题。在莫言的作品里，在任何一部写于 1945 年或 1949 年后的长篇小说里，我们能看到类似的东西吗？不太可能，但诗歌或散文里可能会找到，因为它们不是拿来消遣的。

德国哲学家奥多·马库阿德（Odo Marquard，1928— ）最近提到讲故事的必要性，就像他说的那样：没有故事，人类就无法生存。[①] 如果他没说错，那么讲故事就需要一种全新的伦理，一种不会为了自由市场而作出牺牲的伦理。在中国乃至中国以外的地方，即使是最出名的作家也会在旧作的基础上炮制新的小说，从而不断地自我重复，这是相当普遍的现象。[②] 与此同时，什么恶心他们就写什么，只为博取关注，招揽金钱。[③] 因为这些人被媒体推着走，即便是他们写得最差的书，就销售额来看也是相当成功的。把语言的熟练程度和精神上的追求排除在好作品的判断标准之外，这不单单是他们自己的错误，更应该承担责任的是那些一读完书就无情地抛诸脑后的读者。不过，一个严肃的小说家应该教育他（她）的读者，还应该下决心不顺从时代潮流。如今，向读者教授好作品的似乎只剩下诗人、某些散文家和个别爱写短篇的小说家——比如

---

① Odo Marquard: Philosophie des Stattdessen. Stuttgart: Reclam 2000, pp. 60-65 (“Narrare necesse est”). Cf. Also his Essay “Vernunft und Humor”, in: Franz Josef Wetz (Ed.): Odo Marquard. Endlichkeitsphilosophisches. Über das Altern. Stuttgart: Reclam 2013, pp. 55-69.

② Felicitas von Lovenberg: Die Romanschinder, in: Frankfurter Allgemeine Zeitung July 3, 2013, p. 25.

③ 对“热衷于仇恨和厌恶”这一现象的分析，见 Aurel Kolnai: Ekel, Hochmut, Haß. Zur Phänomenologie feindlicher Gefühle. Frankfurt a.M.: Suhrkamp 2007。

来自加拿大的 2013 年诺奖得主艾丽丝·门罗（Alice Munro，1931— ）。所有这些人在今天看来都不那么成功，但就像我从前说过的——今天的赢家，就是明天的输家。

附：

Gao Xingjian and Mo Yan: Reconsideration of the Crisis in and beyond Chinese Literature

Wolfgang Kubin

The current trend in world literature is the novel, the full-length novel (*changpian xiaoshuo*). All other genres seem to be inferior now, with perhaps the novella (*zhongpian xiaoshuo*) being the only exception. The novel is literature, and literature is the novel. Modern poetry no longer plays a role beyond poetry circles, contemporary drama is rarely written to be performed①, and while the essay may find some interest in certain countries such as China, it cannot compete with the full-length novel, either. How did the reading world become so onesided and when did this start? I can only answer from the Chinese perspective, as I am not too familiar with the American and European situation. In China, it certainly has to do more with the changing free market that has been booming since 1992 than with the onset of political changes in 1989. It was commercial interests and the desire for continuous entertainment that decided the fate of literature. In this regard, readers, writers and publishers were all active and willing participants. This has not been good for any literary genre, and the most serious one, the full-length novel, has suffered the most

---

Paper read in Chinese at the International Conference on Contemporary Chinese literature, Lingnan University, Hong Kong, May 2, 2013. For its controversial discussion see Mingbao (Hong Kong) 8 (2013).

① In Germany, for instance, novels are commonly turned into drama on stage!

damage. In the very end, good literature will be left marginalized, found hidden away in a drawer or circulating only in private circles.

The following discourse on two Chinese winners of the Nobel Prize in Literature, Gao Xingjian (b. 1940) in 2000 and Mo Yan (b. 1956) in 2012, originates from the request of Xu Zidong (b. 1954) at Lingnan University who insisted that I, an "old friend" of both writers, should no longer keep my shared history with them and my insights out of sight. Personally, I would have preferred to speak on less controversial issues, but it is my duty as a scholar to offer myself on the sacrificial altar of literature, so that others will have the opportunity to criticize me while praising what I condemn. In short, the basic issue is that I view their novels nearer to low-brow than to high-brow literature.

It goes without saying that my literary criticism originates from a certain time and place. It was nourished by the literature I read and wrote when I was young and singled out for what could be considered an elite education. One should remember that until the 1970s, only five percent of the population was allowed to go to the university in West Germany. All literary standards taught then were at a level high above that for the working class, the common people and the average reader. There was a huge gap between literature for the elite and literature for mass-market consumption. I have to confess that this gap still exists in my mind. This is why I make a clear distinction between rich, detailed, and precise language, which I see as a prerequisite for fine literature, and sloppy writing that makes creating fine literature impossible. I find that my standards are met by classical and modern literature, but rarely by contemporary literature.

I

The word *exile* can be a magical meal ticket for a writer in the West. It confers many advantages: recognition, publication, interest of the media, prizes, scholarships and, above all, money. But not everyone who pretends to live in exile is really in exile. One of the many Chinese writers who claims to be stuck in exile, therefore pitting black (China) against white ("the West"), is Gao Xingjian. He left China for France long before 1989, just as a man leaves a woman for another woman. To say no one leaves his country voluntarily is as stupid as saying that no one leaves his wife voluntarily. Behind one's behavior may also lurk motives of a less noble nature.

It is true that Gao Xingjian left Beijing for good in 1987, and many might say he did this for political reasons, something that is unfortunately not quite untrue. But in my opinion, he also left for artistic and monetary reasons.

We probably met for the first time in Paris in 1979 when he was there at a book launch as the interpreter of Ba Jin (1904–2005). From that time on, we met repeatedly in Beijing. He always talked about his work to me in French and Chinese. I did not understand him very well then for many reasons. My French and Chinese were underdeveloped at that time, and he spoke about the theories of the theatre in the East and West, which I had never studied. However, because I had gained an impression of him as an eminent writer, I thought that I was obliged to help him out of the distress that he found himself in due to the very modern nature of his dramas. Although I am convinced now that his plays are more or less imitations or adaptations of mainly French theatre, I also have to admit that no one can be compared to him in regard to the theory of performance. His leaving China was and continues to be a catastrophe for the Chinese stage, as there is no one who can replace him in practice or theory, even after almost 25 years. In respect to theatre theory, he is probably one of the best in the world.

The severe and unsatisfactory reception of him personally and of his avant–garde theatre in the fall of 1983 made me search for a way for him to go abroad so that he could develop his abilities without the restrictions forced upon him from above. Around that time, I started working together with the DAAD, the German Exchange Program for writers and artists, in Berlin. With my help, Gao Xingjian was selected in 1984 to become a writer in residence for half a year in the summer of 1985. To my surprise, after his arrival, he was more interested in drawing and selling his paintings, which were of poor quality in my estimation, for great sums of money than in real writing. He was finally successful when he found a gallery that exhibited his black and white paintings — in Freiburg, if I remember rightly. This success proved to be decisive in shaping the rest of his life. When he got another invitation to exhibit his art there in 1987, he took advantage of leaving Freiburg for Paris, instead of returning to Beijing.

Later, Gao Xingjian declared that he was in exile and found that this claim helped him to "sell himself" . Moving to Paris was his own choice; no one forced him to go there. It is well known that 100,000 Germans leave Germany for a better living abroad every year. Can their choice be called going into exile, too? I don't think so.

Before Gao Xingjian arrived in Berlin, I had already started translating his dramas with my students. We did *The Bus Station (Chezhan)* there, for example. It turned out, though, that I had a hard time finding a publisher. Finally, I had to pay 800 German marks, which was a considerable sum back then, to a small publishing house in 1988, which, in the end, did not sell our translation at all. There were, however, some shortened reprints and productions that brought in some money that I gave to the author and translators. Others—friends and students—continued to translate Gao Xingjian so that his oeuvre had found its place in German literature long before he won the Nobel Prize for Literature in 2000 and long before others started their even more successful translation of his works. This is also true for his novel *Soul of the Mountain (Lingshan)*, which the author started writing in Berlin and our mutual friend Helmut Forster-Latsch rendered into German in the mid 90s. As no publisher could be found, I introduced part of the novel, translated by a student, in my literary journal *Orientierungen* (1/1998) about the same time. The result was the same: there was no enthusiastic response to it.

I lost my interest in Gao Xingjian in 1992 after a performance of his play *Yes or No*. That was in Vienna where he tried to convince me again that I should translate his first full-length novel. But after seeing this play of his, which featured a half-naked woman on stage, I got the feeling that while he is strong in theory, his creative writing is weak. Because I did not want to be untrue to myself, I dared to speak out in October 2000, despite our friendship. My colleagues were not happy, nor was he, when I declared in public that the decision of the Nobel Prize Committee was wrong. I felt that my opinion was later confirmed by critics outside of Chinese Studies who made fun of Gao Xingjian's two full-length novels in reviews that were printed in Germany's most influential daily newspapers. Compared to my criticism, their judgment was fierce, so fierce that I got the feeling that it would have been better for the author to commit suicide than to have written those novels. Why do these novels mean such a great loss of face? It is not so much that they are outdated in form; it is mainly their images of women that make them unbearable.

Chinese contemporary literature has a problem with women, at least in the full-length novel. But this seems to refer only to male writers and not to female writers or, more precisely, to male writers or male implied writers, because in narrative theory, one should differentiate between the actual writer and the main character in a novel. In the full-length novels of both Gao Xingjian and Mo Yan, feminist readers get the impression that the value of a woman is limited to only her physical appearance. In any case, I think that it is a waste of time to continue with this topic, because neither of these male voices will ever change. Let me instead return to just Gao Xingjian.

Some years ago (in 2010?), the Schauspielhaus Düsseldorf (Theatre of Dusseldorf) invited Chinese playwrights for a week of contemporary Chinese theatre in the late spring. Among them was Gao Xingjian. When he saw me again after so many years, he asked me if I would still greet him. I did so, of course, but he refused to sit with me at the same table on stage when I had to organize a public discussion with him. His play *Snow in August* (Bayue de xue, which was being performed at that time, was condemned by the critic of an influential newspaper as a "Punch and Judy Show" *(Kasperletheater)*. I would have not said anything like that, because he gave a great speech about modern theatre at the start to his play. Be it as it were, China lost her best theorist of the modern stage when he left and may not recover from this loss for decades to come. Until then, I hope that Nobel Prize winner Gao Xingjian will learn to accept and tolerate the lone criticism of a petty German critic who will never win such international recognition.

II

The influence of a translator is very commonly underestimated. I cannot imagine Gao Xingjian winning the Nobel Prize without the translation of *Soul of Mountain* into Swedish and the help of its translator, Göran Malmqvist (b. 1924), who is a member of the Nobel Prize committee. The same is true for Mo Yan and Howard Goldblatt. Without Goldblatt's numerous translations and without his public praise of his beloved Chinese novelist, the American translator would not have been able to rejoice on 10 October 2012 when Stockholm announced the Nobel Prize winner for literature.

What makes Goldblatt so unique is not only his own, but also his publisher's, personal commitment of true loyalty to an author and his work. Both have a feeling for what a Chinese writer actually wants to achieve, but has not, for whatever reasons. So the writer needs help — the assistance of a co-writer who cuts, summarizes, edits and rewrites. Thus, it is Howard Goldblatt and his team who produce the literature that is read all over the world and wins prizes. Mo Yan's success would not have been possible if there was only a Japanese-language Howard Goldblatt or a German-language Howard Goldblatt, because neither of these languages is read worldwide.

Howard Goldblatt has criticized me for having too high a European standard for contemporary Chinese novels.[1] He is right, of course, but does it make sense to judge Chinese literature according to Chinese standards? Since 1949, China has more or less judged herself in terms of Marxist principles and still does. I do not think that literary criteria are national at all. Any standard is possible, provided one gives reasons for it. Otherwise literary criticism would be just a matter of patriotism.

The problem of Mo Yan is the problem of the full-length novel, and the status of the full-length novel exemplifies the crisis of literature worldwide. If we do not take into consideration classical novels like *The Dream of the Red Chamber* (*Hongloumeng*, 1792) that are of a different kind, the full-length novel is an invention of modernity. It was created by novelists such as Marcel Proust (1871–1922), James Joyce (1882–1941), Robert Musil (1880–1942) and Heimito von Doderer (1896–1966), and in some respect by someone like Qian Zhongshu (1910–1998). What all of these writers have in common is superb and creative language, depth of ideas and the ability to search for an unusual form. It is therefore very hard to compete with them. But anyone who writes a novel of 500 to 1000 pages or so must accept comparison to one of them. In some respect, this is unfair, yet on the other hand, it is understandable, because the reader who is familiar with the giants of modern literature has great expectations of contemporary novels. I cannot think of any full-length novel produced after 1945 that has really fulfilled my expectations. Just the opposite — I am bored, even in the case of *The Tin Drum* (1959) by Günter Grass (b. 1927). Though a masterpiece of German language, the book was not convincing to me, because it did not seem to fully explain what happened in Europe between 1933 and 1945 and why it happened.

The same is true for Mo Yan. Despite all the repetitions and flaws[2], his language usage is very proficient and powerful, but I find that I do not understand China after 1900, after 1911 or after 1949 any better or deeper than if I were to read the works of historians that I prefer to consult. It is, of course, a matter of debate, if a novelist such as Mo Yan

---

① Howard Goldblatt: A mi, in: Chinese Literature Today.

② Listed by his German translator Karin Betz: Ungeheuerlich chinesisch, in: Frankfurter Allgemeine Zeitung December 8, 2012, p. 40.

or Yu Hua (b. 1960) should really be expected to explain history. His job may only be to recreate a picture of his time or of previous times. But if this is just a matter of producing pictures, as in the case of many contemporary Chinese novelists, their pictures can be any pictures, they can be more, they can be less — it does not matter. There is no limit to them. This is exactly the problem of Mo Yan's work. Like Wang Anyi (b. 1954), he writes all the time without any break. Both of them are maniacs of the pen. The reason is quite simple. Both of them suffer from trauma. In the case of Mo Yan, it is due to years of starvation in the 50s, and in the case of Wang Anyi, one can only guess.

Of course, a writer is allowed to heal his or her wounds through writing, but there should be something more, a quintessence of all the crises, perils and violence he or she has passed through, allowing the narrator or the implied narrator to transcend the real writer's character and his or her experiences in life. There must also be something else that turns personal observations into universal truths. This is true, for instance, for Marcel Proust (1871–1922) who made the problem of time and memory the essential topic in his *opus magnum, In Search of Lost Time* (1913–1927). Or take Qian Zhongshu, for example, who made modern marriage the underlying issue in his *Fortress Besieged* (*Weicheng*, 1947).

A comparison with Qian Zhongshu allows us to hint at another further shortcoming of Mo Yan's novels. Since 1949, humor has almost entirely disappeared from Chinese literature. The reason is because writers naturally start pondering the big questions of mankind. Issues such as the motherland, nation, state or mankind keep ringing through the works of even poets who should know better. These are issues that serious writers in Europe avoid, because they are too big and only allow a heavy–handed approach. I cannot think of any author who was able to master the subtleties of these big issues after 1945 without ending up in kitsch and trivialities.

The reason why almost no humor can be found in Mo Yan's works may be due to the stifling presence of trauma. Since this trauma gives the impression of being unresolvable, it only seems to allow hatred on the part of the narrator and the protagonists. There is no love in the sense of *agape*, Christian love or Mencian compassion to be found. Everyone kills everybody, and very often the narrator uses only negative adjectives in the description of his characters. German literary critics call this kind of literature *sour kitsch*.[①] Thus, we

① Cf. Walter Killy: Deutscher Kitsch. Göttingen: van den Hoek und Rupprecht 1962.

have reason enough to compare Mo Yan again with the giants of modern Chinese literature before 1949. Take Lin Yutang (1895–1976), for instance. His work was not only tempered by a good sense of humor, but also by his love for China, for the Chinese people, and for all the weaknesses he sought and found in his motherland. It is not that he did not see the real problems occurring in all the years before and after 1949 on the mainland, but Lin Yutang, once a radical, could overcome his pain and calm down to become a tolerant person. Revenge was not a means for him to solve problems. In this respect, China can still learn a lot from him.

Let me finally come to a conciliatory close. First, in contrast to Gao Xingjian, Mo Yan never felt insulted by any of my criticism of his oeuvre. He even encouraged me to go on when we once met at Renmin University in Beijing for an international conference. This reflects his tolerance and open–mindedness. What I like in him is the honest and modest person that appeared before me when we met in Bonn for the first time in spring of 1987. In my eyes, he is a gentleman. In this regard, not only Gao Xingjian can learn from him. Second, the problem of Gao Xingjian's and Mo Yan's work is an international one in world literature. What is sold as a full–length novel on the world market these days is trivial and trite, when compared with the modern novel (before 1945 or 1949). I never want to re–read any full–length contemporary novel a second time, not even one sentence, because I would find myself bored to death. Let me say it again, my comparison of modern and contemporary literature may be unfair, but it is only comparison that will give us insight into the deeper problems of the long narrative. In Elias Canetti's (1905–1994) 500 pages of *Die Blendung* (English Auto–da–Fé, 1946; Chinese Miwang, 1986), the reader will also find a narrator full of hatred like in Mo Yan's novels, but the difference is that the Nobel Prize winner of 1981 through his references to Chinese philosophy and history depicts a universal picture of modern man in modern society. He also anticipates the problems of the 20th century in China: the problems of power and the masses that were decisive for Mao Zedong (1893–1976) and his Cultural Revolution (1966–1976). Can we observe something similar in Mo Yan or any full–length novel written after 1945 or 1949? Not very likely, although we may find it in poetry or in the essay, because they are not meant for entertainment.

Be it as it were, the German philosopher Odo Marquard (b. 1928) spoke recently on the necessity of narrating. Without stories, mankind would not be able to survive.[①] If he were right, narration would need a new kind of ethics, an ethics that is not sacrificed for the sake of the free market. It is quite common in and outside of China that even well known writers crank out new novels based on their old novels, thus repeating themselves all the time.[②] Moreover, in the meantime, they write about anything that is disgusting in order to gain attention and fill their coffers.[③] Because they are pushed by the media, even their poorest work is very successful in terms of sales figures. That their language proficiency and their spiritual endeavor are beneath anyone's standard of good literature is not only their own fault; even more to blame are their readers who are cruel enough to throw away what they just finished reading. But a serious novelist should educate his or her readers and decide not to follow the trend of the times. At present, teaching the readership good literature seems to be left to only the poets, some essayists and a handful of novelists who prefer short narratives just as the Canadian Nobel laureate of 2013 Alice Munro (b. 1931). All of them may appear be less successful today, but as I have said before: The winner of today will be the loser of tomorrow.

---

① Odo Marquard: Philosophie des Stattdessen. Stuttgart: Reclam 2000, pp. 60–65 ("Narrare necesse est"). Cf. Also his Essay "Vernunft und Humor" , in: Franz Josef Wetz (Ed.): Odo Marquard. Endlichkeitsphilosophisches. Über das Altern. Stuttgart: Reclam 2013, pp. 55–69.

② Felicitas von Lovenberg: Die Romanschinder, in: Frankfurter Allgemeine Zeitung July 3, 2013, p. 25.

③ For the phenomenon of hate and disgust see Aurel Kolnai: Ekel, Hochmut, Haß. Zur Phänomenologie feindlicher Gef ü hle. Frankfurt a.M.: Suhrkamp 2007.

浊酒一杯敬莫言
——聊以三两声爆竹，和《四十一炮》齐鸣

■ 文 / 菲利普 · 福雷斯特 (Philippe Forest)
译 / 黄 荭

【译者按】菲利普 · 福雷斯特(Philippe Forest，1962—)，法国知名学者、作家。1991 年获巴黎第四大学文学博士学位，之后在英国多所名校教书；1995 年回法国南特大学执教至今；《书界》、《文学杂志》、《艺术报》等杂志的特邀撰稿人；2011 年起和斯蒂芬 · 奥德基一起主编法国知名文学期刊《新法兰西杂志》；曾获法国艺术文学军官勋章。学术专著有:《菲利普 · 索莱尔斯》、《加缪》、《文本和迷宫：乔伊斯、卡夫卡、缪尔、博尔赫斯、布托、罗伯 - 格里耶》、《原样派史话》、《大江健三郎》、《小说，真实》等，文学创作有:《永恒的孩子》(1997 年获费米娜处女作奖)、《纸上的精灵》、《然而》(2004 年获十二月奖)、《新爱》、《云的世纪》(2011 年获法国飞行俱乐部文学大奖)、《薛定谔之猫》等。“我知道自己无力胜任写小说，没有想象和观察力。我唯一的能力是在阅读时施展这种才能。”这是作家的谦虚，也是学者的无奈。福雷斯特一直和“自传(撰)写作”保持一个谨慎的距离，虽然他创作的起点是“我”，而作家最终击中的是我们的心灵。

2013 年 10 月 18—19 日在巴黎举行了以“莫言，地方与普世的交汇”为主题的国际研讨会，本文是福雷斯特在会上的发言。

一

每天早上，我都感谢自己的无知。我的无知无边无际，因此我跟它也没完没了。是它让我依然有机会去拥有新的阅读、新的发现、新的赞叹。可悲的是，人上了年纪，痴迷和激情都会随岁月消磨殆尽，也正因为如此，这一切才越发显得难能可贵。

通常，人们会认为一个作家应该喜欢和自己类似的作家。但事实并非总是如此：当别人的作品仿佛是对你自己的作品拙劣可笑、投机取巧的抄袭时，你反而会厌恶、会鄙视。相反，你会真心诚意地欣赏那些和你正在创作的作品风格迥异的东西，因为在你看来，它们探索的是可能的纷繁世界的另一片天地，而文学正是在这种参差中得以展开的。

不妨坦率直言：我感觉莫言的世界离我很远。我这里想说的并不仅仅是——甚至主要并不是——把我和中国文学分开的文化隔阂，尽管我相信自己阅读的中国当代文学比我的很多法国同行多（“同行”这种说法也很奇怪，仿佛从事文学创作会让同一国籍的作家之间滋生出某种同行之谊似的），可即便如此，中国当代文学对我而言依然相当陌生。不，我想说的是比所谓的“文化差异”更根本的东西，或许只是源自个性气质的反差，它因人而异，最终决定了一个作家的一切：从他的世界观、人生观到他表达它们所采用的纯粹的小说或诗歌的手法。

十二年前，我接触到莫言的作品，最近几个月读得更加仔细，我发现，即便在我自己的观念里，他都是一个“不得体”的作家，但他的“不得体”，我可以天真地说，也会产生一种冲击，一种慰藉，犹如沐浴了青春之泉。我不相信这样的发现会给我的写作带来什么改变，这对我而言或许有些遗憾。但我很高兴自己发现了它，因为它在我眼皮底下证明了今天，在某个地方，另一种文学存在的可能性，这一证明弥足珍贵。

因此，在接下来的字里行间对此聊表敬意，理由已然足够。

二

此外，这也正好是我这次发言的题目的用意。今年春天，我应邀为本次会议撰文，当时我根本不知道能说些什么，于是便拟了这个题目：“浊酒一杯敬莫言”，其实这个题目拟得有点随意，很宽泛，为的是不把自己框得太死。

象征性地敬《酒国》作者一杯酒，不过是小事一桩。但说到荣誉——和随之而来的烦恼——莫言在不久前得了诺奖之后就领教过了。至于祝他健康，表达这样的心愿似乎过于平淡，因为他缺的显然不是健康，因为以我的判断，正是他充沛的精力才使得小说家写出数十部优秀作品，若换了是一个普通作家，写出一部这样的作品就够让他殚思竭虑的了。

我今天的发言更像是“闲聊”——以前听过我演讲的人可能会不习惯——我的方式和平时不同——等我谈到莫言作品时方式还会再变一变，听到这里，诸位或许已经猜到，我丝毫都不认为自己是以专家甚至是行家的身份来发言，因为我本来就不是。今天，我仅仅是以一个作家、一个读者的身份站在这里。

我是在2001年认识莫言的，在安妮·居里安（Annie Curien）在法国国家图书馆举办的几场作家见面会上。之后我又见过他一两面。其实说“认识”有些言过其实。说“擦肩而过”或者“打过招呼”更为恰当。我们没有交谈过只言片语，因为语言不通，也因为我有时沉默寡言的性格，或许莫言给自己取的笔名用在我身上倒很合适，意思似乎是“默不作声的人”。

一年前，我和斯蒂芬·奥德基（Stéphane Audeguy）一起主编《新法兰西杂志》，旨在让这本有年代的杂志少一点法国腔调，我找到诺埃尔·杜特莱（Noël Dutrait），希望通过他和包括莫言在内的几位中国作家取得联系，请他们为我们正在酝酿中的任意一期杂志撰稿。我必须承认，当我得知莫言也读普鲁斯特时我惊讶极了。《在斯万家那边》问世一百年之际，我们正筹备出一期杂志向《追寻逝去的时光》的作者致敬，他或许很乐意就这个题目写一篇文章。这事儿似乎就要成了。不瞒诸位，就在我准备给莫言发信确认约稿的当天，我从收音机里得知，他刚被授予了诺贝尔文学奖。就算我去碰碰运气，结果也是毫无悬念。我料想他有别的事要操心——这在随后也应验了。但是几个月后，当徐爽邀请我以作家的身份参加今天的研讨会时，出于礼尚往来的考虑，而且很不凑巧我又没有像莫言那么好的借口，我想我是逃不掉的了。

三

我们都知道马拉美的名句，任何一位身心俱疲的作家都把它当座右铭：“肉体真可悲，唉！万卷书也读累。”①

---

① 此句用的是卞之琳的译文。

但事实是，尽管从今年春天起我已读过两三千页莫言的小说，我依然远未读完他的所有作品——甚至是迄今为止他被译成法语的作品。

而谈及肉体——这个词，我不知道它在中文里的含义是否同样暧昧不清，在法语里它都同时指代肉与性，无论在怎样的语境——肉体在莫言笔下意味了一切，除了“可悲”，诚然，它有时是不幸的甚至饱受酷刑，却从来不是可悲的。大多数情况下：它愉悦、硕大、放纵，直至享乐、餍足甚至恶心。

比起我读过的其他书籍，有一本更能说明这点。这本书就是《四十一炮》。诺埃尔·杜特莱推荐我在这次发言前读读这本书。因为，用他的话说，这本小说在法国并未受到应有的礼遇，不同于莫言其他几本更出名的小说，它依然期待在这里找到属于它的读者。或许他建议我读这部作品还有更深的用意，或许他觉得这样一本小说可能以这种或者那种方式跟我产生共鸣，仿佛冥冥中我注定要和它相遇。我不知道他的真实想法。如果他真有此意，我读完这本小说后还是没有猜到原因。但不管怎么说，我还是欣然照做不误。

接下来的点评无非是谦卑地写在这部鸿篇巨著页边空白处的零星笔记，我称之为：聊以两三声爆竹，和《四十一炮》齐鸣。不过，在一部真正的作品中——比如莫言的小说——所有作品都各自独立又互相关联，因此，每本书页边都和所有其他书的页边相通，我的这些点评也因此不可避免地会涉及作家的其他几本重要小说，虽然我对它们的了解不多。尤其是这几部：《酒国》、《生死疲劳》和《檀香刑》。

四

我不打算概述《四十一炮》的情节。

我觉得自己根本做不到。

这种修辞手法叫“忽略暗示法”，通俗地说就是“此地无银”，预示了我仍要知其不可为而为之。

小说以两个平行的故事展开，叙事基调明显有别（一为现实主义的手法，另一为超现实主义的手法——我用这个形容词是因为不管怎么说，它在我看来是最贴切的），排版也是（法语版中它们分别以斜体和正体印刷——不过我对它们在中文原版里的对应版式毫无概念），当然，这两个故事又纠缠在一起，交织成一个整体。

在第一个故事里，一个叫罗小通的年轻人为了改过自新，迎接更加虔诚向善的新生活，在一座破旧寺庙里，按兰大和尚的授意，讲述他的童年。在他忏悔时，古庙内不断发生各种千奇百怪的事件，整个庙宇幻化成一个光怪陆离的舞台，一出滑稽怪诞的戏剧正在上演，幻想与梦魇交织在一起，不断地变形。

第二个故事套在第一个故事里，是年轻的罗小通向兰大和尚讲述了十几年前，当他还是小孩子时的故事。这个孩子从父亲那里继承了独特的天赋，看到肉食就胃口大开，这一禀赋让他年纪轻轻就在村子里飞黄腾达，因为中国乡村看重的是杀猪卖肉的活计，这一传统技艺在当地的企业家——毫不吝啬的老兰的带领下，逐渐沦为唯利是图、信誉堪忧的产业。

小说结束于罗小通讲述的一场双重的焰火表演，既像一场灾难，又像一场圣典。在母亲去世（被杀）、同父异母的妹妹死亡（被毒死）和父亲被捕后，这个孩子机缘巧合获得了能让大炮派上用场的四十一枚炮弹，那是一门抗战时期遗留下来的旧大炮，尽管武器一点都不合适，但为了向老兰报仇，他用炮炸平了整个村庄，最终才击中他的目标。而故事说到这里，罗小通也在癫痫病突发的折磨下精神错乱，他结束忏悔的那个破败的寺庙变成了一个舞台，四十一位裸女骑着四十一头公牛呼啸而来，仿佛向观众谢幕一般，所有活着和死去的人们都鬼魅般地重现。

这就是我所理解的，至少我这么认为。

五

西方读者要想真正读懂这部小说，或许还缺少许多登堂入室的“钥匙”，这部作品借鉴了一种他们并不熟悉的文学传统，集高雅文学与民间文学于一体，大量参照了古老的信仰和迷信传统，同时反映了历史的真实和当下政治及社会的时事，对此西方读者只知其大体，却不解其详。要想充分领略莫言的艺术，在这些方面只有一些装点门面的文化是远远不够的，况且莫言在《檀香刑》后记中也明确强调他的文学是典型的中国特色。但不可否认，他的作品既然能引起我们的共鸣，就说明它具备了一种真正的普世的价值——作品在西方的接受以及诺贝尔奖评委会的认可便是明证。

缺少这些中国“钥匙”，西方读者就应该用他们现有的“钥匙”去解读。如果现有的钥匙不能完全对上文本的锁眼，不是专门为这把锁而打造的，那也不排除这些钥匙仍有其用武之地，可以让他们进入到作品的内部，尽管可能会把锁弄坏一点点。

我将试试那把最趁手的钥匙。

不管在法国，在欧洲，甚至在美国，评论莫言最常使用的形容词莫过于“拉伯雷式的”，这个词与其他所有从某个知名作家的姓名派生出来的形容词一样，并无深意，譬如“萨德式的”、“马索赫式的”、“卡夫卡式的”。这个词在字典中的定义如下：“具有拉伯雷笔下自由、狂野的快乐”。批评家提到中国作家莫言的作品是“拉伯雷式的”正是此意。

莫言有没有读过拉伯雷？

我一无所知。

但话说回来，他的确读过普鲁斯特！

不过，在我看来，莫言的这部小说的确是“拉伯雷式的”（在某些方面我觉得莫言和拉伯雷是相近的），但所取之意和如今享誉盛名的另外两位作家米兰·昆德拉、大江健三郎对“拉伯雷”的理解有别。两位作家殊途同归，都把《卡冈都亚》和《庞大固埃》的作者视为现代小说艺术的大师之一。确切地说：是和俄罗斯著名批评家米哈伊尔·巴赫金（Mikhaïl Bakhtine）教我们对这个作家的解读方式有别。

六

“拉伯雷式的”，应该由此入手，莫言的作品首先符合这个词的本义。维克多·雨果曾称拉伯雷是“吃喝界的埃斯库罗斯”，是他发现了口腹之享，把“肚子”引进文学殿堂。像《四十一炮》和《酒国》这样的小说当之无愧是琼浆佳馔的现代史诗，把贪食善饥和酗酒成疾上升到了艺术的高度，在某些类似的场景中，比如描写小罗在当地的吃肉大赛中力克对手而拔得头筹的那场宴席，将这种艺术表现推到极致。

读莫言的作品最好要有一副铁石心肠，有时候，他描写一头驴被撕成碎块或犯人被处以极刑会给读者带来感官上罕见的冲击。在他的笔下，任何东西都能用来果腹，尤其是那些可能让西方读者作呕的东西，令小说主人公大快朵颐的美味佳肴是西方读者闻所未闻的：尤其是狗肉——主人公偏爱的菜肴——还有燕窝。小说中的人物，因其超出常人的食量而被渲染上法国民间传说中食人妖的巨人形象，而我们知道，《庞大固埃》和《卡冈都亚》的创作灵感也源于此。

莫言笔下的肉和酒，对那些了解其中奥秘的人而言，拥有《巨人传》第五部中“神瓶”的神奇功能，在拉伯雷的笔下，是“神瓶”教我们生活的真谛和奥秘。

正是通过它们，我们才和所有生灵都联系在一起，就像《四十一炮》中的小主人公所做的那样，他拥有一种神奇的能力，能听到盘中肉跟他说话，向他倾吐一番绵绵爱意，让吃这一行为拥有了一种普遍的意义和情色的味道。通过它们，小说主人公与酒神和肉神对话，最终清醒过来。莫言对此褒贬不一，时而赋予它某种揭示超自然的价值，时而又认为是可怜的食物中毒或可怕的酒后口干舌燥。

对身体的关注最基本的就是将人类简化为进食、消化、排泄的机械体，这是人和动物的主要共通性，在这方面，人和动物总可以相互转化，这种关注无疑是莫言创作世界中最鲜明的标记。

七

拉伯雷的作品中有这样一种风格，它崇尚的是“怪诞”(grotesque)美学，浪漫主义用自己的方式对它进行了新的诠释，用来反衬崇高(sublime)。我丝毫不怀疑这种写作风格也存在于中国传统之中。我们也了解把超自然的事物融入小说叙事的手法，尤其是通过疯癫、滑稽却不失某种真实的表现形式。《庞大固埃》或《卡冈都亚》中出格荒诞的言论丝毫没有影响它们表达世界以及评价其现状的能力。

莫言让他那些酣醉的、癫狂的、被梦魇和幻觉萦绕的人物和叙事者陷入一种被扭曲的意识状态之中，使现实的场景发生变形或者更准确地说是失真，这样一来，面对怪诞变形的形象，读者如果站对了位置，就能看到蕴藏在这个形象之中的另一个形象。莫言的每一部重要的小说——我所读过的每一部——都貌似一个寓言故事，乍一看光怪陆离，让人感觉难以置信：在《生死疲劳》中，一个被杀死的男人转世成驴、牛、猪和猴；在《酒国》中，一位侦查员冒险进入一座类似吃人妖城堡的令人惶惶不可终日的城市，当地还有人吃婴儿；在《四十一炮》中，一个小男孩嗜肉如命。然而每一则寓言故事都清晰地见证了世界和历史：西门闹的一连串化身让他成了对中国二十世纪下半叶许多重大事件最好的观察者。

这样一种现实主义的目的何在？它的批判意义毋庸置疑。和拉伯雷一样，莫言的艺术创作也想达到讽刺的效果，抨击人性中他所见到的扭曲和罪恶，批判那些人们用来为自己无耻行径开脱的错误的价值观。寓言作家古老的艺术传统就是通过刻画动物来纠正人们的行为。然而，在莫言的世界里，所有人都是动物——只消拥有《檀香刑》中神奇老虎毛，便能看到他们现出原形——所有动物都是人——只是暂时活在这种或那种动物的皮囊里。莫言的小说从各个方面、各个方向都超出了寓言故事的框架和主题，这很关键，除此以外，《生死疲劳》有一点会让人不由自主地联想到奥威尔的《动物农庄》。

回到《四十一炮》，这部小说可以用一种完全透明的方式去解读，把它当作是当代中国及其近些年来经济腾飞的再现：小罗见证了他出生的家乡从农村到拥有许多现代化大工业的乡镇的转变，莫言在书中明确地将后者也描绘成一个充满贪污腐败、尔虞我诈的世界，他让主人公成为这个世界的见证者，演出了一场变形记，这场变形记在书中是以建造一家大型肉联厂为象征的，在这家肉联厂里，人们系统地运用各种技术大批生产假冒伪劣食品。《四十一炮》和《酒国》一样——两部小说都有很多酷似的视角——莫言在这部小说中描绘了一个吃人如饕餮盛宴的世界，在那里，人们出于贪婪和暴戾，互相吞噬、互相毒害。

八

至少在西方，人们认为是拉伯雷开创了小说的先河，而关于小说，我们就真的言尽于此了吗？

或许值得商榷。当昆德拉——这里以他而不是以大江健三郎为例——明显借鉴巴赫金过去对拉伯雷的解读，将拉伯雷尊为现代小说之父时，他用一句著名的话定义了拉伯雷：他如同一方乐土，在那里，所有判断都被悬置，人们靠幽默就可以“沉醉在人世间事物的相对性里”，享受着“由确信什么都不确定这一想法带来的奇妙愉悦”。我无意挑起由昆德拉的思想引发的复杂争论，我曾就此表达过自己的观点，若想领悟他的思想，就不能把它理解为对相对主义的辩护。因为小说的“真”的确存在。这种“真”本身人们不能尝试把它简化为任何一种正解，而是为我们开启了一种对真的令人眩晕的体验。正是在这个意义上，莫言的这部作品，和他其他任何一部作品一样，可以称之为“拉伯雷式”的，也就是说符合小说根本精神的。

提供一个对人的去理想化的形象——它从民间故事中汲取而来，和那些*agélastes*[①]（不会笑的人）的哲学和宗教所推崇的形象相悖——指出世界残酷的真实是通过颠倒、变形来揭露的，小说，援引巴赫金的说法，实质上是“毁灭和重

① 源自希腊文，为拉伯雷创造，指那些不懂得笑、没有幽默感的人。他们从未曾听过上帝的笑声，自认为掌握绝对真理，人人都得“统一思想”。拉伯雷对这群卫道士是既厌恶又畏惧，他们对他的迫害使他几乎放弃写作。——译注

生时刻的狂欢”，其中表达了“对衰退、更迭、死亡与重生的悲叹”。在莫言的小说中，没有哪一部能比《生死疲劳》更清晰地体现了这一点，在这部小说中，一种悲天悯人的情怀通过一系列感人肺腑的独白表现出来，而这也是小说应该具备的唯一一种情怀。

仅就我个人能作出的评判和理解，这就是莫言所捍卫的小说观，莫言以此作为唯一的尺度对自己的作品作了恰如其分的评价，这种源自小说创作的小说观也让他的作品成为对小说创作的深刻反思。原因在于，尽管莫言在追求小说艺术的同时也在排斥它，但他在每一部作品里，都借叙事的外壳，对小说艺术进行了认真思考。如此一来，在《檀香刑》中，用一些和巴塔耶定义艺术品非常相似的话语，在巴塔耶看来，艺术就是一场献祭，小说也是在戏剧与自我牺牲这两面镜子之中审视自己，这两者被认为是同一样东西。在《酒国》里，故事情节以作者与另一个作家之间的书信对话的形式展开，这个作家仿佛就是作者可笑的化身。这部小说同其他几部一样，都嵌入了作者贬低揶揄自己的画像——“莫言，体态臃肿、头发稀疏、双眼细小、嘴巴倾斜”——仿佛为了表明作者也可以是其创作的主要人物。

九

我的结语要回到《四十一炮》——确切地说是回到这部作品十分独特的后记“诉说就是一切”，在这篇后记中，莫言所说的话和他几年后在接受诺贝尔奖时的答谢词十分相近。在答谢词中，小说作者是这么定义自己的：“我是一个讲故事的人。”

谈到《四十一炮》，莫言表示：“这本书的主旨就是诉说，讲述故事即主题，讲故事就是这本书的灵魂。就是为了讲故事而讲故事。如果非要说这本小说的情节，那说的就是一个小孩儿滔滔不绝地讲故事的故事。”

我们可以设想像莫言这样的作者为什么推崇这个理念。认为文学的对象只能是文学本身，认为任何一本小说从本质上说都是一部关于小说的小说——正如许多作家有时候所断定的那样，从布朗肖到巴特，我们很惊讶地发现莫言也赞同他们的观点——这个想法让那些打算约见作者谈一谈作品内容、作者观点与作者所要表达的信念的人吃了闭门羹。这套把戏很常见。其他人在他之前就已经用过了。人们不能振振有词地去批评一个经验老道的作家表现得如此谨小慎微。

然而，我们从一开头的卷首语中就能看出这部作品的态度。在致读者中，讲述者向听他诉说经历的读者说道:“大和尚，我们那里把喜欢吹牛撒谎的孩子叫做‘炮孩子’，但我对您说的，句句都是实话。”这也是克里特人或者撒谎者经典的悖论的一个海外版和新的改版，用这句自相矛盾的话，说话人既表达了真实的一面也表达了虚假的一面:当他说自己一直在说谎的时候，他说的可是真话?当他以为自己最终说出了真话的时候，他是否依旧在骗人?

这便是只有小说语言才能带来的眩晕效果，也是每部卓越的作品一直看重、革新并思考的内容，因为正是这种眩晕，也只有这种眩晕才能折射出另一种寓意更广的眩晕，在眩晕中，人类的意识在不可能的考验中发现自己，同时也迷失自己。没办法保证或证明真正的文学所力求达到的感人肺腑的狂喜是经由它而实现的:“我擦擦眼睛，手背上沾着两颗亮晶晶的泪珠。我被自己的叙述深深感动，但大和尚的嘴角，却浮现着几丝分明是嘲讽的笑纹。他妈的我无法使你感动，我暗暗地骂着，他妈的我一定要使你感动，我出家不出家已经无所谓，但我一定要用我的故事打动你的心，用我的故事的尖锐棱角戳破包着你心的那层坚硬的冰壳。”

因为，这就是讲故事的人的使命。

查尔斯河畔论鲁迅

主持 / 王德威

鲁迅研究是现代中国文学研究的显学，在东亚和欧美的汉学世界里也一样受到重视。有关鲁迅种种的论文、专书以及会议从来源源不绝。但也正因此，鲁迅研究也产生了局限。在大师的巨大身影下，不论议题的开拓、理论的应用、史观的建构，都成为后之来者的压力，更不论如影随形的政治因素。但如果鲁迅研究有其历久弥新的意义，我们就不应局限在约定俗成的格局里，而必须以不同的方式不断思考突破可能。

2013 年春天哈佛大学“鲁迅与东亚”国际研讨会即是以这样的目标召开。这项会议强调鲁迅的影响不仅在于中国，也及于境外，尤其是东亚文化圈。而研讨的议题也不仅在感时忧国、革命启蒙上做文章。鲁迅的重要性恰恰在于他所显现的驳杂幽深又矛盾重重的文章、思维、行动上。一旦鲁迅研究走出制式范畴，与东亚、南亚、西方文学文化议题对话，我们方才了解其人其文仍有许多值得发掘的空间。

此次会议共有来自欧美及亚洲学者近百人参加，发表论文三十篇。讨论的议题包括鲁迅与日本思想界六十年的关联，对朝鲜、台湾殖民地甚至“满洲国”的启示，甚至在印度、在俄罗斯所产生的影响。论文发表者不乏国内熟悉的学者，如孙郁、张旭东、唐小兵教授等。尤其值得注目的是哈佛大学近年所培养的一批青年学者，他们训练扎实，治学积极，尤其不畏挑战新的议题。如来自美国的若岸舟（Andy Rodekohr）对鲁迅的“群”与“众”的重新省视、陈琍敏（Tarryn Chun）论鲁迅的戏剧情结、绍兴经验与日本影响；来自日本的桥本悟（Satoru Hashimoto）论殖民时期台湾与朝鲜作家龙瑛宗、金史良经由鲁迅作品产生有关殖民主体性的对话；来自新加坡的应磊另辟蹊径，探讨鲁迅作品中的“种子”观与佛学因缘；来自上海的陈婧祾则就鲁迅《斯巴达之魂》思考希腊文明与中国现代性想象的兴起。

这五位哈佛青年学者有的新任教职，有的仍然在校深造。他们对现代中国文学的钻研，对东亚与世界文学文化的关怀，使他们对鲁迅议题作出与众不同的解析。他们在此次会议的杰出表现得到资深学者一致好评。《文学》乐于推荐他们的文章，希望得到更多指教。哈佛大学位于波士顿外查尔斯河畔。本专辑以“查尔斯河畔论鲁迅”为题，敬向大师致敬，并呈现美国汉学界新秀的研究成果。

身既死兮神以灵：鲁迅的《斯巴达之魂》与二十世纪初的中国

■ 文 / 陈婧祾

在哈佛纪念堂（Memorial Hall）的内廊上围，有一组拉丁文的铭文。其中之一，大概也是西方历史上最著名的铭文之一，是温泉关碑铭，纪念堂采用的是同样出名的罗马作家西塞罗的译文：

> Dic, hospes, Spartae, nos te hic vidisse iacentes
> dum sanctis patriae legibus obsequimur.
> 告诉斯巴达人，过路人，你看到我们躺在这里，
> 因为我们遵守了祖国的神圣律法（lex）。

这段铭文也为鲁迅早年的小说《斯巴达之魂》[①] 所引用。战场硝烟之后，如同画外音，叙事者说：

> 噫，死者长已矣，而我闻其言：
> 汝旅人兮，我从国法而战死，其告我斯巴达之同胞。

① 鲁迅：《斯巴达之魂》，《浙江潮》1903 年第 5 期，第 159—164 页；第 9 期，第 123—127 页，收入《集外集》。《鲁迅全集》卷 7，北京：人民文学出版社，2005 年，第 9—16 页。

根据希罗多德的记载，温泉关战后，这段铭文最初就被刻在战场故地；鲁迅用它来作小说战事部分的总结，于是也恰如其分。铭文以挽歌体（elegy）写成，希腊文学传统上认定其作者是西蒙尼德斯（Simonides）：

> ὦ ξεῖν, ἀλλέγγειν Λακεδαιμονίοις ὅτι τῇδε
> κείμεθα τοῖς κείνων ῥήμασι πειθόμενοι.
> 过路人，去告诉拉凯戴孟人，在这里
> 我们躺着，遵从他们所说的。

因此，西蒙尼德斯这短短两行诗，在希罗多德的故事里，从一开始就成为斯巴达精神面向永恒的凝聚。在这场抗击波斯入侵的战役里，三百斯巴达勇士和他们的国王 Leonidas[①] 虽死犹荣，不仅让波斯王薛西斯（Xerxes）意识到希腊抵抗的力量，也大大鼓励了诸邦共同抗击外敌的勇气，最终有了 Salamis 海战和 Plataea 战役的全胜。但是，这种在祖国危难之际无畏牺牲的精神，实在与哈佛纪念堂的背景差别甚远。现在成为校园标志性建筑的纪念堂，其初衷是为了表彰在南北战争中参与北方联军而牺牲的哈佛毕业生。南北战争是美国内部为黑奴制的存废而进行的，了无外敌可战。平添反讽的是，历史上的斯巴达人还是臭名昭著的奴隶主，古希腊不缺奴隶，但是，让其他城邦惊讶的是，只有斯巴达人整体地奴役他们的希腊同胞。第二次 Messenian 战争之后，失败的 Messenians 就整个成为斯巴达城邦的奴隶希洛人（Helots）。

南北战争和希波战争，各有其历史背景和过程；当历史被叙述、研究，也各成其传统。从这个意义上来说，纪念堂的设计者借温泉关碑铭以赞美为解放黑奴而死去的年轻学子，是堂而皇之的错位运用。但在两场不一样的战争之间，确有可以连接的交汇处。希罗多德研究希波战争史，其主旨除了赞颂希腊的光荣和伟大，同样要紧的是想揭示希腊胜利、波斯失败的原因。如诸多历史学研究者指出，希罗多德的《历史》是给自由的希腊和自治的希腊人的赞歌——我们且不论斯巴达城邦内部的结构问题。在温泉关战役的过程中，亲征的波斯王薛西斯将目睹斯

---

① 《斯巴达之魂》中的人名地名，与比如王以铸译《希罗多德历史》的译名都不同。王以铸的译名从希腊文发音，与其他学者从现代语言转写的译名又不一致。为了避免混淆，除了现在已成为通行的译名，如希罗多德、西蒙尼德斯、普鲁塔克等之外，本文都使用英语的拼写。出自《希罗多德历史》的引文参考了王以铸译文。

巴达的视死如归，他会被告知，他们是为了自由而战。而他统治下的异族军队是在皮鞭下和斯巴达人作战。哈佛纪念堂的设计者采用温泉关碑铭的初衷，大概就是膺服于这种对自由的热爱。而这种错位运用给当时美国新近的事件提供了一个理解和叙述的视角。古老的斯巴达往事传来历史深处的呼吸，自成庄严和凝重。而现实对历史纵深处的召唤，则再一次印证斯巴达作为“遗产”的价值，它仍然对适时的生活具有意义。

在西方历史上，斯巴达之所以成为重要的思想和文化资源，事实上离不开历史过程中不断的引用和错误运用。早在希腊的古典时代，当斯巴达仍然处在权力高峰的时候，就是一个充满神秘的存在。因为与外部世界的隔绝，有关它的信息非常有限；而它本身在政制、社会、教育和文化诸方面，借用历史学家M.I. 芬利的说法，乃是奇葩之集合。[①] 这使得从一开始，有关的叙述和评论在不同作家笔下都或多或少带有想象和发挥的成分，并因为作者本身不同的立场，或扬或贬，由此形成甚至相互矛盾的观点。比如，鲁迅的小说涉及斯巴达历史研究的重要一环，斯巴达女性。小说叙述，女主人公涘烈娜，她的丈夫在战场上牺牲，在家中的她怀着孕，却还有一个追求者试图夜半幽会。英国历史学家Paul Cartledge有一篇论文，题目就叫做：斯巴达妻子，自由抑或放纵（Liberation or Licence）？[②]

公元前六世纪以降，斯巴达女性在城邦中的地位和作用就一直是一个充满争议的话题，普鲁塔克在《吕库古传》（*Lycurgus*）中解释，出于伟大立法者的深谋远虑——为了男性公民的素养，以及城邦的整体利益，她们从小和男孩一样接受教育，长大以后可以继承遗产，受到很多的尊重，享有远比其他城邦女性更多的自由。普鲁塔克在《道德论集》（*The Moralia*）中为斯巴达女性设专节（λακαινῶν ἀποφθέγματα, Sayings of Spartan Women），把她们描述为斯巴达勇士值得敬佩的同伴，鲁迅在小说中提及的黎河尼佗（Leonidas）的妻子、王后格尔歌（Gorge）就是其中最耀眼的明星。Gorge 与异邦女子的对答“惟斯巴达女子能支配男儿，惟斯巴达女子能生男儿”，最早也出于希罗多德的记载。远在《道德论集》之前，希罗多德就描述了一个有勇有谋的格尔歌，识见智谋

---

① M. I. Finley, “Sparta and Spartan Society,” in *Economy and Society in Ancient Greece*, London: Penguin Books, 1981, pp.24—40.

② Paul Cartledge, “Spartan Wives: Liberation or Licence?” in *Spartan Reflections*, London: Duckworth, 2001, pp.106—126.

都在她的男性同胞之上。但是同时，古代作家也记录下了令当时其他希腊世界的人或者令后来的读者难以接受的方面。比如，普鲁塔克在《吕库古传》中暗示，在生育男性公民的理由之下，斯巴达女人可以和丈夫之外的人发生关系（Lyc. 15.6）。最让人瞠目结舌的，普鲁塔克叙述了一大批母亲手刃儿子，就因为儿子在战场上未尽武德。让人瞠之赞之的斯巴达母亲，由此和宗教仪式上裸露着大腿跳舞的少女，成为这个希腊城邦最有争议的出产。[①] 英国古典学家 Elizabeth Rawson 有一个评论："吕库古很明白，看上去不过玩意儿的女人可以用来激励男人，那些在节日半裸的少女嘲讽懦者赞美勇者，年轻的斯巴达人于是沉醉于德行。"（drunk with virtue）[②]

法国大革命时期，罗兰夫人曾经无限感慨，做梦都想成为一个斯巴达母亲。而现在无论是以我们今天的标准看来值得赞美的斯巴达"女性主义"，还是让现代人不寒而栗的母亲——鲁迅笔下的女主人公涘烈娜在这方面可与比肩——回到公元前四五世纪，有关斯巴达女性的叙述，都是和希腊传统的观念公然背道而驰。古代希腊主流视女性为次等性别，无论在生理和心理上都无法与男性相比，由此也注定她们处于从属的地位。比如在雅典，有身份的女人从小就被禁锢在家中，基本不会受任何正规的教育，婚后则主要充当管家婆的职责，夫妇之间的情意只在生育。斯巴达女性显而易见的不同，也因此成为阿里斯托芬喜剧的对象，*Lysistratus* 中间，在我们热爱食色的喜剧家的想象里，斯巴达女人为了阻止自己的男人卷入希腊内战，于是拒绝和他们发生关系。在反对内战的宗旨之后，这里还是可以感受到男性的敌意。公元前四五世纪，民主雅典的上层社会流行着所谓的拉科尼亚狂热（Laconomania）。对政治制度和现实的不满，使得包括柏拉图在内的雅典精英倾向于理想化斯巴达，理想化这个和雅典政制有极大不同的社会，在《律法》篇中斯巴达是三个理想城邦的一个，这也使他们转而对斯巴达的一切现象都有一种宽容甚至接受的态度，包括斯巴达女性，比如，在《理想国》里，柏拉图也主张女性接受教育。但是，亚里士多德作为民主制度的辩护者，作为一个男性，受制于当时的性别观念，完全不买账，他在《政治学》中就指责斯巴达女性的无规无矩、恬不知耻。

① 有关斯巴达少女，欧里庇得斯有这样的诗句："斯巴达的闺女，即使想要贞节，也不可能，她们离开家里，裸露着大腿，穿着敞开的衣服，同青年男子一起赛跑摔跤。"《安德洛玛刻》，595—601 行，周作人译，《欧里庇得斯悲剧集》上，中国对外翻译出版公司，2003 年，第 352 页。

② Elizabeth Rawson, *The Spartan Tradition in European Thought*, Oxford: Clarendon, 1991, p.243.

尤其在柏拉图和亚里士多德的分歧中间，我们可以看到，对于斯巴达的讨论，很大程度上受到讨论者本身政治和文化立场的影响。就是这种带有个人发挥、需要依靠想象建构的斯巴达叙述，最初在古典时期促生了所谓的“斯巴达幻影”（Spartan Mirage）。1930 年代，法国历史学家 François Ollier 创制这一概念，专门用来指称对于斯巴达的想象性描述和接受。而古典作家对斯巴达激情澎湃的赞美和他们同样充满感情的深恶痛绝，都将成为后世理解和发挥的基础。柏拉图、色诺芬、普鲁塔克，以及阿里斯托芬、欧里庇得斯、亚里士多德，甚至在半是传说半是历史的吕库古改革之前，还有荷马以及他的继承者抒情诗人 Alcman——前者给了我们来自斯巴达的海伦，后者贡献了美艳动人、翩翩起舞的斯巴达少女——这些古典作者不仅提供了基本的文本材料，也定下了讨论的基调。

希腊城邦斯巴达已经成为故往，并且历史上——尤其十九世纪初以来，从来不缺乏质疑它与现实世界联系的声音，但是，在历史的过程中，斯巴达往事，包括温泉关之战中所表达的种种精神，在某种意义上凝结了人类历史和文化中一些根本性的命题和困惑，诸如个人与集体，自由与规约，献身与被牺牲，由此它不断如神启激发后来者，但或许也是如幽灵挥之不去。斯巴达之魂，在现实的历史境遇、政治环境、文化和美学气候中，一次又一次被重新定义，错位运用，由此在历史的过程中形成一个层层叠加的传统。一直到十九二十世纪，从小处，我们仍然在哈佛纪念堂看到对它积极一面的肯定，以及它给美国的现实政治带来的肯定意义，尽管所谓的自由在两个语境中指向大为不同；而在大处，第三帝国对于斯巴达的自我认同也在战后给这个承自古代的文化传统带来巨大的阴影，甚至让学术研究也一度成为禁忌。在这个意义上，1903 年，当鲁迅在日俄战争的阴影下创作《斯巴达之魂》，在一个世界各文化开始紧密联系的时代为中国的前途招魂斯巴达，激励当日的中国青年，是参与了这样一个仍然活着的传统。而青年鲁迅激昂的文学创作赋予了斯巴达栩栩如生的鲜活形象，并由作者后来影响百年的成就作为支持，从此让斯巴达之灵在中国得以徘徊。

鲁迅的小说开篇于温泉关之战最后一天的黎明。公元前 480 年，波斯王薛西斯率半个亚洲的力量大举入侵希腊。Θερμοπύλαι，鲁迅称温泉门，音译德尔摩比勒——当地因为硫黄的作用形成温泉，地名在希腊文中的意思就是热的门，英文译作 the Hot Gate——处于通往希腊南部包括斯巴达所处的伯罗奔尼撒半岛的必经之路上，而且是这条路上的最窄处，一边靠山，一边悬崖下就是大海，狭窄处仅能让两辆马车并行通过，相当适合当时流行的重装步兵军阵的抵抗作战。因此在科林斯的希腊联盟选择这里作为希腊本土的第一道防线。让后世惊讶的是，带头的斯巴达人却行动迟缓，看上去更不是全力以赴。希罗多德的解释是正逢斯巴达国内的重要宗教节日 Caneia（7.206）——斯巴达人是出了名的虔诚，他们曾经因为相同的原因缺阵马拉松战役。但无论如何，也不论那个八月已经宣布的奥林匹克停战令（Olympic truce），斯巴达还是派出了三百精兵，并由它的两个国王之一 Leonidas 担任统帅。三百这个数字，不仅是传统上适宜执行的一个精英武装力量的规模，也是斯巴达王室禁卫军的固定数目。而 Leonidas 和他的这三百勇士，从出征之时就清楚，面对薛西斯的百万大军，这是一个自杀性行动。鲁迅小说的第一部分就集中于这场战役悲剧性的第三天。之前的两天，人数绝对占优的波斯人，哪怕是薛西斯的精锐部队“不死军”（the immortals）也没占到半点便宜；可是这一天，由于叛徒的出卖，斯巴达人和他们仍守阵地的少数伯罗奔尼撒同盟军，腹背受敌，且从高处受制，将全部战败身死。但他们英勇的死不仅会在一年之后波斯人的惨败中获得回报，并且将会成就英雄的传奇。从希波战争一结束，温泉关之战就成为“斯巴达幻影”中的最强音，后人追念的中心。鲁迅也是感念于此，于是在中国民族危难之际，“缀其逸事，贻我青年”，以求“掷笔而起者”。

在我们讨论这个小说的内容之前，要指出的是，鲁迅发表这篇作品的时候，斯巴达，甚至德尔摩比勒这些拗口的洋名，在中国关心西学的读书人，包括留日学生中间都不是天方夜谭。鲁迅借温泉关战役以为鼓动，也算不上新的发明。日本学者森冈优纪的论文《明治时代与鲁迅的〈斯巴达之魂〉》[①] 在樽本照雄《关于鲁迅的〈斯巴达之魂〉》[②] 一文的基础上，通过《斯巴达之魂》尤其是作品的上半部中，关于温泉关之战所用的材料，论证这篇作品的产生离不开日本明治时代的希腊史读物，尤其是少年读物的作用，鲁迅的作品深植于明治的文化背景中。而在某种程度上，《斯巴达之魂》的产生和十九世纪末二十世纪初的中国对于希腊的绍介甚至狂热，也有极为密切的联系。森冈优纪也暗示，在《浙江潮》同年第四期上发表的《留学界纪事・拒俄事件》对第五期上的鲁迅的小说是直接的创作推动。《留学界纪事》载留日学生致北洋大臣信，其中即引德摩比勒之役，以双方力量如

---

① 森冈优纪：《明治时代与鲁迅的〈斯巴达之魂〉》，袁广泉译，《二十世纪的中国社会》下卷，社会科学文献出版社，2011 年，第 399—432 页。

② 樽本照雄：「鲁迅『斯巴達之魂』について」。《清末小说研究》第 22 号（1999.12.1），中译本《关于鲁迅的〈斯巴达之魂〉》，岳新译，《鲁迅研究月刊》2001 年第 6 期。

此悬殊而斯巴达壮士死战，示中国当日不抵抗之辱。信中又引康熙年间击败俄国的雅克隆之役指出“胜负无常唯所自招安见”。中西历史经验的并用，暗示了这个德摩比勒之役，作为一种知识，至少在留日学生中的普及度。而斯巴达甚或温泉关之战被拿来作为对中国现实的警醒，则呼应着梁启超，尤其是他之前一年在《新民丛报》上发表的《斯巴达小志》。

早在十九世纪末，梁启超就以“求自强斋主人”之名编《西政丛书》，第一册即是一本颇为详细的《希腊志略》[①]，从希腊人种的来源一直写到亚历山大大帝征服希腊。此书最早见于艾约瑟应总税务司赫德请求所编“西学启蒙十六种”。这套丛书规格极高，由位于上海的图书集成印书局出版，有李鸿章序，曾纪泽序，艾约瑟序。而即使从今天的标准来考察，《希腊志略》的叙述准确度也相当高。在这本简史中，对温泉关之战的描写，就有专门一节“德摩比来”，不仅提到战争的大概经过，还提供了斯巴达（此书作“斯巴”）及其同盟军的参战人数，第三日斯巴达如何被出卖又如何死战等等。甚至还提到，比如，“斯时斯巴人守一节期，所派赴防者无多，缘人民举应守节也”，“德摩比来热泉意也”，在细节上也相当饱满。事实上，斯巴达当时不仅以正面的形象流连于当时中日文化的语境中，红极一时的《经国美谈》还塑造了一个反面形象，作为另一城邦 Thebes 侵略者的斯巴达（周奎译作“斯波多”）。

之后在《新民说》中，梁启超表达了对斯巴达的强烈兴趣。在这本影响深远的著作中，第十七节论尚武，作者就论及有关斯巴达的问题，讲述斯巴达的母亲如何送儿子从军，命之曰，“祝汝负盾而归否则以盾负汝而归”，并谈到德意志如何在十九世纪中叶发扬斯巴达精神，成为今日之强国，并以为中国之榜样。[②]这种思想在 1902 年的《斯巴达小志》中其实已经得到充分的展现。比起《希腊志略》，《斯巴达小志》有明显的特点。《希腊志略》是一本纯粹的历史书，而《斯巴达小志》作为《雅典小史》的姐妹篇，重在政制的考察，并且，以史为鉴，有极其强烈的对于中国政治现实的诉求，每段论史之后，必加作者“案”，直接阐明斯巴达经验对于中国的启发甚至教训。开篇解释写作的发端，即云，“斯巴达实今日中国第一良药也，作斯巴达小志。”在雅典和斯巴达这两个西方古代史

---

① 《希腊志略》，收入《西政丛书》，光绪丁酉（1897）仲夏慎记书庄石印，书前附有“求自强斋主人叙《西政丛书序》”。

② 梁启超：《新民说》第 17 节“论尚武”，《饮冰室专集》第 4 卷，中华书局，1947 年，第 108 页以下。

中心，“雅典为十九世纪之楷模，斯巴达为二十世纪之模范”。原因是，在国内革命蜂起的十九世纪，“其所争者在国内君与臣之间”，雅典是“自由政体之祖国”，“故当法雅典”；而到了二十世纪，“帝国主义时代也，其所争者在本国与他国，本民族与他民族之间，故当法斯巴达”，因为斯巴达尚武。另外一个方面，梁启超作为一个维新者，亦夫子自道，以为斯巴达有法可依的专制政体合于中国当时“民智稚民德弱”的现实，“纳一国国民于法之中”使国家“整齐严肃、秩然不可乱凛然不可犯”。

陈漱渝曾撰文指出《斯巴达小志》和《斯巴达之魂》的联系，鲁迅所引的关于斯巴达女性的格言，翻译基本与梁启超一致。[①] 作为当日在日本的中国思想界的领袖，梁启超的一举一动当然都引人注目。但是，他以笔名发表在《新民丛报》上推崇斯巴达的文章，之所以受到呼应，归结原因为斯巴达是古代历史的中心，某某之祖国——即起源，尚未能尽其意。斯巴达精神中间为自由祖国战死的男儿热血，直接对照的，还不在中国，而是近代希腊的屈辱。在梁启超的论述中，土耳其治下希腊的沦落，是最值得当日中国人警醒的。也就在写作《斯巴达小志》的同一段时间，梁启超在《新中国未来记》中节译了拜伦《唐·璜》中“ The Isles of Greece”组诗中的两段，小说中的人物并且进一步评论道，“还说什么‘奴隶的土地，不是我们应该住的土地，奴隶的酒，不是我们应该饮的酒’！句句都像是对着现在中国人说一般。”[②] 同样的文明古国，而现代希腊却遭遇为人奴隶的悲惨命运。对于当日的知识分子面对中国为列强所欺的局面，真有同是天涯沦落人的切身感，而希腊确实为土耳其所灭的历史，更带来兔死狐悲的寒意。借他人之酒杯，浇胸中之块垒，希腊的辉煌和屈辱，在中国现代的政治和文化语境中，由此成为中国的镜像，尤其在危急时刻每每被纳入救亡论述中。

比如，几十年以后，抗日战争期间，*The Trojan Women* 成为一时之选。这个作品在欧里庇得斯的全部悲剧中并不算太有名，但是在 1940 年代，当欧里庇得斯最重要的代表作都尚未被译成中文，*The Trojan Women* 却先后有了陈国桦和罗

---

① 陈漱渝:《〈斯巴达之魂〉与梁启超》,《鲁迅研究月刊》1993 年第 10 期，第 62 页。比如《新民说》中的引文“祝汝负盾而归否则以盾负汝而归”，在《斯巴达小志》中作“愿汝携盾而归来，不然，则承盾而归来”，而《斯巴达之魂》作“愿汝持盾而归来，不然则乘盾而归来”，仅一字之差。

② 梁启超:《新中国未来记》,《饮冰室专集》第 89 卷，中华书局，1947 年，第 46 页。

念生两个译本。[①] 罗念生的翻译得益于1937年他离开北京时周作人的临别建议。[②] 周作人自己也曾想试手，只是“踌躇未敢于下手”。[③] 此外，郑朝宗还根据悲剧本事，敷衍成五言古诗《安娘曲》。[④] 欧里庇得斯的这个悲剧描述特洛伊王室的女人们在城破之后的惨状。覆巢之下安有完卵，过去的王后公主从此被人贩卖为人奴婢，而Hector的幼子被从城墙上摔下而死。陈国桦译本后有蒲风跋，一针见血阐明这个作品对于中国的现实意义，即作者翻译的初衷。当特洛伊亡国之时，特洛伊方面的大将Hector已死，无人再可捍卫孤儿寡母；相互比较之下，尽管中国当时多地一再失守，“然而，我们还是自由身，我们还可以到战场上争取最后的自由去，谁也不愿意等着做奴隶啊”。[⑤] 当然，这都是后话。

回到二十世纪初，梁启超在《新中国未来记》中译拜伦抒情诗，在哀希腊的歌声里哀叹中国适时的命运，将引发国人热烈的共鸣。我们至少可以看到，在接下来短短数年里，陆续出现了马君武和苏曼殊等人用各种古典诗体所译的全译本，甚至十几年之后，胡适仍然跃跃欲试。晚清对希腊的介绍，也在这种精神层面的支持下，成为一时之盛。有关希腊的哲学、文学和历史的介绍评述，由梁启超带头，越来越引起当时人的注意。比如，在鲁迅发表《斯巴达之魂》的《浙江潮》上就有一个关于希腊哲学史概述的连载。[⑥] 而斯巴达作为希腊捍卫祖国自由的领袖城邦则是兴趣的中心。在二十世纪初中国羸弱受欺的局面下，一个尚武强悍的城邦，毫无疑义成为梁启超以下中国知识分子膜拜的对象。具体到1903年日俄战争爆发前的危急时刻，斯巴达的勇士们，连同勇士们传奇性的温泉关之战，是对今人莫

---

① Euripides, *The Trojan Women*, 陈国桦译《特洛国的妇女》，成都：华西大学文学院丛刊之四，1943年；罗念生译《特洛亚妇女》，重庆：商务印书馆，1945年。

② 罗念生:《周启明译古希腊戏剧》，陈子善编《闲话周作人》，浙江文艺出版社，1996年，第254页。

③ 周作人:《我的杂学》,《我的杂学》，北京出版社，2005年，第41页。

④ 郑朝宗:《〈安娘曲〉并序》,《郑朝宗纪念文集》，鹭江出版社，2000年，第22—25页。

⑤ 蒲风:《读〈特洛国的妇女〉》，陈国桦译《特洛国的妇女》，第80页。周作人则可能有另外一个角度的考虑。在1920年代的散文《忒罗亚的妇女》，他开篇就强调欧里庇得斯写作这个悲剧的背景是公元前416年雅典攻陷Melos并“屠灭所有成年男子，把妇女小孩掳去为奴”，他特意引历史学家修昔底德的观点，认为这一不公正的事件是雅典衰落之始。(周作人:《忒罗亚的妇女》,《永日集》，河北教育出版社，2002年，第3—13页。)这个观点后来在罗念生回忆周作人的散文中，再次被提及，尽管作者也强调了对于被侵略者的同情。(罗念生:《周启明译古希腊戏剧》)

⑥ 公猛《古代希腊哲学史概论》,《浙江潮》第4期，第33—39页。以后第5、7、10期均有连载。

大的激励。《斯巴达之魂》诞生的同一年，时在日本的杨度在《新民丛报》上发表了题为《湖南少年歌》的长诗。于忧患之中，诗人勉励“湖南少年好身手，时危却奈湖南何”，其中有两句非常著名，“中国如今是希腊，湖南当作斯巴达”。那个时候中国还没有军阀混战之说，这里应当就指涉处在波斯侵略阴影下的希腊，而斯巴达是希腊战胜波斯的领袖和关键。所以，诗中也有这样的句子，“若道中华国果亡，除非湖南人尽死”。“人尽死”太容易就让我们联想到温泉关的勇士，他们用每个人的生命抗拒薛西斯把希腊收入波斯帝国的企图。[①]

斯巴达的论述中爱国、献身的指向，其影响也超越了直接吁求救亡的范围，进入中国现代文化更日常的一面。1904 年，浙江同里的一所女子学校，校歌中就这样唱道:“斯巴达魂今来飨，活泼地女学堂；励志愿作女英雄，不入学，可怜虫”。[②]斯巴达的出现，仍然呼应着前面的歌词“爱国救世宗旨高，入学好，女同胞”。但是，学校自有其教育的宗旨，有稳定的日常章程，学习美术的女孩子也与直接“掷笔而起”的青年有不同之处。与同里明华女校培植革命思想的宗旨相吻合，这里的诉求更在潜移默化对新一代中国青年的培养。

鲁迅的《斯巴达之魂》就诞生在这样一个语境中。我们因此也可以理解当日留日学生对于《斯巴达之魂》热情的接受。鲁迅后来追忆，当时这被认为是好文章。[③]这个作品是年轻的鲁迅写给和他一样对斯巴达有兴趣有热情的同仁的。《斯巴达之魂》有一个小引，交代故事发生的历史背景，但是这个小引信息量相当密集。今天《鲁迅全集》的编者提供三个注解：波斯、斯巴达和浦累皆之役（Platae）；这还不包括黎河尼佗（Leonidas）、泽尔士 (Xerxes)、温泉门、德尔摩比勒（Thermopylae）这样更具体的名字，这些名字对背景不熟悉的读者可能会造成一定的阅读困难。鲁迅的小引不是一个正文开始前知识扫盲的作法，而正文一开始，就是深入场景细节的故事。从这个作品的写法而言，这不是介绍，更是演绎和发挥。而鲁迅心目中的读者，对斯巴达和温泉关之战，应该有基本的了解。否则，他的妙笔生花只会让读者云里雾里。也是在这样的情况下，我们反过来追问，是什么让青年鲁迅的读者对这样一个作品、一个他们颇为熟悉的题材，群情慷慨?

---

① 杨度:《湖南少年歌》，《杨度集》，湖南人民出版社，1986 年，第 92—96 页。

② 《女学生入学歌》是金一为同里明华女学所创作，曾发表于《女子世界》，转引自夏晓虹，《同里：曾经有过的荣光》，《燕园学文录》，复旦大学出版社，2011 年，第 226 页。

③ 鲁迅:《集外集 · 序言》，《鲁迅全集》第 7 卷，人民文学出版社，2005 年，第 4 页。

在作品的中部，鲁迅以“死者长已矣”引出温泉关碑铭，作为对第一部分温泉关之战的总结，也由此进入“得无量光荣无量名誉之斯巴达武士间，乃亦有由爱尔俾尼目病院而生还者”，Aristodemus 的故事（鲁迅译作“亚里士多德”）。“死者长已矣”在这个生与死的过渡中，不仅合乎杜诗“存者且偷生，死者长已矣”。从梁启超对鲁迅这篇作品的影响而言，这也是一个暗藏的证据。梁启超在《斯巴达小志》的其中一个作者“案”中，引杜甫《石壕吏》中老妇言，一方面坦陈“读之未尝不嗒然气结黯然魂伤也”，一方面以此与斯巴达妇女“以爱国心激励男子”对照。[①] 与杜诗中的老妇相对的，是两则斯巴达母亲的名言，除了“愿汝携盾而归来，不然，则承盾而归来”，另外一则，一个母亲的八个儿子都裹尸疆场之后，她在葬礼上高呼：“斯巴达乎，斯巴达乎，吾以爱汝之故，生彼八人也”。梁因此感慨，“此斯巴达妇人之言，何其悲壮淋漓，使千载之下读之犹凛凛有生气也”，并进而呈言，“以二万万堂堂须眉，其见地会无一人能比斯巴达之弱女耶？呜呼！”鲁迅的小说，承此逻辑，针对的就是女性和男性、斯巴达和中国之间的对立，意图用一个斯巴达女性来唤起中国男儿的热血。

“死者长已矣”在杜甫之前，更早出于陶渊明《挽歌》“死者长已矣，生者当勉励”。而我们知道《斯巴达之魂》的关键情节就是 Aristodemus 在温泉关之战后咸鱼翻身的故事。希罗多德记载，Aristodemus 由于眼疾，和另外一个战友一起被 Leonidas 打发去往某处疗养，因此活了下来，且是唯一的生者，因为他的战友选择回到温泉关。可是，当 Aristodemus 回到斯巴达，却处处遭遇白眼。希罗多德还具体化了他所受的耻辱（ἀτιμιήν, Hdt. 7.231）：“没有一个斯巴达人愿意借火给他，没有一个斯巴达人愿意和他说话。”在这样一个高度集体化的社会、重视耻辱和荣誉的文化中间，这是一个严重的惩罚。希罗多德解释说，本来斯巴达人是不会那么生气的；问题是，亦如鲁迅的叙述，当他一起疗养的战友哪怕明知道是送死也回到了温泉关，在比较之下，就看出了生者的懦弱。于是，倒霉的 Aristodemus 忍受了一整年“懦夫”（ὁ τρέσας Ἀριστόδημος，Hdt. 7.231）的绰号，直到第二年夏天，在 Plataea 战役中，他表现异常英勇卓越，才算“洗雪了一切所加之耻辱”(ἀνέλαβε πᾶσαν τὴν ἐπενειχθεῖσαν αἰτίην)。可是，即便如此，斯巴达人论功行赏之时，仍然没有他的一份荣誉，因为他们认为，Aristodemus 只求一死，因此“离开了他在队伍中的岗位而拼命向前厮杀”，就比不上另一位求生而战的勇士。对此，希罗多德话含讽刺地评论说，“他们可能只是出于嫉妒”（Hdt.

① 梁启超：《斯巴达小志》，《饮冰室专集》第 15 卷，中华书局，1947 年，第 11—12 页。

9.71）。[1]

从懦夫到勇士，希罗多德记述了 Aristodemus 的人生变故。鲁迅的创作基本遵循这一线索，对于最后 Plataea 的结局，小说甚至暗示，Aristodemus 的厄运最终在于，尽管一洗前辱，竟还被剥夺了一个合乎勇士的恰当的葬礼。但是《斯巴达之魂》做了两个重要的改变，并且都触目惊心。首先，Aristodemus 的斯巴达同胞在日常生活中加诸的羞辱，变成了城邦正式颁布的通缉令；其次，他在 Plataea 必死的心意，来自妻子的自杀。我们读到一个凄绝的爱情故事，有孕在身的妻子涘烈娜，看到丈夫活着回家，对方还嗫嚅"以爱卿故"而不忍死。涘烈娜悲愤交集，自觉拖累丈夫，更担心将来加诸孩子和自己身上的耻辱，于是拔剑自尽，而丈夫是夜远走他乡，只留下长夜无边。但斯巴达城深夜一幕，尽入涘烈娜的追求者克力泰士之眼。他先告发了 Aristodemus，使他被通缉；而后 Aristodemus 英勇回归并将受赏之时，他又再提当日的情形。最终，本来属于丈夫的荣誉，被赠予了妻子。涘烈娜的纪念碑之后成为斯巴达的地标。

一张由国法支持的通缉令，一个导致了 Aristodemus 后来（寻死似）牺牲的自杀，使得希罗多德原本带点讥讽带点喜感的叙述，在鲁迅的作品中只剩下让人心痛。这两个因素也给《斯巴达之魂》带来一系列的质疑。1934 年《斯巴达之魂》收入《集外集》时，鲁迅示意是翻译，"大概总是从什么地方偷来的，不过后来无论怎么记，也再也记不起它们的老家"。这以后中日学者追索不断，但一直没有具体的进展。近年来，在这种僵局中，也有学者提出这篇作品，尤其是关于 Aristodemus 和涘烈娜的部分，就是鲁迅本人的创作，因为这个小说在这一部分的不尽如人意，很符合一个年轻作家的拙劣，并且，文中提到的一些细节，与斯巴达的史实不符，比如所谓情人的问题，必是出自中国人的想象。[2] 樽本照雄就认为，小说的第一部分参照了当时多种日文文献，而第二部分，涘烈娜和她的情

---

① 不过，现代学者倾向于同意斯巴达人自己的解释。当时由重装步兵所形成的军阵，相比于荷马时代的单打独斗，军阵中的士兵更多是一个被组织在完整战斗团队中的单位。他们在军乐的号令之下互为支持和掩护，并肩作战。因此，比起特洛伊战场上个人的英雄主义，集体的协作和纪律更为迫切。斯巴达军人的令誉，就来自他们从幼年起就被悉心培养的最严明的纪律。而按照希罗多德的记载，Plataea 的 Aristodemus 因为抱着必死的心冲出队列。勇则勇矣，却是不顾同伴和整个军阵安全的疯狂，对于斯巴达讲求军纪的方阵，实在不是一种值得鼓励的行为。

② 前文已经提到，吕库古提倡一种不嫉妒的婚姻关系，为了生育更多的孩子，妻子可以和值得的其他男性发生关系。(Lyc. 15.6)

人——这两个不见于希罗多德的人物形象，只能是“穿着斯巴达衣裳的中国人”，他继而感慨，鲁迅所创作的部分使希罗多德“所具有的简洁性和历史的重要性遭到破坏。不加上那些没用的创作部分，索性只进行翻译，不知要好多少倍”。

樽本提到，鲁迅后来甚悔少作，《集外集 · 序言》中说，“现在看起来，自己也不免耳朵发热”。如果连作者自己都有几分嫌弃的意思，那就何况外人了。但是，针对樽本的意见，这里有一个非常基本的问题：如果鲁迅创作了 Aristodemus 的妻子和妻子的情人这两个人物，他是从哪里知道涘烈娜和克力泰士的名字的？樽本已经指出，涘烈娜明显与古希腊语的月亮有关。σελήνη（Selene）或者 σελάνα，意为月亮或者人格化的月神。月亮的意义在小说的描述中相当符合夜晚的场景。而克力泰士的名字就更加意味深长了。从读音来说，它最有可能出自 κλεῖτος（kleitos，现代英语的变体包括 Cletus，Cletis 等等）。κλεῖτος 本身来自 κλέος，荣誉，这不仅是斯巴达社会的一个标杆，也是整个印欧语系早期文学里最重要的概念。克力泰士既与人妻有染，又陷害其夫，无论如何都面目可憎，但是，从小说本来的立意，恰恰是这个人物维护了斯巴达有关荣誉的体制。更有趣的是，在叫做 Kleitos 的人物中间，一个比较有名的，是黎明女神厄俄斯（Eos）的情人（Odyssey, 15.249—250），而厄俄斯在神话中是月神的姐妹。也就是说，Kleitos 这个名字既合于人物和荣誉的关系，也符合他情人的身份。Aristodemus 的妻子和妻子的情人被叫做 Selena 和 Kleitos，名字都有希腊的源头，且意义丰富，这无论如何都不像信手拈来的，而且起名字的人应该在古典文学方面有相当的造诣。当然，鲁迅有一个弟弟周作人将来会成为中国现代文学中最重要的古希腊专家，但是，1903 年离开周作人开始学习古希腊语尚有五年的时间。① 所以，除了日本学者反复论证的有关温泉关之战的信息，无论多大程度上鲁迅加入了自己的发挥，多大程度上他需要为这个作品负责，Aristodemus 故事的核心部分，鲁迅应该也有所本。有关这个作品在事实上是创作还是翻译，因为作者本人的语焉不详，而后人又无法提供确凿的证据，远远没有到了可以说解决的时候。

从另外一个角度，当《斯巴达之魂》被带到中国留学生的阅读视野中，鲁迅是否有直接的资源可供利用，其实对读者并没有那么重要。在我们无以判断其来源的情形下，探讨它在二十世纪初的中国，尤其是留日学生的文化语境中的意义，也许是一个更可行也更有意义的做法。这也是因为，这篇作品仍被鲁迅本人收入文集，它在实质上被追认为自己的作品。这种待遇和他早期那些纯粹的翻译，截

① 周作人《知堂回想录》（上），“八二　学希腊文”，河北教育出版社，2002 年，第 257 页。

然不同。[①] 从鲁迅对于中国现代文化的塑造力而言，我们也需要认真来探寻《斯巴达之魂》在作者创作生涯中的意义。鲁迅后来创作《故事新编》,《新编》中的故事都有所本，但是鲁迅的个人色彩使这些故事只能被视为是他的创作。而在《斯巴达之魂》的例子里，尽管我们并不知道涘烈娜和 Aristodemus 的悲情故事从哪里来，之前 Leonidas 和三百勇士的战场故事是否来自同样的材料还是鲁迅从他处对历史知识做的整理——也就是说，我们也不知道小说的结构是否鲁迅的贡献；但是，当《斯巴达之魂》诞生的时候，年轻的作者激情洋溢的笔下，这是一个完整的、具有内在生命力的作品。比如，无论如何，“死者长已矣”的过渡，短短的诗句背后丰富的内容，和它被嵌在语境中的隐含的意义，是断然无法在其他的语言中找到的。鲁迅后来确实说，自己读了也“不免耳朵发热”，但是他也同时为自己辩护，而这个辩护，有趣的是，是对文学风格的反省，“这是当时的风气，要激昂慷慨，顿挫抑扬，才能被称为好文章”。[②] 这种慷慨激昂的文字风格，有时代风气的影响，但是当鲁迅自陈写作的目的是希望对中国的青年有所鼓动，同为青年的他是最初动情的那个人。我们读到的《斯巴达之魂》，是中国现代文学最重要的倡导者在年轻时代的故事新编。

《斯巴达之魂》里的情人克力泰士惹人嫌弃，但 Aristodemus 的妻子涘烈娜也不是一个能够轻易让当代读者和研究者喜欢的人物。而鲁迅对涘烈娜的描述充满来自中国传统文学的因素，这使得她的希腊性（Greekness）可以被轻易质疑，并由此带来对整个形象的否定。涘烈娜出场之时，鲁迅描述寂寞灯影里的女人：“首若飞蓬，非无膏沐？”引文出自《诗经·卫风·伯兮》“伯兮朅兮，邦之桀兮。伯也执殳，为王前驱。自伯之东，首如飞蓬。岂无膏沐？谁适为容！”Aristodemus 确也为王前驱为国牺牲，信手捻来的句子，于是在语境上贴合无缝，读者看到一个因为丈夫出征而无心装扮的女子，也是对丈夫无比骄傲的妻子。从语言风格上的引经据典到夫妇关系上的妻以夫荣，如此看上去都是相当的古典中国，涘烈娜仿佛就是传统闺怨文学中的少妇。这个意义上，这个号称发生在希腊的故事，用卢卡奇的说法，纯属古装剧“costumery”[③]，我们今天甚至还有更有意思的说法，穿

---

① 比如，鲁迅发表于《浙江潮》同一期的译文，雨果短篇小说《哀尘》(《浙江潮》第五期，第 165—170 页，署名庚辰）就没有被收入文集。

② 鲁迅《集外集·序言》,《鲁迅全集》第 7 卷，第 4 页。

③ Georg Lukács, *The Historical Novel*, Lincoln and London: University of Nebraska Press, 1983, p.19.

越剧。这种混淆于是也被看做青年鲁迅作为一个作者尚未成熟的证据。

春秋时期的中国搅和到对古典时代斯巴达的故事里，在我们今天看上去必是无知的做法了，但是回到一百年前，在作者的立场却不失为一种愿景。如同本文开头提到的，斯巴达接受史的基本模式就是不断把斯巴达传统与新的语境相融合，是斯巴达作为一个过去的古代文化不断在一定程度上被错位运用。比如在中世纪晚期，斯巴达以一种异教文化最初引起人们的兴趣，是因为吕库古的自我牺牲精神在被特意强调后与基督耶稣的故事有了相通性，吕库古于是就被描述成一个基督式人物，他的故事被写成证道故事，由此进入当时的话语，并为以后斯巴达在近现代的接受史首先打开了局面。[①] 鲁迅写作《斯巴达之魂》的二十世纪初，正当中国的知识分子开始成规模地面对国际性的政治和文化局面，某种程度上，中西文化的交流，与异教和基督教在中世纪晚期的碰撞具有可比性，在当时中西文化交流中，从梁启超《斯巴达小史》的作者"案"到留日学生的上北洋大臣信，"不分彼此"的做法也为一时的风气。《斯巴达之魂》有针对的读者群，希腊的故事中加入了让目标读者熟悉的中国元素，如同吕库古被同化为基督，是让遥远西方的故事更加容易被接受、被理解[②]，同时，也给予了它和当时中国文化语境的一种关联性。当我们当代的读者以挑剔的目光分辨这个作品中什么是中国什么是希腊，在潜台词中反而是把希腊视为一种完全异己的存在。

鲁迅故事新编，或者说以"创造性的转化"(creative transformation)[③] 来运用希罗多德的历史叙事，因此，他在语言风格上的选择，更多是展现了一种文化态度：一方面是开放的心态，来自另一个文明传统的因素被积极带回自身传统内部，以求打开自身历史、文化或政治的僵局；而另一方面，带有悖论的是，这又在无意甚或有意中透露出一种文化的自信。鲁迅和他的同时代人拒绝面向西方的同化，作为接受者，纯粹的西方文化被他们带回来时经过了中国文化的加工，他们重新定义，赋予这种异质文化和自身相关的新的含义，在这样的基础上把它吸纳进自身的传统。从这个角度，对于评价小说中的人物形象的特质，语言风格并不是最关键的因素，我们仍然需要考察小说中人物的具体行为和后果。涘烈娜完全也可以是一个穿着中国衣服的斯巴达女人，而我们会看到，比起穿着斯巴达衣服的中

---

① Ian Morris, "Lycurgus in Late Medieval Political Culture," in *Sparta in Modern Thought*, Stephen Hodkinson and Ian Macgregor Morris ed. Swansea: Classical Press of Wales, 2012, pp.1—41.

② Ibid. p.3.

③ David Damrosch, "World Literature as Alternative Discourse," in *Neohelicon*, Dec 2011, Vol. 38, Issue 2.

国女人，这也许更符合她的形象。

涘烈娜看到死里逃生的丈夫，口口声声念叨“来日之行葬式也，妾为君妻，得参其列”，“君诚爱妾，曷不誉妾以战死者之妻”，似乎为了自己的荣誉，丈夫的命也可以不顾惜。而 Aristodemus 最终在 Plataea 的拼死一战直至牺牲，涘烈娜也算是需要对此负责的人。她因为对丈夫失望而自杀，确实可以让中国的读书人轻而易举想起秋胡妻的故事，秋胡戏妻，至妻投河自尽(《列女传・节义传・鲁秋洁妇》)。但是，在鲁迅的叙述中，有一个非常重要的因素我们如何强调都不为过：哪怕是一个“故事新编”，涘烈娜没有在任何方面改变 Aristodemus 的命运。鲁迅的小说中一心战死的 Aristodemus，在希罗多德笔下原来就是一心战死。

Aristodemus 作为唯一幸存者的遭遇，在希罗多德的故事里，其实不是一个个案，甚至不是斯巴达独有的问题。九卷《历史》中，事实上，从来没有一个单独从战场上活着回来的人之后有好果子吃。历史学家记录过另外一场三百对三百的战役 (Battle of the Champions)，也有唯一一个斯巴达人 Orthryades 在三百个战友中活了下来，斯巴达甚至是因为他才能宣称取得胜利，但是，这唯一活下来的 Orthryades 却最终在战场自杀了（Hdt, 1.82）。而他的笔下最惨的故事是发生在以开放和自由著称的雅典，那个唯一活着回来的人，被他战死的同伴们的妻子在愤怒中用衣服上的大头针活活刺死。雅典人因此还改变了女人们衣服的式样，不准再使用大头针（Hdt, 5.87）。希罗多德故事中的 Aristodemus，没有妻子的自杀，可是他的斯巴达同胞都看出来，他在 Plataea 有求死之心，而这种自杀式的勇敢来自于过去十个月里所遭遇的斯巴达同胞的压力。

涘烈娜的另一个罪名是她当时怀着孕，她的自杀就可能使斯巴达失去一个未来的男性公民，这是城邦最珍贵的财产。我们后见之明，也总觉得这不是一个好的选择。比如樽本就问，她为什么不像那些斯巴达母亲一样杀死丈夫？当然，母亲和妻子是两个完全不一样的身份。在普鲁塔克的记载里，斯巴达女性著名的是作为母亲杀死不遵武德的儿子。[①] 只是，涘烈娜的自杀有一个非常硬的理由，就是她本人，尤其是她尚未出生的孩子的名誉，从此毁了，“将何以厕身于为国民

---

① 鲁迅所引“格尔歌与夷国女王应答之言”，“惟斯巴达女子能支配男儿，惟斯巴达女子能生男儿”（夷国女王，普鲁塔克原文为一雅典女子）。Cartledge 有一个评论，Gorge 并没有否认雅典女子的质询，是否斯巴达女子支配男儿，但是，她非常聪明地把注意力转移到斯巴达女子作为母亲的角色。因此，Gorge 对于被宣称的斯巴达性别政治所谓女人统治并不是完全没有异议。Paul Cartledge, *The Spartan*, Woodstock and NY: The Overlook Press, 2003, p.125。

死之同胞间乎”。在希腊世界，当一个孩子一辈子都会和父亲的名字连在一起，一个被叫做懦夫的父亲对于从七岁开始就要集体生活的孩子，实在是一个可以设想的黯淡的前景。鲁迅的故事里，有一个希罗多德提到的人物没有出场，一个被派往 Thessaly 去的信使 Pantites 也从温泉关之役活着回到了斯巴达，可是他受辱之后就自杀了“ὡς ἠτίμωτο, ἀπάγξασθαι”（Hdt, 7.232）。当然同样自杀的，还有前面提到的 Orthryades。我们同样可以问，为什么 Orthryades 和 Pantites 自杀了？ Cartledge 对于 Pantites 的自杀还有一个评论，希罗多德形容他的受辱所用的ἠτίμωτο是未完成时（imperfect），这个时态表示这一耻辱永远都不会被消除[①]，和他对比，Aristodemus 虽然百般受辱，但是作为斯巴达的公民并没有被剥夺战士的资格，因此才有了 Plataea 之战的翻身。在这个意义上，涘烈娜在鲁迅的作品中代替了在希罗多德的故事里自杀的 Pantites。只是让人欣慰的是，她抛弃自己的生命，甚至不顾未出生的孩子，却为斯巴达换回一个真正的勇士，从历史长远的观点来看，Aristodemus 远比他的战友 Pantites 幸运，虽有曲折，但最终青史留名。如果说普鲁塔克记载，斯巴达女人只有死于生产才能把名字刻在墓碑上[②]，那么，涘烈娜在小说里的身份虽然是妻子，她的死却在真正意义上促生了一个斯巴达勇士，小说最后斯巴达统帅 Pausanias 给予她的纪念碑，她受之无愧。

《斯巴达之魂》作为一个对古代希腊历史叙述的现代演绎，一个虚构的人物，如此严丝合缝被楔入原有的历史叙述。故事发生在希波战争的背景下，这是整个希腊历史在政治和军事上的最高峰，而温泉关之战更是斯巴达留给后人的遗产中最有代表性的篇章。《斯巴达之魂》的故事正如卢卡奇所认为的，是一个史诗性的题材，这个历史的关键性时刻具有公共的自发性和一致性。温泉关之战最大程度地展现了公元前五世纪斯巴达顶峰时代的风貌——整个城邦的同仇敌忾，以国王为代表每一个公民的爱国献身精神，而 Leonidas 身为斯巴达的国王和温泉关之战的统帅，死在温泉关，更成就了史诗般的英雄故事。事实上，在 Leonidas 死在战场上之后，希罗多德的叙事中，当日战场上的勇士就真会觉得自己返回了史诗时代，因为他们这时的战斗是为了保护国王的尸体（Hdt. 7.225），对于处在荷马史诗巨大影响下的希腊人，这重现了特洛伊战场上围绕 Patrocles 的尸体而战的往事（Iliad, Book 17）。而在这样的背景下，虚构的人物涘烈娜的出场，形象化了

---

① Paul Cartledge, *Thermopylae: The Battle that Changed the World*. NY: Vintage, 2006, p.156.

② Plutarch, *Lycurgus* 27.2—3, with Kurt Latte's suggested emendation, cited in Plvtarchi Vitae Parallelae, Lindskog and Ziegler ed., Teubner, 1973.

真实的历史人物 Aristodemus 奋发的过程，一个普通人成长为英雄的故事，她和 Aristodemus 的故事，讲出了斯巴达普通公民为城邦做出的努力和牺牲，也讲述了温泉关和斯巴达城邦能够成为传奇的关键。不讨当代读者喜欢的涘烈娜，年轻的鲁迅尽管在社会历史的细节上可能不够完美、风格上有中西的错用，但是对于一个历史小说而言，这是一个相当成功的人物塑造。①

当涘烈娜和 Aristodemus 被这样带到中国年轻的读者，尤其是留日学生面前，涘烈娜的失望和悲伤，Aristodemus 的挣扎和奋斗，以及他们最终的回报，对于中国年轻的读者们，警醒了每一个人在历史中的责任，也用普通斯巴达公民的故事展示了他们能为历史做出的可能性。1903 年，距离甲午海战中国海军惨败不到十年，而第二年的日俄战争又给这一整年都笼罩了阴影。在《斯巴达之魂》发表的春夏，鲁迅到日本不过一年，但是这一年里，却有多次与日本人不愉快的经历。许寿裳所谓"身在异国，刺激多端"②，比起国内的环境，当时身在日本的留学生会更尖锐地感受到中国和自己的关联，作为一个中国人在一个国际化环境中的意义，感受到日俄战争之前的危机性时刻，或者同样借用卢卡奇的概念，理解正在发生的历史和历史对他们的召唤。③ 而在这样的时刻，温泉关的悲壮，一个普通斯巴达战士的悲情和激昂，是真正的榜样来唤起他们的共鸣。对于《斯巴达小志》所叙述的遥远城邦的传奇往事、高不可及的榜样，鲁迅的小说一窥其间，使斯巴达真正具有一种导师和榜样的意义，斯巴达在近代的爱国主义、民族精神上焕发出古老的活力。所谓斯巴达之魂，其实就是这在栩栩如生的文学作品中才被重新赋予魂灵。

斯巴达作为导师的意义，同样在 1903 年，鲁迅用他著名的诗句，一语道尽：寄意寒星荃不察，我以我血荐轩辕。

《斯巴达之魂》写于 1903 年。这一年，鲁迅二十三岁，没有结婚，更没有儿子。他虽然用斯巴达的故事召唤青年的爱国精神，但回到公元前 480 年的斯巴达，二十三岁的鲁迅根本不会入选三百勇士随同 Leonidas 出征温泉关。这是因为当时一条额外的甄选标准，每一个被选中的战士必须有活着的儿子（Hdt.7.205），由此，即使他们转眼战死，他们的名字和血统也可以由儿子传递下去。但是，另外

---

① 有关卢卡奇对历史小说的选材，领袖人物和小说主要人物的论述，见"The Classical Form of the Historical Novel", *The Historical Novel*, ff.35。

② 转引自鲁迅博物馆鲁迅研究室编《鲁迅年谱》第一卷，北京：人民文学出版社，2000 年，第 93 页。

③ "The Classical Form of the Historical Novel," *The Historical Novel*, pp.23—25.

一方面，当鲁迅确实被光复会召唤去执行暗杀任务时，他的反应暧昧之极，临出发前，他突然开始担心自己的母亲，并向组织提出，“自己大概将被捕或被杀吧，如果自己死了，剩下母亲怎样生活呢”？[1]而我们还可以继续再暧昧一点，读者都知道，尽管鲁迅少年失怙，但他有两个弟弟，即使这件事发生在他前往仙台之前，周建人也已经十五岁。这个年龄在传统中国，基本已经算成人。鲁迅实在没有理由觉得母亲会没有人照顾。

鲁迅后来的人生，足以无憾于早年“我以我血荐轩辕”的自我期许，但鲁迅终于没有成为一个真正参与革命行动的人，这样一件暧昧的往事[2]，不得不引发各种猜疑、解释。而某种程度上，我们也可以拿鲁迅的经历来比较另一个在年轻的时候写下斯巴达赞歌的作者，德国浪漫主义时代的诗人荷尔德林和他的 *Hyperion*。[3]在这部 1797/1799 年的小说内部，以及它与荷尔德林的人生之间，都存在着言（words）与行（deeds）的张力。这种张力凸现了一个文学家对于文字和文学的痴迷。荷尔德林相信艺术的“生机”（liveliness），艺术有能力创造，或者说建造一个世界，艺术本身是一种政治的行动。在这一点上，鲁迅对于《斯巴达之魂》寄予的“我青年……掷笔而起”的希望，甚至后来弃医从文的人生选择，都表明了相同的信仰。但是，小说里的 Hyperion 和现实中的荷尔德林的遭遇却都展现了文字的苍白无力，[4]亦如鲁迅在《呐喊·自序》中的反省，“我绝对不是一个振臂一呼应者云集的英雄”。当文字的理想和现实世界发生真实的关联，《斯巴达之魂》与鲁迅的履历同样构成了张力。但是，当荷尔德林笔下的 Hyperion 在他失败的革命行动中意识到“斯巴达永远不可能再复活”，古代的希腊城邦因而不再是一个目标，而是作为“现实的遏制”（reality check）由此“经验现实生存的条件限制”；鲁迅在现实生活中的暧昧——尤其对于一百年之后我们的反思，有了新的意义。进一步说，鲁迅的斯巴达故事新编内部，本身就提供了暧昧的信息。换

---

① 增田涉:《鲁迅参加光复会问题》,《鲁迅回忆录》（专著）下册，北京出版社，1997 年，第 1362 页。

② 据称，提供这段材料的日本学者增田涉表示，1931 年当他写作《鲁迅传》时，鲁迅在审读的时候把有关他和光复会的内容删除了。秦弓，《鲁迅：“华盖运”何时休》，葛涛编，《聚焦鲁迅事件》（福州：福建教育出版社，2001），p.202。

③ 中译本《许佩里翁或希腊的隐士》，《荷尔德林文集》，戴晖译，北京：商务印书馆，2003 年，第 1—150 页。

④ 有关荷尔德林和 *Hyperion*，尤其关于艺术与人生之间的关联，Uta Degner, “Spartanic Verses: Hölderlin and the Role of Sparta in German Literary Hellenism,” in *Sparta in Modern Thought*, pp.231—251。

而言之，我们今天面对《斯巴达之魂》产生的质疑，比如小说是否合乎斯巴达的历史，涘烈娜行为的合法性或者退一步说合理性，某种程度上，都在呼应鲁迅的暧昧。荷尔德林是绝对的理想主义者，“尽管有他的主人公所遭遇的种种，他似乎仍然坚持着古代的理想”[①]，但是荷尔德林的坚持给艺术家带来了心理上巨大的困境，对于十九世纪的德国，曾经的天才最终只是一个沉默的声音。[②]

Hyperion 所意识到的斯巴达作为古代理想的不可复原性，本质上是对所谓“斯巴达幻影”的幻灭，对于艺术家在文字上的理想与现实中的行动之间的关联，这是打破的关键，他终于拒绝一个已经成为过去时的理想对现实的干预。从柏拉图、色诺芬、普鲁塔克以降，如前文所及，一直到法国大革命，甚至到德国第三帝国时期，斯巴达的遗产每每被纳入当时的政治、文化叙述中，都是作为崇高的理想和楷模。这种与现实世界的关联，赋予了斯巴达传统长久的荣耀和生命，但是，古代城邦的生活模式和意识形态是否应该被现代世界召唤进而接受？换而言之，文学家革命家一再歌颂斯巴达，可是现实世界是否能够承受这种理想的灾难性后果？当热爱斯巴达的罗兰夫人被另外一位斯巴达的崇拜者罗伯斯庇尔送上断头台，当第三帝国成为整个欧洲的噩梦，爱国、平等、纪律、献身，与专制、封闭、自由的泯灭、个人的轻易牺牲，只有一步之遥。《斯巴达之魂》属于同样的情况。曾经作为中国青年的榜样，可是经过了现实残酷的革命，曾经年轻的激情澎湃的革命者对于理想和现实有了更深入的理解。在文化大革命期间，顾准写道：

> 我对斯巴达体系怀有复杂矛盾的感情。平等主义、斗争精神、民主集体主义，我亲身经历过这样的生活，我深深体会，这是艰难环境下打倒压迫者的革命运动所不可缺少的。但是，斯巴达本身的历史表明，藉寡头政体、严酷纪律来长期维持的这种平等主义、尚武精神和集体主义，其结果必然是形式主义和伪善……[③]

---

① Uta Degner, “Spartanic Verses: Hölderlin and the Role of Sparta in German Literary Hellenism,” in *Sparta in Modern Thought*, p.246.

② 荷尔德林对 *Hyperion* 寄予很大的期待，而小说发表之后冷淡的反应对他是一个巨大的打击。在接下来的人生，荷尔德林一直受到严重的精神疾病的困扰，从十九世纪初到他 1843 年去世，有将近四十年的时间与世隔绝，隐居在图林根的一座塔中。他的价值要到二十世纪初才被德语文学界和哲学界发掘。

③ 顾准:《僭主政治与民主》,《顾准文集》，福建教育出版社，2010 年，第 224 页。这篇文章写于 1973 年。

诚哉斯言。斯巴达的问题既有古今的差异，也就是说，古代与现代不同的社会历史背景在制约着斯巴达对于现代社会的意义，早在启蒙时代，孟德斯鸠就有对这一问题的思考，在十九世纪初年，在法国以 Benjamin Constant 为代表，在德国席勒为首，也分别从现代社会的自由观念，个人性和美育的重要，质疑斯巴达传统对当代的榜样性。但同时，也更本质的问题是，古代作家笔下的理想国，事实上就是它被理想化以后的状态。顾准非常明确地指向了斯巴达体制本身的问题。在这一特殊政制中间所产生的让后人崇尚不已的魂灵和驱之不散的幽灵，可能就是幻影的不同侧面，而这些殊异的侧面在一起才构成了一个相对完整的斯巴达的往事。

即使口气中总带着几分揶揄的希罗多德，对于温泉关的勇士们也是充满敬意。历史学家记录了一段斯巴达前国王 Demaratus 说给薛西斯听的意见："他们（斯巴达人）虽然是自由的，但是他们并不是在任何事情上都是自由的。法律（νόμος）是他们的主人（δεσπότης），他们对法律的敬畏（ὑποδειμαίνουσι）甚于你的臣民对你的敬畏……凡是法律命令他们做的，他们就做，而法律的命令却永远是一样的，那就是，不管当前有多少多敌人，他们绝对不能逃跑，而是要留在自己的队伍里，战胜或是战死。"（Hdt. 7.104）[①]这也是斯巴达的国王对斯巴达城邦向来以为自豪的 εὐνομία 的阐释。所谓 εὐνομία，这一概念既指一个城邦拥有良好法律（law or custom）的状态，也指公民对法律（law or custom）的自觉遵守。[②]斯巴达理想中重要的一点，就是在身为自由的前提下，恪守律法，由此保证了军队的勇气和战斗力，以及政制的稳定和杰出。这个理想看上去非常美好。Demaratus 的评论出现在温泉关战役之前，当日对此一笑了之的薛西斯也会在温泉关战役中用一个困难重重很不光彩的胜利理解这段话的真谛。

从这个意义上，当鲁迅在引温泉关碑铭的时候，把西蒙尼德斯原文中的"ῥήμασι"改成了"国法"，把所说的话、嘱托，变成了带有城邦强制意志的命令，并由一纸对 Aristodemus 的通缉令以为背书，就在原则上改变了故事的性质。希罗多德的叙述中，很重要的一点，是区分自由自治的希腊人为了自己和祖国的自由而战，以及在薛西斯的统治下的东方各族为了国王的利益被迫出征。鲁迅的引文，以及情节上通缉令的加入，却恰恰凸现了斯巴达人对法律的畏惧与薛西斯

① 王以铸译文，略作修改。王以铸译，《希罗多德历史》下册，北京：商务印书馆，1997年，第 505 页。

② Elizabeth Rawson, *The Spartan Tradition in European Thought*, p.14.

的臣民对国王的畏惧中间所具有的共通性，三百勇士也是被迫的，只不过东方各族在国王的皮鞭之下，而斯巴达人在法律的重压之下。

我们其实是无法指责鲁迅降低了斯巴达的价值，却必须承认鲁迅所做的这个改变，是放大了原来希腊语文本和希腊语境中就存在的问题。ῥήμασι，主格ῥῆμα，在日常语言中即指所说的话，但是在斯巴达的语境中，却是ῥήτρα的同义词，意为法律、法令。The Great Rhetra（Μεγάλη Ῥήτρα）也就是立法者吕库古所建立的斯巴达政制律法。而且，在哈佛纪念堂的铭文上，我们可以看到，是拉丁作家西塞罗首先把这个词和lex联系起来[①]，由此撕开了斯巴达理想社会下并不完美的现实。普鲁塔克在《吕库古传》中有一个总结性的评论，吕库古的改革使斯巴达公民就像蜜蜂一样成为群体的一部分聚集在领导者周围，完全属于他们的祖国（Lyc. 25.3）。普鲁塔克作为一个斯巴达的崇拜者，蜜蜂的比喻重在强调这个群体的归属感和内部的一致性，公民的热情和对于荣誉的热爱（ἐνθουσιασμοῦ καὶ φιλοτιμίας，25.3）。但是，即使是普鲁塔克，也说出了一个非常重要的事实，吕库古的改革不仅使得斯巴达的公民没有愿望，同时也没有能力独立生存（μὴ βούλεσθαι μηδὲ ἐπίστασθαι κατ᾽ ἰδίαν ζῆν, 25.3）。在训练出希腊世界唯一的职业军人的同时，斯巴达索取着公民对城邦绝对的服从和无私的奉献。[②]

进一步而言，斯巴达内部的一致性，在卢卡奇的论述中只有在史诗时代才能出现的一致性，在当代历史学家的论证中，也是一个虚构的神话。斯巴达最为追随者们所崇拜的就是ὁμοῖοι，这也是其立国的根本，即所有拥有斯巴达公民身份的人（Spartiates），除了两个国王，在各个方面都绝对平等，他们生来被分配一样的土地，接受一样的教育，过同样的集体生活，并有同样的权力被选为监察官（ephor）。可是，英国历史学家芬利却问：在斯巴达人中间难道每一个人的表现都是一样的吗——无论作为儿童在游戏或者受训之时，还是成年人在战场上？同

---

① 西塞罗译文见*Tusculanae Disputationes*. 1.101。

② 二战后，英语世界中斯巴达历史研究的两篇奠基之作：M. I. Finley, “Sparta and Spartan Society”，以及De Ste. Croix, “Spartan Foreign Policy, and the Peloponnesian League” in *the Origins of the Peloponnesian War,* Ithaca, Cornell University Press, 1972，两位作者都提到，由于斯巴达公民和希洛人之间存在着相当可观的人数上的差异，又因为希洛人不断地反抗，使得斯巴达整个城邦如同建立在一个火药桶上。她名扬希腊世界的军队其实是要让全民来执行警察的功能。这种国内压力最终影响了斯巴达的政制，决定了城邦对内对外的一系列运行的方式。

时，斯巴达人进入集体生活后就被分组，那么这些最初的小组长都是怎么选出来的？最终，又是什么样的人最有可能成为监察官？芬利不得不感慨，所谓的平等，结果不过是“陷入到一个复杂的不平等的局面中”。①

《斯巴达之魂》，在这个意义上，是给我们讲述了斯巴达社会中一个落后分子的命运，讲述了他在压力下的不得不成长。涘烈娜自尽于 Aristodemus 的剑下，而她的死最终创造出一个一心求死的勇士。涘烈娜的出场，形象化了历史文本中没有名字的斯巴达人给 Aristodemus 的羞辱。而她也以一个具体的存在，以她的毁灭，展现出斯巴达社会某些无以承受的重负。涘烈娜是一个具体的人物，有名字有身份，有场景有对话。在鲁迅笔下栩栩如生的涘烈娜，由此让希罗多德的轻描淡写具有痛人心扉的悲剧性，从历史学家冷静的叙述出发，小说家让我们看到了这个特定的历史语境中，一个普通人活生生的悲怆和无奈。涘烈娜和 Aristodemus 都是斯巴达社会的产物，或者，还是卢卡奇的说法，涘烈娜和 Aristodemus 同属于这样一类人物，“他们的心理和命运代表了社会的潮流和历史的力量”。② 在 Aristodemus 作为一个斯巴达公民与他的三百战友之间，从不一致到一致的转换，是一个让人奋起的故事，却也是一个让人恐怖的故事。

经过二十世纪革命的各种风云之后，今天即使是普通的读者，对于无数革命者被迫的牺牲，或者因为革命者没有牺牲在后来所遭遇的迫害，都有着远比一百年前深入的理解。如在西方，斯巴达因为第三帝国的自我认同曾在二战之后一度成为一个受到禁忌的话题。但是今天的反思并不能全然否认斯巴达精神最初在革命时代罗兰夫人的法国，或者十八世纪末荷尔德林的德国，或者二十世纪初鲁迅的中国，曾经具有的积极的意义。可是，另外一方面，小说与历史现实契合下的残酷，一个历史小说与现代中国现实的纠缠，以及文学作品与作者人生之间暧昧的关系，都使我们在面对青年鲁迅这篇故事新编时，需要有一种更警醒和复杂的态度。复杂是因为，比如，当顾准在“文化大革命”的热潮中反思斯巴达，我们意识到，在斯巴达的传统中，鲁迅早年的这篇作品成为“斯巴达幻影”中的一环，参与了对这个充满争议的古代文化在现代世界影响力的建构。换而言之，在二十世纪，《斯巴达之魂》也成为一个“灵”，是神，但也是鬼，在作者的人生，在现代中国徘徊。

---

① M. I. Finley, “Sparta and Spartan Society”, in *Economy and Society in Ancient Greece*, p.28, 32—33, 29.

② Georg Lukács, *The Historical Novel*, p.34.

生死绍兴：鲁迅与戏剧的复活力量

■ 文 / 陈琍敏（Tarryn Chun）
译 / 胡 楠

在短篇小说《社戏》——写于1922年，收录于著名的初登文坛之作《呐喊》（1923）——中，鲁迅开篇记录了自己在北京两次看京戏的曲折遭遇，以及他“对于中国戏告了别的一夜”。对童年看戏经历的抒情式怀念，便由成年鲁迅关于二十世纪早期中国文艺现状的不满传达出来，而他随后对戏剧的评论同样反映了这种不满。这其中，最著名的可能是他关于中国戏剧反串传统的尖锐评论，以及对梅兰芳（1894—1961）的刻薄批评。然而，撇开鲁迅表面上对某些特定戏剧的反感，即便对他的大量作品作一简要检视，我们亦可发现，除了两个短剧之外，他的小说和散文中布满了关于戏剧的指涉与评论。他不断召唤出中国传统戏剧中的演员、观众、故事和角色，作为自己写作的主题与动机；虚构的漫游，批判的沉思，以及翻译，都使他跨越时间，回到少年时代在故乡观看的目连戏中，并且穿越空间到达异域的舞台。以他的批评与文学实践之间这一表面上的冲突为起点，本篇论文将借由鲁迅的短剧、散文、短篇小说、评论，以及他对武者小路实笃（1885—1976）、爱罗先珂（1889—1952）、列昂尼德·尼古拉耶维奇·安德烈耶夫（1871—1919）和尼古拉·叶夫雷诺夫（1879—1953）的戏剧、戏剧批评和戏剧理论的翻译，追溯他与戏剧的关联。围绕这些与戏剧相关的写作和翻译在主题上的共通之处，本篇论文将探讨鲁迅对于舞台的迷恋——它既是生死两界之间的大门，又是一种不断复活、驱除鬼魂与历史的机制。经由与戏剧的关联，鲁迅发展出了一种戏剧式的创作模式——一种“志怪性的编剧技巧”。这一模式不仅从戏剧中借鉴了角色和主题，也汲取了递归结构和复活功能，并且成为他的文学创作的驱动力量。

鲁迅论中国戏剧：乡愁与社会批评

尽管鲁迅与戏剧这一题目远非鲁迅研究的主流，鲁迅对京剧的批评和对绍兴戏的钟爱仍然吸引了相当多的学术关注，因而为进一步探索鲁迅与戏剧的关系提供了基础扎实的起点。[①]批评与乡愁这一双重主题，正如上文提及的，缠绕在《社戏》(1922)的叙事中，这一叙事构筑起了关于绍兴戏的描述，以及在北京戏院里看京剧的两次失败尝试。最初被朋友的推荐和看到名角谭鑫培(1847—1917)的机会所吸引，叙事者两度发现自己被观众的举止和台上音乐的嘈杂声音击退了。文中的重复语句描述了第二次看戏时等待谭鑫培的经历，展示出一次因表演环境而显得漫长难耐的经验："……看小旦唱，看花旦唱，看老生唱，看不知什么角色唱，看一大班人乱打，看两三个人互打，从九点多到十点，从十点到十一点，从十一点到十一点半，从十一点半到十二点……"[②]叙事者关于这些经历的不愉快回想占据了数段文字，但很快他关于嘈杂的声音、陌生人的推搡、戏文生疏的尴尬等等记忆驱使他离开戏院，深陷入回忆之中。后来，通过阅读一本关于中国戏剧的日文书，他回忆起了"远哉遥遥"的过去中一些更好的戏，继而编织起一则关于乡间静夜、露天看戏、人伦亲近的故事，在文中建构起了一次叙事架构的反转。

在故事的这一部分，我们遇到了一个年轻的鲁迅，他最喜欢的活动就是回到母亲的故乡——绍兴乡间的平桥村，并逆流而上去邻村赵庄看每年夏天的戏剧表演。有一年，因为缺少船只，鲁迅无法参加日间的节日活动，但他的母亲准许他在晚上和镇上其他男孩专程再去一次。记忆化入孩子们划船去看戏途中夜景的抒情式描绘，他们从家庭束缚中一时解脱出来，漂流在如梦的旅程中。他们在露天

---

① 譬如，寿永明、裘士雄编《鲁迅与社戏》(江西人民出版社，2005年)中收录的论文。王德威曾从性别全球政治与权力结构的角度讨论过鲁迅关于梅兰芳和反串的批评，以及他对关于惩罚的公共戏剧的态度，见"Impersonating China," *Chinese Literature: Essays, Articles, Reviews (CLEAR)* vol. 23 (December 2 2003): 133—163, 以及"Lu Xun, ShenCongwen, and Decapitation," in *Politics, Ideology, and Literary Discourse in Modern China: Theoretical Interventions and Cultural Critique*, ed. Liu Kang and Xiaobing Tang, (Durham, NC: Duke University Press, 1993), 174—187。

② 鲁迅:《社戏》,《鲁迅全集》第一卷，北京：人民文学出版社，1973年，第588页。

舞台边下锚，这一位置可以让河上的观众看清表演。大部分观众都散去了，但男孩们仍很快活，鲁迅等着看他最喜欢的角色——白蛇精和套了黄布衣跳老虎——出现。[①]疲惫，或是午夜时分的临界状态，使得他“只觉得戏子的脸都渐渐地有些稀奇了，那五官渐不明显，似乎融成一片的再没有什么高低。”[②]这一趋向神秘的偏转仅仅持续了片刻，但它提醒了读者，这个模糊一片的表演很可能是为了庆祝鬼节而上演的目连戏。

在绍兴，如同中国的其他许多地方一样，对僧侣目连到地狱中拯救受罚的母亲这一故事的重述或表演，通常伴随着每年农历七月十五的鬼节庆典。[③]故事建立在《盂兰盆经》中的一则佛教传说之上，早在唐朝（618—907），对它的各种演绎便被吸纳为鬼节的社会庆典的一部分。[④]这个故事通过多个表演类型传播，其他类型包括变文，宝卷和弹词，并且在浙江、安徽、江苏、福建、台湾、江西、湖南和四川等地形成了一个非常重要的表演传统。在故事的大多数版本中，这名虔诚的年轻僧侣成功地为他有罪的母亲获得了某种程度的赦免；她从地狱底层被释放出来，重新进入轮回的漫长旅途，而目连也得以重新修行成圣。正如姜士彬（David Johnson）的研究所展示的，鬼节期间的目连戏表演，使得乡土社会凝聚在一起，并将之置入一种本质上具有净化效果的驱魔行为中。[⑤]在这一过程中，舞台成了一个阈限空间，模糊了真实与再现的界线，因而得以体现社会成员最深的希望与恐惧。

在《社戏》中，鬼节和目连戏仅被间接地调用，叙事并未详述他和他的朋友们所看的那场戏的内容。相反，叙事者对表演的破碎断裂的感知迅速返回到了关

---

① Lu Xun, “Village Opera,” in *Selected Stories of Lu Xun*, trans. Xinyi and Gladys Yang (Beijing: Foreign Languages Press, 1972), 120；鲁迅:《社戏》，《呐喊》，《鲁迅全集》第一卷，北京：人民文学出版社，2005 年，第 594 页。

② 同上。

③ 见 Stephen Teiser, *The Ghost Festival in Medieval China* (Princeton, NJ: Princeton University Press, 1998)。

④ 对于这一关于目连传说和翻译的两个不同版本的复杂文本历史与内容的具体讨论，见 Beata Grant and Wilt L. Idema, *Escape from Blood Pond Hell: the Tales of Mulian and Woman Huang* (Seattle: University of Washington Press, 2011)。关于葬仪和流行表演文化中的目连的一系列论文，见 *Ritual Opera, Operatic Ritual:“ Mu-lien Rescues His Mother in Popular Chinese Culture*,” ed. David Johnson and Beata Grant (Berkeley, CA: University of California/ IEAS Publications, 1989)。

⑤ David Johnson, “Actions Speak Louder than Words: The Cultural Significance of Chinese Ritual Opera,” in *Ritual Opera, Operatic Ritual*, ed. David Johnson and Beata Grant (Berkeley, CA: University of California/IEAS Publications, 1989) , 23—24.

于孩子们的注意力与胃口的更平凡的细节，绕回关于午夜的零食、因晚归而被母亲责骂的结尾。这些日常生活的细节引导许多学者将《社戏》与鲁迅其他的关于故乡的作品——譬如《故乡》(1921)——视为同类，尽管鲁迅对诗化的描述性语言的运用，已使它作为一则抒情作品而显得卓尔不群。譬如，在讨论现代中国小说中城市与乡村的隐喻时，张英进强调《社戏》与《故乡》充满怀旧的语气，而在其影响深远的著作《铁屋中的呐喊》中，李欧梵直接地将《社戏》称赞为“绝妙的”抒情散文。[①] 然而，这个故事，因其连接乡愁回忆与鲁迅对京剧的频繁批评，以及与他对目连戏和绍兴戏终生的迷恋的各种方式，而应当得到更多的注意。

事实上，鲁迅关于地方戏的其他作品，从小说化的自传转向了随笔化散文，后者更为具体地关注了绍兴本地目连戏表演中的特定舞台元素。他对目连戏中的人物与角色类型怀着特殊的兴趣。在他较晚时期的散文中，《无常》(1926)研究了活无常与死有分这一对鬼，《女吊》(1936)描绘了活无常的女性版本，象征着复仇。[②] 在强调无常和女吊这些既困扰着又启示着鲁迅的鬼时，夏济安评论道:“他们代表着具有更深意义的东西：死亡的恐怖与美，以及透过浓脂厚粉的面具所窥到的生命的神秘。”[③] 夏氏将目连戏表演视作鲁迅艺术创作的隐喻，并将演员与作家相比，他们都为产生于痛苦的世界和痛苦的头脑中的鬼魂与恶魔赋予了生命。无疑，正如夏济安暗示的，脂粉与面具的变形力量令鲁迅着迷；不过，这也正是京剧最为困扰他的地方。

在《最艺术的国家》这类散文和关于梅兰芳的评论中，鲁迅推进了他开始于《社戏》叙事中的对京剧的批评。在他最广为援引的一段话中，他写道：

> 我们中国的最伟大最永久，而且最普遍的“艺术”是男人扮女人。这艺术的可贵，是在于两面光，或谓之“中庸”——男人看见“扮女人”，女人看见“男人扮”。[④]

---

① Yingjin Zhang, *The City in Modern Chinese Literature and Film: Configurations of Space, Time, and Gender* (Stanford, CA: Stanford University Press, 1996), 30; Leo Ou-fan Lee, *Voices from the Iron House: a Study of Lu Xun* (Bloomington, IN: Indiana University Press, 1987), 57.

② 四篇作品均收录于《鲁迅全集》和《鲁迅与社戏》，同时收录另一篇散文《脸谱臆测》，写于1934年，于鲁迅身后发表。

③ T.A. Hsia, *The Gate of Darkness: Studies on the Leftist Literary Movement in China*, (Seattle: University of Washington Press, 1968), 158.

④ 鲁迅:《最艺术的国家》,《伪自由书》,《鲁迅全集》第五卷，第91页。

这一评论被认为表达了对梅兰芳的“艺术”（引号为鲁迅在同一文章中所加）的轻蔑，以及对中国国民性中深嵌的欺骗爱好的谴责。正如保罗·福斯特（Paul Foster）用相当篇幅讨论过的，鲁迅对于虚伪与国民性的焦虑，在很大程度上是针对明恩溥的《中国人的性格》的回应，在这本书中，中国人被描述为过分关注“面子”的意义。① 王德威使讨论更进一步，他将鲁迅关于男旦演员反串表演的评论，同时联系上了传统伦理体系的伪饰——一个“鬼魅般的幻象之链”，其中，“狂人佯为智者，吃人的人装扮成文明人”——和对于革命可能被歪曲的焦虑。② 这种关于中国既是一个演员——而且是反串演员——之国，又是一个为这一景观所吸引的、同谋的观众之国度的恐惧，对于革命事业是颇成问题的，尤其当梅兰芳作为文化大使被派往日本、俄国、欧洲和美国的时候，这一问题便愈加严重。京剧在鲁迅的早期作品如《社戏》中已显示出问题，在他的写作生涯中，它逐渐成为中国最深重病痛的一则转喻。

人们常常容易将鲁迅黑暗、抒情的冲动与他对自己生活其中的社会（以及代表这一社会的京剧）的刺耳批评分离开，然而，我们或许应当想到，在《社戏》中，正如本篇论文已经讨论过的，他关于其中一种戏剧的赞美已经与对另一种的嘲讽彼此相连。叙事者关于京剧的经验驱使他退入往日记忆，而他的京剧批评的全部力量，也唯有在读者感受到本土戏剧的乡愁魅力之后才会变得明晰。如果以批评与乡愁的并置来指引我们阅读散布在鲁迅作品中的其他关于地方戏和京剧的批评，我们将会理解，每个批评都是一种比较批评，而同样，他的乡愁也是一种比较乡愁。③ 从这个角度来看，在鲁迅关于京剧明星梅兰芳已经被“罩进玻璃罩”的抱怨中，可以发现与扮演活无常的演员悖论式的生命力——正如《无常》一篇中所写的——之间的隐约并置。④ 然而这并不仅仅是并置，而是互相嵌入；即使是在《社戏》中，故事中对目连母亲一角的提及也表明，京剧戏院中的表演与绍

---

① Paul B. Foster, *Ah Q Archaeology: Lu Xun, Ah Q, Ah Q progeny and the national character discourse in twentieth century China*（Lanham, MD : Lexington Books, 2006）: 154—159.

② David Der-wei Wang, “Impersonating China,” 133—136.

③ 《鲁迅与社戏》收录了一个关于鲁迅在戏剧问题上发言的颇有帮助的列表，包括这些言论的来源以及在《鲁迅全集》中的页码。《鲁迅关于社戏（戏剧）的言论》，《鲁迅与社戏》，第 49—58 页。

④ 关于梅兰芳被罩进玻璃罩的评论可以在发表于 1934 年 11 月 5 日的《中华日报》、收录于《花边文学》的一篇分为两部分发表的文章中找到。《略论梅兰芳及其他（上）》，《略论梅兰芳及其他（下）》，《花边文学》，《鲁迅全集》第五卷，第 609—614 页。

兴戏的露天舞台上的表演事实上是同一戏剧的不同版本。正如对联“戏场小天地，天地大戏场”所言，目连戏与京剧，对失去的少年时代的乡愁与改革者的愤怒，这些表面上的对峙，或许也只是同一硬币的两面。

往返地狱的旅途：武者小路实笃的现代目连戏

在鲁迅小说化的童年回忆中，我们发现了他对异世界的终生执迷的发端，但从童年时期的起源，到他第一次下笔召唤戏中鬼之间，仍有一段遥远的距离。在这期间，戏剧并未从鲁迅的生活中消失；事实上，他见证了中国戏剧的一系列剧烈改革，这些改革与周围世界的政治、社会、文化动荡步调一致。二十世纪的最初十年鲁迅在日本留学，此际正当日本新剧运动的全盛时期，以及中国话剧在东京的中国留学生们——春柳社——的演出中的初萌[①]。事实上，“五四运动”之后，鲁迅最先做的几件工作之一便是翻译了日本剧作家、小说家武者小路实笃的和平主义新剧《一个青年的梦》(1916)，他于1919年完成翻译，次年发表在《新青年》上。[②]通过乃弟周作人的介绍，鲁迅开始了解武者小路这位日本白桦派的成员的作品。[③]武者小路的戏剧叙述了一个青年与“不识者”的相遇，后者引导他踏上一段旅程，使他对战争所带来的恐怖与冲突印象深刻。譬如，在第一幕中，“不识者”带青年跨过生与死的界线，将他介绍给战死者的鬼魂，这些鬼魂向他叙述并且表演了他们英年早逝的警示故事。第四幕同样包含一场戏中戏，这次由一名恶魔和一群拟人化的现代战争国家主演。在中文译本中，这部剧约有两百页，充满了冗长的、说教的独白，它实际上并不适合在舞台上演出，同时也有过分夸大其反战信息之虞。

---

① 在《鲁迅与社戏》收录的一篇论文中，倪斌和顾文勋更为详细地讨论了鲁迅观看过的日本和中国的戏剧。见倪斌、顾文勋:《鲁迅与戏剧理论初探》,《鲁迅与社戏》，寿永明、裘士雄编，江西人民出版社，2005年，第89—98页。

② 根据落款为1921年12月19日的翻译后记，这部翻译作品自1919年8月2日开始在《国民公报》连载。但《国民公报》10月15日被禁止出版，因而鲁迅在不久完成翻译之后，全剧刊登在《新青年》上，自第七卷第二号(1920年1月)开始登载。鲁迅:《后记》,《鲁迅全集》第12卷，北京：人民文学出版社，1973年，第285—286页；武者小路实笃:《一个青年的梦》，鲁迅译，《鲁迅译文集》，北京：人民文学出版社，1959年，第9—200页。

③ 在翻译后记中，鲁迅亦提供了关于他如何读剧本以及周作人与武者小路实笃的友谊的一些基本细节。见鲁迅:《后记》,《鲁迅全集》第12卷，北京：人民文学出版社，1973年，第285—286页。

表演的结构性缺陷暂且不论，青年去往阴曹地府的旅程以及这一旅程的警示功能，令人想起年轻的目连的旅途与劳苦。和目连一样，武者小路的“青年”也见证了死者的死后生活。相似地，正如目连故事的大部分感染力来自于对地狱里每一层都各不相同的可怖惩罚的叙述或描绘，《一个青年的梦》第一幕中的对白和舞台指导也强调了谈论并展示死者伤口的重要性。在仪式性的语境中，鬼和地狱惩罚的表演震慑着有罪的观众，令其恪守宗教戒条；为了不被惩罚，他们必须避免那些罪人言行的前车之鉴。相反，《一个青年的梦》中的死者是烈士，不是罪人。因而，当他们表演自己的悲剧时，他们便既是恐怖的戏中戏里的演员，同时也是站在充满暴力的生者世界对面的证人。所有这些都让青年（以及想象的观众）深刻地感受到这一事实：战争是人类遭受的诅咒。

然而，这两个例子中，孤单的男主角都见证了人类所不应见到的东西，对恐怖的描绘意在起到一种变革的效果。在与佛教实践相关的目连故事的表演中，叙事或演出的生动写实将会震慑观众，使他们远离那些将会导致谴罚的行为。在《一个青年的梦》中，那些战死者同样也是一种针对暴力的禁令，试图使观众转向和平主义。然而，尽管目连的旅程成为使观众遭遇地狱图景的手段，但目连并不需要对这些图景作出真正的回应——毕竟他已经是一名圣者了。而相反，武者小路的“青年”是一个双面角色，他既参与着戏剧，又向观众示范着如何回应这些不断重演的场景。《一个青年的梦》的作者细心地建构这部戏剧，从而强调主角贯穿始终的参与；他必须同意跟随“不识者”，并且与他一路上遇见的人发生关联。事实上，从序幕最初的对白开始，观众即明白，青年的观看特权源自于他自己的行为。在这一幕的开场，我们看到：

（夜间的寺院模样的一间房屋，青年向着大桌子，在洋灯下读书。不知从什么地方进来一个不认识的男子。——）

青年：你是谁？
不识者：就是你愿意会见却不愿意会见的。
青年：来做什么？
不识者：来看你的实力的。因为你叫了我。[①]

① 武者小路实笃：《一个青年的梦》，鲁迅译，《鲁迅全集》第12卷，北京：人民文学出版社，1973年，第15页。

几句话过后，在为他是否具备面对自己召唤出来的这个戴面具的陌生人的能力而犹豫了一番之后，青年又一次强调了他的能动性，说道："请你宽恕，我将你叫了出来，还是说这样不长进的话。我见了你，才分明知道自己无力。但不见你时，却又想会见你。总觉得无论如何，想要解你的谜。人类的运命，任他像现在这般走去，是可怕的。我不知道怎么办才好。"①

这里，正如最初的对话的大部分一样，青年道出了自己行动的欲望与其现实结果之间的内在冲突。②这种犹豫，甚至矛盾，预示了这部戏的主要任务：使青年（以及观众，推而广之）相信他（他们）自己反抗时代的罪恶的力量和责任。然而，正是因为他一开始召唤出了"不识者"，决定承受不可想象的恐怖景象，并且在这恐怖之下继续这条贯穿漫长的四幕戏的旅途，这样的任务才可能实现。因此，这里重要的并不是他的矛盾，而是这一事实：青年能够看到"不识者"的能力，以及他接下来的旅途与转变，都建立在他的积极、主动的感知之力的基础上。因而，正如目连，舞台的阈限性空间成为某种媒介，于此，不可见之物现于眼前（即便只是片刻），而参与和感知所具有的变革力量也得以呈现与示范。

感知问题：剧院里的盲诗人

如果说目连和"青年"都向鲁迅展示了艺术和文学改变观众的思想与行为的潜力，但对于知觉的力量，鲁迅仍然没有明确的信心。特别是这样一幅图像——在行刑的场景前惊恐而麻木的中国看客——向他提供了与转向和平主义的"青年"相反的警示性例子。在这一频频见引的、记录于《〈呐喊〉自序》中的医科学生鲁迅与幻灯片的遭遇中，鲁迅追忆了在看到关于一名中国人将被斩首的幻灯片——画面中没有一个看客对同胞的困境作出了任何反应——时，自己被震动、被惊吓的经历。周蕾正是以这次恶名昭著的凝视开始了她关于中国电影的卓越研究《原初的激情》，但对于她而言，这一注视的意义存在于投影图片这一媒介，以及这一新的"技术化的视象"对感知模式所起的作用。③然而，尽管实景与技术

---

① 武者小路实笃：《一个青年的梦》，第16页。

② 在一篇比较了《〈呐喊〉自序》与《一个青年的梦》的论文中，赵歌东认为，鲁迅在关于如何写《狂人日记》的叙述中，借鉴"青年"而塑造了他自己的形象。赵歌东：《从鲁迅译〈一个青年的梦〉看〈呐喊自序〉》，《东岳论丛》2006年第1期，第112—115页。

③ Rey Chow, *Primitive Passions: visuality, sexuality, ethnography, and contemporary Chinese cinema*（New York: Columbia University Press, 1995）, 5—6.

中介的图景之间界线的消弭确实令鲁迅感到烦恼，正如1925年的杂文《论照相之类》表明的，但其实对于他而言，视觉与场景的问题同现场表演之间有着不可分割的关系。正如他在关于亨利克·易卜生（1828—1906）的《玩偶之家》的著名评论中所言："群众，尤其是中国的，永远是戏剧的看客"。[①]因此，即便触发鲁迅自身启蒙的是一幅投影图像，但他最为在意的看客与观看行为仍然属于身处现场的人群，他们聚集起来观看公开行刑，或是戏剧。

看客的问题，正如鲁迅发现的，是他们**看见了**但并没有**感知到**场景的实际内容。与此相反，鲁迅将"盲诗人爱罗先珂"（1889—1952）视为一个生理上失明但灵魂感知灵敏的例子，相对于迟钝的中国看客们，诗人提供了一个有力的反喻。爱罗先珂是一个世界语者，一个无政府主义者，四岁失明，但成为一个音乐家、语言学家，是1920年代中国文学界中几近神话的人物。在因"布尔什维主义"而被日本——他在那里居住、写作、教书——驱逐之后，爱罗先珂1921年9月来到中国。1922年2月，蔡元培（1868—1940）聘请他在北京大学教书，在京期间他与周作人、鲁迅住在一起。[②]周氏兄弟成了爱罗先珂的密友，鲁迅帮助爱罗先珂——后者能讲日语，但不通中文——翻译他的作品。

对于鲁迅，最重要的一点是，爱罗先珂的目盲并没有阻挡他"发现"困扰着中国社会的问题，尤其是那些与戏剧相关的问题。1922年秋天，鲁迅和爱罗先珂都观看了北大戏剧试验社和燕京女校的话剧表演。[③]鲁迅不久后翻译了一篇爱罗先珂的文章，发表在《晨报副刊》上，题为《观北京大学学生演剧和燕京女校学生演剧的记》。[④]在其中，爱罗先珂犀利地批评了1922年较晚时候的两场学生表演：北京大学学生的男生演剧《黑暗之势力》（列夫·托尔斯泰）和燕

---

① 鲁迅:《娜拉走后怎样》,《坟》,《鲁迅全集》第1卷，第170页。

② 爱罗先珂的传记和他寄居中国的故事可以在提及他的大部分研究中找到；譬如，William Lyell, *Lu Hsün's Vision of Reality*（Berkeley: University of California Press, 1976）, 256—260）; Mark Gamsa, *The Chinese Translation of Russian Literature*（Leiden: Brill, 2008）, 242—243 ; Chapter 4 "A Narrow Cage: Lu Xun, Eroshenko, and the Modern Chinese Fairy Tale", in Andrew Jones, *Developmental Fairy Tales: Evolutionary Thinking and Modern Chinese Culture*（Cambridge, MA: Harvard University Press, 2011）, 147—174。

③ 鲁迅在他的日记中留下了观看的记录。如，1922年12月22日的条目,《鲁迅著译编年全集》第4卷，北京：人民出版社，2009年，第660页。

④ 这篇发表在《晨报副刊》的文章所记录的写作日期是1922年12月29日。爱罗先珂:《观北京大学学生演剧和燕京女校学生演剧的记》，鲁迅译,《晨报副刊》1923年1月6日，第2版。

京女校学生的女生演剧《无风起浪》（威廉·莎士比亚）。他的主要批评是演员的单一性别使戏剧看起来过时，而表演水平也颇为业余并且流于机械。爱罗先珂指责学生演员把他们的角色演成了傀儡、猴子，甚至更差，像是在刻意模仿“优伶”。悖谬的是，一个不能看表演也不懂得中文翻译的人抓住了戏剧表演中最为困扰鲁迅的方面：反串，模仿的、模式化的表演，这种表演只能将演员彻底物化。

无论是作者与译者关于戏剧的意见之间可疑的同谋，还是这篇文章标题中的反讽，都没有逃过魏建功——被批评的北大戏剧社团的一名创始人，也是鲁迅的学生——的注意。他以对“盲从”的辱骂式攻击回应了这篇文章。他尤其为他和他的演员同伴被比作傀儡和猴子所触怒，争辩说批评者对于这群身处一个正在成长为“有戏剧的国度”中的年轻演员过于严苛了。① 随后对这篇文章的诸多回应猛烈批评了魏的政治不正确：包括文章标题（《不敢盲从》），以及他在行文中冷嘲热讽地给“看”加上引号。但是许多人对批评与辩护两方都怀有同情。这场辩论在《晨报副刊》的版面上持续了数日，并且引来了鲁迅本人犹如谩骂式的回应。② 鲁迅完全站在爱罗先珂一方，激越地否认魏建功文章中的指责：鲁迅借一个外国盲诗人的身份，发表他自己关于学生表演的看法。鲁迅回应的防御性表明魏击中了要害，但我们永远无法知道鲁迅的辩护之下，是掩饰着他对朋友的负罪感，抑或某种深刻的同情。更饶有意味的是，这件事的真正意义在于魏的指责的弦外之音：急进的鲁迅会令自己盲目，为了发动对中国文化的批评而为自己假设出一个不同的国籍身份。考虑到弗洛伊德意义上的、目盲与阉割的联系（以及它与诡异的关联），那么在出版物中**扮演**爱罗先珂这一行为便不啻是一次自我阉割与自我他者化的表演，它反讽地镜现出了阉割以及真实性的缺失本身，而这却正是鲁迅批评的对象。

---

① 魏建功:《不敢盲从》，晨报副刊，1923年1月13日，第3版。

② 李开先:《读爱罗先珂先生“观北京大学学生演剧和燕京女校学生演剧的记”的感想》，《晨报副刊》，1923年1月16日，第3版;《见了“不敢盲从”的感想》，《晨报副刊》，1923年1月16日，第4版；周作人:《爱罗先珂君的失明》，《晨报副刊》，1923年1月17日，第3版；鲁迅:《看了魏建功君的〈不敢盲从〉以后的几句声明》，《晨报副刊》，1923年1月17日，第4版；孙景章:《看了正月十六日本刊上杂感以后的几句公平话》，《晨报副刊》，1923年1月22日，第2版。

对怪异的戏剧化

这场关于戏剧的争论，只是性情偏颇的鲁迅所参与的许多争论中的一次，鲜有人注意。而周氏兄弟与爱罗先珂的关系，反而得到了更多的议论。在对鲁迅小说的分析中，威廉·莱尔（William Lyell）认为鲁迅与爱罗先珂的友谊引发了鲁迅一次短暂的转向：他的写作变得抒情，且一反常态地感性，《社戏》是其典型例证。莱尔写道："很明显，爱罗先珂使鲁迅背离了社会问题的领域，将他引入一种浪漫而刻板的概念之中：一个凉爽、绿色而舒适的牧歌式追忆之域。"[①]但爱罗先珂很难说是一位感伤诗人；正如安德鲁·琼斯（Andrew Jones）在其最近关于二十世纪早期中国童话发展的专著中所讨论的，爱氏最为中国读者所熟知的，是他的怪异、阴暗的儿童故事（由鲁迅翻译）。[②]琼斯补充了一个例子——《狭的笼》，它看起来确实更接近传奇，或是蒲松龄的志怪小说，而非感伤的睡前故事。因而更为可能的是，对爱罗先珂的作品发生兴趣的，是鲁迅那沉溺于黑暗、鬼魂和奇幻的戏剧之旅的一面。

鲁迅很可能接触过另一部怪异的戏剧——列昂尼德·尼古拉耶维奇·安德烈耶夫（1871—1919）的《被诅咒者》，当时由爱罗先珂译出。[③]在关于俄国文学的中国翻译的研究中，马克·加穆萨（Mark Gamsa）指出，基于鲁迅1922年一篇散文中对安德烈耶夫短篇小说的一处含糊指涉，我们可以推测这两位朋友曾讨论过这位俄国作家。此外，正如他公开发表的剧评所显示的，爱罗先珂在北京时，似乎曾因为他关于戏剧的知识而颇受尊重，正与他因童话而受重视的情形一样。他在北大短暂的任教期间（1922—1923）做了数次关于俄国戏剧的讲演，鲁迅可能听了这些讲演，或者曾在报纸上读到。[④]这些讲演都被记录下来，从世界语翻译为中文，在《晨报副刊》上连载，随后结集——名为《过去的幽灵及其他》——出

---

① Lyell, *Lu Hsün's Vision of Reality*, 274.

② Jones, *Developmental Fairytales*, 167.

③ 安德烈耶夫（Andreyev），在英文中也可写作 Andreev，中文亦可译为安特来夫或安特列夫。

④ 列昂尼德·安德烈耶夫是一位俄国剧作家、小说家，他最为成功的戏剧作品是《人的生活》（1907）和《挨耳光的人》（1916）。根据马克·加穆萨关于安德烈耶夫的中文翻译的章节，爱罗先珂打算继续翻译叶夫根尼·奇里科夫（1864—1932）和阿纳托利·卢那察尔斯基（1875—1933）的作品。

版。[①] 鲁迅与这些作品的出版没有关联，但通过他与魏建功的争论我们知道，他是《晨报副刊》的认真读者。也正是在这一时期，鲁迅尤其受到俄国戏剧影响，也正在《晨报副刊》表达他的观点。比如在此间一篇发表于 1922 年 4 月 9 日的文章中，鲁迅曾怀着巨大的激动描述了俄国歌剧团的一次表演。[②] 这种少见的赞誉文章从批评大师的笔下写出，显示了他对戏剧的期待：美丽、真诚、勇敢、有力。对这些特质的表述联系着北京及其文化的“沙漠”状况，并与之形成鲜明对比。或许是被这一经验所驱使，仅仅几个星期之后鲁迅就开始翻译爱罗先珂的一部儿童剧——《桃色之云》(1922)。

由此可见，在二十年代初期，鲁迅很关心俄国的戏剧界，并且我们能够推测，他对安德烈耶夫并非一无所知。爱罗先珂讲演的大部分内容是对安德烈耶夫戏剧的简介，在其中我们又一次看到了他对黑暗主题的偏爱：正如马克·加穆萨所指出的，爱罗先珂讨论的第一部戏剧——《被诅咒者》——颠覆了浮士德的故事，展现人类的善战胜了诱惑。[③] 恶魔，即被诅咒者，试图用财富引诱一个穷困的犹太人大卫·雷泽，但雷泽先是把自己的钱给了诸多的穷苦大众，后来又把自己的生命给了他们。他试图帮助的这些人将他当作圣徒、先知，而也正是他们，在发现他的善行有限的时候，转而攻击了他。被诅咒者相信他证明了这世界上正义的根本缺乏，但很快发现他的梅菲斯特式狂妄事与愿违：大卫·雷泽作为一个殉道者死去，而人类世界中发生在他身上的非正义则使他在天堂中获得永生。

这部戏里有一个角色可能对鲁迅特别有吸引力：天堂的守卫者，他与被诅咒者的互动立于这部戏的首尾。不是天使也非恶魔，这个守卫被描述为：“站在分割两个世界的界线上，在他的伪装之下有着双重身份——表面是人类，实际是幽魂”，他是“两个世界间的仲裁者”。[④] 这一描述不仅在《一个青年的梦》中的“不

---

① 加穆萨曾经讨论过爱罗先珂的这个集子，*Chinese Translations of Russian Literature*, 243。爱罗先珂的讲演连载在 1923 年 1 月的《晨报副刊》上。譬如，爱罗先珂:《安特来夫与其戏剧其一〈被诅咒者〉之二》，耿勉之口译，李小峰、宗甄甫合记，《晨报副刊》1923 年 1 月 13 日，第 1 版。

② 鲁迅:《为“俄国歌剧团”》，《晨报副刊》1922 年 4 月 9 日，《鲁迅著译编年全集》，第 4 卷，北京：人民出版社，2009 年，第 369—370 页。

③ 马克·加穆萨在他的研究中概括了戏剧的内容，*Chinese Translations of Russian Literature*, 243—244；权威的英文译本由赫尔曼·伯恩斯坦(Herman Bernstein)于1910年首次出版，Andreyev, Leonid, *Anathema*, trans. Herman Bernstein (New York: The Macmillan Company, 1910), GoogleBooks edition。

④ Andreyev, *Anathema*, 3.

识者”——作为生者与死者世界之间的向导，他平衡着这两个世界——身上，也在鲁迅散文中描写的目连戏中活无常、死有分这一对鬼那里发生了共鸣。这些角色，连同被诅咒者自己、目连、“青年”、女吊，或许属于同一个怪异生物的谱系，它们散居于鲁迅的散文诗集《野草》的黑暗领域之中。怪异的文学总体上吸引着鲁迅已经是广被接受的观点，但当我们将目光汇聚在鲁迅为剧场创作或翻译的这些作品上时，我们发现他似乎尤其为那些诡异的造物所吸引，它们在戏剧表演中被赋予血肉之躯，并且全都具有跨越生死界线的能力。

鲁迅的戏剧法：起死与永劫回归

正是这些怪异角色中的一个，将鲁迅引至了对目连戏的一个关键认识，这一认识也反过来渗入了他自己的文学创作。在《门外文谈》（1934）中鲁迅写道，他对武松和老虎的通俗场景的迷恋，如何使他发现目连戏的**书写**版本与表演传统之间发生了巨大偏离：

> 这是真的农民和手业工人的作品，由他们闲中扮演。借目连的巡行来贯串许多故事，除《小尼姑下山》外，和刻本的《目连救母记》是完全不同的。其中有一段《武松打虎》，是甲乙两人，一强一弱，扮着戏玩。先是甲扮武松，乙扮老虎，被甲打得要命，乙埋怨他了，甲道：“你是老虎，不打，不是给你咬死了？”乙只得要求互换，却又被甲咬得要命，一说怨话，甲便道：“你是武松，不咬，不是给你打死了？”[①]

任何熟悉《水浒传》的读者一定能立刻认出这个片段，但对于鲁迅，它毫无疑问属于目连戏。[②]因此，当他发现武松没有在木刻版《目连救母记》——这个版本可能参考了郑之珍1582年印行的《目连救母劝善记》——中出现时，便非常震惊。[③]这个文字版本与鲁迅从表演中获得的回忆完全不同，所以他推测，绍兴在

① 鲁迅:《门外文谈》,《且介亭杂文》,《鲁迅全集》第6卷，第102—103页。

② 易德波（ViebekeBørdahl）详细讨论过这个片段在不同地区表演形式中的变形，譬如大鼓书、扬州评话和山东快板。ViebekeBørdahl, “The Man-Hunting Tiger: From ‘Wu Song Fights the Tiger’ in Chinese Traditions”, *Asian Folklore Studies* 66.1/2（2007）, 144。

③ 鲁迅作品集中《门外文谈》的注释向读者指出了这个版本的《目连救母记》。鲁迅:《门外文谈》,《且介亭杂文》,《鲁迅全集》第6卷，第112页，注50。

很久以前，就已经把目连的旅程变成一种将不同的流行表演场景缝合在一起的机制。[①] 事实上，这是颇为普遍的作法；目连戏表演以一系列的支线表演为特色，包括杂技，这在地方和清廷表演的记录中都有描述。

尽管引导鲁迅发现目连戏表演的结构原则的片段可能来源于小说，但研究绍兴民间表演的历史学家表示，许多被典型绍兴社戏串联在一起的场景事实上是“舞台化的宗教仪式”。[②] 鲁迅年少时参加过的招鬼仪式（他将其写入了《女吊》）就是其中之一。[③] 有的学者更坚持，这些以女吊和无常为主演的场景曾是独立的仪式。[④] 并且，正如仪式元素已经被纳入表演，目连故事的场景也被并入当时的仪式实践，尤其是葬礼仪式。[⑤] 因而，尽管具体实践在各个村社之间有所不同，但是，在现代表演目连戏的一个根本功能在于，在舞台上下以一种重复的、仪式化的方式，将生者与死者的世界合为一体。

正如伊维德（Wilt Idema）与管佩达（Beata Grant）观察到的，这个故事的许多版本都强调了它的死亡主题，更甚于关于阴间的恐怖描写。譬如，浙江关于这个传说的一个说唱版本《目连三世宝卷》中，目连和母亲意外地从阿鼻地狱放出了八百万受罚的鬼魂，为此他必须以重生两次来赎罪。在这两世中，身为起义首领黄巢（820—884）和一名屠夫，目连的重生导致了无数人和动物的死亡。而在目连恢复他的神圣身份之前，这些逃逸的鬼魂必须被捉回地狱。伊维德注意到，故事的扩展使得它不仅可以作为一个宣扬孝心和拯救的故事来解读，也可以是“对世上的暴力与滥杀的解释”。[⑥] 在这一意义上，它与武者小路实笃的《一个青年的梦》再一次发生了共鸣，后者也揭示了鲁迅生活的世界中无意义的死亡的根源（尽管并非正当原因）。与此同时，在将甚至是最神圣的角色置于轮回之下时，这个版本更强调了死亡－重生的普遍辩证法。

正是在目连的表演中，这一辩证法才与形式发生了最为紧密的关联。年复一年的目连戏表演中，每个新的一年都承诺了对古老戏剧的一次新的重复，重生循

---

① 鲁迅:《致徐讦信》,《鲁迅全集》第 13 卷，第 599 页。

② 徐斯年:《漫谈绍兴目连戏》,《鲁迅与社戏》，第 159 页。

③ 鲁迅:《女吊》,《且介亭附集》,《鲁迅全集》第 6 卷，第 639 页。

④ David Johnson, “Actions Speak Louder than Words,” 23—24.

⑤ 目连场景并入葬礼仪式是数篇论文的主题，这些文章收录于 *Ritual Opera, Operatic Ritual*: “Mu-lien Rescues His Mother in Popular Chinese Culture” , ed. David Johnson and Beata Grant（Berkeley, CA: University of California/IEAS Publications, 1989）。

⑥ Idema and Grant, “Introduction,” in *Blood Pond Hell*, 34.

环自身因而变得具有周期性。即使是在仪式戏剧中看起来非常不合时宜的武松和老虎，也以B角的元戏剧式的复活，演出了生与死的戏剧。在它所激起的嘲笑中，这一场景类比并嘲讽了它所嵌于其中的仪式语境，但同时并不否认它所展现于其中的这一媒介所具有的复活潜能。

戏剧的这种独一无二的特征，与目连和“青年”所共有的旅途这一母题相联系，既令鲁迅着迷，又使他感到恐惧。[①] 在其对鲁迅的黑暗面的雄辩阐释中，夏济安同样强调了目连戏的“恐惧与幽默及拯救的最后希望”和鲁迅小说的主题之间的相似。[②] 然而，本篇论文所要表明的是，归根结底，并非拯救的希望，而是复活与重复的可怖前景在驱使着鲁迅。这些主题突出地显示在短篇小说《祝福》中，在这篇小说中，祥林嫂发现自己被困在一个后创伤式的叙事怪圈中，面对着罪人死后生活的恐怖。（那些被动的、漫不经心的观众也是如此，就像最困扰鲁迅的那些看客一样）。在鲁迅最早的短剧之一《过客》——写于1925年，收录于《野草》——中，相似的驱力也在发生着作用。这个短篇作品呈现了长途旅行者、老翁和小女孩之间的简短交流，强调了过客继续旅途的决心，虽然困难重重但仍跟随内心的命令。正如李欧梵所评论的，这部短篇“诗剧”可以解读为“以精神力寻找出路”，一个——正如我们已经看到的——又一次与目连和“青年”产生共鸣的主题。[③] 而关于过客尤其有意思的一点，是鲁迅对于媒介的选择：借由将这一片段写成戏剧，而非短篇小说或诗歌，鲁迅暗示着这种路边相遇的重复上演，即使在他的一生中这部戏从未演出。因而，尽管这部戏看起来强调了过客向前走的决心，其戏剧结构事实上将他困在了一个永劫回归中，并同时投射出了鲁迅的一个根本焦虑：看似向前的运动可能仅仅是同样事情的重复。

鲁迅对于戏剧复活死者的矛盾态度，最为清楚地表现在《起死》（1935）中。他两次尝试为这一媒介本身而写作，这是其中的第二次。在其中，庄子因同情而复活了一具路旁骷髅的生命，他的尝试很快变成了一场充满误会的闹剧，涉及警察和丢失的裤子。正如安敏成（Marston Anderson）注意到的，“庄子在这里所着

---

① 刘家思认为，鲁迅从戏剧中获取了喜剧和悲剧的概念，并且以这两者的结合构筑起了他的文学作品。见《鲁迅的悲剧观初探》和《鲁迅的喜剧观初探》，《鲁迅与社戏》，第59—70页；第71—88页。

② T.A. Hsia, *The Gate of Darkness: Studies on the Leftist Literary Movement in China*,（Seattle: University of Washington Press, 1968）, 157.

③ Leo Ou-fan Lee, *Lu Xun and His Legacy*,（Berkeley, CA: University of California Press, 1985）, 113.

手的工作（起死），不可避免地类似于鲁迅自己的‘故事新编’的作为”。[1]在引用郭沫若（1892—1978）关于庄子典故在鲁迅作品中的普遍性的研究之后，安敏成认为鲁迅从庄子的“自由的创造方式”中获得了启示。[2]他将鲁迅对庄子的塑造——嘲讽却也感激于这一寓言哲人——解读为关于其自身的滑稽的自反式的评论。然而，在鲁迅与对怪异的戏剧化的关联这一背景下，来解读《起死》所表演的双重复活——庄子使骷髅复活，鲁迅召唤出死去的庄子游荡千年的鬼魂，我们得以认识到，鲁迅关于重写过去的态度在戏剧传统中有另一种根基。这部戏所表演出来的是对生死界线的戏剧化的、仪式化的不断跨越。在《起死》中我们可以清楚地看到，倚仗舞台的力量，被复活的过去变得可见并且可笑，然而，我们也可以将这一观点扩展至整部《故事新编》，乃至鲁迅所有的描写过去的作品。

结论

《起死》所包含的复活与重现的主题既脱生于也驱动着鲁迅对戏剧的兴趣。自此，我们或许可以描绘出鲁迅的“志怪性的编剧技巧”：它是这样的一种认识，即戏剧被通向阴间的旅程或是与神秘之物的遭遇构造起来，它必须如同每年的目连戏表演那样，一遍一遍地重复。这些旅程与遭遇因舞台独一的、阈限性的空间而得以存在，而同时又是真实世界的一部分，是这世界的根本特质的倒影。摆脱这些永劫回归的噩梦需要的并非京剧演员，而是目连或“青年”——或者尼采的超人，或是《摩罗诗力说》中拜伦式的英雄。当鲁迅提起笔，承担起这一角色，他便将自己奉献给了这一末世论的循环旅途——在狂人精神的狂热深渊中，在中国乡村世界的黑暗背面，或在挤满自食的长蛇的荒凉坟地中，它的逻辑不仅决定了他的许多文章的内容与主题，更包括了这些文章的结构与象征意义。

与此同时，成为一个盲先知、超人或打破传统的浪漫英雄，要求写作者成为一个表演者，这一点对于鲁迅是颇有问题的。归根到底，作者笔下的人物，与穿着戏袍的杨贵妃（如梅兰芳所做）之间，有什么区别？确保“青年”自犹豫走向行动的关键时刻或者动力究竟是什么？正如我们已经看到的，在写作中，鲁迅尝试

---

① Marston Anderson, “Lu Xun's Facetious Muse: The Creative Imperative in *Modern Chinese Fiction,” in From May Fourth to June Fourth: Fiction and Film in Twentieth-century China*, ed. Ellen Widmer and David Der-wei Wang (Cambridge, MA: Harvard University Press, 1993), 266.

② Anderson, “Lu Xun's Facetious Muse,” 267.

将绍兴地方目连戏设置为京剧的对立面，以此造成二者的分野，然而这一对立仅仅揭示了这样的现实：这二者不可避免地纠缠在一起，而作者 / 演员也彼此牵连。

通过其自身富有创造力的自反式写作，鲁迅找到了这些困境的解答。然而，在另一项翻译工作中，他可能曾在一种全然不同的戏剧观中看到了希望的微光。因而，作为结论，本篇论文想要提请注意的是俄国剧作家尼古拉·叶夫雷诺夫（1879—1953）的一组两篇论文——1928 年鲁迅曾以笔名葛何德出版在《奔流》中。[①] 叶夫雷诺夫以其对阔大的历史场面的展现——《冬宫的暴风雨》（1920）最为著名；他也发展了“独角戏”这一象征性的表演模式，并且，在他更为理论化的论文中，详尽地探索了“戏剧性”的概念。[②] 从后者来看，鲁迅翻译的这两个简短的作品勾画出了叶夫雷诺夫关于戏剧的一些基本看法的轮廓。

初看之下，叶夫雷诺夫“演剧化的自己”的概念、对如同戏剧般的生活的提倡，只不过使得鲁迅作为一个矛盾的剧作家令人困惑的形象进一步复杂化了。然而，如果我们将这两个片段重新置入叶夫雷诺夫的宏观理论语境中，我们会发现他关于“戏剧性”和戏剧化的概念根植于一种理念，即戏剧是前美学的。在《生活的戏剧》中，叶夫雷诺夫写道：

> 人有一种本能，虽然它有无穷的生命力，但无论历史、心理学或美学至今都对此未置一词。我要说的是变形的本能，一种反对那些不是由内在任意地生长出的形象的本能，一种将在自然中发现的形象转变为另一种的本能，这一本能在我所谓的戏剧性的概念中清晰地显示出其关键的性质。[③]

对于叶夫雷诺夫，戏剧性是人性的一个根本原则；即使宗教仪式表演也植根于人类根本的自我变形本能中。在鲁迅所翻译的《生活的演剧化》中，叶夫雷诺夫展示了“真的戏场”的变革力量：“到戏场去，换一换心情！大家变一个别样的人！一到戏场，在大家的面前，生活的别的可能，别的环境，别的地平线，便会展开罢！到戏场去！那么，褪色的你们，便要成为绚烂的人！灰色的你们，便会

---

① 尼古拉·叶夫雷诺夫：《生活的演剧化》，《鲁迅译文集》，第十卷，第 507—516 页。

② 对叶夫雷诺夫的简略介绍，见 Marvin Carlson, *Theories of the Theater: a Historical and Critical Survey from the Greeks to the Present*（Ithaca: Cornell University Press, 1993），第 325—327 页。叶夫雷诺夫的文章的英文译本收录于 *Theater of Life*, ed. and trans. Alexander I. Nazaroff（New York: Benjamin Elom, 1927; reprint 1970）。

③ Evreinov, *Theater of Life*, 22.

明亮！懦弱的你们，便要成为强者！”[1] 而正是在中国戏剧中，像许多欧洲戏剧改革者一样，他找到了他的理论的最纯粹实例：

> 如我们所见，正是神圣的戏剧本能在这里发生作用。中国观众相信并且享受着这部戏，因为它的戏剧本能填平了舞台上的裂隙，与演员合作，使荒唐的面具化为庄重而骄傲的脸，将陈言故套变成新的现实。[2]

与鲁迅观察到的观众针锋相对，叶夫雷诺夫所想象的观众证明了，一些重要的、变革性的东西，也可能源自于腐朽的现代舞台，它们有可能提供一条路，走出现代中国深陷其中的辩证泥潭。

我们无法确定，在翻译叶夫雷诺夫时，鲁迅是否接触到了叶氏描述中国戏剧的文章。但是或许鲁迅在叶夫雷诺夫的理论中发现了一种戏剧与戏剧性的重构方式，它能够到达深邃的过去，超越绍兴目连戏根深蒂固的仪式，去恢复前仪式、前美学甚至前社会的人类冲动。这并不意味着鲁迅借由叶夫雷诺夫而采纳了一种东方主义或原始主义的戏剧法；相反，本篇论文所要表明的是，作为一种普遍状态，戏剧性这一理念提供了一条出路，得以走出对中国和中国人的指责——他们被认为带着假面，并且是麻木的看客。鲁迅将继续致力于其困难的融汇工作，在佛教的轮回与尼采的永劫回归间不断交替，而叶夫雷诺夫至少使他得以瞥见这样一个舞台 / 一个世界：其中，戏剧的改变将会战胜重复与复活的轮回，乃至获得最终的圣杯：现实的变革。

---

① 尼古拉 · 叶夫雷诺夫：《生活的演剧化》，《鲁迅译文集》，第十卷，第 509—510 页。

② Evreinov, *Theater of Life*, 33.

鲁迅，群，与众

■ 文 / 若岸舟 (Andy Rodekohr)
译 / 唐海东

引言：为群众画像

李欧梵在其对鲁迅的开拓性研究中，将鲁迅小说之核心“原型结构”确定为“孤独者 VS 群众”。[①] 在换喻意义上，李欧梵探究了贯穿于鲁迅小说中觉悟了的个体作家与无知大众之间的对立，以求进一步阐述作者内心的深刻矛盾，即“他在思想上基本无法确定”：文学究竟能不能发挥政治效力。[②] 然而，若将群众形象不光视为鲁迅小说的修辞，亦视为批评研究之基点，我们就能进一步推动李欧梵颇有价值和洞见的分析。鲁迅作品中的群众形象，不仅构成了二元对立中令人费解的一面；不妨说，群众对于知识分子形象的建构亦具有本质意义，它不仅衬托出了作者的卓尔不群，亦点明了其写作活动的直接动机。以此视之，鲁迅在表现群众时显示的不安标志着，群众乃是其文学生涯之出发点，亦是其文学表现之界限。

本文不仅将群众视为一种社会历史现实抑或意识形态概念，亦将其视为一个文学形象。之所以用“形象”一词，意在除心理构成或政治代理外，更强调群众

---

① Lee, Leo Ou-fan. *Voices from the Iron House: A Study of Lu Xun*. Bloomington: Indiana University Press, 1987. 70.

② 同上，第 88 页。

之文化生产功能。群众是十九世纪后期与二十世纪早期中国大众政治新兴话语的重要组成部分，由严复和梁启超等改良派思想家传播开来。这一概念作为进化现代性、民族自决和社会转型的象征而广泛传播，甚至引发了文学价值观的革新。小说应当唤醒群众的政治意识，迫使它按照国家利益行动；中国的生存，很大程度上被认为取决于文学沟通群众并为其代言的能力。换言之，这一比喻方法认定，群众是文学的基本条件，是传播政治意义、意识形态信息甚至理解历史的工具。

然而，与此同时，中国知识分子寄托于群众身上的希望，与对群众形象所表现的恐惧甚至蔑视，形成了鲜明对比。譬如，想一想梁启超是如何一面开出通过小说来“新一国之民”的药方，一面又对此“民”“轻薄无行”的品质哀叹不已。[①] 把群众视为非理性、易受蒙骗的暴民，这一看法，通过十九世纪末法国社会学家古斯塔夫·勒庞（Gustave Le Bon）的著作，特别是其1895年的专著《乌合之众：大众心理研究》（Psychologie des Foules）（该书的完整中译本已于1920年之前出版），在中国得到普及。[②] 勒庞论道，由于被灌输了野蛮的心智，群众对文明构成严重威胁，应当予以控制和降服。对群众的这种世纪末的、欧洲式的阐释，影响了许多中国知识分子，包括鲁迅，他对群众的刻画经常体现了后者非理性的、嗜血的特征。鲁迅在这方面走得更远。他哀叹存在于中国“国民性”中的“合群的自大”，这一措辞颠覆了梁启超用于创建现代社会的术语“合群”（字面意义为“将群众集合起来”）。[③] 鲁迅认为，关键问题不是“新民”，而是群众构成了“对少数的天才宣战”。[④]

我们应当如何看待鲁迅笔下这两种相互矛盾的群众形象？一方面，是他为之写作的大众（欲以“改变他们的精神”，正如他在“《呐喊》自序”中所说），[⑤] 而另一方面，则是企图复活中国过去黑暗、野蛮力量的吃人的暴民。本文指出，我们不能将鲁迅所表达的群众形象，简化为非此即彼的两个极端；鲁迅著作中的群众形象，既非统一而抽象的理想化概念（如“民众”），亦非对中国社会构成威胁的、

---

① 梁启超：《论小说与群治之关系》，《饮冰室文集点校》，第2卷，云南教育出版社，2001年，第758页。最初发表于《新小说》1902年11月14日号。

② 鲁滂著、钟健闳译《群众》，泰东书局，1920年。

③ 鲁迅：《随感录三十八》，《鲁迅全集》第1卷，北京：人民文学出版社，1981年，第327页。最初发表于《新青年》1918年11月15日号。梁启超：《新民说》，《饮冰室文集点校》，第2卷，云南教育出版社，2001年，第594—597页。

④ 同上，第327页。

⑤ 鲁迅：《〈呐喊〉自序》，《鲁迅全集》第1卷，第416页。

毫无希望的一群。不妨说，群众是这些不同立场之间辩证对抗的场所，通过这一场所，鲁迅将自己的角色定位为一名知识分子作家。安敏成（Marston Anderson）指出了，鲁迅作品的叙述者，那些“道德上站在群众及其牺牲品之间的知识分子旁观者”，是如何通过这一疏离体验，自我意识到他们的特权地位。[①] 这一写作手法，将通常是（勒庞式的）令人恐惧的群众心理想象，转换为对知识分子在现代中国所扮演角色的有力批评。最终，在表现群众的过程中，鲁迅刻画了他自己的形象。

从这一点出发，鲁迅打破了关于中国现代文学发展的常规叙事模式。尽管鲁迅在政治上（并常常在文学上）相信，大众处于文化转型的先锋地位，但他无法克服其知识分子立场的困境，将自己真正溶于群众当中；相反，他的创作揭示了某种矛盾的犹疑姿态。我并不认为，这一失败只是某种知识分子精英主义的后果，甚至也不认为，这一“失败”体现了鲁迅不够谨慎。我认为，正是他的文学主体性，不仅引导他面对作为现代矛盾聚集点的群众，也让他把群众作为其自我意识建构的关键因素。群众，即便在鲁迅构想一个为群众而写、借群众而来的革命文学之时，仍将他的反思和内省推向极限（甚至于想象自己为了愉悦看客而自我献祭）。

“示众”主题，成为笔者解剖鲁迅小说群众观念的切入点。由于这一主题在鲁迅作品中反复出现，因此，研究鲁迅如何在小说中展现“示众”，不仅可洞察他表现大众的角度，还可借以剖析他是如何通过对围观动力的描绘，定义自己的作家和知识分子身份。由于“示众”的名义主体与客体被复杂化了，因此，它就不仅只是鲁迅控诉中国社会的一个象征性类比，还展示了他自己相对于群众的位置形象。

摩罗诗人与群众

在梁启超于《论小说与群治之关系》中发出通过小说“新民”的热情号召六年之后，鲁迅在 1908 年发表的散文《摩罗诗力说》中，想象了作家与大众之间关系的另一种形象。从表面看，鲁迅的论文与梁启超开风气之先的文章有着许多共同点。两人都把文学视为拯救民族和文化的工具，都呼吁文学发挥启蒙大众并促使

---

① Marston Anderson. *The Limits of Realism: Chinese Fiction of the Revolutionary Period*. Berkeley: University of California Press, 1900. 88.

他们行动的社会功能。鲁迅和梁启超对二十世纪头一个十年中国的民族困境也抱有同样失望的看法。受这种危机感的感染，这些文章与其说是对文学理论的宣扬，不如说是对文化和民族转型的劝勉。但即使有这些相似之处，这两篇文章在作家与其大众读者关系的看法上分歧巨大。

对鲁迅而言，作家的功能是搅动陷于停滞的时代常规，复兴人民及其文化。鲁迅召唤印度教毁灭之神摩罗以及撒旦、普罗米修斯和其他神祇所具有的恶魔性力量，集合起一个可怕的造反派别，让这些文化叛逆者行使其崇高、复兴的伟力。他归入这一名号之下的诗人们有拜伦、雪莱、密茨凯维支、普希金、裴多菲和其他浪漫主义时代的作家，不仅限于创作诗歌，还经常拿起武器，为民族事业抛洒热血。鲁迅写道，这些诗人－战士，“大多不为顺世和乐之音，动吭一呼，闻者兴起，争天拒俗，而精神复深感后世人心，绵延至于无已”。[①] 这些英雄共有某种既个体化的、反叛的，同时又原始的、集体性的“至大之声”。[②] 摩罗诗人的非凡声音，成为听到其光辉召唤的人民的一座灯塔；它在换喻的意义上标志了整体的总体性，将贫瘠、“萧条”的文化景观从沉默转为咆哮。[③]

表面上，鲁迅在该文中对摩罗诗人的热烈颂扬，用李欧梵的话说，是把作家赞美为“一个孤独的天才，一个毫无畏惧的个人主义者，一个社会常规的叛逆者”。[④] 鲁迅在该文结尾部分指出了将这一由不同人组成的群体统一起来的共性，他们“无不刚健不挠，抱诚守真；不取媚于群，以随顺旧俗；发为雄声，以起其国人之新生，而大其国于天下”。[⑤] 然而，除了这一解读，《摩罗诗力说》还有另一种解读的可能性，即把作家具有再生之力的声音，置于和群众的辩证关系之中。如梁启超在《论小说与群治之关系》中构想的那样，鲁迅认为，作者的功能，与其写作对社会产生的影响有关。梁文提出，塑造人们在世界中的自我观念的现代通俗小说，本质上应当是什么样的，而鲁迅的想象则要激进得多。鲁迅笔下的摩罗诗人，不仅操纵人们的思想，还以从原始、集体记忆深处发出的高亢激越之音，征服了其读者。

他详细描述的崇高体验，既是肉体性的，又是抒情性的。王斑认为，鲁迅在这篇散文中构建的“身体”形象，让人联想起尼采式超人的极端个体主义，但他

---

① 鲁迅:《摩罗诗力说》,《鲁迅全集》第 1 卷，第 66 页。

② 同上，第 63 页。

③ 同上，第 63 页。英译“On the Power of Mara Poetry”，96。

④ Lee, Leo Ou-fan. *Voices from the Iron House*, 21—22.

⑤ 鲁迅:《摩罗诗力说》，第 99 页。英译“On the Power of Mara Poetry”，99。

也指出，鲁迅“希望这一扩张的、充满力量的形象能回到我们中间，带着他所携带的巨大的新意义和新价值，以其河流山岳般的崇高力量加持我们，让我们重新焕发生机”。[①] 因此，摩罗诗人若不能以统一整体的角度重新想象其读者的潜力，则无法激发起这一潜力：

> 盖诗人者，撄人心者也。凡人之心，无不有，如诗人作诗，诗不为诗人独有，凡一读其诗，心即会解者，即无不自有诗人之诗。诗人为之语，则握拨一弹，心弦立应，其声於澈灵府，令有情皆举其首，如睹晓日，益为之美，伟强力高发扬，而污浊之平和，以之将破。平和之破，人道蒸也。[②]

在鲁迅看来，个体诗人对民众吁求转型的内在渴望所具有的本能直觉，及其吟诵和体现复兴精神的能力，正是要从“人民”中召唤出来之物。王斑进一步指出，对个人与集体进行过分简单化的区分，就无法详细分析这篇文章乃至鲁迅的整个创作；相反，我们的探讨应当“更多指向个人如何在集体中表达，或如何被集体紧紧纠缠住”。[③] 问题不只是在个体与整体之间建立一种关系（在集体之中安置个人），而是个体作家的声音如何在与其集体共鸣的关系中发出，反之亦然（每一个都是通过另一个得以发声）。鲁迅在这一早期散文中想象的诗人超人之声与启蒙后群众之间的美妙呼应，当然是不可能达到的。相反，他在此文中如此热情呼唤的渴望，或许是其文学生涯的首要谜题，他对群众的矛盾心态和敌意，正如我下文所述，将不断强化。

鲁迅在《摩罗诗力说》中描绘的大众形象，还有一个更深层的矛盾，值得加以简要讨论。注重描绘群众，对这一描绘又焦虑重重，乃是现代性的特点之一，也是现代作家面临的困境。尽管梁启超在其文章中对读者大众抱有失望与恐惧心态，他仍然将改良与现代化的责任，完全置于其“人民”概念和群众形象之上。鲁迅与梁启超一样，他对现代性的想象也取决于启蒙了的大众，但他相信，集体是一种严格的现代现象，这一点与梁启超大相径庭。一方面，摩罗诗人搅动停滞、压迫性的文化传统的力量源泉，是某种长久以来一直处于碎片化状态的集体统一性，一种早已失去和忘却的精神活力。从这一意义上，他在中国所见的“萧条”，

---

① Ban Wang, *The Sublime Figure of History*, 69.

② 鲁迅:《摩罗诗力说》，第 68 页。英译“On the Power of Mara Poetry”，102。

③ Ban Wang, *The Sublime Figure of History*, 65.

描述的不仅仅是当今时代阴冷、沉寂而贫乏的文化景观，还依据作为废墟的时间性展开对它的想象：

> 递文事式微，则种人之运命亦尽，群生辍响，荣华收光；读史者萧条之感，即以怒起，而此文明史记，亦渐临末页矣。凡负令誉于史初，开文化之曙色，而今日转为影国者，无不如斯。使举国人所习闻，最适莫如天竺。①

从这一视角出发，诗人的使命，与其说是发出符合现代目的的声音，毋宁说是重新发现某种可以再次将人民统一起来的古老的原始的怒吼。群众的这一忘却了的品质，这一"心声"，正是摩罗诗人搅动生发之物。

另一方面，这一关于时间的比喻，也暗示了某种不仅本质原始，而且行为野蛮的群众形象。由摩罗诗人唤醒的原始破坏性力量通往民族复兴集体事业的道路，在每一点上都有转向嗜血和蛮野暴力的危险。在谈到摩罗诗人的战争与自我牺牲倾向时，他说道：

> 大都执兵流血，如角剑之士，转辗于众之目前，使抱战栗与愉快而观其鏖扑。故无流血于众之目前者，其群祸矣；虽有而众不之视，或且进而杀之，斯其为群，乃愈益祸而不可救也！

鲁迅设想读者通过围观公共暴力而获得愉悦，甚至将它赞美为一种正面的社会力量，但他也在同一个句子中声称，作为看客的群众参与到这一暴力中，将是无可挽回的灾难。在文章结尾处，鲁迅疑惑，为何中国缺乏这样强有力的诗人的声音，并将原因归咎于等待诗人启蒙的群众，他猜测，中国的战士－诗人，"非彼不生，即生而贼于众，居其一或兼其二，则中国遂以萧条"。正如我在下文所示，个体作家被群众迫害乃至成为死于群众之手的烈士，这样一个观点，预示了鲁迅"五四"后期大部分作品的主题，并凸显了他与群众的矛盾关系。

展示群众

1906 年可谓中国现代文学话语的奠基性时刻，当时，鲁迅在日本学医，他开

---

① 鲁迅:《摩罗诗力说》，第 63 页。英译"On the Power of Mara Poetry"，97。

始意识到，只有通过文学的启发和共鸣潜力，才能唤醒人们的爱国情感和民族精神。鲁迅在为1923年出版的短篇小说集《呐喊》所写的序言中回忆道，在他参加的细菌课上，播放了一段处决日俄战争期间为俄国服务的中国“间谍”的幻灯片。鲁迅的凝视聚焦于围拢起来观看这一景象的群众。鲁迅对围观人群对于同胞被残忍砍头所表现出的迟钝与享受感到惊恐不已，他决定中断对于医学学位的追求，以求通过文学疗救中国的精神。这一关键段落如下：

> 有一回，我竟在画片上忽然会见我久违的许多中国人了，一个绑在中间，许多站在左右，一样是强壮的体格，而显示出麻木的神情。据解说，则绑着的是替俄国做了军事上的侦探，正要被日军砍下头颅来示众，而围着的便是来鉴赏这示众的盛举的人们。[①]

鲁迅很快略过幻灯片的焦点，即从正施与前台受害者身上的惩罚，转而聚焦于周遭的群众因素，并接受内心的道德召唤，要通过他们的负面形象促进文学活动。

这一行刑场面，本来是为了给旁观的中国人展示公众警告，即“示众”作用的，却成为看客视觉快感的来源，这转而激发了鲁迅通过文学“改变他们的精神”的想法。从换喻角度，鲁迅将这些围观群众解读为一般意义上的中国民众，他断言，“凡是愚弱的国民，即使体格如何健全，如何茁壮，也只能做毫无意义的示众的材料和看客。”[②]“示众”场面在鲁迅小说中一再出现，既是一个主题，也是一种

---

① 鲁迅:《〈呐喊〉自序》，第416页。
（本论文作者将这段话译为：One day on one of the slides I suddenly saw many Chinese, whom I had not encountered in some time. One in middle was tied up, while many stood around him. Physically they were all strong and robust, but their expression were apathetic and numb. According to the caption, the one tied up was a spy working for the Russians and was about to have his head cut off by the Japanese army as a public warning, while those who surrounded him had come to appreciate the spectacle.ing 并作了如下说明：
英文为笔者所译。对这一段落的某些关键词的翻译所显示的差异，有效说明了译者关于鲁迅对群众所持态度的设想。例如，最近刚出版的一个译文版本，擅自将“许多中国人”译为“a great mass of Chinese”，并将“盛举的人们”译为“the appreciative mob”。见 Lu Xun. *The Real Story of Ah-Q and Other Tales of China: The Complete Fiction of Lu Xun*. Trans. Julia Lovell. New York: Penguin Books, 2009. 17。——译注）

② 同上，第417页。

劝诫；他通过小说之镜揭示出“示众”场面，从而对群众进行告诫，有效地将一个及物的术语（通过向群众展览某个人而告诫群众）转化为一个不及物的术语（让群众变得可见）。[①] 鲁迅在作品中运用“示众”题材的动力，即同时将群众作为展览的主体（“材料”）和示范的客体（“看客”），将成为他在描述群众时所体现的一对关键矛盾。

为寻求转化和疗救群众，鲁迅一再将这一初始时刻的文学催化剂用到小说中。群众充斥了他的几乎每一部作品集，但几乎总是将关键的幻灯片场景中描述的模式作为叙述的先导。鲁迅对群众的告诫，寥寥几笔凸显出他们的负面形象，从而症候性地揭示中国文化倒退的、邪恶的潜流，这让他既举着镜子照向群众，同时又以与之形成鲜明对比的方式，凸现了自己的旁观者身份。就此而言，他的写作手法，不妨与触怒他的告诫体制，亦即幻灯片中所展示的日军示众行为相比较。换言之，尽管国家手中的示众方法通过公开羞辱、惩罚和处决的方式，显示了帝国的权威，但对围观者而言，却构成了一个他们可加以美学“赏鉴”的“盛举”，通过将群众责难为承载中国文化根本问题的器皿，鲁迅以其文学权威，重建了“示众”的劝诫功能。因此，对鲁迅而言，通过在小说中增加观看点的方式，“示众”增加了复杂性的维度，这一操作手法，是通过对“示众”一词进行微妙的语言转换而完成的，亦即将它从公开警告，转换为值得赞赏的盛举，最终达到他自己的文学目的，即向群众展示他们自身。然而，是在文学生产过程中创作具有美学价值的作品，还是怀着影响社会关系的目的而写作，在这两者的微妙区分之间，鲁迅的作品将继续显示其深刻的矛盾性。

鲁迅关于幻灯场面的回忆中，根植了关于群众和集体身份的多个层面。除了在幻灯片中观看行刑场面的群众，鲁迅本人亦隶属于一个更广泛的观众群体。身处作为战时宣传明显目标的日本同学之间，鲁迅感到“须常常随喜我那同学们的拍手和喝彩”。[②] 模仿其同学们的爱国反应，更强化了他对幻灯片中中国群众的疏离感，但也在立场角度让自己与这些群众联合起来；两者都显示了需要从示众景象中得到的“教训”。因此，我们看到，鲁迅在对这一场景的回忆性写作中，如何通过“示众”，不仅建构了作为其小说事业意图对象的群众，而且定义了自己相对于幻灯片中表现的群众所在的位置。然而，这一角色亦因他无法将自己与日本

---

① 见 Yau, Ka-Fai. "'Zhong': Chinese." *Crowds*. Eds. Jeffery T. Schnapp and Matthew Tiews. Stanford: Stanford University Press, 2006. 262—264。

② 鲁迅：《〈呐喊〉自序》，第 416 页。

围观群众区分而得以凸显；他没有因受到刺激而与中国同胞站在一起，用安敏成的话说，他"既有疏离感，又有共谋感，这一观察者的双重意识"，使他不能获得任何归属感。[①]鲁迅自我意识到的处境，相继将他从所遇到的各个人群中脱离，这不仅暗示了通过行刑向观众传达警告信息的"示众"行为的失败（它转而成为能带来享受的盛举），也暗示了鲁迅通过文学进行社会转型活动所存在的障碍。

王德威发现，鲁迅对斩首母题的利用存在"叙述裂缝"，这一裂缝，形成一个持续困扰中国文学想象的"意义断裂"。[②]王德威确认的暴力，进一步让我们注意到，在作家对开明读者群的渴望，与其对此割裂的细心维护之间，存在着巨大的鸿沟；这是一种将头脑（知识分子）与身体（人民）割裂开来的认识论姿态。对这一关键时刻的一次更晚的回忆，见于鲁迅1926年写的一篇纪念其在仙台医学院的老师藤野严九郎的文章《藤野先生》。与《〈呐喊〉自序》相比，《藤野先生》采取了更个人化的方式，并更加精确地突出了鲁迅的第一人称叙述者作为一个独在异国之中国人的身份。他对这一事件的描述，并没有重大的认识意义，完全是个人化的体验：

> 但偏有中国人夹在里边：给俄国人做侦探，被日本军捕获，要枪毙了，围着看的也是一群中国人；在讲堂里的还有一个我。"万岁！"他们都拍掌欢呼起来。
>
> 这种欢呼，是每看一片都有的，但在我，这一声却特别听得刺耳。此后回到中国来，我看见那些闲看枪毙犯人的人们，他们也何尝不酒醉似的喝彩，——呜呼，无法可想！[③]

这儿，在第一次回忆中只是随意提到的次级观众，显得更加有血有肉了起来。鲁迅清晰地描写了他和喧闹的日本同学及幻灯片上麻木的中国群众之间的间离感，并用了冗余的单数量词"一个"来修饰"我"，强调了他在教室里的孤独感。在这一句子结构中，鲁迅之"独异"，显然与观看行刑之中国"群众"（"一群中国人"）匹配。但这一句法上的联系，究竟给远处的鲁迅带来对中国群众的同情认同，还

---

① Marston Anderson, *The Limits of Realism*, 78.

② Wang, David Der-wei. *The Monster That Is History: History, Violence, and Fictional Writing in Twentieth-Century China*. Berkeley: University of California Press, 2004. 21—22.

③ 鲁迅:《藤野先生》,《鲁迅全集》第1卷，第306页。

是表示了他的不满？回到中国，并没有解决他的这种分离感；日本教室里的群众与中国群众之间的对应，暗示了他与国人的关系跟与异国学生之间的关系一样“刺耳”。对不同层面的群众与作为个体的鲁迅之间在认同感与差异上的此类“让人眩晕的相互作用”的描述表明了，通过对群众的描写，鲁迅自己作为独异的知识分子的角色得到了凸显。[①]

这两段几乎相隔四年写下的回忆构成一种对话关系，让我们得以一窥鲁迅与“示众”之间的复杂关系。一方面，他谴责围观者从观看同胞行刑中得到乐趣所显示的麻木，但另一方面，自己在异国的土地上，身边围绕着兴高采烈参与到民族主义场景中的日本同学，从这一角度出发，迫使他认同于面前幻灯片所显示的麻木群众。他的个体权威旁观者，重建了其疏离时刻，击碎了群众提供的让他与之融于一体的可能性。然而，通过在其社会的、转型的功能中塑造自己的个体性，鲁迅在自己的文学中注入了某种阐释上的不确定性，这一不确定性，正如群众本身一样，携带着集体、民族复兴的希望，但只有通过否定性的方式才能达到。

艾利亚斯·卡内蒂（Elias Canetti）在关于群众类型与行为的研究中认为，公开处决是能够生发群众“充电”感的最强有力的场面之一。刑场所产生的高度紧张感与平等感，让群众不得不面对其自身的存在；“死亡的威胁悬在他们头顶”，卡内蒂写道，“不管它经过怎样的伪装，甚至有时抛到脑后，但它始终影响着他们，让他们产生一种要把死亡转移到其他人身上的需求。”[②]处决犯人在群众中引起的亢奋，也就是鲁迅厌恶至极的那种欢乐，按照卡内蒂的说法，让他们如此肯定自己的生命，它预兆了与此相关的一类群众，即节日型群众。将死刑受难者驱逐出去的仪式如今已经完成，人们心中充满了平等的感觉。

卡内蒂的分析也令人想起米歇尔·福柯（Michel Foucault）在其专著《规训与惩罚》中关于公开酷刑和处决的论述。卡内蒂对群众的分类根植于史前史；他观察到存在于围猎群的群众与猎物之间的“原始动力”。类似的，福柯在示众之类的现象中，看到某种一以贯之的结构形式，但认为它要达到的，是将国家权力扩展到其人民身体上的目的。福柯写道，以这一方式，公开处决：

> 不仅仅是一种正义行为；它是一种对力量的显示；或者，不如说，它是

---

① David Der-wei Wang, *The Monster That Is History*, 24.

② Canetti, Elias. *Crowds and Power*. Trans. Carol Stewart. New York: Farrar, Straus and Giroux, 1984. 54.

君主将正义作为身体的、物质的、令人敬畏的力量而部署在那儿。公开的酷刑和处决的仪式，向所有观看者展示了赋予法律以力量的权力关系。①

权力被镌刻于犯人的身体之上，并通过行刑仪式，“以其看得见的表现得到提升和强化”。②然而，福柯也指出了观看此类可怕仪式的观众的矛盾角色。身处这一环境中的人们，不只是被动的旁观者，实际上是在他们面前上演的这出戏当中的“主角”，“他们真实而直接的在场，乃是演出所必须的”。③群众作为证人的在场，是完成权力展示的巡回演出所必须的部分，但也带来不确定的反抗威胁，这一反抗或指向受刑者（出于同情或愤怒），或指向这一实践本身。

福柯的著作接着详细描述了由十八十九世纪的国家所行使的惩罚、监禁和规训的技术，以及这些制度如何逐渐而微妙地发展得更加明确、精妙和现代的过程。我们可以将福柯所描述的现代机构的政治和经济学赖以产生的“身体的政治技术”，想象成本尼迪克特·安德森（Benedict Anderson）关于“想象的共同体”这一论点的某种对立面。在安德森的描述中，由小说、报纸和其他印刷形式所体现的“印刷资本主义”，“才使得以深刻的新方式考虑自身及自身与他人关系的人数之剧增成为可能”。④中国知识分子捍卫了多种小说杂志、期刊和由现代中国知识分子支持的连载小说，考虑到这一点，你可能会同意安德森关于印刷媒体的传播在激发现代中国的现代民族意识方面起到的作用。然而，公众受到印刷文字的启蒙这一抽象概念，受到鲁迅所定格的可怕而实际的“示众”景观的挑战。

实际上，在《〈呐喊〉自序》中，鲁迅直接从对幻灯片放映的描述，转到受这一经历影响而推广一本叫做《新生》的小说杂志的事情上。然而，这一计划不幸夭折，鲁迅也因认识到此类知识活动的徒劳而陷入绝望之中：

独有叫喊于生人中，而生人并无反应，既非赞同，也无反对，如置身毫无边际的荒原，无可措手的了，这是怎样的悲哀呵，我于是以我所感到者为寂寞。

---

① Foucault, Michel. *Discipline and Punish: The Birth of the Prison*. Trans. Alan Sheridan. New York: Vintage Books, 1995. 50.

② 同上，第 57 页。

③ 同上。

④ Anderson, Benedict. *Imagined Communities: Reflection on the Origin and Spread of Nationalism*. New York: Verso, 1991. 36.

然而我虽然自有无端的悲哀，却也并不愤懑，因为这经验使我反省，看见自己了：就是我决不是一个振臂一呼应者云集的英雄。①

鲁迅在自己通过新叙事形式和技术媒体转变大众的活动中体验到的无助感和孤独感，让人联想到他在作品中描述的矛盾的群众形象。我认为，将这两则轶事并置，不仅可以告诉我们很多鲁迅关于民众和群体的矛盾态度和他自己相对于群众的知识立场，还可以进一步告诉我们表述群众这一行为自身所蕴含的悖论。像鲁迅一样，卡内蒂也从对公开行刑场景中群众行为的分析，转而描述现代印刷媒体。报纸，与其说带来了民族共同体的启蒙意识，不如说保持和包含了行刑场面的本能性战栗。现代读者，没有了在行刑中的共同参与感，转而“安闲地坐在家中，在一百个详情里，挑选那些可提供挥之不去的战栗感的故事”。②卡内蒂断言，阅读大众可能是“此类群众中最卑劣同时也是最稳定的形式”。

因而，鲁迅在表达群众时的矛盾心态，恰恰体现了群众既是中国未来之希望，又是中国挥之不去的嗜血过去这一矛盾本性。对鲁迅而言，“示众”场面里的群众身上最令人不安的一点，就是他们观看行刑时沉浸于其中的视觉享受，这一点或许最生动地体现在中篇《阿Q正传》的结尾处。尽管处决阿Q这一高潮场景，蕴含了中国文学中最有力的想象之一，人群感存在于小说始终，并以极高的程度内化于阿Q心中，以致他自身的行动，都融入了或基于他设想中的、来自残忍而似乎无处不在的未庄社会的反应。

作为公开嘲弄和殴打的频繁受害者，阿Q不仅寻找在社会阶梯上比自己更低的受害者（如遭到他戏弄的小尼姑）加以嘲弄和侮蔑，以补偿自己的自尊，还发展了一整套叙述者称为阿Q式“精神胜利法”的心理防御机制。一次，在赌桌前的混乱中失去了赢来的全部赌资并遭到殴打后，这一方法失效了，“他这回才有些感到失败的痛苦了”。鲁迅继续写道：

但他立刻转败为胜了。他擎起右手，用力的在自己脸上连打了两个嘴巴，热剌剌的有些痛；打完之后，便心平气和起来，似乎打的是自己，被打的是别一个自己，不久也就仿佛是自己打了别个一般，——虽然还有些热剌

① 鲁迅：《〈呐喊〉自序》，第417页。

② Elias Canetti, *Crowds and Power*, 52.

刺，——心满意足的得胜的躺下了。[①]

大多数对鲁迅故事的分析，都聚焦于阐释他对阿Q这一角色辛辣讽刺的目标所在，特别提到贯穿整个二十世纪二十年代文学界关于“国民性”的论争。李欧梵指出，阿Q实际上体现了鲁迅在幻灯片中看到的一张“群众的面孔”，并将他称为“群众的总结性镜像”。[②]阿Q作为群众的两个部分占据了双重空间，他既是鲁迅所谴责的道德沦丧的始作俑者，又是这一道德沦丧一再的受害者。[③]鲁迅刻画的阿Q，既是群众麻木的自我欺骗的代表，但作为群众杀戮欲的牺牲品，如故事结尾所示，又得到了小说叙述者有分寸的同情，这鲜明体现了鲁迅自己对群众的矛盾感情。

在故事最后，阿Q因自己没有犯过的一项罪名而被定罪，但是，正如叙述不经意间提到的，他说不定也确实犯了这项罪。在去往刑场的路上，他一直不知道自己正成为“示众”的对象，鲁迅写道，“但即使知道也一样，他不过便以为人生天地间，大约本来有时也未免要游街要示众罢了”。[④]阿Q没有去宣告不公平的死刑判决所显示的非正义，相反，得扮演一个取悦群众的角色，这一想法已然内化于心，因而他背诵了一段流行戏曲中某个视死如归英雄的台词。他的命运在群众面前画上句号，叙述突兀而断然地采用了阿Q在等待致命一击时的视角：

又钝又锋利，不但已经咀嚼他皮肉以外的东西，永是不远不近的跟他走，这些眼睛们似乎连成一气，已经在那里咬他的灵魂。[⑤]

蕴含在这一中国现代文学最有力形象中的，是鲁迅心中挥之不去的对中国社会的谴责。观看阿Q游街的看客，像食人者一般用他们的眼睛享用着以阿Q为菜肴的盛宴，意味着“示众”背后的社会矫正推论不但没有成功，而且实际上对群众产生了某种恰好相反的有害影响：他们的群体伙伴关系强化了其野蛮性。卡内蒂的充电时刻，即被动的观众变形为主动的群众，蕴含了对鲁迅所创造形象的某种诡

---

① 鲁迅：《阿Q正传》，《鲁迅全集》，第1卷，第494页。

② Lee, Leo Ou-fan. *Voices from the Iron House*, 77.

③ Marston Anderson将这一双重性与Rene Girard“献祭性受害者”的概念相联系，即“既是共同体的一部分，又脱离于这一共同体”。见Marston Anderson, *The Limits of Realism*, 80—85。

④ 鲁迅：《阿Q正传》，第525页。

⑤ 同上，第552页。

异逆转：当刽子手向自身“也拥有注目凝视着的脑袋”的集会者展览被砍掉的脑袋时，群众“在被砍掉脑袋上的眼睛向他回望的时刻，获得了平等感”。[1]单个的、被砍头的受害者与吞噬他的众多眼睛之间可怕的决绝，其形象与摩罗诗人和其虔诚听众的崇高交会何其相似乃尔！两个场景中的高尚者，都给观众群体制造了一种文化和政治整体感。然而，它没有产生正面转化的效果，我们在阿 Q 结尾处看到的群众，被融进了某种怪物般的总体性。

鲁迅小说中另一处关于群众动力学的例子见于短篇小说《示众》，这一例证虽然险恶程度稍减，但堕落则一如既往。正如标题所示，故事说的是对一个罪犯的公开展示，但由于群众中唯一识字的人看不清用漆涂在罪犯马甲上的罪名，所以他究竟犯了什么罪也不甚了了。几个男孩子想把这些字看得更清楚一些，亦被其他围观者阻止，因为鲁迅的叙述主要关注的不是示众的对象，而是让群众进行自我展示。一度，有一个男孩挤过一堆身体，出现于群众凝视的另一端：

> 外面围着一圈人，上首是穿白背心的，那对面是一个赤膊的胖小孩，胖小孩后面是一个赤膊的红鼻子胖大汉。他这时隐约悟出先前的伟大的障碍物的本体了，便惊奇而且佩服似的只望着红鼻子。胖小孩本是注视着小学生的脸的，于是也不禁依了他的眼光，回转头去了，在那里是一个很胖的奶子，奶头四近有几枝很长的毫毛。[2]

视角的逆转令人不安，因为男孩此刻可将作为一个整体的群众一览无余。群众（包括鲁迅在内）花了更多时间观看自己；通过视角转换，鲁迅不仅将群众作为围观者加以暴露，而且使群众自身也成为一个景观，这一举动充满了矛盾意味。一方面，它让我们想起他在《〈呐喊〉自序》中的陈述，即这样被动的群众除了“只能做毫无意义的示众的材料和看客”，是不适合做任何事情的，也无法去教会这种“示众”类型的群众去做任何事情。然而，另一方面，它也通过群众的视觉动力，揭示了某种具有潜在救赎性的东西。在能够将自己看成一个统一的整体之前，群众无法获得某种意志或权力感。通过从群众的视角去呈现这种旁观者的视觉能力，或许鲁迅在试图以某种跟《〈呐喊〉自序》和阿 Q 不同的方式召唤群众。通过这种观察的转型，一种能够带来社会变革的现代群众或许可以就此形成。

---

① Elias Canetti, *Crowds and Power*, 51.

② 鲁迅:《示众》,《鲁迅全集》，第 2 卷，第 70 页。

尽管在这一个十年的后期，鲁迅转向左翼，并随后（有条件地）提倡乞灵于强有力的大众修辞和形象的所谓“革命文学”，然而，群众具有施展恶劣的、地狱般暴力的能力，这一看法始终存在于鲁迅的群众观念里。对鲁迅而言，作为旁观者的群众，不仅是野蛮的集体心态模式的邪恶残余，而且表明，自己无力通过文学手段对他们产生影响。因此，鲁迅对“示众”母题的反复使用，也体现了某种虚构的限度：假如文学最终只能重演“示众”话语（作为公众规训的一种方法），让直接沟通变得毫无可能，那么，他的最高期望，无非是展示群众，并让这一动力发动起来。

以此视之，鲁迅对自身作为知识分子角色及其小说之社会效果展开的无休止的自我审视和怀疑，揭示了他于《摩罗诗力说》表达的尼采式理想中早已显明的一个根本矛盾。这就是如何才能将一种关于转型的语法，有效传达给作为整体的社会身体。鲁迅小说以毫不妥协的尖锐性表现了这一矛盾，但更多时候，他富有穿透力的批评最终被引向内心，指向因自身之知识分子社会地位而强化了的他与大众之间的隔膜。他在这方面的孤立感，于1927年出版的散文诗集子《野草》中达到顶点。野草中的短章，语气尖锐，形式上富有实验性，它们构成了对作者自己，尤其是他自我定位的文化启蒙先锋角色的严峻的自我审视。在其中一篇《复仇（其二）》中，鲁迅描写了基督的公开展示和十字架受刑。然而，鲁迅笔下的基督，从他自己对嗜血群众施以怜悯的正义姿态中，获得了某种程度的满足乃至欢喜：

> 他在手足的痛楚中，玩味着可悯的人们的钉杀神之子的悲哀和可咒诅的人们要钉杀神之子，而神之子就要被钉杀了的欢喜。突然间，碎骨的大痛楚透到心髓了，他即沉酣于大欢喜和大悲悯中。①

群众在示众的壮观仪式中展现的“咒诅”的暴力冲动，不仅为牺牲者提供了批评群众之过度行为的机会，还让他能够陶醉于自己的优势地位并沉溺于对群众的怜悯之中。在这一批评中，鲁迅没有放过他自己以及和他拥有同样社会地位的人，这显示了其主体性围绕着示众的规训想象而被建构的程度。

尽管他擅长小说并取得了突出成就，然而，1927年以后，他几乎停止了小说创作，转而将他的文化和文学批评集中于散文写作（发展了“杂文”文体）和翻

---

① 鲁迅:《复仇（其二）》,《鲁迅全集》, 第2卷，第172页。

译，主要是俄国文学翻译。他对小说体裁的幻灭感表明，在 1926 年导致他北京女子师范大学两名学生被杀的“三・一八”惨案和他亲眼目睹的 1927 年国民党在广州“清党”后，他对自己美学和政治上的当务之急进行了重新评价。随着鲁迅对通过文学引发革命的有效性的怀疑更明确地浮出水面，他对那些仍为文学在文化革命中之先锋地位而辩护者的批评也愈加尖锐。在 1927 年 4 月给黄埔军校所做的一次演讲中，他反驳了那些声称写作“平民文学”的人：

> 在现在，有人以平民——工人农民——为材料，做小说做诗，我们也称之为平民文学，其实这不是平民文学，因为平民还没有开口。这是另外的人从旁看见平民的生活，假托平民底口吻而说的。①

这儿，他在早期小说中如此彻底鄙视的“旁观者们”，变成了所谓的“革命”作家，他们自称代表群众发言，其实只是将他们局外人的视角强加于群众而已。有趣的是，尽管他的批评对象是知识阶层，然而术语“材料”让我们想起了早年他对幻灯片中的群众的谴责。鲁迅日甚一日的敌意，引起了来自主张完全的作者自主性的右派和谴责鲁迅持有反革命观点的左派两方面的攻击。当代学者汪晖称赞鲁迅是他所处时代的完美知识分子，正是由于这一不断地“对所有不平等关系的反抗”：“鲁迅始终关心的是统治关系及其再生产机制”。② 从这一观点出发，鲁迅对“示众”的运用，就不仅仅是一个叙述形象或母题，还是对这一“再生产机制”的强有力的探究，一种与他自身的文学社会实践意义攸关的探究。

鲁迅尽管从未参加过任何政党，但这些年里中国革命的危机，迫使他对马克思主义理论进行了认真的研究。尽管他在二十世纪二十年代后期和三十年代的马克思主义转向，使革命文学事业更具可信度，但这一转向也过早终止了他关于群众想象的强有力的小说创作，同时他更倾注于作为政治性存在的群众。在三十年代中国的革命论述中，群众从换喻的意义上代表了受压迫的革命大众，因而，抽象的、主动性的“人民”概念，取代了不稳定的、保守的“群众”。然而，从鲁迅的角度看，他从未将群众缩小至适合这个简单的换喻；在鲁迅的杂文中，他继续

---

① 鲁迅:《革命时代的文学》,《鲁迅全集》第 3 卷，第 422 页。
② 汪晖:《‘死火’重温》,《反抗绝望：鲁迅及其文学世界》，河北教育出版社，2000 年，第 26 页。

批评中国群众，甚至借用了“一盘散沙”这一有力的形象来描述中国人民。[1] 在他的杂文中，鲁迅训斥的真正焦点是政府治理中的权力机制，这种机制维持了上述“一盘散沙”，而不是简单归因于群众的“国民性”。

① 鲁迅:《沙》,《鲁迅全集》第 4 卷，第 564 页。

跨族寓言：金史良、龙瑛宗殖民后期创作与鲁迅作品的互文性探索

■ 文 / 桥本悟（Satoru Hashimoto）
译 / 袁丽梅

引言：一封殖民地间往来的书信

受解构欧洲中心主义要求的影响，目前对殖民地文化交流的研究多聚焦于宗主国与殖民地间的交流互动，形成“中心—边缘”的研究模式，这也在很大程度上决定了后殖民文化研究的基本框架，后者在可能存在的复杂性中特别将独立置于显著的位置。在上述情况下，隶属于同一宗主国的不同殖民地之间的文化（transcolonial literary communication）交流未能引起足够重视。[①] 本文将考察的正是

① 在后殖民研究的整体领域，殖民地间的文学交流尚未有充分研究。斯皮瓦克是个值得关注的例外，她创造的“星球性”这一术语是对全球化背景中的南半球进行研究时的一个导向性概念。参见 Gayatri Spivak, *Death of a Discipline*. New York: Columbia University Press, 2003。苏伽塔·博斯（Sugata Bose）从事环印度洋沿岸跨殖民地研究，其包括 *A Hundred Horizons: The Indian Ocean in the Age of Global Empire*. Cambridge, Mass.: Harvard University Press, 2006，在内的作品也值得一提，参见 Sugata Bose and Kris Manjapra（eds.），*osmopolitan Thought Zones: South Asia and Global Circulation of Ideas*. New York: Palgrave Macmillan, 2010。本文所探讨的殖民地间互文现象能在多大的广度上印证殖民地间乃至帝国间更宏大的文学交流模式？我将在今后研究中进一步展开这一话题。

这一殖民地区间的文化交流与互动。

笔者将由对鲁迅作品的互文指涉出发，考察第二次中日战争期间（1937—1945）日本帝国内不同殖民地之间的文学交流。二十世纪二十年代初，鲁迅作为新文化运动中白话小说的代表作家被介绍到日本、朝鲜和台湾地区，[①]并成为这一地区作家们创作灵感的重要来源，这一状况一直持续到战时。其逝世后不久，在半殖民地的中国，尤其是左翼文学与政治阵营内部，鲁迅都经历了一场价值重估与经典化的过程，其中一个高潮便是毛泽东影响深远的《在延安文艺座谈会上的讲话》（1942）。[②]与此同时，在日本本土及其各殖民地，鲁迅也成为重要的文学符号。对这些地区的作家而言，鲁迅与知名的西方及日本作家一样激起了殖民地知识分子们极大的引介热情，[③]对鲁迅的指涉、互文与评论也在他们中间形成了一种特殊形式的文学交流。这种交流有时显而易见，如一位作家谈到另一位作家对鲁迅的提及；但大多数情况下，交流的线索却散落在当代文学创作与评论文本的汪洋大海中，有待发掘。我们要做的正是从比较文学的视角重新建立起这些彼此孤立的文本间的联系，从整体上把握战时东亚对鲁迅作品的互文化现象，进而探寻这一跨地区文学交流活动的重要意义。作为目前较少人涉足的日本帝国内不同殖民地间文化互动的一个组成部分，对这互文化现象的考察也将使我们获得对战时东亚文化结构与动态更为多层性与细致的认识。

本文将重点关注上述互文现象中的两例，即朝鲜作家金史良（김사량）（1914—1950）及其同时期的台湾地区作家龙瑛宗（1911—1999）二人在殖民后期的创作。笔者认为，鲁迅在对文化传统彻底的自我批判中创造了一种乌托邦寓言（utopian allegory）美学，这一美学激发了两位殖民地作家进行一种伦理性、审美性的文学实践，而在帝国文学体系中表现殖民地的属下主体。除鲁迅早期知名作品的"内容"外，尤其是其对文学语言自我批判式的使用"形式"启发了金、龙二人的殖民创作。

金史良、龙瑛宗在二十世纪三十年代末、四十年代初创作的几部重要作品均与鲁迅早期知名小说，包括《故乡》（1921）、《阿Q正传》（1921—1922）与《祝

---

① 有关鲁迅在朝鲜及台湾的译介情况，可参见任明信:《韓国近代精神史における魯迅:『阿Q正伝』の韓国的受容》（东京大学博士论文，2010）；金始俊:《鲁迅与韩国人》（현대중국문학，1997）；中岛利郎（编）《台湾新文学と魯迅》（东京：东方书店，1997）。

② 毛泽东:《在延安文艺座谈会上的讲话》。

③ 对日本文学在朝鲜及台湾的移植情况，参见 Karen Thornber, *Empire of Texts in Motion*. Cambridge, Mass.: Harvard University Asia Center, 2009。

福》(1924)存在着互文关系;同时,在两人的私人通信中,鲁迅的名字也出现在了关键性的地方。以上因素使我们能够通过考察金史良、龙瑛宗与鲁迅作品的互文性管窥东亚战时殖民地之间的文学交流。下文是金史良在1941年写给龙瑛宗的信函,全文值得摘引于此:

> 很高兴在今晨收到你的来信。尽管出生地相距遥远,我们却使用着同一种他者的语言,因此,能与你成为朋友使我尤为欣喜。早在小学时期,我就喜欢上了台湾,以一种青年人的热忱关注台湾的一切。现在,我依然很想到台湾去,正如你所说的,南方的、如梦似幻的台湾也许如同希腊;或者是,能够到那儿游历一番就像到了罗马。我特别希望能够近距离感受台湾民众的情绪,熟悉那儿的生活。今年夏天,我可能会到库页岛去,看看生活在那儿的朝鲜人的情况。我听闻台湾也有不少朝鲜人,有机会我一定要去一趟。也请你到朝鲜来,尽管我对现在的朝鲜并不感到自豪。你会敏锐地观察到一切,朝鲜亦是艺术之国。
>
> 你知道台湾诗人吴伸煌(坤煌)[①]吗?我在***(此处不清)偶遇过他,他的俊朗的外貌给我留下了深刻的印象。去年从北京回天津的途中,在天津站站台上我又遇见了他。写到这儿我想起创作小说的张文環[②],不知他现在是否还在继续写作——我似乎在哪儿读到过他。我相信你对文学也有不少担忧。我不知该如何对待传统,这个于我而言很***(此处不清)的事物,流淌在我血液中的传统的精神。毕竟,传统很重要,不是吗?我们不该刻意排斥它:我深深感到自己应该忠实地利用传统以创作出新的、自己的文学。你创作的是台湾人的文学,你应该这么做;而我创作的是朝鲜人的文学,我也应该这么做。这或许不言自明,却应引起我们的重视。当读到你的作品《宵月》时,我感到很亲切。我惊异于你我所在地区现实上的相似性。当然,《宵月》的创作意图并非为了揭露现实,你的行文也很冷静克制,但我似乎能够看到文字背后你的颤抖的右手。这也许只是我的主观臆断或自作多情……请多包涵,请多包涵。
>
> 你对"茅盾"这个作家有何看法?他好像不那么出色,但似乎也还不错。相对而言,我更喜爱鲁迅,他令人敬仰。你该使自己成为台湾的鲁迅,我这

---

① 吴坤煌(1909—1989),台湾诗人、作家。

② 张文環(1909—1978),台湾作家。

么说或许有些冒昧，不过我的意思只是期待你能够像鲁迅那样创作出对于整个文学都具有重要性的作品。我也在一步步地努力着，希望自己能够创作出尽可能多的好的作品。有空时我会再写信给你，请继续创作优秀的作品，让我们互相帮助、相互勉励。我同意你对《走向光明》一篇的批评，我自己也不是很满意，希望以后有机会再做修改。这部作品依然是为日本内地读者创作的，这一点我理解得很清楚，清楚到令我感到恐惧。①

写信者金史良 1914 年——即日本占领朝鲜四年后——出生于平壤一个富有之家。据称，青年时代的金史良曾打算到北京学习，随后移民美国。不过最终，他却在 1932 年东渡到了日本求学。② 在九州完成中学阶段的学习后，他于 1936 年进入东京帝国大学学习德语文学，毕业论文是关于海因里希 · 海涅（Heinrich Heine）的，同时开始用日语创作，并且加入了东京的一个朝鲜人剧团，叫做朝鲜艺术座。1940 年，金史良的短篇小说《走向光明》（**光の中に**）（1939）获得芥川（芥川龙之介）奖提名，该奖项被公认为日语文坛最具权威性的文学奖，这也是金史良在日本文坛的初次亮相。此后，金史良又用日语发表了不少作品——大部分为短篇小说——与一些朝鲜语创作。金的声望与日俱增，同时，他也发表了一些支持与推动帝国文化政策的言论，尽管如此，日本战败前数月，金史良还是决定在对中国的一次官方访问中出逃，并打算前往延安。在即将到达革命圣地延安前，战争结束了，金只得返回平壤，继续用朝鲜语创作。朝鲜战争（1950—1953）期间，他加入了北朝鲜的军队，1950 年死于前线。

龙瑛宗比金史良早三年出生，是一个客家人。他属于主要接受日语教育的台湾殖民一代作家。龙瑛宗早年曾经进入书房就读，后来根据殖民政策私塾被取缔，才被迫转到“公学校”。据称，青年时代的龙瑛宗在创作方面的才华已引起教师

① 日本学者下村作次郎在龙瑛宗的私人档案中发现了这封写于 2 月 8 日的日文书信，并将其全文收录在下村作次郎《文学で読む台湾》（东京：田畑书店，1994），第 210—212 页。下村教授推测这封信应该在 1941 年寄出。龙瑛宗与金史良的作品全集中均未收录该书信。在此感谢成均馆大学的黄镐德教授提醒我注意到这一珍贵的文献资料。同时，本文也得益于其论文《帝国日本与政治的（无）翻译性》（제국 일본과 번역 [없는] 정치），《大东文化研究》63 (2008)。

② 根据一则回忆性轶事，金史良及其一代的一些作家们都希望“去美国，并用英语写小说，因为（他们）对日本大失所望。”参见安宇植：《金史良：その抵抗の生涯》，东京：岩波书店，1972 年，第 18 页。

们的关注。1930 年，龙瑛宗从台湾商工学校毕业后进入银行工作，同时开始用日语创作。1937 年，他的处女作《植有木瓜树的小镇》（パパイヤのある街）在知名日文刊物《改造》主办的文学竞赛中获得二等奖，并正式发表。作为一名殖民地作家，龙瑛宗的名字开始为人所知。此后，在整个日据时期，龙瑛宗用日语创作了为数众多的短篇小说，并成为东京文学期刊《文艺首都》的一名重要撰稿人。1939 年，金史良获得芥川奖提名的作品《走向光明》也正是首先发表在《文艺首都》上。与金史良类似，龙瑛宗也在一定程度上参与了殖民官方组织的一些文学活动，如所谓的大东亚文学者会议。1945 年台湾光复后，龙瑛宗还在中华日报日文版任职，所以继续用日语写作，但一年后国民党政府禁止日文写作，龙瑛宗在“差一天就满一年的情况下”，才回到银行工作，虽然继续文学创作，不过创作量锐减。

基本上可以断定，这两位在日语文坛崭露头角的殖民地作家[①]——金史良与龙瑛宗，同时也都是《文艺首都》的撰稿人，正是通过这一刊物相互认识。金史良在信中称赞的龙瑛宗的短篇小说《宵月》（**宵月**）于 1940 年 7 月发表在《文艺首都》上，距离金在同一刊物上发表《走向光明》只有不到一年的时间。然而，金史良在书信中所表现出的理解与共鸣却明显不同于东京评论界对二人创作的赞誉。[②] 事实上，金史良将他们共同的创作语言——日语称为“他者的语言”，金、龙二人虽“相距遥远”却不得不使用同一种外语进行创作，这一相同境遇下产生的特殊的友谊，金史良尤为珍惜。书信结尾处，龙瑛宗对《走向光明》的批评得到了作者的赞同，后者同时承认这部作品“是为日本内地读者创作的”，再次表现出语言上的他者意识。在对自己首部知名作品表示不满的同时，金史良也认识到帝国文坛对其作品的阐释与个人创作意图间的不一致，因而流露出一种恐惧感（“我感到恐惧”）。这一自我反思的视角也使金史良对龙瑛宗的短篇小说《宵月》作出了与众不同的解读：在表面“冷静克制”的文字背后，金似乎看到了作者“颤

---

① 第二次中日战争前夕，日本帝国主义禁止台湾出版物使用中文，致使中文文学期刊《台湾文艺》与《台湾新文学》于 1937 年停刊。同时，朝鲜的出版物也被禁止使用朝鲜语，导致文学杂志《文章》（문장）与《人文评论》（인문평론）于 1941 年停刊。自此，一个包含日本本土、台湾、朝鲜、“满洲国”在内的日趋统一的单一语言文学圈开始形成。日语，作为当时的“国语”，成为该区域内大部分作家创作的唯一语言。可参见李文卿:《共荣的想象：帝国、殖民地与大东亚文学圈（1937—1945）》，台北：稻乡出版社，2010 年。

② 各类文学奖本身即是将殖民地文学纳入帝国“东亚”文学圈的必要手段。参见和泉司《日本統治期台湾と帝国の〈文壇〉：文学懸賞がつくる日本語文学》，东京：ひつじ书房，2012。

抖的右手”，这样的观点金自认为也许有些“主观臆断”或“自作多情”。通过这一比喻性意象，金史良试图挖掘小说文字背后隐藏的深层含义，其小心翼翼同时又独辟蹊径的解读作为殖民地间文学交流的一种表现形式，虽以帝国语言作为媒介，但试图转达一般读者却很难理解的某种深意。意识到彼此创作语言中的他者性使金史良通过上述批判性阅读看到了相距遥远的殖民地之间相同的“现实”——事实上，龙瑛宗在其风格含蓄的作品中并未对这一“现实”进行“揭露”。

诚然，金史良对其信中提到的“流淌在我血液中”的民族传统十分重视，许诺创作“朝鲜人的文学”，同时也敦促台湾同行龙瑛宗写作“台湾人的文学”。但是，金希望与其台湾友人建立的这样一种另类文学对话彰显出朝、台两个殖民地被压迫民族之间在本质上的某种相似性。也正因为如此，金史良能够在描写台湾现实的作品《宵月》中——恰恰因为这部作品反映了台湾现实——捕捉到对自己民族国家现实的寓言，从而将《宵月》解读为一种被我称之为的跨族寓言。所谓跨族寓言，指的是某一民族的文学作品，同时可被视为对另一民族共有现实的寓言。金史良所谓的“台湾的鲁迅”中“鲁迅”这一人物所代表的也正是这样一种跨族寓言。金对这位中国作家具有的某种跨族普适性十分欣赏，因此在鼓励龙瑛宗创作台湾人自己的文学时将其视为文学创作的榜样：“（我）期待你能够像鲁迅那样创作出在整个文学都具有重要性的作品。”这里的“重要性”将以一种自我批判的方式颠覆金、龙二人支持并实践着的帝国化了的“文学”。接下来我将重点论述金史良所谓的成为殖民地的鲁迅究竟指的是什么。

一、鲁迅有关乌托邦寓言的伦理美学

金史良、龙瑛宗这一时期的作品为理解上文信中提及的鲁迅提供了丰富的语境。1941 年 2 月，即寄出这封信的同月，金史良发表了一篇用朝鲜语创作的短篇小说《我在拘留所里遇见的男人》（留置場 에서 만난 사나이）。一年后，他将这部作品翻译成日语，同时将标题改为《Q 伯爵》（Q 伯爵），这里显然暗指了鲁迅的《阿 Q 正传》。此外，金史良在 1940—1942 年创作的多部短篇小说均与鲁迅的早期作品，尤其是《阿 Q 正传》存在着互文关系。同时，1940 年 10 月，龙瑛宗发表了一篇比较鲁迅的《狂人日记》与果戈理（Gogol）的同名小说的评论文章[①]；

---

① 龙瑛宗：《两篇狂人日记》（二つの狂人日記），《龙瑛宗全集》（日语版），台南：国立台湾文学馆，2008 年，第 4 卷，第 65—69 页。

他在发表于1937年的处女作《植有木瓜树的小镇》里也提到了鲁迅的《故乡》与《阿Q正传》；金史良在信中称赞的作品《宵月》(1940)则与《祝福》存在着互文现象。

可以清楚地看到，《阿Q正传》处于上述互文关系的中心，因此，我将首先以它为例，讨论鲁迅早期创作中的寓言美学(allegorical aesthetics)，进而考察金史良、龙瑛宗作品中对鲁迅的互文指涉。正如后文将进一步阐述的，金、龙二人的创作尤其受到鲁迅早期作品中的寓言美学的影响。由这一视角出发，我对《阿Q正传》的解读批判性地讨论了弗里德里克·詹姆逊(Fredric Jameson)将该文本视为"民族寓言"(national allegory)的著名论断，跨族寓言的提法即是对"民族寓言"的解构。

詹姆逊将鲁迅与非洲作家、导演塞姆班·乌斯曼(Sembène Ousmane)放在一起讨论，并根据其著名的"广泛适用的理论"，即"第三世界的所有文本都必然是……寓言性的……应被视为我所谓的民族寓言"，认为鲁迅的早期作品尽管反映的是个体的生活，却是对帝国主义欺凌下"中国社会与文化面临的困境"的隐喻。"因此，作为寓言而阐释，阿Q就是中国"，詹姆逊写道。[①] 其自鲁迅作品中萃取的政治涵义将帮助读者获得对自身作为民族成员之一在历史世界整体性中"位置"的认识，即他所提出的著名的"认知地图"[②]，而詹姆逊认为民族正是反抗帝国主义压迫的主要主体。

艾加兹·艾哈迈德(Aijaz Ahmed)在对詹姆逊的批评中指出，后者的论述"抹杀了发达资本主义国家与帝国主义之间及其各自内部差异的多样性"，而仅仅强调了将"集体"等同于"民族"的"民族意识形态"。[③] 笔者赞同艾哈迈德的观点，但将在解构詹姆逊解读鲁迅作品时所强调的"寓言"的语义机制的基础上展开下文的讨论。同时必须指出的是，在鲁迅作品的特定语境下，"寓言"的定义有待厘清，而詹姆逊理论中的一个基本前提也应重新思考。

《阿Q正传》中的"寓言"应从小说独特的叙事结构与作者对文学语言深刻自我反思式的使用两方面来理解。其叙事的独特性在于构建了一种戏剧性结构，使

---

① Fredric Jameson, "Third-World Literature in the Era of Multinational Capitalism," *Social Text* 15. Autumn, 1986, pp.69; 74.

② Fredric Jameson, *Postmodernism, or, the Cultural Logic of Late Capitalism*. Durham: Duke University Press, 1991, p.1—54.

③ Aijaz Ahmed, "Jameson's Rhetoric of Otherness and the 'National Allegory'", *Social Text* 17. Autumn, 1987, pp.3; 8; 14—15.

读者能够置身于其中戏剧性的场面。在叙述者讲述阿Q及其村民们的故事的同时，读者欣然观赏到他们之间愚蠢的争斗，并且嘲谑阿Q荒唐可笑的“精神胜利法”。然而，当阿Q被宣判死刑，读者突然发现自己也站在村民们中间，很冷淡地看着可怜的阿Q向刑场走去。读者因而在欣赏故事的同时也将发现自己置身于村民们生活的传统、腐朽的中国社会，当他们同样麻木地充当看客。最后一刻，阿Q的脑子里发出实存性的“救命”的呼喊，叙述者随即写道：“然而阿Q没有说”，由此促使读者进行自我反思：我们真的能够听见阿Q的声音吗？我们与这些村民有何不同？这些问题在小说富有讽刺意味的“大团圆”部分反复出现：耳中依旧充斥着阿Q内心呼喊的读者在故事的最后被告知，因为“被枪毙”，村民们便单纯地相信“阿Q坏”，城里人却认为由射击队执行的枪决没什么意思，比不上精彩的杀头的场面。在讲述了阿Q的人生悲喜剧后，叙述者透露在作品所表现的社会中，主人公的声音是无法被听见的；而阿Q在临死前终于得到死于生活其中的社会之手的理解这一关键时刻，也不会出现。随着小说叙述的结束而逐渐消逝的阿Q的沉默的心声如警钟般回响，提醒着读者对腐朽的传统社会的漠然态度，阿Q是这个社会中被忽视的牺牲品，而读者自身则可能参与了对阿Q的迫害。阿Q的呼喊因此将敦促他们去想象并找寻一个能够代表这个下属主体的新社会，从而赋予其微不足道的死亡以公正的意义。由此可见，阿Q不仅是传统社会自我认知能力的缺乏的寓言，也代表了后者对一种全新文化的内在渴望，这种渴望虽未被表达出来，却真实存在着。

因此，讲述阿Q的故事即是对现有文学语言在表现力上的不足进行自我批判式的检查与修正。就这一点而言，小说“序”的重要性无论如何强调也不会过分：

> 我要给阿Q做正传，已经不止一两年了。但一面要做，一面又往回想，这足见我不是一个“立言”的人，因为从来不朽之笔，须传不朽之人，于是人以文传，文以人传——究竟谁靠谁传，渐渐的不甚了然起来，而终于归结到传阿Q，仿佛思想里有鬼似的。[①]

作者在这段话中解释了一番自己的写作动机，实际却是在指涉《春秋左传》中对于何种人将“死而不朽”的讨论：“大上有立德，其次有立功，其次有立言，虽久

① 鲁迅:《鲁迅全集》，北京：人民文学出版社，2005年，第1卷，第512页。

不废，此之谓不朽。”[①] 故事的叙述者自觉与上述传统意义上的“三种不朽方式”保持了一定的距离（“我不是一个‘立言’的人”），并认为阿 Q 的故事不能用文学上的“不朽之笔”来讲述，因为“不朽之笔”应“传不朽之人”，而将自己的创作置于《左传》所阐述的“人以文传，文以人传”的传统文学体系之外，尝试以一种全新的写作方式来“传阿 Q”。“阿 Q”因此成为传统意义上的“文”无法表现的存在，然而，他却如“鬼”一般徘徊于叙述者的头脑中（“思想里有鬼似的”），要求被传。为回应这一伦理性的要求，叙述者于是创作了《阿 Q 正传》。

迥异于传统文学对“不朽”的追求，新作品被称为“速朽之文”。然而，对这一新文类，叙述者的阐述却着实是含糊其辞的。首先第一个问题便是如何来命名这样一部作品，由儒家居于核心位置的对“正名”的教谕的戏仿出发，叙述者徒劳无功地尝试了几种传统命名方式，最后只得凑合了事：“便从不入三教九流的小说家所谓‘闲话休题言归正传’这一句套话里，取出‘正传’两个字来”。[②] 与传统文学背道而驰也使得阿 Q 的这部新传难以归入现有的文学实践活动中。现有的文学文类无法定义《阿 Q 正传》，后者因此缺乏明确的“潜在读者”，而读者对这部作品的“期待视野”亦不甚明了。换句话说，这部作品是为未来的读者创作的。通过对它实际的阐释和解读，读者将重新思考并更新现有的文学文类。这样的写作方式体现了鲁迅的现代主义美学，然而，这一新美学如何作为一种文学媒介发挥作用却有待进一步的阐释。如同一个人收到一封来路不明的信件，参与建构《阿 Q 正传》意义的读者也必将质疑文本的传播途径；只有当他们以一种自省的态度参与到“中国现代文学”这一新文化体系的创建中时，《阿 Q 正传》才能为他们所欣赏。

因此，如果将《阿 Q 正传》视为一则寓言，那么，其中所体现的现代主义美学就需要对其进行辩证的阐释，也即阐释框架与释义间应相互定义。如果说：“作为寓言而阐释，阿 Q 就是中国”，那么，我们必须重新思考在这句话里，“中国”指的是什么？事实上，这里的“中国”并不是詹姆逊或我们头脑中一个模糊的民族国家的形象——这个民族国家具有某些稳定的文化特征，[③] 而是鲁迅笔下对文化传统进行着深刻自我批判，同时向往一种新文化的中国社会。《阿 Q 正传》所喻指的正是这样一个在乌托邦欲望驱使下进行着深刻自我批判的“中国”，而读者在阅

---

① 《左传 · 襄公二十四年》。

② 鲁迅：《鲁迅全集》，第 1 卷，第 513 页。

③ Jameson, “Third-World Literature,” p.72.

读鲁迅作品时也需要以同样的自我批判的精神参与到对这个民族新的文化身份的想象中。詹姆逊将《阿Q正传》视为“民族寓言”，在我看来未能充分关注到鲁迅寓言美学的这一实践性的层面，也未能以一种历史的批判的视角来看待中国文化。此外，他将作品所隐喻的“民族”主体性归入黑格尔主/仆关系辩证法中，视其为有关“第一世界”与包括中国在内的“第三世界”民族国家间斗争的超叙事的具体表现。然而，一旦将这一恒定的超叙事作为阐释框架，鲁迅寓言中的乌托邦色彩势必受到削弱，这是由于其作品中憧憬的新文化可能对现代民族国家体制有所批判，同时，这一想象本身也暗示了一种革命的时间性（revolutionary temporality），后者可能消解黑格尔有关世界历史的超叙事。要充分理解鲁迅“民族寓言”的上述实践性层面，就必须“永远历史化”（always historicize）它：必须考察其作品的接受与传播历史，并思考这样几个基本问题：这些作品是在怎样的语言、文化与社会语境下被阐释的？如何被阐释？在不同的阐释语境里作品中所隐喻的自我反思的革命主体性被认为是什么？鲁迅的作品促使处于不同历史语境下的读者想象如何的新文化？只有回答了上述问题，我们才能够揭示鲁迅乌托邦寓言的真理内容。

在鲁迅作品的接受与转播历史当中，目前学界对鲁迅作品在战时东亚不同国家与地区间产生的互文现象未引起足够重视，本文将考察鲁迅作品与金史良、龙瑛宗创作间的互文性，进而揭示迄今鲜为人知的鲁迅乌托邦寓言的跨族性（transnational）意义。

二、金史良：自译的政治

在被殖民当局关闭前几个月，《文章》（문장）这一极为重要的朝鲜语文学期刊上刊登了金史良的短篇小说《我在拘留所里遇见的男人》。小说的主人公是殖民政府里一位朝鲜高官的儿子，被称为“王伯爵”，金史良在第二年将这部作品译为日语时，将其改为了“Q伯爵”。在由釜山开往新京（“满洲国”首都，即今天的长春）的特快列车上，一名日本大学毕业的朝鲜记者向他的同窗朋友们——其中包括第一人称叙述者“我”，讲述了这则故事，这名记者由于反殖民活动曾被羁押在东京的一个拘留所里，在那儿他第一次遇见了王伯爵。

故事一开始，一名犯人就用带有浓重朝鲜口音的日语与守卫交谈：

「탄나 탄나상」

이렇게 그는 밖으로 向 해 부르기가 일쑤였다.

留置場 에 들어간 바름날 나는 이 奇異 한 發音 에 퍽으나 놀래었다. 그것은 바로 마즌편쪽 房 으로 부터였으나 아모래도 그 목소리의 임자가 朝鮮 사나이임에 틀림없기 때문이다.

「포쿠데스요. 포쿠 便所, 便所 에 가구싶어요」

「王伯爵 인가」

「하이 하잇」

그것이 아주 질겁할만치 황송한 목소리이다.

"先森，先森。"

他总是这样朝外喊。

这个奇怪的声音来自对面的牢房，到拘留所的第一天我就感到很惊讶，因为说话的一定是一个朝鲜人。

"是额。额，厕所。额想去厕所。"

"是王伯爵吗？"

"是，是得。"

他出人意料地显得彬彬有礼。①

作者在文中着意再现了王伯爵带有浓重口音的日语，例如他将"先生"读作"先森"（*t'anna sang* 탄나상），而标准日文发音应为 *dannasan* だんなさん。同样，在"是额。额，"（*p'ok'u tesŭyo. p'ok'u* 포쿠데스요．포쿠）一句中也出现了这个典型的浊辅音发音错误，其标准日文发音应为 *boku desuyo. boku* ぼくですよ。ぼく。另一方面，作者又使用标准朝鲜语来记述这名记者与其他角色所使用的规范的日语。正如讲述故事的记者所指出的，王伯爵口音"浓重"，带有"朝鲜人"鲜明的特色。

作为一个"可怜的无政府主义者"，王伯爵由于参与反对殖民当局的非法活动多次遭到逮捕。不过，他的参与方式却很独特，如他曾写信给一名被捕的活动者而不是直接参与到反殖民活动中，信中肆意渲染、夸大其词，目的只是为了激怒查获信件并发现上当受骗的警察。警察到时，他又躺在一堆证据当中，这些证据是他在得知一位朋友的非法活动被调查后从后者那里收集来的。由此可见，王伯

① 金史良:《我在拘留所里遇见的男人》（留置場 에서 만난 사나이），《文章》（문장），1941年2月，第290页。划线部分为笔者所加。

爵是在制造自己参与反政府活动的假象，混淆当局视听，他知道由于自己那位殖民地高官的父亲，他是不会受到惩罚的。

记者在狱中待了一年，释放后不久又在从釜山开往“满洲国”的列车上再次遇见了王伯爵。这是一趟满载着移民“满洲国”的朝鲜农民的列车。出狱不久的记者试图忘记自己的过去，他对自己说：“我不要再想了。过去的就让它过去吧。”这里暗指了在殖民当局的高压政策下大批反帝思想家与活动家放弃左倾意识形态的“转向”现象。[①] 记者试图让自己重拾信心：

> 我没有绝望；相反，我感到血液和新的生命力从身体里喷涌而出。我看到那些在可恶的洪水和风暴中失去土地与家园的农民，他们正向遥远的广野前进，寻找新的希望，我也对自己说要勇敢些，重新开始，重获新生并且坚强地活下去。[②]

1932年，日本在中国东北建立了傀儡政权“满洲国”，并将其誉为一片充满了希望与将实现多民族共同繁荣的土地，同时鼓励向“满洲国”移民。[③] 在这样的背景下，朝鲜农民来到这片新土地上定居下来，也使刚刚被迫放弃自己最初意识形态追求的记者受到了鼓舞。

与此相反，王伯爵却深感悲伤。

> “是啊，”他（王伯爵）又哀叹道：“我是在作茧自缚，自作自受。没有希望，没有快乐，没有愉快。啊！只有坐上了这趟移民的列车我才得救了。我可以和他们一起旅行，一起哭喊。”
>
> “但是他们怀有希望，他们不是去那儿哭泣的。”
>
> “我不管这个。我感到高兴是因为他们在同一趟车上，去往同一个目的地，他们在一起喊叫，一起哭泣。可是我呢？他们穿过国界后，我得一个人独自回来，一想到这儿，我就万分难过。”[④]

---

① “转向”现象可参见鹤见俊辅：《转向再论》，东京：平凡社，2001年。

② 金史良：《我在拘留所里遇见的男人》，《文章》，1941年2月，第295—296页。

③ 有关“满洲国”的历史，可参见 Prasenjit Duara, *Sovereignty and Legitimacy: Manchukuo and the East Asian Modern*. Lanham: Rowman & Littlefield Publishers, 2003。

④ 金史良：《我在拘留所里遇见的男人》，《文章》，1941年2月，第298页。

在记者试图看到希望的地方王伯爵看到的却是绝望。每当列车驶离车站，他们都会听到“惊天动地”般回响着的移民们的哭喊与哀号。王伯爵的“内心充满了恐惧”，然而，他的“黯淡的眼中却有一种嘲讽与怪异的快乐的光芒”。两人一直在用日语交谈，突然，王伯爵大声地哭起来，并“用朝鲜话喊道”：“我也想哭！我也想大叫！我想哭，所以我总是来坐这趟车。”记者觉得这个可怜人“一定是陷入到令人绝望的孤独当中，我们有时也会这样。是啊，真是可怕的孤独。”不过，他又希望“……他能够很快镇静下来。”在“同情”王伯爵的同时，记者也对自己说：“不过，冷静下来想想，他真的很烦人。我得说，这样一个人不配活在世上。因此，我斥责他道：‘别哭了。你看起来糟糕透了。’”似乎被剥夺了“最后的快乐”，王伯爵倒在地上，没有再说话，以示抗议。故事讲到这儿，记者坦言：“顿时我感到松了一口气。那时我是多么冷酷无情啊！”① 下车前，他试图唤醒王伯爵，但后者依旧躺在地上，没有反应，记者一心想着别错过站，于是没有再管他，自己下了车。最后，他终于站在月台上，长长地舒了一口气。王伯爵是死是活却没人知道。

在讲述这个火车上的故事的同时，记者感到十分后悔与负疚：

> 我后来（在火车上）又遇见过这位王伯爵一次，但发生了可怕的事。现在后悔太晚了。一想到当时发生的一切，我就无法控制自己，懊恼、悔恨使我痛苦不已。是的，在我即将开始新生活时，我犯下了大罪。②

记者后悔的是当他平静下来，离开这个可怜人时，感到松了一口气。“我不知道为什么会发生这样的事。一回想起那一刻，我的内心就痛苦万分，我真不该下车，”他自责道。小说最后，王伯爵——没人知道他是否还活着——的形象不断出现在记者的头脑中，以至于有那么几次他似乎又看到了王伯爵，一次是在洪水泛滥的河中央，另一次是在一场空袭演习中。第一人称“我”则宽慰情绪低落的记者：

> 对，（你在演习中看到的）那个人也许就是王伯爵。战争爆发了，他一定感到高兴。现在，整个国家就像那趟满载移民的列车，带领着我们向一个既定的方向呼啸前行，尽管经历着真实的苦难，整个国民却团结在了一起。王

① 金史良：《我在拘留所里遇见的男人》，《文章》，1941年2月，第298—299页。

② 同上，第295页。

伯爵或许也已经找到自己人生的方向，民防小组长听上去挺适合他的。[1]

然而，对这段充满了希望的话，记者的反应却暧昧不明，他神神秘秘地说道："但愿如此……不过后来，我又……"[2] 故事在这里画上了句号。

如同《阿 Q 正传》的主人公，王伯爵也是在社会里被压迫的主体，然而，其殖民地高官的父亲却使他无法摆脱与殖民当局的同谋关系，从而缺乏反抗权威的途径。阿 Q 徒劳地借助"精神胜利法"对身处的自相残杀的社会进行虚假的个人反抗，王伯爵也只能通过荒谬的方式制造参与反殖民活动的假象。王伯爵悲切的呼喊与哭泣反映了移民列车上背井离乡的朝鲜农民们的痛苦和悲伤。与这些可怜的殖民地民众搭乘同一趟列车，与他们一起哭泣给了他最后一点安慰。由于不能"穿过国界"，王伯爵的旅行漫无目的，他与移民们一起度过的时光则反映出后者真实而纯粹的痛苦，国家许诺的任何未来也无法弥补这种伤痛。努力以积极态度面对"转向"后生活的记者却引用官方的宣传话语，试图在农民们集体北迁的行动中看到希望，因此，他需要制止王伯爵的哭喊，正如他必须忘记入狱前的生活（"过去的就让它过去吧"）。然而，厉声打断王伯爵却使他饱受悔恨的折磨，王的影子从此如鬼魂一般回旋在他的脑际。王伯爵这一形象因此不仅代表了遭受殖民压迫与非人对待，却无反抗途径的苦难深重的朝鲜民族，同时也象征了后者需要受到关注的对救赎的根源性的呼喊。

因此，阿 Q 无声的"救命"与王伯爵被制止的哭喊从根本上讲是相似的。如同村民们对阿 Q 的死表现得漠不关心，王伯爵故事的听众——第一人称"我"也不认为他有可能死了，而是安慰记者：因为"战争"（即第二次中日战争）爆发了，所以即使像他这样的人也能够参与到国家行动中去。融入具有包容性的"民族团结"——实际为"帝国内部的团结"——中使王伯爵也能够"找到自己人生的方向"，在帝国社会中获得适合的位置。这样所说的殖民地知识分子对官方描绘的未来的信念，坚定得恰恰等于鲁迅笔下的中国村民对传统生活方式的固守。如果在 1941 年，读者还能够舒舒服服地聆听王伯爵的故事，对第一人称"我"宽慰深感内疚的记者的话与驱逐王伯爵久久徘徊的影子的、富有讽刺意味的"大团圆"结局感到某种释怀的话，他该听听主人公被制止的哭喊，提醒自己下意识里已经充当了帝国主义的帮凶。记者最后所说的模棱两可的话（"但愿如此……

---

① 金史良:《我在拘留所里遇见的男人》,《文章》，1941 年 2 月，第 65—66 页。

② 同上，第 301 页。

不过后来，我又……”）也应被看做回荡耳畔的对自我反省与自我改造的强烈呼吁。

金史良在用日语翻译这部作品时，将主人公“王伯爵”改为了“Q伯爵”，由此彰显出与鲁迅《阿Q正传》的互文关系。译文被收入金史良在东京出版的第二部短篇小说集《故乡》（故郷）（1942）中，作者的目的正是向日语读者介绍这部作品。事实上，这一时期金还写作了一些评论文章，鼓励将朝鲜文学作品翻译成日文。在帝国文化融合时期，金史良一方面反对语言单一化，坚持朝鲜文学应使用朝鲜语，[①] 并在上文所引给龙瑛宗的信中明确提出文学民族主义的主张。但另一方面，他又认为朝鲜文学应成为“日语文学引以为豪的一个组成部分”，正如爱尔兰文学“为英语文学增光添彩”。[②] 他写道：“只有通过文学，日本内地与朝鲜才能实现真正的精神上的融合。”[③] 在金史良看来，用朝鲜语创作朝鲜文学与将其融入帝国文化当中，二者之间并不矛盾，相反还将相互促进。他相信，通过帝国内部的翻译活动，民族主义与帝国主义将实现完美结合。他建议成立一个由政府主办的“翻译协会”，负责将朝鲜现代及现代以前的文学作品翻译成日文，以便向日语读者介绍朝鲜文学，使他们了解“为何朝鲜文学必须用朝鲜语写作的真正原因”。[④] 金史良认为，通过翻译，民族文学的独特性将在帝国文学圈内获得承认，而朝鲜语文学创作也将受到保护。

二十世纪三十年代末四十年代初，越来越多的殖民地文化被介绍到日本内地，[⑤] 我们应在此背景下来理解金史良上述对帝国内部翻译活动的探讨。在这短短几年时间里，被翻译成日语的朝鲜文学的数量也出现了大幅增长。[⑥] 对殖民地文化日益浓厚的兴趣的焦点是所谓“地方色”，这个概念将某一殖民地文化的独特性看作一个在更广大的帝国文化范围内可被资本化的差异性。文化的价值源自差异性，对民族文学身份的强调因而将进一步丰富帝国文学的多样性；帝国

---

① 金史良认为：“从根本上讲，朝鲜文学只有通过朝鲜作家用朝鲜语创作这一方式才能建立起来，这一点很清楚。”参见金史良《朝鲜文学通信》（1940），《金史良全集》，东京：河出书房新社，第4卷，第27页。

② 同上，第28页。

③ 同上，第29页。

④ 同上，第29—30页。

⑤ 更多相关内容可参见：中根隆行《“朝鮮”表象の文化誌》，东京：新曜社，2004年。

⑥ 参见黄镐德：《帝国日本与政治的（无）翻译性》（제국 일본과 번역［없는］정치），《大东文化研究》63（2008），第384页。

内部的翻译活动因而将成为产生帝国性文化资本的关键机构。随着日本在三十年代末四十年代初加快战争进程，作为所谓殖民地“皇民化”政策的一部分，殖民政府也竭力推动帝国文化的融合，以服务于战时动员，叙述者“我”在小说结尾处也提到了这一点。如果说王伯爵久久徘徊的影子从根本上拒绝融入“民族（即帝国内部的）团结”当中，那么，将他的令人不安的声音翻译成日语也显得尤为困难，从而使金史良本人对帝国内部翻译活动的提倡成为难以实现的空谈。

如何用日语翻译王伯爵“奇怪的”声音，金史良着实下了一番工夫。以下是上述引文的译文：

> 「たん那、たん那さん」と、彼はよく外に向つて呼ぶ。
>
> はひったばかりの日、僕はこのひょうきんな舌廻りに随分と驚いた。それは、筋向ひあたりの房からであるが、何分その聲の主が朝鮮の男であるに違ひないからだ。
>
> 「ぼくですよ、ぼく、便所、便所へ行きたいですよ」
>
> 「Q伯爵か」と看守は眠そうな聲で唸る。
>
> 「は、はい」
>
> それがいかにも畏つた軍隊式の聲なのだ。
>
> “先森，先森。”
>
> 他经常这样朝外喊。
>
> 这个滑稽的声音来自对面的牢房，到拘留所的第一天我就感到很惊讶，因为说话的一定是一个朝鲜人。
>
> “是额。额，厕所。额想去厕所。”
>
> “是王伯爵吗？”守卫睡眼蒙眬地问道。
>
> “是，是得。”
>
> 他以军人的方式彬彬有礼地答道。①

为再现Q伯爵带有口音的发音，金史良使用了一种奇特的日文，而在翻译守卫的提问与叙述部分时，金使用的则是标准日语。如“先生”被译为“*tannasan* たん那さん”而非“*dannasan* だん那さん，”“我”被译作“*poku* ぼく”而不是通常

---

① 金史良：《金史良全集》第2卷，第55—56页。划线部分为笔者所加。

的“*boku* ぼく”，由此表现出 Q 伯爵在日语浊辅音上典型的发音错误。将译文与原文对比后，我们发现主人公带有口音的发音离奇地被保留了下来，似乎从一开始就无需翻译，王伯爵/Q 伯爵的声音因此得以避开两种民族语言间的翻译过程。

从这一点上看，记者与王伯爵在移民列车上第二次碰面的情景也应引起我们的注意。

「東京의同志！」

이렇게 그는 아무 꺼리낌 없이 닷자로 부르지졌다．술기운 때문에 **以前**보다도 더욱 혀가 돌아가지않는 국어를 쓴다．

「응 이게 웬일인가 大體 자네는 그 後 無事 했는가．얼굴 빛이 아주 나뿌구만」

「어서 여기라도 좀 앉게나．」

하고 나는 그에게 자리를 내 주려고 일어났다．...

「아니 나는 여기가 더 좋울세 여기가．응 그런데 여보게 東京의同志 나는 자 자네가 送局 될때 근심하였다네．아주 크게 걱정을 했었다네．저것이 처음이 되어 금시에 헤타바루 하지나 않을까하구 응」

「고마울세 그러나 자네 지금 좀 쉬이는게 좋을것같은데」

하며 나는 그를 타일르듯이 조용히 달래였다．그런즉 그는 두말 안짝으로 유순히 물팍을 모아 세우도 머리를 숙였다．그리고는 괴로운듯이 呻吟 소리를 내기 始作 한다．

“东京的同志！”

他突然旁若无人地朝我大声喊道。他喝醉了，国语（即日语——笔者注）说得比以前更加生硬。

“嗯，嗨，怎么样？你一直都还好吧？脸色看起来很苍白啊。”

“来，坐这儿，”我说道。

我腾了一个位置给他……

“不，不用。我在这儿很好。嗯，嗨，东京的同志，你，你被关进去时，我很担心。我对你特别留意，你是第一次被关到那种地方，所以我想你很快就会精疲力尽的，嗯。”

“谢谢！不过你现在最好休息一下。”

我轻声对他说，似乎在责备他。他于是不再说话，默默地把腿抬起来，将头埋在两膝中间，痛苦地呻吟起来。[①]

在穿越半岛的移民列车上，王伯爵与记者交谈时所使用的语言被指明为“国语”即日语，作者将“精疲力尽”这一词以用朝鲜字母誊写日语单词“*hetabaru* へたばる”的方式（“*het'abaru* 헤타바루”）来表示，并多次插入语气词“嗯”“*ŭng* 응”，以显示王伯爵“更加生硬”的日语。车厢里这个“大声”的带有朝鲜口音的日语惹恼了记者，为了不再听到这个烦人的声音，记者用准确的日语——金史良将其转换为标准朝鲜语——“轻声”而带有“责备”地让王伯爵去“休息一下”。受到准确发音的压制，王伯爵蹩脚的日语只得转变为痛苦的呻吟。这段话中至关重要的不是两种民族语言间的关系，而是能够在两种语言间自由转换的记者与无力区分二者差异、受困其中的王伯爵两人间的对立。

金史良将这段话翻译如下：

「東京の同志！」と、彼はあたりかまはず大きな声で唸った。酒気のため以前より余計舌の廻らない内地語を使つてゐた。私はいささかはらはらした。「え、これはとうしたことだよ。きみ——君はその後元気かい？顔色が悪いぞう！」「まあ、ここにでも落着きよ」と云って、僕は彼に席を譲らうとして立ち上がった。…

「いや、ぼくはここでええ。ここでええんだ。ぼくはよ、東京の話がしてえんだ。よう、東京の同志、ぼくは君、きみ——が送られる時は心配したぞう。大いに心配したぞう。野郎ははじめてだから、きっとへたばるだろうつてな」

「ありがたう、だが君は寝んだ方がよさそうだ」

と、僕は彼をいたはるやうに物静かに云った。と、彼は素直に膝小僧を抱いて頭をうな垂れた。そして苦しさうに呻き出した。

“东京的同志！”

他旁若无人地朝我大声喊道。他喝醉了，内地语（即日语——笔者注）说得比以前更加生硬。我有些紧张。

“嗨，怎么样？你，你一直都还好吧？脸色看起来很苍白啊。”

① 金史良：《我在拘留所里遇见的男人》，《文章》，1941年2月，第296—297页。划线部分为笔者所加。

"来，坐这儿，"我说道，站起来腾了一个位置给他……

"不，不用。我在这儿很好，在这儿挺好的。我想聊聊东京。嗨，东京的同志，你，你被关进去时，我很担心。我对你特别留意，你是第一次被关到那种地方，所以我想你很快就会精疲力尽的。"

"谢谢！不过你现在最好休息一下。"

我轻声对他说，似乎在安慰他。然而他却默默地把腿抬起来，将头埋在两膝中间，痛苦地呻吟起来。①

与在拘留所里的一幕类似，金史良也煞费苦心地在这段译文中再现Q伯爵在日语浊辅音上出现发音错误这一典型的朝鲜口音，如"怎么样？"被译作"*tōshita kotodayo* とうしたことだよ"而非"*dōshita kotodayo* どうしたことだよ"，"我"被译为"*poku* ぽく"而不是"*boku* ぼく"。与原文相比，Q伯爵的语言显得更加生硬：第二人称代词"*kimi* 君/きみ，"他说得结结巴巴，这里对应的原文是"*cha chane* 자 자네"，之后又以"*zō* ぞう"结束，而正确的形式应为"*zo* ぞ"。原文用朝鲜字母眷写的单词"*hetabaru* へたばる，"在译文中被保留下来。与记者交谈中、叙述时所使用的标准日语相比，Q伯爵的语言听上去和原文中王伯爵的一样怪异。此外，金史良在译文中还添加了一句话："我有些紧张（*watashi wa isasaka harahara shita* 私はいささかはらはらした）"，以凸显Q伯爵奇怪的发音使记者感到的不自在。尽管与小说中的记者一样，金史良能够规范地使用朝、日两种语言，其自译文还是保留了原文所呈现出来的语言的流畅与生硬、规范与不规范的辨别。Q伯爵蹩脚的日语在翻译中也不应被规范化，唯有其呻吟声回响在耳畔。

金史良认为的帝国内部翻译活动的首要任务——即在帝国文坛为朝鲜民族语言及文学寻找到恰当的位置与承认——因此将受到削弱。王伯爵/Q伯爵生硬的语言从根本上消解了朝、日两种语言间本该由翻译跨过的差异，其对语言的不规范使用反而造成一种不可思议的相似性，无需再进行翻译。王伯爵/Q伯爵混有朝鲜口音的日语不是不可译，而是太容易翻译（too translatable）以致难以产生可被资本化的差异性。不论是在朝鲜语原文还是日语译文中，他的声音都受到压制，进而转变为含混不清的喊叫与哭泣，代表了移居他处的朝鲜农民回荡耳际的悲伤的哭喊。王伯爵/Q伯爵发出的呼喊："我也想哭！我也想大叫！我想哭，所以我总是来坐这趟车，"在译文与原文中记者都明确指出是"用朝鲜语"喊叫的；如同

① 金史良：《金史良全集》第2卷，第61—62页。划线部分为笔者所加。

移民们的声音，他这个呼喊指的不再是一种可被恰当地翻译成帝国语言的民族语言，而代表了被压迫民族的原始呼喊，对这一呼喊的翻译需要一种新的表现伦理，一种能够公正对待民族苦难的新文化。正如鲁迅通过《阿Q正传》对所使用的文学语言进行自我批判，金史良也只有通过创作“王伯爵”的故事并亲自进行翻译，以此对置身其中的文学实践活动进行深刻的自我批评。因此，金史良的这部作品就是一个唯有在一种新文化中才能得到表现的民族的寓言，而对这一新文化的想象、憧憬与追求又是通过阐释和解读上述乌托邦寓言来实现的。

三、龙瑛宗：批判现实主义

尽管在台湾光复前从未发表过中文作品，龙瑛宗在文学身份上与金史良面临相似的问题。他曾在多个场合阐述创作台湾文学的重要性：“外地文学并非以本土文坛为目标，而必须是密着于该片土地的文学……我们根本的问题在于开创与提高我们所居住的土地之文化。”[①] 但另一方面，他又认为：“如此一来，外地文学就是会与本土文学一样，是最健康的生活者之文学。如此优美的文学才具备特异的风貌，形成巨大的日本文化之一翼，融入日本文化中，赋予日本文化多样性。”[②] 因此，创造出植根于殖民地社会并具有其独特性的文学将丰富“巨大的日本文化”，也即帝国文化。正如金史良提出通过官方支持的翻译活动，朝鲜文学将丰富帝国文化，以此来捍卫朝鲜语文学创作；龙瑛宗也公开表示像自己这样没有继承日本文化传统的人，将“创造出一种新的日语”，为日本文学“增添活力与不一样的色彩”，[③] 以此表明自己台湾作家的身份。龙的主张中的关键词——“密着于该片土地的文学”，“最健康的生活者之文学”——与帝国文学资本化实际上构成了同一枚硬币的两面。正如与鲁迅的互文性显示出金史良在其作品中对表现机制深刻的自我反思，龙瑛宗的日语创作与鲁迅早期作品间存在的互文关系也暗示了前者强烈的自我批判意识。

---

① 本节所引龙瑛宗作品译文是根据《龙瑛宗全集》（中文版），陈万益主编，台南市：国家台湾文学馆，2006年。——译注

② 龙瑛宗：《台湾文学の展望》（1941），《龙瑛宗全集》（日语版），第4卷，第86页。

③ “我认为本岛作家并非继承日本文化长久以来的传统，即所谓中途插入。因为没有古老传统的包袱，本岛作家更能创造出传统所无的新日语吧。我窃自认为，这种日文可以给人有些微差异的新鲜感。”参见龙瑛宗：《創作せむとする友へ》（1940），《龙瑛宗全集》第4卷，第25页。

龙瑛宗的处女作《植有木瓜树的小镇》讲述了一个满怀抱负的年轻人陈有三的故事。 中学毕业后，陈有三在一个小村庄的村委会里做了助理会计。尽管文化程度高，为人又勤勉，陈有三做的工作却枯燥无味，薪水也少得可怜。他很快发现周围同事们的生活与当地贫困的村民相比好不到哪儿去，身陷殖民统治的囹圄。然而，陈有三相信唯有努力才能改变这种一潭死水般的生活，他于是刻苦学习，希望能够通过相关的公务员考试。作为"新知识阶级"，陈同时也"轻蔑"那些在他看来"就像蔓延繁茂于没有向上发展的黝暗生活面的卑贱杂草"的当地人。正如他总是穿着和服，说的都是日语，陈有三的知识，他所受的教育以及"心理燃烧着理想、进取之火"都使他获得"一种自我安慰"，即"自己是和同族他人不同的存在"。[①] 在殖民意识不断鞭策他努力学习的同时，周围人对他的行为却深表怀疑，他们认为在殖民条件下，这样的努力不可能得到回报。"你忘记了你自己所据的立场"，朋友们对想过一种"创造性"生活的他发出这样的警告，[②] 而陈有三也逐渐被一种错误的想法所统摄，即："社会不幸的原因总是在于知识过剩哩。"[③] 对生活感到绝望的他日益沉湎于酒色之中，就在这时，他遇见了较自己年长的同事林杏南的有病的儿子，后者告诉他：

> 也许真实的知识要解释现象时，会把我们拖向深沉的痛苦，不过，我认为一切现象就是历史法则显示的姿态，是不该诅咒的。幸福没有痛苦和努力是无法达成的吧。只是我认为我们面对这个阴愁的社会，就要以正确的知识来看清历史的动向，不要陷入徒然的绝望和堕落，必定要正直地活下去。[④]

林的儿子随后向陈有三提到鲁迅的《故乡》给他留下的"深刻的印象"，他还想读《阿 Q 正传》，但买不到书，以及提到高尔基、恩格斯与刘易斯·摩根（Lewis H. Morgan）的作品。[⑤] 然而，陈有三却心不在焉，觉得这个年轻人说的是些"空话"。此后不久，林的儿子便因病去世，留下了一张字条，林杏南也疯了。故事最后，陈有三变得更加孤独和绝望。

诚然，《植有木瓜树的小镇》可被视为描写殖民地知识分子在机会匮乏的社

---

① 龙瑛宗：《パパイヤのある街》，《龙瑛宗全集》（日语版），第 1 卷，第 15—16 页。
② 同上，第 33—34 页。
③ 同上，第 39 页。
④ 同上，第 52 页。
⑤ 同上，第 52 页。

会环境下追求经济与社会成功的现实主义作品，是一则关于希望与抱负，以及这种希望和抱负在殖民压迫，不公正、不平等的社会环境下最终落空的故事。事实上，在龙瑛宗获得《改造》佳作推荐奖后，大部分评论文章都认为这部作品以现实主义的手法描写了台湾殖民时期知识分子的生活。其中一位论者指出："年轻的本岛青年大都在这种庸俗思想的忧闷中挣扎着，知道这种现实的我们，对那种思想的平庸性，依稀以写实的笔法描绘，把不能掩盖的现实曝露出来，令人感铭深刻。"[①] 另一位则认为这部作品不仅反映了"立身出世"的主题，还涉及"国民教育问题"，甚至建议政府对此引起重视以完善自己的政策。[②] 还有引用龙瑛宗的话作为评论的："《植有木瓜树的小镇》是我想把中学校毕业的本岛知识分子的面貌及其背后社会的、经济的关系现实地予以处理才写成的。"[③]

然而，认为龙瑛宗的这部小说是对殖民地社会的现实主义描写的观点却忽视了在叙述中被反复强调的一个关键点。故事中多处暗示主人公及其同伴们必须忍受的残酷的"现实"是由一种失效的、虚构的意识形态人为构建起来的，这一意识形态强调只有通过努力地工作才能改善个人生活。尽管这样一条道路从未对被殖民者开放，对殖民地知识分子而言却是仅有的意识形态，使他们有可能成为现代性及其创造性生活的一分子；丧失这一信念将意味着在历史进程中落伍，重回停滞不前、无目的、无意义的生活状态。勤勉的陈有三深陷于这样的"殖民现实"当中，而龙瑛宗对其处境的"现实主义"描写也是相当自觉并富有讽刺意味的。如在当上会计、开始新生活后，陈有三租了一间便宜的屋子，在墙上贴上了白色的墙纸，"房间就一下子显得明亮起来"。在一面墙上，他写了"几个向右斜的大字"："精神一到，何事不成？"书法旁还挂着"背着手一脸沉思的拿破仑像"。此外，陈"在中学校时代看过的书，教科书以外，就是修养书、伟人传与成功立志传"，他对成功的"美好憧憬"也来源于此。作者同时嘲讽地写道："然而看到在库房似的月租三圆的土房间，靠着竹制台湾床的陈有三穿和服的身姿，实在是挺滑稽的景象。"[④] 因此，龙瑛宗的"现实主义"所表现的并非简单的殖民地社会的现实，他在此基础上运用讽刺的手法进一步揭示了这样一个事实，即正是这些书籍、

① 参见中山侑：《現実の問題》，载于《龙瑛宗全集》（日语版），第 6 卷，第 139 页。中山侑（1905—1959）是一名活跃于台湾的日本作家。

② 文章未署名，收入《龙瑛宗全集》（日语版），第 6 卷，第 138 页。一些评论同时认为这部作品反映出强烈的台湾"地方特色"，参见：同上，第 133、144 页。

③ 文章未署名，收入同上，第 132 页。

④ 龙瑛宗：《パパイヤのある街》，同上，第 14—16 页。

文字、物品与服装创造了那个受压迫的“现实”。就这一点上讲，小说以自省的方式暗示了陈有三经历与忍受的生活与故事本身一样都是虚构的。

现实与虚构间具有讽刺意味的辩证关系在龙瑛宗1939年的作品《赵夫人漫画》(趙夫人の戯画)中得到了进一步体现，其中，龙自我指涉地在这一辩证关系中插入了自己的虚构创作。这篇新颖的后设小说(metafiction)也表明作者痛苦地意识到其现实主义创作有可能在意识形态层面上参与了殖民地社会“现实”[①]的建构。龙瑛宗有关现实主义的自省性的观点有助于解释《植有木瓜树的小镇》中对与鲁迅作品《故乡》以及《阿Q正传》互文关系的意义。对主人公陈有三而言，支持其现代知识分子生活的“现实”便是拥有雄心壮志与创造力，去改变生活、摆脱一成不变和提高生活质量。然而，他的这一先进意识却只带给他“一种自我安慰”，觉得自己是属于知识阶级的、现代的，是“和同族他人不同之存在”。表面上看，陈有三是在这一意识的鼓舞下追求更加美好的未来，实际后者许诺的未来却根本无法实现，而他希望得愈多，便愈加深陷于这一恶性循环当中。鲁迅在《故乡》中所反思和批判的也正是这样一种对更好生活的偶像性的“希望”，小说中的叙述者在故事最后发现他所怀有的下一代将“有新的生活，为我们所未经生活过的”的“希望”，与自己幼时伙伴想要的香炉与烛台可能没什么区别。与此类似，龙瑛宗也通过讽喻的故事表明“希望”只是被盲目崇拜的虚构出来的东西，因此，他拒绝在作品中表现殖民地的生活与发展，也不会描写有待揭露和改善的殖民地“现实”。

陈有三迷失在殖民地“现实”这一虚构的世界中，心不在焉的他并没有注意到林杏南的儿子向他提到的鲁迅作品。林的儿子转述的鲁迅的批判的观点被忽视，同样，《故乡》中的叙述者在放弃自己盲目崇拜的“希望”后所说的一段话也被置之不理。这段小说中最令人难忘的文字这样写道：“我想，希望是本无所谓有，无所谓无的。这正如地上的路；其实地上本没有路，走的人多了，也便成了路。”[②]真正的“希望”只存在于真实的集体的行为中。这一观点在《植有木瓜树的小镇》中林杏南患病的儿子身上得到了体现，后者告诉陈有三不要“陷入徒然的绝望和堕落”。临死前，他给陈有三留下了一张字条。故事最后，陈拿出这张“放进口袋里的”字条，“弄平褶皱”，上面写着这么一句话：“现在虽然无限地黑暗悲哀，

① 龙瑛宗:《趙夫人の戯画》,《龙瑛宗全集》(日语版)，第1卷，第71—119页。

② 鲁迅:《故乡》,《鲁迅全集》第1卷，第510页。

但不久美丽的社会将会来访的。"[①] 这一乌托邦式的"希望"被写在一张皱皱巴巴的纸上，没有被说出来，龙瑛宗在此处建立起了与小说中林杏南的儿子无力购买的《阿Q正传》间的互文关系。正如阿Q最后无声的"救命"的呼喊，林的儿子的声音在作者创造的虚构的"现实"中也无人听见。对其沉默之声的强调因此体现出作者对自己现实主义小说中"现实"的自我批判，正如鲁迅为传达下属主体的心声而呼吁创造一种新文类——"速朽之文"，即对身为一名中国作家所承继的传统"文"的制度的表现对象的批判。龙瑛宗在这一早逝角色的声音中蕴蓄了台湾社会的另一种希望，这种希望在殖民意识形态下难以企及，唯有通过作者日文小说的自我批判才能得以呈现。

金史良在上文所引书信中称赞的龙瑛宗的作品《宵月》将其现实主义小说中的自我批判转变为了叙述者与主人公之间的复杂关系。故事围绕彭英坤——一个堕落了的殖民地知识分子之死展开，可被视为《植有木瓜树的小镇》的续篇。《宵月》一开始，叙述者就目睹了彭的去世，心情十分沉重。中学毕业后，他俩同在一所公立学校任教。彭英坤在思想上更加成熟也更有抱负，而叙述者则比较保守与消极。上学期间，彭英坤就发表了浪漫主义诗人拜伦的同名评传与题为《青年与努力》的文章，其中彭写道："只要努力，任何困难都可以克服，达成目的。"因此，青年人"要为社会的发展向上而努力，同时谋求自己的荣耀与进步"。[②] 然而，与《植有木瓜树的小镇》中的主人公一样，彭英坤由于叙述者也"没有线索可以知道得清楚"[③] 的原因毁了自己的生活，他到处买醉，身体每况愈下，家庭也负债累累。目睹彭英坤这个"村里的知识阶级"如此悲惨地死去，叙述者感到悲痛惋惜，甚至觉得彭应该努力去过一种更为体面的生活。在帮助其悲痛欲绝的妻子处理后事时，叙述者突然感到一阵强烈的负罪感：

> 不时地，我想起来，就跟她说：
>
> "太太，请振作点，要节哀才行啊。"
>
> 给亲戚打电报通知，联络朋友，还有请求死亡诊断书等各类事，我很热心地帮了许多忙。
>
> 想起那些丑角一般的道德行为，我忽然陷入一种激烈的自我嫌恶里。

---

① 龙瑛宗:《パパイヤのある街》,《龙瑛宗全集》(日语版)，第1卷，第57页。

② 龙瑛宗:《宵月》,《龙瑛宗全集》(日语版)，第1卷，第143—144页。

③ 同上，第149页。

伪善的家伙——我自言自语着。

直到刚才，我荡然陶醉在实行道德行为之后的满足与自夸，现在，却忽然变成被推落到泥沼似的情绪里。

没错！我因为想寻求自己伤感的发泄，以及廉价的道德冲动，而利用了彭英坤的死，满足了道德的虚荣心。

我并非真心为彭英坤的死感到悲伤。而是偶然遇到彭英坤的死，利用它满足了窝在我体内那些虚荣心而已。

彭夫人应该会很感谢我，但是，我却像贪吃得到快感般，贪图善行的快乐。

我觉得自己很卑鄙，因羞耻而脸红，令人不快的混浊的感情，像坏血般循环着。①

叙述者突如其来的羞愧源自他的冷漠，这种冷漠使他对彭英坤作为公立学校教师所经历的内心的痛苦既没有直观的感受也没有同情和怜悯。青年人的理想主义与难以逾越的现实间的差距使彭失去了生活的希望，日渐消沉。彭英坤曾经指责学校校长只关心如何保住颜面、不惹麻烦，只进行实用性培训而忘记了“教育的根本”；但是，他很快意识到这不过是将自己的问题转嫁他人，于是收回了所说的话。事实上，正是校长现实主义的管理方式保住了他教师的懒散生活，否则他早已经失业。叙述者并没有和彭英坤一起对现状发表不满的看法或是挣扎于两难的境地，然而，后者激烈的言辞还是令他洒下了热泪，他隐约觉得彭的抗争与自己并非毫无关系。“这个人（彭英坤）真悲惨。我混合着怜悯和轻蔑的心情看不起他。可是，很奇怪的是，那种怜悯和轻蔑不久也会回到自己身上来流于体内……这是我后来想到的。我想，他那种寂寞的眼神与我之间，好像有一脉相通的心绪似的。”作者随即又以叙述者的口吻写道：“但是这一点，到现在仍然想不清楚有什么关联。”以此强调叙述者对自我的认识还不够清晰。② 彭英坤的死最终使叙述者开始为自己的冷漠与置身事外进行道德上的补偿，不过也只是替彭夫人跑跑腿，帮助清理彭留下的债务。以如此廉价的方式使自己“道德的虚荣心”得到满足的虚伪与一种一切都已太迟的感觉折磨着叙述者。其表面上的好意只能为故友被毁掉的生活与不堪的辞世提供能为社会所接受的形式和意义，也使他不必

① 龙瑛宗：《宵月》，《龙瑛宗全集》（日语版），第 1 卷，第 143 页。

② 同上，第 146—147 页。

再反复拷问自己：彭英坤为何会这么悲惨地死去？叙述者对这一问题的回避只会纵容不公正的社会现状。

《宵月》中说不清为何心有悔恨的叙述者身上不仅可以看到金史良《我在拘留所里遇见的男人》中记者的影子，也很容易令人想起鲁迅的作品《祝福》。这部鲁迅在其中进行深刻自我批判的小说的叙述者同样感到对主人公之死负有责任，但却无法偿还这笔道德债。他总是怀疑由于自己——一个受人尊敬的知识分子，为了安慰这个绝望的寡妇告诉她人死后还有魂灵，从而导致了祥林嫂的自杀。然而，他最后又模棱两可地对她说："说不清"，以此减轻自己的负罪感。与《宵月》中的叙述者一样，《故乡》中的叙述者也同样在道德上觉得对不起主人公，但却无力补偿。在讲述祥林嫂的悲剧前，鲁迅以叙述者的口吻写下了这么一段话，以此强调后者无力克服的道德上的局限性：

> 魂灵的有无，我不知道；然而在现世，则无聊生者不生，即使厌见者不见，为人为己，也都还不错。我静听着窗外似乎瑟瑟作响的雪花声，一面想，反而渐渐的舒畅起来。
>
> 然而先前所见所闻的她的半生事迹的断片，至此也联成一片了。[①]

听起来，叙述者似乎与摧残迫害祥林嫂的社会关系沆瀣一气，鲁迅也似乎借由这部作品谴责其不人道的行为。然而，叙述者冷静得甚至有些残酷的讲述却暗示了他不可能独善其身。社会深层的不公必须由不公正的社会内部来暴露，鲁迅将自己的文学创作看作这一不公正的社会的一部分；必须为祥林嫂主持公道，通过作者也投身其中的社会的自我批判与自我更新，而非一些外部的手段。因此，只有当叙述者决定将由于身为不公正社会之一员而产生的负罪感埋藏心底继续创造时，这个试图揭露并去除社会中不公正现象的故事才能被讲述出来。祥林嫂的故事以瑟瑟作响的雪花开始与结束，这一寒冷、沉静的氛围创造出一种距离感，使自我反省成为可能。

《宵月》的结尾与《祝福》的叙述框架间有着惊人的相似：

> 别家的门窗都能看到黄色的灯光，彭寡妇家的窗却被浓暗封闭着。
>
> 我无意中回头看了背后。

---

① 鲁迅：《祝福》，《鲁迅全集》，第 2 卷，第 158—159 页。

在不知不觉之间，宵月圆圆地挂在村落的天空。

我感觉到对这位邻人淡薄的情谊，也像宵月那么冰冷而寂寞。

要把不吉的事情告诉哀叹的寡妇，使我的双脚忽然僵硬不动了。

土墙上照映着朱乐的叶影。随着吹来的微风，淡淡的月光和叶影，频频颤抖着。[①]

此处，无力偿还彭英坤留下的债务象征了叙述者自身在道德上负债深重。故事最后，叙述者从朋友遗孀处“离开”，看见冰冷、孤寂的“宵月”。如同鲁迅的《祝福》，龙瑛宗以一种自我批判的方式，通过上述形象创造了民族寓言。他意识到民族的苦难来自置身其中的社会的不公，尽管不可避免地充当了社会的帮凶，叙述者仍决定继续写作，由此创造了民族寓言。鲁迅与龙瑛宗的寓言美学正是这样的道德行为。

结论

金史良在给龙瑛宗的信中写到《宵月》的行文“十分冷静克制”，这里他准确地观察到小说冷静、超然的叙述口吻，这也与鲁迅的《祝福》构成了互文关系。彭英坤不幸成为不公正的社会关系的牺牲品，而作者的文学创作却不可避免地参与建构了这种社会关系，即便如此，作者仍决定写作这篇小说，金史良在上述写作风格下看到的“颤抖的右手”正隐喻着作者这一伦理性的决定。金史良本人创作的“王伯爵”的故事及其自译本中也存在着类似的自我批判。苦苦思考着文化传统问题的鲁迅希望能够从传统内部对文化实施改造，其作品描写了被文化传统忽视与损害的下属主体。受到鲁迅的伦理性、自我批判性创作的启发，金史良、龙瑛宗二人的文学活动尽管不可避免地成为帝国文化建设的一部分，其作品还是反映出殖民地人民在帝国文化中被掩盖、被压制的呼声。因此，金史良在书信里所说的，像“殖民地的鲁迅”一样写作意味着从事这样一种自我批判的文学创作。由此，金史良与龙瑛宗呼应了鲁迅对一种新文化的乌托邦憧憬，这种与现有文化无法兼容的新文化将把正义还给受压迫的民族。鲁迅的作品可被视为对二十世纪初正处于喧嚣动荡的现代化进程中的中华民族整体状况的寓言。金史良、龙瑛宗在各自的创作中均对其作品有所指涉，在他们看来，鲁迅的作品又是对第二次中

---

① 龙瑛宗:《宵月》,《龙瑛宗全集》(日语版)第1卷，第162页。

日战争时期遭受日本帝国主义蹂躏的各自民族的寓言。从这一点上讲，鲁迅的文学创作便成为朝鲜与台湾在殖民后期的跨族寓言。

金史良、龙瑛宗与鲁迅作品的互文性表明不同的民族和地区对鲁迅在其乌托邦寓言中所憧憬的未来的崭新文化亦有所向往和追求。鲁迅作品在不同地区、民族间的传播也显示出其真理内容中长期为人忽视的一个重要方面。对上述互文现象的考察不仅揭示了鲁迅作品中所隐喻的反抗主体性对不同地区、民族文学的影响，同时也使我们了解到迄今鲜为人知的不同殖民地在日本帝国主义压迫下的抗争史。东亚殖民后期文学创作中对鲁迅作品的互文指涉因而促使我们摆脱传统的民族主义 VS 帝国主义的论述框架来书写这一地区不同殖民地之间反帝活动的社会政治史。这一新的历史书写也将启发同类有关殖民地历史的写作，从而使我们获得对现代性孕育下的帝国主义更为全面与结构性的批判。①

① 本文经过台湾师范大学国文系许俊雅教授的审读并指正，特此感谢。——编者注

进化论与佛教的相遇：鲁迅手植（制）的一粒“双生种”

■文/应　磊
译/陶　磊

引言：批判佛教思想家

1979年，时任全日本佛教会理事长、曹洞宗宗务总长的町田宗夫（1916—2009）在美国普林斯顿（Princeton）召开的第三届世界宗教与和平大会（World Conference of Religion and Peace）上宣称：日本不存在任何形式的社会歧视。当时的他或许没有意识到，这番令人惊诧的言论会在当代日本佛教界（特别是他自己所属的宗派）掀起一场自我批判的风暴，这就是后来广为人知的“批判佛教”运动。[①] 该运动于1985年由驹泽大学（隶属曹洞宗）的两位学者型住持——松本史朗（1950—）和袴谷憲昭（1943—）发起，并在1990年代前期达到高潮，其标志

① “町田宗夫事件”通常认为是“批判佛教”运动的导火索。町田在第三届世界宗教与和平大会上的主张与大会宗教与人权委员会提交的一份调查报告草案针锋相对。报告称：“吾人应对日本‘部落民’与印度‘贱民’等民众之困境深表关切”。町田指责这一言论是对日本国家声誉的无端诋毁，他最终说服一同与会的代表们将此声明修改为“吾人应对所谓‘贱民’等民众之困境深表关切”。1984年在肯尼亚（Kenya）举办的下一届世界宗教与和平大会上，町田戏剧性地为早先的言论作了道歉。

就是这两位学者出版的一系列著作和美国宗教学会 1993 年年会上的专题讨论。①

批判佛教思想家们冒着失去教职的风险，竭力澄清“什么是佛教”——更确切地说，是“什么**不是**佛教”。该运动包含两个层面：义理反思和社会实践。义理方面，松本史朗有一篇意义深远的论文，其主标题便切中要害——“如来藏思想不是佛教”。批判佛教思想家声称：禅宗、如来藏思想传统、本觉思想及其相关学说是“伪佛教”，这就相当于说大部分（若非全部）的日本（以及中国）佛教都不是佛教。松本认为，“佛性”或者说“本觉”所预设的某种“界”的思想，②与婆罗门教的“我”（ātman）的观念极其接近，关系暧昧；其流露出的一元论倾向假定了一个涵摄一切的“一”，一生万物，万物复归于一。批判佛教思想家坚称，“真正”的佛教同这种一元论倾向截然对立——佛教基本教义中的“无我”（anātman）、“缘起”（pratītya-samutpāda）和“空”（śūnyatā）一致否定任何诸如“本觉”之类的本质化的“我”的观念。学界很快便意识到，批判佛教思想家们的论点谈不上新鲜。事实上，这场思想激荡浑如旧戏重演，在当代重现了于七世纪至九世纪之间发生在亚洲各地的唯识宗与如来藏学说持信者之间的论辩，包括发生在中国的窥基与法藏之辩，在日本的德一与最澄之辩，以及在西藏的莲华戒与摩诃衍之辩。

但是，重现绝非重复。那场古典佛教论战在二十世纪的这一次重演乃是 1980 年代后期日本的社会政治状况促成的。批判佛教思想家们目睹了又一波民族主义热潮，感到忧心忡忡。在他们的脑海里，日本佛教界在第二次世界大战中所扮演的推波助澜的角色记忆犹新。从他们深切的焦虑情绪中迸发出一种激进的设想，为整个批判佛教运动奠定了基调。这种设想，用詹姆斯·马克·希尔兹（James Mark Shields）的话来说，就是：“**日本佛教，尤其是日本的禅宗，出了问题。**”③这

---

① “批判佛教”运动于 1980 年代末期至 1990 年代前期达到高潮，期间出版的著作包括：松本史朗的《缘起与空：如来藏思想批判》（1989）和《禅思想之批判研究》（1993），以及袴谷宪昭的《本觉思想批判》（1989）、《批判佛教》（1990）和《道元与佛教》（1992）。紧随其后的是 1993 年在华盛顿特区召开的美国宗教学会年会上的专题研讨会，名为“批判佛教：问题及对一种新的方法论运动的回应”（Critical Buddhism: Issues and Responses to a New Methodological Movement），召集人是斯蒂芬·海茵（Steven Heine）。应运而生的还有 1997 年出版的英文论文集 *Pruning the Bodhi Tree: The Storm over Critical Buddhism*（中译本：《修剪菩提树：“批判佛教”的风暴》，上海古籍出版社，2004 年）。

② 在这一语境中，“界”带有“本质”、“实质”、“本性”的意思，在汉语和日语的诸多用法中，可以用“本”、“体”、“性”来替换。

③ Shields, *Critical Buddhism*, p.8。黑体系原作者添加。

一运动由曹洞宗内部对社会歧视的自觉重估开场，迅速演变成对披着佛教外衣的日本文化的意识形态根源的全面批判，特别是对占据主导地位的“日本主义”的批判。“本觉”学说作为佛教和日本本土思想融合的产物脱颖而出，为日本种族中心主义以及军事和文化沙文主义提供了哲学层面上的支持；而“和”的思想则被斥为宣扬盲从权威、助长政治压迫和社会不公。用袴谷憲昭的话来说：“如果人会受骗，那么最能骗人的地方就是宗教与政治的结合点。”①

以上关于日本批判佛教运动的引言旨在为本文的研究提供一个背景。本文主要关注的是 1920 年代的中国，希望从中重新发现一些可以称之为“批判佛教思想家”的人物。我甚为感佩的佛教哲学研究者林镇国（Lin Chen-kuo）在一篇富有洞见的论文中已经指出：欧阳竟无（1871—1943）和他的弟子吕澂（1896—1989）作为《大乘起信论》之争的两位主要发难者（详见下文），应当被视为现代中国的批判佛教运动的代表。②本文吸收了林镇国的观点，并试图进一步深入，或者说是从另一个角度，介绍一位迄今为止仍令人意想不到的来自文坛的“批判佛教思想家”——他不是别人，正是鲁迅（1881—1936）。

将一位文学家引入 1920 年代中国“批判佛教”运动的场域里，至少会在两个方面改变通常对“佛教事件”——或更广义地说，对“宗教事件”——的理解。首先，我们远没有必要把讨论宗教问题的特权交予（或限于）出家或在家的宗教徒——单单是一些未经质疑的假设，致使我们一直忽略了一点，即讨论的平台始终是开放的。在中国这样的国度里，宗教的功能往往是弥散的（diffused）而非体制化的。③我们不必感到惊讶，针对宗教课题，最能言善辩的声音有时是来自身处宗教界之外的作家或知识分子；至于他们自身是否正式皈依于某宗教组织，则未必是当事人的关注所在。其次，与宗教文献相比（这种比较不过是本着“方便”[upāya]的精神而行的权宜之计），文学空间的重要性亦不遑多让，因为一些深邃

---

① 袴谷憲昭：《论社会歧视的意识形态背景》，杰米·霍巴德英译、刘景联转译，见（美）霍巴德、（美）史乃森主编、龚隽等译：《修剪菩提树——“批判佛教”的风暴》，上海古籍出版社，2004 年，第 350 页。（Hakamaya, “Thoughts on the Ideological Background of Social Discrimination”, translated by Jamie Hubbard. See Hubbard and Swanson ed., *Pruning the Bodhi Tree: The Storm over Critical Buddhism*, p. 355.）

② 林镇国：《形上学、苦难与解脱——“批判佛教”论争的反思》，见《修剪菩提树》，第 299—314 页。（Lin, “Metaphysics, Suffering, and Liberation: The Debate between Two Buddhisms,” see Hubbard and Swanson ed., *Pruning the Bodhi Tree*, pp. 298—313.）

③ 这一经典论断出自杨庆堃（C. K. Yang），参见《中国社会中的宗教》（*Religion in Chinese Society*）。

的头脑是在这里觅得了一方竞技场，以搏击形而上的问题及救世的挑战。在即将展开的叙述中，我们的两位主人公，欧阳竟无和鲁迅，在反思中华民族的现代命运时都援引了佛教的“种子”观念。佛教和现代性之间的纠葛令他俩着迷：一个为经文作注疏，另一个则写起了小说和散文诗。

鲁迅的“过渡仪式”

1936年9月，鲁迅情有独钟地回忆起家乡绍兴的“别一种”独具特色的鬼魂（先前他曾写过无常）。他好像觉得自己有义务把它介绍给全国读者：那就是“女吊”，上吊自杀的女人的鬼魂。鲁迅又一次将他的读者引入中国农村仪式剧这个如梦似幻的世界里，他娓娓讲述自己的体验，有时是作为一名观众，有时则瞒着他的父母跑一回龙套。“女吊”有一个搭档——“男吊”，也就是上吊自杀的男人的鬼魂。鲁迅告诉我们，“男吊”是最难扮的，演目连戏时，只有这个角色要请专门的戏子来跳。而且，演“男吊”也是最危险的，因为他可能招出真的鬼来。所以，后台上一定要安排一个灵官——只有在灵官的密切注视下，“男吊”的戏才能安安稳稳地演下去。如果灵官在能照见前台的镜子里看到两个人，其中一个就是真鬼。灵官必须立刻冲上台用鞭子抽打演员，直到他掉下舞台。然后那个演员得跑到河边，洗去粉墨，再返回剧场，跟观众一起把剩下的戏看完。写到这里，鲁迅评道：

> 这挤在人丛中看自己们所做的戏，就如要人下野而念佛，或出洋游历一样，也正是一种缺少不得的过渡仪式。①

想到鲁迅在写完这篇文章之后一个月就与世长辞，我们很难不把这种“缺少不得的过渡仪式”同鲁迅自己的生命历程联系起来。远渡日本，私下读佛经，以及在人群中充当一介看客，无论看的是社戏还是时事幻灯片：所有这些，鲁迅给读者留下一条线索，都无异于某种“缺少不得的过渡仪式”。鲁迅在日本的旅居以

---

① 鲁迅:《女吊》,《且介亭杂文末编》,《鲁迅全集》第6卷，第640页。在综合考虑了引文的语义结构和语境之后，我颇为确定，鲁迅所说的“过渡仪式”是阿诺德·凡·根纳普（Arnold van Gennep）意义上的“过渡仪式”。凡·根纳普提出的“过渡仪式”已成为宗教学和人类学领域的经典理论。

及偶然看到的幻灯片对他造成的影响已经广为人知，本文所关注的是第二个动作，即将鲁迅对佛经的沉迷视作“缺少不得的过渡仪式”，尤其是（但不限于）1912 年至 1917 年他在北京绍兴会馆独居期间。不过，继续讨论之前，我们得暂停一下，问问自己：“过渡仪式”作为如今十分常见的一个词组，[①] 到底是什么意思？

除了人类学和宗教学领域阅读法语著作的专家，整个英语世界直到 1960 年才知道阿诺德·凡·根纳普（1873—1957）的“过渡仪式”理论，那已是该书初版的半个世纪之后。此外，鲁迅兴趣广泛，始终紧跟最新的西方思潮，这一点也令我们印象深刻。凡·根纳普和同时代的人类学家埃米尔·涂尔干（Émile Durkheim，1858—1917）、马塞尔·莫斯（Marcel Mauss，1872—1950）一样，对仪式的理论构建深感兴趣。[②] 他提出的“过渡仪式”（rites de passage）一说，旨在捕捉贯穿个体一生的一系列仪式的基本意义程式（schéma），这些仪式往往伴随个体的“生命危机”（life crises），比如出生、成年、结婚、分娩、入葬。照常规的介绍，“过渡仪式”在结构上包含三个子范畴：脱离仪式、转型仪式和融合仪式。为了更好地达到目的，我更倾向于以下这个解释，因为凡·根纳普特别强调“临界”（threshold）在过渡仪式中的决定性意义：

> 因此，我提议把脱离旧世界的仪式称作“**前阈限仪式**”（preliminal rites），把转型阶段执行的仪式称作“**阈限（临界）仪式**”（liminal [or threshold] rites），把融入新世界的仪式称作“**后阈限仪式**”（post-liminal rites）。[③]

多年之后鲁迅才透露：就在他远处日本的某个教室里，将目光投注在中国人被杀头的幻灯片上的那一刻，一场“生命危机”的临界状态正降临到他身上。从另一个方面来看，教人感到好奇的是：当鲁迅选择投身于一场佛教浸濡时，他认为自己究竟获得了怎样的转变，或者说成果？实际上，这个问题在一个差相仿佛的场景下，已由心存疑惑的钱玄同（1887—1939）提出来了：

> “你钞了这些有什么用？”有一夜，他翻着我那古碑的钞本，发了研究的

---

① 原文指“rites of passage”如今在英文里很常见。——译注

② 凡·根纳普所熟悉的人当中包括安德鲁·朗格（Andrew Lang）、简·哈里森（Jane E. Harrison）和詹姆斯·弗雷泽（James Frazer），这些人的作品周作人也很了解，而且经常在文章里讨论。

③ Van Gennep, *The Rites of Passage*, p. 21。黑体系原作者添加。

质问了。

“没有什么用。”

“那么，你钞他是什么意思？”

“没有什么意思。”[①]

鲁迅好用反语，熟悉这一点的读者一定知道，这样的应答是不能根据字面意思来理解的——貌似矛盾，实则暗藏教训。钱玄同唯一关心的是“过渡”的目的，所以他不会明白。对鲁迅而言，“过渡”未必指向目的；过渡”本身**就是**目的。

凡·根纳普提醒读者，并不是所有的“过渡仪式”都会按部就班地根据三个步骤来进行。[②]我们有理由相信，鲁迅更可能是个例外，而不属于常规。他更可能是要揭露一个持久性的问题，而不是生造一个结论性的答案。用“过渡仪式”的术语来说，鲁迅更接近“阈限”的那一点，而不是“后阈限”。“阈限”是两个世界的接壤最模糊的地方，是最能容纳某种双重性的地方，也是多义倾向最强的地方——鲁迅体现了这种“阈限”。这是我想强调的一点。关于鲁迅，本文归结起来将提出两点观察，这是其中之一。鲁迅度过了长达十年的潜思冥想的岁月，一宿接一宿地抄古碑、读佛经——在一棵槐树下，树上据说曾吊死过一个女人——鲁迅当时的状态正符合“阈限”的特征。[③]

一粒“双生种”

作为两个世界之间的临界点，“阈限”同时是单一的和复调的——至少是双重的。本节要讨论的焦点便是这种双重并置（doubling）。赘述一句，这里的双重并置和大乘佛教里经常讨论的“二元对立”或者说“二元性”（duality）的问题

---

① 鲁迅:《〈呐喊〉自序》,《鲁迅全集》第1卷，第440页。

② 我对凡·根纳普的意思进行了转述。原文为:“并不是在所有的社群里，或在每一种仪式的模式中，这三个子范畴都得到同样程度的发展。”（These three sub-categories are not developed to the same extent by all peoples or in every ceremonial pattern.）见 *The Rites of Passage*, p. 11。

③ 根据鲁迅本人的日记和朋友的回忆，1912年至1917年他在北京绍兴会馆独居期间，本着“复古”的精神，至少从事了三方面的工作：抄写碑帖，努力破解模糊或脱落的文字；编校古籍，其中不少是民间宗教故事；阅读佛经。可参见许寿裳:《亡友鲁迅印象记》，第48—56页。这里的“经”，依鲁迅的用法，是作为泛指，不仅包括经，也包括论、疏、目录，很有可能还包括未被纳入正典的材料。

不是一回事，所以我在这里也避免使用“二元性”一词。是阈限的特性制造了双重并置的时刻并赋予其势能，无论是已实现的或潜在的阈限。的确，鲁迅正是缔造此类“双重并置的时刻”的大师，这样的双重并置兼摄显与隐，纵跨此岸与彼岸——事实上，是众多的彼岸——之间的边界。

学者们一直热衷于探究鲁迅笔下的双重并置的时刻。刘禾（Lydia Liu）在最近发表的一篇文章里，论证文学里的现实主义是如何作为一种“生物拟态技术”（technology of biomimesis）出现在现代中国的。在这篇文章里，她把我们的注意力引向鲁迅似乎有心设计的那些无声的和无形的事物。刘禾提出，考虑到鲁迅在1923年“科玄之争”中所采取的异乎寻常的沉默姿态，创作于1924年2月7日的小说《祝福》，或可被视作鲁迅的一种代偿性的声明。谁能**看出来**祥林嫂这个现实主义风格的人物形象是根据另一个先在的、冥冥中的并且**看不见**的“微妙比丘尼”（Bhikṣuṇī Suksma）塑造出来的？后者的故事出自《贤愚经》，在刘禾看来，呈现出与《祝福》十分相似的结构。[①] 在超文本指涉对象（extratexual referent）的不可见性和所有小说作品的虚构性之间，刘禾如履薄冰。这样的风险，相对于刘禾直面的更大的问题而言，终究是无法摆脱的一部分。那个问题就是：看不见的事物在现实主义文学空间里的表现及这种表现的可能。

我们再来思考一下。看不见的事物真的**完全**看不见吗？在这方面，丸尾常喜的著作在出版二十年后仍富有教益。作为一位目光敏锐、洞察秋毫的观察者，丸尾在鲁迅的小说里识破了一大群在此之前一直戴着现实主义的面具的鬼魂，包括阿Q。[②] 在塑造出来的那些人物中，丸尾揭开了鲁迅施展“双生幻化”（double conjuration）的时刻：貌似现实主义的“人”可能同时鬼气森森，而“鬼”却显得栩栩如生。在这里，我想加一句说明：这种双重并置不可与狂人的阐释学混为一谈；换言之，面对满纸谎言，狂人却从字里行间发现了真相。本文所讨论的双重并置完全是另一种意义上的：显性的和隐性的、现实的和超现实的，在“双生幻化”中两者都是真实的。用乔纳森·史密斯（Jonathan Z. Smith）的话来说，这是

---

① 刘禾：《鲁迅生命观中的科学与宗教：从〈造人术〉到〈祝福〉的思想轨迹（上）（下）》，孟庆澍译，《鲁迅研究月刊》，2011年第3期，第4—12页；2011年第4期，第4—14页。（Liu, “Life as Form: How Biomimesis Encountered Buddhism in Lu Xun,” see *The Journal of Asian Studies*, vol. 68, no. 1, pp. 21—54.）

② 丸尾常喜：《“人”与“鬼”的纠葛》，秦弓译，人民文学出版社，1995年。（丸尾常喜：《鲁迅：「人」「鬼」の葛藤》）

"此处"与"彼处"的同步(a simultaneity of "here" and "there")。[①] 它们不会互相抵消，也不会通约。正如尼尼安·斯马特(Ninian Smart)所说的，这种双重性使得"世界**既是可见的，又是不可见的**；既是我们的世界，在某种程度上也是另一个世界"。[②] 借用一个佛教术语，这就是"二谛"(satya-dvaya)。

"双生种"就是这样一种"二谛"。它被播种在完成于1925年10月17日的《孤独者》里。这是鲁迅小说中篇幅第二长的作品，带有自传色彩，也是他最后一部关于"孤独之人"的小说。李欧梵注意到，这个故事是在鲁迅情绪最低落的时候创作的，在一种个人的、"略为抽象"且超越了具体的现实领域的层面上，牵涉到人类个体存在本身的意义。[③] 佛教便是在这种"略为抽象"的层面上出现的。关于种子的比喻，鲁迅明确告诉读者他的想法来自佛教，这是一个罕见的例子。不过，一套广义的关于进化的话语往往被认为是这粒种子的直接发源地。安德鲁·琼斯(Andrew Jones)在考察一种"发展主义的信仰"(developmentalist faith)在民国的散布时，曾停下来检视这粒种子：

> "孩子总是好的。他们全是天真……"他似乎也觉得我有些不耐烦了，有一天特地乘机对我说。
>
> "那也不尽然。"我只是随便回答他。
>
> "不。大人的坏脾气，在孩子们是没有的。后来的坏，如你平日所攻击的坏，那是环境教坏的。原来却并不坏，天真……。我以为中国的可以希望，只在这一点。"
>
> "不。如果孩子中没有坏根苗，大起来怎么会有坏花果？譬如一粒种子，正因为内中本含有枝叶花果的胚，长大时才能够发出这些东西来。何尝是无端……"[④]

---

① 参考史密斯关于仪轨作为"一种差异的宣明"的论述。见 *To Take Place: Toward Theory in Ritual*, pp. 109—110。

② Smart, *The Philosophy of Religion*, p. 32。黑体系笔者添加。

③ 李欧梵:《铁屋中的呐喊》，河北教育出版社，2000年，第79页。(Lee, *Voices from the Iron House*, pp. 85—86.)

④ Jones, *Developmental Fairy Tales*, pp. 64—65。原文见鲁迅:《孤独者》,《彷徨》,《鲁迅全集》第2卷，第93页。琼斯在其著作第二章中强调了《孤独者》在鲁迅所有作品中的重要意义。他论述了与之相关的一系列问题，其中包括遗传和变异、文化的传播、历史的诡谲轮回、进化思想在殖民地语境中的本土化，以及最重要的——叙述形式是如何表现所有这些问题的。

琼斯的引用到这里为止。被琼斯省略的后面两句话值得细细审视：

> 我因为闲著无事，便也如大人先生们一下野，就要吃素谈禅一样，正在看佛经。佛理自然是并不懂得的，但竟也不自检点，一味任意地说。[①]

种子这个比喻里的佛教意味（尽管鲁迅嵌入了讽刺，以嘲弄佛教在当时社会的形象）没有逃过琼斯的观察。这尤其是因为琼斯志在厘清进化论思想在移植到东亚的种种过程中的暧昧——这也是本文的目的。在这里，琼斯觉察到一些远比普通植物学更神秘的东西——他将其归为带有“业”的色彩的历史先决论（historical predetermination）。[②] 但是，请允许我进一步追问：从佛教的角度看，如果万事万物都可以被描述成“业”的结果，那么在这个例子中，“业”究竟意味着什么？当鲁迅把进化思想跟佛教糅合在同一部作品里，其中的主人公和继祖母之间的遗传关系受到了微妙而尖锐的质询，这又暗示了什么？这就是我的问题的切入点。

本文追溯“种子”在唯识学派教义里的起源，并将它植入东亚的唯识学者和如来藏学说持信者之间的一场长期辩论中去，试图以此独辟蹊径，解开该比喻的佛教命意。这场长期辩论中最激烈的一段便发生在二十世纪上半叶，就在《孤独者》创作前不久；本文开头谈到的“批判佛教”运动则可视作其尾声。我指的是那场围绕着一部经典——《大乘起信论》展开的论战。这场论战发端于日本，之后在 1920 年代波及中国。下一节将对此进行概述，概述针对本文的需要有所裁剪，以便更好地评估故事中的另一个主角——欧阳竟无。如果琼斯的著作是围绕现代中国一种“发展主义的信仰”展开的，[③] 那么本文所负荷的恐怕正是对这种发展主义的质疑。本文的晦暗色彩来自佛教思想中尤其强调批判性的一脉，它勇于直面恶的存在问题，还和一场意义深远的决裂有关——汉传大乘佛教借此与印度先哲分道扬镳，发展出自己与众不同的教义系统和解脱观。鲁迅对于这种革新似乎抱有严重怀疑，正如一路来他对汉传大乘佛教的传统时有微词。

---

① 鲁迅：《孤独者》，《彷徨》，《鲁迅全集》第 2 卷，第 93 页。

② Jones, *Developmental Fairy Tales*, p. 65.

③ 比如参见 *Developmental Fairy Tales*, p. 8 and p. 25。

国籍与正统:《大乘起信论》之争

在东亚佛教史上,《大乘起信论》是最受珍重的文献之一。它是以文言的形式保存下来的,其梵文原本(如果存在的话)从未被发现。依传统看法,此论的作者是一位学识渊博、受人尊敬的印度高僧——马鸣(Aśvaghoṣa),关于他的最激烈的辩论正是发生在二十世纪。这场辩论还质疑了两个中文"译本",特别是传统上被认为出于真谛(Paramârtha,499—569)之手的初译本,中国、韩国和日本的佛学大师为它作的注释,现存的就超过一百七十种。这场争论最早爆发于 1906 年的日本,然后在 1920 年前后波及中国。两国的高僧大德和佛学家都卷入其中,成为对立双方,要么质疑、要么捍卫该文献的所谓印度原本——至少就现有的材料来看,该事件频繁呈现出的面貌正是如此。[①] 结果,论战的所有参与者根据他们所倾向于认同的文献作者的国籍——印度或中国,分成了两个阵营。

我无意在此重申那些参与争论的佛教徒和佛学家们的观点,不仅是由于此类参考资料很容易找到,而且因为迄今为止,解读这场争论的一般方法常常会遮蔽某些至关重要的问题。"真实性"(authenticity)这根未经质疑的意识形态指挥棒彻头彻尾地引导了这场辩论,似乎单单由作者的国籍而定。教人好奇的是,既然大藏经里有许多作品出自中国人之手,而且《大乘起信论》作为"论"而不是"经",姿态相对谦逊,那么何以在这个特定的历史节点和特定的文本上,中国性(Chineseness)和正统性(canonicity)站到了截然对立的两极?以下这位学者型僧人的见解,虽然显得再明白不过了,却直到 1970 年代才被提出来:"印度传来的不一定都是好的……中国人作的不一定就错……这不能和鉴别古董一样,不

① 争论始于舟橋水哉 1906 年发表的文章,他怀疑《大乘起信论》是中国人的伪作。望月信亨(1869—1948)等人支持这一观点,而常盤大定(1870—1945)等人则为其梵文原本辩护。另一方面,章太炎(1869—1936)于 1915 年在中国首次提出这一问题,他支持该文本源出印度。随后,梁启超(1873—1929)、王恩洋(1897—1964)和吕澂(1896—1989)称其出自中国,形成一股强劲的声势;而太虚(1890—1947)和唐大圆(1885—1941)则持传统观点。太虚的弟子印顺(1906—2005)在此问题上没有给出明确的判断,不过他看来是赞成前一种观点,认为此论系中国人所作。详情可参考高振农:《大乘起信论校释》,第 18—20 页;黄夏年:《大乘起信论百年研究之路》,《普门学报》2001 年 11 月第 6 期。表面上看,这只是一场关于《大乘起信论》作者国籍的争论。辩论双方的结论无论在当时还是现在都已备受重视,但有一些更为微妙的论点和方法论上的差异却时常被遗忘。

是某时某人的作品，就认为不值一钱！”[①] 近来，或许得益于全球化时代所培养出的敏感意识，在处理泛亚洲的佛教经典时，国族、地域和跨国交流等议题已经获得了更为细致的考量。2008 年的一篇期刊论文指出，虽然现在大部分学者都赞成《大乘起信论》本来就是一部汉文著作，但它未必是由一个土生土长的中国人写成的。[②] 在阿部龙一（Ryūichi Abe）看来，这部大乘佛教中最先进、最考究的理论精华很可能是“汉印佛教遗产的混合物”。[③]

此时此刻，我们意识到关于《大乘起信论》的论战给我们留下的问题多过答案。它仍是一个过度简化的故事，只不过被繁复地讲述着。诚然，中古时期的中国佛教徒已经对这部论的原文出处提出过质疑。理应激起更大兴趣的是引发这个古老传说在二十世纪被重述的历史特殊性。恕我直言，我们之所以对此问题缺少关注，是因为很长一段时间以来，佛学研究界内外均存在着这样一种根深蒂固的倾向，即将“佛教议题”同“现代性议题”当成两个互不相干的题目。这场辩论中有两个人将有助于说明我的观点，尽管两人构成鲜明对比：梁启超（1873—1929）和欧阳竟无。他们的回应彰显了这场论争中的一个关键因素，而且恐怕是埋头于传统佛学研究的学者根本不会加以留意的问题，那就是：一种民族主义的焦灼成为维系这场辩论的至关重要的脉络，而且有时候毫不含糊。无视这一因素，我们对《大乘起信论》那充满争议的“中国性”的理解就会趋于贫乏。

关于这种民族主义的焦灼有一个很好的例证（恐怕是好过了头），来自梁启超 1922 年出版的著作《大乘起信论考证》，它对于在僧团中占大多数的保守派来说，一定显得很怪异而且令人反感。梁启超并没有像僧众那样，因为《大乘起信论》可能被贴上“中国伪经”的标签而感到不安；恰恰相反，他欢欣鼓舞地接受了这个消息。在该书的序言中，梁启超宣称他根本不在乎这部论是否传达了佛陀的思想，或者是否阐明了宇宙间唯一的真理，因其辉煌的历史和在全世界的声望本身足以证明这部著作的卓越之处。[④]这样一部著作出自中国人之手，岂不锦上添花？[⑤]

---

① 印顺：《大乘起信论讲记》，第 8 页。

② Tarocco, “Lost in Translation? *The Treatise on the Mahāyāna Awakening of Faith*（*Dasheng qixin lun*）and its modern readings”，见 *Bulletin of SOAS*, 71, 2（2008）, p. 323。

③ Abe, Introduction to the Reprint Edition。见 Hakeda 译：*The Awakening of Faith*, p. 25。

④ 《大乘起信论》分别于 1900 年和 1907 年由铃木大拙（1870—1966）和威尔士浸信会传教士李提摩太（1845—1919）译成英语。李提摩太据知是第一个开始把这部论译成英语的人，尽管他的著作比较晚出。

⑤ 梁启超：《大乘起信论考证》，见《饮冰室佛学论集》，第 367 页。

梁启超并不承认《大乘起信论》的"精神资本"(spiritual capital)受到亏损；反之，这部论刚刚被确认的"产品国籍"(product nationality)在他看来能够有效地证明中国(同时也是佛教)对世界的贡献。[①] 此外，梁启超还雄心勃勃地宣称，一旦中国人像日本人那样掌握了整理大藏经的科学方法，必将在其中发现"殖民地盖不知凡几"——那是"全世界学术上一大业。而我国人所不容多让者也"。[②] 这里流露出的主权意识和紧迫感是显而易见的。梁启超把佛典的正统性标记成一块处女地，他希冀中国人能用笔来占领"殖民地"——如果用不了枪的话。仿佛是为了履行自己说的话，梁启超在"尽废百事"以完成此项研究的十二天里，用两天时间，根据三部《高僧传》整理出一个"中国制造"的文献清单。[③]

由于其露骨的爱国情绪以及对日本学术成果的过分热切的拥赖，梁启超关于《大乘起信论》的著作在列名之外没有引起多少关注。尽管梁启超孜孜不倦地研读佛典，[④] 却很少被视作一个够格的佛学家。我们马上要谈的另一个人——欧阳竟无，和他形成了鲜明的对比。欧阳竟无被认为是民国时代最有成就的居士。他还经常被描述成在中国的舞台上挑起《大乘起信论》之争的领头羊。但是，很少有人将欧阳竟无放在"五四"的思想传统中进行评估。下一节将在这方面作一次粗浅的尝试。我们要探究欧阳竟无在质疑《大乘起信论》(连带倚重此论构建教义的汉传佛教主要宗派)时所怀抱的深刻的危机感。欧阳竟无的诘问归结于一点：丢失的"种子"。

欧阳竟无：种子去了哪里？

1904 年，当欧阳竟无参加了中华帝国最后一场科举考试，带着记忆犹新的挫败感回家的时候，他经过南京，第一次拜会了金陵刻经处的创办人杨文会(1837—1911)。杨文会向欧阳竟无传达了两件事：第一，杨照惯例，强调《大乘起信论》对所有佛教学习者的根本的重要性；第二，亟须重振唯识学研究。此二

---

① 关于"精神资本"的概念，参见 Bourdieu；亦可参见 Tarocco, "Lost in Translation? *The Treatise on the Mahāyāna Awakening of Faith* (*Dasheng qixin lun*) and its modern readings", *Bulletin of SOAS*, 71, 2 (2008), p. 325。关于"产品国籍"，参见 *Gerth, China Made*, p. 2。

② 梁启超:《〈大乘起信论考证〉序》，见《饮冰室佛学论集》，第 368 页。

③ 梁启超:《见于高僧传中之支那著述》，见《饮冰室佛学论集》，第 331—364 页。

④ 在熟悉佛典的过程中，梁启超的投入程度远远超过大部分僧人。他每天的日程表里都有一段阅读佛经的时间。见 Chan, *Buddhism in Late Ch'ing Political Thought*, p. 41。

者间的吊诡很快就被历史揭示出来。在辛亥革命前夕过世的杨文会，有幸免除了目睹自己最珍视的书被最心爱的弟子严厉批评的巨大痛苦。不过我们应该意识到，欧阳竟无在先师去世十年之后，上演了一出中国佛教版的“吾爱吾师，吾更爱真理”，这恰恰说明他确实把杨文会的话放在了心上。

1922 年 10 月，欧阳竟无出版《唯识抉择谈》，该书择取唯识教义中最核心的十个概念做出阐释。正是这薄薄的一卷书，开启了欧阳竟无站在唯识学派的立场上对《大乘起信论》和植根其中的如来藏思想的严厉批判。需澄清的是，欧阳竟无批判的是《大乘起信论》的内容，他并没有质疑该文献的印度原本。[①] 实际上，《大乘起信论》的作者身份对于欧阳竟无来说不是什么问题，因为他关心的是一个远远比它重大的问题，即：这部声名显赫的论所教导的内容根本就是错的。欧阳竟无警告说：它已经给中国佛教的教义和修持带来了严重的后果。

欧阳竟无对《大乘起信论》的批判已经得到了充分的研究。[②] 出于目前的需要，我将通过另一视角解读欧阳竟无的论述。欧阳竟无在《唯识抉择谈》中多次提出这样的问题：根据我们对“心”、“识”和“种子”的了解，这部“论”怎么可能站得住脚？实际上，他的盘诘可以归结为一个关键性的问题：在《大乘起信论》中，“种子”去了哪里？对这位坚笃的唯识学者而言，《大乘起信论》在论述“心”的本质及其修习时彻底抛弃了“种子”的概念，这是绝对不能接受的。

在唯识教义中，“种子”（bī ja）储存于意识最深处的“阿赖耶识”[③]（ālayavi jñāna，或称“藏识”）之中，构成心识的基本特征之一。我们知道，佛教宣讲“空”

---

① 实际上，欧阳竟无做了一番历史分析，试图把他在这部“论”中看到的关键谬误解释成非常明显的马鸣时代的产物，因为当时正值僧团经历大的部派分裂。现在对欧阳竟无在起信论之争中所扮演的角色的误解，或可归因于他的两位弟子的立场，即王恩洋和吕澂。他俩在论争中基本承袭了导师的推理，但进一步给这些谬误贴上了“源自中国”的标签，偶尔还措辞尖刻。

② 程恭让:《欧阳竟无佛学思想研究》，第 403—476 页；另见 Aviv 的博士论文，*Differentiating the Pearl from the Fish Eye: Ouyang Jingwu and the Revival of Scholastic Buddhism*, pp. 135—155。

③ 为了阐明“心”如何活动，唯识学派提出“八识”，成为其教义中基本而独特的一个面向。第八识“阿赖耶识”（ālayavijñāna）被认为是“本识”、“第一识”、“所知依识”。它的功能就是储藏个人经验的所有印迹，故得名“藏识”。它又被称为“种子识”，因为它是一切业种子的贮所。为了接近终极真理，唯识学派强调冥想实践以及从中获得的知识与洞见。通过深度冥想揭示的佛法是不二、无我的。然而，“心”的活动造就了一个貌似真实的“我”，由此凡夫为一种虚假的二元性所蒙蔽，无法证悟真理。唯识学派的闻名之处，正在于通过一种认识论的途径充分发展了解脱论。

和刹那生灭。经量部学者[①]则试图解释，某种显然的身心的连续性是如何维持的，“种子”的观念由此产生。唯识学者后来提出，所有的现象尽管刹那生灭，但均会留下一个印迹，也就是“种子”。种子制约并影响未来的现象——影响可能见诸实效，或作为潜在可能——从而生起连续的存在。[②]简言之，作为现象生起的根本原因，种子代表了影响未来的潜在倾向，这些倾向源自人的整个过去和现在。

一旦人们看到如来藏学和唯识学在“心”的本质问题上的根本分歧，如来藏思想中没有种子的容身之地就显而易见了。《大乘起信论》最著名的一句如是说：“依一心法有二种门。云何为二。一者心真如门。二者心生灭门。”换言之，“心”“包罗了现象世界和先验世界的一切存在状态”。[③]这样的“心”不仅本质上是清净的，而且事实上**不可能**受到污染。羽毛田义人（Yoshito S. Hakeda）指出，在佛教思想史上，《大乘起信论》代表了大乘佛教如来藏观念的发展巅峰。[④]

然而，对于唯识学者来说，绝对的和现象的、清净的和垢染的、了悟的状态和未悟的状态之间的区别绝不可能如此一笔勾销。唯识学者主张，一个人只要尚未成佛，在他的心识的最深层，产生一切生灭现象的“有漏种子”和渡往觉悟的“无漏种子”——或用更平白的话说，污浊的“有漏种子”和清净的“无漏种子”——总是共存的。[⑤]正如欧阳竟无不厌其烦强调的，这两类种子截然不同，而且它们的作用针锋相对。也就是说，无漏种子和有漏种子之间并无交涉，因此也不可能存在无明熏习真如或真如熏习无明——而《大乘起信论》正是这样来解释自性清净的“心”何以生起垢染世界的。[⑥]欧阳竟无强调，熏习只在同一类别的

---

① 经量部是二十个印度早期佛教部派之一，其关于意识的理论是唯识学派阿赖耶识观念的雏形。

② 早期的唯识学者如安慧（Sthiramati），认为“种子”之说纯属一种隐喻；而玄奘则视其为实实在在的可能性。

③ Hakeda 译，*The Awakening of Faith*, p. 35。

④ 同上，p. 9。

⑤ 在某些倾向于如来藏学说并试图整合如来藏学和唯识学的印度哲学家看来，无漏种子是“附着”于阿赖耶识的，而非保存在其内部，所以不会因为接触储藏在阿赖耶识内部的有漏种子而受到污染。但传统的唯识学观点坚持无漏种子和有漏种子全都保存在阿赖耶识内部。

⑥ “真如缘起”的观念是《大乘起信论》的理论要义。它提出，“真如”（tathatā）在“无明”（avidyā）的影响下进而生起现象世界，同时又保持自性清净。对欧阳竟无来说，这是一个重大错误。在欧阳竟无看来，《大乘起信论》显示出范畴的混乱，它偏离了《楞伽经》（Lankāvatāra-sūtra）和《瑜伽师地论》（Yogâcārabhūmi-śāstra）设定的“五法”（five dharmas）体系。特别是作为“正智”（samyak-jñāna）之“所”的“真如”，应该和“正智”成对出现，但在《大乘起信论》中，真如不仅独自出现，自给自足，还和无明互相熏习，制造出现象世界。

种子和行为（“现行”）之间发生。凡夫兼有两类种子，处在无明与觉悟之间的某一点。清净的种子无法改变或净化有漏种子，而前者可以做到的是在数量上超过后者。照唯识学派的指示，追求觉悟之人应当培育尽可能多的清净种子，直到清净种子在数量上占据绝对优势，同时有漏种子减到可以忽略不计的比例进而消亡。

为了删繁就简，我们有必要在这两股佛教思想源流的对比中强调两点。一者，鉴于如来藏思想中的“心”呈现出纯粹性和永久性的品质，唯识学里的“心”的概念则展现了一种对时间和历史（用经典的佛教术语来说，就是“业”的运作）的敏锐感知。以种子所携的势能的形式表现出来的过去、现在和未来之间的联系，正是“业”这个词所指涉的含义。二者，因为原则上是先验的，如来藏思想中的“心”是绝对的、永恒的和静态的。在这一学说体系中，若论通往觉悟的解脱之道，其终点和完成的状态同时也充当了起点和**起始的先决条件**[①]（the prerequisite to begin）。而在唯识学体系中，一个人只要尚未成佛，觉悟就始终是一个未完成的计划，净化也是一个动态的过程，它所产生的清净是局部的、相对的和不断受到威胁的。这种清净不过是无漏种子和有漏种子持续对抗的产物，是暂时的也是脆弱的。我们应该澄清一点，即对于唯识学者来说，“清净是内在固有的”这一观念肯定不会陌生，因为他们正是这样判定无漏种子的性质的。不过，由于时刻铭记着它的竞争对手即有漏种子，唯识学派对于罪恶的问题——亦可称之为“神义论”（theodicy）的问题——给予了高度关注，并展现出捍卫凡圣界限的果断决心。

令人遗憾的是，就“五四”语境下对中国传统和中国人的历史命运所做出的更广阔的反思而言，关于《大乘起信论》的辩论迄今为止几乎不曾被看做是必不可少的一部分。它被狭隘地理解成一个佛教事件，甚至被更狭隘地理解成宗派之争，尤其在当时的历史语境下，来自平信徒的如此尖锐的攻击让部分僧众感到难以接受。[②]

---

① “终点即起点”这一悖论及其如何影响佛教所理解的宗教修行，关于这一点的简要讨论可参见 Carl Bielefeldt, “Practice”, Lopez Jr. ed, *Critical Terms for the Study of Buddhism*, pp. 236—240。对于该悖论的经典回应，即一个人如何可能朝着已经实现的目标前进，有一段动人的叙述，见《法华经》（Lotus Sūtra）第四品“长者穷子喻”。

② 如果我们考虑到晚清以来僧团频繁面对的困境，以及十年前欧阳竟无罔顾现实创立“中国佛教会”的偏激举动，这种反应便合情合理了。1912 年，欧阳竟无、李翊灼等人决定在南京创立“中国佛教会”，作为整个中国佛教界的管理总部。他们起草的章程宣称，该会有权监管所有的中国佛教徒和佛教组织拥有的全部资产。由于时局混乱，他们的提议居然被新成立的民国政府批准了。尉迟酣（Holmes Welch）认为，这一举动“企图将整个佛教界交由蔑视僧伽的人”——这些人是否具备“佛教徒”的正式身份，首先就令人生疑。见 Welch, *The Buddhist Revival in China*, p. 34。因此，当太虚和印顺撰文捍卫《大乘起信论》教义的时候，很清楚他们同时也是在捍卫僧伽的地位。

从某种意义上说，唯识学者和如来藏学说持信者在二十世纪的这场论争，应当被视作置身于一个貌似无可辩驳的“末法时代”里的佛教徒们的反躬自省。鉴于如来藏学说代表了东亚佛教思想的标志性成就，欧阳竟无对其所作出的千年以来“鱼目混珠”的结论，对于汉传（以及日本）佛教的所有主流宗派（包括天台宗、华严宗、禅宗、净土宗和密宗）来说都意味着根本性的颠覆。[①] 欧阳竟无为一种深切的悲痛感和危机感所鞭策而埋头于浩瀚的大藏经，[②] 他和反传统的同时代人以及后来的日本批判佛教思想家们之间，可谓灵犀相通。正如上文谈到的，日本的批判佛教思想家们在严厉批评“本觉”（该词没有梵文对应词，几乎可以肯定出自《大乘起信论》）观念时，认定问题尤其出在**日本**佛教。欧阳竟无这位中国的批判佛教思想家抱着类似的思路，同时也呼应“五四”的时代精神，他对**中国**的人心作出了以下诊断：

> 中国人之思想非常笼统，对于各种学问皆欠精密之观察；谈及佛法，更多疏漏。在教理上既未曾用过苦功，即凭一己之私见妄事创作。极其究也，著述愈多，错误愈大，比之西方佛、菩萨所说之法，其真伪相去诚不可以道里计也。[③]

在这里，欧阳竟无展现了一例佛教徒版本的“感时忧国的精神”（obsession with China）。[④]

但我必须补充一点，欧阳竟无在一个重要方面和同时代的“五四”思想家们有所不同：他的“西方”跟那些人的“西方”不一样。在欧阳竟无的思想体系里，“西方”指的是古代印度；更确切地说，指的是在七世纪被玄奘（602—664）带回来并“中国化”的那一部分印度。尽管欧阳竟无的思想轨迹很复杂，但唯识思想——特别是他从玄奘翻译的《瑜伽师地论》里吸收到的思想，构成了他毕生求索的支柱。在方法论层面，欧阳竟无不像杨文会和吕澂，他的治学方法在很大程

---

① 欧阳竟无：《唯识抉择谈》，第 26 页。欧阳竟无还补充说，中国佛教有两大弊端：禅宗忽视经教，天台和华严误入歧途。请注意，欧阳竟无对禅宗的批评没有那么严厉，因为他认为禅宗毕竟忠实地坚持着“空”的教义。

② 见程恭让：《欧阳竟无佛学思想研究》（卷一），尤其是第 18—29 页。

③ 见《唯识抉择谈》，第 1 页。欧阳竟无在开场白里自陈，这是促使他振兴唯识学的五个理由之一。

④ Hsia, *A History of Modern Chinese Fiction*, p. 534.

度上似乎与异域的影响绝缘。[①] 从某种意义上说，欧阳竟无和他创办的支那内学院在二十世纪中国所扮演的角色，同玄奘和他的弟子在唐代所扮演的角色交相辉映。中国人的心得了病，欧阳竟无哀叹；但是，“清净种子”还在。当同时代的人们把民族复兴的希望寄托在一个又一个西洋方子上的时候，欧阳竟无坚信，将中国人从沉睡中重新唤醒的关键正在我们自己的“藏识”之中——那就是中国的（同时也是佛教的）辉煌的过去。

佛性？种业？

让我们回到《孤独者》。理想主义的魏连殳和心生怀疑的叙述者关于孩子的天性（或用典型的禅宗语汇来说，就是人的“本来面目”[②]）的对话不仅仅是一场虚构的事件，它确实以某种方式发生在对这一问题怀抱深切关注的中国现代知识分子间。在这一节里，我们来看两例。我希望展现的是：尽管自晚清输入进化论思想以来，“救国保种”的呼声不断高涨，但它也经常从另一个必不可少的思想源头获得启示，那就是佛教。

二十世纪的中国有一位佛教徒会站在魏连殳这边，他就是画家、散文家丰子恺（1898—1975）。丰子恺画笔与文笔双管齐下，捕捉到许多他自己的孩子们的动人瞬间。在 1928 年发表的一篇题为“儿女”的散文里，丰子恺思考了地上的孩子与天上的神明之间的“同等的地位”。丰子恺感叹道：孩子，而且只有孩子，拥

---

① 1907 年，欧阳竟无在日本逗留一年，协助杨文会从日本寺院里搜集散佚的佛教文献。实际上，欧阳竟无后来的工作极大地受益于他的导师早先从日本寻回的唯识学文献，特别是《瑜伽师地论》的唐代注疏，欧阳竟无享有的这项优势，是在他之前致力于复兴唯识的晚明高僧如紫柏真可（1543—1603）、蕅益智旭（1599—1655）和憨山德清（1546—1623）所没有的。但是，若论这段海外经历在**方法论**层面对他的影响，我们却所知甚少。相比较而言，他的导师杨文会曾两度前往欧洲，结识了研究东方宗教的欧洲和日本学者，特别是在牛津师从马克思·缪勒（Friedrich Max Müller，1823—1900）的南條文雄（1849—1927）。杨文会毕生寻找《大乘起信论》的梵文原本——据说最初就是这部书唤起了他对佛教的信仰——在当今的学者看来，就像是轻微的“文献焦虑”（philological anxiety）的症候，而这正是欧洲的第一代东方学学者的特点。见 Tarocco, *The Cultural Practices of Modern Chinese Buddhism*, p. 59。另一方面，吕澂掌握了梵文和藏文，所以在汉传佛教文献的诠释方面获得了方法上的突破。欧阳竟无是否掌握或曾在工作中运用了外语则仍不清楚。

② 语出《坛经》。——译注

有光明无暇的"心眼"：

> 天地间最健全的心眼，只是孩子们的所有物，世间事物的真相，只有孩子们能最明确、最完全地见到。我比起他们来，真的心眼已经被世智尘劳所蒙蔽，所斲丧，是一个可怜的残废者了。[①]

这里的佛教语汇有助于厘清丰子恺笔下的"心眼"与脱胎于如来藏教义的"佛性"概念的一致关系。丰子恺将"心眼"视作未受世俗污染、内心固有的光明；可一旦面对这样的污染，它就成了最脆弱的禀赋。它是普世皆有的天资；然而其普遍性仅仅停留在人呱呱坠地的最初的一刻。此时此刻，晚明归信佛教的文人李贽（1527—1602）的名句仿佛在我们耳畔回响："夫童心者，绝假纯真，最初一念之本心也。"[②] 而在二十世纪结束前三十年，一位日本禅宗大德如此教导他的美国弟子：禅的目的就是保持我们的"初心"。[③]

接下来我们转到叙述者"我"的立场。魏连殳很快就让步了，他也投向了叙述者这边。参考欧阳竟无和唯识学派的说法，我希望本文已经揭示了"双生种"的本质，并挖掘出这个表面上受进化论思想启发的比喻的佛教潜义。在这临界的一刻，在这个双重并置的时刻，宗教遭遇科学，救世神学诘问自然法则：我们凭什么理由断言新生儿是"新"的？恶的问题是如何进入遗传的？归根结蒂，问题依然是：生命从何处来，罪孽在何处止？依佛教的观点来看，死亡并不意味着摆脱轮回；每个婴儿都保有一段历史悠久的前世，尽管他自己对此一无所知。正如罪孽不会通过死亡自然抹消，新生也不会自然地获得完满。这就是"业"的宰制。说到底，即使不从唯识学的角度看，一厢情愿地认为孩子的纯洁天性就像一块没有受到过历史和业力污染的全新的石画板，不过是平添一种妄念。

历史与"业"交织缠结。历史的重荷不可能如此轻松地摒弃，时间也不可能如此轻易地删截。实际上，周氏兄弟在民国建立之初就已经辨察到业力的阴影——"种业"的阴影，它尾随着中国的现代化方案。我指的是周作人（1885—1967）和鲁迅在1912年1月合作发表的文言散文《望越篇》。这篇文章标志着周氏兄弟各自对中华文明中的阴暗鬼气进行考察的一个互通点，而这种考察，兄弟

---

① 丰子恺:《儿女》，见《丰子恺文集》，第5卷，第114页。

② 李贽:《童心说》，《李贽全集注》，第1册，第276页。

③ 铃木俊隆: *Zen Mind, Beginner's Mind*, p. 21。

俩均毫不姑息地坚持到他们生命的最后时日。文章这样写道：

> 盖闻之，一国文明之消长，以种业为因依，其由来者远，欲探厥极，当上涉幽冥之界。种业者本于国人彝德，驸以习俗所安，宗信所仰，重之以岁月，积渐乃成，其期常以千年，近者亦数百岁，逮其宁一，则思感咸通，立为公意，虽有圣者，莫能更赞一辞。故造成种业，不在上智而在中人，不在生人而在死者，二者以其为数之多，与为时之永，立其权威，后世子孙，承其血胤者亦并袭其感情，发念致能，莫克自外，唯有坐绍其业而收其果，为善为恶，无所撰别，遗传之可畏，有如是也。①

周氏兄弟从一个佛教意识深重的角度警告道：过去，注定会追随我们进入现代。更确切地说，是我们携过去同行。我们**现在是、将来也是**我们的过去。漫漶于现代时空的业力，拷问的是伏于现代性背后的宣称与此前的一切相决裂的盲目假设。

我们现在是、将来也是**我们的**过去。漫漶于现代时空的业力还带来了另一个关于文化传播（或谓“文化传染”）的辛辣教训：从种子到现行，业的纽带含摄却未必局限于狭隘的血缘遗传关系。这就解释了《孤独者》中魏连殳和他继祖母之间的隐秘关联以及人和狼之间的幻异交感（sympathetic magic）。② 但这还意味着更沉重的后果。正如周氏兄弟所忧惧的那样，祖辈造业，将由后代集体承担。个体既不能逃离也无法选择自己分担的业果，因为每一个人都被拴在这种集体存在里。就此而论，难怪那些新发明的昭示团结一致的范畴——比如“种族”和“民族”，它们标榜着一种近乎有机意义上的同质性——会使深谙共业之残酷的人不寒而栗。

结语：死火复燃，灵车转世

> 如果孩子中没有坏根苗，大起来怎么会有坏花果？譬如一粒种子，正因为内中本含有枝叶花果的胚，长大时才能够发出这些东西来。

---

① 周作人：《望越篇》，见《知堂回想录》。根据周作人的说法，这篇文章由他执笔，后来鲁迅进行了修改。丸尾常喜指出，这篇文章应该视为兄弟两人的合著，他们在创作生涯的早期经常如此。见《“人”与“鬼”的纠葛》，第 161 页，注 22。

② Jones, *Developmental Fairy Tales*, p. 97.

关于种子已经说了很多，但我还有最后一点要强调。我们已经看到，在唯识学教义中，种子既可能是好的也可能是坏的。但就此处这个比喻的倾向来看，这一粒种子似乎着重指向那令人不快的和邪恶的一面，仿佛鲁迅在构思这个比喻的时候，心里只装着有漏种子似的。后来在小说里，魏连殳断除了先前的念想，放弃了乐观的希望，怀疑主义遂笼罩全篇。倘若一个如来藏思想的捍卫者读到这个故事，他大概会发现鲁迅是一个比欧阳竟无和松本史朗都还要更严厉的批判家。而且，他还要做好准备从鲁迅那里接受更加严酷的东西。那就是：鲁迅的超现实主义故事《死火》，极其令人震惊地颠覆了享有盛名的《妙法莲华经》里一个广为人知的譬喻。中国和日本的批判佛教思想家们指责“本觉”或“佛性”观念是错误的、伪造的；鲁迅则更为苛刻地控诉其致命的破坏性。

《死火》营造了一个瘴气弥漫的幻境，其中最引人瞩目的就是一团残余的火焰，它似乎“这才从火宅中出”，在冰冻的荒原上奄奄一息。[①]“火宅”出自《法华经》，是一个经典的佛教隐喻，用来形容苦难深重的轮回。鲁迅在原本宣讲大乘佛理的寓言中注入了一种黑色的扭曲，即“车”的变异。我们先来看看这个故事的原貌，概述如下：

> 一位财富无量的长者催促他的孩子们逃离已经着火的房子，但孩子们沉溺于玩乐，以致充耳不闻。于是长者本着“方便”（upāya）的精神向孩子们许诺：有三种不同的车，分别是羊车、鹿车和牛车，在房子外面等着他们。他的话立刻产生了作用。孩子们统统跑出了房子。“父先所许玩好之具，羊车鹿车牛车，愿时赐与。”孩子们对长者说。令他们又惊又喜的是，每个人都得到了一架庄严的大白牛车。[②]

大白牛车喻指“一乘法”，即众生皆赖此修悟成佛的终极佛法，无论是“声闻”（śrāvaka）、“缘觉”（pratyekabuddha，又称“独觉”、“辟支佛”），还是“菩萨”（即大乘修习者）——这就是最初那三架车所指涉的。[③]“一乘法”代表众生皆得解脱的承诺，其理论基础就是人人都有珍贵的佛性。因此，这个譬喻和《法华经》

---

① 鲁迅：《死火》，《野草》，《鲁迅全集》第 2 卷，第 200—201 页。

② 见《法华经·譬喻品》，《大正藏》，262，12b13—13c18。英译本见 Watson, *The Lotus Sutra*, pp. 47—79。

③ “声闻”和“缘觉”合称“二乘”，此二类修行者在大乘文献中多有介绍，通常是把他们当作小乘传统加以贬斥的。大小乘的差别是人为制造的，并非历史实有。

里的其他譬喻一起肯定了佛性的普遍存在，这是大乘解脱论的基础。

鲁迅显然不买账。他在对这则寓言进行重述的时候，将佛教语汇里用来象征无边苦难的熊熊烈火重铸为一种崇高的抗争力量，它值得救助，以重返燃烧的世界——“火”不能死。另一方面，“车”一变成为凶手。拯救了火焰的叙述者在返回的途中，被一辆大石车碾过。那车不知道是从哪里冲出来的，在坠入冰谷之前飞快地实施杀戮。引向救赎的赠礼变成了石头般僵冷的屠杀机器。那是一头涂炭生灵的怪兽，来路不明，归属绝境。天台宗的佛教徒见此必定目瞪口呆。

假如威廉·詹姆士（William James，1842—1910）研究过鲁迅，他一定会毫不犹豫地在他身上觉察到“病态灵魂”（sick soul）的气质。詹姆士所说的“病态灵魂”指的是这样一种性格气质（而非心理病症），即对罪恶的存在怀有强烈的感知。对他们而言，世界的阴暗面作为一种负担是无法摆脱的。[①] 现代思想史家张灏曾强调，新教徒对人的罪性的焦虑，一直在底下支撑着西方自由主义传统的发展。用他的话来说，这种感知叫做“幽暗意识”。[②] 本文围绕对发展主义的质疑展开，特别关注“病态灵魂”的人并向他们致敬：鲁迅、欧阳竟无以及日本的批判佛教思想家，全都当得起“批判佛教思想家”这个称号，因为他们对于如来藏思想试图使人相信的那种自性圆满感到深深的不安。世界是有缺陷的，他们勇于面对这个无可回避的现实，并且全都表现出对人类造恶的可能和虚妄不察的状态的敏锐洞察。英雄，不但所见略同，所惧亦同。

在中国现代文学中播种具有（自我）批判精神的佛教“种子”的并不止鲁迅一个人。在我看来，他的兄弟周作人同样有“病态灵魂”的气质，只不过更加温和。周氏兄弟皆深谙种子与业力的佛教深意，而周作人特别把“种性”（gotra）的观念，引导到对中国历史和文明的批判上去。难怪周作人能如此一针见血地辨识出乃兄的“幽暗意识”——这样的人没有几个。请允许我用周作人的话来结束本文，我想借用这句话作为本文对鲁迅所作的另一点观察。鲁迅在上海去世五天之后，周作人这样写道：

> 大约现代文人中对于中国民族抱着那样一片黑暗的悲观的难得有第二个人吧。

---

① 见 James 对“病态灵魂”的叙述 , *The Varieties of Religious Experience*, pp. 127—165。

② 根据张灏的说法，“幽暗意识”源于直面人性和宇宙中与生俱来的种种黑暗势力。见张灏:《幽暗意识与民主传统》，第 4 页。

著述

Μῦθος 词源考

Mῦθος 词源考

——兼论西方文化基本结构（BSWC）的形成及其展开态势（下篇）

■ 文 / 陈中梅

【译文】

§ 6.1 古时克里特岛上盛行一种庆祭宙斯将死而又复生的秘仪活动。据传应蕾娅的请求，部族的小伙子们（kouroi）戎装起舞，撞响手中的兵器，以此使决意腹吞亲生儿女的克罗诺斯难以听见婴儿宙斯的哭声。仪式上，小伙子们的"**所做**"（**what was done**）比他们的"**所说**"（**what was said**）更为重要，何况事实上也应该如此，**因为关于神圣之事**（**about holy things**），人们也许说得越少越好。除此之外，初民们的语言表达能力不强，只够他们说出一些**最具体的概念**（**the most concrete concepts**）。随着时间的推移，人们的思维逐渐变得复杂起来，原先的那种以为可以用噪音吓跑克罗诺斯的旧观念，开始显露其荒唐和渎神的一面。出现了这样的情势，**用话语解释"所做"的内容，换言之，用故事（story）或希腊人通常用来解释仪式（rituals）——过去它们完全是巫术的一统天下（that had once been purely magical）——的 mythos 的应运而生，也就不再会遇到阻碍**。（详阅 Burn 1967：350—351）

【评述】

1. 参看 Burkert 2004：342—343。比较 6.6。在古希腊神话中，克罗诺斯乃乌拉诺斯（天空）和盖娅（大地）之子。克罗诺斯知道自己和蕾娅所生的孩子中有一个长大后将推翻他的统治，故在孩子们一出生时便将其吞入腹中，企图以此阻止命运注定之事成真。宙斯诞生后，蕾娅用一块石头取代婴儿，使其躲过一劫。宙斯在克里特岛上长大，成年后击败克罗诺斯并取而代之，成为雄踞奥林波斯的第三代神主（详阅赫西俄德《神谱》453 以下）。关于 mythos 所包含的神秘意蕴，参看 5.1 和对 1.3 评述的第 2 段。关于对“**神圣之事**”保持沉默，参看 7.1、7.4 和 7.5 诸节。因语言能力不强而难以表达和具备较强的语言表达能力却依然无法言说，展现的不是同一个层面上的“沉默”（细读对 7.6 评论第 2 段的结尾处）。μῦθος 既表说话，亦表思考和想法，即人们在内心里对自己说话（亦可理解为人与自己的心灵交谈；参看对 2.4 的评述）。对希腊人来说，**mythos 原本指用嘴说出来的话，“指的是对所举行的仪式的表述**；它是与 **τὸ δρώμενον** 相对应的 **τὸ λεγόμενον**”（哈里森［谢世坚译］2004：317）。τὸ λεγόμενον 和 τὸ δρώμενον 可分别解作“**所说的**”和“**所做的**”。τὸ λεγόμενον 意为“说出来的事情”或“往事”，不同于我们今天所理解的“神话”（参看 3.8 和对 5.4 的评述；细读 5.1 以及对该节评论的第 1 段）。简·哈里森深受爱德华·泰勒和詹姆斯·弗雷泽神话观的影响，她的 *Themis: A Study of the Social Origins of Greek Religion* 发表于 1912 年，第 2 版于 1927 年问世。δρώμενον 与 δρᾶμα 同根（比较英语词 drama），哈里森由此考证出仪式与戏剧（drama）的关联，**认为戏剧起源于仪式（即仪式中的“所做”）**，并称她的这一发现“为我们整个讨论”提供了一条破解历史之谜的“线索”（哈里森［吴晓群译］2011：16；参看哈里森 2006：520—521；比较 Burkert 2004：341—346）。仪式事关民族（或部族）的人文传统以及民众的宗教情感和精神诉求，“赫尔德在涂尔干、韦伯、腾尼斯和列维-布留尔之前就指出神话和仪式是（人类）精神中最关键的元素”（亚当斯［黄剑波等译］2006：262—263；参考对 6.6 评论第 1 段所示荣格的观点）。

2. 本节译文中，伯恩从仪式的角度讨论了 **mythos** 的起源及其与“所做”，即神话（或故事）与仪式的关系，读来发人深省。仪式上有“所做”，也有少量的“所说”，“做”和“说”表达的都是仪式上正在进行的族民们所熟悉的故事（也是往事）。细品恩斯特·格罗塞的洞见：“**多数文学史家和美学家都以为戏剧是诗的最新的形式，然而，我们却有相当正确的理由断定它是诗的最古老的形式。**”（格罗塞［蔡慕晖译］1996：201—202）参考并比较约翰·克拉克关于文学起源于原始族民初朴歌舞的观点（Clark 1973：2）。尽管文化人类学家们至今仍未能就宗教仪式与神话何者先出达成共识（Abrams 1993：122），持先有仪式后有神话观点的威廉·史密斯（William Smith）和某种程度上持相反观点的詹姆斯·弗雷泽（详阅

Segal 1998：1—7）今天都还有各自的支持者，但有一点可以肯定，那就是二者之间必定从初期阶段开始就存在着一种复杂的互动关系。一方面，仪式能够促进神话的形成与完善；另一方面，神话或某些定型的神话亦能够反过来规范仪式并为之提供完整的故事和演示的内容，如同发生在厄琉西斯秘仪中的情形那样（参看对 7.2 评述的第 1 段）。恩斯特·卡西尔认为，有必要把对神话的理解延伸至“**神话动机**”。在许多原始部落中“我们没有发现成熟的神话”，但“神话动机”却体现在其族民们的“**行动因素**”之中，所以“为了了解神话，我们首先要从研究宗教仪式入手”（卡西尔［范进等译］2003：28；参考本评述第 1 段所示哈里森的观点）。卡西尔的意思也许是，仪式或某种带有初朴祭祀功能的群体活动的出现，有可能早于具备完整情节的神话。相比之下，埃米尔·涂尔干更为看重“纯”神话的本位意义，认为“无论如何**神话是宗教生活的基本要素之一**”（涂尔干［渠东等译］1999：103）。“假如我们把神话从宗教中排除出去，那么我们也必然应该把仪式排除出去”，涂尔干写道，“因为仪式通常是针对确定的人格而言的，这些人格有名字，有性格，有确定的德性，也有历史，并随着人们构想这些人格的方式而不断发生变化”（前引书：103）。书写这段话时的涂尔干似乎没有从源头上来讨论问题的兴趣，所以在接下来的分析中他以一个基督教故事为例，说明了相关仪式的晚出。“通常说来，仪式只是将神话付诸行动”，亦即将其外化为表演的形式：“基督教的**圣餐仪式与有关最后晚餐的神话就是密不可分的**，圣餐仪式的全部意义恰恰是从这个神话中派生出来的。”（前引书：103）

3. **mythos 和 mystery 均有厚重的宗教或仪式根基，忽视二者在这一点上的相似，将妨碍我们从欧洲乃至雅利安文化的底蕴里寻觅 mythos 的词根来源，看不到 mythos 与 mystery 及其所代表的词族在宗教和仪式层面上的根源通连**。当然，伯恩没有说仪式是神话的唯一来源。**荷马史诗里的某些事件最初很可能来自当事人（或目击者）的讲述**（详阅陈中梅 2002：84—95）。此外，他也一定知道古代诗人们在神话的形成与传播过程中发挥了重要作用，许多脍炙人口的故事来自他们的临时创作乃至即兴口诵，不可能与强调教规和礼制的仪式有关。希罗多德说过，荷马和赫西俄德“为希腊人编制了神的系谱”（详阅希罗多德：《历史》2.53）。参考对 5.2 评述的第 2 段和对 5.3 评述的第 3 段。可结合 6.1 细读 4.2、4.3、5.2 和 5.4 诸节，**伯恩的论述在前点上填补了这些节段留下的空白**。参看 6.2、6.6。有必要指出的是，哈里森和伯恩似乎忽略了“唱”的作用。荷马史诗是“歌”（ἀοιδή），原本是和乐而唱的（诗人弹拨竖琴，为自己的吟唱伴奏），所以诗人是“歌手”或“唱诗人”（ἀοιδός）。悲剧的前身是酒神颂（亚里士多德：《诗学》4.1449a10—

11），最初是一种合唱歌，以后歌队领队与成员们展开问答（此人因此被称作 hupokritēs，“回答者”、“演述者”），悲剧的雏形由此诞生。显示悲剧成熟程度的标志之一，是合唱（或歌）的逐步减少以及与之相适应的演员人数和对话（或话白）的逐渐增多（详阅《诗学》第 4 章）。

【译文】

§ 6.2 在希腊文里寓言故事也叫做 **mythos**，即神话故事，**从这个词派生出拉丁文的 mutus，mute**（缄默或哑口无言的），**因为语言在初产生的时代，原是哑口无声的，它原是在心中默想的或用作符号的语言**。斯特拉博（Strabo）在一段名言里（1.2.6）说，这种语言存在于有声语言之前。在宗教时代天神理应作出这样的安排，因为当时的人们按宗教的特性要把默想看作比说话更重要。因此，**最初的民族在哑口无言的时代**所用的语言必然是从用符号开始，用姿势或用实物，与所要表达的意思有某种联系。（维柯［朱光潜译］1997：197—198［第 401 节］）

【评述】

1. 斯特拉博（Strabōn），希腊地理学家，出生在公元前 64 年，著有十七卷《地理志》。mute 为英语词，是对之前拉丁语词 mutus（即 mūtus）的英译。关于斯特拉博“名言”的出处，朱光潜沿用了 *La scienza nuova*（《新科学》）一书英译者的标示（Bergin and Fisch 1970: 85）。查《地理志》1.2.6 古希腊语原文（Jones 1917: 62—66），未见斯特拉博相关语句，最接近的所涉内容是谈到诗歌或诗艺（ποιητική）的产生早于散文（πεζός）。在公元前五世纪，希腊人亦用 logos 指散文，与诗（poiēsis）形成对比。细读柏拉图的《国家篇》3.390A。由于诗贴近于神话，瓦罗（见对 6.5 的评述）可以说“神话神学”是诗人的神学（Augustine: VI. v），因此称 mythos 的产生早于 logos，其实是认可诗的产生早于论述性散文的一种“配套”说法。“这种语言”，在罗西（Paolo Rossi）校勘的意大利语原文本中作“onde lógos”（Rossi 1959: 171）。维柯（Giambattista Vico）认为，拉丁语词 **mutus** 派生自希腊语词 **mythos**（Rossi 校勘本作 **muthos**），所论虽未涉及词根，却以他的方式道出了后者的“原初”含义（参看 6.1；细读对 2.4 的评述以及对 2.5 评述的结尾处）。维柯不是一名训练有素的词源学家，却是一位思想敏锐、见解深刻的博学之人，他的洞见承上启下，会使关注 μῦθος 词源及其词根含意的人们读后受到启迪。结合菲克（1.1）和柯提乌斯（1.2、1.3、1.4）的考证，可知维柯此说的意义。这位兴趣广泛的意大利学者之所以这么说，依据的也许是自己对 μῦθος 词源的真切了解，但也不宜排除依赖于布尔克特在谈及 mysteria 词根来源时所说的“popular etymology”的可能（参考对 7.3 评述的第 1 段）。流行的词源解释体现民族或地域文化的传统，通常是人们习惯于或倾向于认同并接受的定型见解，尽管此类说法不一定总是对的（但也不必总是错的），却终归是有道理的，否则便不可能流传下来。不无可能的另一种解释是，维柯也许以为 mutus 是希腊词 μῦθος 的拉丁化表述，该词中的 θ 和 o 分别被拉丁字母 t 和 u 所取代。今天看来，维柯的表述并非全然没有词源学方面的依据。此外，**这一见解背靠传统，从一个侧面反映了十七、十八世纪欧洲知识分子对 mythos 词源的认识，因此弥足珍贵**。参看 1.6、8.1、8.2、8.3 和 8.4 诸节。维柯选用 muthos 而非更具拉丁拼写风格的 mythos（或 mythus），也许是为了能让读者直观地看出该词和 mutus 的词根均为 mu-。

2.《新科学》用了大量篇幅讨论诗性智慧，此外也旁及理性（维柯区分了三种理性），本来是深入探讨 mythos 与 logos 文化代码和基质作用（见对 5.1 评论的第 12 段）的绝佳之处，**但因为作者元概念意识的缺失，使得该书不可能沿循已被中断的古希腊传统，把人们的思绪引向西方文化基质结构的学理深层**。维柯认为：“Logic（逻辑）这个词来自逻葛斯（logos），它的最初的本义是寓言故事（fabula），派生出意大利文 favella，就是说唱文。”（维柯［朱光潜译］1997：197［第 401 节］）且不说维柯对 logos 初始含义的理解是否正确（细读对 3.6 评论的第 4 段；参考对 6.6 评论的第 4 段），仅就叙事的取向来评判，我们也能看出他对秘索思和逻格斯的元概念性质及其对立互补关系的不甚了解。维柯用 fabula 来对译 logos，可见他很可能不了解我们在对 5.1 评论第 9 段里谈到的那一次“替代”。比较距“替代”发生时间较近的奥古斯丁的见识（6.5）。在维柯生活的年代，西塞罗和昆提里安（Quintilian）等罗马修辞学家们谈论的 fabula（虚构的故事）与 res（真实事件）之间的对立，亦可能早已淡出人们的记忆。

【译文】

§ 6.3 维柯说过，“神话故事**在起源时**都是些真实而严肃的叙述，因此 **mythos**（神话故事）的定义就是‘**真实的叙述**’”。神话故事是**真实而严肃的**（**vero e severo**），表达的是未被转述的真理。（Verene 1997: 216）

【评述】

1. 本节中维柯原话采用了朱光潜译文（见《新科学》第 814 节）。mythos 在罗西校勘本中作 muthos。荷马也许会赞同维柯对故事（muthos）的评价。诗歌的内容得之于缪斯的教授，诗人不可能胡编乱造，信口开河。然而，在维柯看来，荷马史诗已经不是原初的历史（6.4），不知荷马是否会就此与其达成共识。有一点可以肯定，那就是荷马不会认为自己对既有神话所进行的理性化改造，是要让故事回归到它们的原初状态。尽管如此，**维柯的做法仍然有助于促使时人改变对神话的看法，以他的方式为作为一门新兴学科的神话学的创立扫除障碍，使人们重新认识 mythos（复数 mythoi），深入发掘神话的民俗、宗教、历史、哲理和文化人类学内涵**。维柯没有看出 mythos 和 logos 的文化代码与基质作用（详见对 6.2 评述的第 2 段），却还是凭借自己罕见的洞察力，在多个知识领域内明确指出了诗性智慧与理性知识的不同。在维柯的著述中，“神话的赋予意义功能第一次与（理性的）解释性功能并立”（见 Hans Poser 主编的 *Philosophie und Mythos*，第 143 页；转引自弗兰克［李双志译］2011：138）。细读 5.2 和 5.3 等节。“在十七、十八世纪的启蒙主义时代，这一术语通常有轻蔑的含义：‘神话’就是虚构，从科学和历史的角度讲，它是不真实的。但在维柯的《新科学》中这一观念已经发生变化。从德国的浪漫主义者到柯勒律治、爱默生和尼采，**这一术语所包含的新的观念逐渐取得了正统的地位，即‘神话’像诗一样，是一种真理**，或者是一种相当于真理的东西，当然，这种真理并不与**历史的真理**或者**科学的真理**相抗衡，而是对它们的补充。”（韦勒克等［刘象愚等译］2010：209—210；参考并比较对 3.6 评论第 3 段所示奥尔森和维尔南的观点）上述引文就神话与真理之关系所作的解释也许是有所针对的。事实上，学者和诗人们在对神话的理解中确实出现过略显矫枉过正的现象，由过去对它的不屑和贬薄走向过度的推崇。“对于莱辛、黑格尔、唯心论者，**只有理念才是真正的实在，神话不过是其虚构的、非现实的前形态**，相反，对于荷尔德林，**神话则是对统御万物的神灵之显现的真实经验**。”（昆等［李永平译］2005：127）请注意“前形态”一词。比较“前逻辑”（对 6.6 评论的第 3 段和对 6.7 评论的第 11 段）。神话占据着人类认知世界的起点（详见 6.6），也可能在认知的终端上发挥弥补逻辑与理论之不足的重要作用（参看对 6.7 评论第 11 段所示汤因比的论述），**但这些不能也不应该成为其蔑视理性和科学的正当理由**。西方文化基本结构的搭建需要秘索思，也需要逻格斯。如同斯宾诺莎笔下的神学和哲学“**各自都应有自己无敌的领地**”（斯宾诺莎［温锡增译］1997：211），秘索思和逻格斯都有各自的独门绝技，胸怀自己的宏大抱负，具备对方不可小觑并且从整体上来说无论如何也无法替代的工作效能。

2. 秘索思具备很强的自我协调与修复能力。**当宗教秘索思**（尽管它经常会以**逻格斯的面貌出现**）**受到削弱后，神话秘索思会挺身而出，弥补前者退却后留出**

的职能空间。启蒙运动重创了宗教，大幅度削减了它的影响力，但随之而来的浪漫主义运动却转向秘索思的另一个支项，强调诗歌（或文艺）的替代作用，注重对神话的诗性和哲理功能的开发。威廉 · 布莱克（William Blake）反对基督教，对耶稣本人也丝毫没有好感，却把《圣经》作为一部宗教故事集加以改造，创造出自己规模宏大和内容芜杂的**新神话**。神话内置的精神能量和教育功能的复苏，**也昭示着 mythos 的体面回归**（尽管依然不是元概念意义上的）。mythos（指故事、神话）的虚构性变得淡漠起来，而它的得之于古老传统的权威性和体现“真实叙述”的另一面却慢慢凸显出来（参看对 3.7 评述的第 2 段），变得越来越具有吸引力。mythos 的“失而复得”发人深省。**十八世纪末年，德国学者海纳**（C. G. Heyne）**和那个时代的少数学者一起，率先在德国的文化语境中“用一个拉丁化的希腊词‘mythus’取代了先前的拉丁词‘fabula’”**（Most 1999: 37）。细读对 3.8 评论的第 3 段以及对 5.1 评论第 9、10 两段中的相关内容，可知此举的意义。事情虽然“细小”，却通过一种很容易被人们所忽略的方式，含蓄传达了西方人文思潮已经发生重大变向的宝贵信息。参看 3.7 以及对该节的评述。

【译文】

§ 6.4 这些神话故事起初原是真实的历史，后来就逐渐遭到修改和歪曲，最后才以歪曲的形式传到荷马手里。因此荷马应该摆在英雄诗人的第三个时期。第一个时期创造出**作为真实叙述的一些神话，“真实的叙述”是希腊人自己对神话（mythos）一词所下的定义**。第二个时期是这些神话故事遭到修改和歪曲的时期。第三个最后时期就是荷马接受到这样经过修改和歪曲的神话故事的时期。（维柯［朱光潜译］1997：451［第 808 节］）

【评述】

1.“这些神话故事”原文作“le favole”（Rossi 1959: 405）。favole 的单数形式为 favola，来自拉丁语词 fabula（复数 fabulae）。维柯所说“真实的历史”（vere storie），当指古代希腊先民对神话故事的认知。受时代的局限，他们笃信巫术（细品 J. Černý 的提示［2010: 78］），尚不具备区分神话与历史的意识，会把神的存在以及想象中神与凡人的交往看作是“真实的历史”。在荷马生活的年代尚无“历史”一词（参看对 5.3 评述的第 3 段）。荷马称史诗为“歌”（aoidē），epos（复数 epē）是后人对史诗的称呼。维柯关于神话（mythos，维柯的写法为 muthos）是“真实叙述”的提法言简意赅，**带有替 mythos 翻案的意思，意义重大，影响**

深远，客观上有助于其元概念身份的部分彰显。既然 mythos（或 muthos）指“真实叙述”，那么如果我们站在古代先民们的立场上把它解作“往事”、“旧事”乃至“话”或“话语”（细读 3.8），估计也会得到维柯的认同。古希腊人视荷马史诗为历史，但维柯在 6.4 中所说的“历史”指的显然不是荷马史诗，而是前荷马时代的“原初”神话。“希腊人视荷马为诗人”，也以同样认真的态度，“视其为历史学家”（Sinclair 1973: 11；参看 Whibley 1963: 120）。“在希腊人看来，荷马是他们的原创历史学家（their original historian），《伊利亚特》和《奥德赛》统治了他们初期的想象。”（Havelock 1982: 23）以上提法的笼统性不言而喻，所以我们大可不必对其作过于字面化的理解。希腊人（尤其是公元前 6 世纪以后的希腊人）当然知道荷马史诗不是严格意义上的历史，其中必定掺杂着许多“不可信和互相矛盾的事情”（详阅 Nilsson 1972: 14）。关于 mythos（言谈、讲述）的真实性，详见对 6.7 评论第 12 段中的相关内容。维柯博览群书，**柏拉图的故事观很可能影响过他对神话的思考**。柏拉图说过，“总的说来故事是虚假的，但也包含真事”（ἔνι δὲ καὶ ἀληθῆ，《国家篇》2.377A）。柏拉图热衷于采用乃至创编**故事（mythoi）**，以弥补**哲学语言（logoi）**表义上的局限性。mythoi 在《美诺篇》、《斐多篇》和《高尔吉亚篇》里占据重要位置，在《政治家篇》里占用了大比例的篇幅；用现代人的故事观来理解，对于中世纪基督教思想家们所熟悉的《蒂迈欧篇》，秘索思几乎可以作为它的代名词（详阅 Friedländer 1969: 198；参看 Levy 1960: 24，马特［吴雅凌译］2008：5）。

【译文】

§ 6.5 瓦罗把神学分成三种：**第一种是神话的**（fabuloso），第二种是自然的（naturali），第三种是公民的（civili）。接下来的问题是，认为存在三种神学，也就是说，认为三种神学中**第一种是神话的（mythicon）**，第二种是自然的（physicon），第三种是公民的（civile），如此针对诸神的解说取向意义何在？如果拉丁语的用词惯例允许，我们应把他所说的第一种称作 fabular，但我们还是称其为 fabulous 吧，**因为 mythicon 这个词来自故事，而在希腊语里故事（fabula）被称作 μῦθος**。（Augustine: VI. v）

【评述】

1. 瓦罗（Varro）出生在公元前 116 年，被修辞学家昆提里安誉为“最博学的罗马人”。按照瓦罗的理解，三种神学的使用者分别是诗人、哲学家和市民（Augustine: VI. v）。注意奥古斯丁在说明前两种神学时用了两组不同的词汇。fabuloso 和 naturali 为拉丁本土词，mythicon 和 physicon 则来自希腊语。fabula 是 μῦθος 的拉丁语同义词，但普通罗马民众却因为秘索思的被遮蔽（详见对 5.1 评论的第 9 段）而不一定知道这一点，所以作者简要说明了 μῦθος 的词义，并以他的方式指出了 mythicon（mythicos 的中性词式）与 μῦθος（即 mythos）的同根关系。奥古斯丁没有意识到的是，fabula 缺乏 μῦθος 在希腊文化里与 λόγος 对立互补的共存效应。**μῦθος 是解析西方文化的一个元概念，而 fabula 却不具备同样的资格**。fabula 不可能发挥 μῦθος 所具备的文化代码作用。凭借直觉和敏慧的天资，奥古斯丁可能会认同 mythicus（或 mythicos）与 mysticus 的同源关系，因为在他的心目中，二者均可作“神话的”解（参看赵敦华 1997：177 注解；比较刘毅 2010：247—248）。mythicus 为形容词，来自希腊语词 **μυθικός**（见对 1.1 评述的第 1 段），后者派生自名词 μῦθος。“‘**神秘主义**’（**mysticism**）**一词是现代的，古时的表述为**‘**神秘神学**’（**mystical theology**），原意为通过冥思而获得关于神的直接、隐秘和不可言传的知识，与通过造物（creatures）获取的关于神的知识的‘**自然神学**’（**natural theology**）以及通过启示获取的关于神的知识的‘**教义神学**’（**dogmatic theology**）相对比。”（Hastings 1917: 90）比较俄罗斯哲学家索洛维约夫从“哲学自身”中区分出来的“三个哲学流派”（对 3.1 评论的第 10 段）。

【译文】

§ 6.6 **起初**，**是神话**。**神话**展开黑夜的**神秘**，以此显露世界向我们展示的那样一种独一无二的方式：“很久很久以前……”（ἦν ποτε）[①]。（中略）起初，是神话。**神话**用**言语**编织自身的道路，并**从一开始**（ἐξ ἀρχῆς）就决定了“现在、未来和从前的事”，这与赫西俄德《神谱》开篇中缪斯的话暗合。[②]（中略）“凡事的开头最重要”（ἀρχὴ παντὸς ἔργου μέγιστον）[③]。“神话”的悖论式功用在于打破起初的“**静默**”，这一静默会在转瞬而逝之间，为人们**传递神们的言语**，以展示宇宙的整体形象。**神话恰是最先出现的**，因为静默窥视着言语：谁能逾越这一静默，回溯到源头，谁就能遇见神。按奥托（F. Otto）在其《狄俄尼索斯》中的说法，就是“起初总有神”。[④]（马特［吴雅凌译］2008：3—4）

① 柏拉图：《普罗塔戈拉》320C8，《斐德诺》259B6。

② 赫西俄德：《神谱》1、45、115、156、203、408、452。

③《王制》2.377A12。

④ W. F. Otto, *Dionysos, le mythe et le culte*（《狄俄尼索斯：神话与崇拜》，P. Levy 法译本，Paris: Mercure de France, 1969, p. 34。（前引马特的著作：3—4）

【评论与阐发】

1. 6.6、6.7 两节以及对这两节的评论为修葺本文下篇过程中所作的添加。本节中，弗朗索瓦·马特依据柏拉图和赫西俄德的观点突出强调了**神话的原初和古老**。此外，他还适时援引了有影响的德国神话学家 W. F. 奥托的观点。"ἦν ποτε"中的 ἦν 当为 ἦν 的笔误。整句话的原文表述为"ἦν γάρ ποτε χρόνος ὅτε θεοὶ μὲν ἦσαν, θνητὰ δὲ γένη οὐκ ἦν"（《普罗塔戈拉篇》320C8—321D1），试译作"古时有诸神，但没有凡界的生灵"。"从一开始"见诸《神谱》45、115、156、203、408 和 452，均作"ἐξ ἀρχῆς"（即 ἀρχῆθεν）。该短语未见于《神谱》1，马特法语文本相关注释中亦未见此数。原文（即《神谱》1）中有"ἀρχώμεθ' ἀείδειν"一语，译作"让我们开始歌唱"。《斐德诺》即《斐德罗篇》；《王制》即《国家》或《国家篇》。关于秘仪中的"**静默**"，参看 7.4、7.5 和 7.6 诸节。神话的外延里可以包含仪式（参看对 6.1 评述的第 2 段），神话和仪式具备重要的社会功能。人的历史感产生于对自身来源的关切。神话不仅古老，而且还带有"历时"的特点，它的通俗性（这并不必然与它的神圣性构成矛盾）和流传方式为先民们了解各种"起源"提供了便利。米尔恰·伊利亚德（Mircea Eliade）在《神话与现实》（*Myth and Reality*）一书中写道："**神话总是同'起源'有关**，它讲述事物的由来，或某种行为、制度、劳作方式的产生，通过这种溯源为人类所有的重要行为提供范式。**认识神话，就是认识事物的根源**，从而得以掌握和控制它们。这种知识不是'外在的'或'抽象的'知识，而是从仪式中体验的知识。"（转引自叶舒宪 1996：418）对于卡尔·荣格（Carl G. Jung），一个民族的集体无意识中潜伏着得之于古代的神话原型。神话是人类以后取得的所有智识成就的开端："神话作为现代艺术、科学、哲学、宗教的起源，是人类精神现象的最初的，整体的表现，是原始人的灵魂。"（冯川 1987：13）荣格突出强调了神话的原初性，我们知道，这也是卡西尔的观点（参看对 3.6 评论的第 5 段）。强调神话的**知识属性**理所当然，适当评估其**学科门类的源发地位**也能给人以有益的启示，但除此之外我们还应关注别的因素，譬如先民们的日常生活以及他们的生产劳动，因为这些也是知识和经验的重要来源。

2. 谈到神话或故事时，柏拉图所用的词汇经常是 μῦθος。马特亦用 μῦθος 的法语同根词 mythe 指"神话"。"**起初，是神话**"，法语原文作"**au commencement**

est le mythe”(Mattéi 1996: 1)。马特并立提及了“**神话**”(**le mythe**) 和“**神秘**”(**le mystère**，前引书：1)，不知他在写作的那一刻头脑中是否出现过二者很可能是同根词(见 1.3)的联想。神话和神秘可以具备某种内在的关联。**从神话(mythos) 到哲学(philosophy) 再到神秘主义(mysticism)，是解析希腊思想发展路向的有效途径之一**(详阅 Copleston 1962: 33)。两百多年前，施莱格尔(Friedrich Schlegel) 基于构思“新宗教”的需要，提出了**神秘学**和**神话学**既互相策应又内外有别的观点，认为“神秘学就是内在的神话学”(详见刘小枫 2013：104—105)。施莱格尔的设想很有新意，“这种把神话学与神秘学作为**两个对应而又相互关联着**的东西的观点，**很值得注意**”(前引书：105)。值得注意的或许还有别的因素，譬如“神话学”与“神秘学”词源上的关联。“言语”法语原文作“la parole”(前引 Mattéi 的著作：1)。可结合马特的论述细读 6.1、6.2 和 6.4 诸节。马特不会提示我们进行诸如此类的互参，他的表述也不是针对上示节段的有感而发，但细细读来还是会让我们体悟到文字和表意之间的相通，仿佛作者们是从各自的角度出发谈论着同一件事情，讲述着神话(μῦθος)的古老和久远。尽管如此，受制于所述事项和语境的不同，作者们即便使用相似的词语，也会赋予其侧重点略有不同的指义，所以有必要在阅读时注意分辨。这一提醒也适用于对本文中类似“互参”提示的理解。“静默”原文作“le silence”(前引书：2)。**关于“静默”以及缄默与发声的微妙关系**，参考并比较 1.2、1.6、2.5、4.2、7.1 和 8.1 诸节。

3. **秘索思比逻格斯古老，神话(mythos) 和诗(poiēsis) 的产生早于散文(logos**，见对 6.2 评述的第 1 段)。“神话恰是最早出现的”(le mythe est bien premier, Mattéi 1996: 2)，它出现在先民们的默想和“表演”之中，也是他们以群体参与的方式最早接触并坚信有必要世代相传的故事。“起初总有神”(奥托语)，起初也总有人类祖先与神的交往。“宗教史学家伊利亚德也指出，在原始社会中，重述神话的做法本身就是‘**回归初始**’(**return to origin**)的努力，因为只有神话中讲述的神灵和祖先的所作所为才具有神圣性，为后人永远效法之源。”(叶舒宪 1996：418) 从知识论和学科发展史的角度来看，**神话是前逻辑或先于逻辑的东西**(详阅甘阳 1988：12—16)，它的出现早于人的哲学思辨与抽象思维能力的形成。“神话的陨落，即是哲学升起之时。”(马特 [吴雅凌译] 2008：4) 不过，神话可能暂时“陨落”，却不会销声匿迹，马特知道这一点。“现代理性主义标榜以自身形象重建以往的哲学，显出前所未有的兴盛。某些当代解释者以激进的方式，**再次把哲学与神话的古老纷争当下化，并抹杀 muthos 与 logos 之间的先涉限度**。他们的表面上的纷争，**远远不能如期宣称逻各斯这一言语里的后来者的胜利**，反倒证明了**神话的持久幻象**。”（前引书:11—12）“**这一言语里的后来者**”，原文作“**ce tard venu de la parole**”（Mattéi 1996: 8）。关于神话（含基督教）的生命力，参看本文上篇中的相关节段。对5.1评论的第11段谈到“神话”在现代政治机制与社会生活中的显现（参考对6.7评论第12段的结尾处）。关于哲学与神话的古老纷争（即哲学与诗的古老纷争），参看对3.1评论的第7段。理性主义盛行的欧美，也是神话大行其道的地方。“**欧洲本身其实是一个二元冲突的实体**：欧洲尊重法，但也崇仰力；欧洲发明了民主，但也推广了压迫；**欧洲发扬了理性，但欧洲也是神话的天下**。”（莫兰［康征等译］2005：4；参考对3.1评论第6段所示列奥·施特劳斯的观点）神话有其“广义”，所指可以接受合理的拓展。在《国家的神话》里，卡西尔含蓄地表达了有意扩大神话涵盖面的想法（卡西尔［范进等译］2003：28）。二十多年后（《国家的神话》完稿于1945年），莱泽尔·柯拉科夫斯基（Leszer Kolakowski）发表专著《神话的现存性》（*Die Gegenwärtigkeit des Mythos*），尝试“在一个比宗教学更宽泛的意义上使用‘神话’概念”（弗兰克［李双志译］2011：74；参看对5.3评述的第4段）。但是，神话也有其“狭义”，对它的坚守意义同样重大。**寻找西方文化的根基可以从logos入手，但如果忘记mythos的存在，罔顾它的先在和古老，则人们对logos的重视程度越高，写作中投入的时间和精力越多，便越可能形成误导**。“神话用言语编织自身的道路”，但神话本身也是话语，μῦθος的本义为“话”，是尚无书面文字之前初民们“用嘴说出来的话”（3.8；参看对3.5评述的第2段和对3.6评论的第4段）。记住μῦθος的原初含义是研究神话的有益起点。“保罗·伯克曼在《荷尔德林的神话世界》中这样写道：‘**只要mythos首先是指词语或话语，mytheisthai是指言说和命名**，那么对荷尔德林来说，**这就恢复了神话的原初意义**’。”（昆等［李永平译］2005：127；为避免符号的重复，引用时略去了两个外文词上的单引号）伯克曼（Paul Böckmann）的意思是，荷尔德林重视神话，因为他知道神话语言里深藏着关于世界的“原初意义”。

4. 马特结合古典学和神话学之要义的表述，与我们对mythos所作的包括词源研究在内的考证方式殊途同归，共同印证了秘索思的古老。**μῦθος**的词根为mu-，可作“发音”和“说话”解。与之相比，λόγος的词根为leg-，动词不定式为legein，作“聚集”或“采集”解，原本并不指“说话”（参看对3.6评论的第4段）。“**λόγος的意思原本不是说话**”，海德格尔写道，“这个词在其所指的意思中和语言毫无直接关系”（海德格尔［熊伟等译］1996a：125；参考并比较对5.1评论的第5段就legein的词义演变所作的解析）。“λόγος这个名词即使在其早已有了讲话与说话的含义以后，还一直保有它的原始含义，因为它至今还有‘此一方对彼一方的关系’的含义。”（前引书：126）“**logos 是以后逐渐演变为表示‘言词’的。**”（伯曼［吴勇立译］2007：75；伯曼参考了 Franz Passow 编纂的 *Handwörterbuch der griechischen Sprache* 中的“λόγος”词条，估计海德格尔手头也会有类似的辞书）维尔南的表述（见对 5.1 评论第 1 段的起首处）不是非常精确。就表示“话”或“说话”而言，**μῦθος 不仅比 λόγος 更为古老，而且也更为本原**（细读对 5.1 评论的第 4 段）。海德格尔和伯曼没有说的是，在西方现存最古老的完整文本荷马史诗里，μῦθος 的用例远远多于 λόγος（详见对 5.1 评论的第 3 段）。就神圣性和宗教意韵而言，mythos 与 logos 相比也丝毫不处于下风（6.6 充分展示了 mythe 的神圣性；参看 5.1、6.1、6.7、7.7 诸节以及对 1.3 评述第 2 段所示库尔特·鲁道夫的见解；细读对 3.7 评述的第 2 段）。如果愿意引入时间概念，logos 无疑是宗教、仪式和文学领域里的后来者；“后生”固然“可畏”，但可畏的后生终归还是后生。黑格尔等唯心主义思想家相信“理念才是真正的实在”，却也不否认**神话**是理念“虚构的、非现实的**前形态**”（对 6.3 评述的第 1 段）。5.4 谈到荷马史诗里 μῦθος 的话语权威性。希腊联军的统帅阿伽门农通过 mythos（话语）指令麾下的将士；老英雄奈斯托耳亦通过 mythos 回忆往事，用以教导年轻的勇士们。作为通常出自有权势的男人之口的“authoritative speech”（Martin 2003: 6），mythos 显示说话人的身份和地位。海德格尔的古希腊文是过硬的，他对 λόγος 所作的词源考证，若就那部分名副其实的考证性文字而言（海德格尔［熊伟等译］1996a：124—125，Heidegger 1984: 60—61）还是比较可信的，具备重要的参考价值。谁也不能指责海德格尔忽略了 λόγος，同时又宣称自己是公道的。事实上，在笔者看来，他对该词词义潜质的开发甚至显得有些过度。令人费解的不是他做了什么，而是他没有做什么和为什么没有做（详阅对 6.7 评论的第 9、10 段）。鉴于海德格尔的兴趣其实并不完全在于词源学，而是要为西方文化设置一个可供他批判的模式（详见对 6.7 评论的第 5 段），因此顾此失彼就不单是一个方法论上的失策，而是可能成为一个影响立论全局的负面因素。采取单向度的切入视角也许有助于提升论点的尖锐程度，却可能屏蔽别的可供参考的选项，其运作进程势必会导致作茧自缚，致使研究者在对重大学术议题的评估中做出有失偏颇的错判。有理由设想，**如果海德格尔能够同样重视对 μῦθος 词义潜质的开发**（他本来是有理由这么做的，细品第 3 段结尾处所示伯克曼的评述），**细密考证该词的词根意蕴和词义发展的来龙去脉，他也许就不会对 λόγος 及其据说能够揭示存在之奥秘的原始含义倾注如此多的学术热情，表现得那样情有独钟。**

5. 不能说逻格斯（logos）浪得虚名，但它的显赫地位确实或多或少得之于“人为”的因素。**逻格斯的“至高无上”，它“在所有神话的宇宙起源说”中的首要地位**（见 6.7），**连同它子虚乌有的话语原初性，所有这一切都不是得之于史实，而是因为受到人们的青睐，得之于误解、人云亦云的拔高和某种意义上的“张冠李戴”**。在荷马史诗里，表示“真话”的经常是 mythos（参看对 6.7 评论的第 12 段），logos（复数 logoi）在荷马尤其是赫西俄德诗作里的词品形象总的来说谈不上佳好，可与“诱惑”乃至“欺骗”等意思相衔接（详阅 Lincoln 1995：5—12）。赫拉克利特对 logos 的重视以及对该词词义的学术化改造（对 4.1 评述的第 2 段），受斯多葛学派影响至深的犹太学者斐洛的宗教热情和浓郁的逻格斯情结（对 3.6 评论的第 4 段），logos 在希腊秘仪里的神圣底蕴（细读 5.1 以及对该节评论的第 1 段），此外还有开始于公元前 5 世纪的 mythos 词义的蜕变（对 3.8 评论的第 3 段和对 5.1 评论的第 8—10 段），都会促使《约翰福音》的作者（很可能不是使徒约翰）在撰写“Ἐν ἀρχῇ ἦν ὁ λόγος（太初有道）……”这段话时赋予 logos 以某种“不寻常”和“神圣”的含意。需要说明的是，将上面这段话里的 logos（其拉丁语对应词是 verbum）中译为“道”其实不一定非常妥帖（参考谢文郁 2012：63；比较伏斯特［冷欣等译］2011：224），logos 的标准英文释词是大写的 Word 或 the Word（Freeman 2000: 153，另见 426），可作“言”或“圣言”解。此外，“Ἐν ἀρχῇ”的字面意思为“开始时”（in the beginning），与“太初”的含义有细微的差别。比较：ἐχ ἀρχῆς（起初、从一开始）。除了上述原因，《约翰福音》的作者也很难避免不受《旧约》希腊文译本用词遣句的影响。“在公元前三世纪，《旧约圣经》被译成希腊文，其中上帝的‘话’和‘理性’就是用‘logos’（逻各斯）来译的。这样，犹太教的《圣经》就在希腊化文化中被人们理解，因此与希腊哲学相融合已成必然之势。”（佘碧平 2011：8）上帝的话内含“创造”和“训诫”的神圣意蕴，在《旧约》中作 memra，七十子希腊文译本将其译作 logos（Webster 1929: 343；比较伯曼［吴勇立译］2007：76—78）。上帝为以色列人制定的十条戒律，希腊文作“οἱ δέκα λόγοι”（比较上文提及的 μῦθος 在荷马史诗里的权威性）。并非所有的圣经专家都会赞同将《约翰福音》1.1—2 里的 logos 解作最初的“话”、“言”或“圣言”，但该福音作者的说法符合（或暗示）时代精神，取向上容易被时人所理解，因此无可厚非。当然，这么说并不意味着该作者丝毫不具备基本的词源学知识，全然不知从词源和宗教史的角度来考量，mythos 的本义为“说出来的话”并且比 logos 更为古老。作为耶稣的追随者，《新约圣经》的作者们具备自己的不受史实和科学检验的基督教历史观。**问题的严重性不在于《约翰福音》的**

作者主观上没有揭示秘索思元概念潜质的愿望（此君很可能会像其同时代人那样把 mythos 视为谎言或虚构的故事），**而在于此人客观上造成了一种假象，使后世西方学者在明知神话早出的情况下依然愿意相信逻格斯是最早的**（譬如细读卡西尔［于晓等译］1988：72），并且以各自的方式沿用《约翰福音》的提法。一些学者对作为"话"或"话语"（而非仅仅是神话）的 mythos 的本原地位视若无睹，写作中不加说明地用 logos 取代 mythos，从而人为制造了理解上的混乱。

【译文】

§ 6.7 语言意识和神话–宗教意识之间的原初联系主要在下面这个事实中得到表现：所有的言语结构**同时**也作为赋有神话力量的神话实体而出现；**语词（逻各斯）实际上成为一种首要的力，全部"存在"（Being）与"作为"（doing）皆源出于此。在所有神话的宇宙起源说，无论追根溯源到多远多深，都无一例外地可以发见语词（逻各斯）至高无上的地位**。普罗斯在尤多多印第安人那里搜集到的文献中，有一篇他认为与《约翰福音》的起首一段颇为相似，他的译文也确实与之完全吻合："天之初，语词给予天父以其初。"[①]（卡西尔［于晓等译］1988：70）

① 普罗斯：《尤多多人的宗教和神话》卷一第 25 页，卷二第 659 页。（前引卡西尔的著作：116）

【评论与阐发】

1. 本节中，"**同时**"一词在所引译文中已作黑体。"语言意识"德语原文作"sprachlichen Bewußtseins"，"神话–宗教意识"原文作"mythisch-religiösen Bewußtsein"（Cassirer 1925: 38；以下德语引文出处同此）。美国女学者苏珊·朗格（Susanne K. Langer）深得卡西尔亲炙，她将后者的 *Sprache und Mythos*（《语言与神话》）译成英语，以 *Language and Myth* 为名于 1946 年出版。朗格把上述两个短语合译作"the linguistic and the mythico-religious consciousness"（Langer 1953: 44—45）。注意卡西尔将"神话"和"宗教"合并为一方的做法。6.7 中"语词"出现三次，原文作"das Wort der sprache"、"des Wortes"和"das Wort"，朗格译本均作"the Word"（前引书：45）。"天之初，语词给予天父以其初"，原文作"gab das Wort dem Vater den Ursprung"。"（逻各斯）"不见于原文和朗格译本，乃中译者所加，旨在说明"语词"的所指，从上下文来看，颇为符合卡西尔的本意。"存在"原文作"Sein"；"Being"朗格英译本作"being"。关于《约翰福音》的"起首一段”，见对 6.6 评论的第 5 段和对 5.1 评论的第 8 段。参考 1.1 以及对该节评述第 1 段就德语词 Wort 所作的解析。

2. 哲学和科学不是人类知识最早的形成样式。卡西尔认为：“一种真正充分而彻底的哲学认识论——‘一种人类文化哲学必须把（纯粹科学认识）这个问题往下追溯到更远的根源’。换句话说，**哲学以及认识论的研究之起点不是也不应是‘纯粹科学认识’**这种人类智慧的最后成就，**而应是人类智慧的起点——语言与神话**。”（甘阳 1988：8；黑体字为引文既有）卡西尔非常重视对**前逻辑**知识的研究，着力于建构一种能够涵盖语言、神话、宗教、诗歌和艺术的关于人类文化的哲学，他对神话和宗教的重视程度明显超过了海德格尔。卡西尔为确立秘索思在西方文化中的基础地位做出了卓越的贡献，笔者对他良好的学术意识、敏锐的洞察力和深厚而广博的知识积累向来心存敬意。但是，笔者不敢苟同他通常只是将 mythos 囿限于作为“神话”理解的做法，认为此举限制了该词的词源活力，尤其会遮蔽作为其本义的“话”或“话语”的意蕴展现，因此无助于秘索思元概念地位的彰显。此外，卡西尔不加考证和说明地全盘接受了《约翰福音》的相关表述，有些段落读起来给人略显草率之感。**逻格斯不应该，也没有资格“在所有神话的宇宙起源说”中占据“至高无上的地位”，词源考据和神话-仪式理论不会支持这样的推断**（详阅对 3.6 评论的第 4、5 段和对 6.1 评述的第 2 段）。在此我们或许有必要重温对 6.6 评论第 3 段所示马特说过的话：**逻格斯是“言语里的后来者”**。海德格尔也发表过相似的言论（详见对 6.6 评论的第 4 段），只是他没有从自己的相关表述中得到应有的启发。在《存在与时间》里，他还认为 αἴσθησις（知觉）比 λόγος“更其源始”（海德格尔［陈嘉映等译］2006：39）。卡西尔的表述有时是含糊和模棱两可的。事实上，“在所有神话的宇宙起源说，无论追根溯源到多远多深，都无一例外地可以发见语词（逻各斯）至高无上的地位”这句话，其实是自相矛盾的。用我们的观点来衡量，秘索思和逻格斯不可能在解析神话的原初属性时同时占有“至高无上的地位”。把逻格斯意义上的语言和神话放在一起来讨论，这么做或有表义和叙事上的某些优势，但也容易误导读者，造成兼容不当和重叠表述的弊端（如果把“先来后到”的因素考虑进去，问题的严重性或将还不止于此）。**至于卡西尔将逻格斯“至高无上”的《圣经》假设移用到对其他民族的神话宇宙论的解释，则更是显得有些强词夺理，明显有失稳当**。

3. 作为一位博学的系统思想家，卡西尔意识到西方文化中存在着天启与理性，亦即信仰与知识之间的两极对立（卡西尔［关子尹译］2004：9，参看关子尹 2004：21）。宗教和哲学不是天然的盟友，“基督教世界（Das Christentum）基本上是反对希腊的理智主义(Intellektualismus)的”(前引卡西尔的著作:8),二者在许多议题上缺少乃至根本就没有共同的语言。卡西尔不愿把 mythos 的词义追溯到 Wort(1.1、2.1;参看 4.1 和对该节评述的第 1 段),也无意提醒人们必须牢牢记住从本质上来说基督教是一个虚构的故事。他没有意识到神话其实是可以自足的,也就是说,**mythos 可以既是神话,又是构成神话的词语**。**在他的相关著述中,“神话”的指涉面明显小于我们所说的秘索思**。有鉴于此,我们很难设想他会把秘索思当作一个元概念来处理,并进而将天启与理性,亦即信仰与知识之间的对立,概括并升格为秘索思与逻格斯之间的冲突(同时还需要适当调整对逻格斯的叙事策略),由此勾勒出西方文化基本结构的元概念图谱。不过,卡西尔看到了希腊哲学家们所谈论的逻格斯与《约翰福音》作者笔下的逻格斯的不同,这是他比德里达高明的地方。“**若有论者试图把希腊哲学中的逻各斯概念与约翰福音中的逻各斯概念置于一个共同的标准之下(auf einen Nenner bringen)的话,则这种意图亦注定是将属枉然的**。因为在上述**两个传统**中,个体与普遍之间的联系,有限与无限之间的联系,乃至人类与上帝之间之联系方式**都是迥异的**。”(前引书:8;**“一个”下面的点号为引文既有,以下类似情况不再另作说明**)不宜忽略卡西尔这段话的“现代”背景。进入二十世纪以后,怎样用人的语言来谈论上帝已然成为西方神学界亟待解决的一个宗教难题,包括巴特(Karl Barth)、蒂利希(Paul Tillich)、潘能伯格(Wolfhart Pannenberg)和布尔特曼(见对 5.5 评论的第 1 段)在内的一批基督教思想家纷纷著书立说,先后参与了对这一难题的破解。然而,新教神学家们谈论的 Wort(或 Word)依然是 λόγος,μῦθος 更为本原的指义似有若无,总的说来没有引起他们的重视。卡尔·巴特的论战对手鲁道夫·布尔特曼视新约故事为神话,花费了大量时间从事为其“解神话化”(die Entmythologisierung)的工作,以便引导现代人透过离奇的故事表象,“揭示神话概念背后隐藏的上帝之道深刻的生存论意义”(张旭 2010:97)。这里所说的“道”,用德文来表示当为“Wort”;“**上帝之道**”即为“**上帝的话**”(但“道”亦含“道成肉身”之意),英语作“word of God”(详阅利文斯顿[何光沪译]1999:663 以及该页上的译者注)。μῦθος 的原初含义不是神话。布尔特曼似乎没有把 Mythos 的词义追溯到 μῦθος 所能提供的词根源头,否则的话他便有可能从 μῦθος 和 λόγος 均可作“话”解的概念相似性中获得某种启示,加深对神话的理解,进一步拓宽“解神话化”叙事的理论纵深。

4. 布尔特曼和海德格尔是同时代人,生前过从甚密,后者的存在主义哲学深刻影响了前者神学核心观点的形成。我们将在以下几段文字中讨论海德格尔的语言观（确切地说，是他的语言观中与本文主旨或有关联的那部分内容），其中的某些表述或可从侧面帮助读者朋友们加深对布尔特曼等一些西方近当代基督教学者的神学思想的把握。海德格尔认为，西方文化在其自身发展过程中所犯下的一个最大的错误，便是对存在（Sein）和与之密切相关的此在（Dasein）的遗忘。受柏拉图形而上学的误导，西方人遗忘了自己文化真正的根源，现代西方文化其实是无根的。基于这一判断，海德格尔要为西方文化找回失去的前苏格拉底根基，并把他自己的哲学称为 **Fundamentalontologie**，即"**基础本体论**"（甘阳 1988：14），或曰"**基础存在论**"（海德格尔［陈嘉映等译］2006：16）。海德格尔相信，存在的原始意义集中体现在深湛反映希腊思想之精髓的 **Physis**（φύσις，"涌现"）、**Alētheia**（ἀλήθεια，"无蔽"、"解蔽"）和 **Logos**（λόγος，"聚集"）这三个基本词语及其词义的关联上（详阅孙周兴 1996：9—10）。名词 ἀλήθεια（伊奥尼亚方言作 ἀληθείη，故在荷马史诗里亦作如是拼写）源出形容词 ἀλησής，后者由否定性前缀 α- 和 λησης（忘记）组成，字面意思为"not forgetting"，即"不忘（的）"（Cunliffe 1980: 20；参看 Nagy 1989a: 30, Detienne 1999: 47）。除此之外，ἀλησής 还可作"unconcealed"，亦即"无遮蔽的"解（Liddell and Scott 1951: 64）。ἀλήθεια 承接了 ἀλησής 的上述两层意思，意为"un-forgotten-ness"，即"不遗忘"（Martin 2003: 6），或"unconcealment"，即"无遮蔽"（详阅 Heidegger 1984: 103 上的译者注）。**只有克服"忘记"（lēthē）才能"记住"（a-lēthē，即"不忘记"），而只有值得记住并且也真的记住了的往事才是"真理"（alētheia）。比之遮蔽 / 被遮蔽，忘记 / 记住也许是相关词汇更为古朴，也更为本真的指义。** ἀλησής 的成词最初也许与希腊先民重视往事并力图**铭记"起源"**的强烈愿望有关。λῆθος（多利亚方言作 λᾶθος）与 λήθη 同义，意为"oubli"（Boisacq 1916: 43），作"遗忘"解，词义同拉丁语词 oblivio 和英语词 oblivion。荷马史诗里的 ἀλησής 已在"不忘（的）"的基础上有所"引申"，作"真实的"解，与"虚假的"（false）相对比（Liddell and Scott 1853: 63；参看 1951：64）。有必要记住的是，**在荷马史诗里，无论是 ἀλησής 还是 ἀληθείη 都不作"无蔽"或"解蔽"释译。**关于 ἀλήθεια（或 ἀληθείη）在希腊古文献中的用例，详见 *Passow's Wörterbuch der griechischen Sprache*（Göttingen, 1912）, 2. Lieferung, 261—262。

5. 在海德格尔的心目中，Physis、Alētheia、和 Logos 都是包孕并显示存在之原始或原初含义的词语。"'涌现'、'解蔽'和'聚集'就是存在本身亦显亦隐、亦分亦合的运作。而这样的原始意义却只有在早期希腊思想这个开端那里才绽露出来。在后来的西方形而上学传统中，存在的原始意义是隐失了的、遮蔽了的。

Physis 成了‘自然’（物理），Aletheia 成了主 / 客体或知/物的‘符合一致’意义上的‘真理’，Logos 成了‘逻辑’。”（孙周兴 1996：10）思想的窒息与僵化有利于哲学体系的构建，也导致了有西方特色的理论封闭，亦即一种与存在分道扬镳的形而上学传统的形成。经过长期的思考和学术实践，海德格尔从西方形而上学的发展路向中归纳出一种模式化的表述。1957 年，时年六十八岁的海德格尔在托特瑙堡作了一次题为“**形而上学之本体论的–神学的–逻辑的机制**”（**Die onto-theo-logische Verfassung der Metaphysik**，又译“**形而上学的存在–神–逻辑学机制**”）的演讲。数月后，该演讲与他的另一篇文字“同一律”一起汇编成书，以《同一与差异》为名出版。海德格尔在该篇演讲中指出：“存在者整体的整体性乃是存在者的同一性，后者作为生产着的根据而统一起来。对每个识字者来说，这都意味着：形而上学是**存在–神–逻辑学**（**Onto-Theo-Logie**）。”（海德格尔［孙周兴选编］1996b：829）应该说这就是海德格尔的“西学观”，是他对西方形而上学文化传统的品质提炼和要旨总结。“后期海氏把形而上学的基本机制规定为‘**存在–神–逻辑学**’，实际就是挑明了存在论（希腊哲学精神）、神学（犹太–基督教神学）与现代科学三者相结合的**西方传统哲学文化的根本内涵**。”（孙周兴 1996：11）。本着对西方文化传统进行深刻反思的自省精神，海德格尔“数十年如一日对所谓‘**本体论–神学–逻辑**’三位一体的‘西方形而上学传统’的阐释学思索”（甘阳 1988：11）视角新颖，成果丰硕，影响深远。他把自己的归纳称为“**机制**”（**Verfassung**），表明他对上述三位一体提法的重视。为了彰显机制提出者的归纳之功，也为了行文的方便，**我们不妨将“Die onto-theo-logische Verfassung der Metaphysik”称为“海德格尔机制”**。但愿我们的越俎代庖能够顺合海德格尔的意愿。研究西方文化需要这样的能起战略导向作用的公式化表述。“海德格尔机制”集中并浓缩反映了一位年近七旬的哲学老人的成熟思想，是我们释读西方文明的一个必须认真对待的重要参照。**如同德里达归纳出来并予以严厉批判的“逻格斯中心主义”一样，“海德格尔机制”堪称西方反省文化中的重要成果，是其中很有思想深度的一个组成部分**。我们会在下文中尝试指出“海德格尔机制”的缺陷，但在这里，我们想要说的是，这个机制言简意赅，概括力强，结合相关著述细致研读它的精义，无疑将有助于我们加深对西方文化基本结构中的一个重要方面的认识。

6. 海德格尔肯定了逻格斯的原初性和本真地位，这与德里达不同。海德格尔反对的是把逻格斯的本原精神逻辑化。logos 关涉存在的开显，是“有所展示的话语”（海德格尔［陈嘉映等译］2006：40）。我们知道，λογική（逻辑）和

λόγος 是同根词，后者的成词早于前者。正如 logos 承接了 legein 的原初含义，logikē（德语作 Logik）也应该顺理成章地至少是部分承接了 logos 的表意能量；**legein、logos 和 logikē 的词义递进展示了希腊人抽象思维能力的渐次增强**。概念的发展并非总是对等思想的进步。但是，当面对的是海德格尔有偏颇的认知观时，我们需要强调的显然不是思想领域里有时也会出现的“退化”，而是问题的主流方面，即概念的发展与思想进步（包括人的思维能力的增强）之间的关系。**需要纳入思考范围的还有文化基本结构的搭建问题，有些看似“退化”的人文现象其实有助于搭建更为稳妥的文化基本结构，因此从长远来看很可能不是完全消极的事情**。海德格尔不是一位概念生成和发展史领域里的进步论者，对“均衡”在构建文化模式中的重要作用，以及文化基本结构本身所具备的调节功能不感兴趣。类似于伯恩所作初民们的语言表达能力不强，“只够他们说出一些最具体的概念”（6.1）这样的陈述在二十世纪上半叶并不鲜见，却阴错阳差地没有引起他的重视。我们还记得卡西尔把“纯粹科学认识”看作是“人类智慧的最后成就”（详见第 2 段；“最后”亦可作“最高”解）。和卡西尔不同，对于海德格尔，赫拉克利特笔端下的 logos 是最好的，希腊哲学日后对该词的概念化充实和提升不仅不具备任何观念史意义，而且在许多情况下还因为导致了原初思想的被遮蔽而应该受到谴责（详见海德格尔［孙周兴选编］1996 b：66）。海德格尔并不非常了解赫拉克利特。此人出生在公元前六世纪中叶，距荷马吟唱《伊利亚特》和《奥德赛》的年代并非十分遥远。除了崇尚模糊和晦涩的主观愿望，**赫拉克利特无法做到明晰和顺畅表述思想的原因并不是可供他选择的哲学语汇太多，而是区别能力的薄弱**（譬如尚无法从哲理上明确分辨物质和精神）、**思维方式的相对陈旧以及概念和各种技术性术语的严重匮乏**。赫拉克利特意识到感性和理性的区别，“但不能将它们区分开来，**往往只能用感性的语言来表达理性的思想**”（汪子嵩等 1997：408；参看该页注释所示格思里的《希腊哲学史》〈*A History of Greek Philosophy*〉第 1 卷第 428 页）。不应忘记，迟至公元前四世纪，柏拉图和亚里士多还在抱怨术语的匮缺（《智者篇》267D，《政治家篇》301B，《诗学》1.1447a28—b13）。“柏拉图由于他的神话曾得到好评。这种诗的或神话的成分证明了他比别的哲学家有更高的天才。人们以为柏拉图的神话比抽象的表现方式较为美好。无疑地神话是柏拉图对话中很美的表现。但细究起来，**一部分由于他不能够用纯粹的思想方式来表现自己**，一部分柏拉图只在导言中使用神话，及谈到中心问题时，他就采用别的方式来表达了。”（黑格尔［贺麟等译］1997b：86）柏拉图并非“只在导言中使用神话”（见对 6.4 评述的结尾处）；至于“他不能够用纯粹的思想方式来表现自己”，也不宜笼统地理解为柏拉图的抽象思辨能力不强（参看第 11 段所示汤因比的评述）。黑格尔没有直接谈及学术语汇不足的问题，这一点看起来似乎无关宏旨，却很可能是促使柏拉图采用“对话”的形式写作，并在著述中大量采用神话和故事的原因之一。

7. 海德格尔以为思想的深湛表达必须以彻底否定它既有的绝大部分深湛性为条件的想法，至少是有失公允和不够严谨的。同样掉落这一认知陷阱的还有尼采。由概念的积累及其含义的逐渐深化和精确度的不断提升所体现出来的思想进步，不可能得之于智识上的麻木不仁和消极等待。比准确使用单个术语难度更大的，是如何圆满完成科学和哲学语汇的体系化建设。一些古老民族直到近代以前尚不具备从事科学研究所必需的各种技术性术语，足以证明科学的产生并进而彻底挣脱神话、宗教和政治权威的束缚，不可能是一件“自发”的事情。在海德格尔指控柏拉图和哲学失败的地方，卡西尔看到了学术的进步和希腊思想家们所取得的来之不易的胜利。“**希腊人的成功不是一蹴而就的**。在这里，我们还发现了一个同样缓慢并富有条理的过程。**它是希腊精神最具个性特征的品格之一**。它显得似乎是单个的思想家正在遵循着一项预先安排的战略计划。虽然阵地一个接一个被攻陷，但其中最坚固的防御却隐蔽下来了。**最后，希腊神话思想的要塞在根基上被动摇了。所有伟大的思想家和不同的哲学派别都承担了这一共同的工作**。”（卡西尔［范进等译］2003：64；参看 Thornton 2000: 142）从事“这一共同的工作”的“所有伟大的思想家”中当然包括赫拉克利特。文德尔班所言人们“迄今还无处不用的科学概念和词语”（详见第 8 段），是那种需要杰出人物通过长期努力和大量智力付出才能获取的知识结晶。作为一个专用术语，当然也是一个科学概念，严格意义上的“证明”（proof）是“后来才有的”，在泰勒斯和毕达哥拉斯生活的年代里并不存在，它的产生“缓慢而艰难”（Lloyd 1987: 75；参看林德伯格 2001：48）。与海德格尔的一厢情愿极不协调的是，赫拉克利特以自己的方式介入了希腊哲学家群体创建思辨哲学和改变既有思维模式的时代潮流，为开发在荷马史诗里仅作“话语”解的 logos 的哲学潜质和提升它的概念表现力，做出了别人无法替代的贡献（细读汪子嵩等 1997：460）。细致比较荷马史诗和赫拉克利特残存作品片断里的 logos，我们便不难发现二者之间的“差距”有多么巨大。**赫拉克利特切实推动了 logos 词义的“复杂化”进程，客观上为 logos 与 logikē 的对接，为后者的呼之欲出创造了有利的条件**。有必要指出的是，作为哲学家，赫拉克利特不可能是荷马的天然盟友。在海德格尔的理解中，前苏格拉底时代的早期希腊孕育了“存在历史”的“第一个开端”。荷马和赫拉克利特，一位是那个时代的“诗人”，一位是那个时代的“思者”，相继开发并见证了存在之思的原初活力。**然而，赫拉克利特其实生活在希腊历史上哲学对传统诗性文化的颠覆期**，荷马和赫西俄德是他讽刺与辱骂的对象（DK: 片断 42、56、57）。正是他成功实现了对荷马和赫西俄德作品里的 logos 的概念化改造，拓宽了该词的应用范围，大幅度提升了它的表现力。如果把对 6.6 评论第 5 段起始处提及的那个“因素”纳入考量的范围，我们要说他还很可能于无意中优化了 logos 原本不甚佳好的词品形象。logos 概念化程度的提高以及**逻辑化推理（logical reasoning**，德国古典学家贾格尔称之为“一种威力持续增长的新工具”［Jaeger 1973: 287］）能力的增强，不仅**没有给自身造成伤害**，而且还在给自己带来荣耀的同时**导致并加速了 mythos 词义的蜕变**（Hatab 1992: 334）。**赫拉克利特很可能有意无意地从一个侧面伤害了“诗”的权威，推动希腊思想的叙事重心实现了由秘索思逐渐偏向于逻格斯的范式转变，这是海德格尔始料不及的**。荷马史诗与哲学在某些方面固然有达成“顺接”的潜在可能性（对 5.3 评述的第 2 段），但二者之间也必然存在抵牾乃至严重的冲突（细析对 5.3 评述的第 3 段；参看对 3.1 评论的第 6、7 段）。赫拉克利特不会赞同以荷马史诗为代表的传统的秘索思文化，不可能站在荷马和诗歌一边。公元前六世纪，哲学是一种在许多方面与传统形成激烈碰撞的新鲜事物，哲学家的观点通常不能被时人所理解，色诺芬尼和赫拉克利特的学说更是在“许多代人之后”才逐渐变得通俗起来，成为全社会共享的智性资源（Campbell 1898: 163 ；参看 Long 1989: 9）。

8. 我们说过，海德格尔不是一位概念生成与发展史领域里的进步论者。其实，他无意顾及的还有因为观念的改变而给希腊城邦带来的政治与社会进步（详见 Kirk 等 1991 ：73—74）。上文谈及的一些事情海德格尔不可能一点都不知道，但他却选择了不予认真对待，仿佛它们根本就不曾发生过。此人重视“诗”和“思”（但他不恰当地“跃”过了秘索思，颇有几分“买椟还珠”的意思），**却忽略了更为实在的“史”**，尽管在需要的时候，他也会展现出鲜明的时代意识和良好的历史感（细析第 5 段）。海德格尔完全脱离了传统古典学注重史实的研究范式，**他的信奉者和解构主义者们（deconstructionists）联手筑起了“一道坚固的高墙”，“将他们自己与古典学家们的探究隔离开来”**（Detienne 1999: 26）。海德格尔竭力推崇诗化的思，其青睐晦涩模糊的问学路径和写作风格看似与赫拉克利特曾经的做法相似，但只要稍作深入的思考就会发现，二者之间其实横贯着一条巨大的认知鸿沟。赫拉克利特并不知道希腊人的文化积淀中存在着一种叫做“形而上学传统”的东西。他和海德格尔生活的时代迥异，面临的是不同的问题，前者受制于哲学和科学词汇的匮乏，无论愿意与否只能在传统诗性语言的含糊其辞里挣扎，而后者则试图从过于充沛的哲学和科学词语的禁锢中突围出去，寻找游离于既有学术传统之外的诗化的表达方式。海德格尔确曾抱怨现有的语汇表达不了他的思想并因此自“造”了一些（通常为赋予“旧”词以“新”意），但那是为了满足“特殊”需要，是一种反“常规”的做法，哲学语言本身不应为此承担缺少体系支持的责难。从西方认知史和思想发展史的角度来衡量，柏拉图和亚里士多德实际上是希腊哲学传统的观念受益者，他们既非横空出世，亦非白手起家，而是延续了阿那克西曼德、赫拉克利特和巴门尼德等前辈思想家启动的创建思辨哲学并为之提供规范和配套术语的工作。亚里士多德进一步开掘了 logos 的表义潜质，借助语言（而这也是 logos）所搭建起来的叙事平台，打造出形式逻辑（formal logic）这件有助于实质性提升思维成效的“科学利器”。“这种用抽象方法形成概念的天才，亚里士多德表现在他科学工作的所有部门中，这个‘**逻辑之父**’成为两千年来的**哲学导师**，其成就首先在于他**形成和规定他的概念时**所具有的**准确性**、**鲜明性**和**一贯性**。他实现了苏格拉底提出的任务，在其间创造了**科学语言**。**在他的迄今还无处不用的科学概念和词语中，最本质的部分应追溯到他的确切而有系统的陈述**。”（文德尔班［罗达仁译］2010：188—189）仅仅凭借浪漫的情操以及对“诗”与“思”的推崇，是无法胜任学术性地揭示“存在之真理”和解析“基础本体论”的工作的，海德格尔当然知道这一点。他的著述中充斥着极富哲学意味的表述，只有受过西方哲学传统深度浸润和长期熏陶的学者，才能写出诸如“为语言的语言”、“把作为语言的语言带向语言”、“存在者整体的整体性乃是存在者的同一性”和“借助思应思的东西的思”这样的语句。我们知道，亚里士多德说过神的思想是对思想自身的思想，因而是“思想的思想”（noēsis noēseōs）。可以肯定，亚里士多德著作中诸如此类的“形而上学”表述，不会对海德格尔构成任何理解上的难度。

9. 说到 φύσις（涌现、生长）时，海德格尔称之为“西方思想发端处的那些思想家的基本词语”（海德格尔［孙周兴选编］1996b：334）。考虑到在他看来 Physis、Alētheia 和 Logos 均内含存在的原始意义（见第 5 段），相信他也会对 ἀλήθεια 和 λόγος 做出同样的评价。海德格尔重视 Logos；即使对自己不喜欢的 Logie（逻辑学），他也能“物尽其用”，允许其进入“**存在–神–逻辑学**”这一定位西方文化形而上学传统的“基本机制”（孙周兴 1996：11），充当代表西方现代科技文明的反面教员的角色。无论喜欢与否，海德格尔始终没有忽略逻格斯（此处含 Logos、Logik 和 Logie）。当然，重视逻格斯只是一种姿态，并不等于当事人透彻理解西方的理性和理性主义。“**海德格尔机制**”**忽略了科学史**，因此既不能反映中世纪科学的“过于理性化”（霍伊卡［丘仲辉等译］2003：104；比较巴雷特［段德智译］1992：27），也不能到位体现十七世纪**理性主义**向**经验**和**技术**倾斜的转变特征（胡弗［周程等译］2012：334）。“对于清教徒而言，**理性**呈现出了新含义，即对数据的理性思考。而**逻辑**被放在了一个次要位置。”（R. K. Merton: *Science, Technology, and Society in Seventeenth-Century England*, p. 71，见前引胡弗的著作：334；详阅默顿［鲁旭东等译］2010：322—325）在十八世纪，“‘**理性**’这个概念更倾向于**指牛顿科学**，而**不是亚里士多德哲学**”（斯特龙伯格［刘北成等译］2005：130）。**海德格尔真正彻底“遗忘”的是逻格斯以外的另一个元概念**，忽略了——用他形容 φύσις 的话来说——另一个“基本词语”。**μῦθος 既没有在他解析 λόγος 的上下文里得到相应的提及，也没有在他的“基本机制”，即我们所说的“海德格尔机制”里占有一席之地**。无论是思想的发端，还是哲学的开端（在海德格尔看来，思想的终结处便是哲学的令人遗憾的开启点；比较对 6.6 评论第 3 段所示马特的观点）都与秘索思无关。此人倡导“回忆”，却事与愿违地陷入了“遗忘”的泥潭，以一位伟大解蔽者的身份，身不由己地加入了遮蔽秘索思本原含义开显的西方近当代思想家的行列。**一位自觉的、全力以赴的解蔽者，同时也是一位不自觉的、乐此不疲的遮蔽者，这听起来有些匪夷所思，却是一个符合实际情况的判断。没有秘索思的参与，任何宏大的理论设计，任何旨在揭示存在之本真的哲学最终都将徒劳无益，难以真正探寻到西方文化的根源**。海德格尔也许不会感到十分高兴，如果有人指出他的存在论哲学将与西方思想史和观念发展史中的某些基于史实的定论发生冲突，而真正严峻的挑战或许还将来自对秘索思的多学科研究，那种联合了词源学、认知史、古典学、宗教史和文化人类学里的相关知识而形成的智性力量，将会从源头上对他的学说形成强有力的冲击。

10. **海德格尔遗忘了秘索思**，如同（按他的说法）西方哲学传统遗忘了存在。logos 概念化程度的提高和逻辑化表达能力的增强导致了 mythos 词义的蜕变（详见第 7 段），海德格尔对此处之泰然，不闻不问，而按照他的存在主义哲学构想，这本来也许可以成为他谴责逻辑（或逻辑学）“迫害”诗（Dichtung）的最佳理由。海德格尔爱“诗”（含艺术，“**一切艺术本质上都是诗**”［海德格尔 1996b：292］；黑体字为译文既有；“诗”还可涵盖有诗意的散文［海德格尔 1991：181］），**却不曾想到秘索思是“诗”的依托，是它的根基之所在**。但是，话要说回来。如果愿意换一个角度来审察，我们将会发现海德格尔非但没有遗忘秘索思，而且还从它那里受益匪浅。他的疏忽不在于蔑视文学的本体论价值，而在于没有找到一个原本存在着的“概念的概念”，用以廓清范畴，区分主次，统领并通盘规划自己的研究工作。**海德格尔遮蔽了作为一个元概念的秘索思，却在实际工作中一刻也没有**

停止发掘它作为一种“存在”的表意潜力。倘若可以暂时不过多考虑他们的哲学家身份，我们是否可以说**像德里达一样，海德格尔其实是一位坚定而执着的秘索思主义者**。他所推崇的“诗”（Dichtung）性质上非常接近于 mythos，而他所说的 Alētheia 以及“海德格尔机制”里的“神”（Theo-），也都与 mythos 有着难以撇清的内在涵义上的亲缘关系。大至主题确定和立论的取向设计，小至用词遣句和行文风格，海德格尔的著述中都透溢出诗的风韵，一些阐述“存在之思”、“艺术本真”和“大道之说”的段落，甚至还能把读者带入宗教与诡谲玄奥的神秘主义的意境。“海德格尔**对存在的尊崇带有宗教的光晕**——他所谓的存在不是一个人格化的上帝，而是某种超验事物，它是所有意义的根源，欧洲人斩断了与它的联系，我们必须恢复那种联系。”（斯特龙伯格［刘北成等译］2005：537）斯特龙伯格在此谈论的是海德格尔心向往之，然而实际上却是**神秘莫测的**“重演”和“返回”；“海德格尔的词汇里充满了培育、守护、呵护、倾听等隐喻，他总是在寻找**隐藏在现象世界内部的超验神秘**”（前引书：538）。熟悉本文上篇立论旨趣的同仁们想必已经看出，**上文所示的所有内容其实都可以放在秘索思的范畴里来讨论**。海德格尔当年若是知道这一点，也许就会在动笔之前重新设计他的研究进路，从源头上确立秘索思的本原地位（包括厘清“诗”的范畴归属，重新思考它与“思”之间的关系），使其从发生时间上拉开与通常代表哲学精神的后起之秀逻格斯之间的距离，从而包容并蓄，统筹兼顾，形成一种更为匀称，也更加符合西方思想史实际发展状况的思路格局。

11. 海德格尔相信，**语言是存在的家园**。“思”与“诗”共同把存在带入语言，使语言充满诗歌的灵气和思想活力，成为存在愿意与之共享的家居。海德格尔认为，西方两千五百年来的各种语言学说始终未能揭示语言的真谛，“**它们全然忽视了语言的最古老的本质特性**”，“从未把我们带到作为语言的语言那里”（海德格尔［孙周兴选编］1996b：985—986）。因此，海德格尔下决心要“寻找一种**纯粹的所说**”，并称“纯粹的所说是**诗歌**”（随后他举出格奥尔格·特拉克尔的《冬夜》为例，前引书：986）。那么，海德格尔是否找到了这种神奇的“纯粹的所说”了呢？抑或，**他是否真的如愿以偿地成功揭示了语言“最古老的本质特性”了呢？**在他自己看来，答案是肯定的。然而，这样的自信作为一份探索的勇气则可，作为一个科学的结论则不可。他自以为从荷尔德林和特拉克尔（Georg Trakl）等诗人的作品里找到了语言的纯真表述，但在我们看来，**他的相关阐发中虽然有一些发人深省的真知灼见，但也充斥着六经注我式的主观臆想，因而总的说来是自以为是和不足为凭的**。有意思的是，从上述海德格尔关于语言（或“所说”）所作的描述中，我们可以窥探到mythos的影子；“最古老的本质特性”、“语言的语言”、“纯粹的所说”和“纯粹的所说是诗歌”，这一切仿佛都在为我们讲述着mythos的特征。“**本真的语言**即没有因为耗尽和乱用而丧失其**魔法神力**的语言，**它是诗**。”（霍夫斯达特，1975，见海德格尔［彭富春译］1991：《导言》4；比较1.3、4.2、5.3、6.1、6.2和6.6诸节）“在思想家中间，特别是现代思想家中间，我们看到，**也不止海德格尔一人对词语（逻各斯）的魔力有所洞察**。”（孙周兴1994：262）不宜说逻格斯不具备“魔力”；需要做出必要补充的是，秘索思也能产生“魔力”，而且在**前逻辑**（当然也是**前逻格斯**）时代，这似乎还是它的“天职”（细品6.1）。海德格尔会说他所说的“语言”是Sprache（话语），是Logos（言说），是Dichtung（诗、做诗、创造），但在我们的评估中，它其实也可以是Mythos，或者说有时更应该是Mythos（即作为一个元概念的μῦθος意义上的Mythos）。Wort、Rede（词语）、Sprache、Sage（道说）、Dichtung乃至Urdichtung（原诗）等德语词，怎么能在元质度、涵盖面、历史积淀和词根渊源的可追溯性等诸多方面与μῦθος相比呢？**如同他所批评的西方形而上学家们一样，海德格尔没有找到语言最古老和最本真的根源**。这不是一次简单的擦肩而过。由于罔顾秘索思的元概念底蕴和基质地位，海德格尔在对西方文化的体制要素及其运作态势的评估中出现了严重的误判。柏拉图认同逻格斯以外还须有秘索思的存在，而他本人更是身体力行，着力于进行新神话的谱写。“柏拉图是集**形而上学家**和**预言家**于一身的实际榜样。他还敏锐地意识到了**科学真理**和**诗性真理**的区别；在形而上学的思维中，凡是达到**逻辑**已不能引导他在科学层面上再前进一步的极限的地方，他谨慎而坦诚地登上诗歌的层面并**抛弃逻辑**走向神话。”（汤因比［晏可佳等译］1990：140；另见Fränkel 1975: 98, Morgan 1989: 151）柏拉图原则上也许会赞同谢林的主张，那就是神话所蕴含的真理具备命题的潜质，可以也应该成为哲学考察的对象。作为古希腊逻辑思想的集大成者，亚里士多德并不认为逻辑之外别无他物，也从未设想过建构哲学体系的目的是为了彻底消灭文学和宗教。海德格尔有可能真的“偏心眼”了，但同样真切的判断是，他其实是知道亚里士多德尤其是柏拉图哲学的复杂性的。他之所以设计出存在–神–逻辑学（或本体论–神学–逻辑）这一解析西方传统文化的“海德格尔机制”并就此展开深入和内容上经常显得有些晦涩难懂的讨论，主要是出于批判的需要，目的在于促使西方人迷途知返，从理论上深刻认识形而上学的极致发展所必然造成的严重后果。

12. 笔者提出研究西方文化的“秘–逻模式”，并非专门针对以存在–神–逻辑学为轴心的“海德格尔机制”。尽管如此，从事西方文化和文化品质研究的同仁们还是能够看出二者之间某种程度上的“针锋相对”。揭示并解析西方文化的基本结构，与追溯西方文化的形而上学史不是同样性质的学术使命。**海德格尔也许有理由把他针对西方文化形而上学传统所作的哲学探讨等同于对西方文化本身的研究，但这不是我们对问题的理解。我们的研究并非侧重于批判，因而不倾向于把柏拉图以降的哲学文化看作是西方文化的全部**。我们指出过柏拉图思想的复杂性，仅凭这一点就足以使人意识到，单向度的批判进路无助于对文化基本结构图谱的完整描述。在“秘–逻模式”中，alētheia 不具备元概念的地位。然而，不是元概念丝毫不会影响它的重要性。alētheia 是一个独立的词汇，享有自己的存在价值。在海德格尔的哲学体系里，alētheia 是 logos 的天然盟友，**而站在“秘–逻模式”的立场上来看，alētheia 不仅是 logos 的天然盟友，而且还是 mythos 的合作伙伴**。alētheia 有两条展示自身价值的途径，一条是 logos，另一条是 mythos。所以，借助不同的表现形式 alētheia 既存在于 logos 之中，也存在于 mythos 之中，mythos 和 logos 都是，或者说都可以是 alētheia 的载体。在笔者看来，mythos 和 alētheia 之间并不缺乏共同点，这一判断也许更为适用于对前哲学时代希腊人认知状况的描述，但它的有效性一定程度上也延伸至哲学的兴盛时期；在柏拉图的相关描述中，我们可以捕捉到二者间隐秘互通的存迹（见对 6.4 的评述）。mythos 和 alētheia 的相似主要体现在以下两个方面。其一，两者都有求真的愿望，都旨在表述某种自以为确切的真实；其二，两者都希望能被时代铭记，作为权威和可靠的文字精品而被人们世代相传（关于 alētheia 的字面含义，见本评论第 4 段）。在荷马史诗里，**mythos**（有时相当于“史实”，譬如对 6.6 评论第 4 段提及的奈斯托耳的回顾）和 **alētheia**（细读《伊利亚特》24.407 等处）**都是“真实的讲述”**，具备有别于“谎言”的叙事可信度。细品：**τᾶσαν ἀληθείην μυθήσομαι（我将讲述全部真情**，《奥德赛》11.507）。μυθήσομαι（我将说）为动词 μυθέομαι（即 μῦθέομαι）的将来时形式，名词 μῦθος 的同根词（详见对 1.1 评述的第 1 段）。日后，mythos 的词义中收入了“谎言”一义并因此显露出与 logos 分道扬镳的迹象，而 alētheia 则顺应词义惯性发展的推动，同时也承担起希腊思想传统在表层上出现断裂之后需要在深层次里维持延续性的观念史责任（参考对 7.4 评论的第 3 段），由荷马史诗里的“真实的讲述”缓慢演变为思辨时代的哲学真理。从 mythos 和 alētheia 的词义嬗变中，对西方观念史感兴趣的同仁们也许能够领悟到古希腊人在认知“真理”方面所取得的进展。alētheia 更紧密地与 logos“团结”起来，而 mythos 则（在人们的理解中）疏离（apo-，“脱离”、“离开”）logos，变成了故事和神话（即被用来指称虚构的故事和神话）。然而，脱离 logos（即 apo-logos）并不等于完全脱离了 alētheia，mythos 与 alētheia 的关系没有因为脱离了 logos 而彻底中断。在《国家篇》第十卷里，柏拉图讲了一个“伊尔的故事”，用以证明灵魂不灭（在柏拉图看来，这是“真理”）。他用了两个词汇来指称这个无法凭借科学语言陈述的事件，一个是 **apologos**（10.614B2），另一个是 **mythos**（10.621B8），意思相同，均作“故事”解。即便作为“谎言”（但实际上内含“真理”），mythos 也没有真的销声匿迹。在本文上篇中，我们论证了它在基督教里的“改头换面”。自十八世纪以来，西方思想家们越来越清晰地意识到 mythos 是 logos 以外表述真理的另一条同样重要的途径。T. S. 艾略特说过，诗与哲学是关于同一个世界的不同语言，表达过类似观点的学者还有一些（参看对 6.3 评述的第 1 段以及对 7.6 评论第 3 段结尾处所示黑格尔的解析）。上文讨论过马特和卡西尔对神话的高度重视（尽管卡西尔经常倾向于把神话与逻格斯混为一谈），而对神话与历史之关系感兴趣的读者朋友们，还可参阅笔者对 5.3 所作的评述。**alētheia 再度回到了神话的怀抱，并且再度与后者牵起手来。秘索思于是获得了新的能量和新的释放能量的方式，使自己得以在基督教趋于式微的现代政治和人文舞台上继续站稳脚跟，与它的竞争对手也是合作伙伴逻格斯一起，共同担负起维护西方文化基本结构既有格局的重任。**

13. 神话（μῦθος）可以表述真理，也与仪式相关；它是仪式中讲述的“圣事”（Eliade 1987b: 231），也为置身其中的族民们的“表演”（参看 5.3、6.1）提供成文或不成文的“脚本”（细读对 6.1 评述的第 2 段和对 7.2 评述的第 1 段）。神话不仅是文学和艺术的“土壤和武库”（马克思语），而且也是秘仪（μυστήριον）的参照和依据。**神话具备政治和宗教功能，与秘仪有着千丝万缕的联系**；在古老的厄琉西斯秘仪中（详阅 7.1 以下），神话（见对 7.2 的评述）起着至关重要的作用。仅仅重视作为文学的神话是不够的。**神话有着极其厚实的宗教背景，一些近当代西方思想家高度赞誉神话，却严厉谴责宗教，这种自相矛盾的做法长期以来一直没有得到学界人士的关注**。秘仪强化并凸显神话的教化功能，使其变得更加直观，能够更为深广地融入人们的宗教生活。容纳了神话和秘仪的秘索思会显得更加自信，能够在与逻格斯的抗争中显得更加后劲十足。参加**秘仪的信徒们**摆脱了**经验世界**的束缚，也根本不会在乎**哲学家们的理性主义**和高谈阔论，他们关心的是灵魂的得救与来世的幸福。“在举行宗教典礼或仪式时，人不是处于一种**纯然思辨的或沉思的情调中**，也不是沉湎于一种（对）**自然现象的冷静分析中**，而是过着一**种感情的、并非思想的生活**。”（卡西尔［范进等译］2003：28；参阅涂尔干［渠东等译］1999：29）专注于批判西方理性主义文化传统的学者们可以过度指责逻格斯（此处含逻辑）的罪过，也可以茫然无视作为一个元概念的秘索思的存在，但对于客观评析西方文化基本结构的研究者来说，仅仅关注文化传统中的哲学或理性主义的一极显然是不够的。当然，这里还有一个如何归纳的问题。希腊哲学与基督教有着事关本质的区别，而基督教也并非只有神学。除了芜杂和看似接受逻辑规则掌控的神学以外，强调“因信称义”的基督教还有各种充满神秘主义色彩的神迹展示和教义实践。**对一种内容丰富的文化进行削足适履式的硬性处置也许能够满足批判的需要，却难以给有心切实了解该文化基本结构的人们带来他们希望得到的教益**。需要说明的是，笔者无意反对上述批判。相反，笔者相信为了引起西方人对存在于自身文化中的诸多弊端的重视，这种批判无疑是必要和有益的，因此即便过头一点也不足为怪。不管是否存在如何提高批判质量的问题，批判本身无可厚非。批判者的粗疏在于有了一件精良的武器，却既不知道它的真实名称，也未能有意识地利用它的优长，充分发挥它的性能。这里多少有一点“当局者迷”的意味，**但问题的症结还在于批判者对传统和进步失去同情心与功过感的蔑视，在于他们出于过强的颠覆心理而未能谨慎对待西方文化自身中所蕴含的强大的制衡力量，未能意识到从很大的程度上来说，他们的批判行为其实正是这种作为“他项”的制衡力量**（参看对 5.1 评论的第 13 段）**在西方人现实的学术与文化生活中的体现**。

14. 鉴于本文的立论旨趣，我们必须把工作的重心放在词源考据和解析西方文化的基本结构上，而为了强调理论的可行性和现实意义，同时也出于通过对比以增进理解的需要，我们就不得不暂时忘却自己的肤浅，尝试性地指出西方学者文化观中的某些缺憾。考虑到逻格斯居高的知名度及其已经得到世人充分认可的坐标功能，建构秘–逻理论这一创新举动的成败，其实可以并且已经归结到对其中另一个关键成分的剖析上，具体说来便是已经归结为，或者说取决于建构者能否如愿以偿地实现对 μῦθος 元概念属性的揭示。笔者认为，能够使秘索思成为元概念的理由之一，是其宽广的词义涵盖面。**因此，除了对 μῦθος 一词进行细密的考证外，透彻理解秘索思的元概念性质，还必须对作为其重要涵盖项的 μυστήριον 有切实的了解**（参看本文“引言”第 4 段）。本文上篇已从词源学、宗教学和文化人类学的角度论证了 μυστήριον 与 μῦθος 的同源及配套关系（详阅 1.3、3.2、4.2、4.3 诸节和相关评述；细读 3.1 以及对该节评论的第 1—3 段），在接下来的 7.1 至 7.6 诸节以及相关的评析中，我们将以厄琉西斯秘仪为主要指对，继续围绕这一话题展开深入和涉及面更为广泛的讨论。

【译文】

§7.1 表示秘仪的希腊语词汇通常是 **to mystērion** 的复数形式 **ta mystēria**，也许源出**印欧语词根 MU**，其原初含义为“闭嘴”，意指“仪式上的肃静”。比较希腊语词 **myō**、**myeō**（进入秘仪）和 **myēsis**（initiation，“秘仪”），该词不用于人们对其他任何团体或聚会形式的参与。（Eliade 1993: 458）

【评述】

1. **ta mystēria** 复原成希腊文即为 τὰ μυστήρια（单数 τὸν μυστήριον），主要指**厄琉西斯秘仪**（the Eleusinian Mysteries），亦指萨摩色雷斯祭祀卡贝里（或卡贝罗伊，即 Kabeiroi 诸神）的秘仪，据传希罗多德是后一项秘仪的受仪者。我们说过，割断希腊神话与基督教在秘索思层面上的基质通联是不明智的（详见对 3.1 评论的第 2、3 段）。现在，我们有意指出的是，人为割断希腊秘仪与基督教之间的瓜葛，也同样有可能妨碍研究者对西方文化之基质成分尤其是秘索思的揭示。**μυστήριον 是一个纵贯希腊秘仪与基督教信仰和仪制的重要词汇**。据考证，该词多次出现在《新约》里，经常可作“**上帝的隐秘目的**”解（详阅 Hastings 1917: 73, Achtemier 1996: 722）。与 μῦθος 不同（参看对 4.1 评述的第 3 段；详阅对 5.1 评论的第 8 段），**μυστήριον** 的词义没有受到“劣化”，所以能够以“积极”的姿态不受歧视地顺利进入《新约》的叙事体系。英语中，**mysteries** 既指古希腊和古罗马的秘仪（或秘教），亦指基督教兄弟会、共济会等团体举行的秘密仪式。基督教圣餐礼的叫法之一是 mystery；mystery（复数 mysteries）也被用来指诸如耶稣的诞生和圣母升天之类的圣迹以及中世纪流行的神秘剧（详阅陆谷孙 1994：1192）。**基督教信仰与神秘主义须臾不可分离**。基督、教会和信众神秘结合，共同构成“基督奥体”，即所谓的“Mystical Body of Christ”（详阅丁光训等 2010：278）。**信奉“神秘”构成了宗教的观念基础，更是基督教的立身之本**（参看 7.7）。关于希腊秘仪对基督教的影响，详见对 7.4 评论的第 2 段。

2. myō 和 myeō 即为 muō 和 mueō。参考对 3.3 的说明。muō（或 múō）用希腊字母来写作 μύω，mueō（或 muéō）作 μυέω（参看对 3.1 评论的第 1 段）。本节译文其他词汇中的 y 亦可与 u 互换。**μύω 和 μυέω 均为 μῦθος 的同根词**（参看对 4.4 的评述）。伊利亚德所说“该词不用于人们对其他任何团体或聚会形式的参与”，说明了秘仪的神秘性，可能主要指公元前五世纪雅典人的秘仪实践。在古老的迈锡尼时代，情况可能要更复杂一些（细品 7.2）。

【译文】

§ 7.2 动词词根 my(s) 似乎已被证实见诸迈锡尼时代的希腊语，可能被用来表述对一位官员的引见，但上下文和相关的解析远非明晰。[①] 相比之下，注意到 **mysteria** 的同根词式在迈锡尼和后世希腊语里均被用来指节庆活动要显得更为重要。对于雅典人来说，**Mysteria** 一直是一年中最重要的节日之一。尽管来自考古发现的证据稀少，学者们对厄琉西斯宗教仪式之迈锡尼先行的关注热情却很高涨。**可作 mystes 解的词汇已被用来指称入仪者，这一点在迈锡尼时代的希腊语里大致得到了印证。**动词 myeo（“入仪”，作被动式解，意为“接受入仪”）的作用次之，使用次数也远远少于 mystes 和 Mysteria。所以，即使从语言学的角度来看，厄琉西斯在秘仪的形成和仪制建设方面所起的阶段性作用也得到了验证。（Burkert 1987: 8—9）

① Pylos Tablets Un2, 1, cf. L. Baumbach *Glotta* 49（1971）174; M. Gérard-Rousseau, *Les mentions religieuses dans les tablettes mycéniennes*（Rome, 1968）, 146f.（前引布尔克特的著作：136—137）

【评述】

1. 布尔克特没有使用长音符（比较 7.1）。my(s) 即 mu(s)，作者将 s 放在括弧内，也许是为了表明该词根的原始成分为 mu-。**Mysteria** 即 **ta mysteria**（或 **ta mystēria**），指厄琉西斯秘仪。全希腊所有的宗教仪式中，厄琉西斯秘仪堪称“the purest and most spiritual”（Capps 1901: 129 note 1）。厄琉西斯（Eleusis）位于阿提卡的西北部，距雅典约二十公里。厄琉西斯秘仪的祭祀对象主要为女神德墨忒耳，仪式的进行程序中包括对该女神及其女儿珀耳塞福涅所经历过的某些事件的演示。参仪者从雅典出发步行至厄琉西斯，在该地的 **telesterion**（见 7.3）里完成相关仪式。秘仪的内容尤其是司仪的核心程序严格保密，故后人对之所知甚少（详阅 Mylonas 1961: 281），但仪式本身却是大众化的，丝毫没有贵族气息。秘仪面向公众，“只要愿意，无论是雅典人还是来自其他地方的希腊人均可入仪”（希罗多德:《历史》8.65），巨大的建筑物（即 telesterion）由设计巴台农神庙的伊克提努斯（Ictinus）负责建造，可容纳三千名入仪者（mystai）。厄琉西斯秘仪在罗马世界广为人知，享有很高的宗教声誉，直至罗马皇帝特奥多西（Theodosius，公元 379—395 年在位）下令禁止，秘仪的圣所（anaktoron）于 395 年被入侵的哥特人摧毁（详阅弗格森［李丽书译］2012：285—286，Eliade 1987a: 83）。

2. 厄琉西斯秘仪保留了先民们视神话为“**神圣知识**”的古老信念。“**一个神话**并不是可以在世俗的或者不重要的场合里随意讲述的**故事**，因为它传授着**神圣的知识**，所以通常要在仪式的场合来讲述它。这样的仪式场合是与世俗的日常经验相隔绝的。”（阿姆斯特朗［叶舒宪译］2012：24）参看4.2、4.3和相关评述。“muthoi也可以被称作hieroi logoi，意为‘**神圣话语**’。”（5.1）在公元前五世纪，关于德墨忒耳及其女儿的故事（详阅《荷马诗颂·德墨忒耳颂》，参看对7.6评论的第1段）已经家喻户晓，应该说早已不是什么秘密。但是，**秘仪上的演示和人们平时讲述的故事不可能完全相同**，其中肯定有一些为其所特有且需要严格保密的内容。此外，**秘仪具备严格意义上的宗教性质，讲故事则通常属于世俗行为**。仪式内含表演（参看对6.7评论的第13段），相关的演示中会出现一些令人震悚乃至惊恐的场景，用以展示宗教仪式给入仪者们带来的强烈的神秘感，通过极富象征意味的实物展示和运作程序实现它的救赎功能。

【译文】

§7.3 在希腊语里，入仪叫myein，也叫telein，入仪者叫mystes，整个仪式的过程为**mysteria**，举行仪式的专用建筑物是telesterion。上述秘仪也叫**telete**，但该词亦指广义上的宗教仪式。**mysteria**的拉丁语对应词是**initia**。（Burkert 1985: 276）

【评述】

1. myein亦可写作muein（还原成希腊文即为μυεῖν，参看3.1以及对该节评论的第1段；细读对1.3评述的第2段）。拉丁语词initia与希腊语词mysteria（μυστήρια）大致同义。initia在英、法、德语里均作initiation，在意大利语和西班牙语里分别作iniziazione和iniciacion。从词源学的角度来看，mysteria的拉丁语对应词是mystēria（单数mystērium，亦作mysterium）。布尔克特认为，将mysteria及其同根词的来源追溯到myo（即muo、muō、múō，“闭上嘴或眼睛”），所依据的有可能是“popular etymology”（Burkert 1987：137），即关于该类词汇来源的流行或人们习惯于接受的说法。无论对错，布尔克特的提示应该引起我们的重视。不过，慎思之余，我们也能从他的判断中读出“传统”，也就是说意识到相关提法即便不是一个无可争辩的“科学论断”，实际上却已经得到公认，因此至少已是一个“**既成事实**”（参看对6.2评述的第1段）。telete含“终结”或“完成”之意（参看7.4）。若使用长音符，telete亦可写作teletē，其同根词telesterion可以写作 telestērion（τελεστήριον）。

2. 如同别的宗教仪制一样，秘仪的感召力来自民众的宗教信仰。**我们对古希腊文化的了解肯定将是不完整的，如果我们不了解它的神秘、愚昧、黑暗、非理性乃至通过各种秘仪和祭祀活动所展示出来的宗教狂热**。厄琉西斯秘仪的参与者们会在秘仪进行的关键时段里做出某些非理性的失态举动，以此宣泄他们狂热的宗教激情，现场感受日常生活中不可能体验到的与神同在的神秘情感。尼采批评温克尔曼（Johann Winckelmann）心目中的希腊人过于庄严肃穆，而基于歌德对酒神秘仪的不甚重视，他还指责这位德国文豪“不理解希腊人”（周国平编译 2007：232）。尼采认为，只有在放纵人之自然本性的酒神仪式中，“希腊人本能的根本事实——他们的‘**生命意志**’——才获得了表达”（前引书：232）。秘仪为希腊人提供宗教担保，使他们觉得自己仿佛已经获得了“永恒的生命”，贴近于“生命的永恒回归”（前引书：232）。应该看到，尼采针对秘仪和“**酒神精神**”所作的相关论述中虽然有离谱的地方，他所说的“**生命**”、“**生命本身**”和“**生命意志**”等，**也明显不同于埃斯库罗斯笔下虽然亦指人的本能却因其粗蛮而亟需理性来扼制和掌控的“必然”（遗憾的是尼采未能意识到这一点）**，但也不乏贴切的描述和精彩的论断，其中的某些洞见对于我们如实解析希腊文化中内含的势力强大的非理性因素，完整把握希腊文化的基质结构，有着重要的参考价值。尼采希望人们看到希腊文化不受理性掌控的**另一面**，这在当时是一种反潮流的勇敢举动，**但另一面最终不应该成为否定理性和科学的貌似全面的另一个单面（如同理性和科学在反对宗教和神话时曾经做过的那样）**，尼采在这一点上没有把握好分寸，尽管对于试图颠覆并重新评估一切的他来说，理论的周全性和立论的缜密性根本不是他在著书立说时有兴趣顾及的要点。

【译文】

§ 7.4 **从词源上来看，mysticism（神秘主义）与 mustēs（入仪者），muēsis（秘仪、秘仪的初级阶段），mustikos（神秘的、与秘仪有关的）和 mustērion（秘仪）同根**，这些词经常特指发生在希腊厄琉西斯的秘仪活动。神秘仪式程序上包括入仪、启示、心态的升华转变以及对死后享受佳好命运的应允。然而，词汇的语源并不表示它们必然会在使用过程中保持同样的意思和同样的宗教意蕴。**muō** 的原初含义为“闭合”（to shut）或“自己或自我闭合”（to shut itself or oneself）。在厄琉西斯的仪式背景下，该词指人们闭上自己的眼睛或嘴。若指眼睛，那就意味着受仪者（the mustai）的双眼仍然闭着，也就是说，他们尚未“见着”，即尚未及

达 **epopteia**。在此情况下，秘仪（muēsis）或许指准备阶段里进行的净涤，与终结（telētē），即 **epopteia** 的确切和圆满的完成相对比。倘若指的是嘴，那么闭嘴的是那些已经入仪的人，他们被禁止将传示给他们的秘密泄露出去。（Vernant 1988: 386—387）

【评论与阐发】

1. "'闭合'或'自己或自我闭合'"，法语原文作"c'est 'fermer' ou 'se fermer'"（Vernant 2001: 243）。参看哈里森 2006：137。细读伊利亚德对 myēsis（即 muēsis）的解释（7.1）。比较纳吉的论述（4.2、4.3、4.4）。**epopteia**（或 **epopteía**）意为"**看见**"（详阅 Zaidman and Pantel 1992: 139；参看 Kluge 1995: 578），指受仪的第二或最高层级（参考 G. Thomson 1955: 274）。入仪者分两类，一类为首次参加的 **mystai**（mystēs 的复数形式），另一类叫 **epoptai**（单数 epoptēs），意为"看见者"，他们至少已是第二次参加此类活动（Burkert 1985: 287；参看阿德金斯［张强译］2010：652），以便见到或见证 ἐποπτικά，即"highest mysteries"（Nightingale 2006: 84）。细读 Chantraine 1984: 728。mystēs（即 mustēs）来自动词 muein（闭合）。仪式开始时，mystēs 双眼蒙罩，由一位 mystagogue（引导者）牵引着行走；mystēs 的字面意思为"闭合者"（即双眼被遮蔽者，详阅 Clinton 2012: 343）。telētē 多标了一个长音符，宜作 teletē（或 teletḗ），用希腊字母来写即为 τελετή。查法语原文本，该词作 teletê（即 teletē，Vernant 2001: 243），故误标当系英译者所为。

2. **神秘主义**（**mysticism**）是基督教神学的一个重要组成部分（详阅"Mystical Theology"，见 MacGregor 1989: 428—429）。入仪者的宗教感受和基督教隐修士的神秘体验不无相似之处。人们认可希腊哲学对基督教神学体系形成所产生的至深影响，大卫·施特劳斯关于柏拉图哲学"是在给基督教做准备"的论述（详阅施特劳斯［吴永泉译］2010：258），给世人留下了深刻的印象。但是，柏拉图哲学，尤其是他的心魂学和来世论里的一些重要词汇和观点其实并非出于他的原创，而是来自当时学界人士私下里经常谈论的厄琉西斯秘仪中的宗教实践。至少在某些语境中，柏拉图扮演的实际上是一位转述者的角色。经由柏拉图的著述以及新柏拉图主义学说的中介，一些表示"神秘"或词义的外延里带有"神秘"之意的词汇（包括 μυστήριον）进入了基督教的叙事体系（参看 Clinton 2010: 342）。不宜忽略的还有宗教的共性，须知神秘主义不仅是所有宗教的出发点，而且也是它们的归宿。**基督教发轫于公元一世纪的巴勒斯坦，最初是犹太教中宣扬弥赛亚降临**

说和末世论的一个异端教派，神秘主义色彩甚为浓烈。厄琉西斯秘仪中的有些做法不仅没有与后起的基督教形成抵触，而且还和奥菲俄斯宗教一起发挥了“榜样”作用，共同昭示了基督教某些教规和仪制的形成（Hook 1923: 263；参看 Capps 1901: 129 note 1）。“神秘宗教中许多流行的观点与基督教广为散布的那些观点颇为相似。”（格兰特［常春兰等译］2009：86；参阅 Parmelee 1960: 219—221, Burkert 1987: 12）“死海古本发现之后（1947 年）人们看到了原始基督教与厄琉西斯秘仪在圣餐上的一致之处，它们都提到了面包与酒的赐福……”（弗兰克［李双志译］2011：371 注 1；该书第 369 页开列了一份书目，仅从书名来看便可略知秘仪对基督教的影响之深）**圣保罗把上帝的智慧理解为超越世人理解力的神秘知识**（关于 **mystery〈μυστήριον〉**的这一层含义，参见 3.3；细读对 3.1 评论第 1 段就 mystērion 词义所作的解释），**并且把信仰基督而非理解与遵从教义看作是人类得救的首要条件**。在他看来，信仰远比理解重要。**神秘主义是基督教的“心脏”**（Achtemier 1996: 722），**构成了它的“根基之一”**（Eliade 1987b: 231）。神秘的气质和观念深深地根植在教会的肌体之中，据此我们完全有理由相信早期基督教与当时流行的许多秘教，在一些重要的方面也许并不存在根本的区别。

3. 然而，正如希腊哲学是“双向”的——米利都自然哲学家们重视观察，而以巴门尼德为代表的厄利亚学派的哲人们则长于抽象的思辨——希腊宗教也是“复调”的。除了昏晦和玄奥的秘仪以及各种祭祀英雄与阴间神祇的驱邪仪式（哈里森［谢世坚译］2006：9—10），希腊人还有作为城邦宗教的更为正统和“阳光”的奥林波斯宗教。哲学曾经以最严厉的方式批判过诗歌，但这只是问题的一个方面。问题的另一个方面是，哲学在批判诗歌的同时也继承了它的某些智识取向——毕竟，荷马史诗和自然哲学“都是伊奥尼亚心智的产物”（爱德华・策勒语，见对 5.3 评述的第 2 段；细读该评述的第 3 段）。如果这一判断可以成立，那么我们要说，既然希腊哲学的产生有其根植在民族传统文化内部的原因，**奥林波斯宗教所包含的理性主义萌芽**（包括诸神的命运观、范畴意识以及行之有效的对世界的体制化管理，当然还有他们对凡人认知实践的容忍度），便一定会随同哲学的全方位介入，潜移默化地影响使徒和教父们的思考。如果没有反对过度迷信且在一些方面倾向于推崇节制的奥林波斯宗教观的长期熏陶，基督教后来对一些异教极端神秘主义仪制的拒斥或许不会那样理直气壮，尽管不无讽刺意味的是，在基督徒眼中奥林波斯宗教也是一种异教。当然，**任何时候我们都不能忘记基督教的宗教本质**。基督教的**内核**是宗教；宗教是它的**基质性**之所在（参看对 7.6 评论第 4 段的结尾处）。不管从希腊哲学的精髓里吸取了多少养分，它与其他宗教（包括奥林波斯宗教）之间的同质度，都要毋庸置疑地大于它与成熟时期的希腊哲学。

4. **希腊宗教曾经从神秘和“理性”两个方面影响过基督教智性品格的形成。客观评估希腊宗教对基督教的影响，将有助于在西方文明的天平上加大希腊元素的比重**。不应忽略的还有基督教在其成型期所表现出来的整体上的希腊风貌。希腊宗教思想家，譬如查士丁、伊利奈乌（Irenaeus）、亚历山大里亚的克莱门以及奥利金和阿塔那修（Athanasius）等教父们，均从正面参与了基督教神学体系的构建，为教会的发展和壮大立下了汗马功劳。**希腊元素渗透进入了基督教理论与实践活动的方方面面，早期的基督教实际上是“希腊主义”的一统天下**。“十九世纪的英国历史学家弥尔曼（H. Milman）曾这样谈论希腊教父的地位：‘**西方的全部教会都是希腊人的宗教殖民地**。它们使用希腊语和希腊化的组织，它们的著作家是希腊人，它们的经文和仪式也是希腊式的。**通过希腊文，西方教会团体牢固地维系于东方**。’直到三世纪中期，罗马教会才开始使用拉丁语，逐渐成为西方教会的中心。”（赵敦华 1997：104；参阅希尔［赵复三译］2007：1—2）“**实际上，当基督教在这个世界诞生的时候，它正处于一个强有力地塑造了其语言、形而上学和隐喻的实质上的希腊化环境中**。**直到宗教改革时期，人们才注意到希腊对基督教义和理论的强大影响**。谁会注意到教义问答（catechism）的概念或本质同一（Homoousios）教义是（出自）希腊语，而非闪族语系呢？”（胡弗［周程等译］2012：175）没有希腊思想的浸润乃至某种意义上的覆盖，“基督徒便不会认为基督就是道”，而神学家们也不会殚精竭虑，孜孜以求“上帝存在与灵魂不朽的逻辑证明”（罗素［何兆武等译］1996：65）。“基督徒便不会认为**基督就是道**”，英语原文作“Christians would not hanve thought of **Christ as the Word**”；“**逻辑证明**”，原文作“**logical proofs**”（Russell 1972: 37；我们知道，除了正面阐述，柏拉图还采用了更明智的做法，即通过讲故事〈apologos、mythos〉的方式来证明灵魂不灭，详见对 6.7 评论的第 12 段）。mythos、mystērion 和 logos 都是希腊词（我们即将谈到希腊文明对西方文化的基质垄断，详见第 9 段），而在基督教思想乃至西方文化发展史上占有举足轻重地位的关于“**良心**”的观念，其实源出斯多葛学派的哲学传统。“人们或许会注意到，保罗思想中的‘**良心**’（**synteresis**）一词并非来自《旧约》和犹太传统，而是来自流行的古希腊思想。在《旧约》和犹太传统中这个词似乎并不存在。”（前引胡弗的著作：103）“良心”拉丁语作 **conscientia**，其英语“派生词”为 **conscience**。

5. 希腊不仅为西方文明的形成提供了丰足的哲学和思想资源（参看文德尔班［罗达仁译］2010：41），而且还为它的发展壮大提供了不可小觑的精神支持。如果愿意认可秘索思涵盖文学（包括神话）和宗教，即认可笔者所作的秘索思主要由文学秘索思和宗教秘索思这两个支项组成的设想（详见对 5.1 评论的第 2 段），那么我们对秘索思在西方文明中所享有的支柱地位的认识，无疑将会得到进一步的深化。仔细回溯文艺复兴以后的几百年里希腊文学对学者文人的思考和写作所产生的巨大影响，可知没有它的参与西方文学和思想的原创性与成熟度都会大打折扣，肯定达不到今天这样的水准。撇开希腊史诗、悲剧、喜剧和抒情诗的根基地位以及多种涵义上的典范作用，任何人都无法写出一部像样的西方文学史。仔细研读过 Gilbert Highet 的 *The Classical Tradition: Greek and Roman Influences on Western Literature*（《古典传统：希腊罗马对西方文学的影响》）的人们，也许还会觉得笔者刚才所作的评价趋于保守。肯定秘索思在西方文化中的地位，从某种意义上来说其实就是突出西方文明的希腊特色，因为 μῦθος（秘索思）是一个希腊词，而它最初的能量释放以及它与 λόγος（逻格斯）之间的互动关系，也是在希腊人的智性生活中得到了绝佳的展示。**先于基督教的产生，希腊人已经为西方文化初步搭建起一个以秘索思和逻格斯为骨架的基本结构**。

6. **发现或者说引入秘索思这个元概念，对于深入研究西方文化的基质构成是非常必要的，如果没有它的参与，我们将很难真正打通神话（或文学）与宗教之间的科目壁垒，把二者放到同一个范畴，确切地说是放在同一个元概念的名目下来讨论**。毕竟，对于已经习惯于“**两希主义**”、“**两希精神**”或“**两希文明**”提法的人们，希腊神话和《圣经》经常是精神诉求上风马牛不相及的两回事。有西方学者把荷马史诗和《圣经》归为一类，与“科学”相对比（布卢姆［战旭英译］2011：260），德国诗人荷尔德林还“在诗篇中把基督塑造为古代英雄和天神的最后一个伟大形象”（《中国大百科全书·外国文学》1998：418），但即使在那样的语境下，他们也从不暗示荷马史诗和《圣经》拥有同样的基质属性，可以在秘索思的整合下完成从具体概念到元概念的品位提升。**兼容了希腊文化的哲学和理性以及希伯来文化的宗教和道德的“两希文明”的提法**（譬如详见赖特［陈波等译］2003：1），**不仅令人遗憾地彻底屏蔽了秘仪和奥林波斯宗教，而且经常也没有给包括荷马史诗以及各种抒情诗在内的古希腊文学保留位置**。仅凭这一点（另见对 3.8 评论的第 6 段），我们或许无需冥思苦想便可看出，它的在一些方面堪称精彩的概括中包含着多大程度的不公。西方学者中有人曾试图借助狄奥尼索斯与基督的某些相似之处打通希腊神话与基督教之间的隔阂，譬如“谢林就宣告过一种将希腊文化与基督教统一起来的‘绝对福音’”（弗兰克［李双志译］2011：444），亦即他的以“启示哲学”为知识背景的“新宗教”，但他们的目的却既不是为了解决上文所说的“不公”或拓展相关概念的能指范围，也不是为了追根溯源，澄清事实，揭示西方文化的基质构成。此外，谢林试图将神话、宗教和哲学统合起来的做法彻底破毁了秘索思和逻格斯之间的范畴界限（宗教和思辨哲学不可能从范畴上真正做到合二为一，即使像佛教这样深度融合了哲学思辨的宗教也还是宗教），因此不可能取得成功。事实上，西方文化基本结构已经拒绝了谢林的主张（类似的情况参看对 5.1 评论的第 5、6 段）。**秘索思和逻格斯需要在互容的前提下保持各自的自由意志、品质独立性以及相互之间一定程度上的紧张关系**（参阅对 3.1 评论第 6 段所示列奥·施特劳斯的观点；另见莫兰［康征等译］2005 : 4），西方文化基本结构所奉行的这条“铁律”不仅谢林无法破毁，对于其他思想家来说也一样。尽管如此，谢林着意于使希腊文化（相关上下文谈论的其实是希腊神话）与基督教统一起来的设想，视角独特，内容丰沃，还是让我们领略到了这位德国哲学家思想的深邃。他的观点虽然未能改变西方文化的基本结构，但也像其他遭遇同样命运的学说一样，赫然进入了西方思想的宝库，丰富了它的收藏。

7. **西方文化基本结构不会允许任何试图用“单一”取代既有的“二元”格局的努力取得成功；换言之，该结构反对任何旨在兼并对立面的僭越行为，不会允许通过“统合”产生的“单一”成为自己的品质特征**。此外，“统合”抹杀秘索思与逻格斯之间的范式区别，其成果不可能在任何一方面出类拔萃，因此即使将其一分为二，在单项的比拼上也没有任何优势可言。谢林的学说既无法在思辨性上与康德和黑格尔的哲学相提并论，也无法在超验的层面上与基督教一决高低，有效挑战它既有的宗教权威。当然，文化基本结构的约束力与理论建构不可能是同一个概念。把分属秘索思和逻格斯阵营的内容统合起来并试图使其成为一种“真正的哲学”（详见对 5.1 评论的第 8 段）或系统的“科学思想”的做法在“主观”上是可行的，导致其无法做到名副其实的阻力主要来自“客观”方面，亦即发生在**范式自治和科学审察**的层面。此外，我们刚刚说过，涉及实践领域，上述做法的可兑现性还将受到西方文化基本结构既有格局的检验，“统合”产生的“单一”成果很难在基本结构的核心质项里找到一个属于自己的位置。秘索思和逻格斯是两个本质上以互相抵触抗衡为立身之本的基质成分，在社会实践层面，**它们的相异性和品质独立性决定了大比例的秘逻混合物原则上只能作为一个带有强烈感召色彩的“理论”目标，而不太可能成为一个可“物化”的现实**。无论进行多么严密的论证，神的存也只能是“话语中的”，在现实生活中不可能成真。然而，鉴于“统合”在设计和表述层面上的可行性，自古以来就有学者热衷于进行诸如把哲学与宗教统合起来（譬如斐洛，见对 3.6 评论的第 4 段）或把科学与迷信统合起来（譬如帕拉塞尔苏斯，见对 7.6 评论的第 2 段）这样的旨在把对立的双方合二为一的尝试，尽管若以客观的标准来衡量，他们事实上既没有成功创立“真正的哲学”，也未能建立起一种“迷信的科学”。“统合”经常能够产生某种朦胧之美，它的虚幻性今天仍在误导人们的思维，使人们把故事的引人入胜当作宗教或科学的魅力。由此看来，秘–逻理论的释力似乎有必要延伸至对上述“统合”现象的解析，这就需要我们为此设置一个结构上的终端。熟悉本文上篇的同仁们，也许还记得笔者曾为秘–逻理论设计了一个叫做**米罗**（**Mylo**）的开端（对 5.1 评论的第 6 段）。现在，经过反复思考，也根据实际需要，我们拟参照构思米罗的办法，依旧借重秘索思（mythos）和逻格斯（logos）首词的谐音词（但颠倒一下排列的顺序），再为它设计一个叫做**罗米**（**Lomy**）的配套终端。**罗米是一个理论上的设置；它不是一个元概念或基质成分，也不是一个核心词汇**（或核心概念，详见上篇，即《文学 · 2013 春夏卷》第 238 页注①），**却是秘–逻理论中的一个重要组成部分，在结构上与米罗遥相呼应**。得益于罗米的参与，秘–逻理论前有开端，后有终端，形成了一个比较完整的体系。罗米指对实体（即文本），亦指某种特定的构思和行文方式。有了罗米，我们便可就上述谢林式的统合做出一个比较准确与合宜的理论定位，把他的相关理论实践称为“**罗米叙事**”。“罗米叙事”针对的是一种现象（所以我们又可称其为“**罗米现象**”），它的指对面宏阔，涵盖各种试图把神话与哲学或宗教与科学，换言之，各种试图把重大的合理（或可实现）与不合理（或非可实现）因素大面积混合起来的（理论）建构行为。当然，**秘–逻理论中最关键的成分还是秘索思和逻格斯，无论是塞玛还是米罗和罗米，都不具备它们的实在性和文化本原地位，都不可能脱离二者搭建起来的理论平台自行其是，独自对西方文化的展开态势做出有说服力的解析**。本段文字系修葺下篇过程中所作的添加。

8. 我们说神并不存在，但不存在的事物如果能够迎合人们的需要，便也能产生或激发巨大的精神力量。有必要说明的还有，合理加大希腊或希腊–罗马元素在西方文明天平上的比重，不是为了贬低基督教的作用。有没有基督教，西方世界的人文景观肯定会大不一样。基督教无疑是人类历史上最庞大，并且很可能也是最成功的宗教团体（参看雅斯贝斯［魏楚雄等译］1989：70），其旺盛的生命力远超柏拉图于公元前四世纪初创办的学园，后者被拜占庭的东罗马皇帝查士丁尼下令关闭，时间是公元 529 年。正是它如同黑格尔所说的那样“调和了世界与神的分裂”，凭借自身的某些教义优势以及教父们的护教热情，在最初的两三百年里抓住哲学因无法为人们提供救赎希望而拱手相让出来的发展时机恢复了秘索思的元气，替代旧有的诸神并进而逐步主宰了善男信女们的心灵。基督教有选择地吸收了希腊哲学的逻格斯（**但这并没有改变它的宗教性质，希腊哲学依然是它现实或潜在的对立面**），同时也吸纳并丰富了西方文明中既有秘索思的内容及其表现形式（我们刚刚讨论过希腊秘仪和奥林波斯宗教对基督教的影响；对此议题感兴趣的读者另可细读 D. R. MacDonald 在 *The Homeric Epics and the Gospel of Mark*（《荷马史诗与马可福音》）一书中所作的某些精彩论述），由此不仅大大增强了自身的生存能力，而且也改变了秘索思先前所处的不利地位，使得它在与逻格斯或柏拉图所说的**诗与哲学古来有之的抗衡**中转守为攻，反败为胜，逐渐取得了压倒性的优势。在随之而来的鼎盛时期，一定程度上如同自十八世纪以来的两百多年时间里**"被压迫"的 Mythos 再次反弹，用促使 Logos**（**指哲学**）**不断诗化以适应现代生存环境的方式对其进行"报复"**（详阅 Most 1999: 47），**基督教借助神学的显赫威势，逐渐把曾经以"主子"（master）的气度无情挤压秘索思生存空间的哲学**（详见 Morgan 2000: 16—17）**变成了自己的婢女**（所谓 philosophia ancilla theologiae）。

9. 基督教在西方文明的发展进程中发挥了极其重要的作用，当然也做过一些不那么光彩的事情，千秋功罪，自有史家评说。笔者有意在此指出的是，撇开具体的功过不谈，基督教的地位其实是可以被合理另置的。换言之，**基督教不仅是宗教，而且就其本质来说也是秘索思**。秘索思是基督教的基质家园。对于它，回归秘索思是名副其实的"归队"。**在本文所勾勒出来的西方文化基本结构**（**即 BSWC**）**图谱里，基督教是秘索思的一部分，具备依赖于信仰并崇尚神秘主义的宗教秘索思**（**即 M^2**）**的特色，需要与文学秘索思**（**即 M^1**）**互为依托**（本文上篇第 243 页注①谈到基督教本身所包含的文学性），**才能和逻格斯一起成为撑托西方文明大厦的顶梁柱**。由此可见，肯定基督教在西方文明发展进程中发挥了重要作用是一回事，到位揭示它的门类归属是另一回事。**基质或基质成分并不等同于文化影响力**。好莱坞电影在当今世界上的名声不可谓不大，但相信读过本文并因此熟悉笔者立论旨趣的同仁们，大概不会把它当作一个单独和完整的文化基质。基于同样的理由，人们大概也不会称"好莱坞"或"电影"为元概念。电影是文学的"副产品"，分有秘索思的基质属性，却不能整体地代表基质本身。根据以上分析，我们或可从基质的层面上看到基督教的"局限"。无论它的神通多么广大，却依然受制于自身的基质属性，跳不出秘索思这位希腊"如来佛"的掌心。**基督教的这一"归队"意义重大，等于是宣布了希腊文明对西方文化的基质垄断。西方文化基本结构中希腊底蕴之厚实程度超出了人们的想象。秘索思和逻格斯构成了西方文化最基本的元概念框架，基督教的加盟并没有从根本上改变既有的结构**

态势，而只是影响深远地变换了秘索思内部主导成分的表现样式。

10. **秘索思中可以容纳一定量度的逻格斯**，譬如基督教的神学维度（细读对5.1评论的第3段；如果愿意从大比例合成的角度来衡量，我们还可以说基督教神学其实是一种规模宏大的“罗米叙事”）。同样，**逻格斯中亦可容纳适当量度的秘索思**，譬如牛顿天文学所包含的某些神秘主义倾向（参看对7.6评论的第2段）。对“宗教的神秘热情”也在哥白尼的研究中发挥了作用（苏里文等[赵宇烽等译]2009：530）。关于彼特拉克、洛卜（Lope de Vega）、塞万提斯和莎士比亚的文学创作与伽利略和开普勒的科学研究在思想理路层面上的隐蔽连接，细读威廉·狄尔泰的论述（狄尔泰[胡其鼎译]2003：4—5）。在特定的历史条件下，**秘索思中逻格斯成分的参与甚至可以达到喧宾夺主的程度**。十九世纪六十年代，“在法国科学技术突飞猛进的形势下”，左拉（Émile Zola）受龚古尔兄弟连续发表的几部以对人物进行病理分析为特色的小说的影响，“参考了把社会看作生物学肌体的孔德的实证主义哲学，提出了他的自然主义文学理论”，表示要像实验室里的科学家那样，只看重事实和实验效果，“而不对所写事物作政治的、道德的或美学的评价”（《中国大百科全书·外国文学》1998：1258）。1927年，上海世界书局出版了徐蔚南的《文学的科学化》，书中作者以小说《卢贡–马卡尔家族》为例，“具体分析了左拉运用遗传学理论的创作过程”，此外还难能可贵地“明确指出了左拉式自然主义的弊端”（刘为民2000：340）。支项中的情况也同样错综复杂。除了宗教神秘感的驱使，原本熟悉“计算复杂的亚里士多德–托勒密体系”的哥白尼，在意大利接受了毕达哥拉斯和柏拉图宇宙论的影响，“这种再发掘出的希腊思想强调表象之下隐藏的更简单的、数学上和谐的实在的重要性”，为哥白尼“寻找一种计算宇宙如何运行的更简单的数学公式”提供了便利（前引苏里文等学者的著作：530—531；参看对3.1评论第8段所示维尔南的观点；比较孔德[黄建华译]2011：34）。苏里文等人的意思是，亚里士多德–托勒密体系偏向于具体的计算，而毕达哥拉斯和柏拉图的宇宙论则更具演绎的性质，倾向于更多地使用数学推理（比较对6.7评论第9段所示刘北成的评价；参考上篇第239—240页注释中的相关内容）。抗衡侵入了哲学，也侵入了神话内部。恩斯特·卡西尔和托马斯·曼（Thomas Mann）都“不乏有关所谓政治神话的论述”，并“**希图以神话抵制纳粹主义神话创作**”（梅列金斯基[魏庆征译]2009：25）。基督教神学里素有奥古斯丁派所谓的“普遍启示”和“特殊启示”之分；在托马斯派传统里，类似的区别被看作是“理性神学”与“启示神学”之间的不同（详阅利奇蒙德[朱代强等译]1997：4；比较对6.5所作评述中的相关内容）。此外，文学秘索思中可以有宗教和神话故事的参与以及上文谈到的基督教对某些异教极端神秘主义仪制的拒斥，都是颇能说明问题的例证。**中世纪基督教故事在“形式和表现”方面对欧洲英雄史诗创作产生过影响，而后者则在“想象”方面对新型基督教诗歌有所渗透**（详阅道森［长川某译］1989：49）。“中世纪的英雄们在承传了古希腊-罗马文学中英雄们的勇武善战、威力无比的英雄品格外，又在扬弃了其个性主义特征的同时，**接纳了希伯来式的英雄摩西的品格**，即有民族忧患意识、富于自我牺牲精神和坚忍不拔的意志，从而显得更完美更合人们的理想。”（蒋承勇 2003：101）**莎士比亚广泛引用了出自《圣经》的语句和典故**，上帝、荣耀、博爱、仁慈、宽恕、忏悔、赎罪、审判、天堂和复活等文化母题交织在精心编制的剧情之中（详阅王林 2010：152）。

【译文】

§ 7.5 厄琉西斯祭节，也就是时人熟知的“**the Mysteries**”，真可谓既诱人，又因为资料的匮乏而让人迷惑不解。秘仪即为接纳信众入仪的仪式，行仪时人们**必须保持肃静**，世俗文学对此自觉而严格地坚守了**一种秘而不宣的姿态**（*CAH*, Vol. V: 264）。

【评述】

1. “the Mysteries” 即 ta mystēria（见对 7.2 评述的第 1 段）。“Mysteries 来自 müo，意为‘闭嘴’；在这些仪式上，人们必须保持肃静。”（Burn 1967: 345）伯恩关于“Mysteries 来自 müo”的说法是粗线条的。参看职业词源学家的考证（3.1、3.3）。müo（μύω）当今的常规拼法为 muō（或 múō、muo）。ü 的写法原本可能是德式的，虽然现在已不通行，但实际上却可能更为接近于人们想象中词根 **mu-**（中的 u）“最古老形态”（the oldest form）的读音。该“形态”假设 **mu- 或可读作 meuə-**，因此比较接近于 mü 的读音。参考 Watkins 2000: 55, Pokorny 2005: 743。比较亚美尼亚语词 mṙmṙam，词义同 murmur（英语词，意为“咕哝”，Martirosyan 2010: 486）。细心的读者也许会记得梵语中 **mū́ka-**（缄默的）与 **múni-**（苦行者）同根（详见 1.6 以及对该节的评述，细读 1.2）。后人所知有关厄琉西斯秘仪进行情况的信息，除了个别古典作家的零星提及外，基本上出自已经“去古甚远”的公元一世纪下半叶以后少数学者文人的记载，主要见诸亚历山大里亚的克莱门的《规劝》（*Protrepticus*）21.8，普卢塔克的《道德论》（*Moralia*）81D—E，以及希波吕托斯（Hippolytus）的《驳斥异教》（*Refutation of All Heresies*）5.8 等处。克莱门是一位基督教思想家,《规劝》力陈基督教比异教优越，其描述当然带有倾向性；至于希波吕托斯对异教的态度，人们从上示文献的篇名中即可看出。

【译文】

§ 7.6 ……**可怕的秘仪**，谁也不能逾越规矩，**谁也不能窥探或言说，对诸神的深沉敬畏梗塞了话音**。（详阅“ΕΙΣ ΔΗΜΗΤΡΑΝ”第 474—479 行〈Evelyn-White 1974: 322〉）

【评论与阐发】

1.《荷马诗颂 · 德墨忒耳颂》约成文于公元前六世纪，全诗长 495 行，作者不明。细读阿里斯托芬的喜剧《蛙》354—355；比较欧里庇得斯的悲剧《巴库斯的女信众们》68—77。厄琉西斯秘仪对入仪者的性别和身份不加限制（详见对 7.2 评述的第 1 段），故奴隶亦可入仪，但“知情者”必须严格保守仪式中得悉的秘密，不能对外界透露。在雅典，该秘仪有庞大的受众群体，悲剧作家埃斯库罗斯于公元前 525 年出生在厄琉西斯，一生中对这一“本土宗教”抱有浓厚的兴趣。7.6 展示了秘仪的宗教震慑力（参看对 7.7 评论的第 2 段）。入仪者不仅有义务对秘仪中的所见所闻保守秘密，而且还体验到了某种极度震慑人心的宗教情感，“**对诸神的深沉敬畏梗塞了话音**”。参考：“在许多宗教中，已出现了这种信念：**宗教经验中最重要的东西是不能言说的**，或者说，撞击着人们宗教生活的实在不同于日常的客观经验，它超越了我们的理解能力，**因此我们只能对它保持沉默**。”（麦奎利［安庆国译］2003：13）神秘体验是当代基督徒们喜欢谈论的话题。细读威廉 · 詹姆斯对“神秘状态”（即神秘的认知状态）所作的解析（詹姆斯［尚新建译］2008：272—273）。经验和历史告诉我们，以往所有的神学模式“都是不恰当的”（inadequacy），因为“上帝没有恰当的（no adequate）类比”（巴伯［阮炜等译］1993：584；英文词语引自 Barbour 1966: 463）。对于语言无法精确描述的神秘事物，人们只能保持崇敬。生活在科学时代的基督徒甚至比中世纪的前辈们更加需要谦卑，因为“只有在**崇拜**（worship）与**敬畏**（reverence，参看对 7.7 评论第 1 段所示伍德拉夫的观点）中，我们才能认识到**上帝的神秘**（the mystery of God），认识到任何宣称已弄清了上帝之真理的人为体系实际上都是一厢情愿和自命不凡的”（前引书:584）。“一厢情愿和自命不凡的”读来略显拖沓，原文作“the pretensions” (Barbour: 463)。“敬畏”亦是拉丁语词 religio 除“宗教”以外的诸多词义之一。“拉丁语 religio（复数 religiones）一词既能表示对诸神的恐惧和敬畏，也能表示与之相联系的崇拜活动。复数着眼于表示这些恐惧和崇拜的多样性。”（尼古拉斯［溥林译］2004 :4 注 1）关于宗教经验（或体验），详见对 7.7 评论的第 2、3 段。宗教人士固然“需要谦卑”，但这并不意味着科学人士可以张狂。由于逐渐意识到人类的智识行为最终将受到“**观测的极限**、**旅行的极限**、**能量的极限**、**思维的极限**”等诸多极限的限制（详阅宋洁人 1995：56；作者引用了法国物理学家俄歇的观点），今天的科学家们已经部分地找回了十九世纪的前辈们丢失了的在大自然面前的谦卑（细读布鲁克［苏贤贵译］1993：345）。

2. 人不是纯然的经济动物，因此不能麻木不仁地苟活在完全拒绝想象的真实中，完整的生活需要合理的虚构，也就是说，需要某些合理的虚构事项的参与。但是，需要虚构并不能证明虚构本身是真实的。思想家们有必要分辨切实的存在和虚构的存在，亦即分辨不以人的存在为前提的存在和依赖于人的想象力，因而需要以人的存在为前提的存在。这一话题值得探讨，但本文有自己的主旨关切，故不便就此进行深究。**本文关注的是西方秘–逻文化的基本结构及其展开态势，这一立论取向决定了我们必须高度重视神秘主义的结构作用，客观评估它的影响力，确定它在西方文化中的基质归属**。西方秘–逻文化的精神实质体现在它的基本结构之中，体现在决定时代变迁的思想潮流之中，也体现在一些著名人物的文化气质、生活经历和学术生涯之中。一个人可以崇尚理性，也可以推崇经验或信奉神秘。一个人还可以兼而有之，既尊重科学，又信仰上帝（或别的什么终极真理），譬如像帕斯卡尔那样。扬布利科斯（Iambulichus，约公元 250—330 年）信奉神秘主义，但同时又是一位理性主义者，写过一本《论秘仪》和一本《论普通数学科学》，所述分别涉及神秘和科学两个领域（Lloyd 1973: 155）。大致说来，帕拉塞尔苏斯（Paracelsus，1493—1541 年）亦是这样的人物。此人是一个相信魔法的神秘主义者（详见科恩［张卜天译］2012：71），但也重视观察，做过大量的化学和医学实验，撰有《外科学》和《论精神病》等准科学著作，因而“也许是现代科学最伟大的奠基者”（罗森斯托克–胡絮［徐卫翔译］2008：141；另见赵敦华 1997：617—618）。艾伦·狄博斯谈到过牛顿对炼金术的着迷以及他在这一点上与帕拉塞尔苏斯的相似（狄博斯［任定成等译］2011：62）。参考汤因比对柏拉图的评价（对 6.7 评论的第 11 段）。“**今天，我们发现把‘科学’从神秘的兴趣中分离出来是很容易的——也是必要的，但在当时，许多人还不能做到这一点**。”（狄博斯［周雁翎译］2000：2；参阅林德伯格［王珺等译］2001：48，江天骥 1987：233—234；细读对 5.5 评论的第 2 段）狄博斯没有说错。不过，“神秘的兴趣”经常是可以与科学共存的，“最伟大的科学天才的理性追求”往往“都伴有诗意的灵感和一种个人的超然的激情”（奥弗［毛天祜译］1989：16）。神秘主义似乎并不惧怕现代性。**今天的西方知识分子与十八、十九世纪的许多前辈们的一个明显的不同之处，恰恰在于不再相信科学最终可以消灭神秘**。路德维希·维特根斯坦是一位杰出的逻辑学家，也是一位著名的“非分析”、“非逻辑”的神秘主义者（毛峰 1988：285）。1919 年，他的老师罗素在给奥托兰夫人写的一封谈及《逻辑哲学论》的信中坦言，自己过去就感到维特根斯坦身上有一种“神秘主义的味道”，但是当发现此人“已经变成了一个完全的神秘主义者”时，他还是“感到惊讶”（陈启伟 1988：142）。维特根斯坦读过克尔凯郭尔的著作，威廉·詹姆斯的《宗教经验种种》对他产生过至深的影响。罗素对维特根斯坦浓重的神秘主义倾向“感到惊讶”，却不曾想到这也许正是这位高足比老师深刻的地方。维特根斯坦有着比较明晰的秘–逻意识，只是他本人没有用我们的术语来表达。如果他的神秘主义情结能够稍微弱化一些，我们要说此人堪称是西方文化的个人微缩版，从他的人生经历和治学生涯中，我们可以见微知著，领悟到西方文化基本结构中秘–逻并存的格局特色。维特根斯坦知道，科学能把“可说”的一切全都说清楚（当今的科学哲学家中有人大概不会赞同这一点），而语言的逻辑形式也完全可以证明科学结论的明晰度和可靠性。“可说”的世界之外还存在着一个“不可说”的领域，关于哲学、宗教、美学和伦理学的讨论，就其终端的不可逻辑化而言，都在这一领域为神秘主义和不可知论保留了一定的表述空间。“诚然有不可言传的东西。它们**显示**自己，此即神秘的东西。”（维特根斯坦［张申府译］1988：6.522）因此，“我们觉得：即使**一切可能的**科学问题都得到了回答，人生的问题仍然毫未触及。”（前引书：6.52；以上两段引文中的黑体字为原本既有）这句话里的“科学”，当指自然科学。顺便说一句，科学与“人生的问题”其实是有关联的，牛顿的宇宙论改变了许多人对生活的态度，便是一个例子。在《逻辑哲学论》的结尾处，曾经“认真考虑要成为一个僧侣”（陈启伟 1988：142）的维特根斯坦只用了一句话来完成对第七节的书写：**“对不可说的东西，必须沉默。”**（前引维特根斯坦的著作：7；但后期的维氏也论及语言与信仰的关联）维特根斯坦相信，科学理性有必要受到别的认知方式的平衡，神话和艺术虚构将在弥补科学世界观之缺陷方面发挥关键性的作用（详见弗兰克［李双志译］2011：88）。关于神的“存在”，传统的言说方式词不达意，于事无补。神的国度（或上帝之国）是“完全神奇和相异的东西”（本文 7.7）。“沉默是对不可言说者的言说。”（单纯 2004：30）今天，“上帝之在的问题**不是被取消了**，而是上帝之在的**神秘性被加强了**”（刘小枫 1995：1）。结合维特根斯坦的相关论述回过头来重读本文 1.6、3.5、4.2、6.1 和 7.1 诸节，**我**

们会发现西方宗教思想的"沉默论"演示似乎完成了一个轮回。诚然，维特根斯坦所说的"沉默"在一些方面不同于古代宗教仪式参加者们的"闭嘴"，二十世纪初年以来西方神学家们主张的"沉默"针对的主要是"传统的谈论上帝的言述方式，**并非意味着绝口不言神圣之在**"（刘小枫 1995：1），但只要静心思考，细致分辨梳理，**我们仍然可以觉察到古今"沉默论"分享的神秘主义共性，解读出它们本质上的某些相通之处**。

3. 维特根斯坦区分了科学与哲学，并将后者归之于"不可说"的范畴（维特根斯坦［张申府译］1988：6.53），这一点乍看起来似乎不好理解，其实不然。维特根斯坦的"分类"和我们的不同，但在对"哲学"的理解上，他的看法和我们的见解有相通之处。我们说过，哲学和神话可以联手反对科学（本文上篇第 238 页注①）；我们还说过，基督教神学有其本质上贴近虚构的神秘维度（对 5.1 评论的第 3 段）。**哲学玄想既是对科学局限性的理论超越，也是对神秘和诗化叙事潜在的含蓄趋同，其运作态势极有可能模糊诗与哲学之间的界限**。逻格斯的极致发展可能导致其在终端上与诗性结缘，用黑格尔的话来说便是："玄学的思维[1] 可以克服凭知解力的思维和日常散文意识的观照方式的上述缺陷，**就这一点来说，它与诗的想象有血缘关系**。因为**理性认识**既不单看偶然的个别特殊现象而忽视现象的本质，也不满足于上文所说的凭知解力的观念和感想所犯的割裂和简单联系的毛病，而是要把有限的观察（凭知解力的思维）所视为彼此分散孤立的或是没有形成统一体而简单联系在一起的事物结合成为自由的整体。"（黑格尔［朱光潜译］1997a：24）哲学既然可以在需要的时候和神话走到一起，自然也可以出于同样的原因认敌为友，与宗教结成临时的同盟，共同反对科学。黑格尔应该知道，牛顿的科学在当时既受到一些教会人士的批评，也受到他本人"异常猛烈而尖刻"的抨击（丹皮尔［李珩译］1997：393）。黑格尔把人的思维方式分为三种，我国学者朱光潜提纲挈领，就此作了言简意赅的归纳："第一种是**散文所用的日常意识的**单凭知解力的思维方式，第二种是**哲学所用的凭理性的**玄学思维方式，第三是用**形像显现真理的**诗的思维方式。"（前引黑格尔的著作：25 注 1）1932 年，新托马斯主义者雅克·马利坦（Jacques Maritain）发表了他的代表作《区别与联系：知识的等级》，将知识的等级作了如下划分：1）**科学知识**，2）**形而上学的知识**，3）**以神秘体验为其最高形式的超理性知识**（详阅单纯 2004：228—229；比较孔德的

① "玄学的思维"即辩证的思维，黑格尔把自己的辩证逻辑称为"玄学"，即最高的哲学。——译注

“三阶段论”［对 3.1 评论的第 9 段］）。在黑格尔强调“显现真理的诗的思维方式”的地方，马利坦引入了超理性知识的“**神秘体验**”。哲学拥有比科学更为宏阔的涵盖面，它的宏观表述也比后者更接近于通常与神秘体验如影随形的诗性思维。由此可见，弗里德里希·施莱格尔的“**罗米叙事**”（详见对 7.4 评论的第 7 段），亦即他的试图把德国唯心主义哲学和浪漫派文学的创作理念结合起来并由此构建一种“新宗教”的想法，并非天方夜谭（也就是说，“主观”上是可行的，详见对 7.4 评论的第 7 段）。上述分析和引文亦可帮助我们更好地理解为什么维特根斯坦有时会把哲学与科学区分开来，并且会在《文化和价值》里总结出他对哲学的态度，那就是“哲学确实只应该作为**诗文**来写”（维特根斯坦［黄正东等译］1987：34；黑体字为原译既有）。尽管如此，**哲学毕竟不是一般意义上的诗歌，逻格斯精神既是它的出发点，也是它即便在与诗毗邻时依然不会轻易放弃的认知底线**（海德格尔的诗化**哲学**总的说来依然是思路清晰的）。诗与哲学属于不同的知识门类，有着**不同的基质归属**，它们曾经并且仍将是各自最强劲的对手。黑格尔哲学的叙事策略是思维至上的，在他的以“绝对精神”为核心的思想体系里，人们不可能指望秘索思和逻格斯会成为两个“质项”，拥有各自的基质属性。但是，黑格尔对诗与哲学之区别的阐述绝对具备自己的体系特色，细细品读之后，带给我们的不仅是教益，而且还有诗情画意般的美感享受：“因此，玄学的思维就造成一个和现象世界对立的新的世界。这个新的世界固然也显出现实世界的真理，但是这种真理在现实世界本身里却显不出自己就是它所特有的灵魂或使它成其为它的那种力量。**玄学思维只是**真理和现实世界在思维中的和解，**诗的创造活动却是**真理和现实世界在现实现象本身中的和解，尽管这种和解所采取的形式仍然只是精神性的。”（前引黑格尔的著作：24—25）“玄学思维”和“诗的**创造**活动”（比较前引书第 21 页上更显贴切的表述：诗是一种**制作**——黑格尔想到了本义为“制作”的希腊词 **poiēsis**）都能揭示真理，但**诗的真理**能与“**现实现象本身**”相融合，因此“尽管这种和解所采取的形式仍然只是精神性的”，却至少在叙事的逼真度和生动性方面超过了“玄学思维”。诗与哲学不同，但黑格尔的解析不仅限于此，他的相关论述意味深长，一定程度上为二十世纪透溢出浓郁神秘主义气息的诗化哲学的大行其道奠定了理论基础。

4. 秘仪是宗教秘索思的一种展现形式，因此也是秘教。**秘仪和奥林波斯宗教**（详见对 7.4 评论的第 3 段）**具备共同的文学基础，二者的故事构成都是神话**。希腊神话内含宗教的向度（此外也包含某些史实），这是人们在把史诗当作神话来理解时不易觉察到的词义内涵。了解秘仪的神话根基无疑是必要的（参看弗格森［李丽书译］2012：287），此举将有助于我们从宗教的层面上揭示**希腊神话（mythos）与《圣经》宗教之间的品质关联**。**秘仪离不开神秘，建筑在神话基础之上的基督教也一样**。相对于它对理性的"利用"，**基督教对神秘主义的依赖事关自身的生死存亡**。从理论上来说，即使没有哲学的帮扶，基督教也依然可以自立（但它是否能够得到迅速而广泛的传播并最终"征服"强大的罗马帝国则要打上一个大大的问号），一些近当代西方基督教思想家甚至还相信如此一来它将变得更加纯正。相比之下，**如果脱离超验的神秘以及与之相辅相成的民众的信仰，基督教便将丢失安身立命的法宝，变得如同无源之水，无本之木，彻底丧失自己的宗教属性**。

【译文】

§ 7.7 **尽管非理性感受和神秘感受（the feeling of the non-rational and numinous）构成了每一种宗教的决定性要素，但这些感受却突出地表现在闪米特人的宗教特别是《圣经》宗教之中。在《圣经》宗教中，神秘（mystery）表现得最为活跃有力**。首先，神秘表现在有关魔鬼与天使的世界的那些观念中。那个世界作为一种"完全相异者"，环绕着、超临着并渗透着我们栖身的这个世界。其次，神秘还有力地表现在《圣经》的末世论中，表现在那个与自然秩序相对立的"**上帝之国**"的理想中。**这个国度不论是将来的，还是永恒的，都是完全神奇与相异的东西**。（奥托［成穷等译］1995：85）

【评论与阐发】

1. 人类非理性的"神秘感受"是宗教得以"构成"的心理学和文化人类学基础。"**从最早的时期开始**，我们就已经**体验到**我们的世界是**一种深沉的神秘**。它赋予我们**一种敬畏和惊奇的态度**，那正是崇拜的实质所在。"（阿姆斯特朗［叶舒宪译］2012：17）关于"最早的时期"，参阅 6.6 以及对该节评论的第 1、3 段。神秘主义构成了基督教的根基。"**没有比在《圣经》中以更为自豪和更为神秘的口吻谈论上帝的了**。它表现为非创造的，然而又表现为创造的，它与上帝同一然而又是第一个创造物：它是事物的形式，即在其中设计和形成一切事物的形式。"（马利坦［尹令黎等译］1996：17）**西方文化在推崇理性和神秘主义两个方面都达到了极致，而非只是在信奉理性主义一个方面"独领风骚"**。诚如当代法国学者埃德加·莫兰（Edgar Morin）所言，"欧洲发扬了理性，但欧洲也是神话的天下"（详见对 6.6 评论的第 3 段）。若想客观、准确、深入和全面地解析西方，就不能在评估和比较时只把眼睛盯住它的一个方面。**除了分析，西方也注重综合；除了倡扬科学，西方文化也可能是非常诗性的，如同传统的中国文化那样。**必须记住，指出西方文化的复杂性（包括“强项”上的非单一性）不应被理解为是对它变相的赞扬，而指出东西方文化的共性也不宜被理解为是对个性的抹杀。**过强的神秘主义肯定不是什么好东西，但它也是西方的，是我们在认知西方文化的过程中绝对不应忽略的一个事实。**鲁道夫·奥托（Rudolf Otto）的名著 *Das Heilige* 首版于 1917 年，几年后由约翰·哈维（John Harvey）译成英文，以 *The Idea of the Holy* 为名于 1923 年面世。“the feeling of the non-rational and numinous”出现在该书第 2 版第 72 页。“**non-rational**”和“**numinous**”的德语原文分别为“**Irrationalen**”和“**Numinosen**”（Otto 1932：97）。奥托认为，神圣（Heilige）本来“应该是一个宗教领域内特有的解释范畴与评价范畴”，但由于基督教的道德化和理性化倾向的渐进发展，致使一些附加内容逐渐“**遮蔽甚至取代了**它的原初含义”，所以有必要正本清源，返璞归真。为此，“奥托根据拉丁语 **numen** 自铸了一个新词即 **numinous**（**神秘的**），来重新命名这一**遮蔽至深**的因素”（成穷 1995：3—4）。**numinous**“既可指某一独特的‘神秘的’价值范畴即‘被感受为客观的外在于自我的’‘神秘者’，又可指某种确定的‘神秘的’心态”（成穷 1995：4）。尽管如此，奥托仍然沿用了德语中表示“神秘”的常规词汇。本节译文中“**mystery**”的德语原文为“**Das Mysteriöse**”（Otto: 97）。在西方人文发展史上，一些重要概念或观念的被遮蔽（或基本上被遮蔽）是完全可能的。笔者在对 3.8 评论的第 3 段和对 5.1 评论的第 10 段里谈到 **mythos** 元概念作用的被遮蔽。韦特（S. Weit）认为，西方传统已经丢失了作为一个重要概念（或概念组合体）的 μοῖρα（份额、限制、命运），现代西方语言中找不到一个含义上与之相对应的词汇（引自 Vivante 1990: 92）。在保罗·伍德拉夫（Paul Woodruff）看来，“**尊崇**”（reverence）是一种被遗忘的美德。“在我们的语言中有‘尊崇’一词，但是，我们几乎不知道如何去使用它。如今，在有关道德伦理或政治理论的世俗讨论中没有了它的位置。更令人惊讶的是，就连在现代人讨论那些（他们）推崇备至的古代文化时，尊崇居然也踪迹全无。”（伍德拉夫［林斌等译］2007：1）“尊崇”希腊语作 εὐσέβεια，reverence 的词源祖先是拉丁语词 reverentia。参看对 6.1 评述第 1 段所示哈里森的观点。对 5.5 评论第 4 段提到理查德·沃森所言“被遮蔽的哲学史”。

2. 奥托相信，虔诚的基督徒不仅应该，而且必定是对理性的终极有效性持强烈怀疑态度的神秘主义者。对非理性事态的“敬畏”，构成了他们宗教体验的一部分。“在《论神圣》这本书中，奥托发现了这种令人惊恐的、非理性的宗教体验的特征。他感到了在神圣面前、在令**人敬畏的神秘**（**mysterium tremendum**）面前、在放射出一种压倒一切力量的圣威（majestas）面前的那种**恐怖感**。在那鲜花簇拥着的令人沉醉的神秘（mysterium fascinans）面前，他感到了一种**宗教畏惧**。奥托把所有这些感受描绘成一种**超自然的神秘**（**numinous**，来自拉丁语 numen，即神），因为这种神秘感受可以通过对神圣力量某一方面的揭示所引起。”（伊利亚德［王建光译］2003 :《序言》1）请注意这段话里反复出现的“神秘”一词。伊利亚德谈论的对象是奥托的《论神圣》，他在下文中还援引了《创世纪》里亚伯拉罕向上帝陈述时所说人类“只是灰尘”（前引伊利亚德著作:《序言》2）一语以证明自己的观点，所以尽管引文中没有出现“基督”和“基督教”这样的字眼，但作者的所指主要当为基督教带给人们的神秘感受，这一点应该没有问题。核对中译本《创世纪》18.27（南京爱德印刷有限公司 2006 年《圣经》印本），亚伯拉罕说的整句话是:“我虽然是灰尘，还敢对主说话。”“奥托（R. Otto）在其名著《论神圣》（*Das Heilige*）一书中提出‘对立和谐’。他把神圣者确定为既令人惧怕又令人神往的神秘（Mysterium tremendum fascinosum）；即它既遥远，排斥我们，但同时又近在咫尺，吸引我们。只要**这种奥秘的经验是一种我们一切经验无法接近的界域**，它就会以全然的他者、可怕的深渊、虚无的荒野的形式与我们相遇。”（卡斯培［罗选民译］2011 : 136）既惧怕神秘，但又渴望与之接近，这也正是厄琉西斯秘仪参仪者们的感受。卡斯培区分了“奥秘的经验”和其他“一切经验”，以突出前者所包蕴的宗教性，其中的“经验”一词相当于“体验”。

3. 今天的基督教神学家们恐怕不太可能，事实上也不会愿意具备奥古斯丁那样的胆量，敢于写出类似于《上帝之城》（*De civitate Dei*）这样的奇伟之书，因为他们知道“上帝之国”是凡人不可能准确描述的，“这个国度不论是将来的，还是永恒的，都是完全神奇与相异的东西”。亨利·伯格森的研究进路与奥托迥异，但在认定基督教最富神秘性这一点上，二位却所见略同。和涂尔干的说法相去甚远（详见涂尔干［渠东等译］1999 : 29），伯格森称虔诚的基督徒为“**彻底的神秘主义的信徒**”（伯格森［王作虹等译］2011 : 170），认为**希腊人和印度人的神秘体悟，与基督教的神秘主义之间存在着一种可从学理角度进行探究的递进关系，前者的粗糙表现为后者的完备展示做好了准备**（详阅前引书: 170 ；参看对 3.1 评论的第 2 段）。基督教对神秘情感的依赖远大于佛教。“白璧德曾两相比较佛教与基督教的基本教理，基督教乃是‘**教条的、天启的**宗教’，而佛教则是基于‘**直接的经验**’（immediate experience）的宗教，二者两相对应。”（张源 2009 : 68 ；详阅作者所示 Irving Babbitt 的文章“Buddha and Occident”，*The Dhammapada*，第 85—

86 页）关于“教条的、天启的宗教”，参看对 6.5 的评述。毫无疑问，“天启”有赖于人的宗教悟性。请注意该评述还谈到基督教的“神秘神学”。上述 immediate experience 中的“experience”亦可作“体验”或“经历”解。需要说明的是，基督教也推崇经验。阿尔布列希特·利奇尔（Albrecht Ritschl，1822—1889 年）乃德国自由派神学家，熟悉康德哲学，主张宗教应该摆脱“**神秘感受**”和“**形而上认识**”的纠缠，回归“**实践**”，因为“从根本上说，宗教是对于道德自由的体验”（利文斯顿［何光沪译］1999：489；请注意利奇尔的用词；比较对 7.6 评论第 3 段所示黑格尔对思维方式的区分以及马利坦对知识等级的划分）。查利文斯顿著作英语原文，“体验”作“experience” (Livingston 2006: 273)。关于“欧洲的理智化了的神学与亚洲的更为直截了当的神秘主义”的区别，详见罗素（何兆武等译）1996：64—65。

4. 宗教经验（或体验）既不同于普通的生活经验，也不同于一般的实践和制作经验（譬如木工制作家具的经验）；它严重依赖于体验者个人的直觉，因此往往带有明显的主观倾向性，掺杂着强烈的情感色彩。宗教经验（包括神秘体验）当然不是崇尚但也囿限于理性的经验逻格斯，后者通常与科学对接，其运作程序和结果必须符合塞玛精神，也就是说可以接受实证的检验。尽管如此，宗教经验也是经验，它的存在表明了“经验”的复杂性，表明了它既可偏向理性主义（即成为经验逻格斯），亦可倒向神秘主义（即服务于宗教秘索思），此外还可占据同时兼有二者的居中地位。**这种居中地位或双重身份使得它具备了某种特殊功能，为我们运用秘–逻理论解析西方文化基本结构的展开态势提供了一种新的手段**。譬如，人们一般认为，欧洲十八世纪浪漫主义是对十七世纪理性主义的单向度反叛，但问题的实质远非如此简单。研究表明（可参看利文斯顿所示［1999：158］N. J. H. 兰德尔的《现代思想的形成》），**浪漫主义的知识论基础既非单一的神秘主义，亦非狭隘的理性主义，而是一种扩大了的“经验主义”**。浪漫主义促使经验摆脱经验逻格斯的束缚，使其“博古通今”，进入了传统上属于或至少是部分地属于秘索思掌控的释事领域。“浪漫主义的目标是兼收并蓄，由于这个缘故，很难简单地给浪漫主义精神下一个定义。然而，**还是有一些信仰**（convictions）**和价值观**（values）**是浪漫主义者们广泛持有的**，它们使浪漫主义运动卓然独立，成为从牛顿时代向我们今日生活于其中的世界过渡的转折。首先，浪漫主义者们都**不愿把经验**（**experience**）**或者归结为理性主义**（an abstract rationalism）**或者归结为一种狭隘的、科学的经验主义**（a narrow, scientific empiricism）。**经验包含着想象、情感、直觉的力量**（**the power of imagination, feeling, and intuition**），它所涉及的大量内容，足以使**分析推理**和**科学实验**无能为力。”（利文斯顿［何光沪译］1999：157—158；英文词语引自 Livingston 2006: 84）中译者也许漏译了上示“abstract”（抽象的）一词。利文斯顿的意思是，重视一种扩大了涵盖范围的**经验主义**是浪漫主义者们广泛持有的价值观，它和其他一些相对次要的认知实践一起将**浪漫主义**与理性主义、古典主义和科学主义区别开来（即使其“卓然独立”），**成为它的某种意义上的区别性特征**。“对于荷尔德林”，汉斯·昆写道，神话“是对统御万物的神灵之显现的**真实经验**”（详见对 6.3 评述的第 1 段）。关于利文斯顿所说的“抽象的理性主义”（an abstract rationalism）和“狭隘的、科学的经验主义”，参考本文上篇第 239 页注①。“想象、情感、直觉的力量”容易使人联想到**诗的魅力**，并进而把思绪引向对“**神秘体验**”的洞察（参看对 7.6 评论的第 3 段）。对 7.6 和 7.7 两节所作的【评论与阐发】原为【评述】，因修葺下篇时增加了较多内容，故作如是改动。

【译文】

§ 8.1 英语中，**mute**（**缄默的**）是个外来词，在乔叟时代的中古英语作 **muet**，来自古法语词 **muet**，后者的来源可追溯到同义拉丁语词 **mūtus**，词根为 **MEU**（双唇紧闭发声）。参考希腊语动词 **μυεῖν**（闭合）；着重比较梵语中的 mūka-（缄默的）和同义希腊语词 μύδος。mute 的成词还与人们试图模拟并发出低沉声音的愿望有关，**其词根当为拉丁语词 mu 和希腊语词 μῦ**，二者带有模拟音的性质，其意为“含糊的声音”（a muttered sound）。（Skeat 1953: 393）

【评述】

1. 参考 8.3、8.4。关于“沉默的”，细读 2.5。mūka- 即 mū́ka-。关于 **mūtus**，另见 1.2、1.6、2.5、8.3、8.4 诸节以及对 1.6 和 2.5 等节的评述；参看对 6.2 评述的第 1 段。斯基特先是认为 mūtus 的词根为 meu-（参看对 7.5 的评述），但稍后又将其归结为 mu（或 mu-），表明他对此类词汇“终极”词根的了解。mute 古时还有其他拼写形式，譬如 mut 和 muete 等（详见 *OED* Vol. X: 147—148）。mu 和 μυ（或 μῦ）既为单词（3.1、8.1、10.1），亦是词根。mu- 既表“缄默”，也能给人以拟音的提示（参考并比较 2.1、8.2 和对 2.4 的评述）。参考维柯对 **mythos** 词根的追溯（6.2）。关于“双唇紧闭发声”，参看对 8.4 评述的第 1 段和对 10.1 评述的第 1 段。

2. **μυεῖν** 指“入仪”，在本节中许为 **μύειν**（闭合）的误标（参看 3.1）。其实，

斯基特已在之前就 μυεῖν 和 μύειν 的词义作过区分（Skeat 1953: 391）。“拉丁语中的 mu 意为通过张开或闭上嘴唇发出声来。”（哈里森［谢世坚译］2004：317）细读对 3.1 评论的第 1 段。

【译文】

§ 8.2 形容词 **mute** 来自拉丁语词 **mūtus**，意为“缄默的”，词干为 mūt-，**词根为 mū-**。“毫无疑问，该词根最初指动物发出的 mū 音（比较英语中的 moo），然后引申指人（指不能口齿清楚地说话），最后被用来指无生命的事物。”① 词根 mū- 还出现在拉丁语动词 muttīre 里，意为 to mutter（咕哝）。与之相关的有希腊语中的 mu（呻吟）、mundos、mudos 和 mukos（均作“缄默的”解），以及梵语词 mū́kas（沉默的）和同义亚美尼亚语词 munǰ。（Partridge 1961: 423）

---

① 引自 A . Ernout and A. Meillet, *Dictionnaire étymologique de la langue latine*, 3rd edition, 1951。

【评述】

1. 解说 mute 的来源时，帕特里奇省略了法语词 muet 的中介（见 8.1、8.3）。按 8.4 所示，法语词 muet 和拉丁语词 mūtus 均对英语词 mute 的成词产生过影响。muttīre（即 mutīre，见 1.6）源出 **muto**（或 **mŭ-to-**）。**mutīre** 和英语词 **mutter** 不仅同义，而且同根（参看 9.2；比较 9.1）。像 mūtus 一样，muttīre 亦可表“缄默”和“发出 mu 音”这两层意思（参看对 1.1 和 2.4 的评述）。关于 mundos 等词汇的希腊字母拼法，详见 1.2 和 1.6。

【译文】

§ 8.3 中古英语词 mewet 和 muwet（均为两个音节）来自（古）法语词 muet，**根基成分为 mu-**，见诸同义西班牙语词 **mudo**，意大利语词 **muto** 和罗马尼亚语词 **mut**。上述词汇的来源均可追溯到拉丁语词 **mūtu-s**，该词中的核心成分为拟声音节 mu-，表示发音的模糊不清，见诸同义希腊语词 múdos、múndos、mútēs 和 mukós，也见诸梵语词 **mū́kas**，亚美尼亚语词 **munǰ** 和英语词 **mutter**。（Onions 1966: 599）

【说明】

1. 细读 8.4。参看 2.4。**对 2.4 的评述谈到 μῦθος 与亚美尼亚语词 munǰ，古斯拉夫语词 myslĭ（即 muslĭ）和捷克语词 muňa 可能存在的同源关系**，这一点或应引起我们的重视。比较柯提乌斯提及的爱尔兰语里的外来词 **muit**（1.2）。

【译文】

§ 8.4 **mute**（缄默的、无言的）1385 年前后作 muwet 或 mewet，见诸乔叟的《特洛伊罗斯与克丽西达》，以后作 muet（约始于 1408 年）。mute 的来源一为法语词 muet，后者是 mut 和 mu 的指小词（diminutive），二为拉丁语词 **mūtus**（沉默的、无言的）。mūtus 与希腊语词 mȳkós 和 mŷtēs（缄默的）同源；相关同根词还有亚美尼亚语词 munǰ 和梵语词 mū́ka-s（缄默的），**均源出印欧语词根 mu- 或 mū-**——发音者模仿外界的低沉声音，双唇紧闭（with tight-pressed lips），发出此声。mute 亦作名词用（始于 1378 年），意为"哑巴"。（Barnhart 1988: 689）

【评述】

1. 参看 Hoad 1986: 306。就 mute 的词根及其含义的来源，巴恩哈特参考了 J. Pokorny 的考释。mȳkós 的所指当为 μῦκος 或 μυκός（见 1.2），故宜作 mȳkos 或 mykós；mŷtēs 当指 μύτης（mútēs），为一个阳性名词，宜解作"缄默者"。参看对 1.2 的评述。**关于 mūtus 内置"缄默"和"说 mu"的双重含义**，细读 1.6。比较对 1.1 的评述。mūtus 亦作"哑巴"解（见对 1.6 评述的第 1 段）。"双唇紧闭"可以发出 m 音，但此后发音者需将嘴唇微开，才能发出 u 音。比较 9.3；参看对 10.1 评述的第 1 段。

2. 关于 **mūtus 与 μῦθος 同源**，参见菲克（1.1）和柯提乌斯（1.2、1.3）的考释。柯提乌斯还提到 **μῦθος 与梵语词 mu-kh-am（嘴）同源**（1.5）。细读 2.5 以及对该节的评述。参看对 3.5 评述的第 2 段。关于 **mute** 与 **mystery** 等词汇的同源关系，参见 3.1 所示斯基特的提示。另见对 3.1 评论的第 1 段。

【译文】

§ 9.1 动词 **mutter** 意为"咕哝"，即用轻微的声音说话，中古英语作 motren，亦作 moteren，更像是一个英国本土词，而非拉丁语动词 mūtīre 的英化表述。moteren 可切分为 mot-er-en，其中 **-er** 为表示"反复"的动词后缀，**mot-** 或 **mut-** 为拟声成分，指含糊不清的说话声。参考 **mum**。比较瑞典方言词 mutla、muttra，挪威语词 mutra，德语乡土词 mustern，意为"窃窃私语"，词干当为 must-。比较拉丁语词 mut-īre、mutt-īre 和 muss-āre（咕哝）；同根拉丁语词还有表示咕哝之声的 muttum。（Skeat 1953: 393）

【说明】

1. mūtīre 似应为 mutīre（即 u 不作长音读），如此方能在标法上与下文中的 mut-īre 和 mutt-īre 相吻合。关于表“反复”之意的 -er 的词例展示，见对 9.4 的说明。参看 8.1。参考：mutter and mumble，“吞吞吐吐”、“含糊其辞”。

【译文】

§ 9.2 **mutter** 中古英语作 muteren，词根同拉丁语动词 muttīre 或 mutīre，意为“咕哝”、“嘟哝”。英语中，mutter 亦作名词用。（Partridge 1961: 423）动词 mutter1333 年前作 moteren，以后（可能在 1450 年前）作 muttren，来自拉丁语词 muttīre，后者可能与古高地德语词 mutilōn（嘟哝）以及古冰岛语词 mudhla 同根。（Barnhart 1988: 690）

【说明】

1. 关于英语词 **mutter** 和相关信息，另见对 3.1 评论的第 1 段。muttīre 和 mutīre 同义，“辅音的重复可加强表现力”（1.6）。**古高地德语词 mutilōn 与 μῦθος 同根**（1.1、1.3）。参考菲克所示 **mutilōn** 的盎格鲁撒克逊语同根词 **mū-dh** 和 **mū-dha**（1.1）。

【译文】

§ 9.3 **mutter**：意为双唇几近闭合，用几乎听不见的声音说话，**词根为 mu-**，后者也出现在 **mute** 里。比较德语方言词 muttern，古斯堪的纳维亚语词 muskra（嘟哝），以及拉丁语词 muss(it)āre、muttīre 和同义希腊语词 **muzein**。（Hoad 1986: 306）

【评述】

1. **muzein**（**múzein**〈μύζειν〉）为动词 μύζω（见 1.5、2.5）的不定式，许为 μύ 或 μῦ 的词形延伸，意为用几乎闭合的双唇咕哝、呻吟或小声含糊地说话（即 **murmur** 或 **mutter**）。参看对 1.1 评述的第 2 段和对 3.5 评述的第 2 段。μύζω 亦指用合拢的双唇啜饮。**μυέω（以及 μύω）很可能为 μύζω 的同根词**，意为“入仪”（即进入秘仪）。伍德豪斯在解释英语词 **mutter**（make a low sound）时用了 **μύζειν** 一词（Woodhouse 1987: 548），可视为一个难得的“反向”证明。

2. 关于 **μύζω**、**μῦθα** 以及 **μῦθαρ** 与 **μῦθος** 的同根关系，细读 1.1 以及对该节的评述。参看对 1.5 的说明。

【译文】

§ 9.4 **mutter** 由词干 mut- 和表示“反复”的动词后缀 -er 组成，mut- 亦见诸英语词 **mute**。比较同义古斯堪的纳维亚语词 muskra（嘟哝），挪威语词 mustra（私语、咕哝），拉丁语词 mussāre、mussitāre、muttīre 和希腊语词 **múzein**（咕哝、悲叹）。（Onions 1966: 599）

【说明】

1. 关于 múzein（或 muzein），参看对 9.3 评述的第 1 段。英语中，后缀 -er 可表“反复”或（多次）“重复”之意，见诸 chatter（饶舌）、glitter（闪烁）、quiver（颤抖）和 shudder（战栗）等词汇。

【译文】

§ 10.1 英语中，**mum** 是一个旨在要求听者肃静的感叹词（interjection），也是一个拟声词，在莎士比亚的作品里已有见例，中古英语亦作 mom，指通过双唇发出的尽可能小的声音。参考拉丁语词 mu 和希腊语词 μυ，二者皆为拟声词，指通过合拢双唇发出的微小声音。**mum 的同根词有 mumble**、**mump**、**mutter 和 mute**。（Skeat 1953: 390）

【评述】

1.“合拢”不等于只合不开；倘若始终紧闭双唇，便不能发出 mu 音。“μύζω 亦指用合拢的双唇啜饮”（对 9.3 评述的第 1 段；参看对 10.3 的说明）。谈到 **mūthos** 与 **múō** 的关系时（见 4.4），纳吉解释道：“或许 múō 的 mu 所暗示的‘拟声’（onomatopoeia）与发音的闭合方法有关，而非与语音本身有关。”（Nagy［巴莫曲布嫫译］2008：177 注 78）关于 mum 的词根以及 m 音容易使人产生的“联想”，参看对 1.3 评述的第 3 段。

2. 英语中以 mu- 或 mu(m) 起始的单词较多，**适度发掘此类词汇的词根意蕴，无疑将有助于我们加深对与其同源的 μῦθος、μῦθα、μύζω、μύστης 和**

μυστήριον 等希腊语词词根含义的认识。

【译文】

§ 10.2 **mum** 得之于双唇闭拢后发出的模糊之声，用于命令听者肃静或保守秘密。（Hoad 1986: 304）

【评述】

1. **mum** 与 **mute**（见 10.1）并因此也与拉丁语词 **mūtus**（详见 8.1、8.2）同根，其词根当为 **mu-**（参看对 1.3 评述的第 3 段）。关于 **mum** 与 **mystery** 以及理所当然地也与 **μυστήριον** 等词同源，参考斯基特的提示（3.1）。在斯基特看来，**mum 和 mute**（**当然还有 myth**）**亦是 μῦθος 的同根词**（详见 3.6 以及对该节评论的第 1 段）。

【引文】

§ 10.3. Mum: probably imitative of a sound made with closed lips. 常作感叹词用，表示对保持沉默的愿望或需要。（王同亿 1988：3431）

【说明】

1. 说 **mum** 时嘴唇先闭后开，然后再合，不是只闭不开，否则便只能发出 m 音，而无法将该词中的元音字母付诸发声。

【引文】

§ 10.4 **mum** 是一个形容词，意为“无言的”、“沉默的”。Keep mum about this，“这事不要说出去”。该词亦作名词用，意为“沉默”、“缄默”。（陆谷孙 1994：1184）

【说明】

1. 细读对 1.3 评述的第 3 段和对 3.6 评论的第 1 段。英语中，表示发出“含糊之声”的单词还有 **murmur**（低沉之声、咕哝）和 **mumble**（咕噜、含糊不清地说话）等。参看 10.1 以及对该节的评述。

三、结论

细致探寻 μῦθος 的词源，且在考释词义的基础上引入元概念的叙事维度，开启对西方文化基本结构的新思路探究，是一件前人没有做过的事情。本人不揣肤浅，勉强承担并粗略完成了这项工作，感觉诚惶诚恐，期待着得到学界同仁的指教。综合文中所示诸多专家学者的考据、论证以及笔者所作的相关解析和阐述，现在似可提纲挈领，择要陈述，尝试得出以下结论。

1. **希腊语词 μυστήριον（神秘的事物、秘仪）与梵语词 mū́kas，拉丁语词 mūtus 和亚美尼亚语词 munǰ 等印欧语古老语言中的相关词汇同源，词根成分是最初带有拟声性质的 mu-（或 mū-）。mu-** 在以后的发展中逐渐带上了某种神秘色彩。另一种可能是，拟声和神秘色彩从一开始便在这一成分中兼而有之。

2. μυστήριον 与 μύω（闭上嘴或眼睛、闭上嘴和眼睛）、μυέω（入仪）和 μύστης（入仪者）同根；μύω、μυέω 和 μύστης 词族的另一个同根词是 μῦθος。**由此可见，而相关的考据和论证也表明，μῦθος 应该与 μυστήριον 同根。**

3. **据此顺推，英语词 myth（神话）与 mystery（神秘）当为同根词，其词形来源均可经由对希腊语和拉丁语中同源词的认祖归宗，追溯到古老的印欧语词根 MU（即 mu- 或 mū-）。** mu- 既表“缄默”，亦表“声响”（譬如发出模拟牛叫的哞声）、感叹以及宗教或仪式场合中的含糊发声。μῦθος 承袭了该词根内含的模糊指义和通俗性，其词义底蕴里依稀保留了 mu- 的上述双重含意。

4. **μῦθος 还与另一组词根为 μυ- 的希腊语词，即与 μῦθα、μῦθαρ、μυθάριον（话语）和 μύζω（咕哝、悲叹）等同源，与“嘴”或“嘴唇”开合（即说话）的语义联系密切。** 可以视 μῦθος 为上述分别以 μύω 和 μῦθα 引领的两组同根词的概念交接点和语义枢纽。

5. **关于 μῦθος 与 μύω 同根的考证基本上可以成立。** 一些学者对 μῦθος 词根为 μυ- 的观点持怀疑乃至否定态度，但该词的词源实际上很可能并非如同他们所想象的那样“模糊”。除了细密的考证，我们还有必要尊重传统并适当拓宽考察和研究的范围。

6. **词根 mu-（μυ-、μῦ-）既表“闭合”，亦指双唇闭合后发出的低沉声音。**“闭合”为了保密，也暗示难以言说或无法言说。在祭祀神灵和祖先的宗教活动中，无论是保持缄默还是发出低沉之声，当事人或在场者的做法都能与旨在表露虔敬感所需要的神秘氛围相契合。μῦθος 见证了仪式中人们由“不说”（或默想）到“说”（即口述神话之产生）的转变过程。

7. 希腊语同根词 μύω 以及 μυέω 的词形和词义，表明了眼睛和嘴的“闭合”与“入仪”之间的微妙关系。μύω 和 μυέω 应该有一个下续成分；从学理的角度来看，它是仪式中讲述的故事，其主体内容来自神话，也就是 μῦθος。

8. 作为“话”、“话语”、“故事”和“神话”的载体，μῦθος 的词义涵盖面广阔。除了青睐仪式和演示，μῦθος 也贴近人们茶余饭后的闲暇生活，其强盛而富有诗意的表现力曾经长期受到人们的倚重。μῦθος 词义的“劣化”及其与 λόγος 某种程度上的分道扬镳始于公元前五世纪。

9. 神话（mythos）的产生与仪式（ritual）的关系密切，但它的形成和传播也有赖于一些非仪式因素，包括人们的传统感和历史意识。即便尝试认可神话出自仪式，仪式也绝非神话的唯一成因。成型后的神话亦可反过来为仪式服务，提供故事和演示的内容。

10. 秘索思与仪式以及人们的生活和娱乐密切相关，由此显示了其厚实的宗教与文学背景。从某种意义上来说，μῦθος 被拉丁语词 fabula 替代之后的“丢失”只是“名义”上的。由于渗透力更强的基督教神话逐渐替代了希腊-罗马神话并最终战胜了各种秘教，秘索思的基质影响力在整个中世纪不仅没有减弱，反而得到了前所未有的增强。

11. 秘索思和逻格斯构成了西方文化的基质底蕴，其元概念根基可以在希腊文明中找到。基督教的加盟普及并单一化了西方人的宗教体验，却没有从根本上改变西方文化的基质结构，而只是变换了秘索思内部主导成分的表现样式。除了别的涉项（譬如政治和社会理论中的神话因素），秘索思指对以荷马史诗为代表的文学和以《圣经》为代表的宗教典籍，囊括各种形式的宗教神秘主义和基督教神学反实证的宗教本质，当然也涵盖近当代西方学者们喜欢谈论的“诗”以及哲学的文学化倾向，其纵贯西方人文发展史的元概念释力，丝毫不逊色于同样具备强劲历时性指对功能却基本上无需接受重大元质度解蔽的逻格斯。

12. 评估一种文明的战略竞争力，应该从细察它的基质成分以及由基质成分搭建起来的文化基本结构入手。无论是出于研究或借鉴的需要还是旨在超越，这么做都将有助于审察方透过表象，抓住本质，加深对被研究方之文化基质底蕴的认识。细察西方文明史，我们从它的深层结构里找到了秘索思以及与之配套的逻格斯这两个基质成分并进而设想出解释的方法，改变了以往对西方文化单极化理解的进路取向，初步建构起一种新的西学观。

13. **文化基本结构的优良与否，取决于基质成分的自足度、覆盖面、合理性和互适化磨合所达到的量级水准。在西方，秘索思与逻格斯交替发挥主导作用**（二者均有各自的道德维度），**引领思想与文化的潮流，形成了一种既对抗排斥又互补合作的二元模式，亦即西方文化的基本结构**（**BSWC**），其强大与脆弱同在的基质影响力决定了西方文明的格局形成和当今态势，预示着它将来的发展方向。

14. **由此得出一点启示：对于我们自己的文化，最大的关爱莫过于细致考察并切实了解它的基本结构，熟晓它的基质构成**。为此，我们有必要摆正心态，戒绝浮躁，知己知彼，认真审视中国文化的基质结构，立足长远，有所开拓，有所取舍，有所深化，为增强它的感召力，提升它的优质度和品位竞争力而努力工作。**必须看到，真正能够让我们自立于世界民族之林并长期立于不败之地的，不是经济的规模以及由此带来的种种强盛表象**（当然，这么说并不表明我们应该忽略经济的基础作用），**而是文化基本结构的质素配置以及这种配置所能达到的稳妥程度**。

15. **词源考证在此项研究中发挥了重要作用，但上述结论的得出有赖于多学科知识的参与**。秘索思是一个元概念，也是逻格斯以外西方文化的另一个质项，是它的另一位"代言者"。**秘索思和逻格斯各司其职，共同撑托起西方文明的大厦，是它的两根缺一不可的支柱**。秉承在词义考据与文化根基阐释的结合部寻觅创新契机的写作意图，本文廓清了秘索思的指涉范围，阐明了秘索思与逻格斯的"他项"并存关系以及二者在西方文化之成型与展开态势中所发挥的本原性模塑作用，从而印证了笔者提出的西方文化的基本结构为秘–逻搭配的总体构想，为它的理论释力和操作可行性提供了可靠的学理支持。

引证与参考文献

一、西文部分

1. 词典、典籍

Abrams, M. H. *A Glossary of Literary Terms*, 6th edition, Harcourt Brace Jovanovich College Publishers, 1993 (first published 1957).

Achtemier, P. J. (General editor) *The Haper-Collins Bible Dictionary*, New York: Haper-Collins Publishers, 1996.

Aland, K. (et al.) *The Greek New Testament*, 2nd edition, United Bible Societies, 1966, 1968.

Anttila, R. *Greek and Indo-European Etymology in Action: Proto-Indo-European *Aǵ-*, Amsterdam and Philadelphia: John Benjamins Publishing Company, 2000.

Augustine: *The City of God against the Pagans*, Books IV—VII, with an English translation by W. M. Green, London and Cambridge (Mass.), 1963.

Autenrieth, G. *A Homeric Dictionary*, tanslated by R. P. Keep, revised by I. Flagg, 9th printing of the new edition, Norman and London: University of Oklahoma Press, 1987 (first published 1876).

Barnhart, C. and Stein, J. *The American College Dictionary*, New York: Random House, 1956 (first published 1947).

Barnhart, R. K. *The Barnhart Dictionary of Etymology*, The H. W. Wilson Company, 1988.

Beekes, R. *Etymological Dictionary of Greek*, Volume II, Leiden and Boston: Brill, 2010.

Bergin, T. G. and Fisch, M. H. *The New Science of Giambattista Vico*, translated from the 3rd edition, Cornell and London: Cornell University Press, 1970 (originally published 1961).

Boisacq, É. *Dictionnaire étymologique de la langue grecque*, Paris: Librairie C. Klincksieck, 1916.

Brown, C. (General editor) *The New International Dictionary of New Testament Theology*, Paternoster Press, 1976, revised edition, 1986.

CAH. The Cambridge Ancient History, Volume V, Cambridge University Press, 5th printing, 2006.

Černý, J. *Coptic Etymological Dictionary*, Cambridge University Press, 2010 (first published 1976).

Chantraine, P. *Dictionnaire étymologique de la langue grecque* (Λ—Ω), Paris: Édition Klincksieck, Nouveau tirage, 1984.

Cuddon, J. A. *A Dictionary of Literary Terms*, Penguin Books, 1979.

Cunliffe, R. J. *A Lexicon of the Homeric Dialect*, 3rd printing of the new edition, Norman: University of Oklahoma Press, 1980 (first published 1924).

Curtius, G. *Grundzüge der Griechischen Etymologie*, Zweite erweiterte Auflage, Leipzig: Druck und Verlag von B. G. Teubner, 1866.

——. *Principles of Greek Etymology*, Volume I, translated by A. S. Wilkins and E. B.

England, London: John Murray, 1875, 1886.

Dauzat, A. (et al.) *Dictionnaire étymologique et historique du français*, Paris: Larousse, 1993.

DK: H. Diels and W. Kranz, *Die Fragmente der Vorsokratiker*, 6th edition, Berlin: Weidmann, 1952.

Duckwitz, N. H. O. *Reading the Gospel of St John in Greek*, New York and Athens: Aristide D. Caratzas, 2002.

"ΕΙΣ ΔΗΜΗΤΡΑΝ" , in *Hesiod: The Homeric Hymns and Homerica*, translated with an Introduction by H. G. Evelyn-White, Cambridge (Mass.) and London, 1974 (first printed 1914).

Eliade, M. (Editor in chief) *The Encyclopedia of Religion*, Volume V, New York and London, 1987a.

——. *The Encyclopedia of Religion*, Volume X, New York and London, 1987b.

Evelyn-White, H. G.（见 "ΕΙΣ ΔΗΜΗΤΡΑΝ"）

Fick, A. *Vergleichendes Wörterbuch der indogermanischen Sprachen*, Band I, Zweite umgearbeitete Auflage, Göttingen: Vandenhoeck & Ruprecht's Verlag, 1870, Dritte umgearbeitete Auflage, 1874.

Frisk, H. *Griechisches eytmologisches Wörterbuch*, Heidelberg, 1960—1973; Band II, Dritte unveränderte Auflage, Heidelberg: Carl Winter · Universitätsverlag, 1991.

Glare, P. G. W. *Oxford Latin Dictionary*, Oxford: The Clarendon Press, reprinted with corrections, 1996 (first published 1982).

Gove, P. B. *Webster's Third New International Dictionary*, Merriam-Webster Inc., 1993.

Graham, D. W. (translated and edited) *The Texts of Early Greek Philosophy: The Complete Fragments and Selected Testimonies of the Major Presocratics*, Part I, Cambridge University Press, 2010.

Hastings, J. (edited) *Encyclopaedia of Religion and Ethics*, Volume IX, Edinbough and New York, 1917.

Hoad, T. F. *The Concise Oxford Dictionary of English Etymology*, Oxford: The Clarendon Press, 1986.

Jones, H. L. (translated with an Introduction) *The Geography of Strabo*, London and New York, 1917.

Kittel, G. and Friedrich, G. *Theological Dictionary of the New Testament*, abridged in

one volume by G. W. Bromiley, W. B. Eerdmans Publishing Company, 1985.
Kluge, F. *Etymologisches Wöterbuch der deutschen Sprache*, Bearbeitet von E. Seebold, 23., erweiterte Auflage, Berlin und New York: Walter de Gruyter, 1995 (1. und 2. Auflage 1883).
Lescher, J. H. *Xenophanes of Colophon: A Text and Translation with a Commentary*, Oxford University Press, 1992.
Liddell, H. G. and Scott, R. *A Greek-English Lexicon*, based on the German work of Francis Passow, with corrections and additions by Henry Drisler, New York: Harper & Brothers, 1853.
——. *A Greek-English Lexicon*, Volume II, revised and augmented by H. S. Jones, 9th edition, Oxford: The Clarendon Press, reprinted 1951 (first edition 1843).
——. *An Intermediate Greek-English Lexicon*, founded upon the 7th edition of Liddell and Scott's *Greek-English Lexicon*, Oxford: The Clarendon Press, impression of 1991 (first edition 1889).
MacGregor, G. *Dictionary of Religion and Philosophy*, New York: Paragon House, 1989.
Martirosyan, H. K. *Etymological Dictionary of the Armenian Inherited Lexicon*, Leiden and Boston: Brill, 2010.
OED. *The Oxford English Dictionary*, Volume X, Oxford: The Clarendon Press, 1989.
Onions, C. T. *The Oxford Dictionary of English Etymology*, Oxford University Press, 1966.
Partridge, E. *Origins: A Short Etymological Dictionary of Modern English*, 3rd edition, London: Routledge & Kegan Paul, 1961.
Passow, F. *Passow's Wörterbuch der griechischen Sprache*, völlig neu bearbeitet von Wilhelm Crönert, 2. Lieferung, Göttingen: Verlag von Vandenhoed & Ruprecht, 1912.
Peters, F. E. *Greek Philosophical Terms: A Historical Lexicon*, New York and London, 1967.
Picoche, J. *Dictionnaire étymologique du français*, Paris: Dictionnaire LE ROBERT/VUEF, 2002 (la première édition 1994).
Pokorny, J. *Indogermanisches etymologisches Wörterbuch*, Band II, 5 Auflage, Tübingen und Basel: A. Francke Verlag, 2005 (1 Auflage 1959).
Rossi, P. (edited) *La scienza nuova*, Milano: Rizzoli, 1959.

Shipley, J. T. *The Origins of English Words: A Discursive Dictionary of Indo-European Roots*, Baltimore and London: The Johns Hopkins University Press, 1984.

Skeat, W. W. *An Etymological Dictionary of the English Language*, new edition revised and enlarged, Oxford: The Clarendon Press, impression of 1953 (first edition 1879—1882).

Smith, W. and Lockwood, J. *Latin-English Dictionary*, Edinburgh and London, 2012 (first edition 1933).

Smyth, H. W. (translated with an Introduction) *Aeschylus*, Volume I, Cambridge (Mass.) and London, 1988 (first printed 1922).

Speake, J. *The Oxford Dictionary of Foreign Words and Phrases*, Oxford University Press, 1998.

Stein, J. and Urdang, L. *The Random House Dictionary of the English Language*, unabridged edition, 1983.

Tarán, L. *Greek & Roman Philosophy*, New York and London: Garland Publishing Inc., 1987.

The New King James Bible: New Testament, Nashville: Thomas Nelson Inc., 1979.

Urmson, J. O. *The Greek Philosophical Vocabulary*, London: Duckworth, 1990.

Vaan, M. de. *Etymological Dictionary of Latin and the other Italic Languages*, Leiden and Boston: Grill, 2008.

Watkins, C. *The American Heritage Dictionary of Indo-European Roots*, Boston and New York: Houghton Mifflin Company, 2000.

Wolfgang Pfeifer, L. von. *Etymologisches Wörterbuch des Deutschen*, 6 Auflage, Berlin: Deutscher Taschenbuch Verlag, 2003 (1 Auflage 1989).

Woodhouse, S. C. *English-Greek Dictionary*, London: Routledge & Kegan Paul, 1987 (first published 1910).

本文所引赫西俄德、希罗多德、柏拉图以及亚里士多德的语句和观点，均出自洛伯古典文库（The Loeb Classical Library）所收的相关典籍，卷、章、页码及行数等信息随文标示。本文所涉荷马史诗词证多例，分别出自该文库收辑的《伊利亚特》和《奥德赛》。个别词语的解读参考了 OCT（即 Oxford Classical Texts）中的相关文本。

2. 其他著述

Arnold, M. *Matthew Arnold: Culture and Anarchy and Other Writings*, edited by S. Collini, Cambridge University Press, 1993.（《"文化和无政府"及其他著作》，中国政法大学出版社，2003 年。）

Barbour, I. G. *Issues in Science and Religion*, Englewood Cliffs: Prentice-Hall Inc., 1966.

Bassett, S. E. *The Poetry of Homer*, Berkeley: University of California Press, 1938.

Baumer, F. *Main Currents of Western Thought*, 4th edition, New Haven: Yale University Press, 1978.

Benardete, S. *Herodotean Inquiries*, Martinus Nijhoff, 1969.

Berki, R. N. *The Genesis of Marxism*, London: J. M. Dent & Sons Ltd., 1988.

Boulluec, A. Le. "Hellenism and Christianity", translated by R. Guerlac and A. Slack, in *A Guide to Greek Thought*, edited by J. Brunschwig and G. E. R. Lloyd, Cambridge (Mass.) and London: Harvard University Press, 2000.

Bowra, C. M. *Problems in Greek Poetry*, Oxford: The Clarendon Press, 1953.

——. *Homer*, London: Duckworth, 1972.

Boyle, A. J. "Ovid and Greek Myth", in *The Cambridge Companion to Greek Mythology*, edited by R. D. Woodard, Cambridge University Press, 2007.

Brinton, C. *A History of Western Morals*, New York: Harcourt, Brace and Company, 1959.

Brisson, L. *Plato the Myth Maker*, translated and edited by G. Naddaf, Chicago and London: The University of Chicago Press, 1998.

Burkert, W. *Structure and History in Greek Mythology and Ritual*, Berkeley and London: University of California Press, 1979.

——. *Greek Religion*, translated by J. Raffan, Cambridge (Mass.): Harvard University Press, 1985.

——. *Ancient Mystery Cult*, Cambridge (Mass.): Harvard University Press, 1987.

——. "Homo Necans", translated by P. Bing, in *The Myth and Ritual Theory*, edited by R. E. Segal, Malden: Blackwell Publishers, 2004 (first published 1998).

Burn, A. B. *The Lyric Age of Greece*, London: Edward Arnold, 1967.

Burnet, J. *Early Greek Philosophy*, London: Adam & Charles Black, 1948 (first published 1892).

Campbell, L. *Religion in Greek Literature*, Longmans, Green, and Co., 1898.

Capps, E. *From Homer to Theocritus: A Manual of Greek Literature*, New York: Charles Scribner's Sons, 1901.

Cartledge, P. *The Greeks: A Portrait of Self and Others*, Oxford University Press, 2002 (first published 1993).

Cassirer, E. *Sprache und Mythos*, Leipzig und Berlin: B.G. Teubner, 1925.

Clark, J. *A History of Epic Poetry*, New York: Haskell House Publishers, 1973.

Clinton, K. "The Mysteries of Demeter and Kore", in *A Companion to Greek Religion*, edited by D. Ogden, Blackwell Publishing Ltd., 2010.

Copleston, F. *A History of Philosophy*, Volume I: *Greece and Rome*, Part 1, New York: Image Books, 1962.

Dawson, C. *Religion and the Rise of Western Culture*, New York: Image Books, 1958.

Detienne, M. *The Masters of Truth in Archaic Greece*, translated by J. Lloyd, New York: Zone Books, 1999.

Ekroth, G. "Heroes and Hero-Cult", in *A Companion to Greek Religion*, edited by D. Ogden, Blackwell Publishing Ltd., 2010.

Eliade, M. *A History of Religious Ideas*, Volume I, translated by W. R. Trask, Chicago: The University of Chicago Press, 1987, reprinted 1993.

Else, G. F. *The Origin and Early Form of Greek Tragedy*, Cambridge (Mass.): Harvard University Press, 1967.

Forsyth, P. Y. *Atlantis: The Making of Myth*, Montreal and London, 1980.

Fränkel, H. *Early Greek Poetry and Philosophy*, translated from the German by M. Hadas and J. Willis, Oxford: Basil Blackwell, 1975.

Frede, M. "The Philosopher", in *A Guide to Greek Thought*, edited by J. Brunschwig and G. E. R. Lloyd, Cambridge (Mass.) and London: Harvard University Press, 2000.

Freeman, C. *The Greek Achievement: The Foundation of the Western World*, New York: Penguin Books, 2000.

Friedländer, P. *Plato 1: An Introduction*, translated by H. Meyerhoff, Princeton, 1969.

Gale, M. *Myth and Poetry in Lucretius*, Cambridge University Press, 1994.

Griffin, J. "Speech in the Iliad", *The Classical Review* (New Series), Volume 41, No.1, 1991.

Guthrie, W. K. C. *A History of Greek Philosophy*, Volume I, Cambridge University

Press, 1962.

Hamilton, E. *The Greek Way*, New York: W. W. Norton & Company Inc., 1942 (first published 1930).

Harrison, J. E. *Prolegomena to the Study of Greek Religion*, 2nd edition, Cambridge University Press, 1908.

——. *Ancient Art and Ritual*, London: Williams and Norgate, 1913.

Hatab, L. J. *Myth and Philosophy: A Contest of Truth*, Open Court Publishing Company, 1992.

Havelock, E. A. *Preface to Plato*, Oxford: Basil Blackwell, 1963.

——. *The Literate Revolution in Greece and Its Cultural Consequences*, Princeton: Princeton University Press, 1982.

Heidegger, M. *Early Greek Thinking*, translated by D. F. Krell and F. A. Capuzzi, HarperSanFrancisco (a division of HarperCollins Publishers), 1984.

Hook, La Rue van. *Greek Life and Thought*, New York: Columbia University Press, 1923.

Horkheimer, M. und Adorno, T. W. *Dialektik der Aufklärung*, Frankfurt am Maim: S. Fischer Verlag GmbH, 1969.

Hussey, E. "The Beginning of Epistemology from Homer to Philolaus", in *Companion to Ancient Thought (1): Epistemology*, edited by S. Everson, Cambridge University Press, 1990.

Jaeger, W. *Paideia: The Ideals of Greek Culture*, Volume I, translated from the German by G. Highet, New York and Oxford: Oxford University Press, 1973 (first edition 1939).

Jones, D. "Pan's Death and the Conspiracy of Logos: Plato's Case Against Myth", in *The Gift of Logos: Essays in Continental Philosophy*, edited by D. Jones (et al.), Cambridge Scholars Publishing, 2010.

——. *Ancient Greek Philosophy: From the Presocratics to the Hellenistic Philosophy*, Wiley-Blackwell, 2011.

Kennedy, G. A. *The Art of Persuasion in Greece*, Princeton: Princeton University Press, 1963.

——. *Greek Rhetoric under Christian Emperors*, Princeton: Princeton University Press, 1983.

Kirk, G. S. *The Nature of Greek Myths*, Penguin Books, 1974.

——. *Myth: Its Meaning & Functions in Ancient & Other Cultures*, Cambridge University Press, 1978.

——. (et al.) *The Presocratic Philosophers*, 2nd edition, Cambridge University Press, 1957, reprinted 1991.

Kitto, H. D. F. *The Greeks*, Penguin Books, 1964 (first published 1951).

Langer, S. K. (translated) *Language and Myth*, New York: Dover Publications Inc., 1953.

Lecky, W. E. H. *History of European Morals from Augustus to Charlemagne*, Volume I, New York and London: D. Appleton and Company, 1929 (first published 1869).

Levy, G. R. (edited with a new Introduction), *The Myths of Plato*, originally translated and introduced by J. A. Stewart, London: Centaur Press Ltd., 1960.

Lincoln, B. *Theorizing Myth*, Chicago and London: The University of Chicago Press, 1999.

Livingston, J. C. *Modern Christian Thought*, Volume I, 2nd edition, Minneapolis: Fortress Press, 2006 (copyright 1997).

Lloyd, G. E. R. *Greek Science after Aristotle*, New York and London: W. W. Norton & Company, 1973.

——. *The Revolutions of Wisdom*, University of California Press, 1987.

Long, A. A. "Early Greek Philosophy", in *The Cambridge History of Classical Literature*, edited by P. E. Easterling and E. J. Kenney, Volume I, Part 3, Cambridge Universi ty Press, 1989.

Martin, R. P. *The Language of Heroes: Speech and Performance in the Iliad*, Ithaca and London: Cornell University Press, 1989.

——. *Myths of the Ancient Greeks*, New York: New American Library, 2003.

Mattéi, J. F. *Platon et le miroir du mythe: De l'âge d'or à l'Atlantide*, Paris: Presses Universitaires de France, 1996.

Merton, R. K. *The Sociology of Science*, Chicago and London: The University of Chicago Press, 1973.

Morgan, K. *Myth & Philosophy from the Presocratics to Plato*, Cambridge University Press, 2000.

Morgan, M. L. *Platonic Piety: Philosophy and Ritual in Fourth-Century Athens*, New

Haven and London: Yale University Press, 1989.

Most, G. W. "From Logos to Mythos", in *From Myth to Reason? Studies in the Development of Greek Thought*, edited by R. Buxton, Oxford University Press, 1999.

Müller, M. *Lectures on the Science of Language*, Volume I, London, 1861, reprinted with a new Introduction by R. Harris, Routledge/Thomemas Press, 1994.

Mylonas, G. E. *Eleusis and the Eleusinian Mysteries*, Princeton: Princeton University Press, 1961.

Naddaf, G. "Allegory and the Origins of Philosophy", in *Logos and Muthos: Philosophical Essays in Greek Literature*, edited by W. Wians, Albany: State University of New York, 2009.

Nagy, G. "Early Greek view of poets and poetry", in *The Cambridge History of Literary Criticism*, Volume I, edited by G. A. Kennedy, Cambridge University Press, 1989a.

——. "Foreword", in R. P. Martin, *The Language of Heroes: Speech and Performance in the Iliad*, Ithaca and London: Cornell University Press, 1989b.

——. *Pindar's Homer*, Baltimore and London: The Johns Hopkins University Press, 1990.

——. *Greek Mythology and Poetics*, Ithaca and London: Cornell University Press, 1990, 2nd printing, 1992.

——. *Homeric Questions*, Austin: University of Texas Press, 1996, 2nd paperback printing, 2002.

——. "Homer and Greek Myth", in *The Cambridge Companion to Greek Mythology*, edited by R. D. Woodard, Cambridge University Press, 2007.

Needham, J. *Science and Civilization in China*, Volume IV: 1, Cambridge University Press, 1962.

——. *Science and Civilization in China*, Volume IV: 2, Cambridge University Press, 1965.

Nestle, W. *Vom Mythos zum Logos: Die Selbstentfaltung des griechischen Denkens von Homer bis auf die Sophistik und Socrates*, Stuttgart: Alfred Kröner Verlag, 1940.

Nightingale, A. W. *Spectacles of Truth in Classical Greek Philosophy*, Cambridge University Press, 3rd printing, 2006.

Nilsson, M. P. *Cults, Myths, Oracles, and Politics in Ancient Greece*, New York: Cooper Square, 1972.

Otto, R. *Das Heilige*, 21. und 22. Auflage, München: C. H. Beck'sche Verlagsbuchhandlung, 1932.

——. *The Idea of the Holy*, translated by J. W. Harvey, Oxford University Press, 2nd edition, 1950, 27th printing, 1982.

Parkes, H. B. *Gods and Men: The Origins of Western Culture*, New York: Alfred. A. Knopf, 1959.

Parmelee, M. *The History of Modern Culture*, New York: Philosophical Library, 1960.

Payne, R. *Ancient Greece: The Triumph of a Culture*, New York: W. W. Norton & Company, 1964.

Powell, B. B. *Homer*, 2nd edition, Blackwell Publishing Ltd., 2007.

Rosen, S. *The Quarrel between Philosophy and Poetry*, New York and London: Routledge, 1988.

Russell, B. *Religion and Science*, London: Oxford University Press, 1935.

——. *A History of Western Philosophy*, New York: Simon & Schuster, 1972.

Segal, R. A. "Introduction", in *The Myth and Ritual Theory*, edited by R. A. Segal, Massachusetts and Oxford: Blackwell Publishers, 1998, transferred to digital print 2004.

Sinclair, T. A. *A History of Classical Greek Literature*, New York: Hanskell House, 1973.

Strauss, L. *The Rebirth of Classical Political Rationalism*, selected and introduced by T. L. Pangle, Chicago and London, 1989.

Thomson, G. *Aeschylus and Athens*, London: Lawrence & Wishart, 1950.

——. *Studies in Greek Society*, Volume II, London: Lawrence & Wishart, 1955.

Thorton, B. *Greek Ways: How the Greeks Created Western Civilization*, New York and London: Encounter Books, 2000.

Tocqueville, A. de. *De la démocratie en Amérique*, Tome I, 3e édition, Gallimard, 1951.

Verene, D. P. *Philosophy and the Return to Self-Knowledge*, New York and London: Yale University Press, 1997.

Vernant, J.-P. *Myth and Society in Ancient Greece*, translated by J. Lloyd, Harvard University Press, 1980.

——. *The Origins of Greek Thought*, London: Methuen & Co. Ltd., 1982.

——. *Mythe et pensée chez les Grecs: Études de psychologie historique*, Paris: Éditions

La Découverte, 1985.

——. "The Masked Dionysus of Euripides' *Bacchae*", in J.-P. Vernant and P. Vidal-Naquet, *Myth and Tragedy in Ancient Greece*, tanslated by J. Lloyd, New York: Zone Books, 1988.

——. "Le Dionysos masqué des *Bacchantes* d' Euripide", in J.-P. Vernant et P. Vidal-Naquet, *Mythe et tragédie en Grèce ancienne* (II), Paris: La Découverte, 2001.

Veyne, P. *Did the Greeks Believe in their Myth?* translated by P. Wissing, Chicago: The University of Chicago Press, 1988.

Vivante, P. *The Iliad: Action as Poetry*, Boston: Twayne Publisher, 1990.

Wardman, A. E. "Myth in Greek Historiography", in *Theories of Myth*, Volume III, edited by R. A. Segal, New York and London: Garland Publishing Inc., 1996.

Webster, H. *Historical Selections*, D. C. Heath and Company, 1929.

Wellek, R. and Warren, A. *Theory of Literature*, New York: Harcourt, Brace & World, 1970.

Whibley, L. (edited) *A Companion to Greek Studies*, 4th edition, New York: Hafner Publishing Company, 1963.

Whitehead, A. N. *Science and the Modern World*, New York: The New American Library, 9th printing, 1959.

Zaidman, L. B. and Pantel, P. S. *Religion in Ancient Greek City*, translated by P. Cartledge, Cambridge University Press, 1992.

Zeller, E. *Outlines of the History of Greek Philosophy*, revised by W. Nestle, translated by L. R. Palmer, 13th edition, New York: The Humanities Press, 1955.

Zeruneith, K. *The Wooden Horse: The Liberation of the Western Mind from Odysseus to Socrates*, New York and London: Overlook Duckworth, 2007.

二、中文部分

1. 译著、译文

阿德金斯，莱斯莉、阿德金斯，罗伊:《探寻古希腊文明》，张强译，商务印书馆，2010 年。

阿姆斯特朗，卡伦:《比较神话学的文明探源研究》，叶舒宪译，见史忠义等编《比较神话学与文明探源诗学研究》，河南大学出版社，2012 年。

爱德蒙森，马克:《文学对抗哲学》，王柏华、马晓冬译，中央编译出版社，

2000 年。
奥尔森，理查德:《科学与宗教》，徐彬、吴林译，山东人民出版社，2009 年。
奥弗，雷德蒙·范:《太阳之歌：世界各地创世神话》，毛天祜译，中国人民大学出版社，1989 年。
奥托，鲁道夫:《论“神圣”》，成穷、周邦宪译，四川人民出版社，1995 年。
巴伯，伊安·G.:《科学与宗教》，阮炜等译，四川人民出版社，1993 年。
巴雷特，威廉:《非理性的人——存在主义哲学研究》，段德智译，上海译文出版社，1992 年。
贝尔，丹尼尔:《资本主义文化》，严蓓雯译，人民出版社，2010 年。
伯尔基，R. N.:《马克思主义的起源》，伍庆、王文扬译，华东师范大学出版社，2007 年。
伯格森，亨利:《道德与宗教的两个来源》，王作虹、成穷译，译林出版社，2011 年。
伯曼，托利弗:《希伯来与希腊思想比较》，吴勇立译，上海书店出版社，2007 年。
伯特，爱德华·阿瑟:《近代物理学的形而上学基础》，徐向东译，北京大学出版社，2003 年。
布鲁克，约翰·H.:《科学与宗教》，苏贤贵译，复旦大学出版社，2000 年。
布卢姆，艾伦:《美国精神的封闭》，战旭英译，译林出版社，2011 年。
丹皮尔，W. C.:《科学史》下册，李珩译，商务印书馆，1997 年。
狄博斯，艾伦·G.:《文艺复兴时期的人与自然》，周雁翎译，复旦大学出版社，2000 年。
——.《科学革命新史观讲演录》，任定成、周雁翎译，北京大学出版社，2011 年。
道森，克里斯托弗:《宗教与西方文化的兴起》，长川某译，四川人民出版社，1989 年。
德里达，雅克:《多重立场》，佘碧平译，生活·读书·新知三联书店，2004 年。
狄尔泰，威廉:《体验与诗》，胡其鼎译，生活·读书·新知三联书店，2003 年。
蒂利希，保罗:《基督教思想史》，尹大贻译，东方出版社，2008 年。
费尔巴哈，路德维希·安德列斯:《费尔巴哈哲学著作选》下卷，荣震华等译，商务印书馆，1984 年。
——.《基督教的本质》，荣震华译，商务印书馆，1997 年。
弗格森，埃弗雷特:《古希腊–罗马文明：社会、思想和文化》上卷（原著名 *Backgrounds of Early Christianity*），李丽书译，华东师范大学出版社，2012 年。

弗兰克，M.:《浪漫派的将来之神——新神话学讲稿》，李双志译，华东师范大学出版社，2011 年。
伏斯特，R. E. V.:《今日如何读新约》，冷欣、杨远征译，华东师范大学出版社，2011 年。
冈察雷斯，胡斯都·L.:《基督教思想史》第 1 卷，陈泽民等译，译林出版社，2008 年。
格兰特，爱德华:《科学与宗教》，常春兰、安乐译，山东人民出版社，2009 年。
格罗塞，恩斯特:《艺术的起源》，蔡慕晖译，商务印书馆，1996 年。
哈里森，简·爱伦:《古希腊宗教的社会起源》，谢世坚译，广西师范大学出版社，2004 年。
——.《希腊宗教研究导论》，谢世坚译，广西师范大学出版社，2006 年。
——.《古代的艺术与仪式》，吴晓群译，大象出版社，2011 年。
哈斯玛，戴博拉:《宗教与科学的和谐》，见梅尔·斯图尔特、郝长墀编《科学与宗教的对话》，郝长墀、李勇等译，北京大学出版社，2007 年。
海德格尔，马丁:《诗·语言·思》，彭富春译，文化艺术出版社，1991 年。
——.《形而上学导论》，熊伟、王庆节译，商务印书馆，1996 年（a）。
——.《海德格尔选集》上、下卷，孙周兴选编，上海三联书店，1996 年（b）。
——.《存在与时间》，陈嘉映、王庆节合译，生活·读书·新知三联书店，2006 年。
汉密尔顿，依迪丝:《希腊精神》，葛海滨译，华夏出版社，2008 年。
赫尔德，约翰·哥特弗雷德:《反纯粹理性——论宗教、语言和历史文选》，张晓梅译，商务印书馆，2010 年。
黑格尔，格·威·弗:《美学》第 3 卷下册，朱光潜译，商务印书馆，1997 年（a）。
——.《哲学史讲演录》第 1 卷，贺麟、王太庆译，商务印书馆，1997 年（b）。
胡弗，托比:《近代科学为什么诞生在西方》（原著名 *The Rise of Early Modern Science*），周程、于霞译，北京大学出版社，2010 年，2012 年第 2 次印刷。
怀特，安德鲁·迪克森:《基督教世界科学与神学论战史》上卷，鲁旭东译，广西师范大学出版社，2006 年。
怀特海，A. N.:《科学与近代世界》，何钦译，商务印书馆，1997 年。
霍夫斯达特，阿尔伯特:《导言》，见海德格尔《诗·语言·思》，彭富春译，文化艺术出版社，1991 年。
霍克海默，马克斯、阿道尔诺，西奥多:《启蒙辩证法》，渠敬东、曹卫东译，上海人民出版社，2003 年。
霍伊卡，R.：《宗教与现代科学的兴起》，丘仲辉等译，四川人民出版社，1999 年第 2 版，2003 年第 3 次印刷。
吉莱斯皮，米歇尔·艾伦：《现代性的神学起源》，张卜天译，湖南科学技术出版社，2012 年。
卡斯培，W.：《现代语境中的上帝观念——耶稣基督的上帝》，罗选民译，华东师范大学出版社，2011 年。
卡西尔，恩斯特：《语言与神话》，于晓等译，生活·读书·新知三联书店，1988 年。
——.《国家的神话》，范进等译，华夏出版社，1999 年，2003 年第 3 次印刷。
——.《人文科学的逻辑》，关子尹译，上海译文出版社，2004 年。
科恩，H. 弗洛里斯：《世界的重新创造：近代科学是如何产生的》，张卜天译，湖南科学技术出版社，2012 年。
科恩，I. 伯纳德：《科学中的革命》，鲁旭东等译，商务印书馆，1999 年。
孔德，奥古斯特：《论实证精神》，黄建华译，译林出版社，2011 年。
库舍尔，K. J.：《走向作家之路——论宗教与文学的相互挑战》，刁承俊译，见汉斯·昆、H. 伯尔等《神学与当代文艺思想》，徐菲、刁承俊译，上海三联书店，1995 年。
昆，汉斯、延斯，瓦尔特：《诗与宗教》，李永平译，生活·读书·新知三联书店，2005 年。
赖特，冯：《知识之树》，陈波选编，陈波等译，生活·读书·新知三联书店，2003 年。文中所示内容由胡泽洪承译。
劳埃德，G. E. R.：《古代世界的现代思考——透视希腊、中国的科学与文化》，钮卫星译，上海科技教育出版社，2008 年。
利奇蒙德，詹姆斯：《神学与形而上学》，朱代强、孙善玲译，四川人民出版社，1997 年。
利文斯顿，詹姆斯·C.：《现代基督教思想：从启蒙运动到第二届梵蒂冈公会议》上、下卷，何光沪译，四川人民出版社，1999 年。
列维–斯特劳斯，克洛德：《结构人类学》（2），张祖建译，中国人民大学出版社，2006 年。
——.《神话与意义》，俞建章译，见叶舒宪选编《结构主义神话学》，陕西师范大学出版总社有限公司，2011 年。

林德伯格，戴维:《西方科学的起源》，王珺等译，中国对外翻译出版公司，2001 年。
罗蒂，理查德:《偶然、反讽与团结》，徐文瑞译，商务印书馆，2006 年。
罗森，斯坦利:《诗与哲学之争》，张辉译，华夏出版社，2004 年。
罗森斯托克-胡絮，E. :《越界的现代精神》，徐卫翔译，华东师范大学出版社，2008 年。
罗素，伯特兰:《西方哲学史》上卷，何兆武、李约瑟译，商务印书馆，1996 年。
——.《宗教与科学》，徐奕春、林国夫译，商务印书馆，2001 年。
——.《西方的智慧》，亚北译，中国妇女出版社，2004 年。
马尔库塞，赫伯特:《爱欲与文明》，黄勇、薛明译，上海译文出版社，2005 年。
马克思，卡尔:《第 179 号“科伦日报”社论》，见《马克思恩格斯全集》第 1 卷，人民出版社，1965 年（a）。
——.《黑格尔法哲学批判导言》，见《马克思恩格斯全集》第 1 卷，人民出版社，1965 年（b）。
马利坦，雅克:《科学与智慧》，尹令黎、王平译，上海科学院出版社，1996 年。
马特，F. :《柏拉图与神话之境：从黄金时代到大西岛》，吴雅凌译，华东师范大学出版社，2008 年。
麦基，布莱恩:《思想家》，周穗明、翁寒松译，生活 · 读书 · 新知三联书店，1987 年，1992 年第 5 次印刷。
麦奎利，约翰:《谈论上帝——神学的语言与逻辑之考察》，安庆国译，四川人民出版社，1997 年第 2 版，2003 年第 3 次印刷。
梅列金斯基，叶 · 莫:《神话的诗学》，魏庆征译，商务印书馆，2009 年。
默顿，R. K. :《科学社会学》上册，鲁旭东、林聚任译，商务印书馆，2010 年。
莫兰，埃德加:《反思欧洲》，康征、齐小曼译，生活 · 读书 · 新知三联书店，2005 年。
纳吉，格雷戈里:《荷马诸问题》，巴莫曲布嫫译，广西师范大学出版社，2008 年。
尼古拉斯，詹姆斯 · H. :《伊壁鸠鲁主义的政治哲学》，溥林译，华夏出版社，2004 年。
尼摩，菲利普:《什么是西方》，阎雪梅译，广西师范大学出版社，2009 年。
诺瓦利斯:《断片》，高中甫、赵勇译，见《德语诗学文选》上卷，刘小枫选编，华东师范大学出版社，2006 年。
培根，弗朗西斯:《新工具》，徐宝骙译，商务印书馆，2009 年。

萨顿，乔治:《科学史和新人文主义》，陈恒六等译，华夏出版社，1989 年。
塞尔登，拉曼（编）:《文学批评理论——从柏拉图到现在》，刘象愚、陈永国等译，北京大学出版社，2005 年。
《圣经》：中国基督教三自爱国运动委员会，中国基督教协会，南京爱德印刷有限公司，2003 年版，2006 年印。
石里克，莫里茨:《自然科学》，陈维杭译，商务印书馆，2009 年。
施特劳斯，大卫·弗里德里希:《耶稣传》第 1 卷，吴永泉译，商务印书馆，2010 年。
施特劳斯，列奥:《修昔底德：政治史学的意义》，彭磊译，见刘小枫、陈少明主编《修昔底德的春秋笔法》，华夏出版社，2007 年。
斯宾诺莎，本尼迪克特:《神学政治论》，温锡增译，商务印书馆，1997 年。
斯特劳斯，列奥（即施特劳斯，列奥）、克罗波西，约瑟夫（主编）:《政治哲学》，李洪润等译，法律出版社，2009 年。
斯特龙伯格，罗兰:《西方现代思想史》，刘北成、赵国新译，中央编译出版社，2005 年。
苏里文，理查德·E. 等:《西方文明史》第 8 版，赵宇烽、赵伯炜译，海南出版社，2009 年。
索洛维约夫，Вл. :《西方哲学的危机》，李树柏译，浙江人民出版社，2000 年。
塔列弗罗，查尔斯:《证据与信仰》，傅永军、铁省林译，山东人民出版社，2011 年。
塔纳斯，理查德:《西方思想史》，吴象婴等译，上海社会科学院出版社，2007 年。
汤因比，阿诺德:《一个历史学家的宗教观》，晏可佳、张龙华译，四川人民出版社，1990 年。
涂尔干，爱米尔（或埃米尔）:《宗教生活的基本形式》，渠东、汲喆译，上海人民出版社，1999 年。
托克维尔，Alexis de :《论美国的民主》上卷，董果良译，商务印书馆，2004 年。
瓦尔泽，M. :《我的宗教也许是：并不孤单》，刁承俊译，见汉斯·昆、H. 伯尔等《神学与当代文艺思想》，徐菲、刁承俊译，上海三联书店，1995 年。
维尔南（即韦尔南），让–皮埃尔:《神话与政治之间》，余中先译，生活·读书·新知三联书店，2001 年。
——.《希腊人的神话和思想》，黄艳红译，中国人民大学出版社，2007 年。
维柯，扬姆巴蒂斯塔:《新科学》上、下册，朱光潜译，商务印书馆，1997 年。

韦勒克，勒内、沃伦，奥斯汀:《文学理论》，刘象愚等译，文化艺术出版社，2010 年。
维特根斯坦，路德维希:《文化和价值》，黄正东、唐少杰译，清华大学出版社，1987 年。
——.《名理论〈逻辑哲学论〉》，张申府译，北京大学出版社，1988 年。
文德尔班，W.:《哲学史教程》上卷，罗达仁译，商务印书馆，2010 年。
沃尔什，W. H.:《历史中的“涵义”》，金大白译，见张文杰编《历史的话语》，中国人民大学出版社，2012 年。
沃森，彼得:《人类思想史——冲击权威：从阿奎那到杰斐逊》，姜倩等译，中央编译出版社，2011 年。
伍德拉夫，保罗:《尊崇：一种被遗忘的美德》，林斌、马红旗译，商务印书馆，2007 年。
希尔，弗里德里希:《欧洲思想史》，赵复三译，广西师范大学出版社，2007 年。
亚当斯，威廉:《人类学的哲学之根》，黄剑波、李文建译，广西师范大学出版社，2006 年。
亚里士多德:《诗学》，陈中梅译注，商务印书馆，1996 年，2012 年第 8 次印刷。
雅斯贝斯，卡尔:《历史的起源与目标》，魏楚雄、俞新天译，华夏出版社，1989 年。
伊格尔斯，格奥尔格·G.:《德国的历史观》，彭刚、顾杭译，译林出版社，2006 年。
伊利亚德，米尔恰:《神圣与世俗》，王建光译，华夏出版社，2003 年。
约尔丹，斯特凡（主编）:《历史科学基本概念辞典》，孟钟捷译，北京大学出版社，2012 年。
詹姆斯，威廉:《宗教经验种种》，尚新建译，华夏出版社，2008 年。

2. 著作、论文、词典等

陈村富:《Mania and Sophia, Mythos and Alethes（迷狂与智慧，虚构的与真的）》，见杨适主编《希腊原创智慧》，社会科学文献出版社，2005 年。
陈启伟:《〈逻辑哲学论〉从酝酿到写作以及出版翻译的情况》，见维特根斯坦《名理论〈逻辑哲学论〉》，张申府译，北京大学出版社，1988 年。
陈中梅:《“投竿也未迟”——论秘索思》，载《外国文学评论》，1998 年第 2 期。
——.《目击者的讲述——论史诗故事的真实来源》，载《外国文学评论》，

2002 年第 4 期。
——.《〈奥德赛〉的认识论启示：寻找西方认知史上 logon didonai 的前点链接》上、下篇，分载《外国文学评论》，2006 年第 2、4 期。
——.《荷马的启示——从命运观到认识论》，北京大学出版社，2009 年。
成穷:《中译者序》，见鲁道夫·奥托《论“神圣”》，成穷、周邦宪译，四川人民出版社，1995 年。
丁光训、金鲁贤(主编):《基督教大辞典》，上海辞书出版社，2010 年。
董学文(主编):《西方文学理论史》，北京大学出版社，2006 年。
段德智:《欧洲近代经验主义和理性主义的主要代表及其发展概况》，见陈修斋主编《欧洲哲学史上的经验主义和理性主义》，人民出版社，1986 年，1997 年第 2 次印刷。
冯川:《译者前言》，见荣格《心理学与文学》，冯川、苏克译，生活·读书·新知三联书店，1987 年。
甘阳:《从“理性的批判”到“文化的批判”(代序)》，见恩斯特·卡西尔《语言与神话》，于晓等译，生活·读书·新知三联书店，1988 年。
顾晓鸣(编):《西方智慧通典》，湖北人民出版社，1994 年。
关子尹:《译者序》，见卡西尔《人文科学的逻辑》，上海译文出版社，2004 年。
黄裕生:《宗教与哲学的相遇》，江苏人民出版社，2008 年。
蒋承勇:《西方文学‘两希’传统的文化阐释：从古希腊到 18 世纪》，中国社会科学出版社，2003 年。
江天骥:《当代西方科学哲学》，中国社会科学出版社，1987 年。
李奭学:《中国晚明与欧洲文学》修订版，生活·读书·新知三联书店，2010 年。
李幼蒸:《中译者序》，见列维-斯特拉斯《野性思维》，李幼蒸译，商务印书馆，1997 年。
林惠祥:《文化人类学》，商务印书馆，1934 年第 1 版，1991 年第 2 版，1996 年第 2 次印刷。
刘为民:《科学与现代中国文学》，安徽教育出版社，2000 年。
刘小枫:《中译本前言》，见 H. 奥特《不可言说的言说》，林克、赵勇译，生活·读书·新知三联书店，1994 年第 1 版，1995 年第 2 次印刷。
——.《诗化哲学》，华东师范大学出版社，2011 年第 2 版，2013 年第 2 次印刷。
刘毅:《英文字根字典》，外文出版社，2010 年。
陆谷孙(主编):《英汉大词典》(缩印本)，上海译文出版社，1993 年，1994 年第 2 次印刷。
陆杨:《译序》，见乔纳森·卡勒《论解构》，陆杨译，中国社会科学出版社，1998 年，2011 年第 2 次印刷。
罗晓颖:《马克思与伊壁鸠鲁——马克思〈关于伊壁鸠鲁哲学的笔记〉和〈博士论文〉研究》，华东师范大学出版社，2010 年。
毛峰:《神秘主义诗学》，生活·读书·新知三联书店，1998 年。
单纯:《当代西方宗教哲学》，中国社会科学出版社，2004 年。
佘碧平:《中世纪文艺复兴时期哲学》，人民出版社，2011 年。
宋洁人:《亚里士多德与古希腊早期自然哲学》，人民出版社，1995 年。
孙周兴:《说不可说之神秘》，上海三联书店，1994 年。
——.《编者引论: 在思想的林中路上》，见《海德格尔选集》上卷，孙周兴选编，上海三联书店，1996 年。
王林:《西方宗教文化视角下的 19 世纪美国浪漫主义思潮》，中央民族大学出版社，2010 年。
王同亿（主编译）:《英汉辞典》下（M–Z），国防工业出版社，1988 年。
王先霈、王天平（主编）:《文学理论批评术语汇释》，高等教育出版社，2006 年，2009 年第 3 次印刷。
王晓朝:《神秘与理性的交融——基督教神秘主义探源》，杭州大学出版社，1998 年。
汪子嵩等:《古希腊哲学史》第 1 卷，人民出版社，1997 年。本文所引资料出自该书第 3 编，由范明生撰写。
《现代汉语词典》，中国社会科学院语言研究所词典编辑室编，第 5 版，商务印书馆，2005 年。
谢文郁:《道路与真理——解读〈约翰福音〉的思想史密码》，华东师范大学出版社，2012 年。
徐宝华、宫田一郎（主编）:《汉语方言大词典》，中华书局，1999 年。
叶舒宪:《诗经的文化阐释》，湖北人民出版社，1994 年，1996 年第 2 次印刷。
叶秀山:《从 Mythos 到 Logos》，载《中国社会科学院研究生院学报》，1995 年第 2 期。
张岱年:《中国哲学大纲》，中国社会科学出版社，1982 年第 1 版，1997 年第 4 次印刷。
章国锋、王逢振（主编）:《二十世纪欧美文论名著博览》，中国社会科学出版社，

1998 年。
张旭:《上帝死了，神学何为——20 世纪基督教神学基本问题》，中国人民大学出版社，2010 年。
张源:《从“人文主义”到“保守主义”》，生活 · 读书 · 新知三联书店，2009 年。
赵敦华:《基督教哲学 1500 年》，人民出版社，1994 年，1997 年第 3 次印刷。
《中国大百科全书 · 外国文学》第 1、2 卷，中国大百科全书出版社，1998 年。
周国平（编译）:《尼采读本》，新世纪出版社，2007 年。
周群:《宗教与文学》，译林出版社，2009 年。

致谢：鉴于考证的难度，也因为阐述中需要核查的资料和兼顾的论点较多，写作时断时续，用时近两年。资料收集与释读过程中得到杨宏芹、涂卫群、徐畅、吴天岳、叶隽、赵元和徐娜等所内外中青年学者的襄助。张娜女士长期承担资料的搜寻、摘录、核对以及图书的借出与归还等繁杂琐碎的助理工作，认真负责，勤勉细致，花费了大量时间，出力尤多。陈思和先生热情约稿并认真审读全文，肖海鸥女士细心编辑，展示了良好的职业素养。借此机会，本人谨向上述各位表示由衷的谢忱。

书评

The Political Philosophy of Zhang Taiyan: The Resistance of Consciousness

Sound and Script in Chinese Diaspora

An Anatomy of Chinese : Rhythm, Metaphor, Politics

Literature the People Love: Reading Chinese Texts from the Early Maoist Period,1946-1966

章太炎的政治哲学："识"的抵抗

■ 文 / 叶红玉（Hung-yok Ip）
译 / 陶　磊

慕唯仁的这部著作考察了二十世纪早期中国最杰出的一位学者、思想家和革命家。通过聚焦章太炎在二十世纪头十年间（特别是他出狱后的岁月）的心路历程，慕唯仁试图将章氏定位成一位批判资本主义的"先知"。据作者分析，当章氏坚决主张抵制资本主义并预言中国乃至全人类的未来并非只有资本主义一条出路时，他凭借的是自己的古典学识、革命思想以及对德国思想家的研读，还有最重要的一点——对佛教唯识学的理解。

《章太炎的政治哲学："识"的抵抗》（*The Political Philosophy of Zhang Taiyan: The Resistance of Consciousness*），慕唯仁（Viren Murthy），布里尔学术出版社（Brill Academic Publishers），2011年。

在第一章导论中，慕唯仁为他的章太炎研究设置了一个观念模式，即主张传统和现代之间的关系是互相渗透而非截然对立。这一模式是由约瑟夫·列文森（Joseph Levenson）的批判者们建构的，他们反对这位"莫扎特式的历史学家"的看法——即认为在中国的现代转型过程中，传统的声音寂寂无闻。此外，慕唯仁利用了当今学界在“中国本土的动态变化”以及“重新发明传统以响应现代性”等方面的研究成果来支持其研究方法。在检视晚清对资本主义现代性的响应时，慕唯仁选择将资本主义看成一种文化动力——它把自身的文化逻辑和政治形态带到亚洲，其中包括主体和客体的分离，对生产力、理性和科学定义下的进步的讴歌，以及民族国家、资本和帝国主义之间的错综关系（第28—30页）。通过对资本主义的概念化，慕唯仁将章氏对现代性的抵抗解读成同资本主义这样一种“开化势力”的交锋。从该角度看，这种抵抗本质上可能是墨守成规。但慕唯仁提醒读者，如果更近一步观察，历史上某些参与抵抗的人最终变成了默许甚至妥协，因为他们抛弃了自己获得的遗产，重新成为典型的压迫者。慕唯仁举例说，明治时期日本现代化事业的成功，在很大程度上正是前现代生活模式作为一种抵抗模式无法维系而致使自身失败的结果。在中国的例子中，由传统所激发的对现代性的抵抗，既不是传统主义的也不是保守主义的——中国的思想家们常常站在现代性的立场上批判全球化的资本主义现代性。

正如慕唯仁在导论中证明上述观点的方式一样，全书通篇穿插了西方和日本史学界对章太炎、对中国以及对亚洲之现代化的研究成果和社会批判理论，借鉴了从张灏、施耐德（Alex Schneider）、沟口雄三到汪晖、乔治·卢卡奇（Georg Lukás）、大卫·哈维（David Harvey）等各类学者和思想家的真知灼见。

第二章考察了章太炎的思想转变，追溯他作为一个思想家从认同关于“进化”和“文明”的论述到拥护“文化”观念的发展过程。慕唯仁将该转变过程安置在晚清改良主义和排满主义的论争中，视其为中国思想家改造文化及身份认同以应对全球化的资本主义现代性这一更为宏观的历史语境的一部分。作为王朝改良的强烈支持者，康有为用今文经学建构中国人的身份认同，在共同文化的基础上废除种族差异、增进团结，因此他对多民族帝国给予支持；而章太炎恰恰相反。在二十世纪初叶，他放弃了改良主义，将满人排除在汉族中国人所属的文明族类之外，并利用拉克伯里（Lacouperie）关于古汉语和巴比伦传统的理论鼓吹汉人和白人同源的观点，试图以此建构其独树一帜的排满的民族主义。然而在出任《民报》总编之后，章氏的革命理论再次重塑为一种“保守的激进主义”，排满主义被整合到反帝主义之中。出于对国粹的拥护，他发起了一项旨在复兴古学的政治计划，抨击对（西方）文明的趋同——在他看来这和帝国主义相关。

第三章考察了章太炎如何用佛教唯识学来解读德国唯心主义。根据慕唯仁的研究，当章氏在考量中国未来的政治选项时，他是在处理关于主体的问题。此外，他所处的时代，没有哪个社会阶层可以摆脱资本主义的负面影响，慕唯仁着重探讨此类影响中至关重要的一个方面——主体和客体的分离。他研究主体和客体的割裂是如何从与资本主义现代性相关的种种条件中浮现出来的。这些条件包括科学的降临，即对"普遍"原理与法则之信仰的增强，以及"资本主义–帝国主义"世界秩序中的民族建构。后者造就了主体的政治身份认同，而后者又决定于前者，于是关键性地把主体转变成了客体。根据慕唯仁的分析，章氏运用唯识学"三性"、"八识"理论建构了一个统一的主客体①。虽然章氏对主客关系的反思是高度哲学化的，但他有意将唯识学包罗万象的自我理论运用于政治。慕唯仁认为，章太炎把"一法界"和"迷"这两个佛教概念结合起来，造出一个"临时主体"（provisional subject），以期在虚妄的尘世中引发政治变革。在这个变革过程中有一个重要环节，就是民族解放——慕唯仁指出，章氏并没有因此变成另一个梁启超，投身集体主义并向往以民族的自我认同为表现形式的主体。

第四章继续探讨章太炎同全球化的资本主义现代性的交锋。慕唯仁着重关注章氏如何动用佛教唯识学来批判线性的、进化论式的历史发展模型。章氏相信，时间意识的生起和历史条件的浮现伴随自我意识（它源自阿赖耶识、末那识和业种子）与世界的相遇。通过论证相异的文化存在于不同的世俗空间里，他反对为时间流中的各种时刻划分等级秩序。此外，由于章氏认为历史进程是由好胜心、自恋和无知（最后一点并非最不重要）推动的，所以他拒绝将历史视作线性进程。在他看来，通常意义上的进步是盲目的、破坏性的冲动所造成的结果。慕唯仁指出，正是由于这个原因，所以章氏坚持认为"自我否定和历史的终结就是对历史的否定"（第 165 页）。

在第五章中，作者进一步深入分析，他剖析了章氏对"公理"观念的反思。"公理"的观念受到改良派的欢迎，他们竭尽所能地设计支持理性政权的体制，宣扬支持理性政权的意识形态。这一观念也受到无政府主义者的欢迎，用章太炎的话来说，他们认为自己的意识形态是"自由平等之至"（第 200 页）。章氏同时警告改良派和无政府主义者，公理的压迫性已经成为支配人类的一种手段。对他来说，公理是业种子运作的结果，而绝不是迫使个人臣服的、独断的支配力量。因此，章氏批判任何一种设计出来压迫人性、以"进步"的名义约束人类行为的事

① 唯识宗的"三性"理论指的是：遍计所执性、依他起性和圆成实性（Murthy 2011: 113）。"八识"是：眼识、耳识、鼻识、舌识、身识、意识、思量识（末那识）和藏识（阿赖耶识）。

业。此外，他在《齐物论释》中给出了一段相当激进的以佛解道的文字来阐释《庄子》中的名篇。在这段文字中，他引入了被他称为“一往平等”（或作“毕竟平等”）的概念，这一概念超越了文字、语言和（受蒙蔽的）意志——因此也超越了判断、事物的分别以及普遍性和特殊性的对立。章氏对公理的批判受到佛教的启发，运用这一武器，他挑战了野蛮和文明之间的感官差异，从而对抗资本主义现代性的同质化倾向，寻求容纳独特性和差异性的世界。

在结论中，慕唯仁反思了章太炎的历史意义和当代意义。他把关注的焦点转向了鲁迅——那或许是章太炎最杰出的弟子。鲁迅虽然也对资本主义现代性表示担忧，但并不像他这位著名的老师一样把资本主义看成一种塑造经济、政治和文化的包罗万象的力量。他也不会站在佛教哲学的角度批判资本主义。但与章氏一样，鲁迅也急切地发展出一种批判现实的立场，并热衷于把普通人的活动和民间宗教仪式归入这一立场中，其中甚至还包括鬼——这是章氏并不欣赏的东西。对于汪晖而言，正如慕唯仁所指出的，鲁迅笔下的鬼是死者的历史：它是一段过去，这段过去和普通百姓的经验相连——他们的主体性并非注定要被改造成现代资本主义形式的自我；这段过去，可以潜移默化地充当抵抗资本主义的基础；这段过去，使我们得以想象与当下不同的另一个世界的可能性。

慕唯仁的这部著作是思想史上的一个精美篇章，它在全球化背景下剖析了中国批判资本主义的早期形成过程。这一论题兼具时效性和重要性。从这本书里看得出来，作者下了一番苦工夫，试图分析佛教与中国现代思想史和哲学史的整合关系。但即便如此，对于书中的某些方面还是应当吹毛求疵。

首先，通过分析这样一位受到佛教启发的杰出思想家对资本主义进行的抵抗，慕唯仁所表现出的强烈兴趣不仅局限在十九世纪末二十世纪初的全球化背景，还包括我们当下所处的二十一世纪初叶。假如作者的视角能超出中国范围，考虑章太炎的理论如何应用于佛教在当今世界范围内对全球化的资本主义的抵抗现状，那么关于章太炎与我们的时代有怎样的关系将会得到更丰富的讨论。章氏站在佛教角度对资本主义现代性所作的批判，可以为我们提供充足的空间去和当代的佛教批判家——比如萧素乐（Sulak Sivaraksa）、大卫•洛伊（David Loy）——对全球化和资本主义的批判作比较。

其次，慕唯仁在分析了若干晚清思想家并拿他们跟章太炎作比较以突出后者的独特性时，要是能更加细致入微地研究中国现代思想，会对他的分析有所帮助。例如，慕唯仁指出，谭嗣同“宣称历史的目的体现在节省时间和机械化这些（资本主义）理念之中”，他将这些理念上溯到三代时期。慕唯仁认为，谭嗣同将前现代中国文献和关于时间性的、进化论式的现代资本主义理念进行巧妙的结合，为大清国造就了一种发展观（第 146 页）。这一点我不敢苟同。我相信，谭嗣同对历史、发展和资本主义现代性的看法恐怕要比慕唯仁概括的复杂得多。谭氏确实希望中国人使用机器并接受（或重新接受）以时间为导向的工作理念（这就是他所认为的进步），使他们以及整个国家免于贫困。但他绝没有将资本主义现代性视作中国人和全人类最终要踏上的道路（尤可参见《仁学》最后十篇）。虽然可以肯定谭嗣同没有写过全盘批判进化论和资本主义的文章，但章氏的写作背景远比慕唯仁描述的复杂得多。

第三，作者有必要进一步思考章氏在批判"进化论"并提出"五无论"时对于人类未来的历史愿景和意图。有没有可能章氏在构想整个世界经由"无政府、无聚落、无人类、无众生、无世界"等阶段时，他其实是在提出自己的进化理论？慕唯仁并不这样认为。实际上，这个问题（我认为对此项研究至关重要）在一个脚注中被掩盖过去了——慕唯仁主张，十九世纪末二十世纪初之所以出现进化论这个特殊的历史观念有其必然性，其中包含了推动历史朝某个维度行进的力量。随后他声称"五无论""不应被理解成通常字面意义上的进化论，尤其不能按照章氏以及他的同时代人理解进化论的方式去理解"（第 164 页）。换言之，"五无论"只能是目的论意义上的目标。

然而，慕唯仁似乎忽略了一点：业（他认为这被章氏拿来解释自己那个时代的进化问题），在章氏的构想中是一股包含无数种子的复杂力量。业，不仅制造出好胜心，也会产生对觉悟的追求（这一点慕唯仁好像注意到了）。从这个意义上说，通向"无世界"的进程也是被某种（业的）力量所推动的。或许更加重要的一点是：理解通俗的进化观念——或者说在某种程度上受到它的影响，和完全认同这一观念并不是一回事。因此，我不明白：章氏既然如此强烈地拒绝他那个时代由历史所支配的进化观念，为什么却不能（有意或无意地）构拟出一种与"进化"或"进步"不一样的形式，同标志着资本主义现代性的那些特征和霸权倾向相决裂？章氏批判资本主义的目的在于使世界变成一个更好的地方，"五无论"说的是世界的改良——从一般的字面意义上讲，就是进化。对于"无人类"和非存在的想象是基于有情众生的精神进步，这种想象在佛教思想中其实是存在的。有一个很好的例子——而且它应该和慕唯仁对章氏运用佛教唯识学的关注有关系，那就是世亲（Vasubandu）的《阿毗达磨俱舍论》（*Abhidharmakosa*），该书将世界视为"业"的产物。"非存在"在大乘佛教——特别是在唯识宗里，到底意味着什么？章氏在多大程度上以及如何利用佛教关于非存在的看法？他在自己的著作中是如何定义非存在的？自我否定只是为了实现章氏所说的历史的终结？我希望作者能在此类问题上多加考虑——章太炎、佛教以及抵抗资本主义全球化的全球计划肯定都是值得下工夫的。期待能在慕唯仁将来的著作中就这些议题与他展开进一步的思想碰撞、对话和辩论。

* 感谢我在俄勒冈州立大学（Oregon State Univerity）的同事詹姆斯·布鲁曼托（James Blumenthal），他和我分享了佛教哲学方面的知识，对我很有启发。

离散华人的声音和文字

■ 文 / 白安卓（Andrea Bachner）
译 / 陶　磊

《离散华人的声音和文字》第五章开头，石静远引用了勒内·艾田伯（René Etiemble）在1963年作出的一个判断——汉语已经成为比较文学研究界的国际工作语言。石氏的这部著作别出心裁地向这一观点发起了挑战，并将其转化为一种更加关键也更具批判性的行动。正如石著所指出的，比较文学研究作为一门学科，并非立足于某种语言（确切地说是多种语言），而是仰赖该领域内需要不断变化的概念化的语言、视角和案例。尽管我们反复呼吁将比较文学打造成真正的跨文化学科，但它迄今仍受到一些结构性牵制——非西方文化每每作为西方标准的例证或例外出现，却很少被赋予建构理论或创造概念的力量。已经跻身比较文学经典著作行列的《离散华人的声音和文字》不仅倡导多元文化，还试图从真正的跨文化角度刷新学科基础。

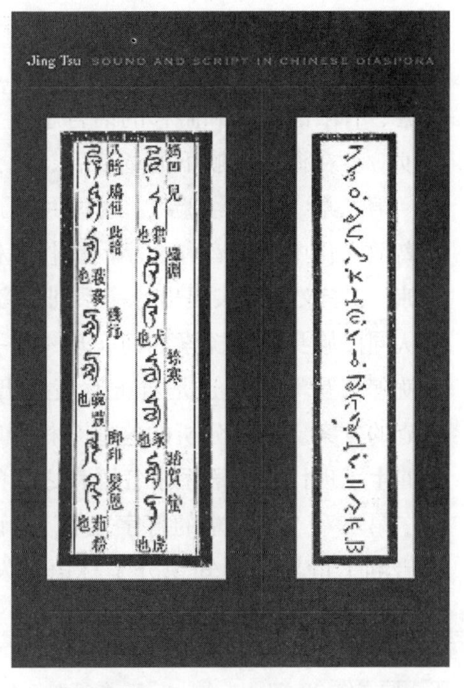

《离散华人的声音和文字》（*Sound and Script in Chinese Diaspora*），石静远（Jing Tsu），哈佛大学出版社（Harvard University Press），2011年。

石著批判性地吸收了世界文学研究领域和新兴的华语语系研究（Sinophone studies）领域的成果，向我们展示了如何透过另一种基于文化间性的视角（尽管这一视角仍以汉语为聚焦点，但与其说它“本质上”是汉语的，还不如说它是深度跨文化的和异质性的），产出原创性的、有意义的见解。石氏对十九世纪末至今离散华人表达方式的熟练分析，隐约形成了一种范式，这种范式将会（或者说应该）塑造我们对跨语言和跨文化的“冲突”与“和解”的思考方式。

石静远从华人“离散文化”（diasporic culture）中选取的案例，涵盖了十九世纪末的文字改革论战到当代美籍华裔作家哈金和马华作家黄锦树、张贵兴的离散文学作品。该书由一篇导论和七个章节组成，通常每一章聚焦于某个单独的文化名人或现象，附带一个理论概念和一段小结。虽然身临其境的代入感、丰富的学识和诙谐的叙述风格使每一个独立章节都能带来阅读的乐趣，但作为一个整体，它们彰显出一副各种语言和文化之间在和解过程中的复杂景象——石氏称之为“文学统辖”（literary governance）。

第一章“文学统辖”，确立了石氏针对华人离散文化的表达方式提出的主要问题。本章介绍了“文学统辖”的概念：它是在全球与本土之间塑造语言资本（linguistic capital）的物质过程和历史过程所产生的场域，是一个“由动荡的文学联盟、有限的资源和游移的语言忠诚（linguistic loyalties）组成的多中心网络”（第13页）。在概括完剩下的章节后，我会再来分析石氏研究方法中的这个关键术语。

第二章“中国经验”，通过回顾十九世纪末围绕文字改革展开的论战，为华人离散文化中的声音和文字问题作了铺垫。本章分析了王照、莫礼智、卢戆章[①]、杨琼[②]、李文治等人提出的一系列拼音文字模型，尤其关注语音问题，以及那些为了认同民族身份、探索如何实现“我手写我口”（字面意义上的“嘴里怎么说，笔下就怎么写”——这是对黄遵宪提出的那个主张的改述［第33页］）而挑战语言规范的方案。此处分析的这些互相抵触的方案表明了“汉语”文化内部的异质性，并催生了现代华语语系中各语言之间的冲突与和解。

第三章“林语堂的打字机”，是该书中最富洞见也最吸引人的章节之一。本章追溯了世界主义知识分子林语堂发明中文打字机的过程，将其视作为了实现

① 原文作“Lu Zhuangzhuang”，系笔误。石著作“Lu Zhuangzhang”（如第23、27页）。——译注

② 原文作“Yang Li”，石著中似无此人名。作者可能将石氏对“Yang Qiong and Li Wenzhi”（杨琼和李文治）的简称“Yang and Li”（因杨李二人合著《形声通》，石氏提到两人时多作缩写。见石著第34—41页）误作一人名。——译注

汉语书面文字的数字全球化而作出的跨文化、跨民族的努力。在传播媒介对语言、文化和政治权力显现出重要性的历史时刻（由马歇尔·麦克卢汉［Marshall McLuhan］提出的理论和瑞恰慈［I. A. Richards］倡导的“基本英语”［Basic English］可见一斑），林语堂的发明利用机器调和了语言差异，试图凭借媒体技术将汉语确立为一种世界性语言。

第四章“双语忠诚”，讨论了三位双语作家以及他们和另一种语言书写（此案例中为英语）的关系，他们是：林语堂、张爱玲和哈金。本章分析的这几位作家的作品包罗万象，虽然无法客观公允、面面俱到，但还是对双语现象提出了极为深刻的评价。本章摒除了双语现象在意识形态层面的奥秘（以及与之伴生的对阈限和混杂性的浪漫想象），对双语作家的概念进行了改造——他们不仅是两种不同传统和语言之间小心翼翼的调停者，还纠缠于不可能完成的双重翻译过程和无可避免的不忠。

第五章“陈季同的‘世界文学’”，追溯了中国的世界主义者陈季同在法国呼吁对世界文学进行汉译的战略诉求。考虑到陈季同的政治纠葛——特别是参与起草“台湾民主国”宣言一事，本章的探讨仅限于将文人共和国加以文学化，并着重强调其政治面向（或者说是实际意义上的统辖）及其文学统辖相互交错。陈季同对世界文学的战略兴趣，被解读成与中国文学在歌德的世界文学版图里饰演的配角形象的尖锐对话。

第六章“迷失的台湾文字”，把读者带回到文字模型的问题，但背景换成了台湾。问题的核心是：如何“书写”在当地占主导地位的华语语系语言——台语（闽南语或福建话）？本章借鉴蔡培火的研究成果和宋泽莱的台语文学实验，呈现了创造台语文字以作为调解各类主流语言文字之中介的尝试。

最后两章分析了两位马华作家——黄锦树和张贵兴的作品，他们站在一种双重边缘性的立场上对华语经典提出了质疑。第七章“貌合神离”，讨论黄锦树通过让作家郁达夫在他的作品里登台表演这一技术手段，叫板中国现代文学经典。第八章“房间里的大象”[①]，阐述张贵兴操用汉字的方法及其在突出中国文化异质性方面的多重表现力。石氏在中国进入世界范围的变动背景下解读这一现象，用来作为例证的是当代的汉字实验，比如徐冰用字母写成的仿汉字——“英文方块字书法”（Square Calligraphy）。

《离散华人的声音和文字》的结论部分与其视作尾声，不如说是概括了本书引

① “The Elephant in the Room”，形容明明存在却被人刻意回避的问题。——译注

领我们走过的思想旅程，同时还勾勒出将来在华语语系研究的范围内外可以行进的道路。

不同的个案研究阐明了在本书中占据核心地位的关键概念——文学统辖。该术语指涉的是一个本土和全球相互作用的力场，其中有一套准入机制，控制人们掌握读写能力、语言规范和教育方法（这是一个方面）以及自然习得母语的秘诀（这是另一个方面），正是这套准入机制“生产出了作为共同利益同时也是冲突起源的民族文学”（第 2 页）。石氏解释说：

> 统辖……并不意味着自上而下的控制，而是语言联盟和文学产品将自身组织在身份识别和权力的激励机制周围的方式。语言规范和语言改革、本土语言操用者和母语以及民族文学和离散写作等互相冲突的维度统统在此相遇并进行交易，从而将这个互有得失的网络进一步扩大。在最极端的例子中，合成的张力会产生出一对对无法妥协的竞争对手。但是从更加宏观的角度来看，它们促成了不同等级（地方、国家和全球）之间进行文学合作的新兴形式。（第 12 页）

石氏在其著作的关键处指出：作为一个术语，“文学统辖”一词的产生并不是为了重新定位时下对文化间性的讨论。“文学统辖”与其向后殖民理论中的流行概念看齐，还不如避免与理想化的文化间性观念（它们常被概括为“接壤地带”、“混杂性”或“第三空间”等术语）保持过分亲密的关系。“统辖”一词乍看起来或许会觉得带有过分浓厚的政治意味（取其字面意思，而非比喻意义），其实是为了把我们的注意力导向权力（通常与民族议程相关联）的实际存在。石氏提醒我们，一旦占据主流的文化传统和语言传统的边缘或间隙的某个位置有可能成为被激活的空间，那么它首先是一个不安全的、无权无势的空间，它会迫使栖居其中的人去和主流的表达方式抗衡，并利用有限的资源，在寻求语言及文学声望的过程中尽可能地消除竞争，结成不稳定的联盟。

虽然“文学统辖”表现出对和解或妥协问题的强烈共鸣，但这一概念把文学生产定位成了语言和文化的战争，伴随着小规模的冲突和策略性的联盟。这是石氏本人给出的一个重要警告，不过其中对于跨文化文学实践的语言实用性和政治实用性给予的关注虽然很有必要，但好像忽略了审美享受的部分——尽管《离散华人的声音和文字》一书本身从故事中汲取了很多力量，这些关于在主流文化系统的边缘进行文化实验和文化冒险的故事被娓娓道来又给人启发。过早地为离散族裔或少数族裔的表达方式赋予抵抗霸权和抵抗本质主义的能量无疑是幼稚的，但石氏提供给我们的例子是否（作为其副产品或残留物）最终巩固了诸如民族主义之类的权力结构呢？

《离散华人的声音和文字》本身隐含了问题的答案，这个答案本来可以表述得更加明白：石著中分析的离散族裔在介入过程中表现出的创造力，彻底动摇了在民族身份政治中占据核心地位的"语言本土性"（比如"母语"、"本土语言操用者"等概念）的奥秘。虽然"文学统辖"作为一个概念已经发挥了重要的批判作用，但每当母语问题成为关注的焦点时，石氏的反思还是显得尤为深刻。文学统辖内的通货（既是实际意义上的，也是象征意义上的）是语言，语言本土性的观念对于文学统辖内的活动来说是至关重要的。石氏尖锐地指出："'本土语言操用者'之于语言，正如肤色之于种族。"（第 197 页）或者换一种说法：母语作为语言的"自然"状态的体现，不是习得的而是天生的。即便是在一个（从理论上）挑战——或者说"解构"身份认同的方式如此之多的时代里，这种观念也一直是本质主义和身份政治的中流砥柱。《离散华人的声音和文字》中的例子确实展示了语言资本、文化资本和政治资本的和解，但更重要的是，这些例子传递出一个可疑的、矛盾的语言本土性观念及其逐渐凸显的意识形态潜能。它们揭示了这样一个事实：语言本土性在服从准入机制和流通机制的同时，不能被简化为一种身份或本质。在多个例子中，石氏披露了母语观念成为削权而非赋权工具的过程，以及在某些特定的、实际存在的文化结构和政治结构中，一个人的母语可能显得神秘、古怪或遥不可及。换言之，这些例子展现了上述观念的可疑本质，尽管它们仍试图利用（伴随着变幻不定的效果）该观念的象征资本。

母语的奥秘在两个层面上发挥作用。作为一种身份认同的本质主义观念，语言是天生的和自然的这一理念，可以巩固民族意识形态。它还屏蔽了这样一个事实：一个民族的语言不过是一种高度人造化的产物，它不断受到监管、规范和清理。在第二个层面上，语言本土性的奥秘还以"本土信息提供者"（native informant）的身份出现在人文学科中，形成一种珍贵的通货；或是作为其更加后现代的化身——混杂性，出现在双语学科之中。在上述情况下，这是一种限行机制而非准入机制，它只验证特定的本土语言操用者在某个严格控制和严格受限的知识领域内的专业技能。与之相反的是，石氏主张将语言视作"一种通行媒介而非获得身份的权利"、"一种通货而非真实性的标记"（第 13 页）。

如果你对比较文学研究、中国文化和文化间性理论感兴趣，或者你只是寻求在思想上具有挑战性但也不失乐趣的阅读体验，那么你一定要读这本书。其雄辩的叙述方式、身临其境的代入感、惊人的学识以及批判性的见解都是不言自明的。

解剖汉语：节奏、隐喻、政治

■ 文 / 博达伟（David Porter）
译 / 沈　清

长期浸淫在一个不属于自己的语言环境中有一大好处，那就是培养了对语言特征的高度敏感，而这些特征是不为“本土语言操用者”所觉察的。林培瑞的这一新著汇集了他对现代汉语的思索，丰富且时有惊人之见，称之为“解剖”恰如其分。该著作源于他三十年来对一种语言的细致观察，这种语言对他来说散发着无穷无尽的知识魅力。几个世纪以来，西方人痴迷于汉语书写体系的性质及其与中国诗歌、中国宗教和中国哲学的诸多假定特点的关联。熟悉这一切的读者会欣慰地发现，林氏很明智地把这些烦闷的争论搁在一边，取而代之的是一系列新问题对他的引导，这些问题涉及新中国官话的具体特征以怎样的方式扎根于、并帮助揭示了那个社会复杂的文学遗产和政治遗产的方方面面。

《解剖汉语：节奏、隐喻、政治》（*An Anatomy of Chinese : Rhythm, Metaphor , Politics*），林培瑞（Perry Link），哈佛大学出版社（Harvard University Press），2013 年。

进行这样一项工程必将诱使你去召唤

出一个统一的理论来阐释自己的发现，并为它们提供一个连贯的叙述架构。“中国文化”这一特定概念或它的任何组成部分往往会鼓励某种本质主义的思维方式，近来不乏中外知名学者推出此类著作——他们都企图根据“中国诗歌”或“中国思想”与西方显而易见的差别来解释其本质。在这本书里，林氏的路径是崭新的，他更感兴趣的是这样一个过程，即在已经明确界定的问题上做文章，而不是为一个大而无当的问题提供笼统的解决方案。他论述节奏、隐喻和政治这三个主要问题的方法是：精心挑选一些丰富而又时常妙趣横生的例子来揭示某个独特的语言现象，进而追问该语言现象是如何出现的、会带来怎样的影响。阅读此书的一大乐趣是他在发掘过程表现出的坦诚——甚至可能有人会说他太老实了。为了发挥自己的观点，他查阅了一大批学术资料——包括哲学、语言学、诗学和认知心理学等各个领域，但其方式是明白晓畅的（让人佩服的是没有晦涩的术语和学界常见的高人一等的腔调），而且他基本上无意加入这批材料中的某些著作在各自领域引发的专业人士间的激烈论战。

本书第一部分是为了解决一个困惑，这个困惑与中国现代散文特殊的节奏特征的起源和用途有关。一般认为，语言的节奏格式属于诗歌。在诗歌里，节奏和格律一样，有助于加强这一文体特有的形式连贯性和艺术自觉性的体验。我们总认为日常语言远没那么精巧而且更加实用，因为它的主要作用是使日常交际以高效、直接的方式进行。然而，林氏举了很多例子来证明，现代汉语里再普通不过的观念表达方式在措辞上也常常遵循根深蒂固的节奏规则和格式。一张提醒行人穿马路前往两边看的指示牌所采用的节奏形式，可以追溯到汉朝的诗歌。一张标准的厨房用品列表——柴、米、油、盐、酱、醋、茶，用的竟然也是同样的节奏。从中国丰富的诗歌遗产里很容易找到这类格律的文学起源。有两个更加错综复杂的问题，林氏花了更多的篇幅来论述：首先，为什么这些格式能保有持久的生命力？——尤其是在这样一个“传统”或“封建”的文化形态已经被革命遗产明确否定的社会里。第二，这种古老的诗歌节奏是如何为貌似口语的句子赋予意义的？对于这两个问题，林氏没有轻率地给出明确的结论，而是思考了种种假设来帮助阐述——这些假设包括从中国文学遗产的隐性权威到人类的普遍偏好等互相补充的视角。

第二部分在研究取向上是最具比较性质的。乔治·莱考夫（George Lakoff）等人在隐喻的文化研究方面已经成果斐然，受其启发，林氏深入思考了现代汉语中的固定隐喻以怎样的方式建构基本的思维模式——跟以英语为母语的人所熟悉的那些方式相比，这种方式有时是类似的，有时又出人意料地不同。譬如，要表达“从有意识进入无意识”这样一个过程，在汉语和英语里都是根据空间运动来想象的，但说汉语的人更倾向于把这种转换理解成穿过某一条分界线，而说英语的人则会说“入睡”（falling asleep）或“陷入昏迷”（sinking into a coma）。尽管两类语言中基本的概念隐喻，其相同点要多于不同点，但汉语里特有的对某些隐喻的偏好依然值得我们深思。譬如，汉语里动词“吃”的习惯用法远比英语普遍——比方说，形容受欢迎就说“吃香”，男人占女人便宜就说“吃豆腐”，受责备就说“吃罪”，还有感到嫉妒就说“吃醋”。也许，与刻板印象中的“中国文化”更一致的是那些与统治有关的隐喻——将政府比作家庭、将公共场合的行为比作舞台表演。林氏对此类隐喻的详细说明提供了非凡的洞见（比如分析那些正确的外在言行在许多情境下的重要性和道德价值），避免了笼统而武断的主张。

与此类主张最接近的大胆做法或许出现在林氏对本体隐喻的探讨之中——所谓“本体隐喻”（ontological metaphors），就是我们用动词或形容词组成的抽象名词，来表达脱离具体经验的概念。原来，说欧洲语言的人远比说汉语的人更倾向于依赖这些二级名词结构，所以前者会习惯性地说这样一些词，比如“inflation”（膨胀）、“energy”（能量）、“existence”（存在）、“patience”（耐心）、“confidence”（信心）以及“truth”（真相）；而汉语里对相应概念的表述可能更依赖动词结构和形容词结构。一些人虽然注意到了这个差别，但有时会用它来证明汉语中理性的结构性缺失。林氏却反过来思考：那些习以为常的名词性结构，有可能把用印欧语思考的人带入本质上只是由隐喻虚构出来的形形色色的死胡同里。比如，我们相信“政府”或“好人”的真实存在，并愿意耗费几个世纪来辩论如何描述和分析它们，这在多大程度上仅仅源于潜伏在我们倒卖名词性抽象概念的习惯之下的语言癖好呢？

这类泛泛之谈无疑会招来一些读者的不满，其他人也会举出反例。但林氏用观察到的文化差异来唤起语言上的自我意识、动摇自满情绪，这正代表了我们能想象到的此类比较研究所能发挥的更负责任和更具成效的作用之一。令人遗憾的是，林氏似乎对于参照他的结论来重新思考他自己的某些表述方式感到兴趣寥寥。譬如，读者在读完这部分后不禁会注意到，在整本书中他多么依赖“意义”这个熟悉的本体隐喻，以试图彻底解开他提出的语言学谜题。尤其是看到他给英语学界过度依赖名词性结构所下的诊断书之后，我们可能会想——举个例子，假如他不那么大费周章地强调“语言中节奏格式的意义是什么”之类高度抽象的问题，而更加直接地问“节奏有什么用”，可能对他更有好处。这里的区别乍看起来或许是微不足道的，但他自己已经用相当强有力的分析证明：后一种表述方式可能开启了一个不那么僵化、死板的框架来理解究竟什么是瞬时语言效果。

在最后关于政治的那个部分里，林氏专门讨论了语言的工具性功能。他的侧重点在官方语言，尤为典型的是这种语言用抽象、委婉和重复的手法为宣传披上了合法和理性的外衣。最有意思的当属新中国背景下政治语言对汉语的扭曲。比如基于此书前几部分的观察，林氏描述了“文革”标语如何通过遵循由来已久的汉语节奏格式，(完全自相矛盾地)获得了一种无可争辩的正确性，从而在很大程度上掩盖了其无药可救的含糊性，哪怕是与前一周风行的标语不相一致。同样地，林氏发现整个毛时代都严格依循这种规定的表述方式，这恰好呼应了某种汉语传统，即在衡量一句话的价值时，强调其恰当的表现力胜于强调其他标准。在林氏看来，这种强调也反映在汉语所蕴藏的丰富的戏剧性隐喻里。在某些特定时刻，把中国称为“一个存在阶级的社会”是可以接受的，但说成“一个阶级社会”就会变得离经叛道。另一方面，汉语口语中广泛存在的谐音现象开启了使用双关语的无限可能。经常和双关语一道使用的还有戏仿和猥亵隐语，用来讽刺官腔的虚伪，躲避无处不在的审查。尽管能从偶尔的反抗行动中获得喜剧性的慰藉，但可以想见林氏更关注的是：几代中国人生活、呼吸在一种由官方意识形态所支配的语言里，将会对公共文化产生怎样的长期影响？要识别那些被污染、被榨干的语言是很困难的，更别提推翻了。虽然他并未低估其中的难度，但也看到了保持谨慎乐观的理由，因为近年来科技赋予了人们更加自由地进行实验和自我表达的可能。

在这本对汉语语言形态之神奇时时流露出欢喜的书里，林氏对本身作为毛时代牺牲品的公共语言的思索是尖锐的，而且常常意蕴深远。但有时他似乎过分沉迷于谴责对语言的操纵，忽略了许多历史的和跨文化的参照点，而这些参照点本可以帮他将上述现象置入更广阔的情境之下。此书前两部分中的可圈可点之处在于对汉语文学的历史和其他语言进行了丰富的比较。最后一部分如果也采用类似的广阔视角，本可增色不少。比如，与毛式宣传相关的那种独特的表述方式，有可能和佛教及儒家传统中的道德说教语录一脉相承，采用了相同的修辞策略。同时，受困于主流意识形态的危险显然并不限于集权国家，尽管在那些地方表现得更明显。

不论还有什么其他的语言盲区在困扰着境外的中国事务观察家，他们确实可能经常忽视这一点：中国人的生存现实在多大程度上可以从他们那与众不同的语言的历史特征和形式特征中反映出来？对于那些主要从英语书本和英语文章中了解中国的人来说，现代汉语独特的声调、比喻和形态是不可见的，它们的效果也无从窥见。林培瑞的这本书具有极强的可读性，他以令人钦佩的细致和敏锐作出了可喜的贡献——他勾勒出这样一幅语言图景的独特轮廓，现代中国的历史在其中徐徐展开。

人民喜闻乐见的文学：解读毛泽东时代前期的文本（1949—1966）

■ 文 / 王仁强（Richard King）
译 / 沈　清

《人民喜闻乐见的文学：解读毛泽东时代前期的文本（1949—1966）》（*Literature the People Love: Reading Chinese Texts from the Early Maoist Period,1949-1966*），冯丽达（Krista Van Fleit Hang），帕格雷夫·麦克米兰出版社（Palgrave Macmillan），2013 年。

近来有不少著作将毛泽东时代的文学和文化（包括"十七年"时期［1949—1966］的和"文革"十年）当作一个值得讨论的课题，在学术上给予密切关注。《人民喜闻乐见的文学》是对这些著作的一个重要补充，该书超越了执政党关于"国家解放人民"的表述以及与之相反的表述（第 158 页）。冯丽达以她的作品回应了文化批评家汪晖的呼吁——"重新理解中国革命，重新理解社会主义遗产，重新理解这一遗产中的成就和悲剧"。在导言中简略探讨了"红色经典"小说《青春之歌》后，该书考察了一系列（或者说是不同类别的）文本，这些文本描画了整个国家和这个国家的艺术家们为人民共和国的公民创造通俗有趣且富有教益的作品所经历的过程：《人民文学》杂志的第一卷、虚构出来的"大跃进"女英雄李双双的三个不同形式的故事版本、"红色经典"小说《林海雪原》、两部拍摄于“大跃进”之后的喜剧电影以及在结论部分讨论的围绕在建造十三陵水库周边的神话。

对于新中国来说，创造社会主义文化这一事业的关键是对“人”的建构——他们既是这一文化的主体也是其接受者。出于这个目的而使用的“人民”一词，主要囊括了“民间”、“通俗”和“大众”等指涉“popular”的变体。标题以“人民”二字开头的新刊物和当时其他的文化产品，教导其读者群（主要是城市居民和受过教育的人）人民应该是什么样子，以及如何成为其中一员。在导言里，作者提出了毛时代前期的文学和文化的四大根本特征——“寓教于乐、丰富的实验、作者表达出的使命感，以及将艺术活力收编入共产主义解放事业的官方表述中”（第 8 页），之后的章节对此进行了论述。

从作者对《人民文学》初年的解读可以清楚地看到，由于 1942 年 5 月著名的延安文艺座谈会定下了所有的基本方针，新大众文化的创造在 1949 年已经初具雏形。当务之急是创造一种统一的、以北京为中心的文化，将“五四”时期和延安时期的人物都吸纳进来（比如由当时的文化部长茅盾担任《人民文学》主编）；为其他成名于 1949 年以前的作家留出一席之地；培养新生力量；以及至关重要地，收编彻底改造过的鲁迅的幽灵。创作和与批评的结合使得初出茅庐的《人民文学》杂志成为了一项“蓬勃开展的事业”（第 47 页）。批评家和读者们点评着杂志上刊登的故事，指认里面的人物是谁、应该如何被刻画。书中给出了不少关于这种辩论的例子，其中最有价值的或许是秦兆阳最初刻画的一个具有改造潜力的地主形象。被指控阶级关系刻画不当之后，秦兆阳发布了检讨，使得原本可能仅限于延安的一个小圈子内的讨论上升为“全国性事件”（第 49 页）。

冯丽达在对李凖塑造的李双双形象的三个版本进行解读的同时，探讨了“对创造力的收编”这个主题。三个版本分别是：发表在《人民文学》上的版本（1960）、电影版本（1962）以及贺友直的连环画版本（1964）。由于李双双以不同的形式出现，所以作者称之为“变动叙事”（travelling narrative）。在解读时，她借鉴了陈思和对李凖（作者兼编剧）如何运用乡村通俗文化的形式技巧的描述：在电影和连环画版本中，大量的细节（房屋、衣着和农具）创造了逼真的环境，保证了故事中农民本色的真实感。电影版被拿来和知识分子成长小说《青春之歌》所采用的史诗式的电影处理方式进行了卓有成效的对比。在后一部电影中，扮演女主角林道静的女演员被拍成了明星；相比之下，电影版的李双双则标榜自己扎根于民间文化，故事人物象征“集体观看主体”（第 78 页，此处借用了裴开瑞[Chris Berry]的说法）。对于李双双（或许对于她的创造者而言同样如此），创造力既要被统治权威所承认，随后又得包含并融入体制：女主角想证明自己并通过体力劳动投身社会的愿望，必须纳入“大跃进”以及之后的党的政策，只有这样她才能获得愿望的满足、官方的认可和丈夫的爱。与之相似的是，李準最伟大的创作成就只有被视为满足时代的需要时才能获得承认。

冯丽达对《林海雪原》的研究围绕着通俗小说形式和阶级斗争话语之间的张力展开。通俗小说中的浪漫奇幻元素、复仇主题以及武侠小说的章回结构，都被用来服务于一套关于共产主义解放的叙述——斗士们既是早期传统小说中那种骁勇过人的英雄，又是严守纪律的共产主义者。作者注意到，这是一个“不稳定的组合”（第 105 页），但她认为卫生员白茹（小白鸽）被安插进兄弟连（内战时期打土匪和地方恶势力的小分队）之后就顺畅了许多。白茹的纯真与女悍匪“蝴蝶迷”的残暴形成鲜明对比，她的医术和社交能力使冷峻刻板的小分队队长少剑波更容易接近被压迫的百姓。正如章节名称所揭示的，她是“党的心”，她在男人中间带来了一股抚慰人心的力量，又不失女性的温婉。值得注意的是，小说在 1957 年甫一出版，白茹这个角色就因为和参谋长之间的浪漫恋情而招致一些批评家的不满，因此没能登上 1960 年代中期的戏剧舞台——在样板戏《智取威虎山》里，她被一个农家少女所取代，后者是被拯救的对象而非拯救的主体。[①]

作者选取了两部温馨的城市喜剧电影来阐述“有教育意义的笑声”，执导者是从“大跃进”之后经济上充满灾难但文化上充满冒险的年代走过来的一流导演。两部电影分别是鲁韧的《今天我休息》和谢晋的《大李、小李和老李》。在温和的周恩来的权威领导下，制片人把幽默和道德教化结合在一起，引发“欢乐的、愉悦的笑声”（第 125 页，援引批评家冯牧的话）来弘扬社会主义城市社会里的集体主题和亲情主题。在第一部电影中，一个警察因为在休息天做了好事而收获赞扬，也收获了与一个富裕的农村家庭的婚姻；在第二部片子里，工人们一起锻炼，最后变得像宣传海报上激励他们的形象那样健康强壮，以便更好地投身现代化建设。就像《林海雪原》的浪漫一样，随着“大跃进”之后毛和阶级斗争修辞的回归，这些电影的和谐情调便风光不再了。

该书最后考察了艺术和劳动的关系，这一关系在描写全民建设社会主义的作品中得到了弘扬——1958 年京郊十三陵水库的修建即是重要体现。这项工程之所以出名，正因为那是一块历史悠久的风水宝地，而且毛和其他领导人都曾亲身

① 这里作者理解有误，在京剧样板戏《智取威虎山》里仍然有白茹作为卫生员身份的角色，而“农家少女”小常宝是剧中另外一个家角色。

莅临。艺术家们与自愿或“被自愿”去那里参加建设的市民们一样，热情讴歌社会主义新时代相比旧社会的优越性。在作品里他们纵情幻想这些工程所许诺的未来——今天的读者可以根据已经发生的“短期未来”和“长期未来”去考量这些预测。

所有的章节连在一起，展现了人民以及娱乐人民和引导人民的文化在 1950 年代和 1960 年代初的形成过程，重点放在 1957 至 1962 年。论述详尽充分，作者兼采中西学界的研究成果帮助自己解读那些有待考察的作品。行文优雅简洁，该书易为广大学生以及对毛时代的文学、历史和文化有兴趣的受过教育的非专业人士所接受。这是帕格雷夫 · 麦克米兰出版社推出的关于中国文学和文化的系列丛书（王斑主编）的第一本。

本卷作者、译者简介

（按目录顺序排列）

何　平　　南京师范大学
张　莉　　天津师范大学
康　凌　　复旦大学
木　叶　《上海电视》杂志
李　振　　吉林大学
涂　昕　　南京大学
梁　鸿　　中国青年政治学院
张新颖　　复旦大学
金　理　　复旦大学
顾　彬（Wolfgang Kubin）　北京外国语大学、波恩大学
陶　磊　　复旦大学
菲利普·福雷斯特（Philippe Forest）　法国南特大学
黄　荭　　南京大学
王德威　　哈佛大学
陈婧祾　　哈佛大学
陈琍敏（Tarryn Chun）　哈佛大学
胡　楠　　复旦大学
若岸舟（Andy Rodekohr）　哈佛大学
唐海东　　上海理工大学
桥本悟（Satoru Hashimoto）　哈佛大学
袁丽梅　　上海大学
应　磊　　哈佛大学
陈中梅　　中国社会科学院
叶红玉（Hung-yok Ip）　俄勒冈州立大学
白安卓（Andrea Bachner）　宾夕法尼亚州立大学
博达伟（David Porter）　密歇根大学
沈　清　　华东师范大学
王仁强（Richard King）　维多利亚大学

《文学》稿约启事

上海文艺出版社特聘陈思和、王德威两位先生主编《文学》系列文丛，每年暂出“春夏”“秋冬”两卷，每卷三十万字，力邀海内外学者共同来参与和支持这项工作，不吝赐稿。

※《文学》自定位于前沿文学理论探索。

谓之“前沿”，即不介绍一般的理论现象和文学现象，也不讨论具体的学术史料和文学事件，力求具有理论前瞻性，重在研讨学术之根本。若能够联系现实处境而生发的重大问题并给以真诚的探讨，尤其欢迎；对中外理论体系和文学现象进行深入思考和系统阐述，填补中国理论领域空白，尤其欢迎；通过对中外作家的深刻阐述而推动当下文学创作和文学理论发展，尤其欢迎。

谓之“文学理论”，本刊坚持讨论文学为宗旨，包括中西方文学理论、美学、中国现当代文学及外国文学的研究。题涉中国古代文学研究者，如能以新的视角叩访古典传统，或关怀古今文学的演变，也在本刊选用之列。作家论必须推陈出新，有创意性，不做泛泛而论。

※《文学》欢迎国内外理论工作者、现当代文学的研究者将倾注心血的学术思想雕琢打磨、精益求精、系统阐述的代表作；欢迎青年学者锐意求新、打破陈说和传统偏见，具有颠覆性的学术争鸣；欢迎海外学者以新视角研究中国文学的新成果，以扩充中国文学繁复多姿的研究视野。

※《文学》精心推出“书评”栏目，所收的并不是泛泛的褒奖或针砭之作，而是希望对所评议对象涉及的议题，有一定研究心得和追踪眼光的专家，以独立品格与原作者形成学术对话。

※《文学》力求能够反映前沿性、深刻性和创新性的大块文章，不做篇幅的限制，但须符合学术规范。论文请附内容提要（不超过三百字与关键词）。引用、注释务请核对无误。注释采用脚注。

稿件联系人：金理；

电子稿以 word 格式发至：wenxuecongkan@163. com ；

打印稿寄：上海市邯郸路 220 号复旦大学中文系　金理　收　200433。

三个月后未接采用通知，稿件可自行处理。本刊有权删改采用稿，不同意者请注明。请勿一稿多投。惠稿者请注明姓名、电话、单位和通讯地址。一经刊用，即致薄酬。

《文学》主编　陈思和　王德威

2013 年 1 月 1 日

《文学·2014春夏卷》要目

【声音】

·各种各样的青年文学·

"文学时代"凄婉、美丽的回响——我读王翔《夜雪》 文/钱理群

文学更新与知识更新

——谈姚伟的小说《尼禄王》，兼谈新世纪先锋文学的一种倾向 文/刘志荣

反讽的江湖——大陆青年文化对武侠的重构 文/黄　平

囚徒的身体·话语的性欲——论"反常"小组的"反常"与"正常" 文/何同彬

"新青年"的科幻进行式——新世纪青年科幻作家创作评述 文/夏　笳

校园奏扬故园音——以蔡智恒《阿尼玛》为中心兼谈当下台湾青春文学 文/韩　晗

当代文学生态中的两种"青春"书写

——以《上海宝贝》和《1988 我想和这个世界谈谈》为例 文/李　一

【对话】

有关文学的几个部件——哈金、阎连科对话录 整理/李建立

【心路】

恐惧将伴我终生同行 文/阎连科

【评论】

生命的开花：巴金无政府主义小说中的青春 文/宋明炜　译/樊佳琪

学习者的一生——从穆旦"诗人/译者"的双重身份入手 文/夏小雨

"不要给我讲故事，我需要的是人物"——认识好莱坞导演罗伯特·奥特曼 文/彭小莲

·作家和他/她的批评史· 主持/程德培

空间在时间里流淌——王安忆和她的批评史 文/张定浩

断裂及其所创造的——韩东和他的批评史 文/黄德海

百感交集——余华和他的批评史 文/木　叶

一个人在路上——林白和她的批评史 文/项　静

【著述】

赫西俄德问题　　文 / G·奈吉（Gregory Nagy）　译 / 范若恩　校 / 远清扬

比较诗学若干问题：贺拉修三首赞歌汇笺集解　　文 / 刘皓明

图书在版编目（CIP）数据

文学·2013秋冬卷/陈思和，王德威主编.
-上海：上海文艺出版社.2014.2
ISBN 978-7-5321-5137-0
Ⅰ.①文… Ⅱ.①陈…②王… Ⅲ.①文学研究-文集
Ⅳ.①I0-53
中国版本图书馆CIP数据核字（2014）第028378号

出 品 人：陈　征
责任编辑：林雅琳　肖海鸥
封面设计：王志伟

文学·2013秋冬卷
陈思和　王德威　主编
上海世纪出版集团
上海文艺出版社　出版
200020　上海绍兴路74号
上海世纪出版股份有限公司发行中心发行
200001　上海福建中路193号　www.ewen.cc
上海市印刷十厂有限公司印刷
开本700×1000　1/16　印张23.5　插页2　字数410,000
2014年2月第1版　2014年2月第1次印刷
ISBN 978-7-5321-5137-0/I·4050　　定价：35.00元

告读者　如发现本书有质量问题请与印刷厂质量科联系
T：021-65410805